U0019011

好萊塢知名「劇本醫生」教你STEP BY STEP 寫出絕不跟別人撞哏、兼具情感厚度與立體結構的最強故事

JOHN TRUBY
故事寫作大師班

約翰·特魯比 著
John Truby

江先聲 譯

THE ANATOMY
OF STORY
22 Steps to
Becoming a Master Storyteller

媒體好評

《故事寫作大師班》具體而實用，沒有訴諸「三幕結構」等簡化的劇本寫作陳腔濫調。它是你寫出第一部出色劇本不可或缺的指南，也是完整的求生手冊，幫助你在經常充滿困惑、矛盾和激烈競爭的專業電影劇本寫作世界中穩當前進。
——**拉里・威爾森**（Larry Wilson）《陰間大法師》（Beetlejuice）共同編劇／製片人，《阿達一族》（The Addams Family）電影共同編劇

特魯比透過對劇情、角色、調性、象徵與對白的分析，致力讓我們更全面了解故事。他指出其中的重點：劇本創作是有機的，不是機械式的將故事套用現成的框架……強力推薦本書。——《**圖書館週刊**》

（本書）為各種類型的故事創作者提供內容廣泛且易於理解的指南。對期待將意念落實為作品的寫作者來説，特魯比的大作彌足珍貴。——《**書單**》雜誌

希望脱離「當男孩遇見女孩」的劇本創作窠臼，就找特魯比吧……（他的課程）將為你帶來新的體悟，讓你把自己的劇本和自己的內心看得一樣透徹。
——《**洛杉磯週刊**》

劇本寫作者真正的聖經。——《**後台**》雜誌

目次

01
故事的空間與時間

　　每個人都會說故事，我們也天天都在說故事。「你不會相信今天上班發生了什麼事」、「猜猜我剛剛做了什麼」，或是「有個男人走進酒吧……」。生活當中，我們看見、聽說、閱讀、講述成千上萬個故事。

　　不過，想把故事說得好，不是件簡單的事。想成為說故事高手，甚至靠說故事來獲得報酬，難度就更高了。首先，想呈現人生是怎麼一回事，又為什麼是這麼一回事，是個艱鉅的任務。你必須對這個最龐大複雜的課題有深刻精確的理解，還要能把自己的理解轉化為故事。對大部分作者來說，這可能是最大的挑戰。

　　我想具體說明的是說故事技巧方面的障礙，這樣作者才能克服這些阻礙。第一道難關是大部分作者在構思故事時使用的術語，例如：「張力不斷提升的行動」（rising action）、「高潮」、「漸進式困境」（progressive complication）及「結局」等。這些術語可追溯到亞里斯多德，它們的涵義如此廣泛，又如此偏於理論，幾乎晦澀難解。老實說，它們對故事創作者沒有實用價值。例如，你筆下場景裡的主角高懸半空，僅靠指尖抓緊某物，幾乎就要墜下身亡。這是故事的漸進式困境、張力不斷提升的行動、結局，還是開場場景？可能全都不是，

也可能全部都是，但無論如何，這些術語無法告訴你怎樣撰寫這個場景，或究竟要不要寫這個場景。

　　古典的故事術語也可能為良好的技巧帶來更大的窒礙：故事究竟是什麼？它又如何運作？受業中的故事創作者所做的第一件事，可能就是閱讀亞里斯多德的《詩學》（Poetics）。我相信亞里斯多德是歷史上最偉大的哲學家，但他對故事的看法儘管雄辯有力，卻聚焦於有限的情節與類型，而且極端理論，出人意外的狹隘。因此，試圖從亞里斯多德學習實用技巧的故事創作者，大部分都空手而回。

　　如果你是劇作家，你對故事的理解可能已經從亞里斯多德轉換為較容易理解的「三幕式結構」，但這是大錯特錯。三幕式結構儘管比亞里斯多德容易理解，卻過於簡化，完全行不通，從很多方面來看就是有問題。

　　所謂的三幕式結構，是指每個劇本將故事分為三幕，第一幕是開場，第二幕是中段，第三幕是結尾。第一幕約占三十頁，第三幕也是三十頁，第二幕則有約六十頁，而且這個三幕式故事應有二至三個「情節轉折點」（暫且不論這是什麼）。掌握要點了嗎？好極了，那麼就可以動手寫專業劇本了。

　　我把三幕式故事理論簡化了，但沒有簡化太多。顯然，這種簡單的創作方法比亞里斯多德的理論更不實用。更糟的是它讓人們以為故事是機械式的。分幕的概念來自傳統舞台劇，以拉下帷幕表示一幕終結，但在電影、長篇小說、短篇小說乃至於獨幕劇，都不需這樣做。

　　簡單來說，幕的切分發生在故事的表象。三幕式結構是加在故事之上的機械式鑿痕，與故事何去何從（即故事的內在邏輯）毫無關係。

　　像三幕式結構這種對於故事的機械式看法，勢必會讓故事的敘述變成鬆散的片段。鬆散的故事就像收集在一個盒子裡的零碎組件，由許多零散的片段組合而成，其中的事件（event）各自獨立，不相連貫，或無法連續建構，結果產出的是頂多只能零星感動觀眾的故事。

　　掌握說故事技巧的另一道障礙與寫作程序有關。許多作者對故事抱持著機械式的觀點，同時也採用機械式的程序來創作故事，尤其有些編劇誤解劇本的賣點何在，以致於寫出的劇本既不叫座也不叫好。這類編劇的故事概念

往往來自半年前看的某部電影，只是稍加改變。他們套用某種電影類型，例如偵探片、愛情片或動作片，填入這類電影的角色和情節節拍〔（plot beats）或故事事件〕，結果創造出普通的機械化故事，毫無創意可言，而且注定失敗。

我打算在本書中提出更好的方法，目標是說明出色的故事為何出色，以及創作這類故事的技巧，如此一來，你就極有可能寫出屬於自己的好故事。或許有人會質疑，教人怎樣創作好故事是不可能的，但我相信可行，只是思考和談論故事的方式必須和以往不同。

用最簡單的話來說，我希望為故事創作者呈現一種實用的「詩學」，而且適用於電影、電視和舞台劇的劇本，或長篇和短篇小說。我打算這麼做：

- 說明出色的故事是有機的——它不是機器，而是會成長的有生命體。
- 將說故事視為一項要求嚴格的技藝，不管選擇什麼樣的媒介或類型，精準的技巧才有助於成功。
- 透過同樣有機的寫作程序來演練創作，也就是讓角色和情節隨著原本的故事意念自然發展。

任何故事創作者面對的主要挑戰，就是克服上述第一和第二項任務之間的矛盾。你藉由數以百計甚或成千上萬個元素，以及各式各樣的技巧來建構故事，但必須讓觀眾感覺這個故事是有機的。它看起來應該像一個獨立的故事，能有所成長並發展出高潮。想成為優秀的故事創作者，必須擁有如此的純熟技巧，才能讓故事中角色的所作所為都像自發的——他們必須能自主行動，即使為他們採取這些行動的人是你。

從這一點來看，故事創作者和運動員十分相似。優秀運動員的每個動作看起來都如此輕而易舉，就像身體只是自然動起來似的，那是因為他對那項運動技巧的掌握純熟無比，以致於技巧消失於無形，觀眾只看見其中的美。

說故事的人和聽故事的人

在往下進行之前，讓我們先用最精簡的一段話為「故事」下定義：說的人告訴聽的人，某人因為想要什麼而做了什麼，又為什麼這樣做。

請注意，這當中有三項截然不同的元素：說的人、聽的人，以及說出來的故事。

首先而且最重要的是：故事創作者就是表現這個故事的人。故事是作者和觀眾所玩的文字遊戲（他們並不記分——這是製片廠、網路和出版社的工作）。故事創作者打造角色和行動，敘述發生了什麼，設計在某種情況下完成的一系列行動。即使他講述故事時採用現在式時態（就像話劇或電影劇本），故事創作者將所有事件加以總結概述，因此聽故事的人覺得這是一個獨立的整體——一個完整的故事。

不過，說故事不只是編造或回憶過去的事件。事件只具有描述功能，而故事創作者的工作，是挑選、連結和建構一系列緊湊的時刻。這些時刻如此充滿活力，聽者因而感覺彷彿置身其中。故事說得好，不只是告訴聽眾某人生命中發生了什麼，更讓他們感受到那個人的生命體驗。那是造就生命的本質，但卻那麼鮮活、新奇，彷彿那也是觀眾自己生命本質的一部分。

故事說得好，能讓觀眾在當下重新體驗其中的事件，讓他們體會到，是什麼樣的力量、什麼樣的抉擇、什麼樣的情感引導角色的一舉一動。故事實際上帶給觀眾的是某種形式的知識——情感上的知識——或是過去所謂的智慧，只不過它們提供知識的方式既活潑又充滿娛樂性。

故事創作者透過語文遊戲讓觀眾重新體驗一段生命歷程。身為這樣的創作者，他建構的是一種關於人的謎題，並要求聽故事的人加以破解。作者創造謎題的方法主要有兩種：向觀眾透露某個虛構角色的某些資訊，同時保留另外一些資訊。對故事創作者來說，保留或隱藏資訊，對於建構故事的可信度非常關鍵。這麼一來，觀眾不得不想辦法理解角色的身分和所作所為，同時也更深入故事。如果觀眾不再需要理解故事，他們也就不再是觀眾，故事也隨之終止。

觀眾喜愛故事感性的部分（重新體驗生命），也喜歡思考的部分（破解謎題）。每一個好的故事都兩者兼備，但也有一些故事形式在兩者之間各走極端，從煽情的通俗劇到最需用腦的偵探故事都有。

故事

　　世界上有數以千計甚或數百萬個不同的故事。是什麼讓它們成為故事？所有故事有什麼共通點？故事創作者同時向觀眾透露及隱藏的是什麼？

　　關鍵重點：所有故事都是一種交流形式，用來傳遞戲劇訊息符碼。

　　戲劇訊息符碼是指透過具藝術性的方式來描述一個人如何成長。它根植於人們心中，也是在每個故事背後運作的過程。故事創作者將這個過程隱藏在特定角色和行動之後，這個發展成熟的訊息符碼，也正是好故事帶給觀眾的收穫。

　　讓我們看看戲劇訊息符碼最簡單的形式。

　　在戲劇訊息符碼中，變化由欲望所推動。「故事世界」（Story World）無法歸納為「我思，故我在」，而是「我欲，故我在」。各種面向的欲望是世界運轉的推動力。它推動所有具知覺的生物，為他們指示方向。故事依隨以下幾點而發展：某個人物的渴望、他會做什麼來滿足欲望，以及他在過程中會付出什麼代價。

　　一旦角色有了欲望，故事就會以「兩條腿」來「往下走」：行動和學習。追求欲望的角色，會採取行動來滿足渴望，同時也會吸收新資訊，透過更好的方式來得到滿足。每當獲取新的資訊，他就會做出抉擇，改變行動的方向。

　　所有故事都依循這個原則進行，但有些故事形式較著重於其中之一。最偏重行動的類型是神話故事，以及後來發展出來的動作片；最偏重學習的類型是偵探故事，以及多視點的戲劇。

　　角色在追尋欲望時若被迫停止，勢必會奮力抵抗（除非故事就此結束），也不得不有所改變。因此，戲劇訊息符碼及故事創作者的終極目標，就是呈現角色的轉變，或描繪為什麼改變並未發生。

　　不同的故事形式，會設計不同的方式來呈現人的轉變：

- 神話故事呈現的角色轉變弧線（character arc）通常最寬廣，涵蓋範圍從出生到死亡，從動物到神祇。

- 舞台劇一般聚焦於主要角色做出抉擇的時刻。
- 電影（尤其是美國電影）呈現角色在追求某個有限度目標時可能發生的細微轉變。
- 典型的短篇小說通常依隨幾個事件發展，引導角色獲得某個重要且獨特的體悟。
- 嚴肅的長篇小說通常刻劃某人置身社會時如何與人互動及如何改變，或精準呈現導致其轉變的心理及感情過程。
- 電視劇呈現某個小型群體中的角色在同一段時期的掙扎與改變。

戲劇性事件隱含著時機成熟的訊息，重點就在改變的那一刻，也就是衝擊發生的當下。此時某人打破習性與懦弱，掙脫自己過去的魔障，變成更豐富、更圓熟的自我。戲劇訊息符碼傳遞的意念就是：每個人都可以在心理和道德層面變成更好的自己。這是人們喜愛戲劇的原因。

關鍵重點：故事向觀眾展示的不是「真實世界」，而是「故事世界」。「故事世界」不是人生的複製品，而是人們想像可能存在的人生。它是經過濃縮與增強的人生，觀眾因而能看見生命本身如何運轉。

故事主體

出色的故事描述人們如何經歷一個有機的過程，但故事本身也是活生生的主體。即使是最簡單的兒童故事，也由許多部分或子系統組成，彼此連結，並且相互依存。就像人體由神經系統、循環系統和骨骼等構成一樣，故事也由一些子系統組成，包括：角色、情節、揭露事實的場景段落、故事世界、道德議題、象徵網絡、場景編排，以及交響樂式的對白等（接下來的章節會逐一說明）。

以人體當作比喻，或許有助於了解故事的主體。我們可以這麼說：主題——或我所說的道德議題——是故事的大腦；角色是心臟及循環系統；事實的揭露是神經系統；故事結構是骨骼；場景是皮膚。

關鍵重點：故事的每個子系統都是由不同元素構成的網絡，這些組成元素各不相同，也相互界定彼此的定位。

在因應各種相互關係來創造並界定各種元素之前，任何元素都不能單獨產生作用，即使故事主角也不例外。

故事的進行

我們可以透過觀察大自然來了解有機的故事是如何進行的。大自然就像故事創作者，往往把各種元素連結成某種序列。下圖顯示的是許多各不相同的元素必須在時間上有所關連。

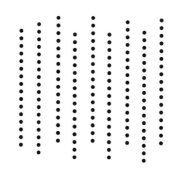

大自然運用以下五種基本模式（以及一些變奏）把許多元素連結成序列：線性、迂迴式、螺旋式、分支式，以及爆發式。故事創作者採用的同樣都是這五種模式，只是時而單獨使用，時而加以合併，將故事的事件連結成時間上的序列。線性及爆發模式處於兩個極端。線性是事情沿著一條直線路徑接二連三發生，爆發式則是所有事情同步進行。迂迴式、螺旋式和分支式則結合了線性和同步進行。以下說明這些模式如何在故事中發揮功能。

線性故事

　　線性故事自始至終依隨單一的主要角色發展，暗示故事是對發生的一切進行歷史式的或生命歷程的說明。大部分好萊塢電影都是極端線性的。它們聚焦於某個追求某特定欲望的單一主角，觀眾看見的是一段歷史，內容是主角如何追求欲望，並因此經歷了轉變。

迂迴式故事

　　迂迴是指沒有明顯方向的曲折路徑。在大自然裡，迂迴形式出現於河流、蛇以及大腦等。

神話史詩《奧德賽》（*The Odyssey*），或《唐吉訶德》（*Don Quixote*）、《湯姆瓊斯》（*Tom Jones*）、《頑童歷險記》（*Huck Finn*）、《小巨人》（*Little Big Man*）和《挑逗、性、遊戲》（*Flirting With Disaster*）等喜劇式遊歷故事，以及《塊肉餘生錄》（*David Copperfield*）等狄更斯的許多作品，都採用了迂迴式的故事形式。故事裡的主角有所渴望，但欲望並不強烈；他隨意走過許多地方，遇見許多不同社會階層的角色。

螺旋式故事

螺旋式故事的路徑環著中心繞圈進行。在大自然裡，螺旋結構見於萵苣、動物的角以及貝殼等。

《迷魂記》（*Vertigo*）、《春光乍洩》（*Blow-Up*）、《對話》（*The Conversation*）和《記憶拼圖》（*Memento*）等驚悚片常偏愛使用螺旋式形式，劇中某個角色不斷重返某一事件或回憶，逐步深入探索。

分支式故事

分支結構是一套路徑系統，從幾個中心點透過分裂及衍生更小的分支而

延展。在大自然裡，分支結構出現於樹木、樹葉和河流流域。

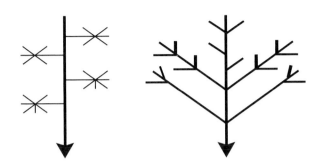

在故事講述過程中，每個分支通常鉅細靡遺描繪主角探索的某個群體，或該群體的某個階段。分支模式常見於較先進的小說，譬如《格列佛遊記》（*Gulliver's Travels*）和《風雲人物》（*It's A Wonderful Life*，又譯為《莫負少年頭》）等社會奇幻作品，或像《納許維爾》（*Nashville*）、《美國風情畫》（*American Graffiti*）和《天人交戰》（*Traffic*）等多主角故事。

爆發式故事

爆發式是指多條路徑同時向外延伸，在大自然可見於火山和蒲公英。

在一個故事中，你不能同時向觀眾展示多個元素，即使在單一場景中也不能這麼做，因為必須將事情一件接一件說出來。不過你可以讓表象看起來像是同步進行的。在電影中，則可透過交叉剪接來完成。

許多行動（看起來）同步進行的故事，意味著可以透過比較來說明行動。觀眾看見多個元素同時出現，就會掌握每個元素隱含的主要意念。這類故事同時也較為強調對故事世界的探索，揭示不同元素之間的連結，以及每個元素如何融進或無法融進整體之中。

強調行動同步進行的故事包括：《美國風情畫》、《黑色追緝令》（*Pulp Fiction*）、《天人交戰》、《諜對諜》（*Syriana*）、《衝擊效應》（*Crash*）、《納許維爾》、《項狄傳》（*Tristram Shandy*）、《尤利西斯》（*Ulysses*）、《去年在馬

倫巴》（*Last Year at Marienbad*）、《爵士年代》（*Ragtime*）、《坎特伯雷故事集》（*The Canterbury Tales*）、《鐵面特警隊》（*L. A. Confidential*）以及《漢娜姊妹》（*Hannah and Her Sisters*）等。每一個故事在敘述方面都展現了結合線性進行與同步進行的不同組合，但同樣都強調角色共存於故事世界，而不是自始至終只有單一角色的發展。

寫出你的故事

讓我們實際動手吧：什麼樣的寫作程序能帶給你最好的機會，讓你創作出絕佳的故事？

大部分作者創作故事時並未採用最好的創作程序。他們採取最容易的方法，而且用四個詞就可以概括：表象的、機械式的、零碎的、普通的。這樣的創作程序當然有不少變化，但大體而言不出以下範圍：

作者提出故事前提或故事意念，這是他幾個月前看過的某部電影的模糊翻版，或是他將某兩部電影「（自認）具創造性」的加以組合。作者了解強而有力的主要角色的重要，因而幾乎將所有注意力都聚焦在主角身上，而且為了讓這個角色更加「充實」，還竭盡所能為他增添特色，並打算讓主角在最後的場景中有所改變。作者認為，敵對角色和次要角色的重要性不如主角，和主角是各自獨立的，因此這些角色幾乎總是缺乏說服力，而且面貌模糊。

至於主題，這樣的作者索性避而不談，如此一來，就不會有人質疑他想「傳達什麼訊息」。或者，他只透過對白來傳達訊息。他把故事世界設定在對主角而言的「正常」環境，最可能的是某個主要城市，因為這是大部分觀眾居住的地方。他不肯使用象徵，因為看起來刻意而做作。

關於情節和場景段落，他只根據一個問題來構思：接下來會發生什麼？他經常安排主角踏上一段實際的旅程。他用三幕式結構來組織情節，也就是把故事分為三部分，但沒有在表象之下將事件串連在一起，導致情節是片段式的，每個事件或場景都是孤立的。他抱怨自己遇到了「第二幕瓶頸」，不明白為什麼故事無法打造或醞釀出具衝擊性的高潮，以便深深打動觀眾。最後，他寫的對白只是推著情節往下進行，所有衝突只聚焦於當下發生的事。

如果他還有點雄心壯志，會在故事結尾之前讓筆下的主角透過對話直接說出故事的主題。

如果說大部分作者採用的方法是表象的、機械式的、零碎的、普通的，那麼我們即將演練的寫作程序，就是內在的、有機的、相互連結的、具獨創性的。我必須先提出警告：這個程序並不輕鬆。但我相信這條路或它的其他變化方式是唯一可行的，而且是可以學習得來的。以下是本書中即將會用到的寫作程序：

我們將從頭練習說故事的傑出技巧，其順序和建構一個故事的步驟相同。最重要的是你會由內而外建構自己的故事。這有兩個意義：(1) 把故事打造成個人的、唯你所有的；(2) 找出故事意念中的獨創性之處，並加以發展。透過書中的每一章，你的故事逐漸發展，細節愈來愈豐富，每一個部分也相互連結在一起。

● 故事前提：

我們從故事前提開始，將整個故事濃縮為一個句子。從這個故事前提中，我們能找出故事的種子，並設想如何讓它成長，這是從故事意念得到的最大收穫。

● 故事結構七大關鍵步驟：

這七個打造故事結構的關鍵步驟，是發展故事及隱藏於故事表象下的戲劇訊息符碼的主要階段。你可以把這七個步驟視為故事的 DNA。確定這七大關鍵步驟，能為你的故事帶來堅固的基礎。

● 角色：

接下來我們開始創造角色，但不是憑空創造，而是從故事原始意念裡汲取。我們將每個角色和其他角色相互連結，並加以比較，讓每個角色都強而有力，且定位清楚。接著我們會找出每個角色必須發揮什麼樣的作用來協助主角的發展。

● 主題（或道德議題）：

主題就是你的道德觀，你對人應有的待人處世方式的看法。不過，不要讓角色成為傳達這個訊息的傳聲筒，而是將原本蘊含在故事意念中的主題表

現出來。此外，我們會透過故事結構來傳達主題，這樣才會讓觀眾出乎意料並深受感動。

●故事世界：

接下來，從主角衍生出故事世界。故事世界有助於定義主角，向觀眾具體呈現主角的成長。

●象徵網絡：

「象徵」承載了經過高度壓縮的意義。我們會構想出一個充滿象徵的網絡，用來凸顯及傳達角色、故事世界和情節的不同面向。

●情節：

我們可以從情節中的各個角色發掘出合適的故事形式；情節會從你塑造的獨特角色中發展出來。藉由二十二個故事結構步驟（七大關鍵步驟，再加上其他十五個步驟），我們將設計出情節，所有事件將會在表象之外互相連結，建構令人意外但又合乎邏輯的必要結局。

●場景編排：

開始寫作場景前的最後一個步驟。我們會先列出故事中的每個場景，再將所有情節線（plotline）和主題交織成漂亮的織錦。

●場景建構與交響樂式的對白：

最後我們著手寫作故事，建構每一個場景，讓主角更進一步發展。我們寫作的對白不僅推動情節，更具備交響樂的特質，揉合許多「樂器」和層次。

當你看著自己的故事在成長，我可以向你承諾：你會享受創作的過程。我們開始吧。

02

故事前提

麥可・克萊頓（Michael Crichton）沒有契訶夫描繪深刻的人性化角色，也沒有狄更斯筆下的精采情節，不過，他可是好萊塢最擅長構思故事前提的作家。以《侏羅紀公園》（*Jurassic Park*）為例，克萊頓的故事設計源起應該是這樣的：「假如讓生物演化的兩大巨頭——恐龍和人類——在同一個擂台上拚個你死我活，結果會如何？」這就是我會想看的故事。

展開寫作過程的方法不少。有些作者偏好在起步時先把故事分為七個基本步驟（這是我們下一章會探索的），但大部分作者從整個故事最簡短的敘述開始，也就是故事前提的那句要旨簡介。

故事前提是什麼？

故事前提就是用一句話交代你的故事。它是角色和情節最簡單的組合，通常包：含啟動行動的某個事件、主要角色的某種感受，以及故事結局的某種含義。

以下是一些例子：

《教父》（*The Godfather*）

一個黑手黨家庭的小兒子對射殺父親的人復仇，成為新的教父。

《發暈》（*Moonstruck*）

一名女子在未婚夫前往義大利探望母親時，與未婚夫的弟弟發生戀情。

《北非諜影》（*Casablanca*）

一名旅居國外的美國硬漢與舊愛重逢，但為了對抗納粹而放手讓她離開。

《慾望街車》（*A Streetcar Named Desire*）

一位年華漸老的美女試圖找到結婚對象，卻一直遭受粗暴的妹夫攻擊。

《星際大戰》（*Star Wars*）

一位公主陷入死亡危機，一名年輕人運用一身戰士本領解救了她，並擊敗一個星系帝國的邪惡勢力。

好的故事前提之所以對創作成功與否影響深遠，又有各種不同的現實因素。首先，好萊塢進行的是對全球販售電影的生意，大部分收入來自上映那一週的週末，因此製片人要的是「高概念」（high concept）的故事前提，也就是將電影精簡為一句吸引人的描述，讓觀眾一聽就迫不及待湧進電影院。

其次，你的故事前提就是你的靈感來源。它令你眼前一亮，心想：「這會是個棒極了的故事！」這樣的興奮感能讓你堅持不懈，熬過幾個月甚或幾年的艱辛寫作過程。

這又帶出另一個實際的原因：故事前提也是你的枷鎖。一旦你決定依循某個意念來創作，就表示必須捨棄數以千計的潛在意念不寫。因此，你挑選的這個特別的世界，最好是你樂於面對的。

關鍵重點：選擇「寫什麼」，重要性遠勝過決定「怎麼寫」。

之所以必須找出好的故事前提，最後一個原因在於：在寫作過程中，任何其他決定都以你選定的故事前提為基礎，包括：角色、情節、主題、象徵，以及從故事意念衍生出來的一切。如果選錯了故事前提，其他的也就不用提了。就像一棟建築的地基若有缺陷，在地面上再下多少工夫，都不可能讓建

築變得穩固。你或許在形塑角色方面非常了得，或許是構思情節的高手、寫作對白的天才，但如果故事前提乏善可陳，無論做什麼也無法挽回故事。

關鍵重點：95% 的作者在故事前提階段就失手。

那麼多作者在這裡敗下陣來，主要原因是他們不懂得如何發展意念，不知如何發掘隱含在意念當中的黃金。他們不明白，故事前提的主要作用，就是讓你在實際下筆之前就能探索整個故事，以及故事可採用的多種形式。你彷彿縮小身體化為精靈，進入你可能創造的故事本體之中，走過所有架構系統，看看它們究竟是什麼模樣。

故事前提也是一個經典例子，說明只擁有一點點知識是危險的。大部分劇本作者都知道，好萊塢如何重視具有高概念的故事前提——這樣的故事意念有趣，而且還有具市場價值的意外轉折。不過，他們不知道的是：一個市場行銷用的句子永遠不會告訴他們有機的故事需要什麼。

他們也不知道，任何高概念故事前提原本即有結構上的弱點：它只能提供兩、三個場景，也就是在轉折前後的場景。一部劇情片平均有四十至七十個場景，一本小說更可能是這個數字的二至三倍。只有理解說故事的所有技藝，才有辦法克服高概念的弱點，成功敘述完整的故事。

從故事意念中發掘黃金的第一項技巧與時間有關。在寫作過程之初，要多給自己一些時間。我指的不是幾小時或幾天，而是以星期為單位。不要犯外行人會犯的錯，抓住一個熱門故事前提就立刻動手撰寫場景。如果真的這麼做，故事進行到二、三十頁時就會碰上死胡同，再也走不出來。糟糕，那也只能再找另一個好的故事意念了。

當寫作過程來到故事前提階段，此時應當採用宏觀策略，觀看全貌，找出故事的一般樣貌與發展。不過，你幾乎還無法往下走。這也是為什麼故事前提的進行是整個寫作過程中最不明確的階段。你在黑暗中伸出觸角，探索各種可能性，看看什麼行得通，什麼行不通，什麼能凝聚成一個有機體。

這表示你必須保持彈性，對所有可能性抱持開放態度。也因為如此，讓

有機創作方式來引領寫作是最重要的事。

發展你的故事前提

在探索故事前提的那幾個星期當中，採用以下的步驟，找出足以轉化為出色故事的那句故事前提要旨。

第一步：寫出能改變你人生的東西

這是一個很高的標準，卻是身為作者所能獲得的最有價值的忠告。我從未看過哪個作者遵循這個忠告而誤入歧途。為什麼？如果一個故事對你而言是如此重要，那麼對觀眾當中的許多人可能也同樣重要。況且，當你寫完故事，不管接下來會發生什麼，你已經改變了自己的人生。

你可能會說：「我很樂意寫一個能改變自己人生的故事，但在還沒寫好之前，又怎麼知道它會改變我的人生？」這時，你得進行一些自我探索。大部分作者從來不這麼做，這實在令人難以置信。大多數作者只要想出一個複製別人某部電影、書籍或舞台劇的粗略故事前提，就已心滿意足。這樣的故事前提似乎有商業潛力，卻看不出作者的任何個人特質。這樣的故事會變得毫不起眼，讓人難以忍受，且注定失敗。

想探索自己，並有機會寫出可能改變自己人生的東西，必須找出一些有關你是誰的資訊。你必須將這些資訊抽離自己，攤在眼前，當成一個獨立的個體加以研究。

這裡有兩個練習可以提供協助。第一個練習：寫出你的「願望清單」，在清單裡列出你希望在銀幕、書籍或劇場裡看到的每一件事物。它們是你深感興趣且會為你帶來娛樂的事物。你可以隨時記下腦海中想像的角色、很酷的情節轉折或精采的對白。你可以列出關注的主題，或某些總會吸引你的故事類型。

把這些全部記下來，盡其所能的寫。這是「願望清單」，因此不要為自己設限，例如「那會花太多錢」；寫的時候也不需條理清楚，讓一個意念引出另一個意念就好。

第二個練習是「故事前提清單」。把想過的每一個故事前提全都列出來。或許是五個，或許是二十個、五十個或更多。同樣的，盡其所能的寫。這個練習最重要的要求，是每一個前提都只能用一個句子寫下來。這樣一來，你不得不把每個意念都整理得很清楚，因而對所有故事前提也能一目了然。

一旦完成「願望清單」和「故事前提清單」，把它們擺在眼前仔細研究，尋找在兩個清單當中重複出現的核心元素：特定的角色及角色類型可能會反覆出現；對白的字裡行間也許隱約可見某種觀點特質；可能有一、兩種故事（類型）一再出現，或者你可能一再回到某個主題、題材或時代背景。

往下探究，你喜愛的關鍵模式就會漸漸浮現。這就是你的夢想，它以可能實現的最原始方式呈現出來。那就是你，身為作者及身而為人的你，就在你眼前躍然紙上。記得經常回來看看它。

請留意，設計這兩個練習是為了讓你剖開自己，整合深藏在你內在的東西。它們無法保證你能寫出一個足以讓你改變人生的故事——沒有任何事能提供這樣的保證。然而，只要做過這一點點必要的自我探索，你構思的任何故事前提都可能變得更具個人特色與獨創性。

第二步：探索有哪些可能性

作者在故事前提階段就失敗的主要原因之一，是不知如何準確找出故事的真正潛質。這需要經驗和技巧。你要找的是意念何去何從，又如何開花結果。不要一下就跳進單一的可能性，即使它看來確實好極了。

> **關鍵重點：記下各種選項。這個階段先探索能引導故事意念發展的多種可能性，之後再從其中挑出最好的。**

探索可能性的技巧之一，是看看故事意念是否顯示出任何蛛絲馬跡。有些故事意念會引發觀眾某些期待，如果這個意念最後會發展成完整的故事，那麼某些事情必須發生，才能讓觀眾獲得滿足。這些「引發期待的事」能引導你找出發展意念的最佳可能途徑。

想看出故事意念中隱含的各種可能性，還有一個更有用的技巧，那就是問自己：「假如這樣，結果會如何？」這個問題會導向兩個目的地：你的故事意念的獨特世界，以及你自己的內心。這取決於你如何開始為那個獨特的新世界界定範圍，決定什麼是存在的，什麼是不存在的；這也取決於你如何開始探索自己的內心，因為你的心智正在創作、玩味這片虛構的風景。你問愈多次「假如這樣，結果會如何？」，就愈能讓自己更融入這片風景之中，為它添上細節，使它對觀眾的心理更具說服力。

　　此時的重點是放任你的心，不要自我設限。永遠不要告訴自己，你提出的某個可能性是愚蠢的。我有過大約數百次這樣的經驗：所謂「愚蠢」的意念反而帶來創作上的突破，找出了發展故事前提的最佳途徑。

　　以下都是已經完成的故事，但我們可以玩味一下，作者在探索故事前提意念的深層可能性時，腦海裡想的可能是什麼。

《證人》（*Witness*）

〔劇本：厄爾‧華勒斯（Earl W. Wallace）、威廉‧凱利（William Kelley）；原著故事：威廉‧凱利；1985 年〕：

　　一個男孩目擊一樁罪行，這是犯罪／驚悚片的典型布局，令人期待千鈞一髮的險境、緊張刺激的行動，還有暴力。不過，假如你把故事再更往下推進，探索美國的暴力問題，結果會如何？假如你呈現使用武力的兩個極端──暴力和反暴力──讓男孩從和平的阿米胥[1]世界走進暴力的城市，結果會如何？假如你接著迫使一個使用暴力的好人──身為警察的主角──進入阿米胥世界並墜入愛河，結果會如何？還有，假如把暴力帶進反暴力世界的中心，又會如何？

《窈窕淑男》（*Tootsie*）

〔劇本：賴瑞‧傑爾巴特（Larry Gelbart）、莫瑞‧希斯高（Murray Schisgal）；原著故事：唐‧馬奎爾（Don McGuire）、賴瑞‧傑爾巴特；1982 年〕

1　阿米胥 (Amish)，生活於北美洲的基督教團體，約二十五萬人，主要聚居美國賓州、俄亥俄州、印第安納州、愛荷華州，以及加拿大的安大略。他們務農為生，穿著古樸，不使用電力及許多現代化器具，與外界保持距離，生活就像數世紀前移民至北美的祖先一樣簡樸。

故事意念讓觀眾看見一個男人喬裝成女人，他們當下期待的是即將發生的趣事，同時你也知道，觀眾會希望看見他／她面臨各種可能的艱難處境。不過，假如超越這些有用卻顯而易見的期待，結果會如何？假如強調主角的算計，呈現這個男人如何在暗地裡玩愛情遊戲，結果會如何？假如把主角塑造成男性沙文主義者，為了自己的發展，即使百般不願意卻又因為迫切的需要而不得不喬裝成女人，結果會如何？假如把故事推向鬧劇，加強情節和進行步調，同時呈現許多男女互相追逐，結果又會如何？

《唐人街》（*Chinatown*）

〔劇本：羅勃‧湯恩（Robert Towne）；1974 年〕

一九三〇年代，洛杉磯一名男子偵查一起凶殺案。它令觀眾期待的，是好的謀殺推理應該具備的情節揭露、轉折與意外。然而，假如其中的罪行愈來愈大，結果會如何？假如偵探從最小的可能「罪行」——通姦——開始偵查，最後發現整個城市都建立於謀殺之上，結果會如何？接下來可以讓揭露的真相如雪球般愈滾愈大，最後向觀眾揭示美國人生活當中最深沉、黑暗的祕密。

《教父》

〔小說：馬里歐‧普佐（Mario Puzo）；劇本：馬里歐‧普佐、法蘭西斯‧柯波拉（Francis Ford Coppola）；1972 年〕

一個黑手黨家族的故事，令觀眾期待的是殘忍的殺手和暴戾的罪行，但假如將家族領袖塑造得更強大，變成美國的某種帝王般的人物，結果會如何？假如他是美國黑暗世界的老大，在地下世界的權力有如美國官方的總統，結果會如何？因為他像個國王，你可以創作出氣勢恢宏的悲劇，就像莎士比亞劇作中的更迭起落，一個國王隕落，隨後另一人接替他登上王位。假如你把一個簡單的犯罪故事轉化為美國黑暗世界的史詩，結果會如何？

《東方快車謀殺案》（*Murder on the Orient Express*）

〔小說：阿嘉莎‧克莉絲蒂（Agatha Christie）；劇本：保羅‧德恩（Paul Dehn）；1974 年〕

一名男子在火車車廂內遇害，一位傑出的偵探正好在隔壁車廂裡睡覺。這帶給人的期待是一個巧妙的偵探故事。假如你讓司法正義的意念超越典型

的緝凶歸案格局，結果會如何？假如你想呈現最重要的、罪有應得的正義，結果又會如何？假如遇害的男子死有餘辜，而十二位男女自然人組成的陪審團是這個男子的審判者兼行刑者，結果又會如何？

《飛進未來》（*Big*）

〔劇本：葛瑞·羅斯（Gary Ross）、安妮·史匹柏（Anne Spielberg）；1988 年〕

一個男孩猛然醒來，發覺自己變成了成年人，這讓人期待看見一個有趣的奇幻喜劇。不過，假如你的奇幻故事背景不是遠方某個奇異的世界，而是普通孩子也能認出的世界，結果會如何？假如讓他進入男孩真正的烏托邦——玩具工廠，又讓他和性感漂亮的女子約會，結果會如何？還有，假如這個故事述說的不是一個男孩的身體轉變為成人，而是呈現他完美揉合了男人與男孩的特點，過著快樂的成年生活，結果又會如何？

第三步：找出故事面臨的挑戰與問題

有些建構故事的原則適用於所有故事，但每個故事也有本身獨有的一套規則或挑戰。有些特定問題深藏於故事意念當中，你無法逃避，也不會想逃避。這些問題是指引你發掘真正故事的路標，如果想讓故事順利實現，就必須找出並解決這些即將遭逢的問題。通常如果作者真的察覺有問題，大多是在寫完整個故事之後了，但那也就來不及了。

訣竅是想辦法從故事前提要旨中找出原本就存在的問題。當然，即使是最優秀的作者，也無法在寫作過程這麼早的階段就找出所有問題，但一旦掌握了角色、情節、主題、故事世界、象徵和對白等關鍵技巧，你會欣然驚覺，自己已順利從任何意念當中找出必須解決的困擾。

以下是幾個故事意念中原有的一些挑戰和問題：

《星際大戰》

〔創作者：喬治·盧卡斯（George Lucas）；1977 年〕

在所有史詩故事中，特別是像《星際大戰》之類的太空史詩，必須很快帶進面向廣泛的角色，並讓他們在浩瀚的空間和時間當中互動。你必須讓發生在未來的故事在目前看來可信且足以辨識。對於自始至終大義凜然的主角，

你也必須設法創造出角色轉變。

《阿甘正傳》（*Forrest Gump*）

〔小說：溫斯頓・葛倫（Winston Groom）；劇本：艾瑞克・羅斯（Eric Roth）；1994 年〕

這個故事的主要挑戰在於：如何將四十年生命的重要時刻組織成一個緊密、有機且個人化的故事？必須解決的問題則包括：創造一個智能遲滯但又能帶動情節的主角，在怪異與真誠的感受之間達到平衡，讓這個智能遲滯的主角不但有了深刻體悟和角色轉變，而且還能夠令人信服。

《寵兒》（*Beloved*）

〔小說：童妮・摩里森（Toni Morrison）；1988 年〕

小說作者摩里森面對的主要挑戰，是如何寫出一個有關奴隸的故事，而且主角不是受害人。如此充滿企圖的故事，有許多必須解決的問題：在過去與現在之間不停跳躍，如何同時維持敘事吸引力？故事設定在遙遠的過去，如何讓現在的觀眾能夠理解時空背景？如何以敏感的角色來帶動情節？如何透過生活在奴隸制度下的人來反映他們內心所受的影響？還有，奴隸制度結束後，負面影響又如何持續多年？

《大白鯊》（*Jaws*）

〔小說：彼得・班奇利（Peter Benchley）；劇本：彼得・班奇利、卡爾・哥特列伯（Carl Gottlieb）；1975 年〕

寫作一個「寫實」的恐怖故事——其中的角色與人類天敵搏鬥——會引來許多問題：當對手的智力有限，怎樣創造一場公平的搏鬥？如何設定場景，讓鯊魚能經常發動攻擊？怎樣設計故事結尾，讓主角單獨與鯊魚徒手對決？

《頑童歷險記》

（小說：馬克・吐溫；1885 年）

作者面對的主要挑戰非常艱鉅：如何以小說語言呈現整個國家的道德結構——或者更準確來說，如何呈現它的不道德結構？這個精采的故事意念帶來一些重大問題：如何透過一個男孩來引發故事中的行動？如何在一個遊歷式的、片段式的結構中保持故事進行動力，以及強而有力的對立？如何呈現一個單純的「壞」男孩能獲得重要的道德體悟，且令人信服？

《大亨小傳》（*The Great Gatsby*）

〔小說：費茲傑羅（F. Scott Fitzgerald）；1925 年〕

小說作者費茲傑羅面對的挑戰是：如何呈現「美國夢」墮落並退化成對聲名與金錢的競逐？他面對的問題同樣令人卻步：儘管主角只是某人的助手，作者仍必須創造出敘事動力；他同時也必須讓觀眾關注膚淺的人，並把一個小小的愛情故事轉化為一則美國的隱喻。

《窈窕淑男》

〔劇本：賴瑞·傑爾巴特、莫瑞·希斯高；原著故事：唐·馬奎爾、賴瑞·傑爾巴特；1982 年〕

《窈窕淑男》這樣的故事意念帶來許多問題。作者必須讓男扮女裝具說服力，也必須將幾位男女的情節敘事線交織在一起，讓它們都能有好的結尾，同時還要讓故事不只是幾個男扮女裝的有趣場景而已。

《推銷員之死》（*Death of A Salesman*）

〔作者：亞瑟·米勒（Arthur Miller）；1949 年〕

作者亞瑟·米勒面對的主要挑戰，是如何呈現一個小人物的悲劇。他必須解決的問題包括：過去和現在的事件交相出現，卻不致於讓觀眾感到混淆，同時也需保持敘事動力，還要在絕望與暴力的結局中提供一絲希望。

《教父》

（小說：普佐；劇本：普佐、柯波拉；1972 年〕

對普佐和柯波拉來說，他們面對的巨大挑戰，是呈現犯罪在美國的整體威力和戲劇性。他們遇到的最大問題，是結合道德以及最不道德、最殘酷的暴力，並為原本顯然是好人的主角創造出角色轉變弧線，讓導致他變成敗德的原因具說服力；他們還必須讓為數眾多的角色各具特色，並在這個虛構故事的形式中呈現一個複雜的系統。

第四步：找出故事的設計原則

面對故事意念中原有的問題及為觀眾帶來的期待，現在必須定出敘述這個故事的整體策略。能用一句話說明清楚的整體策略，就是這個故事的設計原則。故事設計原則，就是如何將故事前提擴展為深層的結構。

關鍵重點：設計原則將故事組織為完整的一體。它是故事的內在邏輯，將各個部分有機的聚集在一起，讓故事的整體格局比各個部分的總和更大。這正是故事的獨創性。

簡單來說，設計原則是故事的種子。它是最重要的單一因素，讓你的故事成為獨創的、有效率的。有時，這個原則是一種象徵或隱喻（又稱中心象徵、重大隱喻或根本隱喻），但它往往比一個簡單的隱喻更大。故事設計原則依隨著具有重大改變的過程而發展，這些過程則為故事的進展提供方向。

故事設計原則不容易看出來。事實上，大部分故事沒有設計原則，它們是標準化的故事，敘述方式非常平凡。這就是故事前提和故事設計原則的區別：所有故事都有故事前提，但只有好的故事有設計原則。故事前提是具體的，是實際發生的；故事設計原則是抽象的，是發生於故事當中更深層的過程，而且以具獨創性的方式來講述。若只用一句話來形容，就是：

故事設計原則＝故事發展過程＋具獨創性的手法

假設你是作者，而且就像數百位劇作家和小說家曾做過的那樣，打算呈現美國黑手黨內部的運作方式。如果你夠優秀，就會想出這樣的故事設計原則（如同《教父》中所見的）：

運用經典童話故事的策略，呈現三個兒子中最小的兒子成為新的「君王」。

重要的是，設計原則是故事「具結合力的意念」和「具塑造性的根源」[2]。它是讓故事成為單一整體的內在力量，讓故事更具個人風格，與其他故事有

---

2 參見克雷恩（R. S. Crane）的《文學評論的語言與詩的結構》（*The Language of Criticism and the Structure of Poetry*），多倫多大學出版社（University of Toronto Press），一九五三年，第二頁。

所區隔。

關鍵重點：找出說明故事設計原則的那句話，並記住它。想盡辦法找出這句話，在漫長的寫作過程中緊緊盯著它。

讓我們舉《窈窕淑男》為例，看看在這個實際存在的故事中，故事前提和故事設計原則如何發揮不同的作用：

故事前提：一個演員找不到工作，於是喬裝成女人，卻和參與表演的另一個女演員墜入愛河。

故事設計原則：讓一個男性沙文主義者過女人的生活。

如何從故事前提要旨找出故事設計原則？這個時候，不要和大部分作者犯同樣的錯。他們沒有找出獨特的故事設計原則，而是選擇一種類型，硬生生套在故事前提之上，然後讓故事勉強配合這種類型獨有的情節節拍（事件），結果完成的是機械式的、缺乏獨創性的普通虛構故事。

從眼前可以用簡單一句話來描述的內容中抽絲剝繭，你就會找到故事設計原則。像偵探那樣，從故事前提中「歸納」出故事的形式。

這並不表示每個故事意念只有一個設計原則，或者設計原則是固定的、早已確定的。你可以從故事前提中一點一滴收集許多可能的故事設計原則或形式，用它們來發展故事。這些原則或形式有各不相同的敘述可能性，也會帶來原有的問題。這時，讓你的技巧協助你解決這些問題。

定出故事設計原則的方法之一，是使用一段歷程或某一場遊歷所蘊含的隱喻，例如：《頑童歷險記》中，哈克和吉姆乘木筏順著密西西比河而下；《黑暗之心》（*Heart of Darkness*）中，主角馬羅乘船沿河而上，進入「黑暗之心」；《尤利西斯》中，布盧姆在都柏林的流連；《愛麗絲夢遊仙境》中，愛麗絲掉進兔子洞，進入顛倒的奇幻世界。它們都藉由一段具隱喻作用的遊歷來組織故事更進一步的進展。

請留意《黑暗之心》中，如何將單一線性旅程當作一部非常複雜的虛構作品的故事設計原則：

故事敘述者乘船沿河而上，進入叢林。這趟旅程同時將故事引向三個不同的地方：一個謎樣的、看似敗德的人的真相；故事敘述者本身的真相；文明倒退，重返野蠻，來到全人類道德的黑暗之心。

　　有時，單一象徵具有故事設計原則的功能，例如：《紅字》（The Scarlet Letter）中的紅色字母「A」；《暴風雨》（The Tempest）中的島；《白鯨記》（Moby Dick）中的鯨；或《魔山》（The Magic Mountain）中的山。你也可以在單線發展過程中連結兩個重大象徵，例如：《翡翠谷》（How Green Was My Valley）。其他故事設計原則包括：時間單位（白天、黑夜、四季）、故事敘述者的獨特運用，或是故事開展的特別方式。

　　以下是從《聖經》至《哈利波特》等一些書籍、電影、戲劇的故事設計原則，以及這些原則與故事前提的不同之處。

《摩西》（Moses）

　　故事前提：一位埃及王子發現自己是猶太人，帶領族人擺脫奴隸生涯。

　　故事設計原則：一個不知道自己身分的男子，努力帶領族人追尋自由，並接受新的道德律令，這些律令也將重新定義他與他的族人的身分。

《尤利西斯》

　　故事前提：一個男子在都柏林一天的生活。

　　故事設計原則：一則現代奧德賽式的遊歷故事，發生於城市，發生在一天之內，這期間，一名男子找到了父親，另一名男子找到了兒子。

《你是我今生的新娘》（Four Weddings and a Funeral）

　　故事前提：一名男子愛上一名女子，但兩人先後與其他人訂了婚。

　　故事設計原則：一群朋友在尋找結婚對象的過程中，經歷了四次烏托邦（婚禮）和一次地獄時刻（葬禮）。

《哈利波特》系列（Harry Potter and....）

　　故事前提：一個男孩發現自己擁有魔法能力後，到一所魔法學校上學。

　　故事設計原則：一個有魔法的王子到一所培養魔法師的寄宿學校上學，

在接下來的七個學年中，學習怎樣成為男人和國王。

《刺激》（*The Sting*）

故事前提：兩個騙術高手詐騙一名富翁，這個富翁之前殺害了他們的一位朋友。

故事設計原則：用騙術來講述這個有關騙局的故事，騙倒了故事中的對手，也騙倒了觀眾。

《長夜漫漫路迢迢》（*A Long Day's Journey into Night*）

故事前提：一個家庭面對母親的毒癮問題。

故事設計原則：一個家庭從白天走進黑夜，面對往日的罪惡與幽靈。

《相逢聖路易》（*Meet Me in St. Louis*）

故事前提：一名年輕女子與鄰家男孩墜入愛河。

故事設計原則：一個家庭在一年當中的成長，透過四季裡發生的事件來呈現。

《哥本哈根》（*Copenhagen*）

故事前提：三個人以相互矛盾的版本，講述改變第二次世界大戰結果的一次會面。

故事設計原則：使用物理學的「海森堡測不準原理」[3]，探索這個原理發現者模稜兩可的道德觀。

《小氣財神》（*A Christmas Carol*）

故事前提：三個幽靈探訪一名吝嗇老人，讓他重新領略耶誕節的精神。

故事設計原則：描繪一個人在耶誕節前夕被迫檢視他的過去、現在與未來，從而重獲新生。

《風雲人物》

故事前提：一個男子準備自殺時，天使出現，並讓他看到如果他不曾存在，世界會是什麼模樣。

3　海森堡測不準原理（Heisenberg's Uncertainty Principle），現代物理學說之一，指在量子力學中，如果觀察者確定粒子的位置，將使它的動量不確定性增加；如果精確測量粒子的動量，將使它的位置的不確定性增加。

故事設計原則：透過假設，呈現如果一個人從未存在，一個城市乃至一個國家會變成什麼模樣，藉此顯現個人的力量。

《大國民》（*Citizen Kane*）

故事前提：一個富裕報業大亨一生的故事。

故事設計原則：透過多位故事講述者的敘述，呈現不可能全部知道的某人的一生。

第五步：確定故事意念中最好的角色

一旦確定了故事設計原則，接下來就該聚焦於主角了。

關鍵重點：敘述故事時，始終以最好的角色為中心來發展。

所謂最好的角色，指的不是最討喜的角色，而是最具吸引力、最具挑戰性和最複雜的，即使這個角色並不討人喜歡也沒關係。敘述故事時要以最好的角色為主，因為他必然是你自己和觀眾感興趣的人物。我們總會希望以這個角色來帶動故事中的行動。

想確定哪一個才是故事意念中隱含的最好的角色，只要問問自己這個關鍵問題：我喜愛誰？你也可以藉由以下的問題來進一步探索前面那個問題的答案：我想看到他展開行動嗎？我喜愛他的思考方式嗎？我關心他必須克服的挑戰嗎？

假如從故事意念蘊藏的角色中無法找出任何喜愛的人物，那就換一個意念。如果你能找到這樣的角色，但他目前看起來不是主要角色，那就改寫故事前提，讓他成為要角。

如果你在發展的故事意念裡似乎有好幾個主要角色，那麼就需要有同樣多的敘事線，而且每個敘事線都必須找出一個最好的角色。

第六步：思索中心衝突

對哪個角色能帶動故事有概念後，你就會想弄清楚：你的故事最核心的

層面究竟和什麼有關。這表示你應該要確定故事的中心衝突。在尋找中心衝突的過程中，問自己：誰為了什麼而戰？又是和誰而戰？

這個問題的答案就是：你的故事究竟和什麼有關？因為故事中所有衝突基本上都可歸納在這個問題之下。在接下來談論七大關鍵步驟和角色的兩章時，我們會以大體而言相當複雜的方法來詳細說明這樣的衝突。不過，你必須用一句話來說明中心衝突，並將它放在面前，當作故事不可動搖的根基。

第七步：思考單一因果關係線

每一個好的、有機的故事都有單一因果關係線：A導致B而B又導致C……直到Z為止，這是故事的骨幹。故事如果缺少骨幹，或有太多骨幹，就會徹底崩解。（稍後我們會討論多重主角的故事。）

比方說，你想出這樣的故事前提：一個男子墜入愛河，並且與他的兄弟爭奪酒莊的控制權。

請留意，這個故事前提是分歧的，有兩條因果關係線。使用這裡所談的技巧來發展故事前提的其中一個好處，就是因為只寫了一個句子，要發現問題並找到解決方法，相較之下容易多了。一旦寫完整個故事或整個劇本，故事的問題就像已在混凝土上固定，但像這樣只寫了一個句子，只要一個簡單的改變，就能把分歧的故事前提轉變為單一敘事線。譬如：

一個男人愛上一個好女人，因而擊敗兄弟，取得酒莊的控制權。

尋找單一因果關係線的訣竅就是問自己：我的主角的「首要行動」是什麼？你的主角在故事進展過程中會採取許多行動，但應該有一個行動是最重要的，而且這個行動將主角其他所有行動結合在一起。這個首要行動就是因果關係線。

例如，我們再回到《星際大戰》的故事前提要旨：

一位公主陷入死亡危機，一名年輕人運用一身戰士本領解救了她，並

擊敗一個星系帝國的邪惡勢力。

我們要求自己只用簡單一段話來描述《星際大戰》，從這裡就可以看出，有一個行動把這部電影中的無數行動結合在一起了，那就是「運用一身戰士本領」。

再舉《教父》為例。這是一本史詩般的書籍或一部史詩式的電影，但同樣的，如果我們重複同樣的過程，先把故事還原為故事前提要旨，就可以清楚看出首要行動：

一個黑手黨家庭的小兒子對射殺父親的人復仇，成為新的教父。

主角麥可在故事中採取了許多行動，其中有一個 —— 也就是首要行動 —— 將它們連成一氣，那就是：復仇。

關鍵重點：如果你發展的故事前提當中有許多主要角色，每一個敘事線都必須有一個單一因果關係線，而所有敘事線應該結合成一個更大的、涵蓋一切的骨幹。

比方說，在《坎特伯雷故事集》中，每個旅客講述一個具有單一骨幹的故事，但他們都是前往坎特伯雷的旅客，都屬於同一個群組 —— 英國社會的縮影之一。

第八步：確定主角可能的角色轉變

確定故事設計原則之後，從故事前提要旨一點一滴收集所得的事物當中，最重要的就是主角的角色重大轉變。無論故事採用什麼形式，這能帶給觀眾深刻的滿足感，即使角色的轉變是負向的（例如《教父》中的轉變）。

角色轉變指的是故事主角在掙扎奮鬥過程中的體驗。在最簡單的層面上，這個轉變可用三元方程式來表示（不要與三幕式結構混淆）：

W x A = C

W（weakness）：弱點，心理層面及道德層面的。

A（Basic Action）：故事中段透過掙扎奮鬥而完成的首要行動。

C（changed person）：有所改變的人物。

在絕大多數故事當中，一個有弱點的角色奮力想完成某些事情，最後有所轉變（無論這個轉變是正向或負向的）。故事的簡單邏輯是這樣運作的：掙扎奮鬥之舉完成了首要行動 A，如何讓角色從 W 轉變為 C？請注意，首要行動 A 是重心。一個有特定弱點的角色，通過某次特定奮鬥掙扎的試煉改造，成為有所改變的人。

關鍵重點：「首要行動」應是迫使角色面對弱點、有所改變的最有效行動。

這是任何故事的簡單幾何結構，因為這是人類成長的步伐。人類的成長過程很難捉摸，但它是真實存在的，而且比其他事情都重要，是身為作者的你必須表達的（或者你必須表達為何成長並未發生）。

關鍵技巧：從首要行動開始，隨後進入首要行動的對立面。這麼做可以讓你明白，你的主角在故事開頭時是什麼樣的人 —— 他有什麼樣的弱點，以及他在結尾又成為什麼樣的人 —— 他如何改變。

以上步驟是這樣運作的：

1. 列出簡單的故事前提要旨。（保持開放，若發現角色有轉變，就修改故事前提。）

2. 確定你的故事主角在故事發展過程中的首要行動。

3. 找出 A（首要行動）的對立面，並同時兼顧 W（主角的弱點，心理層面及道德層面的）和 C（有所改變的人物）兩種需求。

找出首要行動的對立面相當關鍵，因為這是轉變能夠發生的唯一途徑。假如主角的弱點和他在故事中的首要行動相似，那只會讓他不斷加深原有弱

點，依然故我。

關鍵重點：記下主角的弱點和轉變有哪些可能的選擇。

就像故事前提的發展有很多可能性，主角的弱點和轉變也有很多選擇。例如，讓我們假設你故事中的主角的首要行動是成為不法之徒。

從首要行動開始，我們可以在弱點和轉變找出以下這些對立面。留意每一項弱點和轉變都可能是首要行動的對立面：

- 一個拮据、怕太太的男人搭上一群不法之徒，和太太離婚。

  W——故事開頭的弱點：拮据、怕太太。

  A——首要行動：搭上一群不法之徒。

  C——有所改變的人物：離婚。

或是：

- 一個拮据、高傲的銀行家搭上一群不法之徒，向窮人施以援手。

  W——故事開頭的弱點：拮据、高傲。

  A——首要行動：搭上一群不法之徒。

  C——有所改變的人物：向窮人施以援手。

或是：

- 一個害羞、膽小的男人搭上一群不法之徒，沉醉於聲名中。

  W——故事開頭的弱點：害羞、膽小。

  A——首要行動：搭上一群不法之徒。

  C——有所改變的人物：沉醉於聲名中。

從開頭關於一個男子成為不法之徒的故事前提要旨中，可以一點一滴收集到可能發生的各種角色轉變。接下來，讓我們透過幾個熟悉的故事來演練這項技巧。

《星際大戰》

故事前提：一位公主陷入死亡危機，一名年輕人運用一身戰士本領解救了她，並擊敗一個星系帝國的邪惡勢力。

W——故事開頭的弱點：天真、衝動、麻木、散漫、缺乏自信。

A——首要行動：運用他的戰士本領。

C——有所改變的人物：自豪的、躋身精英的、為正義而戰的戰士。

主角路克在故事開頭的弱點，肯定不是戰士的特質。可是當他不斷被迫運用戰士的本領，就可能變得堅強，成為充滿自信、為正義而戰的戰士。

《教父》

故事前提：一個黑手黨家庭的小兒子對射殺父親的人復仇，成為新的教父。

W——故事開頭的弱點：事不關己的、害怕的、依循主流價值、循規蹈矩、與家族疏離。

A——首要行動：復仇。

C——有所改變的人物：專橫、家族的獨裁者。

為何要透過首要行動的對立面來決定主角的弱點和轉變，《教父》是一個完美例子。如果主角麥可在故事開頭就是渴望復仇的人，那麼對射殺他父親的人報復，只會讓他更像原來的他，沒有角色轉變。假如故事開頭的他處於復仇心重的對立面，結果會如何？一個事不關己的、害怕的、依循主流價值的、循規蹈矩的人，和他的黑手黨家族關係疏離，後來卻展開復仇，就有可能會變得專橫，成為家族的獨裁者。這無疑是個極端的改變，卻全然具說服力。

請留意：使用這項技巧獲得的結果，只是故事中可能會有的角色轉變。故事前提這項工作極具試探性質，在角色轉變方面更是如此。在寫作過程中，構思不同的角色轉變時要保持開放。接下來兩章會談到故事結構七大關鍵步驟和角色，到時候將更深入探索這個關鍵的故事元素。

第九步：找出主角可能的道德抉擇

故事的中心主題經常由於主角必須做出的道德抉擇而更加具體，而且往往發生在故事即將結束之前。主題是你對於好的待人處世之道的觀點，是你的道德觀，也是你寫作故事的主要原因之一。

呈現主題最好的方式是透過故事結構，也就是透過我所說的「道德議題」

來表現。身為作者的你藉此表明處世之道，並且不是透過哲學論述，而是透過故事角色追求某個目標而採取的行動（詳見第五章「道德議題」）。表述這個議題最重要的步驟，可能就是最後讓主角面對的道德抉擇。

　　很多作者會犯的錯是讓主角面對虛假的抉擇，也就是在正向與負向之間做出選擇。例如，你可能迫使主角選擇鋃鐺入獄或贏得淑女芳心。結果未免太明顯了。

　　關鍵重點：主角面對的兩個選項必須是真正的抉擇，必須同時是正向的，或同時是負向的〔這種情況相當罕見，《蘇菲的選擇》[4] 就是其中一例〕。

　　這些抉擇的選項要盡可能對等，而且其中一個比另一個能帶來稍好一點的人生。兩個正向選項的經典例子，就是在愛情和榮譽之間做出選擇。在《戰地春夢》（*A Farewell to Arms*）中，主角選擇了愛情；在《梟巢喋血戰》（*The Maltese Falcon*，以及絕大多數的偵探故事）中，主角選擇了榮譽。

　　請再次留意，這項技巧的用意是找出可能會有的道德抉擇。此時你提出的抉擇，在寫作完整故事的過程中也可能會完全改變。這項技巧只是迫使你在開始寫作之前，從實際層面來思考你的故事主題。

第十步：提出關鍵的大問題

　　完成所有關於故事前提的作業後，再問自己最後一個問題：用來概括這個故事的那句故事簡介是不是夠獨特？除了自己以外，是否足以引起許多人的興趣？

　　這個問題和是否廣受歡迎、是否具商業吸引力有關。你必須毫不留情的回答。看看你的故事前提，如果發現只有自己和身邊的家人想看這個故事，以下是我鄭重的提醒：不要把這個前提寫成故事。

　　我們應該總是先為自己寫作，寫自己關注的事，不過，我們不該只為自

4　在《蘇菲的選擇》（*Sophie's Choice*）這部電影中，女主角被迫做出犧牲兒子或女兒的艱難抉擇。

己寫作。作者常犯的錯誤當中，最嚴重的就是落入非此即彼的思想陷阱：寫自己關注的內容，或寫有市場的內容。這是錯誤的兩分法，來自於因埋首陋室寫作、為藝術受苦的舊式浪漫概念。

有時你會抓住一個意念，覺得非寫不可。有時你會碰上一個很棒的意念，卻不曉得觀眾喜不喜歡。但請記住：你一生當中會遇到許多意念，數量遠多於你能寫出來的完整故事。你嘗試寫的故事，應該總是自己關注且認為對觀眾也有吸引力的內容。寫作應該是對自己饒有意義的事，但若為觀眾而寫，會讓你做自己熱愛的事的時候會更容易。

寫作練習 1——創作故事前提

● 故事前提：

　　用一句話寫出你的故事前提。

● 問自己：

　　以這個故事前提要旨寫成的故事，是否可能改變你的人生。

● 願望清單與故事前提清單：

　　寫下你的願望清單和故事前提清單。兩者一併仔細研讀，看看是否有自己關注和喜愛的核心元素。

● 有哪些可能性：

　　看看故事前提有哪些發展的可能性，記下這些選項。

● 故事的挑戰和問題：

　　找出你的故事意念會帶來哪些獨特的挑戰和問題，盡可能多想一些。

● 故事設計原則：

　　定出故事意念的設計原則。請記得，這個原則描述的是一個較深層的過程或形式，決定故事的開展及獨特的敘述方式。

● 最好的角色：

　　確定故事意念中最好的角色，讓這個角色成為故事前提的主角。

● 衝突：

　　問自己：主角與誰而戰，又為了什麼而戰？

● 首要行動：

　　找出主角在這個故事裡的首要行動，藉此找出單一因果關係線。

● 角色轉變：

　　找出角色可能會出現的轉變，從首要行動開始，再進入首要行動（A）的對立面，藉此找出主角在故事開頭的弱點（W），以及在故事結尾的轉變（C）。

● 道德抉擇：

　　列出主角在故事即將結束之前必須面對的道德抉擇。確定這是一個難以決定的抉擇。

● 對觀眾的吸引力：

　　問問自己，你的故事前提有沒有可能吸引更廣泛的觀眾。如果答案是否定的，重頭來過。

　　接下來讓我們仔細看看《窈窕淑男》，你會發現在打造故事前提的過程中能完成哪些目標。

《窈窕淑男》

（劇本：賴瑞・傑爾巴特、莫瑞・希斯高；原著故事：唐・馬奎爾、賴瑞・傑爾巴特；1982 年）

　　故事前提：一個演員找不到工作，於是喬裝成女人，卻和參與表演的另一個女演員墜入愛河。

　　有哪些可能性：關於現代男歡女愛的有趣觀察，也剖析了男女生活中關係最親密時的互動所隱含的深層邪惡。

　　故事的挑戰：如何呈現男人的邪惡行動對女人的影響，同時又不致於像是藉由讓某個性別顯得無辜來攻擊另一個性別？

　　難題：讓一個男人化身女人，而且具有說服力；與其他幾名男女的劇情交織在一起；讓每個情節線都有圓滿的結尾；打造一個在情感上令人滿足的愛情故事，同時採用一些鬧劇技巧，讓觀眾處於超然的觀看位置。

　　故事設計原則：迫使一個男性沙文主義者過女人的生活。把故事背景設定在娛樂事業世界，讓喬裝更具說服力。

　　最好的角色：主角麥可分裂成男人與他喬裝的女人，或許是他個人人格

極度矛盾的一種反映，而且透過生理和喜劇的方式來表現。

衝突：麥可與茱莉、羅恩、雷斯和珊蒂不斷爭論愛情與誠實等問題。

首要行動：喬裝成女人。

角色轉變：

W——故事開頭的弱點：傲慢、騙子、玩弄女性的人。

C——有所改變的人物：麥可經歷過喬裝成女性後，學會了如何成為更好的人，也懂得了真愛。

道德抉擇：麥可放棄有利可圖的演出機會，為自己向茱莉說謊而道歉。

03

故事結構
七大關鍵步驟

　　《教父》是長篇、複雜的小說和電影。《窈窕淑男》精心設計了一連串未得到回報的愛、錯認的身分和鬧劇式的失誤。《唐人街》巧妙揭露層層的驚奇與真相。這幾個截然不同的故事全都是成功之作，因為在每個故事的表象之下，故事結構的七大關鍵步驟以有機方式環環相扣。

　　談論故事的結構，即是探討故事如何隨著時間而開展。打個比喻，所有生物的生長過程看似連續不斷，但若仔細觀察，就可看出其中的一些步驟或階段。故事也是一樣。

　　一個故事從開頭到結尾至少有以下七個發展步驟：

- 弱點／需求
- 欲望
- 對手
- 計畫
- 對決
- 真實自我的揭露
- 新的平衡點

這七個步驟不像「三幕式結構」等機械式故事結構那樣，可以隨意從外面強加於故事之上。它們存在於故事的內在。這七個步驟以人的行動為基礎，因此是故事的核心、故事的 DNA，也是你成為成功作者的基石。這些步驟也是任何人想解決人生問題時的必經途徑。此外，由於這七個步驟是有機的——隱含於故事前提要旨之中——它們必須正確串連在一起，故事才能為觀眾帶來最大的衝擊。

讓我們看看每一個步驟的意義，以及它們如何在故事的表象之下相互連結，在故事當中又如何實際運作。

1. 弱點／需求

主角從故事開頭就深受某個或多個嚴重「弱點」牽制。他內心缺乏的某樣重要事物，即將摧毀他的人生。（我假設這個主要角色是男性，只是為了方便說明。）

這個主角必須滿足自己內在的某種「需求」，才能擁有更好的人生。在這個過程當中，他通常必須克服本身的弱點，以某種方式有所改變或成長。

《窈窕淑男》

弱點：傲慢、自私、說謊的人。

需求：主角麥可必須克服自己對待女性時的傲慢，並且停止欺騙，以及為一己之欲而利用女性。

《沉默的羔羊》（*The Silence of the Lambs*）

弱點：青澀、受心頭縈繞的兒時記憶困擾、置身以男性為主的社會中的女性。

需求：主角克萊麗斯必須克服往日的幽靈，並以專業能力在以男人為主的世界中贏得尊重。

我必須再次強調，主角的需求對故事成功與否至關重要。這個需求是故事的泉源，同時也設定了其他每個步驟。因此，當你在創造故事主角的需求時，留意以下兩個關鍵重點：

關鍵重點 1：主角在故事開頭時不該覺察到自己的需求。

如果他一開始就知道自己需求，故事也就結束了。主角應該在故事接近結尾時，在「真實自我的揭露」階段才察覺自己的需求。這時，他已經歷許多痛苦（在戲劇中）或掙扎（在喜劇中）。

關鍵重點 2：賦予主角道德層面及心理層面的需求。

在一般故事裡，主角只有心理層面的需求，也就是主角必須克服的是性格的嚴重缺陷，但這個缺陷不會傷及別人，只會傷害他本人。

在較出色的故事裡，主角除了心理層面的需求外，還有道德層面的需求。所謂道德層面的需求，指的是主角必須克服某種道德層面的缺陷，並學習如何善待他人。一個有道德層面需求的角色，在故事開頭總會以某些方式（他在道德層面的弱點）傷害別人。

《大審判》（*The Verdict*）

主角法蘭克心理層面的需求是克服酗酒問題，並重拾自尊，道德層面的需求則是停止利用他人賺錢，並知道如何正派行事。我們看見他要手段混入陌生人的喪禮以招攬生意，因而知道他有道德層面的需求。他只想從死者家人那裡得到賺錢機會，並不在意這麼做會不會讓他們難過。

除了心理層面需求外，還必須賦予主角道德層面需求，其中一個重要原因在於這麼做可以擴大主角的影響範圍：他的行動不只影響自己，也影響別人。如此一來，就能更有力打動觀眾。

賦予主角道德層面需求的另一個原因在於：這樣能避免把他寫成一個完美的人或受害人。這兩種情況都是故事敘事的致命傷。一個完美的人看來不夠真實，不具說服力。如果一個角色沒有道德瑕疵，有道德缺陷的對手往往就會喧賓奪主，因而為故事帶來反作用力，故事因而也變得可以預測。

此外，你的故事從第一頁開始還必須有「難題」。相對而言，「難題」不像「弱點／需求」那麼重要，但仍必須存在。所有好的故事都以重大挫折開場：主角陷入困境。故事的「難題」，就是主角從第一頁開始就陷入的危機。

他很清楚危機的存在，卻不知道該如何解決。

「難題」並不是故事七大步驟之一，卻是「弱點／需求」的一個面向，不容忽視。透過「危機」，可以很快界定某個角色。它應該是主角弱點的彰顯。危機在觀眾面前凸顯弱點，為故事提供快速的起步。

關鍵重點：讓「難題」簡單而具體。

《日落大道》（*Sunset Boulevard*）

弱點：主角喬·吉利斯在金錢和其他生活享樂方面有弱點。他會為了個人逸樂而犧牲對藝術與道德層面的堅持。

難題：喬·吉利斯破產，幾名財務公司的人到他住處收回他的車子。他打算逃走。

《窈窕淑男》

弱點：傲慢、自私、說謊的人。

難題：主角麥可是了不起的演員，但太過傲慢，沒人願意雇用他。他只好鋌而走險。

關鍵步驟技巧：創造道德層面的需求。

故事作者經常認為自己已經賦予主角道德層面的需求，事實上那只是心理層面的需求。記住這個簡單的要訣：想為角色加上道德層面的需求，他在故事開頭至少要對一個人造成傷害。

有兩個方式能為主角找到合適的道德層面需求：將道德層面需求與他的心理層面的需求加以連結，並將他的強項轉為弱點。

在出色的故事當中，道德層面需求通常源自於心理層面的需求。故事角色因為有心理弱點，導致他對別人帶來不利的影響。

想為故事角色賦予心理層面的需求及合適的道德層面需求，可以這麼做：

1. 先從心理弱點著手。

2. 找出從這個弱點會自然產生哪些不道德的行動。

3. 辨識這樣的行動源自於什麼樣的深層道德弱點和需求。

創造合適的道德層面需求的第二項技巧，是迫使角色的強項變成弱點。這項技巧是這樣運用的：

1. 找出角色的某項美德，讓他對它熱切追求，最後變得難以承受。

2. 確定主角信守的價值取向，然後找出這種價值取向的負面版本。

2. 欲望

緊隨著弱點／需求而來的是主角的「欲望」。這是主角在故事中想要得到的事物，是他的特定目標。這個關於欲望的敘事線開展後，觀眾才會對故事感興趣。把欲望視為觀眾「依循前進」的故事軌跡；觀眾藉由它而和主角搭上「同一班車」，一起追求他的目標。欲望是故事中的單一驅動力，從結構上來說，它是牽繫著所有其他元素的那條線。

欲望與需求關係緊密。在大部分故事裡，當主角達成目標，也就同時滿足了他的需求。讓我們看看自然界的簡單例子。一頭獅子餓了，需要食物（肉體上的需要）。牠看見一群羚羊經過，緊盯著其中一頭年輕的羚羊（欲望）。如果牠能捕獲這頭小羊，牠就不再覺得餓了。故事結束。

作者所犯的最大錯誤之一，就是混淆了需求和欲望，或者認為它們是故事的同一個步驟。這兩個獨特的故事結構步伐共同構成故事的開頭，因此必須清楚區分它們各自的作用。

所謂的「需求」，與角色必須克服的內在弱點有關。一個有某種需求的主角，總是在故事開頭就受這項弱點牽制。至於「欲望」，則是角色的外在目標。主角一旦產生欲望，就會朝特定方向前進，並採取行動來達成目標。

角色的需求和欲望，對觀眾也有不同的作用。欲望讓觀眾看到，主角必須如何轉變才能擁有更好的生活；它是整個故事的關鍵，但隱藏在表象之下。欲望讓觀眾與主角共同追求某樣事物，即使在故事情節經歷各種轉折、變化甚至偏離主軸時，他們仍與主角並肩前進。欲望是浮出表面的，讓觀眾思考故事想傳達的是什麼。

欲望敘事線

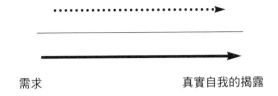

需求　　　　　　　　　　　真實自我的揭露

讓我們看看以下一些故事例子，了解需求和欲望的關鍵差異：

《搶救雷恩大兵》（*Saving Private Ryan*）

需求：儘管心存恐懼（心理和道德層面），仍要善盡職責。

欲望：找到雷恩大兵，把他活著帶回來。

《一路到底：脫線舞男》（*The Full Monty*）

需求：這群男人全都必須重新找回自尊。

欲望：在滿室女士面前裸體表演，賺一大票。

《大審判》

需求：主角必須重新找回自尊（心理層面），並學習如何依循正義、善待別人（道德層面）。

欲望：像所有法庭戲劇一樣，他希望贏得官司。

《唐人街》

需求：克服自己過於自信的傲慢，學習信任他人（心理層面）。此外，還必須停止為了金錢而利用他人，並將謀殺犯繩之以法，因為這是應做的事（道德層面）。

欲望：就像所有偵探故事，主角的欲望是解開謎團，在這個故事中，傑克要做的就是查出誰殺了荷利斯，以及殺人的目的。

關鍵重點：主角的真正欲望，是他在這個故事裡想要什麼，而不是在生活中想要什麼。

例如，《搶救雷恩大兵》中的主角想要的是停止戰鬥，回家和家人團聚。不過這不是這個特定故事的方向。他在這個故事裡的目標，讓他不得不採取一連串特定的行動，帶回大兵雷恩。

關鍵步驟技巧：從欲望敘事線開場。

有些作者知道，只有欲望敘事線浮現，才能引發讀者或觀眾注意，但有時這些作者因為聰明過頭而適得其反。他們想：「我跳過弱點／需求這個步驟，從欲望開始。」這不啻與魔鬼立下盟誓。

藉由欲望敘事線開場，讓你的故事起步很快，但也犧牲了原本應有的回饋結果，破壞故事的結局。弱點／需求是所有故事的泉源，它讓主角可能在結局有所改變，讓故事變得具個人特色，也有意義。還有，它讓觀眾在意。

無論如何，不要省去這個步驟。

3. 對手

作者對於主角的對手──又稱對立角色（antagonist）──常有誤解，因為他看起來、聽起來是個壞蛋，無惡不作。如果這樣看待對立角色，永遠也無法寫出好的故事。

相對的，你必須從結構的角度來看待這個對手，也就是他在故事中發揮的作用。一個名副其實的對手，不只是阻擋主角達成欲望，更與主角競逐同一個目標。

請留意這樣定義主角的對手應如何與主角的欲望產生有機連結。只有讓主角與對手競逐同個一目標，他們才會正面衝突，而且這樣的衝突會在整個故事中一再出現。如果主角和對手各有不同目標，兩人毋需正面衝突就能各取所需，這樣一來就沒有故事可說了。

如果觀察一些出色故事，乍看之下，它們的主角和對手追逐的不是相同目標，這時再仔細看看是否能找出他們究竟為什麼而戰。例如，偵探故事看

起來是主角追捕殺人凶手，對手想逃走。事實上，他們是為了眾人會相信哪一個版本的事實而交手。

塑造與主角追逐同一目標的對手，訣竅在於找出兩人之間最深層面的衝突。問自己：他們之所以展開爭鬥，最重要的目的是什麼？它必須是你故事的焦點。

關鍵重點：從主角的具體目標著手，找出正確的對立角色；任何想阻止主角達成目標的人，就是主角的對手。

請留意：有些作者常會提到，他們創造的主角的對手就是主角自己。這個錯誤將引來所有結構問題。當我們說主角在與自己對抗，指的其實是主角的弱點。

以下是一些對立角色的例子：

《教父》

主角麥可第一個面對的對手是索羅佐，但主要對手是勢力更大的巴茲尼。巴茲尼是隱藏在索羅佐背後的勢力，他打算消滅整個柯里昂尼家族。麥可與巴茲尼為了家族存亡也為了誰主宰紐約的罪惡世界而戰。

《星際大戰》

主角路克的對手是無情的維德，他們為了誰將主宰宇宙而戰。維德代表獨裁帝國的邪惡勢力，路克代表善良力量，包括絕地武士民主共和國。

《唐人街》

這部電影和許多偵探故事一樣，呈現在我們眼前的是一個獨特而難以捉摸的對手，因為它一直隱而不見，直到故事結局才出現。原來，傑克的對手是有錢有勢的諾亞·克羅斯。克羅斯打算透過他的供水計畫來掌控洛杉磯的未來，但他與傑克抗爭的不是這一點。由於這是一個偵探故事，他和傑克真正爭奪的是哪一個版本的事實能取信於人。克羅斯希望人們相信荷利斯是意外溺斃的，伊芙琳的女兒是他的孫女。傑克則希望人們相信，克羅斯殺死荷利斯，並且強暴了自己的女兒。

4. 計畫

　　沒有計畫，就不可能有行動，在生活和故事中都一樣。計畫是一套指引或策略，主角透過這個計畫來克制對手，達成目標。

　　同樣的，此時請留意：計畫如何同時與欲望及對立角色產生有機連結。計畫必須一直聚焦於如何擊敗對手，達成目標。主角可能只有一個模糊的計畫。或者，在偷搶犯罪（caper）、戰爭等特定類型的故事裡，由於計畫非常複雜，角色經常會將它寫下來，讓觀眾一目了然。

《唐人街》

　　傑克的計畫是詢問認識荷利斯的人，並追查與荷利斯謀殺案相關的實質證據。

《王子復仇記》（*Hamlet*）

　　主角哈姆雷特的計畫，是搬演一齣戲劇，模擬他父親遭目前在位國王謀殺的情況，然後從國王觀劇的反應來證明他的罪狀。

《教父》

　　麥可的第一個計畫是殺死索羅佐及保護他的警官。在接近故事結局出現的第二個計畫，則是一舉消滅其他家族的領袖。

5. 對決

　　在故事中段，主角和對手為了成功達成目標，奮力向對方展開攻擊與反擊。「對決」就是主角與對手的最後衝突，它決定誰會勝出，達成目標。最後的對決可以是暴力衝突，也可以是語言的衝突。

《奧德賽》

　　主角奧德修斯殺死曾追求他的妻子、令她痛苦萬分並摧毀他們家園的人。

《唐人街》

　　一名警察殺死伊芙琳，克羅斯帶著伊芙琳女兒逃走，傑克帶著絕望離去。

《大審判》

　　法蘭克在法庭以傑出的律師技巧和具說服力的言辭擊敗對方的律師。

6. 真實自我的揭露

對決對主角來說是強烈而痛苦的經歷。對決的嚴酷考驗，讓主角對於自己究竟是什麼樣的人有了重大發現。故事的品質如何，主要建立於真實自我揭露過程的品質。想打造出色的自我揭露過程，首先要了解的是：這個步驟和主角的需求一樣有兩種形式——心理層面的，以及道德層面的。

在心理層面的自我揭露過程中，主角剝除表象，不再隱藏其下，第一次誠實的面對自己。剝除表象不是被動的，但也不容易。這是主角在整個故事中最積極、最困難、最具勇氣的行動。

請留意：不要讓主角站出來說明他學到了什麼。這麼做太刻意、太說教，只會讓觀眾敬而遠之；理想的方式是透過行動引領他進入自我揭露的過程，以此暗示主角獲得的體悟。

《飛進未來》

喬許領悟到，如果他期盼成年時能過著充滿愛的美好生活，那麼就必須離開女朋友和玩具工廠的生活，重新回到孩子身分。

《北非諜影》

瑞克擺脫憤世嫉俗的心態，重拾理想主義，並割捨對伊爾莎的愛，讓自己成為自由鬥士。

《唐人街》

傑克的真實自我揭露是負向的。伊芙琳死後，他喃喃自語說：「愈少愈好。」他似乎相信自己的人生不但無用，更具毀滅性，因為他再次傷害了自己愛的人。

《與狼共舞》（*Dances with Wolves*）

鄧巴因為新婚妻子及拉科塔蘇族族人而找到重新活下來的理由，以及新的處世之道。諷刺的是，拉科塔的生活方式逐漸式微，因此鄧巴的真實自我揭露同時具有正向與負向意義。

如果你已賦予主角道德層面的需求，他的真實自我揭露應該也包含道德層面。主角不只以新的目光看待自己，也獲得了如何善待別人的體悟。具體

來說，他體認到自己以往如何犯了錯，如何傷害他人；他也明白自己必須改變。接著，他透過採取新的道德層面的行動，證明自己已經改變。

《窈窕淑男》

　　麥可體悟到自己應該成為什麼樣的男人：「我以女兒身與你相處時，是個更好的男人，勝過我以男兒身和女人相處的任何時刻。我只是想學習在沒有喬裝之下如何成為好男人。」他還為傷害他所愛的女人而道歉。請注意，雖然主角站出來說出他體會了什麼，但因為他的說法聰明又有趣，因而沒有說教意味。

《頑童歷險記》

　　哈克明白了過去認為吉姆次人一等是錯誤的。他寧可下地獄，也不願意把吉姆的下落告知他的主人。

　　你可能已經猜到，與真實自我揭露關係最密切的步驟就是需求。這兩個步驟形塑你的主角的**角色轉變**（我們會在下一章更詳細探索這一點）。需求是主角角色轉變的起點，真實自我的揭露則是轉變過程的終點。需求在故事的開頭標誌著主角不夠成熟，也就是主角缺乏某種事物，因而牽制著他。在真實自我的揭露當下，主角的人格有了成長（除非那認知令他極度痛苦，因而毀了他）。他學會、收穫的一切，讓他接下來迎向更美好的生活。

7. 新的平衡點

　　在「新的平衡」狀態下，每樣事情回復正常，所有欲望都已消失。唯一的主要差異在於主角經歷煎熬後，抵達一個更高或更低的人生層次。這是主角根本的、永久的改變。如果真實自我的揭露是正面的，也就是他了解真實的自己是什麼樣的人，同時學會了如何好好生活，那麼他的人生就更上一層樓。如果真實自我的揭露是負面的，也就是主角由於惡劣的人格缺陷而犯下大罪，或者他無法完成真實自我的揭露，他就會向下沉淪甚或毀滅。

　　主角更上一層樓的例子：

《終極警探》（*Die Hard*）

　　約翰擊敗罪犯，救回妻子，並重新確認兩人之間的愛。

《麻雀變鳳凰》（*Pretty Woman*）

　　薇薇安脫離妓女生涯，與所愛的男人在一起（很幸運的，對方是億萬富翁）。

《沉默的羔羊》

　　克萊麗斯將水牛比爾繩之以法，成為優秀的聯邦調查局（FBI）探員，看起來也克服了往日可怕的夢魘。

　　主角向下沉淪的例子：

《伊底帕斯王》（*Oedipus, the King*）

　　伊底帕斯得知自己弒父並與母親亂倫後，挖掉自己的眼睛。

《對話》

　　主角發現自己在一起謀殺案中成為幫凶，最後因過度震驚，拚命在自己的公寓裡翻找，不顧一切想找出竊聽器。

《迷魂記》

　　主角拉著他愛的女人到大樓頂樓，要她承認犯了謀殺罪，隨後他驚恐萬分往下望，那名女子因畏罪而失足墜樓身亡。

寫作練習 2——活用故事結構七大步驟

　　看過故事結構七大步驟的內容後，接下來，一起看看如何在你的故事裡加以活用：

● 故事事件：

　　記下一些故事事件，並用一句話來描述每一個事件。

　　七大步驟不是從外在強加於故事之上的，而是隱含於故事意念之中。若想釐清這七個步驟，首先要做的就是：列出故事中可能發生的一些事件。

　　通常，當你想到一個故事意念，腦海中應該會立刻浮現某些特定事件：「這可能會發生，那可能會發生，這又可能會發生。」故事事件通常是主角或他的對手所採取的行動。

　　即使這些事件最後全都沒有出現在完成的故事裡，關於這些事件的初步想法仍非常有價值。用一句話寫下每個事件。這時應當注意的重點是：不需

要鉅細靡遺，但要簡要記下關於每一個事件的意念，也就是事件過程發生了什麼。

● **至少寫出五個故事事件，最好能寫十到十五個：**

　　寫得愈多，就愈容易「看見」你的故事，找到七大步驟。

● **事件的順序：**

　　從開始到結尾粗略排列事件發生的順序。記住：這可能不是最後的順序。重要的是，這麼做，可以讓你檢視一下故事從頭到尾發展過程的可能性。

● **七大步驟：**

　　檢視故事事件，找出七個結構步驟。

　　關鍵步驟技巧：先決定故事結尾真實自我的揭露，再往前回溯到故事的開頭，找出主角的需求和欲望。

　　這種由結尾往開頭回溯的技巧，我們在探索角色、情節和主題時，還會一再使用。這是小說寫作的最佳技巧之一，因為它確保主角和故事能一直朝著結構發展過程的終點前進，也就是真實自我的揭露。

● **心理層面與道德層面的真實自我揭露：**

　　在構思真實自我的揭露時，試著讓主角同時面對心理層面與道德層面的自我揭露。

　　要具體構思主角從中學到了什麼。在構思其他六個步驟、繼續完成整個寫作過程時，對於已經寫好的部分要保持彈性，隨時準備調整。構思七大步驟及故事的其他部分時，和玩填字遊戲十分相似，有些部分很容易想出來，其他的就很困難。利用容易想出的部分來構思困難的部分，但是當後來寫的內容為故事帶來新的方向時，也要願意回頭修改已經完成的部分。

● **心理層面與道德層面的弱點／需求：**

　　構思出真實自我的揭露之後，回到故事開頭。試著同時為主角提供心理層面與道德層面的弱點與需求。

　　記住關鍵差異：心理層面的弱點／需求只影響主角自己，道德層面的弱

點／需求則影響別人。

● **不要只幫主角找出一個弱點，多找幾個：**

這些弱點應該是嚴重的缺陷。這些強烈而危險的缺陷即將摧毀主角的人生，或確實可能摧毀他的人生。

● **難題：**

你的主角在故事開頭面對什麼樣的難題，以及什麼樣的危機？想辦法讓主角的弱點衍生出他面對的難題。

● **欲望：**

賦予主角非常明確且具體的欲望。

確認主角的目標會引領他朝故事的結局前進，並讓他不得不採取一些行動以達成目標。

● **對手：**

為主角打造一個對手，他想與主角達成同樣的目標，而且非常擅長攻擊主角最大的弱點。

你可以為主角創造出數百個對手，問題是：誰是其中最厲害的？回到關鍵問題，從這裡開始：主角和對手對決的最深層衝突是什麼？讓主要對手像主角一樣執意達成目標。讓他也有足以攻擊主角最大弱點的特殊能力，而且在努力達成目標時不斷發動攻擊。

● **計畫：**

安排一個計畫，讓主角不得不採取一些行動；如果最初的計畫行不通，就加以調整。

通常計畫會塑造故事的其他部分，因此它必須包含許多步驟。不這麼做的話，只能寫出很短的故事。計畫必須既獨特而且夠複雜，讓計畫失敗時主角能夠有所調整。

● **對決：**

接下來想出對決和新的平衡點。

對決應該讓主角和主要對手一決高下，而且一次定勝負，確定誰成功達成目標。你必須決定這是一場透過行動、暴力的對決，或是言語的對決。不

論選擇哪一種，它都必須是一次嚴肅激烈的經驗，讓主角接受終極試煉。

　　接下來就以《教父》為例，從單一故事中拆解出七大步驟，你可以藉此看看這七大步驟在自己的故事中可能是什麼樣子。

《教父》

（原著小說：普佐；劇本：普佐、柯波拉；1972 年）

　　主角：麥可・柯里昂尼。

　　弱點：麥可年輕、生嫩、未經過歷練、過於自信。

　　心理層面的需求：克服他的優越感、自視清高的心態。

　　道德層面的需求：保護他的家族，但避免像其他黑手黨領袖那麼殘暴。

　　難題：敵對幫派成員射殺麥可的父親，也就是他家族的領袖。

　　欲望：向射殺父親的人報仇，藉此保護他的家族。

　　對手：麥可第一個面對的對手是索羅佐，但真正的對手是勢力更大的巴茲尼。巴茲尼是隱藏在索羅佐背後的勢力，他打算消滅整個柯里昂尼家族。麥可與巴茲尼為了家族存亡也為了誰主宰紐約的罪惡世界而戰。

　　計畫：麥可的第一個計畫是殺死索羅佐及保護他的警官。第二個計畫則是一舉消滅其他家族的領袖。

　　對決：最後的對決，以交叉剪接來呈現麥可參加外甥的浸洗禮儀式，以及五個黑手黨家族的領袖遭到殺害：麥可在浸洗禮儀式上表示自己信奉上帝。克雷門薩朝著走出電梯的一群人開了一槍。莫格林眼睛中槍。麥可跟著儀式聲明遠離魔鬼撒旦。另一名槍手走過旋轉門，射殺了另一個黑手黨家族領袖。巴茲尼遭射殺。湯姆將特西歐送入謀殺布局。麥可將卡羅處死。

　　心理層面的真實自我揭露：沒有。麥可仍然相信自己的優越感及自視清高是合情合理的。

　　道德層面的真實自我揭露：沒有。麥可變成殘暴不仁的劊子手。作者採用高層次的故事結構技巧，把道德層面的真實自我揭露交給主角的妻子凱伊；當門在她面前砰然關上的那一刻，她明白麥可變成了什麼樣的人。

　　新的平衡點：麥可殺死敵人，「躍登」教父地位，在道德層面卻墮落為

「魔鬼」。這個以往不願與家族的暴力犯罪扯上關係的人，如今成了家族領袖，且不惜殺死任何出賣他或阻礙他的人。

04
角色

　　《窈窕淑男》大受歡迎，是因為由達斯汀・霍夫曼（Dustin Hoffman）飾演的主角在劇中男扮女裝。是這樣嗎？不。這個角色之所以有趣，整個故事之所以具說服力，是由於其中角色形成的網絡有助於定義主角，並讓他能夠表現出有趣的一面。如果能看透達斯汀・霍夫曼穿著女裝的炫麗外表，就會看出：故事中的每個角色以各不相同的角度映照出主角的核心道德難題——男性如何不當對待女性。

　　大部分作者對角色的處理全然錯誤。他們先列出主角的所有特質，開始講述他的故事，然後讓他在結局中有所改變。無論怎麼努力嘗試，這樣就是行不通。

　　接下來我們要透過不同的過程來進行練習，相信你會覺得這樣有用多了。以下是各個步驟：

　　1. 故事開始時，不要聚焦於主要角色，而是同時觀察所有角色，把他們當成彼此連結的網絡的一部分。將這些角色相互比較，再依據故事的功能和原型（archetype）找出他們的不同點。

　　2. 接著，根據主題與對立關係，賦予每個角色個人特質。

3. 接下來，將注意力集中於主角，逐步將他「建構」起來，最後打造出一個層次豐富、複雜的人物，這樣才足以吸引觀眾關注。

4. 以各種細節來打造主角的對手。這個角色的重要性僅次於主角，因此他在很多方面都是定義主角的關鍵。

5. 最後，藉由建立角色的技巧來製造故事過程中的衝突。

角色網絡

作者在創作角色時所犯的最大錯誤，就是將主角設想為與其他角色互不相關的個體，讓主角孤伶伶的與世隔絕，和其他角色沒有連結。這麼一來，不只創造出軟弱無力的主角，同時也創造出平板的對手，以及更無力的次要角色。

這個大忌在劇本寫作中更顯嚴重，原因在於過度強調「高概念」的故事前提。在這樣的故事裡，主角似乎是唯一重要的角色。諷刺的是，如此強烈聚焦於主角，不但無法將他定位得更清楚，反而讓他像個單調的行銷工具。

想創造出色的角色，應該將每個角色設想為某個網絡的一部分。在這個網絡裡，每個角色都有助於界定其他角色。換句話說，角色往往由「他不是什麼樣的人」來界定。

> 關鍵重點：打造主角及所有角色最重要的步驟，是將他們相互連結，並加以比較。

只要將某個角色與主角加以比較，你就不得不用新的方式讓主角與其他角色有所區隔，同時也開始發現，次要角色和主角一樣複雜，而且也有其重要性。

讓所有角色相互連結或彼此界定的方式，主要有四種：故事功能、原型、主題，以及對立關係。

依故事中的功能來建構角色網絡

每個角色必須有助於故事的發展目標，而故事發展目標則蘊藏於設計原則之中（參見討論故事前提的第二章）。每個角色都有其特別設定的作用或功能，協助故事能達成原有目標。劇場導演彼得‧布魯克斯[5]在談論演員時提出的一點看法，對寫作者創造角色也有助益：

> 〔布萊希特（Brecht）〕指出，每個演員都有助於推動劇情……（演員）觀察自己與戲劇整體的關係時，看到的不只是角色過度塑造（瑣碎細節）往往與戲劇的需要背道而馳，還會看到許多不必要的特徵其實可能對角色不利，並且會減弱他的表現。

雖然觀眾最感興趣的是主角如何有所改變，但只有讓主角及其他所有角色在整個團隊中發揮應有的作用，這個改變才能夠呈現出來。讓我們看看小說的幾種主要角色，以及他們在故事中發揮的功能。

主角

主角是最重要的角色，又稱主人翁。這個人物背負著核心難題，並因嘗試解決難題而引發行動。主角決定追求某個目標（欲望），但他擁有的某些弱點和需求，讓他無法達成目標。

故事中的其他角色全都是主角的對手或盟友，有些則是亦敵亦友。故事的轉折與變化，的確也大部分來自於主角與各個角色間敵對與盟友關係的消長結果。

《王子復仇記》的主角：哈姆雷特。

5　彼得‧布魯克斯（Peter Brooks, 1925~），英國劇場先驅，一九六二年起擔任英國皇家莎士比亞劇團導演，一九七〇年於巴黎成立國際戲劇研究中心（International Centre of Theatre Research）。布魯克斯有「二十世紀下半葉最重要國際劇場導演」之譽，代表作品包括：《馬哈／薩德》、《摩訶婆羅達》等，著有當代劇場經典《空的空間》（The Empty Space）。原文引自《空的空間》，雅典娜神廟（Atheneum）出版社，一九七八年，第七十六頁。

對手

對手是最想阻止主角滿足欲望的角色。對手不應只是主角的絆腳石；那不夠獨創。

請記得：對手應該與主角追求同樣目標，這樣一來，主角和對手在整個故事過程中必然會有直接的衝突。不過，通常似乎不是這麼簡單。這就是為什麼你總是必須找出引發主角和對手抗爭的最深層衝突。

主角與對手之間的關係，是故事中唯一最重要的關係。在構思這兩個角色的爭鬥時，故事更重大的議題和主題就會隨之浮現。

請留意：不要將對手設想為主角憎恨的人。主角可能恨他，也可能不恨。對手只是處於對立面的人而已。他可能是比主角更討喜、更有道德感的人，甚或可能是主角的愛人或好友。

在《王子復仇記》中：

主要對手：國王克勞迪。

第二對手：王后葛楚。

第三對手：大臣波隆尼。

盟友

盟友是協助主角的人。盟友也發揮傳聲筒的作用，讓觀眾聽到主角的價值取向和感受。通常盟友的目標和主角相同，但有時他也有自己的目標。

《王子復仇記》裡的盟友：赫瑞修。

對手／假盟友

對手／假盟友表面上是主角的盟友，實際上卻是對立角色。設置這個角色，是加強對立力量、增加情節轉折的主要方法之一。

對手／假盟友一直都是故事裡最複雜、最吸引人的角色之一，因為他經常因兩難困境而掙扎。他佯裝主角的盟友，實際上的感覺就像個盟友，因此當他努力打擊主角時，最後往往反而幫助主角獲勝。

《王子復仇記》的對手／假盟友：歐菲莉亞、羅森克蘭、蓋敦思坦。

盟友／假對手

這個角色看似與主角抗爭，實際上卻是他的朋友。盟友／假對手這樣的角色，在說故事過程中不如對手／假盟友那麼常見，因為對作者來說作用不大。我們在第八章會看到，情節因對立而起，特別是隱藏在表象之下的對立。一個盟友即使起初看似對手，也無法帶來對立角色能引發的衝突與驚奇。

《王子復仇記》的盟友／假對手：沒有。

情節副線角色

情節副線角色（sub-plot character）是小說中最引人誤解的角色之一。大部分作者將它設想為第二條敘事線的主角，例如偵探故事中的主角情人。不過這不是真正的情節副線角色。

情節副線角色在故事中有很明確的作用，並且也用比較法來處理。情節副線的用意是形成對比，顯示主角與第二個角色處理同一個難題時，如何略有不同。透過比較，情節副線角色凸顯了主角的特點和其面對的兩難處境。

讓我們進一步細讀《王子復仇記》，看看如何創造出一個情節副線角色。我們可以這麼說，如果用一句話來精簡說明哈姆雷特的難題，那就是對殺父仇人報復。同樣的，雷爾提的難題也是對殺父仇人報復。這個對比的焦點在於這個事實：其中一個是有預謀的謀殺，另一個是因衝動而造成的誤殺。

關鍵重點：情節副線角色通常不是盟友。

情節副線角色和盟友、對手一樣，是透過比較來定義主角、為故事帶來情節的另一種方式。盟友幫助主角達成主要目標，情節副線角色沿著一條與主角平行的路線前進，得到不同的結果。

《王子復仇記》的情節副線角色：雷爾提（波隆尼的兒子）。

接下來讓我們分析幾個故事，看看角色如何透過不同的功能形成對比。

《沉默的羔羊》

〔小說：湯瑪士‧哈里斯（Thomas Harris）；劇本：泰德‧陶利（Ted Tally）；1991 年〕

　　故事內容是 FBI 學員克萊麗斯‧史特林追緝連續殺人犯水牛比爾時，由於上司傑克的建議，向獄中另一名連續殺人犯漢尼拔‧萊克特求助。這個惡名昭彰的「食人魔」起初對克萊麗斯充滿敵意，但後來對她的訓練卻遠勝過她從 FBI 學到的。

　　主角：克萊麗斯。

　　主要對手：連續殺人犯水牛比爾。

　　第二對手：典獄長齊爾敦醫生。

　　對手／假盟友：沒有。

　　盟友：主角在 FBI 的上司傑克。

　　盟友／假對手：漢尼拔‧萊克特。

　　情節副線角色：沒有。

《美國心玫瑰情》（*American Beauty*）

〔劇本：艾倫‧博爾（Alan Ball）；1999 年〕

　　這是以市郊為背景的喜劇／劇情片，因此主角賴斯特的主要對立角色就在家裡——他的妻子卡洛琳和女兒珍，她們都不喜歡賴斯特。不久，賴斯特遇見女兒的朋友安琪拉，為她神魂顛倒。由於他已婚，安琪拉是十多歲的少女，她成為另一個對立角色。賴斯特的隔壁鄰居法蘭克‧費茲上校固執而保守，對賴斯特的生活方式很不以為然。賴斯特的同事布萊德則企圖換掉他。

　　賴斯特脅迫公司給他豐厚的遣散費，得手後開始過著自己喜愛的生活，和鄰家男孩李奇‧費茲交上朋友，還從李奇那裡買了大麻。李奇和爸爸法蘭克一樣是情節副線角色。賴斯特的核心難題是怎樣活得有意義，在看重外表和金錢、非常循規蹈矩的社會中展現最深層的欲望。李奇面對軍事管理、令人窒息的家，解脫之道是販售大麻，並用攝錄機窺伺他人。法蘭克為了壓抑同性戀欲望，選擇以鐵腕操控自己和家人。

　　主角：賴斯特。

　　主要對手：主角的妻子卡洛琳。

第二對手：女兒珍。

第三對手：女兒的漂亮朋友安琪拉。

第四對手：法蘭克‧費茲上校。

第五對手：同事布萊德。

盟友：李奇‧費茲。

對手／假盟友：沒有。

盟友／假對手：沒有。

情節副線角色：法蘭克、李奇。

角色創造技巧：兩個主要角色

有兩種受歡迎的類型或故事形式看起來有兩個主角，那就是愛情故事和摯友片。摯友片其實是三種類型的結合：動作片、愛情片和喜劇。以下讓我們依據每個角色在故事中的功能，看看角色網絡在這兩種故事形式中的實際作用。

愛情故事

想創造兩個定位同樣清楚的角色，故事中的角色網絡就必須符合特定的要求。愛情故事的設計，是在觀眾面前展現兩個對等人物結合的關係所具有的價值。愛情故事的核心概念相當具有深意。愛情故事表達的是：一個人若沒有伴侶，無法變成真正完整的個人，只有進入兩人關係，才能成為獨特的、真正的個體。透過彼此相愛，這兩個人有所成長，進而成為內心深處真正的自我。

不過，想藉由合適的角色網絡來表達這個深刻的意念，又是另一個問題。如果嘗試用兩個主要角色來寫同一個愛情故事，故事裡就會有兩個骨幹、兩條欲望敘事線，故事也必須雙軌進行，因此，務必讓其中一個角色比另一個更靠近核心，在故事開頭也務必詳細刻劃兩者的需求。不過，要將主要的欲望敘事線交給其中一人。大部分作者把這條敘事線賦予男性，因為在我們的文化中，理所當然認為是由男性來追求女性，但若想讓你的愛情故事與眾不

同，最好的做法之一，就是把推動故事進行的敘事線交給女性，《發暈》、《收播新聞》（Broadcast News）和《亂世佳人》（Gone with the Wind）就是幾個例子。

當你把欲望敘事線交給某個角色，自然就是讓他或她成為更強而有力的角色。就故事的功能來說，這表示被愛的人或欲望的對象實際上是主要對手，而不是第二主角。通常你會用一個或更多外圍對手來填補角色網絡，譬如反對兩人結合的家人。你也可以加入其他追求主角或其愛人的人，這些具吸引力的男人或女人類型不同，正好可用來相互比較。

《費城故事》（The Philadelphia Story）

〔舞台劇劇本：菲力普·貝瑞（Philip Barry）；電影劇本：唐諾·奧德登·史都渥（Donald Ogden Stewart）；1940 年〕

> 主角：翠西·羅德。
>
> 主要對手：翠西的前夫德克斯特。
>
> 第二對手：記者邁克。
>
> 第三對手：翠西的未婚夫喬治，一心想出頭的古板傢伙。
>
> 對手／假盟友：翠西的妹妹戴娜。
>
> 盟友：翠西的媽媽。
>
> 盟友／假對手：翠西的爸爸。
>
> 情節副線角色：攝影師李茲。

《窈窕淑男》

（劇本：賴瑞·傑爾巴特、莫瑞·希斯高；原著故事：唐·馬奎爾、賴瑞·傑爾巴特；1982 年）

> 主角：麥可。
>
> 主要對手：茱莉。
>
> 第二對手：導演羅恩。
>
> 第三對手：在電視劇中飾演醫生的約翰。
>
> 第四對手：茱莉的爸爸雷斯。
>
> 對手／假盟友：珊蒂。
>
> 盟友：經理人喬治、室友傑夫。
>
> 盟友／假對手：沒有。

情節副線角色：羅恩、珊蒂。

摯友片

以「摯友」關係來建立角色網絡的策略自古有之，吉爾伽美什[6]與他了不起的朋友恩基杜就是其中一例。我們也看過有些伙伴關係較不對等，但卻透露了許多訊息，例如唐吉訶德和桑丘‧潘薩，一個是夢想家，一個是現實主義者，同時也是主人與僕人。

採用這種摯友策略，基本上就能將主角一分為二，呈現兩種不同的人生取向，以及兩樣的才華。這兩個角色「結合」成一個團隊，觀眾因而可以看出他們的差異，同時也能看到這些差異實際上有助於兩者順利合作，讓兩者相加的結果大於二。

和愛情故事一樣，兩位摯友之一應該比另一個人接近核心。通常他是兩人之中能思考、規劃或有謀略的人，因為這個角色要設法提出計畫，引導兩人沿欲望敘事線前進。摯友是主角的另一種化身，在重要方面相似，但仍有所差異。

從結構來看，摯友是主角的首要對手，也是第一盟友。他不是第二主角。請記住：這兩人之間的首要對立關係幾乎不會是嚴重或悲劇性的，通常只是出發點帶著好意的爭執。

通常你會把至少一個外圍的、危險的、始終對立的對手放進角色網絡。此外，由於大部分摯友故事都採用神話式的旅程，兩位摯友在歷程中會遇上一些次要對手。這些角色對兩人來說通常是陌生人，而且很快就被一一解決。這些對手當中，每一個應該都代表某種社會負面面向，他們有的憎恨這對好友，有的希望將他們拆開。這個技巧是迅速定義次要角色、讓他們有所區隔的好方法。此外，由於界定了與兩個主要角色有關的不同社會面向，摯友故事的廣度與深度也因而增加了。

摯友網絡最重要的基礎之一，與朋友之間的重大衝突有關。兩人的關係

6　吉爾伽美什（Gilgamesh），美索不達米亞地區的英雄史詩，故事中的主角名字就叫吉爾伽美什。

中有一個不時反覆出現的問題，造成兩個主要角色的對立持續不斷，不像旅程故事中其他大部分對手都是陌生人，來得快也去得快。

《虎豹小霸王》（*Butch Cassidy and the Sundance Kid*）

〔劇本：威廉・戈德曼（William Goldman）；1969 年〕

　　主角：布奇・卡西迪。

　　主要對手：日舞小子。

　　第二對手：片中從未現身的鐵路公司老闆赫里曼，以及他雇用的全明星武裝搜捕隊，由喬・拉佛斯領導。

　　第三對手：玻利維亞的警察和軍隊。

　　對手／假盟友：哈維，挑戰布奇在幫派中的領導地位。

　　盟友：日舞小子的女朋友埃塔。

　　盟友／假對手：警長雷伊。

　　情節副線角色：沒有。

角色創造技巧：多重主角與敘事動力

　　所有受歡迎的類型都有單一的主要角色，但有些非類型故事卻有多重主角。你可能還記得，在第一章「故事的空間與時間」裡，我們談到故事如何進行，其中有線性行動與同步進行的行動這兩個極端。想營造故事同步進行的感覺，創造多個主角是主要方式。故事將多個角色大致同時發生的事相互對照，而不是追蹤單一角色的發展（線性）。這麼做的風險是同時呈現太多角色，以致於故事不成故事，也就是故事缺乏前進的敘事動力。即使最具同步進行特色的故事，也必須具備某些線性特質，讓不同事件依時間順序一一串連在一起。

　　想成功寫出多重主角的故事，必須採取完整的七大步驟來處理每個主要角色：弱點／需求、欲望、對手、計畫、對決、真實自我的揭露、新的平衡點。如果不這麼做，那個角色就不會是主要角色，因為觀眾不會看見他經歷起碼的發展過程。

　　請留意：創造多位主角自然會減弱敘事動力（線性發展）。必須詳細描繪

的角色愈多，你的故事中斷的風險就愈大。

想增強多重主角故事的敘事動力，可使用以下技巧：

● 讓某個角色在故事發展過程中比其他角色更靠近核心。

● 所有角色有同樣的欲望敘事線。

● 讓一個敘事線的主角在另一個敘事線中扮演對手角色。

● 讓這些角色成為某個單一話題或主題的例子，藉此將他們加以連結。

● 在一個敘事線的結尾製造懸念，因而快速轉進另一個敘事線。

● 把來自不同地點的角色導引到同一地點。

● 縮短時間。比方說，故事發生在一天或一個晚上之內。

● 讓同一個假日或集體事件在故事進程中至少出現三次，象徵故事前進
  和有所改變。

● 讓角色偶爾巧遇。

許多多重主角的故事使用了上述的一項或多項技巧，例如：《美國風情畫》、《漢娜姊妹》、《鐵面特警隊》、《黑色追緝令》、《坎特伯雷故事集》、《輪舞》（*La Ronde*）、《納許維爾》、《衝擊效應》和《夏夜的微笑》（*Smiles of a Summer Night*）。

角色創造技巧：刪去不必要的角色

不必要的角色是造成故事破碎、沒有生命力的主要原因之一。創造任何角色時，必須先問自己：這個角色在整個故事當中具有重要作用嗎？如果沒有──例如他只是提供某種質地或色彩──就應該考慮將他完全刪除。他有限的價值大概不足以構成他在故事中占用時間的理由。

從原型建構角色網絡

在故事中連結角色並加以對照的第二種方法，是使用原型。原型是一個人的基本心理模式，是他在社會中可能扮演的角色，也是他與其他人互動的基本方式。由於原型是人類的根本，它跨越了文化界限，具有共通的說服力。

將原型當作角色的基礎，可以很快就讓他們具有某種分量，因為每種型

態呈現出某種觀眾能夠辨識的根本模式，這個模式反映出角色的內心活動，以及他與更大的群體的互動。

原型令觀眾深感共鳴，為他們的反應帶來強烈感覺。在寫作者的創作技能中，這不是太好用的工具。除非為原型提供細節，否則它會變成刻板印象。

> **關鍵重點：為某個獨特的角色賦予原型時，一定要是特別且具個人特色的原型。**

從心理學家榮格開始，許多作者都會談到不同原型的意義，以及不同原型之間的關係。對小說作者來說，原型最關鍵的概念可能就是「影子」的想法。影子是原型的負面傾向，當一個人扮演那樣的角色或在那種心理狀態下生活，就可能落入這個心理陷阱。

我們必須把每個主要的原型和它的影子轉化為實用技巧，在創作故事時加以運用。這時就要同時考慮各種不同原型在故事中的優點及可能的弱點。

國王／父親

優點：以智慧、遠見和決心領導家庭或人民，使他們得以成功和成長。

原有弱點：可能強迫妻子、子女或人民依循一套壓迫性的嚴苛規則行事，可能讓自己與家人或王國的感性層面完全脫節，或者可能會堅持家人或人民只能為了他個人的享樂和利益而活。

例子：亞瑟王、天神宙斯、《暴風雨》、《教父》、《北非諜影》中的瑞克、《李爾王》（*King Lear*）、《王子復仇記》、《魔戒》（*The Lord of the Rings*）中的亞拉岡和索倫、《伊里亞德》（*The Iliad*）中的阿伽門農、《大國民》、《星際大戰》、《慾望街車》中的史丹利、《美國心玫瑰情》、《推銷員之死》中的威利·洛曼、《要塞風雲》（*Fort Apache*）、《相逢聖路易》、《歡樂滿人間》（*Mary Poppins*）、《窈窕淑男》、《費城故事》、《奧賽羅》（*Othello*）、《紅河谷》（*Red River*）和《唐人街》。

皇后／母親

優點：提供關懷和庇蔭，讓孩子或人民可以成長。

原有弱點：可能保護或控制過度變成專制，或利用罪惡感和羞恥感將孩子羈絆在身邊，確保自己心安。

例子：《王子復仇記》、《馬克白》、天神宙斯之妻赫拉、《慾望街車》中的史黛拉、《伊莉莎白》（Elizabeth）、《美國心玫瑰情》、《冬之獅》（A Lion in Winter）、《玻璃動物園》（The Glass Menagerie）、《長夜漫漫路迢迢》和《金屋藏嬌》（Adam's Rib）。

智慧老人／智慧老婦／導師／老師

優點：傳授知識和智慧，讓人們可以有更好的生活，社會得以進步。

原有弱點：可能強迫學生依特定方式思考，或為了彰顯自己而辯護，而不是為了理念。

例子：《星際大戰》中的尤達、《沉默的羔羊》中的漢尼拔、《駭客任務》（The Matrix）、《魔戒》中的甘道夫和薩魯曼、《咆哮山莊》（Wuthering Heights）、《王子復仇記》中的波隆尼、《包法利夫人》（Madame Bovary）中的歐枚、《孤星血淚》（Great Expectations）中的哈維森小姐、《塊肉餘生錄》中的密考柏，以及《伊里亞德》。

武士

優點：維繫正義的實踐者。

原有弱點：可能依循「殺人或被殺」的殘酷座右銘過活；可能相信必須消滅所有弱者，或許會成為不義行為的執行者。

例子：《伊里亞德》中的阿基里斯和赫克特、《星際大戰》中的天行者路克和韓索羅、《七武士》（Seven Samurai）、亞瑟王、雷神索爾、戰神阿瑞斯、英雄提修斯、《吉爾伽美什》、《魔戒》中的亞拉岡及精靈戰士勒茍拉斯和矮人戰士金靂、《巴頓將軍》（Patton）、《終極警探》、《教父》中的桑尼、《慾望街車》、《霹靂上校》（The Great Santini）、《原野奇俠》（Shane）、《前進高棉》

（*Platoon*）、《虎豹小霸王》中的日舞小子、《魔鬼終結者》（*The Terminator*），以及《異形 2》（*Aliens*）。

魔法師／巫師

優點：能揭示感官之下更深層的真相，又能平衡與控制自然界中更大的或隱藏的力量。

原有弱點：可能操縱深層真相以奴役他人，並破壞大自然的秩序。

例子：《馬克白》、《哈利波特》系列、《歌劇魅影》（*Phantom of the Opera*）、魔法師梅林、《星際大戰》、《唐人街》、《迷魂記》、《魔戒》中的甘道夫和薩魯曼、《古國幻遊記》（*A Connecticut Yankee in King Arthur's Court*）、《對話》，以及福爾摩斯、神探白羅、《瘦子》（*The Thin Man*）等偵探。

騙術師

騙術師是層次較低的魔法師原型，在現代故事敘事中極為普遍。

優點：憑著信心、騙術和說話技巧達成目的。

原有弱點：可能成為徹頭徹尾的騙子，只顧追求私利。

例子：《奧德賽》中的奧德修斯、《MIB 星際戰警》（*Men in Black*）、《比佛利山超級警探》（*Beverly Hills Cop*）、《鱷魚先生》（*Crocodile Dundee*）、《狐坡尼》（*Volpone*）、北歐神話中的洛奇、《奧賽羅》中的伊阿古、印第安納瓊斯、《小鬼當家》（*Home Alone*）、《神鬼交鋒》（*Catch Me if You Can*）、《沉默的羔羊》中的漢尼拔、《布雷爾兔歷險記》（*Brer Rabbit*）、《虎豹小霸王》中的布奇‧卡西迪、《菲爾‧西佛斯秀》（*The Phil Silvers Show*）中的比爾柯警官、《窈窕淑男》中的麥可、《美國心玫瑰情》、《刺激驚爆點》（*The Usual Suspects*）中的維爾博、《塊肉餘生錄》、《浮華世界》（*Vanity Fair*）、《湯姆歷險記》（*Tom Sawyer*）和《頑童歷險記》。

藝術家／小丑

優點：為某一群人定義什麼是卓越，或是以負面方式讓他們知道什麼是

行不通的；讓他們知道美以及未來的願景，或者讓他們知道表面看來美的事物其實是醜陋和愚昧的。

原有弱點：對完美的堅持最後可能造成獨裁，可能創造出一個全都遭到控制的獨特世界，或毀滅世間的一切，讓所有事物都失去價值。

例子：《尤利西斯》中的史提芬、《青年藝術家的畫像》（*A Portrait of the Artist as a Young Man*）、《伊里亞德》中的阿基里斯、《賣花女》（*Pygmalion*）、《科學怪人》（*Frankenstein*）、《李爾王》、《王子復仇記》、《七武士》中的劍術大師、《窈窕淑男》中的麥可、《慾望街車》中的白蘭琪、《刺激驚爆點》中的維爾博、《麥田捕手》（*The Catcher in the Rye*）中的荷頓・柯爾菲、《費城故事》和《塊肉餘生錄》。

愛人

優點：提供關愛、諒解和感官滿足，可以令某人變得完整和快樂。

原有弱點：可能因為對方而迷失自己，或者讓對方不得不活在自己的影子之下。

例子：《伊里亞德》中的帕里斯、《咆哮山莊》中的赫斯克里夫和凱西、愛神阿芙羅黛蒂、《羅密歐與茱麗葉》、《虎豹小霸王》中的埃塔、《費城故事》、《王子復仇記》、《英倫情人》（*The English Patient*）、《教父》中的凱伊、《茶花女》（*Camille*）、《紅磨坊》（*Moulin Rouge*）、《窈窕淑男》、《北非諜影》中的瑞克和伊爾莎、《此情可問天》（*Howard's End*）、《包法利夫人》。

叛逆者

優點：具備特立獨行的勇氣，與羈絆人類的制度對抗。

原有弱點：往往無法或不會提供更好的替代選擇，以致於最後只是帶來破壞。

例子：盜火者普羅米修斯、北歐神話中的洛奇、《咆哮山莊》中的赫斯克里夫、《美國心玫瑰情》、《麥田捕手》中的荷頓・柯爾菲、《伊里亞德》中的阿基里斯、《王子復仇記》、《北非諜影》中的瑞克、《此情可問天》、

《包法利夫人》、《養子不教誰之過》（*Rebel Without a Cause*）、《罪與罰》、《地下室手記》（*Notes from the Underground*）、《赤焰烽火萬里情》（*Reds*）。

以下是一個簡單的角色網絡，它強調了對立原型，令人印象深刻：

《星際大戰》
（喬治·盧卡斯；1977 年）

路克（＋機器人 R2D2 和 C3PO）　　　　維德
（王子－武士－魔法師）　　　　　　　（國王－武士－魔法師）

韓索羅（＋丘巴卡）　　　　　　　　莉亞公主
（叛逆者－武士）　　　　　　　　　（公主）

在網絡中創造具個人特色的角色

以對立關係在角色網絡中設定好必要的角色後，下一步就是將這些角色的功能和原型轉化為真實的個體。再次提醒，不要分別打造這些獨特的個體，讓他們沒來由地只是湊巧聚集在同一個故事之中。

我們藉由相互比較來打造主角、對手及其他次要角色，但這時最主要的方式是主題與對立關係。在討論道德議題的第五章，我們會談論與主題有關的細節，但現在必須先看看關於主題的幾個概念。

主題是透過角色在情節中採取的行動，傳達出你對於正確的待人處世之道的看法。主題與「種族主義」或「自由」等話題無關；它是你的道德願景，是你對如何活得好或活得壞的看法，它在你寫的每個故事中都是獨特的。

關鍵重點：從故事前提的核心找出道德層面的難題，開始賦予你的角色個人特色。接下來，試著在整個故事裡逐漸發展出道德難題的各種可能性。

透過對立關係來發展這些可能性。說得更具體一點，也就是創造一群對

手（及盟友），讓他們迫使主角處理核心道德難題。每個對手都是主題的變奏；他們各自以不同的方法處理同樣的道德難題。

接下來看看如何應用這項關鍵技巧。

1. 首先，寫下什麼是故事的核心道德問題。如果練習過關於故事前提的技巧，你會知道怎麼做。

2. 透過以下各點，將主角與所有其他角色加以比較：

- 弱點。
- 需求：心理層面與道德層面的。
- 欲望。
- 價值取向。
- 權勢、地位和能力。
- 每個人如何面對故事的核心道德難題。

3. 無論是哪一個故事，就從其中最重要的關係開始進行這些比較，也就是從主角和主要對手的關係開始。從很多方面來看，這個對手是創作這個故事的關鍵，因為他不只是定義主角最有效的方法，同時也讓你找到創造出色角色網絡的祕密。

4. 將主角和主要對手加以比較後，把他和其他對手進行比較，然後再與盟友比較。最後，將對手與盟友相互比較。

請記住，每一個對手都應該展現不同的面向，讓我們看見主角的核心道德難題（主題的變奏）。

讓我們透過一些例子看看這項技巧如何運作：

《窈窕淑男》

（劇本：賴瑞・傑爾巴特、莫瑞・希斯高；原著故事：唐・馬奎爾、賴瑞・傑爾巴特；1982 年）

《窈窕淑男》是示範這個技巧的絕佳故事，因為它讓我們看見如何從高概念的故事前提著手，並有機創作出一個故事。它是所謂「身分轉換喜劇」（switch comedy）的經典例子。這是一種故事前提技巧，主角突然發現他轉換成另一種東西或另外一個人。這種身分轉換喜劇已有數百部了，而且至少可以上溯到馬克・吐溫——他是這類作品的大師。

然而，絕大多數的身分轉換喜劇都失敗了，而且慘不忍睹，因為大部分作者不知道高概念故事前提的嚴重弱點：它只夠創造兩到三個場景。儘管如此，《窈窕淑男》的作者懂得說故事的技藝，尤其是如何創造出強而有力的角色網絡，以及透過比較來讓每個角色具有個人特色。

《窈窕淑男》像所有高概念的故事一樣，在身分轉換時有兩、三個有趣場景：達斯汀・霍夫曼飾演的麥可首次喬扮女人，讀了劇本中他飾演的角色對話，然後帶著勝利姿態到餐廳見他的經理人。

不過作者做的不只是創作三個有趣場景而已。在整個寫作過程中，他們先讓麥可面對一個核心道德難題——男性應該如何對待女性。主角的道德需求，就是學習如何正確對待女性，特別是他愛的那個女人。接下來，這幾位作者創造出好幾個對手，而且每一位都代表以下這兩個問題的變奏：男性怎樣對待女性，以及女性如何容許男性如此對待自己。

舉例來說：

導演羅恩向茱莉撒謊、使詐，並將這種行為合理化，聲稱真相會對茱莉造成更大傷害。

麥可所愛的女演員茱莉既漂亮又有才華，卻容許男人惡意對待她和擺布她，尤其是羅恩。

在電視劇中飾演醫生的演員約翰是個好色之徒，利用自己的明星身分和劇中的地位，對合作的女演員為所欲為。

麥可的朋友珊蒂對自己完全不看重，即使麥可對她撒謊或惡意對待，她仍為此感到歉疚。

茱莉的爸爸雷斯愛上麥可喬裝的桃樂絲，以跳舞、送花等展開追求，對他的追求對象至為尊重。

製片麗塔為了權勢與地位，隱藏了自己的女性特質，以及對其他女性的關心。

當麥可喬裝為桃樂絲，他幫助劇中的女演員堅定面對男性，贏得應有的尊重與愛。但是當他恢復男兒身時，卻在派對中和每個女人周旋，故作浪漫地佯裝對珊蒂有意，又施計企圖讓茱莉與羅恩分手。

《孤星血淚》

（作者：狄更斯；1861 年）

狄更斯是以塑造角色網絡著稱的故事寫作大師。《孤星血淚》是他最具啟發意義的作品之一，從很多方面來看，這個故事裡的角色網絡，是大部分故事望塵莫及的。

《孤星血淚》的角色網絡出眾之處，在於狄更斯如何設定兩組相關角色：馬格維奇和皮普，以及哈維森小姐和艾絲泰娜。兩組角色基本上同樣是老師與學生的關係，但也有很大的不同。馬格維奇是在逃的罪犯，祕密給予皮普金錢和自由，卻不教他責任感。另一個相對的極端，則是哈維森小姐對艾絲泰娜的鐵腕控制，以及她因過去為某個男人所受的苦，而將這個女孩變成冷酷、無法愛人的女人。

《浮華世界》

〔作者：威廉・薩克來（William Makepeace Thackeray）；1847 年〕

薩克來把《浮華世界》稱為「沒有主角（hero）的小說」，他的意思是沒有英雄式（heroic）的角色，或堪為楷模的人物。所有角色都是掠食動物的變奏，為了金錢與權位，踩著別人的背往上爬。這讓整部小說的角色網絡十分獨特。請留意：薩克來對角色網絡的選擇，是他表達個人道德願景且讓願景具獨到見解的主要方式之一。

在這個網絡裡，角色的主要對比出現在貝琪與亞美莉雅之間。她們兩人對於女性怎樣找到男人的看法大異其趣。亞美莉雅的行為不當來自於她的駑鈍，貝琪的邪惡則在於她是個詭計多端的人。

《湯姆瓊斯》

〔作者：亨利・菲爾汀（Henry Fielding）；1749 年〕

在《湯姆瓊斯》這樣的故事裡可以看到，作者對角色網絡的選擇為主角帶來多大的影響。這部「浪人」（picaresque）喜劇小說有為數眾多的角色。這樣龐大的社會關係網，表示故事有很多同步進行的行動，但幾乎沒有個別深刻的刻劃。當喜劇採用這種取向，看著許多人愚昧或惡意行事的同時，也就看見了角色的真實性。

這其中也包括主角。作者菲爾汀將湯姆塑造成愚蠢天真的人，並以誤導湯姆究竟是什麼樣的人當作基礎來塑造情節，因而也限制了主角能有多大的真實自我揭露的空間，以及角色的深度。湯姆仍然面對一個核心道德難題：他必須對他摯愛的對象忠誠，但他的責任感是有限的。

創造你的主角

在紙上創造一個主要角色，而且他看起來必須是個完整的人物，這個過程相當複雜，需要好幾個步驟。你必須像大師級畫家一樣，一層一層的建構這個角色。可喜的是，先從較大的角色網絡動手，能正確完成的機會就大得多。你建構的任何角色網絡，都會對從網絡中產生的主角有巨大的影響，對主角的細節刻劃也是極為有用的指引。

創造主角第一步：滿足出色主角的要求

打造主角的第一步，是務必讓他符合所有故事中的主角必須符合的要求。這些要求都與主要角色的功能有關——他是整個故事發展的動力。

1. 讓你的主角始終保持吸引力：

任何推動故事的角色都必須時時刻刻吸引並抓住觀眾的注意力。過程不能有冷場，不能拖泥帶水，不能有湊篇幅的廢話（也不要費盡心力用更多比喻來讓人理解）。一旦主要角色變得沉悶，故事就終結了。

吸引並抓住觀眾注意力的最好方法之一，就是讓角色神祕且難以理解。讓觀眾感覺那個角色有所隱瞞。請留意這麼做如何迫使被動的觀眾嘗試主動參與故事。他會告訴自己：「這個角色有所隱瞞，我要找出那是什麼。」

2. 讓觀眾認同角色，但適可而止：

很多人拋出「認同」一詞，但很少將它定義清楚。我們說觀眾應該認同主角，這樣才會與角色產生情感上的連結。不過這到底是什麼意思？

如果有人認為，為人物添加特徵就能創造某個角色，他們也會認為，觀眾會透過背景、職業、服裝、收入、種族、性別等特徵而產生「認同」。沒有什麼比這更離譜的了。如果觀眾是依據具體的特徵而產生認同，那麼沒有人會認同任何人，因為每一個角色都有太多特徵和觀眾並無共同之處。

觀眾之所以認同某個角色，主要有兩個因素：他的欲望，以及道德難題。簡單來說，就是欲望和需求，也就是最重要的故事結構七大關鍵步驟的前兩項。欲望帶動故事，因為觀眾希望主角成功。道德難題則是如何與其他人妥適相處的較深層的努力掙扎，而且觀眾希望主角能夠解決問題。

請留意：觀眾不應過度認同角色，否則就無法退後一步看見主角的轉變與成長。我想再次引用布魯克斯對演員的告誡，這對作者也是很好的忠告：

> （演員）看到自己與戲劇的整體關係時……他會從不同的觀點來察看（角色）引起好感和令人討厭的特質，他最後做的決定，與他認為「認同」角色極為重要時所做的決定不同。[7]

在第八章討論情節時，我們會探討如何在故事中的適當時間點讓觀眾與主角保持距離。

3. 引發觀眾對主角的同理心，而不是同情：

每個人都會提到有必要塑造一個討人喜歡的主角。有討人喜歡（引人好感）的主角極為重要，因為觀眾都希望主角能達成目標。事實上，觀眾也參與了故事的講述過程。

不過，有些故事裡最強而有力的主角一點也不討喜，但我們仍深受他們吸引。即使某個故事一開始的主角很討人喜歡，但當他開始敗給對手，通常也會開始出現不道德的行為，做出令人厭惡的事。儘管如此，觀眾或讀者不會在故事中途轉身離開。

7　原文引自《空的空間》，第七十六頁。

關鍵重點：真正重要的，是讓觀眾對角色產生同理心，而不是同情。

對某人產生同理心，表示能夠理解這個人。即使角色不討喜或採取不道德的行動，但觀眾仍對角色保持興趣的原因，取決於這項訣竅：讓觀眾看見主角的動機。

關鍵重點：不斷呈現主角之所以有這些行為的原因。

如果你讓觀眾看見為什麼角色選擇這麼做，他們就會了解引發這個行動的原因（同理心），但未必需要認同這個行動（同情）。

向觀眾顯示主角的動機，不代表也要讓主角了解動機。通常主角在一開始會弄錯自己追求某個目標的真正原因，直到故事結尾，在真實自我揭露的階段才會發現真正的動機。

4. 賦予主角一個心理層面與一個道德層面的需求：

最強而有力的主角總是同時有一個道德層面與心理層面的需求。記住這個區別：心理層面的需求只會影響主角，道德層面的需求則必須學習如何適切的與他人互動。同時賦予主角一個道德層面與心理層面的需求，可以增加角色在故事中的影響，進而增加故事的情感力道。

創造主角第二步：角色轉變

角色轉變，又稱為角色轉變弧線、角色的發展或改變幅度，指角色在故事過程中的發展。這可能是整個寫作過程中最難、也最重要的一個步驟。

「角色發展」和「認同」角色一樣，是人人在談但很少有人真正了解的另一個流行術語。讓我們暫時回頭看看一般創作角色的常用方法：想像單獨的一個人物，盡可能列出他的各種特徵。寫出一個關於他的故事，然後讓他

在結局有所改變。這是我所說的「電燈開關學派的角色轉變」。在最後的場景撥一下開關，「啪」的一聲，角色就「轉變了」。這種技巧行不通。讓我們探索另一種截然不同的方法。

讓角色表現自我

在談論真正的角色轉變以及如何創造轉變之前，讓我們先了解一下什麼是自我，因為發生轉變的是它。首先我們必須問自己：在故事講述過程中，自我的目的是什麼？

一個角色是一個虛構的自我，我們創造它，是為了呈現每一個人從無數層面來看都是獨一無二的，但同時也時時刻刻都具有人性，具有彼此共通的特質。接下來，我們透過行動、空間和時間來呈現這個虛構的自我，讓它與其他人相互比較對照，看看一個人可以怎樣活得好或不好，怎樣終其一生持續成長，甚或超越肉體的存在。

在故事的歷史裡沒有關於自我的僵化概念，這點並不讓人訝異。以下是審視自我的最重要方式：

- 人格的單一單位，內在剛強。自我與其他人界限分明，但在尋找他的「命運」。由於本身擁有的最深層能力，讓他注定要這麼做。

  這種自我意識常見於神話故事，主角典型是戰士。

- 自我是單一單位，但包含許多經常相互衝突的需求和欲望。自我有與他人連結的強烈衝動，有時甚至把他人納進自我的範圍內。

  這種自我概念在很多種類的故事中可以看到，但表現最出色的是現代劇作家作品，如易卜生、契訶夫、奧古斯都・斯特林堡[8]、尤金・歐尼爾[9]，以及田納西・威廉斯等。

---

8 奧古斯都・斯特林堡（August Strindberg, 1849~1912），瑞典知名劇作家、小說家，劇作結合心理學與自然主義，對現代戲劇影響深遠。代表作品包括：《父親》（*The Father*）、《茱莉小姐》（*Miss Julie*）、《夢劇》（*The Dream Play*）、《幽靈奏鳴曲》（*The Ghost Sonata*）等。
9 尤金・歐尼爾（Eugene O'Neill, 1888~1953），美國劇作家，一九三六年獲諾貝爾文學獎，代表作品包括：《地平線外》（*Beyond the Horizon*）、《安娜・克麗絲蒂》（*Anna Christie*）、《送冰的來了》（*The Iceman Cometh*），以及《長夜漫漫路迢迢》等。

- 自我是一系列的角色，以呼應當時社會需求的人來扮演。

  馬克‧吐溫可能是這個觀點最有名的倡議者。他創作的《古國幻遊記》和《乞丐王子》（*The Prince and the Pauper*）等「身分轉換喜劇」，呈現一個人如何受本身的社會地位主宰。不過即使在《頑童歷險記》和《湯姆歷險記》，馬克‧吐溫也強調我們所扮演的角色的力量，以及通常社會如何決定「我們是誰」。

- 自我是一些形象的鬆散集合，但它如此不穩定、鬆散、易受影響、脆弱且不夠完整，因而可以變形，變得截然不同。

  卡夫卡、波赫士和福克納是呈現這種鬆散自我觀念的主要作家。在通俗小說中，我們可以在恐怖故事中看到這樣的自我，尤其是有關吸血鬼、豹人和狼人的故事。

這些自我觀各有重要的差異，但對它們來說，角色轉變的目的和達成目的的技巧大體相同。

關鍵重點 1：角色轉變不是發生在故事結尾，而是在開頭。更準確來說，透過布局讓它可能在故事開始時就發生。

關鍵重點 2：不要把主要角色設想為一成不變的、完整的人，然後講述關於他的故事。應該一開始就設想主角有某種幅度的轉變、某個範圍的可能性。在寫作過程一開始就必須決定主角轉變的幅度，否則到了故事結尾主角就不可能有所轉變。

這項技巧的重要性必須一再強調。能掌握轉變的幅度，就能在故事講述「競賽」中勝出，否則只會重寫又重寫，永遠無法達陣。

小說的一項簡單經驗法則：轉變幅度愈小，故事的趣味性愈低；轉變幅度愈大，趣味性就愈高，但風險也隨之升高，因為在大部分故事的有限時間裡，角色無法有那麼大幅度的轉變。

不過，「轉變幅度」到底是什麼？那是角色可以是什麼樣的人的可能範

圍，由角色對自己的了解來加以界定。角色轉變就是主角終於「成為」他想成為的人的那個當下。換句話說，主要角色不會突然間轉變成另一個人（只有極少數罕見例外）。他完成某個在整個故事裡持續發生的過程，成為更深刻、目標更明確的那個人。

主角轉變為他可能成為的那個更深刻的人，這個過程看似超乎現實且令人絕望，也是為什麼人們經常誤解它的原因。因此，接下來我會再仔細說明。你可以在一個故事裡顯示一個角色經歷了許多改變，但這些改變未必全都代表角色有所轉變。

比方說，你可以呈現一個角色一開始很窮，最後變得富有。或者他可能原本是個農夫，在結局變成國王。也或者他可能有酗酒問題，因而學會怎樣維持清醒。這些全都是改變，只是它們不是角色轉變。

關鍵重點：真正的角色轉變，與主角基本信念的挑戰和改變有關，而這些挑戰與改變引導主角採取新的道德行動。

角色對世界和自己的基本信念，構成角色的自覺。他的這些信念，與如何好好過日、如何取得他想要的事物有關。在好的故事當中，主角追求某個目標，不得不挑戰自己最深層的信念。由於置身危機煎熬，他看見了自己真正相信的是什麼，想做的又是什麼，隨後採取了新的道德行動來加以證明。

正因為作者對於自我表達了不同的觀點，他們也採取不同策略來呈現角色的轉變。我在第一章曾提到，故事會以「兩條腿」來「往下走」：行動與學習。一般來說，在故事講述的漫長歷史裡曾發生過一次變動：由幾乎完全強調行動，轉變為極度強調學習。行動常以神話故事形式出現，觀眾只需仿效主角的行動來學習。至於學習，讀者關心的是尋索究竟發生了什麼、這些人其實是什麼樣的人、真正發生了什麼樣的事件，然後才能了解怎樣生活。

這一類學習型故事，可在喬伊斯、吳爾芙、福克納、高達、史托帕德[10]、

---

10 湯姆・史托帕德（Tom Stoppard, 1937~），捷克裔英國劇作家，劇作以結構精巧、設計獨特而聞名，被視為當代英國劇場先驅。代表作品包括：《水上行走》（*A Walk on the Water*）、《賭徒》（*The*

麥可·佛萊恩[11]，以及亞倫·艾克本[12]等作者的作品中看到，也出現在種類廣泛的電影當中，例如：《去年在馬倫巴》、《春光乍洩》、《同流者》（The Conformist）、《記憶拼圖》、《對話》和《刺激驚爆點》等。

這些「學習」型故事中的角色轉變，不只是讓人看見某個角色在故事結尾對自己得到一點新的了解。觀眾必須實際「參與」角色轉變，在整個故事的講述過程中化身各個角色，不只是經歷每個角色的不同觀點，甚至企圖找出他們（觀眾）正在看的究竟是誰的觀點。

顯然角色轉變的可能性是無窮盡的。你的主角的發展取決於他從什麼信念開始、如何挑戰這些信念、怎樣在故事結局改變它們。這是打造唯你獨有的故事的方法之一。

不過，有些特定種類的角色轉變較為常見。接下來我們會看看其中一些類別，這麼做不是為了讓你在故事裡使用它們，而是對它們有所了解，有助於在寫作中掌握這項至為重要的技巧。

1. 從孩童到成人：

也稱為「轉變成人」（coming-of-age）故事。這個轉變當然與孩子的身體變為成人無關。或許你認為這是顯而易見的，但許多作者會在轉變成人故事中犯這個錯：界定角色發展時，讓他經歷首次性經驗。這種經驗也許是可悲的，或許是有趣的，卻與角色轉變毫無關係。

一個真正的轉變成人故事，會讓人看到某個年輕人挑戰並改變他的基本信念，然後採取新的道德行動。以下這些故事都可以看到這種特別的轉變：《麥田捕手》、《頑童歷險記》、《塊肉餘生錄》、《靈異第六感》（The Sixth

---

Gamblers）、《羅森克蘭茲和桂頓斯坦已死》（Rosencrantz and Guildenstern Meet King Lear）、《跳躍者》（Jumpers），以及《諧謔》（Travesties）等。

11 麥可·佛萊恩（Michael Frayn, 1933~），英國劇作家、小說家及翻譯家，作品以幽默筆調描繪家庭狀態，或是提出對於社會的觀察和體悟，因而常與契訶夫相提並論。作品包括：《字母順序》（Alphabetical Order）、《或成或敗》（Make and Break）、《大家安靜》（Noises Off）、《哥本哈根》（Copenhagen）等劇作，以及《錫匠》（The Tin Men）、《俄國翻譯員》（The Russian Interpreter）、《間諜》（Spies）等小說。

12 亞倫·艾克本（Alan Ayckbourn, 1939~），英國劇作家，劇作多達七十部，擅長描述婚姻或社會階層間的衝突，以及英國中下階層的恐懼與弱點，曾獲東尼獎、艾美獎等多種獎項提名。作品包括：《囍雙飛》（Mixed Doubles: An Entertainment on Marriage）、《親密交換》（Intimate Exchanges）、《開錯門中門》（Communicating Doors）、《公開場合的私人恐懼》（Private Fears in Public Places）等。

Sense）、《飛進未來》、《心靈捕手》（*Good Will Hunting*）、《阿甘正傳》、《女人香》（*Scent of a Woman*）、《站在我這邊》（*Stand by Me*）、《史密斯遊美京》（*Mr. Smith Goes to Washington*，或譯《華府風雲》）和《項狄傳》（這不僅是第一部轉變成人小說，也是第一部反轉變成人小說）。

2. 從成人到領袖：

在這種轉變中，原本只在意為自己找尋正確之途的角色，進而了解自己也必須協助他人找到正確道路。在以下的故事裡可以看到這種轉變：《駭客任務》、《搶救雷恩大兵》、《伊莉莎白》、《梅爾吉勃遜之英雄本色》（*Braveheart*）、《阿甘正傳》、《辛德勒的名單》（*Schindler's List*）、《獅子王》（*The Lion King*）、《憤怒的葡萄》（*The Grapes of Wrath*）、《與狼共舞》、《王子復仇記》。

3. 從憤世嫉俗者到參與者：

這種發展實際上是從成人到領袖的一種特殊形式。這樣的角色起初只看到自身的價值。他將自己抽離較大的群體，只關心享樂、個人自由與金錢。在故事結局，主角認識到讓較大的世界步上正軌的價值，重新投入社會，成為領袖。《北非諜影》和《星際大戰》（韓索羅）等故事就呈現了這種轉變。

4. 從領袖到暴君：

不是所有角色轉變都是正向的。從領袖到暴君的轉變當中，角色從幫助幾個人找尋正確的道路，轉變為迫使他們遵循自己的道路。很多演員害怕演出這種轉變，因為認為會讓自己看來很壞。不過這通常會造就出色的戲劇。在以下故事裡可以看到這種轉變：《鐵面特警隊》、《軍官與魔鬼》（*A Few Good Men*）、《此情可問天》、《紅河谷》、《教父》和《馬克白》。

5. 從領袖到有願景的人：

在這種轉變中，角色從幫助幾個人找尋正確道路，進而看到整個群體未來應如何改變和如何生活。在偉大的宗教故事和一些創世神話中可以看到這樣的轉變。

有些作者往往用摩西故事的結構來描寫這樣的轉變。例如，在《第三類接觸》（*Close Encounters of the Third Kind*）中，羅伊只是個平凡的人，幻想自己看到了一座山。他爬上山頂，看到宇宙的未來像一艘巨型太空船。

如果你希望讓某個角色成為有願景的人，請當心：你必須克服一個很大的問題。你必須想出那個願景。大部分嘗試寫作這類故事的作者直到結局才驚覺，關於整個群體未來的運作應該有什麼樣的不同，他完全沒有想像的願景。因此，在最後的揭露那一刻，他們讓角色看見一道白光或大自然的美麗景象。

這樣行不通。角色的願景必須是細節完整的道德願景。摩西的十誡是十條道德律法。耶穌的「登山寶訓」（Sermon on the Mount）是一系列道德律法。你的願景也必須如此傳達出來，否則不要寫這類故事。

6. 蛻變：

在恐怖、奇幻、精靈故事以及某些張力十足的心理戲劇裡，角色可能發生變形，或出現極端的角色轉變。這時，這個角色實際上變成另一個人、動物或物件。

這是極端且代價很大的轉變，它暗示最初的自我是軟弱的、破碎的、陷於絕境的。在最好的情況下，這個發展讓我們看到極富同理心的行動。在最壞的情況下，它標示著舊的自我完全毀滅，新的自我陷入困境。

在《狼嚎再起》（The Wolf Man）、《狼人就在你身邊》（Wolfen）和《變蠅人》（The Fly）等恐怖故事裡，人轉變為動物，顯示角色徹底縱情於性愛激情和掠食行為。我們看見一個逆演化過程，人類重返他的動物根源。

在故事的少數情況下，某個角色會從野獸變成人。金剛（King Kong）或許可算是這樣一個角色，當牠似乎真的愛上由費‧瑞（Fay Wray）所飾演的角色，不惜一死，與她同在。更具掠食習性的製片人說：「是美女殺死了野獸。」《衝鋒飛車隊》（Road Warrior）中的野孩子是個終日咆哮的動物孩子，他不只透過觀察麥克斯學習如何轉變為人，最後更成為族人的領袖。在《吉爾伽美什》中，獸人恩基杜受騙與一個女人同床後，變成了人。

在卡夫卡的《蛻變》這個或可稱為「身分轉換悲劇」（switch tragedy）的故事裡，一天早上，旅行社業務員葛雷高爾醒來，發覺自己變成了一隻蟲。這是少見的角色轉變發生在故事開頭的罕見例子，故事剩下的部分，講的就是身為蟲的經驗（據說這是異化的極致）。

這樣極端的角色轉變，必然與使用某個象徵有關。請參考有關象徵網絡的第七章，看看把象徵附加於角色的技巧。

在故事中創造角色轉變

看過了角色轉變如何在故事講述過程中發揮作用，現在的問題是：如何在你的故事中打造這個轉變？

在有關故事前提的第二章，我們曾探討過這個技巧──從故事首要行動的對立面覺察主角可能有哪些角色轉變。你應該還記得《教父》是這樣運作的：

故事前提：一個黑手黨家庭的小兒子對射殺父親的人復仇，成為新的教父。

W──故事開頭的弱點：事不關己的、害怕的、依循主流價值、循規蹈矩、與家族疏離。

A──首要行動：復仇。

C──有所改變的人物：專橫、家族的獨裁者。

之後，在有關故事結構七大關鍵步驟的第三章，我們談到如何建立故事的主要結構步驟，讓主角能帶動情節，同時又能體驗深刻的轉變。接下來，我會聚焦在更多創造角色轉變的技巧細節，這將會成為你的故事的根基。

我在前面曾問過，你如何建構這個轉變？我刻意使用「建構」一詞，是因為從字面意義上來說，你正是在構築故事的框架。

> 關鍵重點：每次都從轉變的結尾著手，連同真實自我的揭露一起思考，接著決定轉變的起點──也就是主角的需求和欲望，然後再構思中間的發展步驟。

這是所有小說寫作中最有價值的技巧之一。使用這項技巧，就會發覺你的說故事能力有戲劇性的提升。從終點著手的原因，在於每個故事都是主角進行的一場學習歷程（而且有時可能也跟著展開一場現實世界中的歷程）。無論是什麼樣的歷程，在你能夠踏出第一步之前，必須先知道前往的終點在哪裡，否則只會一直繞圈子。

角色轉變的終點是真實自我的揭露。從這裡起步，你會知道你的角色走向這個終點應採取的每一步。這裡不需要湊篇幅的廢話或不相關的東西。想要打造有機（內在合乎邏輯）的故事，務必讓這段歷程的每一步與其他步驟有所連結，並且逐漸進入高潮，這是唯一的方法。

有些作者害怕這個技巧，他們擔心創作會受局限，或變成按表操課。事實上，這個技巧讓你擁有更大的自由，因為你總是會有一張安全網。無論進行故事的哪一個部分，你都會知道最後的終點在哪裡，因此你可以大膽嘗試，並試著採用一些表面上看似偏離路線的故事事件，只是這些事件其實是以更具創造性的方式通往你必須前往的地方。

請記住：真實自我的揭露也可能出現在故事開頭。換句話說，好的「真實自我的揭露」有兩個部分：揭露，以及揭露過程的布局。

揭露的時刻應該具有這些特性：

● 它應是突然發生的，才能為主角及觀眾帶來最大的戲劇性影響。
● 它應為觀眾創造一次情感的爆發，因為他們也參與了主角的自我實現。
● 它應為主角提供新的訊息：他必須首次發現自己一直以來是如何自欺欺人地活著，又如何傷害別人。
● 它應促使主角隨即採取新的道德行動，證明自我揭露是確實發生的，並且已讓主角有了深刻的轉變。

揭露過程的布局應該具有這些特性：

● 主角必須是懂得思考的人，也就是他有能力看見事實真相，知道正確的行動。
● 主角必須有什麼事情是他不願面對的。
● 他必須因為這個自欺或錯覺而確實深受傷害。

你可能注意到這裡似乎出現了一個矛盾：一個懂得思考的人在欺騙自己。這可能是個矛盾，卻是真實存在的。我們全都因此而受傷。說故事的力量之一，就是讓我們知道，一個擁有出色且富創造力思考能力的人，如何也會受限於複雜的錯覺。

角色創造技巧：雙重逆轉

表現角色轉變的普遍方法是賦予主角某種需求，以及一次真實自我的揭露。他挑戰並改變自己的基本信念，然後採取新的道德行動。因為觀眾認同主角，他們也學到了主角所學習的。

可是問題來了：如何讓你（作者）關於正確與錯誤行動的道德願景與主角的有所區隔？這些願景不一定要是一樣的。何況你希望呈現的角色轉變，可能比一般方法所呈現的更複雜、更具感情衝擊力。

在故事裡用獨特的真實自我揭露來顯示角色的轉變，這種高明的技巧，我稱為「雙重逆轉」（double reversal）。在這種技巧中，你讓主角和對手都面對真實自我的揭露。他們兩人都從對方身上學習到某些東西，觀眾看到的關於待人處世的體悟，也會是兩種，而不是一種。

請注意：與一般單一的自我揭露相較之下，使用雙重逆轉的優點不少。首先，透過比較向觀眾呈現的待人處世之道，比單一自我揭露所呈現的更微妙、更清楚。或許你可以把這種差異想像為雙聲道和單聲道音響的不同。其次，觀眾不會只鎖定主角一人；他們可以退後一步，看到更大的故事樣貌，看到範圍更廣的相關細節。

想創造雙重逆轉，請採取以下步驟：

1. 讓主角和主要對手各有一個弱點和一種需求。（兩者的弱點與需求不一定要是相似的。）

2. 讓對手擁有人性。這表示他必須有能力學習和有所轉變。

3. 在對決期間或對決剛結束時，讓主角和對手面對真實自我的揭露。

4. 將兩人的真實自我揭露加以連結，主角和對手應該都要從對方身上有所學習。

5. 你的道德願景應該是主角和對手最好的學習所得。

雙重逆轉是一種強而有力的技巧，但並不普遍，因為大部分作者沒有創造出有能力進行真實自我揭露的對手。如果對手是邪惡的，是與生俱來且徹頭徹尾的壞，他不會在故事結尾發現自己如何犯錯。舉個例子，如果這個對手會將手伸進某人胸膛、挖出心臟當作晚餐，他不會知道他需要改變。

雙重逆轉使用最為出色的例子是愛情故事，這並不令人意外，畢竟愛情故事的設計就是要讓主角與戀人（主要對手）相互學習。以下試舉幾部可看到雙重逆轉的電影：《克拉瑪對克拉瑪》（Kramer vs. Kramer）、《金屋藏嬌》、《傲慢與偏見》（Pride and Prejudice）、《北非諜影》、《麻雀變鳳凰》、《性、謊言、錄影帶》（Sex, Lie and Videotape）、《女人香》和《歡樂音樂妙無窮》（The Music Man）。

構思好主角的真實自我揭露之後，再回頭思考他的需求。先創造真實自我揭露的好處之一，就是它會自動告訴你主角的需求。如果真實自我的揭露是主角透過學習而得到的收穫，那麼，需求就是他還不知道但必須學習後才能讓自己擁有更好的生活的事物。你的主角必須看透他生活中的重大錯覺，克服戕害他人生的重大弱點。

創造主角第三步：欲望

創造強而有力的主角的下一步，是創造欲望敘事線。在有關七大步驟的第二章，我們曾提到這個步驟是故事的骨幹。請牢記：創造強而有力的欲望敘事線有以下三條規則：

1. 你只需要一條欲望敘事線，但要逐步增加它的重要性與強度。

如果你的欲望敘事線多於一，故事就會潰散。它確實會同時朝兩、三個方向發展，也會失去敘事動力，讓觀眾感覺茫然。在出色的故事裡，主角只有單一且重要性凌駕一切的目標，而且他對這個目標的渴求變得愈來愈強烈。於是故事進行得愈來愈快，敘事動力變得勢不可擋。

2. 欲望必須明確。

欲望愈明確愈好。想確保欲望敘事線足夠明確，請記住這個簡單的規則：問自己，你的故事裡是否有具體的時間點讓觀眾知道主角是否達成了目標？在《捍衛戰士》（Top Gun）中，我知道主角爭取「捍衛戰士」榮譽成功或失敗的時間點，因為飛行學校的長官把它頒給另一人。在《閃舞》（Flashdance）中，我知道主角爭取進入芭蕾舞學校的欲望成功或失敗的時間點，因為她收到一封信，通知她已錄取。

有時，作者會這麼說：「我的主角的欲望是變得獨立自主。」若用「具體時間點」的規則來檢視：一個人一生中什麼時候變得獨立？首次離家生活？結婚？離婚？請注意：一個人變得「獨立」，並沒有具體的時間點。獨立相對於不獨立，與「需求」關係較近，但若當成「欲望」，效果很糟。

3. 欲望應該要能達成（如果終究能達成的話），應該出現在故事結尾。

如果主角在故事中段就達成目標，故事就必須在這裡結束，否則就必須創造新的欲望敘事線，這麼做其實是把兩個故事硬湊在一起。將主角的欲望敘事線盡量延到結局才發生，等於讓故事形成一個單一單位，同時也確保它具有巨大的敘事動力。

以下是幾個相關例子：

- 《搶救雷恩大兵》：找到大兵雷恩，讓他活著回家。
- 《一路到底：脫線舞男》：為了掙很多錢，不惜在滿室女士面前裸體表演。
- 《大審判》：贏得官司。
- 《唐人街》：破解誰殺死荷利斯的謎團。
- 《教父》：向殺死父親的人復仇。

創造主角第四步：創造對手

我說定義主角和構思故事的訣竅在於構思對手，絕不是誇大其詞。角色網絡中的所有連結，最重要的就是主角與主要對手之間的關係。這個關係決定整體戲劇效果如何建構。

這就是為什麼身為作者的你應該喜愛這個角色，因為它有數不盡的助益。就結構來說，掌握關鍵的總是對手，因為你的主角透過對手而學習，因為只有對手攻擊主角的重大弱點時，主角才被迫處理這個弱點，並因而有所成長。

關鍵重點：只有對手夠好，主角才會同樣出色。

把主角和對手想像成兩名網球選手，就能理解這個原則有多重要。如果

主角是世界上最好的球手，對手是個週末玩家，主角會打出幾個好球，對手會疲於奔命，觀眾會感到無聊。但如果對手是世界排名第二的選手，主角不得不想盡辦法打出好球，對手也會盡己所能的回擊，他們會讓對方在球場上不停奔跑，觀眾也會為之瘋狂。

好故事正是這樣敘述的。主角和對手會驅使對方表現出色。

一旦設定了主角和主要對手的關係，故事的戲劇張力就會開展。如果這個關係設定正確，故事幾乎確定沒問題。如果這個關係設定錯誤，故事就幾乎肯定會失敗。接下來，讓我們看看創造一個出色對手所需要的元素：

1. 讓對手成為不可或缺：

一個出色對手最重要的唯一要素，就是他對主角而言是不可或缺的。這包含一個非常具體的結構層面的意義。主要對手是全世界最足以攻擊主角重大弱點的人。他應該毫不留情展開攻擊。這個不可或缺的對手要不是迫使主角克服弱點，就是把主角消滅。換句話說，這個不可或缺的對手，讓主角有可能成長。

2. 讓對手具有人性：

具人性的對手不只是相對於一頭動物、一件物體或一個現象的一個人。一個具人性的對手和主角一樣複雜、一樣重要。

從結構來看，這表示一個真正具人性的對手向來是主角的某種「分身」（double）。某些作者在創作特殊角色時也採用分身〔或稱為「分身靈」（doppelganger）〕的概念，但這實際上是大得多的一種技巧，也的確是創造所有主角和對手的主要原則之一。對手不但要與主角相互比較、對比，還要有助於定義主角（反過來說也是一樣），這個分身概念，可說涵蓋了幾項功用：

- 對手／分身有特定的弱點，導致他用錯誤的方式對待別人，或在行為上阻礙對立角色活得更好。
- 對手／分身和主角一樣，因為本身擁有的弱點而有某種需求。
- 對手／分身必須對某項事物有所渴望，最好與主角有同樣的目標。
- 對手／分身應該擁有不得了的力量、地位或能力，對主角施加最大的壓力，設定最後的對決，驅使主角取得更大的成功（或失敗）。

3. 讓對手的價值取向恰好與主角相反：

　　主角和對手的行動是基於某套信念或價值取向。這些價值取向代表每個角色對於什麼是美好人生的看法。

　　在最出色的故事裡，對手和主角的價值取向相互衝突。透過這樣的衝突，觀眾看到哪一種生活方式更勝一籌。故事很大一部分的力量是由這個對立關係的品質所決定的。

4. 給對手一個強而有力但有缺陷的道德議題：

　　邪惡的對手是與生俱來的壞，因此既機械化又乏味。在大部分真實的衝突中，沒有明顯的是非對錯。故事寫得好，主角和對手都相信自己是對的，而且都有理由這麼相信。他們也都會犯錯，只是犯錯的方式不同。

　　對手和主角一樣，企圖讓自己的行動在道德上合理化。好的作者會詳述對手的道德議題，確保它強而有力，但最終是錯的。（我們在有關道德議題的下一章會討論怎麼做。）

5. 賦予對手某些與主角相似之處：

　　當主角和對手有很強的相似之處，這兩個角色的對比才有力量。這樣一來，兩人對相同的人生問題會採取稍有不同的處理方式。正是在相似之處，才能最清楚看見那些關鍵的、具啟發性的差異。

　　讓主角和對手擁有某些相似之處，也會讓主角不致於太過完美，對手不致於全然邪惡。千萬不要把主角和對手設想為極端的對立，而是讓他們成為某個可能範圍裡的兩種可能。主角和對手的對立不在於正與邪，而是兩個角色各有弱點和需求。

6. 讓對手與主角同處一地：

　　這顯然違背常識。當兩個人不喜歡對方，他們往往會朝相反方向走，但如果這情況發生在你的故事中，想構建衝突就大有困難。訣竅：找出一個自然的理由，讓主角和對手在故事發展過程中同處一地。

　　對手如何對主角造成影響，有一個足以列入教科書的例子——《沉默的羔羊》中的漢尼拔。諷刺的是，在這部電影裡，漢尼拔根本不是真正的對手。他是「盟友／假對手」；這個角色看起來像是克萊麗斯的對手，實際上卻是

她最了不起的朋友。我喜歡把漢尼拔看成是來自地獄的尤達；他給予克萊麗斯的訓練雖然嚴酷，卻遠比她在 FBI 學院學到的一切更有價值。

不過，他們首次會面時，漢尼拔在某個片刻當中，讓我們看見一個對手如何無情攻擊主角的弱點，直到她出手處理或被擊倒。克萊麗斯到牢房探訪漢尼拔，希望能獲取一些有關連環殺人犯水牛比爾的深刻見解。儘管一開始似乎大有希望，但她過度高估自己的實力，侮辱了漢尼拔的智慧，於是他發動攻擊。

> 漢尼拔：「啊，史特林探員，你以為可以用這笨拙的小工具剖析我？」
> 克萊麗斯：「不，我認為你那方面的知識……」
> 漢尼拔：「你企圖心很強，是吧？你提著上好的提袋但穿著廉價的鞋子，你知道在我看來像什麼嗎？你像個鄉巴佬。一個乾淨、手忙腳亂的鄉巴佬。有一點點品味。良好的營養讓你長得身高體長，但不到三十年前你們不過是白人窮鬼。是吧，史特林探員？還有你那麼拚命想甩掉的口音，道地西維吉尼亞。你的父親是誰，親愛的，是煤礦工人嗎？他是不是聞起來有羊羶味？還有，啊，那些男孩多快找上了你？那些待在車子後座、黏答答、無趣的摸索。你只能夠夢想著往外跑，跑到任何地方，一路跑到 F-B-I。」

讓我們透過以下幾個例子看看故事講述過程中的對手，看看他們每一個如何成為主角的最佳對手，而不只是與他人有所區隔的個體。

《奧賽羅》

（作者：莎士比亞；1604 年）

奧賽羅是武士之王，總是堂堂正正，強勢而正派。不夠出色的作者，相信「戲劇就是衝突」的傳統智慧，大抵會創造另一個武士之王與他對抗。這麼一來會有很多衝突，但不足以成為故事。

莎士比亞了解「不可或缺的對手」這個概念。他從奧賽羅的重大弱點——對婚姻的不安全感——著手，創造了伊阿古。伊阿古不太算得上武士。他不

擅長從正面攻擊，卻是個從背後偷襲的高手。他透過言詞、諷刺、詭計和操控來得到他想要的東西。伊阿古是奧賽羅不可或缺的對手。他看見奧賽羅的重大弱點，展開高超的無情攻擊，直到擊潰這個了不起的武士之王為止。

《唐人街》

（作者：羅勃・湯恩；1974 年）

傑克是一名單純的偵探，他過分自信又太理想化，相信只要能發現真相就能伸張正義。他也有一個弱點，就是追求金錢和生活享受。他的對手克羅斯是洛杉磯最富有、最有權勢的人之一。他智取吉特斯，利用自己的財富和權力掩蓋吉特斯發掘的真相，從而逃脫謀殺罪名。

《傲慢與偏見》

（作者：珍・奧斯汀；1813 年）

伊莉莎白・班奈特是個聰敏、迷人的年輕女性，她對自己的聰明才智太過自滿，對他人太快下判斷。她的對手達西先生的缺點則是極度傲慢，且蔑視較低階層的人。不過，正因為達西先生的傲慢和偏見，以及他為了伊莉莎白而努力克服這些缺點，伊莉莎白終於也覺察到自己的傲慢和偏見。

《星際大戰》

（電影系列創作者：喬治・盧卡斯；1977 年）

路克是一個衝動、天真的年輕人，他渴望有所貢獻，也具備使用原力的大能，但尚未經過訓練。他的父親維德是運用原力的超級高手，在智力和武力方面都勝過路克，並且利用自己對兒子及對原力的認識，企圖誘使路克陷入「黑暗面」。

《罪與罰》

（作者：杜斯妥也夫斯基；1866 年）

拉斯柯尼可夫是個傑出青年，他犯下謀殺，只為了證明自己的一套哲學——他超越法律和一般人。他的對手博爾菲利是個小官員，一個低階警探，但這名執法的普通人比拉斯柯尼可夫聰明，更重要的是更有智慧。他指出拉斯柯尼可夫哲學的錯誤，讓他明白，真正的偉大來自真實自我的揭露、責任感和苦難的經歷，從而令他認罪。

《第六感追緝令》（*Basic Instinct*）

〔作者：喬伊・斯特哈茲（Joe Eszterhas）；1992 年〕

尼克是個敏銳、剛強的警探，但他濫用毒品，並在沒有充分理由的情況下殺了人。凱瑟琳和他一樣聰敏，時時挑釁他，並利用他在性和毒品方面的弱點，誘使他陷入她的謊言圈套。

《慾望街車》

（作者：田納西・威廉斯；1947 年）

白蘭琪是年華已逝的美女，不太能掌握現實世界。她一路跌跌撞撞的利用謊言和性來保護自己。史丹利是個冷酷、好鬥的好勝之徒，不接受白蘭琪編造故事欺矇混騙，認為她是個說謊成性的蕩婦，企圖詐騙他並愚弄他的朋友米奇。他把「真相」無情地往她臉上砸去，導致她發瘋。

《迷魂記》

〔小說：皮耶・波瓦羅（Pierre Boileau）、托瑪・納瑟賈克（Thomas Narcejac）；劇本：列克科培爾（Alec Coppel）、山繆・泰勒（Samuel Taylor）；1958 年〕

史葛堤是個體面的男子，有點天真，並受眩暈症困擾。他的大學朋友葛文利用史葛堤的弱點，策劃一個計畫來謀殺他的妻子。

建立衝突

設定主角和對手為了相同的目標而競爭後，必須逐步建立衝突，直到最後的對決發生。你的目標是向主角持續施加壓力，因為這樣才能迫使他有所改變。如何針對主角發動一波波的攻擊，是建立衝突及對主角施加壓力的決定因素。

在一般或簡單的故事裡，主角只和一個對手發生衝突。這種普遍的衝突，優點是清楚俐落，但無法讓你發展出深刻或有力的衝突場景段落，也無法讓觀眾看見主角在較大的群體中的行動。

關鍵重點：兩個角色之間過分簡單的對立，會扼殺故事表現人生的深度、複雜或現實的機會。想避免這種情況，必須創造一個對立網絡。

四角對立

比較好的故事會超越主角和主要對手的簡單對立，並使用我稱為「四角對立」（4-corner opposition）的技巧。在這種技巧中，你創造一個主角和一個主要對手，再加上至少兩個次要對手。（你可以再增加對手人數，但他們必須各自擁有重要的故事功能。）想像有一個長方形，主角和三個對手各自占據一個角落，這代表盡量讓每一個人與其他人都有所不同。

一般兩個角色的對立：

四角對立：

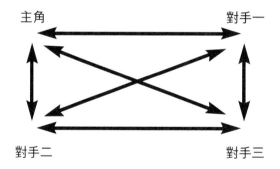

以下是四角對立的一些關鍵特色：

1. 每個對手應使用不同方法來攻擊主角的重大弱點。

對手的核心目的，就是攻擊主角的弱點。因此，區分對手的第一種方法，就是讓每個對手擁有各不相同的攻擊方式。請留意這種技巧如何讓所有衝突

都能與主角的重大缺陷產生有機連結。四角對立的附加好處，就是可當作整個群體的縮影，每個角色都象徵那個群體裡具有某些特質的人。

　　在以下的例子裡，主角都在左上角，他的主要對手在相對的另一邊，兩個次要角色放在下面，每個角色下方括弧內則是他們具體表現的原型（如果有原型的話）。研究不同的例子時，請注意：四角關係是任何出色故事的基礎，不管故事採用什麼媒介、類型或是在什麼時候寫成的。

《王子復仇記》

（作者：莎士比亞；約 1601 年）

哈姆雷特	國王克勞迪（＋羅森克蘭＋蓋敦思坦）
（叛逆者－王子）	（國王）
皇后葛楚	波隆尼（＋歐菲利亞）
（皇后）	（導師）　（＋少女）

《刺激驚爆點》

〔作者：克里斯托福・邁考利（Christopher McQuarrie）；1995 年〕

基頓（＋團隊）	探員庫健
（騙術師－武士）	（沒有）
維爾博	基撒・索茲（＋他的代表）
（藝術家－騙術師）	（武士－國王）

2. 嘗試把每個角色置入衝突中，與主角有衝突，也與其他每個角色都有衝突。

　　請注意：四角對立與一般對立相較之下有一個立即可見的優點。透過四角對立，你在故事裡可以創造和建構的衝突數量倍增。除了讓主角與三個（而不是一個）角色有所衝突，還可以讓幾個對手互相衝突，因而製造強烈的衝突和緊湊的情節。

四角對立中可能的衝突：

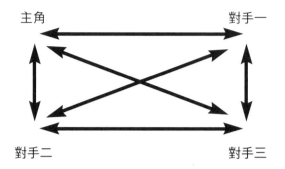

主角　　　　　　　　　　對手一

對手二　　　　　　　　　　對手三

以下試舉出幾個例子：

《美國心玫瑰情》

（劇本：艾倫・博爾；1999 年）

賴斯特（＋李奇・費茲）　　　卡洛琳（＋房地產王）

（廢帝－騙術師）　　　　　　（皇后－母親）

珍（＋安琪拉）　　　　　　費茲上校

（公主－叛逆者）＋（公主）　　（武士）

《咆哮山莊》

〔小說作者：艾蜜莉・勃朗特，1847 年；劇本作者：查爾斯・麥克阿瑟（Charles MacArthur）、班・赫契特（Ben Hecht），1939 年〕

凱西　　　　　　　　　赫斯克里夫

（愛人）　　　　　　　（愛人－叛逆者）

辛德利（凱西哥哥）　　　林頓（＋伊莎貝拉，妹妹）

（沒有）　　　　　　　（國王）

3. 把所有四個角色的價值取向**全部置入衝突**。

　　故事說得出色，不只靠角色之間的衝突，還有角色以及他們的價值取向的衝突。當你的主角經歷角色轉變，他挑戰並改變了基本的信念，引發新的道德行動。一個好的對手也有一套信念遭受攻擊。只有當主角的信念與至少另一個角色（最好是對手）的信念發生衝突，主角的信念才有意義，也才能在故事中表達出來。

　　一般將價值取向加入衝突的方式，是讓主角和單一對手這兩個角色競逐同一個目標。在競逐過程中，他們的價值取向及生活方式也有了衝突。

　　四角對立的價值取向，讓你創造的故事有潛力達到史詩規模，同時又能保持故事基本的有機整體感。比方說，每個角色可以呈現某種獨特的價值取向體系或某種生活之道，而且與其他三個角色的主要生活方式有所衝突。請注意：透過四角技巧將價值取向加入衝突之中，為故事帶來了絕佳的肌理和深刻的主題。

　　具備四角對立價值取向的故事可能是這樣：

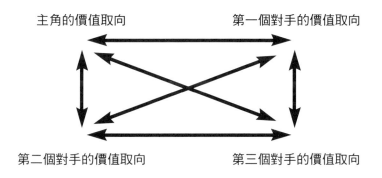

主角的價值取向　　　　　　　　第一個對手的價值取向

第二個對手的價值取向　　　　　　第三個對手的價值取向

關鍵重點 1：列出每個角色的價值取向時，愈詳細愈好。

不要只賦予每個角色一種價值取向。為每個角色設想他可能信守的一組

價值取向。每一組價值取向都是獨一無二的，但互有關連。

關鍵重點 2：找出每種價值觀的正向和負向形式。

信守某個信念可以是一種力量，但也可以是弱點的來源。找出相同價值觀的負面取向和正面取向，可以看出每個角色在為信念奮鬥時，最可能在什麼樣的情形下犯錯。相同價值觀的正向與負向形式的例子有：堅決的與具侵略性的，誠實的與不夠敏感的，愛國主義的與剛愎自用的。

《櫻桃園》（*The Cherry Orchard*）

（作者：契訶夫；1904 年）

拉內夫斯基夫人（＋兄弟蓋耶夫）		洛帕勤
（皇后＋愛人）	（王子）	（商人）
真愛、美麗、過去		金錢、地位、權力、未來

瓦爾雅

（工人）

勤奮、家庭、婚姻、踏實

托菲莫夫	安雅
（學生／老師）	（公主）
真理、求知、憐憫、高層次的愛	她的母親、仁慈、高層次的愛

4. 盡量將角色推向每個角落。

創作四角對立時，將每一個角色——主角和三個對手——分別填進方框的四個角。接下來，盡量將每個角色推向所屬的角落。換句話說，就是盡量讓每個角色與其他三個角色不同。

《虎豹小霸王》

（作者：威廉・戈德曼；1969 年）

布奇・卡西迪	日舞小子（＋埃塔）
（騙術師）	（武士＋愛人）
哈維	赫里曼＋搜捕隊（拉佛斯）
（武士）	（國王＋武士）

《費城故事》

（舞台劇劇本：菲力普・貝瑞；電影劇本：唐諾・奧德登・史都渥；1940 年）

翠西・羅德	德克斯特
（女神）	（愛人）
喬治（翠西未婚夫）	邁克（＋李茲）
（國王）	（藝術家）

5. 將四角模式延伸到故事的每個層次。

確定了基本的四角對立後，開始考慮把這個模式延伸到故事的每個層次。比方說，你可以在某個群體、機關、家庭甚至某個角色裡設立一個獨特的四角對立模式。特別是在較接近史詩特質的故事裡，都可以在幾個層次中看見四角對立。

以下的三個故事，分別在故事的兩個不同層次中使用四角對立：

《伊里亞德》

（作者：荷馬）

在希臘人之間：

阿基里斯	阿伽門農
（武士－藝術家－叛逆者）	（國王）
奧德修斯	埃亞斯
（騙術師－武士）	（武士）

在世界裡：

阿基里斯　　　　　　　　　赫克特

（武士－藝術家－叛逆者）　　（武士－王子）

阿伽門農　　　　　　　　　帕里斯（＋海倫）

（國王）　　　　　　　　　（愛人）

《七武士》

（作者：黑澤明、橋本忍、小國英雄；1954 年）

在武士之間：

武士領袖＋其他人　　　　　劍術大師

（武士－國王）　　　　　　（藝術家－武士）

徒弟　　　　　　　　　　　武士菊千代

（學生）　　　　　　　　　（農夫－武士）

在世界中：

武士領袖＋團隊　　　　　　土匪武士

（殺手－國王）　　　　　　（殺手）

農夫　　　　　　　　　　　武士菊千代

（種植者）　　　　　　　　（種植者－殺手）

《教父》

（原著小說：普佐；劇本：普佐、柯波拉；1972 年）

在家庭裡：

教父（＋湯姆）　　　　　　桑尼

（國王）	（武士）

弗雷多（然後是凱伊）　　　　麥可

（愛人）　　　　　　　　　　（騙術師－武士－國王）

在世界中：

柯里昂尼家族　　　　　　　　索羅佐

（國王－武士）　　　　　　　（武士）

巴茲尼　　　　　　　　　　　卡羅（＋特西歐＋司機＋保鑣）

（國王）　　　　　　　　　　（騙術師）

寫作練習 3——創造你的角色

● **從故事功能和原型來創造角色網絡：**

創造你的角色網絡。首先，列出所有角色，並描述他們在故事中發揮的功能（例如：主角、主要對手、盟友、對手／假盟友、情節副線角色）。

● **在每個角色旁記下他的原型**（如果有原型的話）。

● **核心道德難題：**

列出故事的核心道德難題。

● **比較各個角色：**

列出所有角色，並比較以下的結構元素：

1. 弱點。

2. 需求（心理層面與道德層面的）。

3. 欲望。

4. 價值取向。

5. 權力、地位和能力。

6. 每個人如何面對核心道德難題。

　　開始比較你的主角和主要對手。

●道德難題的變奏：

　　確保每個角色對主角的核心道德難題採取不同的處理方式。

●主角的要求：

　　現在專心為主角添上血肉。首先確保他或她符合所有出色主角的四點要求。記住，這四點要求是：

　　1. 讓主要角色始終保持吸引力。

　　2. 讓觀眾認同角色，但適可而止。

　　3. 引發觀眾對主角的同理心，而不是同情。

　　4. 賦予主角一個心理層面與一個道德層面的需求。

●主角的角色轉變：

　　決定主角的角色轉變。先寫下真實自我的揭露，然後回到「需求」。務必讓真實自我的揭露能確實解決需求。換句話說，無論故事開始時主角在生活中遇到什麼樣的謊言或窒礙，在真實自我揭露的階段，他都必須面對並加以克服。

●改變的信念：

　　在故事過程中，主角挑戰和改變了什麼信念，把它們寫下來。

●主角的欲望：

　　釐清主角的欲望敘事線。它是不是具體的單一目標？是否能延續整個故事？觀眾在什麼時間點會知道主角能否達成目標？

●對手：

　　為對手添上細節。第一步是先描述主要對手及其他對手如何以不同方式攻擊主角的重大弱點。

●對手的價值取向：

　　為每個對手列出幾項價值取向。

　　如何讓每位對手象徵主角某個面向的分身？賦予每個對手一定程度的力量、地位和能力，並描述他們各自與主角有什麼相似之處。

用一句話說出每個角色的道德難題，以及他們如何合理化自己追求目標的行動。

● **次要角色呈現主角的弱點與道德難題的變奏形式：**

任何一個次要角色，以什麼樣的變奏形式來呈現主角的獨特弱點和道德難題？

● **四角對立：**

規劃故事中的四角對立。將主角和主要對手放在上面的那一行，然後把至少兩個次要對手放在他們下方。

標出每個角色的原型，但只有在有適用的原型才這麼做。很多角色沒有原型。不要勉強。

● **把四個主要角色推向四個角落：**

也就是盡可能讓每個角色都與其他三人不同。最好的方法，是凸顯每個人的價值取向有什麼不同。

接下來，我們以《慾望街車》為例，看看如何充實你的角色：

《慾望街車》

（作者：田納西·威廉斯；1947 年）

從故事功能和原型來創造角色網絡：

主角：白蘭琪（藝術家）。

主要對手：史丹利（武士－國王）。

對手／假盟友：米奇，史丹利的朋友；史黛拉（母親），白蘭琪的妹妹。

盟友：沒有。

盟友／假對手：沒有。

情節副線角色：沒有。

核心道德難題：

有人以謊言和假象爭取愛情，是否合理？

比較各個角色：

——白蘭琪：

弱點：頹敗，倚賴年華漸逝的容貌，沒有真實的自我感，當生活過於艱困時，往往躲在幻覺中逃避，透過性來爭取愛，為了自己的好處而利用他人，並藉此維繫她仍是美女的假象。

　　心理層面的需求：白蘭琪必須學習察覺自己心中的價值取向，而不是只看到自己的外貌。另外，她必須放棄尋找男人來拯救自己的念頭。

　　道德層面的需求：追尋別人的愛時，她必須學習說真話。

　　欲望：起初白蘭琪是想找個歇息的地方。但她的主要欲望是讓米奇娶她為妻，這樣她就能有安全感。

——史丹利：

　　弱點：心胸狹窄、多疑、性急易怒、粗暴。

　　心理層面的需求：史丹利必須克服好勝心。由於好勝，他想擊敗每一個人，證明自己有多了不起。

　　道德層面的需求：史丹利必須克服面對比他弱勢的人時展現的卑劣殘暴。他是個刻薄、自私、幼稚的人，一心只想剝奪別人的快樂。

　　欲望：史丹利想把白蘭琪趕出自己的家，回復從前的生活。後來，他想阻止米奇娶白蘭琪為妻。

——史黛拉：

　　弱點：天真、倚賴史丹利、頭腦簡單。

　　心理層面的需求：史黛拉必須找回自我，並看清史丹利其實是個怎麼樣的人。

　　道德層面的需求：史黛拉對於助長史丹利的粗暴也有責任。

　　欲望：她希望看到姊姊與米奇結婚，過著快樂的生活。

——米奇：

　　弱點：害羞、軟弱，無法按照自己的意志思想和行動。

　　心理層面的需求：米奇必須斷絕對於史丹利和自己母親的倚賴，擁有自己的生活。

　　道德層面的需求：他必須像對待他人一樣與白蘭琪相處，尊重她的言行舉止，以及她生活上面對的痛苦。

欲望：起初米奇有意與白蘭琪結婚，但當他得知她的過去，就只想與她上床。

道德難題的變奏：

白蘭琪：白蘭琪為了獲得愛而自欺欺人。

史丹利：史丹利在揭穿別人的謊言時，講求誠實的態度非常粗暴，讓別人痛苦。他深信世界是嚴酷、充滿競爭而狡詐的，這樣的信念反而讓世界更加不堪。他對於真理的那種咄咄逼人、自以為是的觀點，遠較白蘭琪的謊言更具破壞力。

史黛拉：史黛拉的原罪是輕忽。她容許姊姊保留一點幻覺，但當丈夫粗暴地攻擊姊姊後，又看不出丈夫在撒謊。

米奇：米奇受白蘭琪膚淺的謊言矇騙，因此無法看到白蘭琪所擁有的較深層的美。

白蘭琪的角色轉變：

弱點：孤獨、虛假的希望、虛張聲勢、謊言。

轉變：發瘋、絕望、心碎。

改變的信念：

白蘭琪超脫了原有信念，不再認為必須透過肉體和言語的謊言來矇騙男人，以得到對方的愛。然而，她的誠實和體悟卻浪費在一個錯誤的對象上。

白蘭琪的欲望：

白蘭琪希望米奇與她結婚。當米奇粗暴地拒絕她時，我們知道白蘭琪追求欲望失敗。

對手：

——對主角弱點的攻擊：

白蘭琪的弱點：頹敗，倚賴年華漸逝的容貌，沒有真實的自我感，當生活過於艱困時，往往躲在幻覺中逃避，透過性來爭取愛。

史丹利：史丹利在迫使白蘭琪面對她自己的「真相」時，既粗暴又咄咄逼人。

史黛拉：史黛拉大體上沒有察覺自己成了摧毀姊姊的幫凶。她頭腦簡單，

加上對史丹利的愛，使她無法保護脆弱的姊姊免於丈夫的攻擊。史黛拉拒絕相信史丹利強暴了姊姊。

米奇：米奇基本上是個正直的人，但軟弱而膽小。他表現出對白蘭琪有好感，後來又退縮，甚至凌辱她，摧毀了白蘭琪最後一絲最好的希望，深深傷害了她。

價值取向：

白蘭琪：美麗、外表、舉止合宜、優雅、善良、史黛拉。

史丹利：力量、權力、女性、性愛、金錢、史黛拉、他的男性朋友。

史黛拉：史丹利、她的婚姻、白蘭琪、性愛、她的寶寶。

米奇：他的母親、他的朋友、舉止合宜、白蘭琪。

與主角的相似之處：

史丹利：白蘭琪和史丹利在很多方面都很不相同，但他們同樣對世界有較深刻的認識，這是史黛拉沒有的。他們也都精於算計和手段，並察覺到對方也有這方面的能力。

史黛拉：史黛拉和白蘭琪有共同的過去，當時她們生活在南方貴族漂亮、優雅、講究舉止的世界。史黛拉也和姊姊一樣需要愛和別人的善意對待。

米奇：米奇以合宜的態度和追求來回應白蘭琪的愛。他欣賞她的高貴，以及殘存的美麗。

力量、地位和能力：

白蘭琪：白蘭琪已失去一切地位。她急於把握自己憑藉外表和魅力取悅男人的能力。

史丹利：史丹利是他男性朋友圈子中的「老大」。他也非常有能力能得到自己想要的東西，特別是史黛拉讓他予取予求。

史黛拉：史黛拉沒有權力和地位，只能依賴史丹利。不過她很善於獲取史丹利的歡心。

米奇：米奇在生活圈或較大的群體當中都沒有什麼地位或權力。他天生是個追隨者。

道德難題與合理化的理由：

白蘭琪：白蘭琪認為她的謊言沒有傷害任何人，而是她獲得快樂的唯一機會。

　　史丹利：他認為白蘭琪是欺騙他、滿口謊言的蕩婦。他相信當他把白蘭琪的往事告知米奇，只是為了保護他的朋友。

　　史黛拉：史黛拉不夠聰敏，沒發現自己也參與了摧毀姊姊的過程。

　　米奇：米奇覺得曾當過妓女的女人，就可以當成妓女來對待。

次要角色呈現主角的弱點與道德難題的變奏形式：

　　尤妮絲和史提夫這對夫妻住在樓上。他們為了史提夫的不忠而吵架。當尤妮絲離家出走，史提夫追上了她，帶她回家。

四角對立：

白蘭琪	史丹利
（藝術家）	（武士－國王）
史黛拉	米奇
（母親）	（沒有）

05

道德議題

　　山繆・高德溫[13]曾說：「如果你想傳遞訊息，找西聯[14]吧。」他這麼說是對的——別用明顯、說教的方式來傳達訊息。不過，主題強而有力的故事，若能以適當方式呈現，不但更受推崇，也更受歡迎。

　　一個出色的故事，不光是為了娛樂觀眾而設計的一系列事件或驚奇。它是一系列具道德意涵及效果的行動，專為表達一個較大的主題而設計。

　　所有說故事的主要技巧當中，主題可能是引起最多誤解的。大部分人提到的主題其實是題材，可歸入道德、心理和社會等層面，例如死亡、善惡、救贖、階級、腐敗、責任與愛等。

　　我指的主題並不是題材。主題是作者關於如何待人處世的看法。它是你的道德願景。當你呈現某個角色透過手段達成某個目的，就是在呈現某個道德困境，在探索關於「正確行動」的問題，並提出關於如何活得最好的道德議題。你的道德願景完全是你獨創的，將它傳達給觀眾，是你講述這個故事

---

13 山繆・高德溫（Samuel Goldwyn, 1879~1974），美國米高梅電影公司創辦人，曾是好萊塢最傑出的獨立製片人。
14 西聯匯款（Western Union），一八五一年成立，原是提供電報服務的公司，一八七一年開始提供匯款服務，二〇〇六年停止電報服務，目前成為以匯款聞名的金融服務公司。

的主要目的之一。

讓我們再次看看把故事當成身體的隱喻。一個好的故事是一個「有生命」的系統，各部分一起運作，構成一個相互協調的整體，各部分也自成系統——就像角色、情節和主題——分別以各種方式與故事主體的其他子系統相互連結。前面我們曾把角色比擬為故事的心臟和循環系統，結構是骨骼。繼續推衍這個隱喻，我們可以說，主題是故事的大腦，因為它傳達更高層次的設計。如果它是大腦，就應該引領寫作程序，但又不致於支配一切，讓故事這樣的藝術作品變成哲學論文。

作者如何將道德願景交織於故事，取決於作者的選擇和故事的形式，其可能性的涵蓋範圍很廣。其中一個極端是高度凸顯主題的形式，如戲劇、寓言、諷刺作品、「嚴肅文學」，以及宗教故事。它們非常著重創造某個複雜的道德願景，透過對白來強調角色道德處境的複雜與矛盾。

另一個極端則是通俗故事形式，如冒險故事、神話、奇幻故事和打鬥故事等。這些故事裡的道德願景通常較淡薄，幾乎完全著重於角色帶來的驚奇、懸疑、想像，以及心理和情感的狀態，而不是道德困境。

無論故事是什麼樣的形式，一般作者幾乎只透過對白來傳達道德願景，讓「道德訓誡」淹沒了故事。這樣的故事讓人想到《誰來晚餐》（*Guess Who's Coming to Dinner?*）和《甘地》（*Ghandi*），我們把它們歸入「過於直接」、嘮叨又說教類。這類故事沉重而乏味，作者帶來的壓迫感，以及笨拙而缺乏技巧的表現，令觀眾為之卻步。

千萬不要將你對於待人處世的觀點強加於角色，以免他們看起來像你的意念的傳聲筒。好的作者基本上藉由結構及某個特定主角來處理某個特定處境，在故事表面之下慢慢傳達他的道德願景。具體來說，是透過主角與一個或多個對手競逐某個目標時的所作所為，以及他在掙扎過程中學到或未能學到的教訓而傳達的。

事實上，身為作者的你是在製造一個道德議題，而且是透過一個「以行動表現的議題」，也就是透過角色在情節中的行動來製造。道德議題或這個以行動表現的議題，又如何在故事講述過程中運作？

從設計原則中找出主題要旨

打造一個以行動表現的議題，第一步就是把主題濃縮成一個句子。這個主題要旨，是你對於某些行動的對錯，以及這些行動對人生有何影響的觀點。主題要旨不是傳達你的道德願景的微言大義。還有，想用一句話把它說出來，也可能有點嚴苛。不過這麼做仍是有價值的，因為它迫使你將故事的所有道德要素聚焦於一個單一的道德意念。

這個以行動表現的複雜議題，最後會編織融入整個故事，而它最初總是從一顆種子——故事的設計原則——開始。它是主題要旨的關鍵，就像設計原則是故事前提要旨的關鍵一樣。

設計原則將故事中所有行動打造成有機的整體。使用設計原則來找出主題要旨的訣竅，是聚焦在故事中只為道德結果而存在的行動。換句話說，就是聚焦在角色的行動如何傷害別人，而角色又如何改正過來（如果他們有這麼做的話）。

使用設計原則來協助你深入故事前提的技巧，也同樣有助於開發主題，以下列出的只是幾種技巧。

遊歷

遊歷的隱喻，或是一趟旅程，是主題道德簡述的完美基礎，因為你可以把完整的道德場景段落嵌入其中。哈克順密西西比河而下的旅程，也是進入更大的奴隸制度的旅程。馬羅沿河而上進入叢林，也是更深入道德混亂和黑暗境地的旅程。在《金剛》中，由曼哈頓島到骷髏島的旅程，暗示從道德文明進入自然界最不道德的狀態，但直到返回曼哈頓，才揭露了真正的主題要旨——兩個島都受到最無情的競爭控制，而人類居住的那個島競爭更殘暴。

單一重大象徵

一個單一重大象徵也可以暗示一個主題要旨或一個核心道德元素。《紅字》是單一道德象徵的經典例子。海絲特・白蘭必須佩戴的紅色字母 A，當

然代表故事開始時她的婚外情不道德行為，但也代表引導故事進入更深層的敗德：小鎮鎮民掩藏自己的罪，透過他們共同規範的法律來打擊真正的愛情。

在《戰地鐘聲》（*For Whom the Bell Tolls*）中，喪鐘的單一意象代表死亡，不過原文標題「鐘聲為誰而響」與另一個句子有關，也是故事設計原則的真正關鍵，以及由此衍生而來的主題。這個句子來自約翰‧唐恩[15]的《生死邊緣的祈禱》（*Devotions Upon Emergent Occasions*），其中提到：「沒有人能完全孤立，自成一個島……任何人的死亡都使我縮小，因為我是人類之一。因此，不要探問鐘聲為誰而響，它為你悲鳴。」詩中人的象徵不是一座島，而是一個群體中的一個個體，它以一個意象為這個故事提供架構，也隱含了可能的主題要旨：面對死亡，唯一能為生命賦予意義的，就是為所愛的人犧牲。

透過單線情節進展連結兩個重大象徵

連結兩個象徵帶來的好處就像一個旅程：兩個象徵代表一個道德因果關係的兩端。使用這種技巧，通常用來表示道德的衰敗，但有時也能代表道德提升。《黑暗之心》使用這種兩個象徵的技巧，但再加上遊歷的隱喻，來呈現其主題要旨。小說名稱的兩個象徵，暗示黑色大陸的蠻荒深處，以及道德黑暗面的核心，兩者都暗示對人類墮落之因的探索。

其他的設計原則，包括時間單位、引入一位故事講述者，以及故事開展的特殊方式等，也能幫助你釐清主題要旨。讓我們回到有關故事前提的第二章討論的故事設計原則，看看透過它們能衍生出哪些主題要旨的可能性：

《摩西》

故事設計原則：一個不知道自己身分的男子，努力帶領族人追尋自由，並接受新的道德律令，這些律令也將重新定義他與他的族人的身分。

主題要旨：一個男人為自己族人扛起責任，他獲得的回報，是依神的指示生活所帶來的願景。

---

15 約翰‧唐恩（John Donne, 1572~1631），英國詩人，後世推崇他是英語世界最傑出的情詩作者，亦被視為十七世紀最優秀的宗教詩與宗教專論作者。

《尤利西斯》

故事設計原則：一則現代奧德賽式的遊歷故事，發生於城市，發生在一天之內，這期間，一名男子找到了父親，另一名男子找到了兒子

主題要旨：真正的英雄，能夠忍受日常生活的坎坷與不如意，並對另一個有需求的人心懷憐憫。

《你是我今生的新娘》

故事設計原則：一群朋友在尋找結婚對象的過程中，經歷了四次烏托邦（婚禮）和一次地獄時刻（葬禮）。

主題要旨：當你找到真愛，就必須全心全意將自己交給對方。

《哈利波特》系列

故事設計原則：一個有魔法的王子到一所培養魔法師的寄宿學校上學，在接下來的七個學年中，學習怎樣成為男人和國王。

主題要旨：當你擁有出色的天分與能力，你必須成為領袖，並為他人的福祉而犧牲。

《刺激》

故事設計原則：用騙術來講述這個有關騙局的故事，騙倒了故事中的對手，也騙倒了觀眾。

主題要旨：如果能擊敗一個邪惡的人，用上一點點謊言和欺騙手段是沒有問題的。

《長夜漫漫路迢迢》

故事設計原則：一個家庭從白天走進黑夜，面對往日的罪惡與幽靈。

主題要旨：你必須面對自己和他人真實的一面，並加以寬恕。

《相逢聖路易》

故事設計原則：一個家庭在一年當中的成長，透過四季裡發生的事件來呈現。

主題要旨：為家人犧牲，比為個人榮譽奮鬥更重要。

《哥本哈根》

故事設計原則：使用物理學的「海森堡測不準原理」，探索這個原理發

現者模稜兩可的道德觀。

主題要旨：想了解我們為什麼做某件事，以及這麼做是否正確，總是無法得到確切的答案。

《小氣財神》

故事設計原則：描繪一個人在耶誕節前夕被迫檢視他的過去、現在與未來，從而重獲新生。

主題要旨：一個人若能為他人付出，生活會快樂得多。

《風雲人物》

故事設計原則：透過假設，呈現如果一個人從未存在，一個城市乃至一個國家會變成什麼模樣，藉此顯現個人的力量。

主題要旨：一個人是否富有，不是取決於他賺的錢，而是他為朋友與家人的付出。

《大國民》

故事設計原則：透過多位故事講述者的敘述，呈現不可能全部知道的某人的一生。

主題要旨：一個人嘗試逼所有人愛他，最後孤獨無依。

將主題劃分為不同的對立

主題要旨是用一句話來加以凸顯的道德議題，接下來，你必須用戲劇化的方式來表現主題。這表示你必須將它劃分為一組對立面向，然後在主角與對手進行的爭鬥過程中加入這些對立。

用戲劇化方式劃分主題要旨的技巧，主要有以下三種：賦予主角一個道德層面的抉擇、讓每個角色變成主題的一種變奏，以及將角色的價值取向置於衝突之中。

主角在道德層面的抉擇

主角在道德層面的發展結果，是故事開始時主角在道德層面的需求，還

有來到故事結尾時，他在道德層面的真實自我的揭露，以及隨之而來的道德抉擇。這個敘事線是故事的道德框架，其遵循的方向是你希望呈現的基本道德課題。

為主角的道德敘事線帶來戲劇張力的典型策略，就是在故事開頭讓他有一個道德缺陷，然後呈現他如何不顧一切打擊對手，引出他最惡劣的一面。簡單來說，在他變得更好之前必須先變得更壞。他慢慢且必然會察覺自己的核心道德難題，並導向兩個行動之間的抉擇。

無論角色在故事進程中採取的行動有多麼複雜，最後的道德抉擇會將一切導向二選一的選項。這也是最終的抉擇。因此，道德層面的抉擇是篩選你的主題的重點。這兩個選項是主角能力範圍內最重要的道德行動，它們為整個故事帶來首要的主題對立。

這個重大抉擇，通常緊隨著主角在道德層面的自我揭露而來，這個揭露過程讓主角明白自己該如何做出選擇。只有極少數情況是抉擇先出現，主角的自我揭露用來認確他的選擇是否正確。

> **關鍵重點：主角的道德敘事線的終點是他的最後抉擇，因此，一開始要根據這個抉擇來決定道德層面的對立面向。**

《北非諜影》

瑞克選擇對抗納粹，放棄對伊爾莎的愛。

《梟巢喋血戰》（*Maltese Falcon*）

山姆・史貝德選擇正義，放棄他愛的女子。

《蘇菲的選擇》（*Sophie's Choice*）

蘇菲必須在兩個負向選項中做出抉擇：她會讓納粹殺死哪一個孩子？（你或許不同意，認為這不是真正的抉擇。）

《伊里亞德》

阿基里斯讓普里阿摩帶回他最痛恨的敵人赫克特的屍體安葬。

《迷魂記》

在《迷魂記》的結尾，史葛堤的道德抉擇出現在他的真實自我揭露之前。他決定不再寬恕瑪德琳，因此，當他發覺自己做了錯誤的決定，殺死了他愛的女人，便陷於崩潰。

讓每個角色成為主題的一種變奏

檢視主角最後的道德抉擇，並找出道德層面最深層的對立後，接下來透過角色網絡為這個對立添上細節，方法是讓每個主要角色變成主題的一種變奏。以下是運用這種技巧的順序：

1. 再次檢視最後的道德抉擇，以及你在故事前提要旨所下的工夫，從而釐清主角在故事中必須處理的核心道德難題。

2. 確保每個主要角色處理的是相同的道德難題，只是方式不同。

3. 從比較主角和主要對手開始著手，因為這些角色體現了你在故事中詳細刻劃的道德層面主要對立。接下來，比較主角與其他對手。

4. 在故事發展過程中，每個主要角色都應透過對白傳達某個道德議題，說明他為了達到目標而採取的行動的合理理由。（好的道德議題基本上透過故事結構來傳達，但不是只有這個途徑。在探討場景建構與交響樂式的對白的第十章，我們會說明如何創作蘊含道德議題的對白。）

《窈窕淑男》

故事主角的核心道德難題，是男人如何對待戀愛中的女人。每一個對手和盟友，都是男性怎樣對待女性、女性如何容許男性如此對待自己的變奏。

《鐵面特警隊》

〔小說：詹姆士・艾洛伊（James Ellroy）；劇本：布萊恩・赫吉蘭（Brian Helgeland）、柯提斯・韓森（Curtis Hanson）；1997 年〕

《鐵面特警隊》裡有三個主要角色，每一個人都必須面對關於執法的核心道德難題。布德是把法律操縱在自己手中的警察，儼然自己就是法官、陪審員和行刑者。傑克忘了成為警察的初衷，為了金錢而逮捕人。艾德想將罪犯繩之以法，但愈來愈熱中於操弄司法的政治遊戲，渴望攀上這一行的頂點。其他所有的主要角色，都以不同面向具體呈現司法的腐敗。

《與狼共舞》

〔小說和劇本作者：麥可‧布雷克（Michael Blake）；1990 年〕

主角的核心道德難題是他如何對待另一個種族與文化，以及怎樣與動物和土地和平共處。每一個對手和盟友都呈現了這個難題的不同面向。

將角色的價值取向置於衝突之中

接下來，利用你的角色網絡，將每個主要角色的價值取向置於衝突之中，讓這些角色都為同一個目標而競爭。

1. 賦予主角和每個其他主要角色一套價值取向，並加以區隔。請記住：價值取向是關於如何好好生活的深層信念。

2. 試著賦予每個角色一組價值取向。

3. 盡可能讓每一組價值取向與其他人的都不一樣。

4. 當主角和對手為目標而爭鬥時，務必讓他們的價值取向也有直接衝突。

《風雲人物》

〔短篇小說原名《最佳禮物》（*The Greatest Gift*），作者：菲立普‧史特恩（Philip Van Doren Stern）；劇本作者：法蘭西斯‧古德里奇（Frances Goodrich）、亞伯特‧哈克特（Albert Hackett）、法蘭克‧卡帕（Frank Capra）；1946 年〕

故事中的主角和對手為了自己居住的小鎮較勁，且各自懷抱著迥然不同的價值取向。

貝德福瀑布鎮的喬治‧貝利：民主、正直、仁慈、勤奮、一般勞工階級的價值觀。

波特鎮的波特先生：一人掌權、金錢、權力、適者生存。

《櫻桃園》

（作者：契訶夫；1904 年）

故事中的角色爭奪深陷債務危機的家產的掌控權。爭奪的焦點是櫻桃園的價值。拉內夫斯基夫人和她的家人珍視的是它的美，以及它喚起的往日回憶。洛帕勤看重的則是它的實用與金錢價值；他想夷平櫻桃園，並建造用來出租的房子。

拉內夫斯基夫人：真愛、美麗、過去。

洛帕勤：金錢、地位、權力、實用、未來。

瓦爾雅：勤奮、家庭、婚姻、踏實。

托菲莫夫：真理、好學、憐憫、高層次的愛。

安雅：她的母親、仁慈、高層次的愛。

《夢幻成真》（*Field of Dreams*）

〔小說原名：《沒鞋穿的喬》（*Shoeless Joe*），作者：金瑟拉（W. P. Kinsella）；劇本作者：菲爾·奧登·羅賓森（Phil Alden Robinson）；1989 年〕

《夢幻成真》是美國版的《櫻桃園》，故事結果是「果園」獲勝。故事中的競爭焦點，在於雷伊改建成棒球場的農地究竟價值何在。

雷伊：棒球賽、家庭、追夢的熱情。

馬克：金錢、土地的實用性。

把角色當作主題的變奏及價值取向的對立，可以用四角對立的技巧處理。你應該還記得，在四角對立（在談論角色的第四章）中，有一個主角和一個主要對手，以及至少兩個次要對手。即使是最複雜的故事，這個技巧也能帶來有機的整體感。四個主要角色當中，每一個都可代表同一個道德難題的基本不同取向，每一個都可以表達一個完整的價值體系，而且故事不致於因過於複雜而一團亂。

> **關鍵重點**：如果只使用像善與惡這樣的二元對立，道德議題往往會過於簡化。只有道德對立網絡（四角對立就是其中一種），才能讓觀眾感受到現實生活中的道德複雜性。

請注意：以上三種技巧都能確保主題不是強加在角色身上，而是透過角色來表達。這樣一來，故事一定不會變得說教。還有，故事也會變得更有深度，因為角色之間的對立不僅取決於情節，也取決於為同一個目標競爭的人。生活全面充滿重重危機，自然會對觀眾的情感帶來巨大的衝擊。

透過結構來傳達主題

　　傳達道德議題，不表示主角和對手要出現在第一個場景，並透過言語來進行道德辯論。故事中的道德議題是以行動表現的議題，表現方式是讓主角和對手採取特定的手段，以達到某個目標。做法是把主題交織融進故事的結構當中，而不是透過對白向觀眾說教。

　　事實上，故事講述的大原則之一，就是結構不只是承載內容，它本身就是內容。它是比角色所說的話更有力的內容。這個原則最精確的體現，就在主題。

　　在好的故事裡，故事結構在接近結尾時會交會在一起，此時主題也會在觀眾的腦海中擴展開來。這時的問題在於：逐漸匯集的故事結構如何導致主題的擴展？好的結構與主題的關係若用圖來表示，看起來應該像這樣：

主角　　主題　　對手

對決及目標的終點
道德層面的自我揭露
道德層面的抉擇

　　在故事的開頭，你讓主角和對手處於對立。不過這時的衝突並不強烈，觀眾還不知道兩人的價值取向會如何發生衝突，因此他們對故事的主題幾乎一無所知。

　　在故事的中段，主角和對手的衝突逐漸增強，結構上也開始交會。在衝突過程中，價值取向的差異開始浮現，因此主題開始擴展。儘管如此，大部

分好的故事當中，此時主題大體而言仍是隱藏的；它悄悄在觀眾腦海中擴展，在結尾時為觀眾帶來全面的衝擊。

故事結構的交會點是對決，緊隨其後的是真實自我的揭露，以及道德層面的抉擇。在對決中，觀眾不僅看到哪種力量占上風，更看到哪一套價值取向略勝一籌，對主題的領悟也迅速擴展。在真實自我揭露階段，主題再度擴展——如果是道德層面的自我揭露的話，更是明顯。在面對道德抉擇的那一刻，它又再一次擴展。也由於主題主要透過結構來表達，它會像從觀眾的靈魂中自然浮現，而不是強加在他們身上的煩人的布道。

接下來讓我們仔細觀察一下，在故事從頭到尾的發展過程中，道德議題如何透過結構傳達出來。我們會從表達道德議題的基本策略開始，然後再看一些變奏版本。

道德議題的基本策略

價值取向：主角從一套信念和價值取向起步。

道德層面的弱點：主角在故事開頭時以某種方式傷害別人。他並非邪惡，只是受弱點影響而這麼做，或是不知道正確對待他人的方式。

道德層面的需求：主角由於這樣的道德弱點，必須學習如何正確對待他人，才能有所成長，並擁有更好的生活。

第一次不道德的行動：主角幾乎立刻採取了傷害他人的行動。對觀眾來說，這是主角基本道德有缺陷的證據。

欲望：主角定下一個目標，為此而犧牲其他一切。這個目標導致他與一個對手產生直接衝突，對方與他有同樣目標，但有一套截然不同的價值取向。

驅動力：主角和對手採取一系列行動，以達成目標。

不道德的行動：在故事前段和中段，主角通常會敗給對手。他變得孤注一擲，為了勝利而開始採取一些不道德的行動。

批判：其他角色對主角採用的手段的批判。

合理化：主角嘗試為自己的行動辯解。他在故事結尾可能會看到更

深層的真理，以及真正的困境，但在這個當下做不到。

盟友的攻擊：主角最親近的朋友指出他的做法不對。

執迷不悟的驅動力：主角對於如何獲勝得到新的啟示，在此刺激下，他為了達成目標而變得執迷不悟，為了成功而願意做任何事。

不道德的行動：主角的不道德行動變本加厲。

批判：其他角色也加強了攻擊力道。

合理化：主角拚命為自己的行動辯解。

隨著故事進展，主角和對手的不同價值取向和處世之道，透過行動和對白變得明朗。到了故事結尾，主題會在四個地方讓觀眾恍然大悟：對決、真實自我的揭露、道德層面的抉擇，以及一個我們還沒有討論的結構步驟——主題的揭露。

對決：決定誰能達到目標的最後衝突。無論誰獲勝，觀眾都可領會到哪一種價值取向和意念更勝一籌。

針對對手的最後行動：主角在對決之前或對決期間，可能會針對對手採取最後的行動——無論這個行動是道德或不道德的。

道德層面的自我揭露：對決的嚴酷考驗催生了主角的真實自我揭露。主角領悟到他對自己和他人所犯的錯，以及應當如何好好待人。由於觀眾對於這個角色的認同，自我揭露強而有力地帶出了主題。

道德層面的抉擇：主角在兩種行動之間做出選擇，顯示出他在道德層面的自我揭露。

主題的揭露：故事說得出色，主題在揭露時會對觀眾帶來最大的衝擊。主題的揭露並不只局限於主角，它其實是觀眾關於一般人應當如何待人處世的體悟。這種體悟打破這些特定角色的界限，對存在於這個世界的觀眾產生了影響。觀眾透過主題的揭露看見了故事的「整體設計」，以及錯綜複雜的完整意義，其規模遠比幾個角色大得多。

請留意：主角和主要對手之間的力量的平衡，不僅對角色和情節重要，對道德議題也相當關鍵。如果主角太強、太好，對手無法帶來足夠的考驗，他也不會因而犯道德層面的錯誤。如果對手太強，主角又單純且欠缺覺察力，

對手就會像蜘蛛一樣，織起一個主角無望逃脫的網，結果主角變成受害人，對手變得邪惡或近乎邪惡。

　　亨利‧詹姆士（Henry James）的《一位女士的畫像》（ *The Portrait of a Lady* ）從很多方面來說都是傑作，可惜欠缺這種力量的平衡，道德議題也因而減弱了。伊莎貝爾自始至終都有自欺的問題，即使做出最後的道德抉擇，幫助無助的潘西，同樣的問題還是存在。這個甜美但缺乏自覺的女人面對的，是擅於算計的歐斯蒙德。歐斯蒙德具備織網囚困他人的能力，他非常喜歡這麼做，而且樂此不疲。

道德議題技巧：道德議題等於情節

　　一個故事看來像傳道或說教，最大的原因只在於道德議題與情節之間無法平衡。你可以藉由故事結構傳達道德議題，循序漸進完美展現，並透過隱約帶有道德意味的對白來加以凸顯。不過，如果缺乏足夠的情節來支撐，道德議題就會變成說教的沉悶作品，徹底崩盤。

　　我們在第八章會看到，情節就像複雜的舞步編排，經由設計，讓主角與對手的行動為觀眾帶來驚奇。正由於這個令人驚奇或具魔力的要素的烘托，道德場景段落因而有了衝擊力道。

　　讓我們以《大審判》為例，看看故事中的道德議題的基本策略。

《大審判》
〔小說：貝瑞‧里德（Barry Reed）；劇本：大衛‧馬密（David Mamet）；1982 年〕

　　主角的信念和價值取向：起初，法蘭克的價值取向是飲酒作樂、金錢和利己權謀。

　　道德層面的弱點：法蘭克沉溺於酒精，缺乏自尊和對未來的希望，願為金錢做任何事。

　　道德層面的需求：公平公正對待他人，而不是利用他人賺錢。

　　第一次不道德的行動：法蘭克擅闖一場葬禮，為了做成生意而佯裝是死者的朋友。

　　欲望：在法庭上贏得官司，讓客戶取得賠償，重獲新生。

驅動力：法蘭克採取一些行動，說服一位專科醫師為己方作證，並找到事發時在手術室值班的護士。

　　不道德的行動：法蘭克對受害人的姊妹莎莉保證，可獲得的和解金額大約在二十萬至二十五萬元間。他打算就此解決官司，不必做任何事就取得三分之一的款項。

　　批判：沒有。

　　合理化：法蘭克是個酒鬼，喪失所有自尊及對正義與道德的意識。他心想，為什麼不拿走肯定能得到的金錢，要冒著是否能贏得官司的風險？

　　盟友的攻擊：盟友的主要攻擊不是來自律師伙伴米奇，而是法蘭克的客戶。當他們知道法蘭克沒有徵詢他們意見就拒絕和解方案，指稱他是個搞砸事情、為金錢出賣一切的人。

　　合理化：法蘭克告訴他們，在法庭上打贏官司，可獲得的錢遠比接受和解多。他以金錢為理由為自己辯護，但他拒絕接受和解的真正原因是想伸張正義。

　　執迷不悟的驅動力：他決心找出在手術室值班的護士。

　　不道德的行動：法蘭克用計矇騙一個女人，讓她提到那個不願意為另一方作證的護士。

　　批判：沒有。

　　合理化：法蘭克認為，若想贏得官司，一定要找到那名護士。

　　不道德的行動：法蘭克強行打開那女人的信箱，找出護士的電話號碼。

　　批判：沒有。沒有人發現法蘭克的祕密行動。

　　合理化：這是法蘭克贏得官司的唯一機會，他也知道他這方是對的。

　　不道德的行動：法蘭克女友羅拉受敵方雇用，前來探查他對官司掌握的資訊，法蘭克知道後動手打她。

　　批判：羅拉沒有批判他，因為她自己充滿悔咎。

　　合理化：法蘭克愛女友，但覺得對方徹底出賣了自己。

　　對決：法蘭克質問陶勒醫生，病人什麼時候進食。護士凱特琳作證指出，

受害人不是在入院前九小時進食，而是一小時前。她說陶勒醫生沒有閱讀入院表格，吩咐她把「一」改為「九」，否則會開除她。對方律師康卡農引述先例指影印本不可接受。法官同意，不接納護士所有證詞。

針對對手的最後行動：法蘭克在審訊過程中沒有不道德行動。他只是強而有力並有技巧地陳述。

道德層面的自我揭露：在故事較早階段，法蘭克看見變成植物人的受害者，知道自己必須為公平正義而有所行動，否則會繼續沉淪。

道德層面的抉擇：法蘭克甘冒風險，拒絕主教提出的和解方案，寧可失去可得到的金錢，決定要打這場官司以伸張正義。

主題的揭露：只有依正義行事，才能挽救自己的人生。

《大審判》是一個可列入教科書的例子，它示範了如何在故事當中使用道德議題，其中只有一個明顯例外，而這個例外具有啟迪意義。

當主角知道客戶的遭遇後，產生了強烈的道德層面自我揭露：兩個醫生把她變成植物人，他自己卻為了金錢而寧可置她於不顧。當他拒絕接受和解賠償，即使最後可能一分錢也拿不到，也想在審判中伸張正義，這時，他做了道德層面的抉擇。

不過，這個自我揭露和抉擇在故事展開二十五分鐘後就發生了，這減弱了道德議題的力量，因為從這一刻開始，主角的道德風險已經解除。不過觀眾沒有分心。他們心有懸念，不確定主角能否贏得官司，畢竟法蘭克是個酗酒、不可靠的律師，但他們知道，法蘭克已經明白要伸張正義，也在這樣做。

道德議題的戲劇張力來到頂點，道德議題的力量也最大。特別是主角道德層面的自我揭露和抉擇，盡可能將它們延到接近故事結尾才出現。在說故事過程中，盡可能讓「主角會不會做出正確的事？來不來得及做？」這個問題懸在觀眾心中愈久愈好。

《伊里亞德》

（作者：荷馬）

《伊里亞德》在道德議題所用的基本策略是主角逐步沉淪，然後在真實

自我的揭露中重新振作。不過《伊里亞德》讓這個過程發生兩次，製造了一個重要的變奏。

第一次的沉淪和振作，發生在故事前四分之三。主角阿基里斯一開始對主要對手阿伽門農的憤怒是理所當然的，因為對方搶走自己正當贏得的女子。然而，他的過度驕傲（他道德層面的弱點）讓他反應過度，採取不道德的行動，不願投身戰場，結果導致他的士兵多人喪命。

在故事前段和中段，阿基里斯的憤怒變得愈來愈不合理，採取的行動也愈來愈自私。後來，他的朋友帕托克羅喪生，他察覺到自己的罪咎，於是與阿伽門農和解，重上戰場。這是他第一次的真實自我揭露和道德抉擇。

故事來到後面四分之一，道德議題以更強烈、更精簡的型式再次出現：阿基里斯一開始對第二對手赫克特的震怒是合理的，但後來卻因為憤恨而敗德，在軍營中拖行赫克特的屍體示眾。最後，赫克特的父親普里阿摩懇求取回兒子屍體，阿基里斯於是有了第二次更加深刻的真實自我揭露，體悟到憐憫比仇恨更重要，決定讓普里阿摩取回屍體安葬。

道德議題的變奏與層次

道德議題的基本策略可以有不同的變奏，而且數量不限，由故事形式、故事的獨特情況及作者來決定。

1. 善／惡

道德議題的變奏難度最低的，就是主角始終是好人，對手則始終是壞人。這種方式在神話、動作打鬥故事和通俗劇中最常見，這些都是蘊含簡單道德意味的故事，角色都容易辨認。這類故事的發展過程大致是這樣：

主角有心理層面的弱點，但基本上是個好人。

主角的對手有道德缺陷，甚至是邪惡的（與生俱來的不道德）。

在競逐目標時，主角犯了錯，但沒有採取不道德的行動。

另一方面，對手採取了許多不道德行動。

主角競逐目標獲勝，只因為主角是好人。事實上，雙方總結各自的道德

積分後，主角的善行讓他贏得了人生的「競賽」。

以下是故事中出現善惡對比式道德議題的一些例子：《駭客任務》、《城市鄉巴佬》（City Slickers）、《夢幻成真》、《鱷魚先生》、《與狼共舞》、《福祿雙霸天》（Blues Brothers）、《星際大戰》、《阿甘正傳》、《俠骨柔情》（My Darling Clementine）、《心田深處》（Places in the Heart）、《魔鬼終結者》、《絕命追殺令》（The Fugitive）、《大地英豪》（Last of the Mohicans）、《原野奇俠》和《綠野仙蹤》（The Wizard of Oz）等。

2. 悲劇

悲劇採用道德議題的基本策略，但在兩端加上轉折：在故事開頭賦予主角致命的人格缺陷，在接近結尾則安排一個來得太晚的真實自我揭露。其發展過程是這樣的：

某個群體遭遇了問題。

主角有很大潛力，但也有重大缺陷。

主角與一個很強或有能力的對手陷入嚴重衝突。

主角執著於勝利，採取了一些令人質疑或不道德的行動。

衝突和競爭凸顯了主角的缺陷，他看起來變得更糟。

主角終於面對真實自我的揭露，但為時已晚，無法避免毀滅的結果。

這個策略的關鍵，是讓觀眾特別意識到主角可能實現或失去的潛能，同時表明主角必須對自己的行為負責。「可能實現」的意識，是引發觀眾同情最重要的唯一元素，致命的人格缺陷，則讓主角必須負起一切責任，讓他不致於成為受害人。觀眾為他失去的潛能感到惋惜，而加強這種感受的，是主角最後獲得了重大的體悟，只是因這個體悟遲來了幾分鐘而無法獲得救贖。然而，即使主角已死去或沉淪，觀眾還是從他在道德層面及情感層面的成功獲得深刻的啟發。

請注意：這種策略將古典希臘戲劇做了關鍵性的轉化。主角的沉淪原因，不是強大的非人為力量，而是主角自己的選擇。

經典的悲劇包括《王子復仇記》、《李爾王》、《奧賽羅》、《七武士》、

《桂河大橋》（*Bridge over the River Kwai*）、《白宮風暴》（*Nixon*）、《天羅地網》（*The Thomas Crown Affair*；原來的版本[16]）、《純真年代》（*The Age of Innocence*）、《迷魂記》、《阿瑪迪斯》（*Amadeus*）、《亞瑟王之死》（*Le Morte d'Arthur*）、《美國心玫瑰情》、《歷劫佳人》（*Touch of Evil*）和《大國民》。

《咆哮山莊》

（小說作者：艾蜜莉‧勃朗特，1847 年；劇本作者：查爾斯‧麥克阿瑟、班‧赫契特，1939 年）

《咆哮山莊》是以經典悲劇形式寫成的愛情故事。它的道德議題來自幾個部分，其中各個角色對彼此做出極具破壞性的行為。由於採用悲劇策略，每個角色都感覺自己必須為所做的事負起可怕的責任，因而陷於崩潰。

主角凱西不但是個失戀的女孩，還任由一個男人擺布。她是個懷抱著偉大愛情的女人，這樣的愛情原本「只應天上有」，但她卻輕易交給一個富裕而安逸的男人。起初，她愛上赫斯克里夫，他也愛她，但她不想和這樣一個窮光蛋一起生活。她想要的，是「在一個漂亮的世界中跳舞唱歌」。

當她在林頓的宅邸裡待了一段時間返家後，她的主要對手赫斯克里夫質疑她為什麼在那邊久留。她為自己辯解，聲稱她在那裡與其他人度過了歡樂的時光。她還進一步傷害赫斯克里夫，命令他去洗澡，以免他在客人（林頓）面前令她感覺丟臉。

凱西不久就從道德沉淪中猛然清醒。當林頓問她，她怎麼能忍受和赫斯克里夫住在同一個屋簷下，她勃然大怒，告訴林頓，赫斯克里夫比他更早就是她的朋友，她並告訴林頓，如果對赫斯克里夫不尊重，就請他離開。林頓離開後，凱西撕掉她的漂亮衣服，跑到赫斯克里夫在等待她的峭壁，請求他的寬恕。

作者勃朗特透過凱西來呈現道德議題高潮。此時凱西告訴僕人內莉，她即將與林頓結婚，赫斯克里夫悄悄在隔壁房間聆聽。接著，盟友角色內莉提出批評。她問凱西為什麼愛上林頓，凱西回答，林頓英俊又討人喜歡，而且將來會很富有。當內莉提起赫斯克里夫，凱西說，嫁給他會貶低自己身分。

---

16 此片名有兩種電影版本，分別拍攝於 1968 及 1999 年，這裡作者所指應是 1968 年的作品。

勃朗特透過對白傳達強烈道德議題，並與出色且充滿感情的情節節拍結合。赫斯克里夫深受打擊而離去，但只有內莉能理解。凱西接著又心煩意亂的說，她不會和林頓在一起。她夢見自己從天堂掉進荒原，喜極而泣。她說她只會想到赫斯克里夫，但他似乎以殘忍對待他人為樂。然而，他比凱西自己更像凱西。他們兩人的靈魂是相同的。她的真實自我揭露令人震驚，因為她說：「我就是赫斯克里夫。」當凱西發現赫斯克里夫一直在聽她們對話，而且聽見她說和他結婚會貶低自己，她衝進暴風雨中，高聲呼喚她愛的人，但已經太遲了。

在這一刻，勃朗特對悲劇式道德議題進行一個極端的改變：她基本上調換了主角，讓赫斯克里夫成為主角。赫斯克里夫回來了，而且展開無情的攻擊，因為天堂造就的愛勢必會因為如此的平庸而受到鄙視。

赫斯克里夫和阿基里斯一樣是個叛逆者，他起初對於不公不義進行報復是合理的。勃朗特採用「這個人回來了」的技巧，讓歸來的赫斯克里像《基度山恩仇記》（*Le Comte de Monte-Cristo*）的主角那樣，變得富有而成熟。觀眾面對這些場景，感覺彷彿取得莫大的勝利，他們甚至不需要知道這個角色怎樣經歷這樣的巨變。這個人回來了，終於武裝好自己，就像每個人想像自己在類似處境下都也能如此武裝。觀眾感覺「他可能做得到……我也能做到」，隨之而來的是「如今我要好好報復」。

當觀眾堅定站在赫斯克里夫這一邊，勃朗特讓赫斯克里夫走過了頭，藉此把道德議題加以反轉。即使在如此不公平的情況下失去愛人，也不該因為一心想報復而迎娶情敵的妹妹或愛人的小姑為妻。看到林頓的妹妹伊莎貝拉懷抱著無邪的愛走進赫斯克里夫的陷阱，這一刻著實令人心碎。這就是出色的道德議題在故事講述過程中發生的作用。

凱西和赫斯克里夫之間的這些時刻，是國王與皇后發生爭鬥的平民版本。這是李爾王在沼澤中的狂怒。「真愛只應天上有」這個意念的可信度之所以這麼高，正因為這兩名戀人對彼此採取了不道德的攻擊，而且力道非常殘酷。他們之所以這樣徹徹底底的殘酷，就因為對彼此懷抱著極端的愛。

在電影的結尾，赫斯克里夫再次攻擊凱西。雖然此時凱西已臥病在床，

即將過世，但這次的攻擊可說合情合理。赫斯克里夫沒有安慰她。他的眼淚在詛咒她。她懇求他不要讓她心碎，但他說令她心碎的是她自己。「只因為對他那點可悲的愛慕，你有什麼權利拋棄愛？」世界上沒有什麼能拆開這對愛侶。他說：「可是你卻這麼做了，就像一個貪婪的小孩離開了。」凱西懇求他原諒，然後兩人親吻。

在小說中，赫斯克里夫再次過了頭，而且這次太過離譜：他企圖摧毀林頓家族。這就是為什麼這部經典電影裡刪掉這一段；就故事講述而言，電影在許多方面更勝小說一籌。在小說中，赫斯克里夫從這次攻擊開始就只是在趕盡殺絕，勃朗特集中火力在道德議題以繼續進行其戲劇節拍，只因為她擅長這麼做。不過，凱西和赫斯克里夫之間有機的故事基本上已經結束。

《李爾王》
（莎士比亞；1605 年）

莎士比亞在《李爾王》打造的道德議題，比大多數古典悲劇更微妙。他的關鍵技巧在於創造兩個「主角」：主要角色李爾王，以及情節副線角色葛羅塞斯特。他們兩人在開始時都有道德缺陷，在故事發展過程中都曾經沉淪，都曾面對道德層面的自我揭露，並都死亡。不過我們找不到像《王子復仇記》中關於死亡的崇高感覺。我們也找不到世界撥亂反正的感覺，例如在《王子復仇記》中，在正派而又公正的福丁布拉統治下，丹麥會變得愈來愈好。

莎士比亞沒這麼做，反而在故事中刻意安排人類本質的悖德，以及自然界的無道德狀態。首先，他讓李爾王和葛羅塞斯特這兩個要角犯下同樣的道德錯誤，而且毫不留情地讓他們死去。一名國王悲劇性的隕落已夠震撼，兩人遭逢同樣命運，則顯示某種道德盲目狀況瀰漫人間。

接著，莎士比亞讓全劇唯一處於正面道德狀態的角色寇蒂莉亞也難逃一死，而且死法近乎殘忍。至於愛德伽，他原是個善良但莽撞的人，也確實擊敗了他的不肖兄弟，以及李爾王兩個卑鄙的女兒。不過，由於令人不知所措的極度震驚，我們只看到零星而破碎的美好人生價值。愛德伽在全劇最後一句對白說出了名言：「我們這些年輕人永遠不會看到那麼多，也不會活得那麼久。」換句話說，在眾人皆悖德的世界，無限的痛苦經歷能讓一個人更深

刻體驗人生，但也要付出沉重代價。對進入創作晚期的莎士比亞來說，能對人類期待的崇高情操僅止於此。

3. 動之以情

動之以情的道德議題將悲劇主角還原為平凡人，藉由故事中動人的堅毅、迷失的原因，以及注定失敗的人，引發觀眾共鳴。主要角色不是太晚面對真實自我揭露，而是沒有能力。儘管如此，他仍一路奮戰到底。這類道德議題是這樣運作的：

主角的那套信念及價值取向已經退化，不是早就過時就是過於死板。

主角有一個道德層面的需求；他不只是受害者。

他的目標是他無法企及的，但他並不知道。

他的對手對他來說太強了；那可能是主角無法理解的一個體制或一股力量。這個對手並不邪惡，只是不具人性或冷漠無情，而且威力強大。

主角為求勝利而採取不道德行動，且不聽盟友的警告或批評。

主角無法達成目標。對手取得壓倒性的勝利，但觀眾覺得這完全不是公平之爭。

主角絕望而亡：這個傷痕纍纍的人沒有真實自我揭露就因心碎而亡，或在道德抉擇中只能選擇自我了斷。

觀眾感受到世間深刻的不公不義，那個不知自己遭什麼力量擊敗的小人物的死，令他們感傷。不過，他們對於淒美的失敗、精采的拚搏，以及主角拒絕承認失敗卻深感讚賞。

對觀眾動之以情的道德議題，在以下故事中可以看到：《唐吉訶德》、《慾望街車》、《生之慾》（*Ikuru*）等許多日本電影、《推銷員之死》、《海妲·蓋博勒》（*Hedda Gabler*）、《對話》、《花村》（*McCabe and Mrs. Miller*，又譯為《雌雄賭徒》）、《城市英雄》（*Falling Down*）、《M》（*M*）、《阿普三部曲》（*The Apu Trilogy*）、《包法利夫人》、《安柏森家族》（*The Magnificent Ambersons*）、《櫻桃園》、《熱天午後》（*Dog Day Afternoon*），以及《新天堂樂園》（*Cinema Paradiso*）。

4. 諷刺／嘲諷

諷刺（satire）和嘲諷（irony）不同，但往往同時出現。諷刺類型是關於信念的喜劇，特別是與整個群體之所以建立的基本信念有關。嘲諷是故事邏輯的一種形式，其中一個角色最後得到的，與他想要及採取行動爭取的恰好相反。如果嘲諷不只出現於某個片刻，而是使用於整個故事，它就形成一個龐大的模式，連結了故事的所有行動，並呈現世界如何運作的哲理。嘲諷同時也具有某種令人不知所措的調性，令觀眾對角色左支右絀的表現失笑。

以諷刺／嘲諷形式建構道德議題的方式，是持續設定角色與行動之間的某種對比：這個角色認為他的所作所為都是道德的，完全符合社會信念，但這些行動和信念的影響卻顯然是不道德的。諷刺／嘲諷道德議題的主要運用步驟如下：

主角生活在一個社會規範清楚的體制裡。通常至少會有一個角色對這個體制的基本價值取向做出部分或完整的說明。

主角堅定信守這個體制，並決心成為人上人。他的目標與企圖心或愛情有關。

一個對手也同樣堅定信守這個體制及其價值取向，且追求同一目標。

當兩個角色爭取同一目標時，他們的信念引導他們採取愚蠢且具毀滅性的行動。

故事中段的行動議題，來自於角色之間一連串並存的情況：他們堅稱自己依道德行事，呈現出社會的最高理想，以及災難性的結果。

雙方在對決時都暴露出自己的自命不凡和偽善。

主角經歷一次真實自我揭露，通常是他對社會體制信念價值觀的質疑。

主角或另一個角色往往削弱了真實自我揭露的力道，沒有真的從自我揭露學到什麼教訓。

主角採取的道德行動是個人層面的，通常對社會體制的愚昧和破壞性毫無影響。

在友情或愛情方面開花結果，暗示這對朋友或伴侶會形成一個更好的二人世界，但對較大的群體來說沒有什麼影響。

諷刺／嘲諷的道德議題可見於以下故事：《傲慢與偏見》、《艾瑪》（*Emma*）及其現代版本、《獨領風騷》（*Clueless*）、《美國心玫瑰情》、《婚禮終結者》（*Wedding Crasher*）、《包法利夫人》、《櫻桃園》、《畢業生》（*The Graduate*）、《外科醫生》（*MASH*）、《湯姆瓊斯》、《NG 一籮筐》（*Waiting for Guffman*）、《超級大玩家》（*The Player*）、《變腦》（*Being John Malkovich*）、《乞丐皇帝》（*Down and Out in Beverly Hills*）、《乞丐王子》及其現代版本、《你整我，我整你》（*Trading Places*）、《假鳳虛凰》（*La Cage Aux Folle*）、《不可兒戲》（*The Importance of Being Earnest*）、《小迷糊當大兵》（*Private Benjamin*）、《熱天午後》、《雌雄莫辨》（*Victor/Victoria*）、《洗髮精》（*Shampoo*）、《兩對鴛鴦》（*Bob and Carol and Ted and Alice*），以及《迷失的美國人》（*Lost In America*）。

《艾瑪》

（作者：珍・奧斯汀；1816 年）

珍・奧斯汀是諷刺／嘲諷道德議題的大師，而《艾瑪》可能是她最佳代表作。以下是這部經典諷刺作品的道德場景段落：

艾瑪是個固執、自以為是、感覺遲頓且拿捏不好社交關係的年輕女性，老是試圖替別人拉紅線。

她第一個目標是幫孤兒哈麗葉找個結婚對象。

艾瑪相信階級體制，但又試圖說服自己，哈麗葉真正的背景比表面看起來好，說服哈麗葉拒絕農夫馬丁的求婚。

她又說服哈麗葉，身分地位較高的牧師埃爾頓才是合適的丈夫。撮合二人過程中，艾瑪無意間讓埃爾頓誤會對他有意的是艾瑪，不是哈麗葉。

這些原出於善意的不道德行為，導致哈麗葉錯過了一個好男人的求婚，埃爾頓則向艾瑪表白至死不渝的愛。後來埃爾頓發覺艾瑪對他毫無愛意，心煩意亂。

在一次舞會中，已與另一名女子結婚的埃爾頓拒絕與哈麗葉跳舞，讓哈麗葉尷尬萬分。此時，奈特利先生挺身而出，邀她共舞，為她解圍。

哈麗葉在路上遇上一些討厭的人，一名來到此地的訪客法蘭克助她脫險。

儘管法蘭克的社會地位比哈麗葉高出不少，艾瑪誤以為法蘭克是哈麗葉

新的愛情對象。

在一次戶外派對中，艾瑪與法蘭克打情罵俏，儘管她對法蘭克沒有興趣，但她這麼做顯然令這次社交活動的另一位訪客——漂亮的珍——苦惱不已，同時也令嘴碎但心地善良的貝茨小姐丟臉。奈特利先生把艾瑪拉到一旁，批評她的粗心遲鈍。

當艾瑪明白哈麗葉看上的是奈特利先生而不是法蘭克時，驚覺自己愛上了奈特利先生。她同時也體會到，自己是個好管閒事、蠻橫、一無所知的女人，對自己阻撓哈麗葉和馬丁的婚事感到愧疚。

奈特利先生承認對艾瑪的愛，同意住進艾瑪家中，讓她能繼續照顧父親。在小說中（而非電影中），艾瑪父親同意婚事只因為他擔心偷雞賊，希望家裡有個年輕男子，這個理由削弱了這個喜劇故事結局那場經典婚姻及艾瑪的重大自我揭露的力道。

在這個故事中，主要的諷刺／嘲諷道德議題出現在艾瑪試圖幫哈麗葉找尋結婚對象的過程。珍·奧斯汀透過這個行動勾勒出來的社會體制，建基於嚴格的階級差異，以及女性對男性的絕對倚賴。主角艾瑪支持這個體制，同時也自欺欺人，而且愚昧。艾瑪認為農夫的地位不如哈麗葉，但珍·奧斯汀將農夫描繪為值得肯定的好人，稍稍削減了這個體制的力量。

艾瑪充當紅娘過程中的體會和行動引發一連串不好的結果，道德議題也隨之發展。珍·奧斯汀採用兩個平行場景來聚焦這個議題，兩個場景都與社會歧視與不道德行為有關。第一個場景是哈麗葉因埃爾頓拒絕共舞而尷尬萬分，接著奈特利先生為她解圍。第二個場景是艾瑪在一次野餐中刺傷了貝茨小姐，奈特利先生再次在道德層面出手，訓斥艾瑪粗心遲鈍。

請留意：珍·奧斯汀在這些關鍵場景中提出的更深刻的道德觀，不是建立於每個人的社會地位，而是仁慈得體地對待他人。也請注意：珍·奧斯汀為避免在道德議題中說教，將故事中這些時刻營造得深具情感力量。眼見哈麗葉遭冷落、貝茨小姐出醜，令人為之心痛。不過，當奈特利先生挺身而出，為無助的年輕女性解圍、指責主角的刻薄行為，我們又覺得好多了。

艾瑪和奈特利的婚姻是對既有體制的重新肯定，因為他們都處於相對較

高的階級，且地位相當。這個體制以及它所根據的價值取向，不會在這個諷刺作品的結尾有所改變，但他們的結合也微妙地破壞了那個體制。艾瑪和奈特利不是因為門當戶對而結合，而是因為艾瑪已經成熟，成為更好的人，而奈特利先生無論階級如何都是品格高尚的人。

5. 黑色喜劇

黑色喜劇（black comedy）是關於邏輯的喜劇，或更準確來說，是呈現某個體制不合邏輯的喜劇。這種非常高明、難度很高的說故事形式，目的是為了呈現：毀滅往往不是（像悲劇故事那樣）個人選擇的結果，而是困於某個本質已崩毀的體制之內的許多個人的共業。這種道德議題的重要特色，是不讓真實自我揭露出現在主角面前，卻讓它更強烈呈現在觀眾眼前。黑色喜劇的道德議題是這樣發揮作用的：

許多角色身處同一個組織。其中某人會詳細說明這個體制運作的規則和邏輯。

包括主角在內的許多角色都在追求某個負面目標，而這個目標會造成某人死亡或某物毀滅。

每個角色都對那個目標深信不疑，並認為自己的所作所為完全合理。事實上，那完全不合邏輯。

對手身處同一個體制，也競逐同一個目標，同時更仔細說明了他們這麼做的合理理由，只是這些理由荒唐至極。

一個頭腦清醒的人——通常是盟友——不斷指出所有人的行為完全荒謬，而且會導致災難。他的功能就像和聲，沒有人理會。

所有角色——包括有名無實的主角——都為了達成目標而採取極端手法，有時包括殺人。

角色的種種行動幾乎殺死所有人並毀滅一切。

對決強烈且具有毀滅性，但每個人仍相信自己是對的。結果就是死亡與瘋狂。

包括主角在內，沒有人經歷真實自我的揭露。不過，事實如此明顯，觀

眾代替主角領悟了他原本應該面對的真相。

其餘角色都在奮鬥過程中受傷慘重，卻不曾停下腳步，仍鍥而不捨地追求原來目標。

稍微正面一點的黑色喜劇，在故事結局時，會有一個頭腦清醒的人餘悸猶存地看著這一切，隨後選擇離開這個體制，或試圖改變它。

這個難以處理的形式很容易搞砸。在黑色喜劇中想讓道德議題發生作用，首先必須確保主角是有人緣的，否則整個喜劇就變成抽象概念或說理文章，觀眾會與角色保持距離，並認為自己在道德層面比他們更優越。你想要的，是讓觀眾入戲之深，驚覺自己在某些重要層面就是這些角色，而不是超脫於角色之外。

除了有人緣的主角，讓觀眾在情感上投入黑色喜劇的最好方法，就是讓主角充滿熱情地談論他根據什麼樣的邏輯來追求目標。有些作者為了在這種令人絕望的故事形式中注入一絲希望，會讓唯一清醒的人提出與這些瘋狂之舉截然不同的出路，並詳加說明。

採用黑色喜劇道德議題的故事，包括：《四海好傢伙》（*Goodfellas*）、《螢光幕後》（*Network*）、《桃色風雲搖擺狗》（*Wag the Dog*）、《下班後》（*After Hours*）、《奇愛博士》（*Dr. Strangelove*）、《二十二支隊》[17]、《啦啦隊長謀殺案》（*The Positively True Adventures of the Alleged Texas Cheerleader-Murdering Mom*）、《巴西》（*Brazil*），以及《現代教父》（*Prizzi's Honor*）。

合併道德議題

這些道德議題的變奏雖有各不相同的獨特形式，但不是互不相容的。事實上，故事寫作高手使用的一種絕佳技巧，就是在一個故事當中合併使用其中幾種形式。喬伊斯的《尤利西斯》一開始使用大部分神話常見的簡單善／惡道德議題，隨後透過更加複雜的諷刺／嘲諷增加深度。《櫻桃園》則合併使用動之以情，以及諷刺／嘲諷。

---

17 《二十二支隊》（*Catch-22*）是電影譯名，小說譯名為《二十二條軍規》。

《美國心玫瑰情》試圖在悲劇當中混合使用黑色喜劇和諷刺／嘲諷的一些元素，正好反映了想合併這些形式有多麼困難。這個故事在許多方面都很傑出，卻始終沒有完全發揮悲劇、黑色喜劇或諷刺類型的潛力。道德議題的這些主要變奏都是獨一無二的，自然有其原因。它們以不同方式發揮功能，對觀眾情感層面的影響也頗為不同。想將它們天衣無縫合併使用，必須有能力完整掌握技巧。

　　使用混合道德議題的其他例子包括：《包法利夫人》、《頑童歷險記》和《熱天午後》。

獨特的道德願景

　　故事講述過程中，最高層次的道德議題就是作者創造出一個獨特的道德願景。例如，霍桑在《紅字》中設定一個由三個角色形成的對立，以真愛為基礎的自然道德觀也因而成立。喬伊斯在《尤利西斯》中，讓一個「父親」和一個「兒子」在一天內流連於都柏林，創造了一種自然的宗教和一種日常生活中的英雄主義。這是一種宏觀的道德議題，但它不僅是一個道德議題。作家在角色網絡、情節、故事中的世界和象徵之中展現出來的專業與技巧，與道德議題一樣既廣泛又精細。

　　獨特的道德願景也出現在少數賣座電影中。如果你認為這些電影大受歡迎的主因是視覺效果，那麼你就錯得離譜。《星際大戰》中，喬治・盧卡斯創造出融合東方和西方道德觀的現代混合物，將一個具禪意武士精神的西方式主角，與一個稱為「原力」的道德力量結合在一起。它的道德議題層次顯然遠比不上《紅字》或《尤利西斯》，但至少它試圖這麼做了，而它的簡潔，也讓《星際大戰》系列電影得以產生普遍的吸引力。「願原力與你同在」這句話儘管過於簡化，但對許多觀眾來說，卻可視為可遵行的信念。

　　同樣的，《教父》描繪的不只是一九四〇年代美國黑手黨的世界，也勾勒出一個以現代商業和現代爭奪戰為基礎的道德體系。「我會給他一個無法拒絕的價錢」、「這與個人無關，完全是商業交易」，以及「與你的朋友維持緊密關係，與你的敵人維持更緊密關係」等口頭禪，就像馬基維利

（Machiavelli）《君主論》（*The Prince*）的美國現代版教條。《教父》和《星際大戰》一樣，處理的是簡單版的道德。不過不要忘記，故事中確實試圖勾勒出一個道德體系——至少某種程度是成功的——這是這些故事受歡迎的主因之一。

透過對白呈現的道德議題

在一個好的故事當中，故事結構是呈現道德議題的主要方式。不過，它不是唯一的方式，你也需要使用對白。如果結構能負起表達道德議題的重大任務，對白就有餘裕發揮它最大的功能——帶來微妙的變化及情感的力量。

在討論場景建構與交響樂式對白的第十章，我會詳細解說如何撰寫包含道德議題的對白。現在我們先看看在故事中使用這類對白的最好時機。

透過對白來傳達道德議題最常見的時機，就是盟友批評主角為求達成目標而採取不道德行動的時候。盟友指出主角的行動錯誤並說明原因，尚未面對真實自我揭露的主角則為自己的行動辯解。

透過對白呈現道德議題的第二種最好方法，是將它安排於主角與對手的衝突當中。這可能在故事過程的任何時刻出現，但最可能的時機是對決場景。在對決場景呈現道德議題的經典例子，是《江湖浪子》（*The Hustler*）中，艾迪面對前經紀人貝特的那一幕。在《風雲人物》中，主角和對手間的出色道德議題很早就出現：喬治阻止波特摧毀他父親的儲蓄貸款公司。主角和對手間的道德議題較早出現，極大的優勢是讓觀眾隱約知道哪些價值取向面臨危機，因而能營造戲劇效果。

安排道德議題的第三個時機，是主要對手是錯的，他仍為自己的行動提出道德層面辯解的場景。這也是真正展現出色故事寫作技巧的地方。為什麼對手表述道德議題的對白，對打造整體道德議題那麼關鍵？

邪惡的對手是與生俱來的壞，因此是機械式且乏味的。大部分真正的衝突當中並沒有明顯的善惡、對錯。好的故事裡，主角和對手都相信自己是對的，也都有理由這麼相信。他們雙方都不對，只是方式不一樣。

賦予對手一個有力（但錯誤）的合理理由，可以避免善良的主角與邪惡的對手這種簡單的對立，並為對手帶來深度。由於主角與他對抗的人一樣好，

也等於為主角帶來了深度。

你可以在《大審判》中發現對手表達道德議題的傑出例子。故事裡，對手律師康卡農向他雇來刺探法蘭克虛實的女人解釋：「我們獲得報酬，就是要打贏官司。」在《軍官與魔鬼》的對決場景，傑瑟普上校為他下令殺死一個海陸隊員提出辯解，表示他是對抗野蠻人入侵的最後堡壘。在索爾頓・懷爾德（Thornton Wilder）的出色作品《辣手摧花》（In Shadow of a Doubt）中，連環殺手查理叔叔對殺害寡婦提出辯解，指寡婦是肥胖的動物，「把錢吃掉、把錢喝掉……當動物太胖太老時會怎樣？」令人不寒而慄。

想透過對手呈現好的道德議題，關鍵在於不要讓對手成為「稻草人」──外強中乾的對手。永遠不要讓對手傳達顯然軟弱無力的議題。盡可能給他一個最好的議題，確保他對某些事所說的話是對的，同時也要確保他的邏輯有致命的缺陷。

寫作練習 4──勾勒道德議題

●設計原則：

一開始，將故事的設計原則轉換成一句主題要旨。所謂主題要旨，就是用一句話呈現你對這個故事中行動對錯的觀點。當你再次檢視設計原則時，聚焦於關鍵行動及其道德層面的效果。

●主題要旨技巧：

找出合適的技巧──例如象徵──將道德觀點的表達濃縮為一個句子，或簡述你敘述這個故事的獨特方式（結構）。

●道德層面的抉擇：

記下主角在接近故事結尾時必須面對的關鍵抉擇。

●道德層面的難題：

重新檢視你在故事前提所下的工夫，用一句話說出主角在整個故事中將會面對的核心道德難題。

●以角色當作主題的變奏：

從主角及主要對手開始著手，描述每個主要角色如何以不同方式來面對

故事的核心道德難題。

●**價值取向的衝突：**

列出每個主要角色的關鍵價值取向，並說明隨著每個角色試圖達成目標時，這些價值取向會如何陷入衝突。

●**道德議題：**

依照以下程序，詳述你會透過故事結構傳達的道德議題：

主角的信念和價值取向：重新描述主角的基本信念和價值取向。

道德層面的弱點：主角採取行動時，他的主要弱點是什麼？

道德層面的需求：關於正確待人處世之道，主角在故事結束之前學到了什麼？

第一次不道德的行動：描述主角在故事中第一次採取且傷害他人的行動。確認這是主角道德層面的弱點自然發展的結果。

欲望：重新陳述主角的具體目標。

驅動力：列出主角為了贏取目標所採取的所有行動。

不道德的行動：這些行動在哪些方面（若有的話）是不道德的。

批判：描述針對主角不道德行動的所有批評（若有的話）。

合理化：主角如何為每個不道德行動辯解？

盟友的攻擊：詳細解釋盟友在道德層面對主角展開的主要攻擊。再次記下主角如何為自己辯解。

執迷不悟的驅動力：描述主角何時、如何執迷於獲勝。換句話說，主角是否在某一刻決定為了獲勝而幾乎願意做任何事？

不道德的行動：當主角執迷於獲勝，他採取什麼樣的不道德行為？

批判：描述主角因這些行動而面對的批評（若有的話）。

合理化：解釋主角如何為自己採取的手段辯解。

對決：在最後的對決中，如何呈現主角或對手的價值取向更勝一籌？

針對對手的最後行動：主角在對決之前或對決期間，是否針對對手採取最後行動（無論行動是否合乎道德）？

道德層面的自我揭露：主角在故事結尾是否學習到道德層面的課題（若有

的話）？務必讓這種體悟與如何合宜對待別人有關。

道德層面的抉擇：主角在故事即將接近結尾時，是否在兩種行動之間有所選擇？

主題的揭露：是否能想出一個故事事件，透過它來傳達你的另一個願景──除了主角的真實自我揭露外，還有沒有其他行動的可能？

讓我們以《北非諜影》這部電影為例，看看道德議題如何發生作用：

《北非諜影》

〔原名《人人都來到瑞克的咖啡館》（*Everybody Comes to Rick's*）；舞台劇作者：墨瑞·巴內特（Murray Burnett）、瓊·愛莉森（Joan Alison）；電影劇本作者：朱利斯·艾普斯坦（Julius J. Epstein）、菲力普·艾普斯坦（Philip G. Epstein）、霍華·寇奇（Howard Koch）；1942 年〕

設計原則：一名自由鬥士因失去愛人而脫離社會，但當他與愛人重逢後，又得到啟發，準備重回戰場。

主題要旨：即使兩人之間的愛情如此偉大，也可能為了與壓迫力量對抗而犧牲。

道德層面的抉擇：瑞克必須選擇與深愛的女人在一起，還是對抗波及全世界的獨裁力量。

道德層面的難題：如何在個人欲望和為社會公義犧牲之間找到平衡？

以角色當作主題的變奏：

瑞克：在故事大部分過程中，瑞克獨善其身，對世界所處困境漠不關心。

伊爾莎：嘗試做正確的事，但終究無法抵擋愛情的力量。

拉茲洛：為領導對抗法西斯力量，願意犧牲一切，包括心愛的人。

雷諾：完全是個機會主義者，只關心自己的享樂與金錢。

價值取向的衝突：

瑞克：自我、誠實、朋友。

伊爾莎：忠於丈夫、對瑞克的愛、對抗納粹侵略。

拉茲洛：對抗納粹侵略、對伊爾莎的愛、對人類的愛。

雷諾：女人、金錢、權力。

道德議題：

瑞克的信念和價值取向：自我、誠實、朋友。

道德層面的弱點：憤世嫉俗、自我中心、殘酷。

道德層面的需求：停止損人利己。重回社會，成為對抗法西斯的領袖。

第一次不道德的行動：瑞克懷疑烏加特的通行證來自遭謀殺的信使，他還是接受了。

第二次不道德的行動：瑞克拒絕幫助烏加特逃過警察追緝。

　　批判：一個男子告訴瑞克，如果德軍來找他，他希望有其他人在身邊。

　　合理化：瑞克告訴這個男子，他不會為任何人冒險。

欲望：瑞克想得到伊爾莎。

驅動力：瑞克多次攻擊伊爾莎，也嘗試哄她回來。

他又採取一些行動，保留取得的通行證，用來販賣或留給自己。

不道德的行動：伊爾莎在酒吧關門後回來，瑞克拒絕聽她說話，還說她是蕩婦。

　　批判：伊爾莎沒提出批評，但離開時愁眉不展看著瑞克。

　　合理化：瑞克對於自己惡意對待別人沒有提出辯解。

盟友的攻擊：伊爾莎是瑞克的首要對手，在故事發展過程中，她在道德層面對瑞克及他的種種手段發動主要的攻擊。另一方面，瑞克的朋友——酒保山姆——力勸瑞克不要再沉溺於失去的愛情。瑞克的經典回應是：「假如她能忍受，我也能。你就彈吧（他們那首歌）。」

不道德的行動：瑞克在市集裡向伊爾莎求歡，並告訴她，她會對拉茲洛說謊，並回到自己身邊。

　　批判：伊爾莎斥責瑞克，他已經不是她在巴黎時認識的那個人，並告訴他，她遇見瑞克前就已經是拉茲洛的太太。

　　合理化：瑞克沒有對他所說的提出辯解，只說前一晚喝醉了。

執迷不悟的驅動力：瑞克最初的驅動力是傷害伊爾莎，因為對方為他帶來傷痛。到了故事後面階段，他則執著於協助伊爾莎和拉茲洛逃亡。

不道德的行為：瑞克拒絕拉茲洛出價購買通行證的要求，並要他去問伊

爾莎原因。

批判：沒有。

合理化：瑞克想傷害伊爾莎。

不道德的行動：瑞克拒絕伊爾莎的請求，不提供通行證。

批判：伊爾莎說，他們的目標比個人情感重要，而這場戰爭也與瑞克有關。如果瑞克不提供通行證，拉茲洛就會死在卡薩布蘭卡。

合理化：瑞克說，他現在只會為自己冒險。

不道德的行動：瑞克告訴伊爾莎，他只會幫助拉茲洛一人逃亡。瑞克最後對伊爾莎說的一個謊言──他和伊爾莎會一起離開──實際上是一項崇高行為的開始，最後拯救了拉茲洛與伊爾莎。

批判：雷諾說，假如他是瑞克，也會做同樣的事。從雷諾的人格來說，這不是一句讚賞的話。

合理化：瑞克沒有提出辯解。他必須欺騙雷諾，讓他以為瑞克計畫與伊爾莎一起離開。

對決：瑞克事先告知雷諾去機場，但雷諾其實告知了斯特拉瑟少校。在機場，瑞克持槍對著雷諾，並告訴伊爾莎，她必須跟拉茲洛離開。他又告訴拉茲洛，伊爾莎一直忠於丈夫。拉茲洛與伊爾莎上了飛機。斯特拉瑟抵達，試圖阻止飛機離開，但瑞克射殺了他。

針對對手的最後行動：瑞克沒有採取最後的不道德行動。雖然他殺了斯特拉瑟，但從當時的世界局勢來說，他這次殺人有合理的理由。

道德層面的自我揭露：瑞克體會到，他對伊爾莎的愛，比不上協助拉茲洛對抗納粹統治重要。

道德層面的抉擇：瑞克把通行證給拉茲洛，讓伊爾莎與拉茲洛離開，並告訴拉茲洛，伊爾莎愛著他。之後，他加入解放法國的抗爭。

主題的揭露：雷諾在結局出乎意料轉向，決定與瑞克攜手抗爭（這是雙重逆轉的經典例子），製造了主題的揭露：在對抗法西斯的鬥爭中，每個人都必須參與其中。

06

故事世界

　　《尤利西斯》和《哈利波特》完美示範了出色故事敘述過程的重要關鍵。從表面上看起來，這兩部小說大不相同。《尤利西斯》是複雜的、成人的、極具挑戰性的故事，向來被譽為二十世紀最偉大小說；《哈利波特》則是為兒童寫的奇幻故事。不過這兩位作者都知道，為故事創造獨一無二的世界，並與角色產生有機連結，就像角色、情節、主題和對話一樣，都是出色故事的必要條件。

　　「電影是視覺媒介」這樣的說法總是引人誤解。的確，電影讓我們在銀幕上看到一個故事，也親眼看到其他媒介無法呈現的驚人視覺效果。然而，真正能打動觀眾的「視覺」，其實是故事的世界：一個複雜、細節完整的網絡，其中的每個元素在故事中都具有某種意義，從某方面來說，它呈現出實質的角色網絡，尤其是主角的關係網絡。這個原則非常關鍵，而且不只適用於電影，更適用於每一種故事媒介。

　　在這裡要請特別留意：故事講述過程透過與現實生活相反的方式來呈現現實生活。在現實生活裡，我們出生在一個角色既定的世界，必須調整自己來因應它，但出色的故事先有角色，隨後作者才設計一個完整的世界，以無

數的細節來鉅細靡遺呈現這些角色。

艾略特稱這種方式為「客觀對應物」[18]。無論你用什麼樣花稍的名字來稱呼故事世界，它是你為故事增添豐富肌理的起點，而這樣的肌理，正是讓故事講述得以出色的成果之一。出色的故事就像織錦，由無數絲線交織且相互輝映出強而有力的效果，其中許多絲線就來自於故事世界。當然，你也可以不在故事講述過程中為故事世界添加肌理，但那會損失慘重。

請注意：實質的故事世界還能為故事講述者提供「濃縮／擴展」的空間。你沒有太多時間創作大量素材：角色、情節、象徵、道德議題和對話，因此需要技巧來將意義濃縮至有限的空間和時間內。你在故事中濃縮的意義愈多，故事在觀眾心中就擴展得愈大，故事元素也在他們心中近乎無窮無盡地相互碰撞彈跳。

加斯東・巴謝拉[19]在其經典作品《空間詩學》（*The Poetics of Space*）中解釋了所謂「附著於人類居所的戲劇」[20]。意義蘊藏在從貝殼、抽屜到家宅等各種形式與空間之中。他的主要論點對說故事的人來說非常重要：「兩種空間——內在空間和外在空間——不斷互相刺激……成長。」[21]請注意：巴謝拉說的正是有機的說故事方式：當你為故事創造出適當的世界，也就在觀眾內心與腦海裡撒下了某些種子，這些種子會繼續成長，並深深打動他們。

總之，這個階段的寫作程序是這樣的：從一個簡單的故事敘事線（故事結構七大關鍵步驟）和角色網絡著手，然後創造能呈現這些故事元素的外在形式和空間，並且讓這些形式與空間能在觀眾內心發揮你期待的效果。

從實質形式與空間獲得的意義，似乎比文化和知識更加深刻；它似乎是人類心智的一部分。這正是它為什麼能對觀眾帶來深刻影響的原因。因此，故事世界的元素是講述故事時可善用的另一套工具和技巧。

把故事敘事線演繹成一個實質的故事世界，並引發觀眾的特定情感，這

---

18 客觀對應物（objective correlative），又譯為「客觀投射」、「相關客體」、「客觀相應物」等。
19 加斯東・巴謝拉（Gaston Bachelard, 1884~1962），法國哲學家、作家，其詩學及想像形上學對當代哲學影響深遠。
20 原文引自巴謝拉《空間詩學》，培根出版（Beacon Press），一九六九年，第四十三頁。
21 原文出處同前註，第二〇一頁。

個過程並不容易。因為你實際上使用的是兩種語言——字詞的語言，以及影像的語言——而且還必須在故事講述過程中將它們精準結合。

如何在故事裡運用這些技巧？創造故事世界的順序大致如下，其中前三個步驟處理故事空間的創造，後兩個步驟處理這個世界在時間中的延續：

1. 一如以往，我們從故事設計原則著手，因為這樣才能將故事中的一切連結在一起。故事設計原則會告訴我們如何界定故事發生的所有場域。

2. 接著，依照角色相互對立的安排方式，將這個場域劃分為視覺對立區。

3. 接下來，運用故事世界四大結構組件中的自然環境、人造空間和科技，為這個世界添上細節，並強調這些空間和形式對觀眾具有哪些固有或典型的意義。

4. 之後，連結故事世界與主角的所有發展，並使用故事世界四大結構組件的第四種——時間。

5. 最後，創造七個視覺步驟，藉此掌握故事世界在整個故事結構中的細節發展。

從故事設計原則中找出故事世界

故事世界是有機故事的一部分，因此應該回頭從故事的核心——設計原則——著手。故事世界和故事前提、角色和主題一樣，都是從故事設計原則勾勒輪廓的。

由於種種原因，從故事設計原則找出故事世界比找出故事前提、角色和主題困難。前面說過，故事和「視覺影像」實際上是兩種語言。不過，語言是可以學習的；更深一層的問題，是故事設計原則和故事以相反方式運作。

故事設計原則向來描述線性故事進行過程，如某個主要角色的發展。故事世界則是同一時間內角色周圍的一切。換句話說，它代表同步發生的元素和行動。

想將它們連結在一起，必須從故事設計原則找出故事敘事線，擬出大致的場景段落，並擴展為立體的三度空間，打造出故事世界。同樣的，先從簡

單的地方著手。檢視一下故事設計原則，看看是否能找出某個單一視覺意象來呈現故事敘事線。

為了能實際運用，讓我們再次回到第二章「故事前提」曾討論過的故事設計原則，但這次試著用一句話來描述故事世界。

《摩西》

故事設計原則：一個不知道自己身分的男子，努力帶領族人追尋自由，並接受新的道德律令，這些律令也將重新定義他與他的族人的身分。

主題要旨：一個男人為自己族人扛起責任，他獲得的回報，是依神的指示生活帶來的願景。

故事世界：一個男人與族人跋涉走過荒野，直到他們的領袖看見來自上天的真理。

《尤利西斯》

故事設計原則：一則現代奧德賽式的遊歷故事，發生於城市，發生在一天之內，這期間，一名男子找到了父親，另一名男子找到了兒子。

主題要旨：真正的英雄，能夠忍受日常生活的坎坷與不如意，並對另一個有需求的人心懷憐憫。

故事世界：一個城市在二十四小時內經歷的一切，它的每一個部分，都是神話中某種難關的現代版本。

《你是我今生的新娘》

故事設計原則：一群朋友在尋找結婚對象的過程中，經歷了四次烏托邦（婚禮）和一次地獄時刻（葬禮）。

主題要旨：當你找到真愛，就必須全心全意將自己交給對方。

故事世界：烏托邦世界和婚禮儀式。

《哈利波特》系列

故事設計原則：一個有魔法的王子到一所培養魔法師的寄宿學校上學，在接下來的七個學年中，學習怎樣成為男人和國王。

主題要旨：當你擁有出色的天分與能力，你必須成為領袖，並為他人的福祉而犧牲。

故事世界：位於一個巨大魔法古堡的一所魔法學校。

《刺激》

　　故事設計原則：用騙術來講述這個有關騙局的故事，騙倒了故事中的對手，也騙倒了觀眾。

　　主題要旨：如果能擊敗一個邪惡的人，用上一點點謊言和欺騙手段是沒有問題的。

　　故事世界：大蕭條時代，一個破落城市中一個偽裝成商業場所的地方。

《長夜漫漫路迢迢》

　　故事設計原則：一個家庭從白天走進黑夜，面對往日的罪惡與幽靈。

　　主題要旨：你必須面對自己和他人真實的一面，並加以寬恕。

　　故事世界：一間幽暗的屋子，滿是裂縫，隱藏著這個家庭的黑暗祕密。

《相逢聖路易》

　　故事設計原則：一個家庭在一年當中的成長，透過四季裡發生的事件來呈現。

　　主題要旨：為家人犧牲，比為個人榮譽奮鬥更重要。

　　故事世界：一間大房子，隨著季節更迭及這家人的種種轉變而改變它的性質。

《哥本哈根》

　　故事設計原則：使用物理學的「海森堡測不準原理」，探索這個原理發現者模稜兩可的道德觀。

　　主題要旨：想了解我們為什麼做某件事，以及這麼做是否正確，總是無法得到確切的答案。

　　故事世界：一間像法庭的房子。

《小氣財神》

　　故事設計原則：描繪一個人在耶誕節前夕被迫檢視他的過去、現在與未來，從而重獲新生。

　　主題要旨：一個人若能為他人付出，生活會快樂得多。

　　故事世界：十九世紀倫敦的一間帳房，以及三棟房子──分別住著富人、

中產階層和窮人——呈現的是過去、現在和未來的隱約樣貌。

《風雲人物》

　　故事設計原則：透過假設，呈現如果一個人從未存在，一個城市乃至一個國家會變成什麼模樣，藉此顯現個人的力量。

　　主題要旨：一個人是否富有，不是取決於他賺的錢，而是他為朋友與家人的付出。

　　故事世界：美國同一個小鎮兩種版本的描述。

《大國民》

　　故事設計原則：透過多位故事講述者的敘述，呈現不可能全部知道的某人的一生。

　　主題要旨：一個人嘗試逼所有人愛他，最後孤獨無依。

　　故事世界：美國某巨擘的宅第和「獨立王國」。

故事發生的所有場域

　　確認故事設計原則和故事世界描述後，必須找出一個單一場域，當作故事世界的實質界限。這個場域是戲劇的基本空間。它是單一的統一場所，周邊圍繞著某種形式的牆。在這個場域裡，每一樣東西都是故事的一部分。在這個範圍之外的則不屬於這個故事。

　　許多作者——特別是小說和劇本作者——誤以為，既然可以自由發揮，就應該真的隨心所欲。這是個嚴重的錯誤，因為一旦打破故事的單一場域，戲劇一定會潰散。太多場域會讓故事散亂且缺乏活力。

　　單一場域在舞台劇中最容易維持，因為由帷幕邊界形成的舞台格局有助於界定這個場域。電影和小說將場域擴大了，但正因為這樣，在打造情節時，統一的場所更加重要了。

　　我的意思不是建議你恪守「亞里斯多德式場地律 22」的嚴格規定，讓所有

---

22 unity of place 又譯為「地點統一律」，是亞里斯多德「三一律」（Three unities）之一，另外兩律為「時間律」（unity of time，又譯為「時間統一律」）、「動作律」（unity of action，又譯為「動作統一律」）。

行動發生在同一個地點。以下四種主要方法可以創造單一場域，但又不會破壞好故事應該具備的場所與行動多樣性。

1. 創造一個大型綜合體系，然後在其中交錯和濃縮發展。

使用這種方法，在接近故事開頭時描述的故事範圍最大，也就是從一個大的世界開始，同時有一道牆將它與其他一切事物區隔開來。接下來，隨著故事的進展，你逐漸聚焦於這個場域中較小的世界。

這個大型綜合體系，可以大得像美國西部大平原、某個城市、外太空或海洋，也可以小到像一個小鎮、一幢房子或一家酒吧。

以下是採用這種技巧的例子：《北非諜影》、《異形》、《蜘蛛人》（Spider-Man）、《鐵面特警隊》、《駭客任務》、《推銷員之死》、《慾望街車》、《歡樂滿人間》、《今天暫時停止》（Groundhog Day）、《日落大道》、《納許維爾》、《血迷宮》（Blood Simple）、《相逢聖路易》、《大亨小傳》、《原野奇俠》、《星際大戰》和《風雲人物》。

2. 讓主角經歷一段歷程，而且這段歷程大致發生在同一個地區，並循單一線性行進。

這種做法看似打破了單一的活動範圍，事實上，只有使用不當才會有這種情況。許多旅程故事看起來零碎，原因之一是主角經過許多截然不同且彼此沒有關連的場所，而且在每個場所經歷的似乎完全不相干。

只要角色經過的區域本質相同，例如一個沙漠、一個海洋、一條河流或一個叢林，還是可以創造出單一場域的感覺。即使如此，仍要努力讓旅程保持可辨識的單一線性行進，並呈現這個地區從頭到尾的簡單發展。這樣一來，這個地區就有整體感。

單一線性旅程的例子有：《鐵達尼號》（Titanic）、《日落黃沙》（The Wild Bunch）、《福祿雙霸天》、賈克・大地的（Jacques Tati）的《車車車》（Traffic），以及《非洲皇后》（The African Queen）。

3. 讓主角經歷一段迂迴的旅程，而且大致發生在同一個地區。

這與第二種做法的運作十分相似，差別在於採用這個方式，主角最後會回到原來的地點。單一線性行進讓觀眾感覺旅程是統一的、有方向性的，迂

迴式旅程少了這種優點。儘管如此，主角最後回到原來地點，以起點當作終點，就能凸顯角色的轉變，與一成不變的世界形成對比。

以迂迴旅程為基礎的故事有：《綠野仙蹤》、《尤利西斯》、《海底總動員》（Finding Nemo）、《金剛》、《唐吉訶德》、《飛進未來》、《黑暗之心》、《萬世流芳》（Beau Geste）、《浩劫妙冤家》（Swept Away）、《激流四勇士》（Deliverance）、《頑童歷險記》、《夢幻成真》和《愛麗絲夢遊仙境》。

4. 主角像離水之魚。

讓主角從某個活動範圍開始活動。在這裡停留一段時間，呈現主角在這個世界裡擁有獨特的才能。接著，讓主角突然跳進另一個世界——沒有經過任何旅程——並呈現他在第一個世界發揮的才能，儘管看起來與第二個世界格格不入，但他仍揮灑自如。

這種技巧可在以下故事中看到：《比佛利山超級警探》、《鱷魚先生》、《黑雨》（Black Rain），以及較不明顯但仍相當重要的《證人》和《與狼共舞》。

嚴格來說，這種離水之魚型的故事發生在兩個明顯不同的場域，而不是一個，難怪經常讓人感覺故事像是由兩個部分組成的。將這兩個部分連結在一起的，是主角在兩個場所都使用同樣的才能，因此，儘管兩個場域從表面上看起來很不一樣，但觀眾感覺它們在較深層的意義上是相同的。

採用離水之魚技巧的關鍵之一：不要在第一個場域停留太久。重點是故事的起點是第一個場域，但發生在第二個場域。只要第一個場域呈現出主角的才能，它就已經發揮其應有功能了。

場域中的對立

即使故事世界再精采，也不要為了填滿那個世界而創造角色。創造故事世界，是為了呈現或彰顯你的角色——尤其是主角。

我們為角色對立增強戲劇性來界定角色網絡，同樣也透過視覺對立的戲劇化來界定這個單一場域中的故事世界。想要這麼做，就必須回頭看看各個角色及其價值取向的對立。

回到角色網絡，看看角色互相爭鬥的所有方式。特別留意價值取向的衝

突，因為主要角色之所以爭鬥，就是因為價值取向。從這些對立面中，我們逐漸可以看出實質世界的視覺對立也隨之浮現。

　　挑出視覺對立，看看其中哪些可以成為故事中的三、四個核心對立。以下例子有助於了解視覺對立如何從角色對立衍生出來。

《風雲人物》

（短篇小說原名《最佳禮物》，作者：菲立普‧史特恩；劇本作者：法蘭西斯‧古德里奇、亞伯特‧哈克特、法蘭克‧卡帕；1946 年）

　　《風雲人物》在結構上就讓觀眾看到同一個小鎮的兩種不同版本。留意這個故事世界中的巨大元素——那個小鎮——如何直接反映喬治‧貝利與波特先生間的基本角色對立。此外，小鎮的兩個版本，都實質彰顯了兩人的價值取向。波特鎮是一人統治及貪婪無度的產物。貝德福瀑布鎮則是民主、正直與仁慈的成果。

《日落大道》

〔劇本：查爾斯‧布拉克特（Charles Brackett）、比利‧懷德（Billy Widler）、D. M. 馬爾希曼（D. M. Marshman Jr.）；1950 年〕

　　《日落大道》的核心對立，一方是努力奮鬥、仍相信行善價值的劇作家喬‧吉利斯，另一方是掙錢至上、表裡不一、富有而年華漸老的電影明星諾瑪‧德斯蒙。於是就有了這樣的視覺對立：喬吉利斯狹小的公寓，與諾瑪破落大宅的對立；陽光充沛、現代、開放的洛杉磯，與黑暗、哥德式宅第的對立；年輕與年邁的對立；努力想闖進圈內的外來者，與安穩但冷酷無情的大型電影製片廠的對立；一般娛樂事業工作者，與好萊塢天王級電影明星的對立。

《大亨小傳》

（小說：費茲傑羅；1925 年）

　　在《大亨小傳》，主要對立出現在：蓋茲比與湯姆、蓋茲比與黛西、蓋茲比和尼克，以及尼克和湯姆之間。（請注意：這是四角對立。）這些角色每一個都代表美國中西部一般人前往東岸尋求賺錢機會的一個版本，因此，故事世界的第一項對立，就是中西部平原與東岸高樓華廈的對比。湯姆是「新富」，但還是比蓋茲比來得老派的富人，因此在長島（Long Island）的富戶之間，又有

湯姆和黛西居住的傳統豪宅東卵區（East Egg），以及蓋茲比居住的新興豪宅西卵區（West Egg）的對立。事實上，湯姆和黛西的宅第被形容為豪華而保守，蓋茲比的宅第和他對宅第的使用方式，則被描述為典型的炫富、缺乏品味。

蓋茲比透過私酒生意的非法途徑成為巨富，尼克是辛苦奮鬥的誠實債券交易員。尼克租住蓋茲比的小型待客房舍，以便一窺蓋茲比派對中虛偽的社交群體。湯姆既粗野又霸道，一直欺騙自己的妻子，因此費茲傑羅把湯姆的宅第與他情婦的加油站當作對比。費茲傑羅還加上其他副線故事世界的對比：描繪灰燼之城、大資本家隱密的斷垣殘壁，以及紐約和長島代表的機械式引擎。主題最後突然出現時，費茲傑羅把代表美國「文明」顛峰的紐約市與開發前的紐約相比——當時它充滿希望，那個「新大陸翁翁鬱鬱，在海上盛開、隆起」。

《金剛》

〔劇本：詹姆士．克利曼（James Creelman）、露絲．蘿絲（Ruth Rose）；1931 年〕

《金剛》鋪陳的首要對立，其中一方是擅於吸引觀眾的製片人卡爾．丹漢，另一方是史前巨獸金剛。與此相應，故事世界的主要對立，一方是紐約島這個過度文明且極度殘酷的人造世界，在這裡稱王的，是擅於打造形象的丹漢；另一方是骷髏島，代表自然界極度殘酷的狀態，在這裡稱王的，則是掌控實質力量的金剛。在這個主要視覺對立中，還有副線故事世界的三方對比：城市居民、骷髏島村民，以及叢林裡的史前野獸，他們都面對不同形式的生存鬥爭。

《與狼共舞》

（小說和劇本作者：麥可．布雷克；1990 年）

《與狼共舞》在故事發展過程中轉換了角色和價值取向的核心對立，因而主要的視覺對立也隨之轉換。一開始，主角鄧巴希望在美國未開拓地區消失前參與其中的建設，因此，故事世界首先出現的對立，一方是因奴隸制度而腐敗、陷入內戰的美國東部，另一方是蠻荒西部的廣闊空曠平原，這裡仍有盎然的美國希望。在西部的平原世界，從表面上看起來，價值取向有所衝突的一方，是鄧巴這個懷抱著美國建國信念的白人士兵，另一方是蘇族——

看起來像是準備毀滅這個國度的野蠻人。

不過,麥可‧布雷克透過對副線故事世界的描述,破壞了這個表面上看見的價值取向衝突。鄧巴的騎兵部隊前哨基地不過是個空泥洞,是那片土地上沒有生命的醜陋狹長窪地。蘇族村落則是個小小烏托邦,圓錐形帳篷林立於河邊,馬匹在此放牧,兒童在此嬉戲。隨著故事進展,布雷克呈現了更深層的價值取向對立:一方是美國擴張主義的世界,把動物和印第安人視為摧毀的目標;另一方是印第安世界,他們與大自然共存,且因應每個人的內心本質來對待彼此。

《鐵面特警隊》

(小說:詹姆士‧艾洛伊;劇本:布萊恩‧赫吉蘭、柯提斯‧韓森;1997 年)

在《鐵面特警隊》中,主要的角色對立看似在警察與殺手之間,但真正的對立卻出現在以下兩方:一方是信奉不同版本司法正義的幾個警探,另一方是不惜殺人的警長和一個腐敗的律師。這就是為什麼旁白帶出的第一個視覺對立出現以下的對比:看似烏托邦的洛杉磯,以及瀰漫種族主義、腐敗與壓迫感的洛杉磯。故事隨後出現的三名主要警探,讓這個基本對立進一步分出支線:布德‧懷特是對維持司法正義信奉不渝的真正警察;傑克‧文森尼是個圓滑的警察,在電視警察節目中擔任技術顧問賺外快,更為了金錢而濫捕無辜;艾德‧艾克斯利是個機警的警察,知道如何玩司法政治遊戲來實現自己的野心。角色和價值取向的對立,在辦案過程中透過不同的副線故事世界呈現出來:一方是洛杉磯富有的、白人居住的、腐敗的地區,真正作奸犯科的人來自這裡;另一方是洛杉磯受到指控的無辜黑人居住的貧民區。

為故事世界增添細節

為視覺對立和故事世界本身增添細節,就是結合以下三大元素:土地(自然環境)、人物(人造空間),以及科技(工具)。至於第四個元素——時間,這是你的獨特世界在故事述說過程中的發展方式,我們後面會另行討論。現在先從自然環境設定說起。

自然環境設定

　　絕對不要透過意外或巧合來選擇故事的自然環境。每一種設定對觀眾都有多重的意義。就像巴謝拉說的：「一位研究幻想的心理學家……開始意識到宇宙能夠塑造人類，它能把山丘孕育的人轉化為島嶼與河流的人，而房子也能夠重新塑造一個人。」[23] 你需要了解不同自然環境設定可能具有的意義，例如山丘、島嶼和河流等，這樣就能確定，是否有一種環境能最出色地呈現你的故事敘事線、角色和主題。

海洋

　　對人的幻想來說，海洋可劃分為兩種截然不同的場所：海洋表面和海洋深處。海洋表面是二維空間地景的極致，它就像一個平滑的桌面，朝視線所及的最遠處延伸。因為這個緣故，海洋表面看起來是抽象的，儘管它完全是自然的產物。這個抽象的平面就像一個巨型棋盤，強化了競賽的感覺，這場競賽是最大規模的生與死的遊戲。

　　海洋深處是三度空間地景的極致，其中所有生物彷彿都處於無重力狀態，因而能在各種不同深度中生活。這種無重力的、漂浮的特質，是人們腦中幻想的烏托邦的常見元素，因此海洋深處往往成為烏托邦夢想世界的場所。

　　不過海洋深處也是可怖的葬身之地，彷彿有一隻不具人性的巨手，無聲無息抓住海洋表面的任何人或任何物件，將他們拉向無盡的黑暗深處。海洋也是一個龐然大口，把遠古世界、史前生物、往昔的祕密和古老的寶藏吞噬其中，有待後世發掘。

　　以海洋為背景的故事包括：《白鯨記》、《鐵達尼號》、《海底總動員》、《海底兩萬哩》（*Twenty Thousand Leagues Under the Sea*）、《小美人魚》（*The Little Mermaid*）、《失落的帝國》（*Atlantis*）、《海狼》（*The Sea Wolf*）、《怒海爭鋒》（*Master and Commander*）、《太平洋潛艇戰》（*Run Silent, Run Deep*）、《叛艦喋血記》（*Mutiny on the Bounty*）、《獵殺紅色十月》（*The Hunt for Red October*）、《大白鯊》和《黃

---

23 原文引自巴謝拉《空間詩學》，第四十七頁。

色潛水艇》（*Yellow Submarine*）。

外太空

外太空就是「遙遠他方」的海洋，無窮盡的黑色虛無，隱藏著其他世界無數的多樣性。它和海洋深處一樣是三度空間，但又像海洋表面，感覺既抽象又自然。一切在黑暗中穿梭，因此每樣東西儘管都是獨一無二的個體，同時也凸顯其最基本的特質。這裡有「太空船」、「人類」、「機器人」和「外星人」。科幻故事往往採用神話的形式，不只是因為神話與旅程有關，也因為神話是探索人類最基本差異的故事形式。

外太空帶給人其他世界無窮且多樣的期望，因而也是永無止境的冒險場所。冒險故事總是帶有發現的意味——發現新的、令人驚歎的事物，足以令人興奮，也令人恐懼。到了今天，就人類在地球上的歷史和故事的發展來說，外太空是唯一仍具有能進行無盡冒險可能性的自然環境設定。（海洋很多地方也是未經探索之境，但因為我們無法想像一個真實的群體活在海洋中，因此海洋當作人類世界的生存空間的可能性，只存在於幻想之中。）

當然，外太空是科幻故事的領域，例如：《2001 太空漫遊》（*2001: A Space Odyssey*）、《沙丘魔堡》（*Dune*）、《星際大戰》系列電影、《銀翼殺手》（*Blade Runner*）、《阿波羅13》（*Apollo 13*）、《禁忌的星球》（*Forbidden Planet*）、《陰陽魔界》（*Twilight Zone*）影集裡的許多故事、《星際爭霸戰》（*Star Trek*）系列電影及電視影集，以及《異形》系列電影。

森林

森林在故事中的核心特質，在於它像大自然裡的大教堂。高聳的樹木，以及高懸我們頭上、保護我們的樹葉，就像最古老的智者，向我們表明一切終會消逝。森林是沉思的人前往的地方，也是愛情故事中愛侶私奔的特別藏匿之所。

不過，除了這種強烈往內在凝視的感覺，森林還有一種不祥之感。森林也是人們迷失的地方。它是鬼魂和已逝生命的居所。它是獵人追殺獵物的場

所，而他們的獵物往往是人類。森林和叢林相較之下比較不令人害怕。叢林隨時都會摧毀一切走進其中的事物。森林在做可怕的事之前，會先讓人心智迷失。它的作用比叢林慢，但仍會致命。

許多童話故事都以森林當作背景，此外還有：《斷頭谷傳奇》（The Legend of Sleepy Hollow）、《魔戒》、《哈利波特》系列、《星際大戰（六）：絕地大反攻》（Return of the Jedi）、《史瑞克》（Shrek）、《神劍》（Excalibur）、《皆大歡喜》（As You Like It）、《仲夏夜之夢》（A Midsummer Night's Dream）、《雅歌》（Song of Solomon）、《綠野仙蹤》、《花村》、《狼嚎再起》、《厄夜叢林》（The Blair Witch Project），以及《黑幫龍虎鬥》（Miller's Crossing）。

叢林

叢林是一種自然狀態。它在幻想方面的主要效果，是帶來令人窒息的感覺。叢林裡的每樣事物似乎都要抓住你。叢林帶給觀眾最強烈的感受，是大自然的力量凌駕於人類之上。在這樣的環境中，人類還原為野獸。

諷刺的是，這樣的原始場所，也是呈現現代進化理論——生物演化論——的兩種自然環境設定之一。

叢林故事世界可在以下故事中看到：《星際大戰》系列電影、《泰山王子》（Greystoke）等泰山故事、《金剛》、《非洲皇后》、《侏羅紀公園》及《失落的世界》（The Lost World）、《翡翠森林》（The Emerald Forest）、《天譴》（Aguirre: The Wrath of God）、《蚊子海岸》（Mosquito Coast）、《陸上行舟》（Fitzcarraldo）、《毒木聖經》（The Poisonwood Bible）、《黑暗之心》，以及《現代啟示錄》（Apocalypse Now）。

沙漠與冰天雪地

沙漠與冰天雪地，在任何時間都是瀕死和死亡的場所，即使故事在這樣的環境下也難以發展。沙漠與冰天雪地的殘酷看起來是完全不具情感的。

如果這種環境裡出現了有價值的事物，那是因為其中有堅強的意志，且在孤立的環境中因磨練而成長。有個罕見的例子將冰天雪地描述為烏托邦：

馬可・赫爾普林（Mark Helprin）的小說《冬季奇蹟》（Winter's Tale）。赫爾普林描述一個村莊因寒冬而與外界隔絕，但社群的向心力不減反增，村民更在結冰的湖上享受各種冬日之樂。

以下這些故事中的沙漠或冰天雪地背景引人注目：《星際大戰》系列電影、《冰血暴》（Fargo）、《阿拉伯的勞倫斯》（Lawrence of Arabia）、《萬世流芳》、《沙丘魔堡》、《牛郎血淚美人恩》（The Ballad of Cable Hogue）、《俠骨柔情》、《黃巾騎兵團》（She Wore A Yellow Ribbon）、《狂沙十萬里》（Once Upon A Time in the West）、《日落黃沙》、《遮蔽的天空》（The Sheltering Sky）、《淘金記》（The Gold Rush）、《冬季奇蹟》，以及《野性的呼喚》（The Call of the Wild）。

島嶼

在社會背景環境中創作故事，島嶼是一個理想的設定。島嶼和海洋及外太空一樣，非常抽象又完全自然。它是地球的縮影，是一小塊由水包圍的陸地。從定義上來說，島嶼是一個隔絕的場所。因此在故事中，島嶼是人類的實驗室，一個遺世獨立的天堂或地獄，一個足以打造特別世界並創造和試驗新的生活方式的場所。

由於島嶼具有隔絕、抽象的特質，它往往用來呈現一個烏托邦或反面烏托邦（dystopia）。即使當作生物演化論的經典環境設定，島嶼比叢林更勝一籌。

以島嶼為核心背景設定的故事包括：《魯賓遜漂流記》（Robinson Crusoe）、《暴風雨》、《格列佛遊記》的漂浮之島、《超人特攻隊》（The Incredibles）、《金剛》、《金銀島》（Treasure Island）、《神祕島》（The Mysterious Island）、《攔截人魔島》（The Island of Dr. Moreau）、《蒼蠅王》（Lord of the Flies）、《浩劫妙冤家》、《侏羅紀公園》及《失落的世界》、《浩劫重生》（Cast Away）、電視影集《Lost 檔案》（Lost），以及可能是故事史上使用島嶼最為出色的《夢幻島》（Gilligan's Island）。

在很多方面，所有自然場景中，島嶼提供最複雜的故事發展可能性。讓我們仔細看看如何在故事中將島嶼世界發揮得淋漓盡致。請注意，想將這種自然環境設定原有的意義表達出來，最好的方式就是透過故事結構：

● 一開始花點時間設定正常的群體，以及置身其中的角色。（需求）

- 讓角色前往一個島嶼。（欲望）
- 創造一個建基於不同規則與價值取向的新群體。（欲望）
- 讓角色之間的關係與在原來群體中的關係大不相同。（計畫）
- 透過衝突，呈現什麼行得通，什麼行不通。（對手）
- 情況行不通時，呈現角色嘗試尋找新出路。（意外的揭露或真實自我的揭露）

高山

從人類的角度來看，這是所有空間最高的地方，也就是崇高的地方。在這裡，強者通常透過隱居、冥想、困頓、面對大自然的極端挑戰來證明自己的能力。山巔是天生的哲學家和偉大思想家的世界，他們必須了解自然的力量，從而與這種力量共存，有時甚至必須控制它。

從結構上來說，高山這樣高聳的場所，最常與「揭露」有關，也是故事結構二十二步驟中與內心思想最有關的步驟（參見討論情節的第八章）。故事中的「揭露」，是有所發現的時刻，它們是情節轉折的關鍵，同時將情節推上更高、更強烈的層次。同樣的，高山場景的設定也構成空間與人之間的一對一連結，也就是高度與體悟的連結。

這種空間與人的一對一連結，也出現在對高山的負面呈現當中。它經常被描繪為統治集團、特權階級和獨裁者的處身之所，通常指的是高於一般百姓的貴族統治者。

關鍵重點：高山往往與平原對立。

高山和平原是唯一會在視覺上形成對立的兩種主要自然環境，因此說故事的人通常會使用比較方式來凸顯兩者的基本特質與對立特質。

高山的故事世界在以下故事相當重要：摩西的故事、諸神處身奧林匹斯山的希臘神話、許多童話故事、《魔山》、《失去的地平線》（*Lost Horizon*）、《斷背山》（*Brokeback Mountain*）、《蝙蝠俠：大顯神威》（*Batman Returns*）、《雪山盟》（*Snows of Kilimanjaro*）、《戰地春夢》、《越戰獵鹿人》（*The Deer Hunter*）、《大地英豪》、

《與狼共舞》、《原野奇俠》、《鬼店》（*The Shining*），以及許多恐怖故事。

平原

平原的平坦表面廣闊寬敞，且向所有人開放。平原與籠罩型的叢林相反，它是完全自由開放的，因此平原在故事中代表平等、自由，以及一般人的權利。不過，這種自由不是全無代價和衝突的。平原和海洋的表面一樣，由於極度平坦而變得抽象，也因而凸顯了競爭感，或是在這個場域裡展開的生死搏鬥。

從負面角度來看，平原往往被描繪為平庸者的處身之地。大多數平庸者與山頂的少數大人物形成對比，他們只是山下芸芸眾生的一分子，缺乏自我思考能力，因此很容易跟隨他人腳步，而這往往為他們帶來毀滅。

平原出現在《原野奇俠》和《錦繡大地》（*The Big Country*）等大多數西部片中，此外還有《天堂之日》（*Days of Heaven*）、《與狼共舞》、《冷血》（*In Cold Blood*）、《失去的地平線》、《雪山盟》、《戰地春夢》、《血迷宮》和《夢幻成真》。

河流

河流是具有獨特力量的自然背景設定，從故事講述角度來說，它可能是最超乎尋常的力量。河流是一種路線，因此對結構上倚重某段旅程的神話故事來說，它可說是完美的實質展現。

不過河流不只是路線。它也是進入或離開的路徑。它強化了以下的感覺：這個路線是持續變化的有機線性延伸，而不只是一連串插曲。例如，在《黑暗之心》中，主角沿河而上，深入叢林。人類的變化方向與這條路線之間的關連，就是一個人從文明進入了野蠻的地獄。

在《非洲皇后》中，主角將旅程和過程逆轉：沿河而下，走出叢林。這個叢林遺世而獨立，充滿死亡與瘋狂，他的變化就從這個叢林開始，走向以承諾與愛而建立的人類世界。

將河流當成實質路線或道德、感情通道的故事包括：《頑童歷險記》、《激

流四勇士》、《黑暗之心》、《大河戀》（*A River Runs Through It*）、《非洲皇后》，以及《現代啟示錄》。

請留意：當心不要落入視覺上的老套。

運用這些自然環境設定，很容易就會陷入公式化的陷阱。「我的主角會獲得重大的真實自我揭露嗎？那就把他送到山頂。」再三確認你使用的任何自然環境設定對故事具有重要功能。最重要的是，運用時要具原創性。

天氣

天氣和自然環境設定一樣，能為角色的內在經驗提供有力的實質象徵，或喚起觀眾的強烈感受。以下是天氣與情感的一些經典關連：

雷電：激情，恐懼，死亡。

雨：悲傷，孤獨，無趣，暢快。

風：毀滅，荒涼。

霧：困惑，神祕。

陽光：快樂，開心，自由，但也可以是隱藏在愉悅外表下的腐敗。

雪：沉睡，寧靜，悄悄來臨且無法阻擋的死亡。

再次提醒：避免簡單套用這些經典關連，請嘗試以令人驚奇且具嘲諷意味的方式來運用天氣設定。

人造空間

對作者來說，人造空間比自然環境設定更有用，因為它可以解決作者面對的最大難題之一：如何呈現某個群體？故事中所有的人造空間，某種程度來說都同時具有濃縮和擴展的可能性。每一種人造空間都是主角及其群體的實質縮影。

作者面臨的問題，就是如何透過文字來呈現這個群體，讓觀眾了解主角和其他人之間最深層的關係。以下是有助於達成這個目標的主要人造空間。

房子

　　對說故事的人來說，人造空間從房子開始。房子是一個人的第一個蔽身之所，其獨特實質要素形塑了這個人的內在成長，以及當下內心的安定。房子也是家庭的安居之所，而家庭是群體生活的核心單位，也是戲劇的核心單位。因此，所有故事作者必須慎重考慮一幢房子在故事中發揮的作用。

　　對角色和觀眾來說，房子是象徵親密關係的場所，在這方面沒有其他空間比得上它。不過房子也充滿視覺對立，你必須充分了解這些對立，才能完全發揮房子的戲劇潛力。

1. 安全與冒險的對立

　　房子最首要的功能就是一個出色的保護罩。「在每個居所裡——即使最富有的居所——第一項工作……就是找出原有的殼。」[24] 換句話說，「在我們的白日夢中，家屋總是一個巨大的搖籃……生命開始時是安樂的，它被包圍著、保護著，溫暖地包藏於家屋之中。」[25]

　　房子一開始可能是外殼、搖籃和安樂窩，但這個具保護作用的繭，也可能形成一種對立情況：房子是一個穩固的基礎，我們從這裡出發，迎向世界。「房子會呼吸。它起初是一層盔甲，然後『無限』延伸，換言之，當我們住在房子裡，安全和冒險交替出現。它是一個斗室，也是一個世界。」[26] 在故事中，冒險的第一步——冒險的願望——往往由窗戶引發。一個角色從這個房子的眼睛往外望，或許還聽到了火車的汽笛聲，因而夢想踏上旅程。

2. 地面與天空的對立

　　房子蘊含的第二項對立，是地面與天空的對比。房子有很深的根基，固著在地上。它告訴這個世界和屋內住戶，它是堅固、可信賴的。

　　不過房子也向天空伸展。它就像一座小而自豪的大教堂，為居住其中的人引發一種最高、最好的感覺。「……所有牢牢棲居陸地的——一幢房子就是牢牢棲居於陸地的——仍會受到高懸空中的天上世界所吸引。扎根地上的

---

24 原文引自巴謝拉《空間詩學》，第四頁。
25 原文出處同註 24，第七頁。
26 原文出處同註 24，第五十一頁。

房子總嚮往擁有能迎風搖曳的枝枒，或能聽到樹葉沙沙作響的閣樓。」[27]

3. 溫暖與恐怖對立

(1) 溫暖的房子：

故事敘事中的溫暖房子相當大（雖然一般都不是豪宅），有足夠的房間、角落和舒服的隱密空間，讓居住其中的每一個人的獨特個性都有安頓之處。請注意：溫暖的房子裡還有另外兩種對立元素：這個外殼提供的安全、舒適，以及偌大空間所能包容的多樣化。

作者往往透過所謂的「忙得團團轉的一家人」技巧，來強化這個大而多樣的房子的溫暖感覺。這是將彼得‧布魯格爾[28]的技巧應用於房子背景的設定上，特別是他在〈雪中獵人〉（The Hunters in the Snow）和〈冬日風景與捕鳥陷阱〉（Winter Landscape with a Bird Trap）等畫作中使用的技巧。透過「忙得團團轉的一家人」展現的家庭，每一個人都忙著投入自己的活動。每一個個體或小團體在某些特別的時刻可能會結合在一起，但隨後又各忙各的。這是家庭層級的完美群體。每一個人既是獨立的個體，也是一個相濡以沫的家庭的成員，即使每個人都在房子的不同地方，觀眾仍能感覺到一種溫馨的精神將每一個人連結在一起。

以下這些故事裡都有大而多樣的房子，以及「忙得團團轉的一家人」：《浮生若夢》（You Can't Take It With You）、《相逢聖路易》、《伴父生涯》（Life With Father）、《心塵往事》（The Cider House Rules）、《傲慢與偏見》、《安柏森家族》、《天才一族》（The Royal Tenenbaums）、《鋼木蘭》（Steel Magnolias）、《風雲人物》、《華頓一家》（The Waltons）影集、《塊肉餘生錄》、《翡翠谷》、《歡樂滿人間》和《黃色潛水艇》。

溫暖房子的感染力一部分來自觀眾的兒時經驗——無論那是真實的還是幻想的。對每個人來說，小時候的房子總是又大又舒適，即使不久就發現當

---

27 原文出處同註 24，第五十二頁。
28 彼得‧布魯格爾（Pieter Bruegel, 1525~1569），十六世紀荷蘭最傑出畫家，作品以描繪地景及農民生活的主題最具代表性。他的觀察力敏銳，描寫細膩，往往透過人物的動作來呈現其本性與特質，大多數畫中世界都非常喧鬧。

年住的其實是個小屋，仍會把目光投射到又大又溫暖的房子，看見理想中的童年住處。這也是為什麼與回憶有關的故事往往會用上溫暖的房子，吉恩·謝帕德（Jean Shepherd）的《聖誕故事》（*A Christmas Story*）就是其中一例。這也是為什麼美國作家如此偏愛搖搖欲墜的維多利亞式建築，因為它們有許多留下歲月痕跡的小巧而舒適的山牆和角落。

對故事敘述來說，房子的另一種版本就是酒吧，它也可以是溫暖的或恐怖的。在影集《歡樂酒店》（*Cheers*）中，酒吧是一個完美的烏托邦，一個「每個人都叫得出你的名字」的群體。那些面熟的常客每星期總是如期出現在同一個地方，總是犯同樣錯誤，也總是與其他人維持同樣的古怪關係。這家酒吧也是個溫暖的地方，因為沒有人必須改變。

《北非諜影》

（原名《人人都來到瑞克的咖啡館》；舞台劇作者：墨瑞·巴內特、瓊·愛莉森；電影劇本作者：朱利斯·艾普斯坦、菲力普·艾普斯坦、霍華·寇奇；1942 年）

故事世界在《北非諜影》中之所以成功，與它在故事世界設計最先進的奇幻、神話或科幻故事中一樣重要。《北非諜影》的故事世界，全部聚焦於一家酒吧──「瑞克美式咖啡館」。

這家酒吧在《北非諜影》中形成一個獨特的故事世界，而且對觀眾來說具有強而有力的感染力，因為它是一個烏托邦，也是一個反面烏托邦。這家酒吧是「地下世界之王」的家。

「瑞克美式咖啡館」之所以是反面烏托邦，原因是每個人都想逃離卡薩布蘭卡，而這裡是他們消磨時間、等待再等待、始終等待離開的地方。然而，這裡「沒有出口」。它是反面烏托邦，也因為一切都與金錢至上及賄賂有關，完美傳達出主角的憤世嫉俗、自私與絕望。

不過，這家酒吧同時也是令人難以置信的烏托邦。瑞克是這裡的主人、是他的藏身處的國王，所有奉承者對他畢恭畢敬。這家酒吧是個又大又溫暖的房子，有許多隱蔽處和角落，各色各樣的人藏身其中。每一個角色不但熟知這個地方，也在裡面自得其樂，包括：服務生卡爾、酒保薩沙、保鑣阿布度、管理賭場的艾米爾，以及瑞克的伙伴──歌曲之王山姆。在小隔間的雅座裡，

還有書呆子般的挪威地下工作人員伯傑，隨時聽候拉茲洛的指令。這裡甚至還有通行證的完美藏匿點——山姆的鋼琴頂板下方。

在一個充滿矛盾的地方，瑞克這位國王具體展現了這幢溫暖的房子是孤傲者的家，是機伶而時髦者的誕生之處：他身穿白色燕尾服，看起來無懈可擊，即使在納粹殺手的威脅下，也總是溫文而睿智。然而這是一個活躍於夜晚的世界，它的國王也黑暗陰鬱。瑞克提到兩名遭謀殺的信使是「光榮殉身」。這位國王就是閻王。

《北非諜影》的作者創造出一個既是烏托邦又是反面烏托邦的封閉世界，因而也創造了一個「莫比烏斯帶」[29]式的故事世界，永遠停不下來。直到今天，「瑞克美式咖啡館」仍然每晚營業。難民依然在這裡聚集，警察總長依然在這裡賭錢、泡妞，德國人仍然趾高氣揚在這裡現身。它是打造出傑出故事的永恆場所之一，而且持續存在，因為它是個舒適的藏身處，在這裡，每個人都在自己的角色中自得其樂。

瑞克的酒吧位於遙遠的卡薩布蘭卡，它是一個完美的群體，不是每個人都想離它而去，觀眾也沒人願意離它而去。

(2) 恐怖的房子

與溫暖的房子相反，恐怖的房子經常走過了頭，從繭變成囚牢。這類故事的最好作品中的房子之所以恐怖，是因為它衍生自角色的重大弱點與需求。這個房子是主角最大的恐懼的化身。在極端情況下，角色的內在腐敗變質，房子也變成廢墟，但仍像監獄般牢固。

在《孤星血淚》，哈維森小姐是她那幢破落宅第的奴隸，因為她寧可在得不到回報的愛的祭壇上殉難。她的內心因苦澀而生病，而她的房子就是她內在的完美反映。在《咆哮山莊》，房子是可怕的囚牢，因為凱西在這裡放棄了真愛，而赫斯克里夫也因為心中的怨恨，以凱西之名對房子裡其他人做

---

29 莫比烏斯帶（Mobius strip），又稱莫比斯環，是德國數學家莫比烏斯（August Ferdinand Möbius）和李斯汀（Johann Benedict Listing）提出的一種拓樸學結構：將一條長方形帶子一端扭轉一百八十度，再與另一端相接，長帶子的一面和另一面就變成相通，形成一個連續曲面，從任意點開始連續繞行，最後會回到開始點。

出可怕之舉。

　　恐怖故事著力強調鬼屋，鬼屋因而成為這種故事形式的獨特故事節拍。在結構上，鬼屋或恐怖的房子代表過去的力量控制了當下。房子本身成為一種武器，對父母祖先所犯的罪行報復。在這樣的故事裡，房子未必破落或咯吱作響，也沒有猛然關上的門、搖晃的牆壁和黑暗神祕的通道。它可以是《鬼哭神號》（Poltergeist）和《半夜鬼上床》（A Nightmare on Elm Street）裡的簡單市郊房屋。它也可以是《鬼店》中的山頂大飯店；在這個山頂，與世隔絕的環境和往昔發生在飯店裡的罪惡沒有為主角帶來偉大的意念，而是令他發瘋。

　　如果恐怖的房子是一幢巨大的哥德式建築，住在裡面的通常是貴族家庭，他們坐享別人勞動的成果，而勞動者通常只因出身卑微而住在山下的谷地。這棟房子或許因寬敞而顯得過於空蕩，從結構而言，暗示著其中沒有生命力；它或許塞滿名貴但過時的家具，因數量過多而造成壓迫感。在這些故事裡，房子藉著寄生其中的人而得以維繫，就像那些人的生活靠其他人維繫。最後，這個家庭沒落了，而在走向極端的故事中，房子會被焚毀、遭破壞或崩塌。這樣的故事例子包括：愛倫坡的《阿夏家的沒落》（The Fall of the House of Usher）及其他故事、《蝴蝶夢》（Rebecca）、《簡愛》（Jane Eyre）、《吸血鬼》（Dracula）、《惡魔附身的小孩》（The Innocents）、《陰宅》（The Amityville Horror）、《日落大道》、《科學怪人》、《長夜漫漫路迢迢》，以及契訶夫和斯特林堡的故事。

　　在較現代的故事中，恐怖的房子不大也不夠多樣，因而成為囚牢。它又小又狹窄，只有薄薄的牆壁或根本沒有牆壁。一家人擠在裡面，沒有群體關係，沒有各自區隔的舒適角落讓每個人有充分的空間保留獨特的自我。在這樣的房子裡，作為戲劇基本單位的家庭，成為衝突不斷爆發的單位。這種房子之所以恐怖，是因為它是個壓力鍋，家庭成員沒有出路，只能坐待壓力鍋爆炸。類似的例子包括：《推銷員之死》、《美國心玫瑰情》、《慾望街車》、《靈慾春宵》（Who's Afraid of Virginia Woolf）、《長夜漫漫路迢迢》、《玻璃動物園》、《魔女嘉莉》（Carrie）、《驚魂記》（Psycho）和《靈異第六感》。

4. 地窖與閣樓對立

　　房子內部的核心對立在地窖與閣樓之間。

地窖在地底下。它是房子的墓地，埋葬著屍體、黑暗的過去，以及家庭裡可怕的祕密。這些不是永久埋藏在地底；它們等著再次現身。當它們終於出現在客廳或餐廳時，往往也摧毀了這個家庭。地下室裡的骸骨也許令人震驚，《驚魂記》就是一個例子，但也許像《毒藥與老婦》（Arsenic and Old Lace）一樣，帶著黑色趣味。

地窖也是孕育陰謀的地方。陰謀來自房子最黑暗的地方，以及人心最黑暗的地方。地窖是罪犯或革命者理所當然的基地。運用這個技巧的故事有：《地下室手記》（Notes from the Underground）、《快閃殺手》（The Ladykillers）、《沉默的羔羊》，以及《械劫裝甲車》（The Lavender Hill Mob，又譯為《橫財過眼》）。

狹窄的閣樓有如半個房間，但它處於房子頂層，是房子與天空接觸的地方。如果閣樓裡住了人，它就成為孕育偉大思想或藝術的地方，儘管外界完全不曾察覺（例如《紅磨坊》）。閣樓也因為居高臨下並有透視的優勢，裡頭的人從小窗望向屋外的街道，可以看到宛如布魯格爾畫作中的群體景象。

閣樓和地窖一樣，是藏匿事物的地方。因為閣樓是房子的「頭部」，藏匿的如果是恐怖的事物，就與瘋狂有關，例如《簡愛》和《煤氣燈下》（Gaslight）。不過，較常見的是藏匿的事是正面的，例如寶藏和回憶。某個角色在閣樓發現一個舊箱子，就像打開了一扇窗，讓人看到這個角色是什麼樣的人，或他來自什麼樣的群體。

道路

故事講述的各種人造空間中，與房子對立的就是道路。房子要我們安頓下來，活在超脫時間的一刻，想辦法讓自己舒適自在。道路卻召喚我們走出室內，去探索，並成為全新的自我。房子是同步進行的故事，許多事同時發生。道路是線性故事，一件事循發展的路線發生。

喬治桑曾寫道：「有什麼比道路更美？它是活躍、多采多姿生活的象徵和意象。」[30] 道路是貧乏的；它是單一、細長的一道線，是一個人被粗陋、杳

---

30 原文引自喬治桑《康素愛蘿》（Consuelo），卷二，第一一六頁。

無人煙的荒野包圍的赤裸裸標誌。因此，上路需要勇氣。不過，道路對旅人即將發生什麼樣的變化，提供了幾乎數不盡的遠景。無論道路多麼窄細，總是令人期待有個值得前往的目的地。

　　神話故事就是將房子與道路的基本對立當作故事的核心。古典神話故事從家裡開始展開。主角踏上旅程，遇見許多考驗他的對手，當他回到家裡才發現，旅程的收穫早就深藏在自己內心。在這些神話故事的開頭，家的作用尚未發揮：主角在這個安全的地方沒有創造出獨特的自我，也沒有感覺到束縛。上路後，他的能力不得不接受考驗。不過，在神話中，主角不會在路上變成新的自我。他必須回到家裡才體會到，自己在更深層次上原來是個什麼樣的人。

故事世界技巧：交通工具

　　旅程故事有時顯得零散，除了因為經過太多場域，另一個主要原因就是主角在路上遇到眾多對手。因此，想讓旅程故事發揮其功能，其中一個關鍵在於主角使用的交通工具。一個簡單的經驗法則是：交通工具愈大，場域也愈具整體感。交通工具愈大，就愈容易讓對手同行。這些是始終存在的對手，有他們與主角同行，就能創造一個單一場域。

　　大型交通工具出現的旅程故事包括：交通工具是船的《鐵達尼號》和《愚人船》（*Ship of Fools*）；交通工具是火車的《東方快車謀殺案》和《二十世紀特急快車》（*20th Century*）；交通工具是巴士的《成名在望》（*Almost Famous*）。

城市

　　城市是人類打造的小宇宙中規格最大的。它是如此大，打破了小宇宙的界限，且變得勢不可擋。城市包含成千上萬的建築、數以百萬計的人。然而，城市也是人類生活的獨特經驗，你必須透過故事語言來傳達這樣的經驗。

　　為了能有條不紊勾勒出城市的廣大範圍，故事作者會把城市濃縮為較小的小宇宙。其中一種最常見的做法就是縮小範圍在一個機構裡。機構是具有獨特功能、界限、規範、權力結構及運作制度的組織。以機構來隱喻城市，

城市就成為組織完備、軍事化運作的地方，其中大多數人由於在整個群體中的功能而受到嚴格規範，且彼此息息相關。

將城市描繪為機構的作者，通常會創造一幢巨大的單一建築，裡面有許多樓層和房間，包括一個有數百張桌子整齊排列的巨大房間。藉由機構來象徵城市的故事有：《醫生故事》（*The Hospital*）、《美國心玫瑰情》、《歡樂糖果屋》（*Willy Wonka and the Chocolate Factory*）、《螢光幕後》、《雙重保險》（*Double Indemnity*）、《超人特攻隊》和《駭客任務》。

故事世界技巧：將自然環境與城市結合

奇幻故事不是將機構當作城市的隱喻，它的取向恰好相反：不把城市局限為受種種規條約束的組織，而是透過想像，將城市視為一種自然環境，例如一座高山或一個叢林。這種技巧的好處之一，是把巨大的城市變成單一的單位，但具有觀眾能夠辨識的特質。更重要的是這種技巧暗示了城市無可限量的潛力，無論是正面還是負面的。

1. 將城市當成高山

城市常見的自然隱喻是山頂，尤其是像紐約這樣垂直感極強的城市。最高的摩天大樓相當於高山的尖峰，是城裡最有權勢和最富有的人的家。中產階級住在中等高度的大廈，窮人則匍匐在「山腳」低矮的廉價公寓。《蝙蝠俠》（*Batman*）等自成風格的犯罪奇幻故事，就經常使用這種高山隱喻。

2. 將城市當成海洋

城市另一個自然隱喻是海洋，這比經典但可預測的高山喻隱更強而有力。使用海洋當作隱喻時，作者通常從屋頂著手，因為傾斜的屋頂讓觀眾感覺像漂浮於浪尖上。隨後，故事沉入水面之下，找出各個部分或各個角色，這些角色分布在這個三度空間世界的不同深處，通常沒有察覺自己與其他人在海中「浮游」。許多電影雖然性質大不相同，但都運用海洋隱喻，且得到很好的效果，例如：《巴黎屋簷下》（*Beneath the Rooftops of Paris*）、《慾望之翼》（*Wings of Desire*）、《黃色潛水艇》等。

如果想凸顯城市最正面的形象，海洋也是重要的隱喻，這讓城市像個遊

樂場，生活其中的每個人都各具風格，擁有自由與愛。在奇幻故事中，製造這個效果的主要方法，就是讓城市居民真的自在浮游。首先，這賦予他們飛翔的能力；其次，當角色浮游，天花板就成為地板，沒有什麼受到阻攔，人們可以在共同幻想中經歷極度的自由。這個浮游的隱喻，代表平凡的城市隱藏的潛力；以新的方式接近這個可預測的世界，突然間一切變得可能。

　　非奇幻電影將城市當作海洋來呈現時，透過攝影機的鏡頭來製造浮游效果。例如，《巴黎屋簷下》的開頭，鏡頭沿著屋頂山形牆滑過，然後沉入「海面」，進入一扇開敞的窗。看過其中一些角色後，鏡頭又從這個窗口「游」了出來，進入另一扇窗，呈現另一組角色。這一切都是作者打造的故事結構的一部分，他試圖在城市這片汪洋之中引發一種大型群體的感覺。

《歡樂滿人間》

〔小說：P. L. 崔佛斯（P. L. Travers）；劇本：比爾・渥許（Bill Walsh）、唐・達葛拉迪（Don Da Gradi）；1964 年〕

　　《歡樂滿人間》的故事，建立於以海洋當作城市的隱喻。瑪麗從天上漂浮而下，開始與班克斯一家住在一起。隔壁的鄰居是一個船長和他的大副，他們一起站在他那艘「船」的「屋頂／甲板」上。瑪麗告訴孩子們，只要喜愛笑著度過一天，就能自在漂浮。貝特和掃煙囪的工人在屋頂跳舞，貝特稱這些屋頂是「魅力之海」。他們迸發著活力，無視地心吸力，在浪尖（山形牆）上跳躍，直到船長發射砲火，掃煙囪工人沉入海面消失無蹤，直到下次跳舞時間又再度出現。

3. 將城市當成叢林

　　將城市當成叢林與將城市當成海洋恰好相反。在叢林隱喻裡，城市的三度空間特質不像海洋隱喻那麼自由奔放。叢林是死亡的源頭，因為敵人潛伏四周，致命一擊隨時從任何方向襲來。這種城市通常封閉、炎熱而潮濕，人被描繪為動物，與動物的差異只是殺戮方式不同。許多偵探和警匪故事都使用這種隱喻，因此它早已成為陳腔濫調。使用城市當作叢林的隱喻較有創意的故事，包括：與阿爾及利亞卡斯巴（Casbah）有關的《望鄉》（Pepe Le Moko），與紐約有關的《蜘蛛人》和《金剛》，與高譚市（Gotham）有關的《蝙蝠俠：

大顯神威》，與芝加哥有關的《森林王子》（*The Jungle*），與洛杉磯有關的《銀翼殺手》，以及與柏林有關的《M》。

4. 將城市當成森林

以城市當作森林的隱喻，是叢林隱喻的正面版本。透過這種技巧，建築物成為城市的縮小版，人更多，而且彷彿住在樹上。這個城市看起來或感覺起來就像某個街坊鄰舍或小鎮，但位於缺乏人性的大城高樓之間。當城市被描繪為森林，它通常是個烏托邦，其中的人享受著熱鬧城市的好處，同時又住在樹屋的溫暖舒適之中。使用這種隱喻的電影包括：《浮生若夢》和《魔鬼剋星》（*Ghostbusters*）等。

《魔鬼剋星》

〔劇本：丹・艾克洛伊德（Dan Aykroyd）、哈洛・雷米斯（Harold Ramis）；1984 年〕

《魔鬼剋星》是以紐約為背景的小伙子冒險故事。故事開始時，「三個火槍手」是一所溫馨、具小鎮風情的大學裡的教授。他們原本研究超自然現象，因而能以漂亮女孩為對象來進行各種古怪實驗。他們開創了一門生意，只要穿上酷炫制服，駕駛一輛增強馬力的靈車，拿起犀利的小工具射擊，住在消防站模樣的一間房子裡，就能賺大錢。消防站對男孩來說有如最棒的樹屋。這些小伙子一起住在宿舍裡，夢想著性感的女孩，如果工作上門，就從「樹幹／竿子」往下滑，然後開車往外飆。他們以各種方式在城市中漂浮。

縮影

縮影是縮小版的群體。它將混沌理論應用於故事敘事，向觀眾展示規律的層次。較大世界因為看不見整體，不容易看得到規律，但把它縮小後，一切就突然變得清晰了。

故事中所有人造空間都是某種形式的縮影，唯一的差異只是規模。縮影是故事世界的基本技巧之一，因為它具備很好的「濃縮／擴展」功能。從本質上來說，它不是接二連三呈現事物，而是同時呈現許多關係複雜的事物。

縮影在故事中有三種主要使用方式：

(1) 它讓觀眾看到故事的整個世界。

(2) 它讓作者呈現一個角色的各種面貌或側寫。

(3) 它展示權力的運用——通常是專制的權力。

查爾斯・艾姆斯和蕾伊・艾姆斯（Charles & Ray Eames）夫婦合作的經典紀錄片《十的次方》（*The Powers of Ten*），展現了縮影技巧如何在故事中發揮作用。我們在一碼的距離看到一對夫婦躺在草地上野餐。不到一秒之後，那一對夫婦距離我們十碼，然後是一百碼、一千碼、一萬碼，愈來愈遠。透視以十的次方遞增，直到我們從無法猜透的「高度」看到大片的外太空。接著，望遠鏡迅速縮回，回到草地上的這對夫婦，接著反過來，以十的次方深入細胞、分子、原子的微小世界。每一個透視呈現一個完整的副線故事世界，呈現某種事物的規律，這規律概括解釋了世界如何運作。

縮影在故事中發揮同樣的作用。不過它們不只從真實面來展示故事世界的各部分如何搭配運作，它們也呈現什麼是真正重要的。「在縮影當中，價值取向得以濃縮與提升。」[31]

《大國民》

〔劇本：赫曼・曼奇維茨（Herman J. Mankiewicz）、奧森・威爾斯（Orson Welles）；1941 年〕

《大國民》是建立於縮影的故事。在開頭的場景段落，主角凱恩垂死臥床，手中的玻璃球紙鎮掉落，破成碎片，玻璃球中的景物是雪地上的一間小屋。這是凱恩失落的童年歲月的縮影。接著出現關於凱恩的新聞短片，是他一生故事的縮影，但透過一個遙遠的、虛假的歷史觀點呈現出來。新聞短片介紹凱恩的莊園——「行宮」，那是與世隔絕、為了凱恩個人享樂和操控欲而打造的世界的縮影。這些縮影，全都向觀眾展示一幅滿布價值觀的畫，描繪的是凱恩這個富有、孤獨且經常專橫待人的人。運用這麼多的縮影，同時也暗示了故事的其中一個主題：我們永遠無法完全了解一個人，無論故事有多少觀點或多少說故事的人。

《鬼店》

〔小說：史蒂芬・金（Stephen King）；劇本：庫柏力克（Stanley Kubrick）、黛安娜・強森（Diane

---

31 原文引自巴謝拉《空間詩學》，第一五〇頁。

Johnson）；1980年〕

　　在《鬼店》中，主角傑克暫時停下寫作，在飯店後方發現一個巨大花園迷宮的縮影。他從所謂「上帝的透視點」由上往下望，看到妻子和兒子的小小身影在園中散步。傑克在微縮花園對妻兒展示的「專橫」關係，是對未來的一種預示（一種時間上的縮影形式），為故事結尾他企圖在真的花園中殺害自己兒子埋下伏筆。

由大至小，由小至大

　　把一個角色實質的身體變小，是將注意力引向角色和故事世界之間關係的好辦法。事實上，你在觀眾內心引發了突破性的轉變，迫使他們以全新的方式重新思考角色與那個世界。觀眾突然面對那些原以為理所當然的潛在原則或抽象法則；此時，世界的基本原則已全然不同。

　　奇幻故事類型之所以存在，其中一個主要原因就是讓我們像第一次看到似的重新看待一切。把一個角色的身體變小，比其他故事技巧更能達到這個目的。無論什麼時間，當一個角色縮小，他就還原為小孩。從負面來說，他感覺力量突然變小，甚至可能因四周巨大而具震懾力的環境而嚇壞了。從正面來說，角色和觀眾因為能從全新的角度觀看世界而驚喜不已。「手持放大鏡的人不啻……重獲青春。他重新獲得小孩把事物放大的眼光……因此，那微小之物、那道窄門，能開啟整個世界。」[32]

　　在轉變的那一刻，世界原本隱而未見的原則在觀眾眼前凸顯了，但世界依然真實無比。突然間，尋常的一切變得偉大。在《親愛的，我把孩子縮小了》（Honey I Shrunk the Kids），後院的草坪變成恐怖的叢林。在《聯合縮小軍》（Fantastic Voyage），人體成為一個怪異但美麗的「內太空」。愛麗絲的眼淚變成海洋，差點把她淹沒。在《金剛》中，地下鐵對金剛來說不過是一條大蛇，而帝國大廈就像牠見過的一棵最高的樹。

　　把一個角色變小的主要意義，是讓他當下變得更具英雄氣概。傑克攀上

---

32 原文出處同註 31，第一五五頁。

豆莖與巨人搏鬥，如果想獲勝，他必須運用腦袋而不是肌肉。奧德修斯也必須這麼做：他把自己縛在羊的下腹部，並告訴獨眼巨人，刺瞎他的人叫做「沒有人」。

故事中有身型迷你的角色或角色變小的例子，包括：《格列佛遊記》、《愛麗絲夢遊仙境》、《金剛》、《一家之鼠》（Stuart Little）、《拇指姑娘》（Thumbelina）、《借物少女艾莉緹》（The Borrowers）、《拇指仙童》（Tom Thumb）、《班與我》（Ben and Me）、《親愛的，我把孩子縮小了》、《神奇縮小人》（The Incredible Shrinking Man）和《聯合縮小軍》等。

在故事中把人物變大向來沒有變小那麼有趣，因為減少了微妙之處和情節變化的可能性。龐然大物的角色變成俗諺裡的「瓷器店中的蠻牛」。一切都受制於直線發展。這就是為什麼愛麗絲在漫遊仙境時，只有在故事一開始才是巨人，當時她大得把房子都擠爆了。假如愛麗絲一直是個百尺巨婦，轟隆轟隆踏步前行，那麼仙境很快就消失了。這也是為什麼格列佛的小人國之旅最好的部分在前面，當時他仍被六吋高的小人綑綁著。當他以巨人之軀踏進小人雙方交戰的戰場，他確實帶出一個抽象概念——國與國之間的衝突是荒謬的——但故事基本上也在這裡停了下來。沒有什麼會再發生，除非格列佛讓它發生。

《飛進未來》是個精采的奇幻故事，相較於上述變大不如變小有趣的規則來說，它顯然是個例外。不過，《飛進未來》的故事內容不是一個人變成巨人，置身小人之間。它其實是人變小的另一種例子，更具體來說，是一個男人變得像個孩子。這個故事吸引人的地方，在於湯姆‧漢克斯（Tom Hanks）飾演的這個成年男子擁有小男孩的性格、心智與熱情。

不同世界之間的通道

無論什麼時候，只要在故事場域中設定至少兩個副線故事世界，就等於擁有運用另一種絕佳技巧的可能性——世界之間的通道。在正常情況下，只有兩個副線故事世界迥然不同時，這種通道才派得上用場。在奇幻類型故事裡，當角色必須從尋常世界前往奇幻之地時，它經常會出現。經典的通道包

括：兔子洞、鑰匙孔、鏡子等〔《愛麗絲夢遊仙境》和《魔鏡夢遊》（*Through the Looking Glass*）〕，此外，還有旋風（《綠野仙蹤》）、衣櫥〔《納尼亞傳奇：獅子・女巫・魔衣櫥》（*The Chronicles of Narnia: The Lion, the Witch, and the Wardrobe*）〕、**畫作和煙囪**（《歡樂滿人間》）、電腦螢幕〔《創：光速戰記》（*Tron*）〕，以及電視機〔《歡樂谷》（*Pleasantville*）和《鬼哭神號》〕。

這種通道在故事中主要有兩種作用。第一，它確實把角色從一個地方帶到另一地方。第二，更重要的是它是某種形式的減壓艙，讓觀眾能夠從現實轉進幻想世界。你藉此讓觀眾明白，故事的法則即將出現大幅轉變。這種通道告訴他們：「放輕鬆！不要用現實世界的正常觀感來看待即將看到的一切。」這在奇幻等高度象徵化、寓言化的類型故事中是不可缺少的，其潛在主題探索了一件重要的事：以新的觀點觀察人生，並且在最尋常的世界裡找到種種可能性。

從理論上來說，你希望角色慢慢走過通道。通道本身是個特殊的世界；它應該填滿各種事物和人物，而且這些人事物在你的故事裡不但奇特，更有機結合在一起。讓你的角色在這裡流連。觀眾會因此感激你。前往另一世界的通道是所有故事技巧中最受歡迎的其中之一。找到這樣一條獨特通道，你的故事就成功了一半。

科技／工具

工具是人體的延伸，具有簡單的功能，而且能放大力量。它們是連結角色與世界的一種基本方式。角色使用的任何工具，都會成為他身分特徵的一部分，除了呈現他如何擴大自己的能力，也呈現他有能力操控周遭世界，且運用自如。

科技最能派上用場的，就是最重視故事世界的類型，如：科幻小說、奇幻故事，以及深具企圖心、想讓主角置身更大體系的故事。身為作者的你創造出科幻小說中的世界，你發明的特定科技也凸顯了人類社會中最令你困擾的元素。也因為所有出色的科幻故事都與作者對萬物演進的觀點有關，因此人類與科技之間的關係向來是故事的核心。在奇幻故事中，魔杖等工具是一

種象徵，顯露角色的自我掌控能力，以及他將知識運用於善行或惡行。

在角色受困於某個體系內的故事裡，工具是作者顯示那個體系如何發揮威力的主要方式之一。這尤其適用於現代故事，因為在這些故事中，整個社會已轉變至較複雜、技術較先進的階段。例如，《安柏森家族》呈現汽車興起帶來的影響。《新天堂樂園》中，電影院被夷平，改建停車場。在經典的反西部電影《日落黃沙》（場景設定在美國邊陲盡頭）中，年華漸老的牛仔遇上首次接觸的汽車和機關槍。另一部出色的反西部電影《虎豹小霸王》有一個很棒的場景：一位有魄力的單車推銷員努力鼓吹說服不願加入搜捕隊的人。

即使在未探索較大世界的故事形式裡，工具對你也有幫助。比方說，動作打鬥故事十分強調主角的特殊能力：能臨時將日常生活用品當成武器，或利用這些物品而凌駕敵人之上。在劇情片，日常生活的工具因過於尋常而幾乎讓人視而不見，但即使在這樣的故事類型，科技（有時是科技的缺乏）也有助於界定角色及角色在世界中的位置。《推銷員之死》的主角韋利帶著七十元佣金回家，但電冰箱還必須付十六元；他的兒子哈皮在耶誕節時給他五十元，但修理熱水器需要九十七元，而他的車子還得修理某些零件。韋利總是「因為機器而坐困愁城」。

將這個世界與主角整體發展連結在一起

打造故事世界的第一步，是以角色和價值取向為基礎，找出主要的視覺對立。第二步，則是觀察主角發展過程的終點。

請注意：這個過程與創造角色的程序相近。創造角色時，從勾勒角色網絡著手，因為透過角色的對比與相仿，有助於定義其他角色。隨後聚焦於主角，先從終點（真實自我的揭露）開始察看他整個改變的幅度，再回到開頭（弱點／需求和欲望），然後創造頭尾之間的結構步驟。之所以這麼做，是因為每個故事都是主角的一次學習之旅，身為作者，必須知道這趟旅程的終點才能踏出第一步，以及之後的每一步。

為故事添上細節時，必須完全配合同樣的程序。前面已透過觀察角色網絡找出故事世界中一些主要視覺對立，這時就必須聚焦於主角的整體轉變，

看看世界在故事的開頭和結尾會是什麼模樣。

在絕大部分故事裡，主角的整體轉變是從受奴役走向自由。如果你的故事也是這樣，視覺世界大抵也會是從受奴役走向自由。以下是角色的整體變化如何與世界搭配的說明。

一個角色受到奴役，主要是因為他的心理層面和道德層面的弱點。一個世界讓人受到奴役（或獲得自由），決定因素在於土地（自然環境）、人（人造空間）、科技三個主要元素間的關係，以及它們的交互關係如何影響主角。用來結合這些元素的獨特方式，界定了故事世界的本質。

故事開頭／受到奴役：如果土地、人和科技失去平衡，每個人只會為自己打算，每個人都退化為爭奪稀有資源的動物，或只為一部機器整體運作效勞的一個齒輪。這是一個受奴役的世界，若推衍到極致，就成為反面烏托邦或人間地獄。

故事終點／自由：如果土地、人和科技保持平衡（如你所界定那樣），也就創造了一個社群，裡面每個人都能依照自己的意願成長，而且得到其他人的支持。這是一個自由的世界，它的極致就是烏托邦，或人間天堂。

除了奴役和反面烏托邦，以及自由和烏托邦，還有另一種世界是你可以在故事開頭或終點創造出來的：近乎真實的烏托邦。這個世界看來完美，但只是表面上看起來如此。在表面之下，它其實是個腐敗、墮落和讓人受奴役的世界。每個人都拚命戴上漂亮面具，以掩藏心理層面與道德層面的不幸。在《鐵面特警隊》和《藍絲絨》（Blue Velvet）裡，這種技巧運用於故事的開頭。

創造這些不同種類的世界，重點是為了與主角產生連結。在絕大部分故事裡，主角與世界維持一對一的連結關係。比方說，一個受奴役的主角住在一個奴役人的世界。一個自由的主角住在自由的世界，或是獲得自由後創造自由的世界。

關鍵重點：在你寫作的大部分故事裡，世界是主角及主角發展過程的實質呈現。

在這種技巧中，這個世界透過故事結構來協助界定主要角色。角色的需求、價值取向、欲望（正向和負向的），以及他面對的障礙，都由這個世界加以呈現。在絕大部分故事裡，主角在故事開頭都處於某種受奴役狀態，因此你必須聚焦在這一點。

關鍵重點二：不斷問自己，受奴役的世界如何傳達主角的重大弱點？這個世界應該蘊含、凸顯或放大主角的弱點，或是以最負面的形式暴露這個弱點？

例如，在偵探故事、犯罪故事和驚悚故事中，與主角的弱點（若有的話）緊密連結的是治安不良的街區——那是主角在其中活動的受奴役的世界。

《迷魂記》
（小說：皮耶‧波瓦羅、托瑪‧納瑟賈克；劇本：列克科培爾、山繆‧泰勒；1958 年）

《迷魂記》中的世界，在開頭場景就凸顯主角心理層面的弱點。史葛堤在舊金山的房子屋頂追捕罪犯時跌倒，只靠指尖攀住邊緣，高懸在五層樓高的空中。他往下望，一陣眩暈讓他招架不住。一名警察同僚試圖救他而墜下身亡，引發史葛堤的罪咎感，並且在整個故事揮之不去。這種透過故事世界凸顯主角弱點的技巧，後來再度出現：這一次，史葛堤因為眩暈，無法爬上高樓將他愛的女人從自殺邊緣救回。事實上，這種技巧是《迷魂記》這個故事表現力最強的根源：殺手得以逃避謀殺罪責，主要手段就是利用偵探受眩暈困擾這個弱點。

創造一個奴役的世界以暴露或凸顯主角的弱點，對劇情片或通俗劇也同樣有用。

《日落大道》
（劇本：查爾斯‧布拉克特、比利‧懷德、D. M. 馬爾希曼；1950 年）

在《日落大道》，主角的弱點是迷戀金錢與生活享樂。他順理成章讓自己藏身一幢破落宅第，倚靠一個年華漸老、有錢可供揮霍的女明星，只是必須順從她的意願。這個明星和她的宅第像吸血鬼般榨取主角，主角則沉溺在

豐足但奴役的生活。

《慾望街車》

（劇本：田納西・威廉斯；1947 年）

奴役的世界如何在故事開頭反映主角的重大弱點，《慾望街車》是個完美的例子。白蘭琪是個脆弱、自欺的女人，只想躲藏在充滿浪漫和美好事物的夢想世界裡。可惜事與願違，她被甩進一個又熱又擠的公寓房間，與妹妹及粗暴的妹夫同住。在這個地獄深淵，她不但無緣得到幻想中的浪漫，還碰上如猿猴般的地獄深淵之王——史丹利。他不斷對她無情壓迫，直到她崩潰為止。

《北非諜影》

（原名《人人都來到瑞克的咖啡館》；舞台劇作者：墨瑞・巴內特、瓊・愛莉森；電影劇本作者：朱利斯・艾普斯坦、菲力普・艾普斯坦、霍華・寇奇；1942 年）

這個愛情故事開頭出現的那個奴役世界，不斷猛烈攻擊主角瑞克的弱點。他那家傳奇般的酒吧——瑞克美式咖啡館——總是讓他不斷回想起在浪漫巴黎失落的愛情。這家俱樂部的目的也為了賺錢，而瑞克為了賺錢，只能向一個背信的法國警官行賄。酒吧裡每個令人印象深刻的角落，都呈現了瑞克如何深陷於自我中心的憤世嫉俗，但世界正需要領袖。

將奴役世界與主角弱點搭配的技巧，在奇幻故事中也特別受到重視。出色的奇幻故事總是先讓主角出現在某個尋常的世界，且在這裡顯露出心理層面與道德層面的弱點。這個弱點，讓主角無法看到他身處此地的真正潛力，也看不到他可以成為什麼樣的人，這驅使他前往奇幻世界。

《夢幻成真》

（小說原名：《沒鞋穿的喬》，作者：金瑟拉；劇本作者：菲爾・奧登・羅賓森；1989 年）

在《夢幻成真》，主角雷伊住在愛荷華州的農場，農場靠近一個想查禁書籍的城市。他在自己的土地上建了一個棒球場。其他農夫都認為他瘋了，他的大舅子則想從農地取得金錢及實際價值。雷伊的需求，是做他熱切想做的事，並修補他與亡父的感情。由於這個棒球場的建造，已故棒球明星「沒

鞋穿的喬」得以在這裡重回球場，也等於在雷伊居住的地方創造了一個烏托邦世界，讓他與亡父有最後親密交流的機會。

《歡樂滿人間》

（小說：P. L. 崔佛斯；劇本：比爾・渥許、唐・達葛拉迪；1964 年）

在《歡樂滿人間》，家庭是諸多限制的地方，視時鐘如上帝的父親墨守成規，掌管一切。顯然是主要角色的瑪麗，就是我所稱的漫遊天使（traveling angel）之類的人物，幾乎在每方面都是完美的，沒有弱點。事實上，她的作用是向其他人呈現他們真正的潛力，以及奴役他們的世界的負面潛能。孩子們的叛逆是自我毀滅的行為；他們完全不知道，就在他們倫敦住所的門外和他們自己心靈之內，就有一個令人著迷的奇妙世界。

他們的父親——即故事中的主要對手——弱點比孩子更嚴重。把世界視為一門生意的他，雖然沒有進入奇幻世界，卻從孩子們的奇幻經歷和魔法保母瑪麗身上獲益。最後，他的生意世界變成他與孩子們放風箏的地方。

還有一些漫遊天使喜劇也呈現主角與奴役世界之間類似的連結，如：《鱷魚先生》、《歡樂音樂妙無窮》、《艾蜜莉的異想世界》（Amelie）、《濃情巧克力》（Chocolat）、《早安越南》（Good Morning, Vietnam）和《瘋狂夏令營》（Meatballs）。

請注意：目前討論的主要故事元素——故事前提、故事設計原則、故事結構的七大關鍵步驟、角色，以及道德議題——每一個都會與其他元素相互搭配或連結，所有元素共同運作，因而創造出一個肌理豐富且有機的整體。這就是出色的說故事過程不可或缺的編制。

在故事開頭，所有元素交織在一起，傳達同一個意念。主角（可能）生活在一個受奴役的世界，他的重大弱點在這個世界中凸顯、放大或惡化。後來他遇見最擅長利用他的弱點的對手。在關於情節的第八章，我們會看到故事開頭的另一個元素——「幽靈」——也能夠呈現主角的弱點。

主角與故事世界之間的連結，從主角所受的奴役開始，並隨著他的角色轉變弧線繼續延展。在大部分故事裡，由於主角與世界相互映照，世界與主角也一起發展。或者，如果主角像在契訶夫作品中那樣沒有改變，世界也不會改變。

在故事過程中，主角與世界的改變、對比，或沒有改變，都有經典的表現方式，以下一起看看：

主角： 從受奴役到更嚴重的奴役到自由。
世界： 從奴役到更嚴重的奴役到自由。

主角在故事開頭置身受奴役的世界。他努力奮鬥想達成目標，但隨著那個世界的壓迫日深，他也往下沉淪。不過，後來他透過真實自我的揭露滿足了自己的需求，重獲自由，而他置身的世界也因為他的作為而變得更好。

這種模式可在以下故事中看到：《星際大戰》第四至六集、《魔戒》、《大審判》、《獅子王》、《刺激1995》（*The Shawshank Redemption*）、《風雲人物》和《塊肉餘生錄》。

主角： 從受奴役到更嚴重的奴役／死亡。
世界： 從奴役到更嚴重的奴役／死亡。

在這樣的故事裡，主角在一開始因自己的弱點和壓迫日深的世界而受到奴役。由於他心靈當中的這個毒瘤，隨他而發展的世界也變得腐敗。主角在追尋目標時，經歷了負向的真實自我揭露，導致他與隨他發展的世界同遭毀滅，或是他遭一個自己無法了解的奴役世界壓垮。

以下是幾個例子：《伊底帕斯王》、《推銷員之死》、《慾望街車》、《對話》、《同流者》、《日落大道》、《三姊妹》（*Three Sisters*）、《櫻桃園》和《黑暗之心》。

主角： 從受奴役到更嚴重的奴役／死亡。
世界： 從奴役到更嚴重的奴役到自由。

這種方式使用於一些悲劇中。在故事結尾，你切斷了主角與世界的連結。主角獲得真實自我的揭露，但來得太晚，無法讓他重獲自由。他在死亡或沉淪之前做出犧牲，世界隨著他的消失而獲得自由。

這樣的場景段落出現在：《王子復仇記》、《七武士》和《雙城記》（*A*

Tale of Two Cities）。

主角：從受奴役到暫時獲得自由，到更嚴重的奴役／死亡。

世界：從奴役到暫時獲得自由，到更嚴重的奴役／死亡。

　　這種技巧讓主角在故事中段某處進入一個自由的副線故事世界。假如主角能了解真實的自我，這個世界應該就是他安居的地方。不過，他依然故我，或太遲才察覺這個世界的正義何在，最後終究遭到毀滅。

　　這樣的場景段落可見於以下故事：《日落黃沙》、《碧血金沙》（*Treasure of Sierra Madre*）、《虎豹小霸王》和《與狼共舞》。

主角：從自由到受奴役／死亡。

世界：從自由到奴役／死亡。

　　這類故事從一個烏托邦世界開始，主角雖然快樂，卻可能因遭到攻擊或經歷改變而受挫。一個新角色的出現、改變社會的力量，或主角的內在弱點等因素，都可能導致主角與他的世界走向沉淪，最終毀滅。

　　使用這種方式的例子有：《李爾王》、《翡翠谷》，以及《亞瑟王之死》和《神劍》等亞瑟王的故事。

主角：從自由到受奴役到自由。

世界：從自由到奴役到自由。

　　主角開始時也置身自由世界，後來遭受來自家庭內部或外界的攻擊。他與世界一起沉淪，但後來又克服難題，創造出一個更強的烏托邦。

　　使用這種方式的例子有：《相逢聖路易》、《阿瑪珂德》（*Amercord*），在《新天堂樂園》中也可看到，只是較不明顯。

主角：從看似自由，到受到更嚴重的奴役，到自由。

世界：從看似自由，到更嚴重的奴役，到自由。

　　在故事開頭，世界看似一個烏托邦，實際上卻是個階級觀念極重且極為

腐敗的地方。每個角色拚命掙扎求勝，往往造成多人犧牲。最後主角戰勝腐敗，創造一個更公平的群體，或成為戰鬥中倖存的少數人之一。

這樣的例子有：《鐵面特警隊》、《侏羅紀公園》、《安柏森家族》和《藍絲絨》。

在《四海好傢伙》可以看見這種場景段落的出色變奏版本。這是一個將幫派鬥爭和黑色幽默融為一爐的故事。故事從犯罪群體看似自由的情況，發展到主角受到更嚴重的奴役，最後他的伙伴全數死亡。

故事世界中的時間

連結故事世界與主角後，接下來必須觀察故事世界本身可以發展的各種不同方式。除了自然環境、人造空間和科技外，時間就是用來建構故事世界的第四元素。

在故事世界中呈現時間——或更精準來說，如何透過時間來呈現故事世界——的方法有很多種，在開始討論之前，必須先避開許多說故事的人看待時間的兩種謬誤。

過去的謬誤與未來的謬誤

我們所說的「過去的謬誤」，常見於歷史小說。這個概念是：歷史小說作者描繪的是一個不同的世界，它有自己的價值取向和道德準則，因此我們不該用現在的標準來加以評斷。

「過去的謬誤」源於一個錯誤觀念，認為歷史小說作者首要的工作就是撰寫歷史。事實上，身為故事作者，你寫的一直都是虛構的故事。你只是把過去當成眼鏡，讓觀眾能夠在今天更清楚看見自己。因此，不評斷過去的人是荒謬的；我們將他們呈現出來，就是為了透過比較來評斷我們自己。

比較的方法有兩種。從負面來說，呈現過去具支配地位的價值取向，對今天的人仍會造成傷害。這一點可以從霍桑的《紅字》和亞瑟・米勒的《熔爐》（The Crucible）中的清教徒價值觀看到。從正面來說，呈現過去的價值取向至今依然是好的，並且應該重新肯定。例如，《黃巾騎兵團》透過一八七〇年代

美國一個軍事前哨基地來頌揚責任、榮譽與忠心等價值取向。

我們所說的「未來的謬誤」，常見於科幻故事。許多作者認為，科幻小說是對未來即將發生的事、未來世界實際的模樣的預言。這種想法的例子之一出現在一九八三年尾，當時許多人爭論喬治‧歐威爾（George Orwell）在《一九八四》書中所說的究竟有哪些說中了。

「未來的謬誤」認為，以未來為背景的故事就是關於未來的。並非如此。你的故事設定在未來，是提供觀眾另一副眼鏡，讓他們從現在抽離，以便能更好好了解現在。科幻小說和歷史小說的關鍵差異在於：背景設定在未來的故事主要凸顯的不是價值取向，而是我們現今面對的各種力量和選擇，以及假如不能做出明智選擇，將會有什麼樣的後果。

故事中真正的時間是「自然」的時間。它與故事世界的發展有關，並且反過來進一步推動故事的發展。自然時間的重要表現技巧包括：季節、節日、一天的時光，以及時限終點。

季節

自然故事時間的第一種技巧，就是季節的週期，以及隨之而來的儀式。你運用這種技巧，將故事或故事中的某一刻放入特定季節中。每一個季節就像一種自然環境，為觀眾帶來有關主角或他的世界的特定潛在意義。

如果更進一步呈現季節的轉變，就能在觀眾面前詳細且強而有力地描述主角，以及他的世界的成長或腐敗。

如果故事涵蓋了四季，等於向觀眾表示，這即將從關於某種發展的線性故事轉換為循環式故事，也就是一切最終並未改變。你可以用正向或負向來呈現這種模式。正向的循環式故事，通常強調人與土地的連結。人類是動物的一種，也樂於如此。生命、死亡和重生的循環是自然的週期，值得稱頌，而人類探究大自然以溫和而穩定步調透露的祕密，可以獲益良多。在梭羅的《湖濱散記》中，季節就發揮了這種作用。

負向的循環式故事，通常強調人類與任何其他動物一樣，不知不覺中受

到大自然的力量束縛。這種方式不好處理，因為可能很快就變得沉悶不堪。事實上，許多大自然紀錄片的嚴重弱點，就在於情節幾乎總是搭配季節，由於一切在預期之中而顯得乏味。一隻動物可能在春天生育，在夏天獵食或遭捕獵，在秋天交配，在冬天面臨飢餓，而且我們非常肯定，到了春天，牠會再次生育。

《相逢聖路易》和《阿瑪珂德》出色展現了結合季節與故事敘事線的經典方法，也就是依循以下過程，讓季節和戲劇之間產生一對一的連結：

夏天：角色處於不安、脆弱狀態，或置身可能遭受攻擊的自由世界。

秋天：角色開始沉淪。

冬天：角色沉淪至谷底。

春天：角色克服難題，重新振作。

你可以採用這種經典連結方式，或為了避免老套而刻意違背這種方式。比方說，一個角色可能在春天沉淪，在冬天重新振作。改變正常的順序，不但令觀眾意外驚喜，也能強調人類儘管是大自然的一部分，卻不受自然規律束縛。

儀式與節日

儀式以及意味著儀式的節日是另一種故事技巧，用來傳達意義、調整故事步調，以及呈現故事的發展。儀式是早已轉化為一系列行動的價值體系，這套行動依設定的時間間隔而重複出現。因此，你使用的所有儀式本身已是一種戲劇事件，具有強烈的視覺元素，可以置入戲劇之中。節日則將儀式的規格擴展至整個國家，因而能傳達儀式的政治意義，以及個人和社會意義。

如果有意在故事中使用儀式或節日，首先必須檢視儀式原本內含的價值體系，並確定在什麼樣的情形下認同或不認同這種想法。在故事中，你可能打算部分或完全支持或批判那樣的價值體系。

《聖誕故事》，以及《棒極了的七四國慶和其他浩劫》（*The Great American Fourth of July and Other Disasters*）

〔原名《我們相信上帝，閒雜人等一概現金交易》（*In God We Trust, All Others Pay Cash*），小說：

吉恩‧謝帕德；《聖誕故事》劇本：吉恩‧謝帕德、列夫‧布朗（Leigh Brown）、鮑伯‧克拉克（Bob Clark）；1983 年；《棒極了的七四國慶和其他浩劫》，劇本：吉恩‧謝帕德；1982 年〕

　　幽默作家謝帕德是經常運用特定節日來建構故事的大師。他首先把一個節日和一個追憶家庭往事的故事講述者連結在一起，為觀眾建立一個童年的烏托邦，讓每個觀眾藉此體認到家中快樂生活的景況。特定的節日創造一條時間通道，一下子就把觀眾送回童年時光。為了這麼做，謝帕德讓一個故事旁白者細述每年在這個節日發生的趣事。比方說，家中小弟弟的防雪裝總是大得不像話。老爸總是收到一份讓老媽氣得七孔生煙的禮物。自己總是要應付鄰舍的惡霸。若再加上傅利克的舌頭吻上旗桿的那一刻又如何？

　　請注意謝帕德如何強化節日背後的價值體系：他不是直接或藉由宗教來提供強而有力的支持，而是以戲謔的方式來看待它，並取笑每年這天人們做的一些傻事。然而這些傻事令人感覺愉快，尤其因為傻事年年有，人們始終記憶猶新。這就是不斷發生的故事的感染力所在。

　　使用這種技巧時，有一點非常重要：你必須了解儀式、節日，以及節日所在季節之間的關係，然後把這些元素加以配置，以便傳達轉變——無論是主角或故事世界的轉變。

《漢娜姊妹》

〔劇本：伍迪‧艾倫（Woody Allen）；1986 年〕

　　在《漢娜姊妹》中，可以看到如何連結一個節日和故事，並呈現角色的轉變。這部電影中的節日是感恩節。這是可回溯到殖民地時代的獨特美國式節慶，它具體呈現一個群體的形成，人們為了豐收及新國度的誕生而感恩。不過作者伍迪‧艾倫並未採用一般方式透過感恩節來打造故事結構，或提供潛藏的故事主題。他聚焦於這個節日背後的價值體系來創作故事，其中同時發生的行動交織於三個姊妹與她們的丈夫或男友之間。在故事開頭，無論角色之間或故事結構中都沒有群體可言，但伍迪‧艾倫透過故事結構創造出一個群體：他將三個不同的愛情故事交織在一起，並在三個不同時間使用了感恩節這個節日。

　　故事結構是這樣運作的：故事從感恩節晚餐展開，所有角色都出席了，

但身邊的伴卻不是對的對象。接下來，故事拆解成在六個角色之間的交叉剪接。在故事中段，他們再次在感恩節相聚，這次大部分人帶著新的對象出現，但仍是不對的人。故事再度分散為同步發生的多線發展，每個角色面臨掙扎或分手。到了故事結尾，角色第三度在感恩節共聚，這次他們都是一個真正的群體當中的一分子，因為每個人都帶著對的伴成雙成對出現。故事與節日融為一體。這些角色不是在談論感恩節，他們經歷了這個節日。

一天的時光

單一的一天是能在故事中創造出非常獨特效果的另一種時間片段。它帶來的第一種效果，是創造同步發生的故事進展，而且不會失去敘事動力。你呈現的不是單一角色的長時間發展——大部分故事的線性形態——而是許多角色同時採取的行動，就在當下，就在這一天。滴答流逝的時光讓敘事持續往下發展，為故事帶來緊迫感。

如果你的時鐘以十二小時為限——把故事設定在某一個白天或晚上——你也創造了一種「漏斗效應」。觀眾察覺到故事的所有支線會在十二小時結束時底定，也隨著終點來臨而逐漸增強緊迫感。使用這種創作手法的故事包括：《美國風情畫》、《蹺課天才》（_Ferris Bueller's Day Off_）和《夏夜的微笑》。

如果你的時鐘設定為二十四小時，這會減輕緊迫感，但會加強循環感。無論過程發生了什麼，故事會回到原來起點，一切不變，從頭來過。有些作者藉由這種循環感來凸顯轉變。這種技巧呈現的大部分事情雖然維持不變，但在過去二十四小時裡改變的一、兩樣事物才更具意義。以這種巧技為基礎的故事可以有很大的不同，如《尤利西斯》和《今天暫時停止》。電視影集《24》則將這種技巧反過來使用，在一整季的故事裡展開時鐘上短短的二十四小時，強化了懸疑感，並讓情節緊密蘊藏其中。

請注意：使用這種二十四小時一天的循環，和使用一年四季一樣，有許多相同的主題效應。難怪這兩種技巧往往會與喜劇產生連結，因為喜劇比較接近循環式時間，強調群體而非個人，且喜歡以某種團圓或有情人終成眷屬當作結局。循環式的時間技巧往往也與神話連結，因為這種故事以循環式的

空間為基礎。在許多古典神話故事當中，主角從家裡出發，踏上旅程，然後回到家裡，發現了原本就深藏在自己內心的東西。

尤金・歐尼爾在《長夜漫漫路迢迢》中使用「一天的時光」技巧。不過，它與《尤利西斯》不同：《尤利西斯》持續將近二十四小時，喚起循環效應的正面性質，《長夜漫漫路迢迢》大約只持續了十八小時，從早晨到晚上。這為故事帶來向下沉淪的敘事線，隨著這個家庭愈來愈令人難受，以及家中母親在毒品影響下瀕臨瘋狂，故事也從希望走向絕望。

「一天的時光」技巧的第二種主要效果，是強調展現出來的戲劇中的日常生活特質。它不是挑出一段停滯的時間，只呈現重大的戲劇性時刻，而是鉅細靡遺展現構成一般人生活的種種小事與枯燥的細節〔例如《伊凡・傑尼索維奇的一天》（*One Day in the Life of Ivan Denisovich*）〕。這種「生活中的一天」手法所隱含的意義在於：發生在小人物的戲劇，與發生在國王身上一樣令人信服，甚至可能更具說服力。

完美的一天

「一天的時光」技巧的一種變奏，就是完美的一天。它是烏托邦時刻以時間為基礎的版本，幾乎總是用來建構故事的某個段落，而不是故事本身。這種技巧意味著所有事物處於和諧狀態，因此在故事中能使用多久時間是有限制的，如果使用太久導致衝突無法發生，故事就毀了。

這項「完美的一天」的技巧，通常將某項群體活動與二十四小時之內的白天或晚上加以連結。群體活動是所有烏托邦時刻的關鍵元素，而將它與自然的時間片段——如黎明或黃昏——產生關連，強化了一切共同運作順利的感覺，因為和諧是以大自然節奏為基礎的。《證人》的作者深諳此道：他們將完美的一天與阿米胥人合力建造穀倉連結在一起，兩個主要角色墜入愛河。

時限終點

時限終點也稱為「滴答作響的時鐘」，使用這種技巧時，你會事先讓觀眾知道，某個行動必須在特定的時間前完成。它最常見於動作故事〔如《捍衛

戰警》（*Speed*）〕、驚悚故事〔如《危機總動員》（*Outbreak*）〕、偷搶犯罪故事〔角色成功完成某種搶劫計畫，像《瞞天過海》（*Ocean's Eleven*）〕，以及自殺式任務故事〔如《六壯士》（*The Guns of Navarone*）和《決死突擊隊》（*The Dirty Dozen*）〕。時限終點帶來的好處，是強大的敘事動力和驚人的速度，但犧牲了質感與細緻度。它比一天內十二小時的技巧營造出速度更快的漏斗效應，因此想為動作故事打造史詩規模的作者往往會運用這項技巧。它可以確實呈現數百人在極為緊急情況下同時進行的行動，而且不會造成敘事動力中斷。在這類故事中——《獵殺紅色十月》即為一例——時限終點連結空間的某個地點，所有演員與各種力量必須在這這時候進入高潮。

時限終點出現在喜劇式的旅程故事，是較不常見但非常有效的用法。所有旅程故事本質上都是片段且迂迴的，喜劇式的旅程讓故事更顯零碎，因為每次製造喜劇效果時，敘事動力就會停頓。笑話和插科打諢幾乎總會讓故事偏離主題；當某個角色變弱或力道衰退，故事也會變慢。如果預先告訴觀眾，故事有特定的時限終點，等於為他們指出了前進路線，讓他們在故事迂迴不前時有個方向。他們不會因為想知道下一步發生什麼而不耐煩；他們會一路放鬆享受喜劇時刻。使用這種技巧的喜劇式旅程故事，包括《福祿雙霸天》和賈克・大地的《車車車》等。

從結構打造故事世界

看過故事世界在時間發展的一些主要技巧後，接下來必須連結故事世界與主角在故事中的每一個發展。簡單來說，就是必須落實故事世界。整體的轉變弧線——例如從奴役到自由——讓你看見故事世界轉變的大圖像，這時則必須透過故事結構來增添發展的細節。結構讓你不必說教也能傳達主題，也讓你能向觀眾呈現肌理豐富的故事世界，且不需犧牲敘事動力。

怎樣才能做到這一點？一言以蔽之，就是創造視覺的七大步驟。在故事結構的七大關鍵步驟中，每個步驟往往都擁有屬於自己的故事世界。這樣的副線故事世界，每一個都是整個故事場域中的獨特視覺世界之一。請注意這樣會帶來多大的助益：故事世界既有肌理，同時也隨著主角的轉變而轉變。

把故事世界的實質元素——如自然環境、人造空間、科技和時間——依附於故事結構的七大關鍵步驟，這樣一來，就能創造出故事和故事世界之間的完整編制。

以下列出的結構步驟，往往都有自己獨特的副線故事世界，只有「看似落敗／體驗死亡／暫獲自由」不屬於七大步驟：

- 弱點／需求
- 欲望
- 對手
- 看似落敗／體驗死亡／暫獲自由
- 對決
- 自由或奴役

弱點／需求

在故事開頭呈現一個副線故事世界，當作主角的弱點或恐懼的實質體現。

欲望

這是主角表明他的目標的副線故事世界。

對手

一個或更多對手在一處獨特的地方居住或工作，那個地方能展現對手擁有足以攻擊主角重大弱點的力量和能力。對手置身的這個世界，同時也應該是主角的奴役世界的極端版本。

看似落敗／體驗死亡／暫獲自由

在看似落敗的那一刻，主角誤以為自己敗給對手（有關情節的第八章會更詳細討論）。主角看似落敗的世界，從空間上來說，通常故事發展到這個階段時是最狹隘的。所有擊敗和奴役主角的力量，都確確實實壓迫在他的身上。

在體驗死亡的過程中（在第八章會討論的另一步驟），主角進行一趟地府之旅；

或者在比較現代的故事中，他突然感覺死亡就在眼前。這時他應該出現在一個代表沉淪、衰老和死亡等元素的地方。

在少數主角最後被奴役或死亡的故事裡，他通常會經歷「暫獲自由」的片刻，那也是大部分故事的主角所經歷的「看似落敗」的一刻。這通常發生在某種烏托邦當中，如果主角能及時實現他的目標，對他來說，這應該是完美的地方。

對決

對決應該發生在整個故事最封閉的地方。實質世界的壓迫感造成漏斗效應或壓力鍋效應，最後的衝突在這裡升溫到最熱點而爆炸。

自由或奴役

故事世界的細節發展到最後應該是一個自由之地，或是陷入更大奴役甚或死亡的地方。同樣的，這個特定的地方應該實際反映出角色最後的成長或沉淪。

以下幾個例子可以看出視覺世界七大步驟如何運作，以及故事世界的四大元素（自然環境、人造空間、科技和時間）如何與故事發展產生關連。

《星際大戰》

（作者：喬治・盧卡斯；1977 年）

外太空是整體的故事世界和場域。

弱點／需求和欲望＝杳無人煙的荒野

在貧瘠的不毛之地雖然有些耕作活動，路克仍然感到羈絆。他抱怨說：「我永遠無法離開這裡了。」觸發路克欲望敘事線的事件是一個影像——正在求助的莉亞公主的縮影。

對手＝死星

奇幻故事讓你能夠將抽象形體當成真實的物體。這個故事裡，對手的副線故事世界「死星」是個巨大的球體，維德在裡面盤問莉亞公主。後來死星

的指揮官得知共和國最後殘存的部分已遭皇帝瓦解，而維德向他們展示「原力」的致命能力。

看似落敗／體驗死亡＝塌陷中的垃圾場和一隻水底怪獸

作者喬治‧盧卡斯讓角色在水中活動，而水底有一隻奪命史前怪獸。這裡的房間不只是故事發展至這個時候的最狹隘空間，而且還是塌陷中的房間。這表示房間帶來的是愈來愈狹小的空間和時間。

對決＝塹壕

從現實面來說，混戰應該會發生在開放空間，那樣飛行員才有足夠空間操控戰機。不過盧卡斯知道，最出色的對決應該在盡可能狹小的空間裡發生。於是他讓主角駕駛戰機潛入一條狹長的塹壕，兩旁都是牆壁，主角的欲望的終點——也就是死星致命的弱點——就在塹壕遙遠的盡頭。這樣似乎還不夠，盧卡斯還讓路克的主要對手維德緊追在後。路克在塹壕盡頭那小小的一點開火，這裡就是整部電影的匯聚點。一部涵蓋宇宙的史詩，在視覺和結構上都如穿越漏斗般抵達單一的一點。

自由＝英雄殿堂

在一個巨大殿堂中慶祝戰士的成功，其他戰士在這裡向他們公開致意。

《日落黃沙》

〔故事：瓦倫‧格林（Walon Green）、洛伊‧N‧希克納（Roy N. Sickner）；劇本：瓦倫‧格林（Walon Green）、山姆‧培金帕（Sam Peckinpah）；1969 年〕

故事使用的是一趟穿越荒蕪之地的單一路線旅程，而且愈走愈荒蕪。故事也把角色安排在一個正在經歷重要轉變的社會——由鄉村變成城市。汽車和機關槍等新的科技已經出現，而這群人不知如何適應這個新世界。

難題＝小鎮

故事開始時，一群士兵進入美國西南部一個小鎮。這個小鎮是個反面烏托邦，因為這些士兵實際上是逃犯，而準備逮捕他們的執法者比逃犯更壞。雙方展開槍戰，許多鎮民遭到屠殺。這群亡命之徒進入小鎮是為了打劫銀行，但他們遭一名伙伴出賣，許多人無法活著離開。

弱點／需求＝不毛之地的小酒店

在大屠殺之後，這群人在不毛之地的一家小酒店裡幾乎潰散，但他們的領袖派克發出最後通牒：如果不能同心協力，就只有死路一條。當他們發現從銀行劫來的銀幣實際上是金屬墊圈，問題就更嚴重了。

欲望＝營火

他們在溫暖的營火前躺下，派克告訴副手達區的話，正是屬於他的欲望敘事線：他想做完這一票後便退出江湖。達區隨即指出他的這個欲望如何空洞：「退出到哪裡？」這句話預示了故事的整體發展：由奴役到更嚴重的奴役及死亡。

暫獲自由＝在樹下

雖然整體發展是從奴役到死亡，《日落黃沙》在故事中段使用了烏托邦之地的技巧。這群亡命之徒來到墨西哥一個村落歇腳，那是其中一名同伙安傑爾的家。這是整個故事中唯一有群體感覺的地方，背景是一片樹木，孩子們在樹下嬉戲。這是一個田園牧歌式的生活願景，也是這群掙扎求生的人應該落腳的地方。然而他們繼續原有行程，踏上死亡之路。

看似落敗／體驗死亡＝橋樑

這個步驟同樣也發生在故事發展截至目前為止最狹窄的地方——橋樑。如果這群人能走到橋的另一邊就可獲得自由——至少暫時可以，但若走不過去，就會死亡。劇本作者格林和培金帕在這裡也運用了時間逐漸縮短的技巧：當這群人過橋遇上阻礙時，橋上的炸藥已經點著。

對決＝馬帕切的競技場

這種大型暴力對決幾乎確定都會發生在寬敞開放的空間，但兩位作者了解出色故事的對決需要牆壁和較小的空間，以獲得最大的壓縮感。因此，這群倖存的四人走進一個競技場，裡面擠滿了數百名對手。當這個壓力鍋爆炸，成為電影史上了不起的對決場面之一。

奴役／死亡＝陰風颯颯的鬼鎮

在故事結尾，不只主要角色全都死亡，整個小鎮也毀了。為了增強毀滅帶來的震驚，作者還加上陣陣的風。

《相逢聖路易》

〔小說：莎莉‧班森（Sally Benson）；劇本：厄文‧布勒徹（Irving Brecher）、弗萊德‧F‧芬克勒霍夫（Fred F. Finklehoffe）；1944 年〕

整體場域是美國小鎮，以一間大房子為中心。故事背景是二十世紀初，作者讓角色生活在一個由小鎮轉變為城市的群體裡。故事的結構建立於一年四季，使用經典的一對一連結，將季節的轉換與家庭的興衰連結在一起。

自由＝夏天，溫暖的房子

故事開頭的場景出現一個烏托邦世界，土地、人和科技構成完美平衡。在綠樹成蔭的車道上，馬車與汽車和平共存。一個男孩騎著單車來到一間有山牆的大房子，走進屋裡。進入室內，我們先看見廚房，那是屋裡最溫暖、最具群體感的地方。作者還讓這個家庭裡的一個女孩一邊上樓一邊唱著電影的主題曲〈相逢聖路易〉，營造出一種社群感覺——屋子裡的一個烏托邦。這個安排建立了歌舞劇格局，向觀眾呈現主要故事空間的細節，並帶出大部分的次要角色。

接著，那首歌就像一根指揮棒，由女孩傳給祖父。他一邊唱，一邊走到房子的另一區。這個技巧加強了群體感，我們不但看見更多角色，也看到他們的不同性質，因為這是個三代同堂的大家庭。介紹了次要角色、主題曲和這幢溫暖房子的每個角落、每道縫隙後，作者帶我們繞一大圈來到窗外，遇見主要角色艾絲瑟。她擁有最美的歌聲，一邊唱著主題曲，一邊爬上屋前的階梯。主角艾絲瑟在故事開頭是快樂的，與這個烏托邦世界相互襯托。她還沒有任何弱點、需求或難題，但她容易受到攻擊傷害。

弱點／需求、難題和對手＝秋天，恐怖的房子

到了第二個季節——秋天，原來溫暖的房子變得恐怖。這個季節和這樣的房子，當然與萬聖節相互襯托——這是個問候亡者的節日。這也是這個家庭開始走下坡的時候。它開始四分五裂，諷刺的是，原因雖然是兩個大女兒可能因為結婚而離家，但也因為劇中的主要對手——父親——決定從小鎮聖路易舉家搬到大城市紐約。

作者透過萬聖節將批判從一個家庭延伸到整個社會。兩個小女孩準備展開討糖果的活動，同時針對其中一戶鄰居散布謠言，聲稱他們對貓下毒。後來，小女兒涂娣謊稱艾絲瑟的男友非禮她。這是小鎮生活的陰暗面，謊言和謠言可以在頃刻間毀掉一個人。

看似落敗＝冬天，陰冷的房子

到了冬天，這個家庭沉淪到最低點。他們收拾好家當，準備搬家。艾絲瑟向涂娣高唱悲歌，冀望明年有個比較快樂的耶誕節：「……我們摯愛忠誠的友人將再次親近。如果命運允許，不久後的一天，我們將重聚。在那一天來到之前，我們還必須掙扎。」這個由家庭構成的群體瀕臨解體滅亡。

新的自由＝春天，溫暖的房子

這個故事是喜劇也是歌舞劇，因而讓角色在結局都度過了難關——父親決定一家人留在聖路易，家庭成員共同構築的這個群體，在春天重獲新生。家中的婚事好事成雙，變得更大的這個家庭一起到世界博覽會去玩。世界博覽會是另一個副線故事世界，一個暫時的烏托邦，也是美國未來的縮影，作者打造這個博覽會，是為了讓這個家庭及觀眾明白，不必毀掉群體，也能讓個人獲得機會。「就在自家後院」。

《風雲人物》

（短篇小說原名《最佳禮物》，作者：菲立普·史特恩；劇本作者：法蘭西斯·古德里奇、亞伯特·哈克特、法蘭克·卡帕；1946 年）

這是故事與故事世界連結最出色的例子之一。這個前衛的社會奇幻故事的設計是為了讓觀眾看到整個小鎮的兩種不同版本，並以大量細節詳加比較。這個小鎮是美國的縮影，兩種不同版本分別建立於兩套不同的價值取向，而且這兩種價值取向都是美國人的生活核心。

故事場域是貝德福瀑布鎮，一個到處都是兩層樓建築的活躍小鎮，人們可以在房子二樓向街上的朋友揮手打招呼。故事使用耶誕節當作其中一個版本的基礎，不過它實際上體現的是復活節的價值體系，以主角的「死亡」與重生當作基本結構。

弱點／需求＝夜空，貝德福瀑布鎮鳥瞰

故事以全知的第三人稱敘述者（一位天使）開頭，後來由一個真正的角色——天使克萊倫斯——接棒。克萊倫斯本身有其弱點，那就是他缺了一對翅膀。幫助主角喬治能讓這位天使滿足自身需求。喬治的弱點和難題則是陷入絕望，瀕臨自殺邊緣。這樣的布局是為了迅速向觀眾顯示喬治多年來的生活，繼而把小鎮的兩種不同版本同時在觀眾眼前展開。

反映克萊倫斯和喬治兩人弱點的副線故事世界，是如上帝之眼般鳥瞰整個場域，包括小鎮和夜空，而夜空是故事的宗教元素的實質體現。

欲望＝喬治從小長大的溫暖房子，以及他和瑪麗許願的荒廢房子

喬治中學畢業後仍住在家裡，這「忙得團團轉的一家人」包括他的父母、弟弟和女僕安妮。他的父親是個樂善好施的人，和喬治感情很好。然而，喬治恨不得離開這個拘束的小鎮。他向父親表明目標：「……你知道我常常談到的那些事：建築……設計新的建築，策劃現代城市……」請注意：在這個場景當中，視覺的副線故事世界與故事結構步驟發生衝突（通常副線故事世界與步驟相互搭配）。溫暖的房子顯示一個充滿愛的家庭是什麼模樣，但喬治想離開的強烈欲望，則暗示小鎮世界的壓迫感，尤其是由專橫的人控制的小鎮。

喬治再次表達這個欲望，是他與瑪麗跳舞失足跌進游泳池後一起走回家的路上。他們發現了山上一幢老舊、荒廢的房子（恐怖的房子）；對喬治來說，這房子可說是負面的小鎮生活以房子來呈現的版本。他朝房子丟了一塊石頭，告訴瑪麗：「我要從腳上甩掉這個破舊小鎮的塵埃，我要去看看世界……然後我要建造些什麼。」當然，這幢房子後來成為他的居所，儘管他太太設法把房子變得溫暖舒適，對他來說那仍恍如鬼屋，彷彿是他的墳墓。

對手＝波特的銀行和辦公室

波特是「全郡最富有和最吝嗇的人」。當克萊倫斯首次見到他乘著那部「裝飾華麗的馬車」，問道：「那是誰——是個國王嗎？」波特是喬治和喬治家的儲蓄貸款公司的敵人，他們不讓波特擁有小鎮裡的每樣事物和每個人。波特的巢穴就是他的銀行，他透過銀行來控制整個小鎮。

看似落敗＝貝德福瀑布鎮的橋

喬治看似落敗的一刻，是因為叔父比利損失了八千元，讓他面臨破產之辱。他在狂風大雪中走到橋的中央，在這狹窄的通道上決定一死了之。

體驗死亡＝對手的反面烏托邦 —— 波特鎮

　　天使克萊倫斯向喬治顯示，假如他不曾存在，且無法遏阻波特的影響，這個小鎮會變成什麼樣。波特的價值取向建立在商業、金錢、權力和壓制一般人之上。喬治於是展開一場漫長的旅程，走遍波特鎮這個致人於死的副線故事世界，它完美反映出波特的價值取向。

　　在作者筆下，這個副線故事世界的細節描繪非常出色，而整個場景段落都在喬治旅程中完成。小鎮的主街是櫛比鱗次的酒吧、夜店、小酒店和撞球間，刺耳的爵士樂在響徹這個場景（有些人真的喜愛這樣的景象）。正如劇本所描述的：「這裡從前是一個安靜、秩序井然的小鎮，如今變質了，成為邊陲之地的鄉村。」

　　波特與貝德福瀑布鎮不同，這個版本的小鎮沒有群體可言。沒有人認得喬治，沒有人認識其他人。更重要的是，所有定位清楚且描述詳盡的次要角色，在這裡都展現出他們最壞的潛質。與原本的他們比較起來，對比之大令人驚訝，但那樣的轉變卻又具有說服力。那可能真的就是計程車司機艾爾尼，只是他呈現了幽暗版本的人生。那確實真像藥房老闆高爾先生，但此時的他成了流浪漢。那可能真的是喬治的母親，她在這裡經營一家供膳宿舍，變得齷齪不堪。（唯一的未婚女性多娜‧瑞德是個老處女。）這暗示所有人都是具有很大的可能性，他們可以表現出最好或最壞的一面，取決於他們住在一個什麼樣的世界，以及他們有著什麼樣的價值觀。

　　喬治這一趟波特鎮之旅 —— 也是他漫長的「死亡體驗」—— 結束之際，他正好在下著雪的黑夜前往一個墳場。他看見了弟弟的墳，然後驚險逃過警察的射擊。他繞了一整圈，回到橋上，這是他產生自殺念頭的臨界點。

自由＝主角的烏托邦 —— 貝德福瀑布鎮

　　當喬治發覺自己仍活著，他體驗到一種強烈的自由感，來自於對自身生命價值的覺察，更來自於他個人所能成就的事。對任何人來說，這是一個深刻的真實自我揭露。在這反諷意味既強烈又具啟迪性的一刻，他欣喜地跑過

小鎮主街，但不過數小時之前，這裡的景象幾乎逼迫他自殺。這是同一個小鎮，但那簡樸的、綠樹成蔭的街道及家庭式的商店，使它變成一個冬日仙境。過去對喬治來說，這是個沉悶的小鎮，在如今的體驗後，它卻成為一個烏托邦，因為它擁有一個具關懷之心的群體。那幢老舊的、四處有縫隙的大屋，以往陰風颯颯、充滿拘束，如今變得溫暖，因為關愛的家人也在這裡，喬治曾改變他們生活的次要角色，很快也擠滿了一屋子，他們也樂於回饋。

《風雲人物》顯示故事和視覺世界之間非常緊密的結合，這與其他奇幻故事——如《魔戒》和《哈利波特》系列——中令人驚歎的大型世界不一樣。這部電影把視覺世界技巧運用於日常生活，以及在市郊、中產階級和上世紀中期的美國（《飛進未來》是使用同樣技巧較晚近的例子）。《風雲人物》是相當出色的社會奇幻故事，應可與馬克‧吐溫和狄更斯相提並論，而且它也向這兩位名家有所借鏡。

向其他故事作者借鏡也是可使用的技巧，只要有能力以遊戲之筆來處理，並且輕輕帶過與原來作品的連結就好。知道這個連結的人會欣賞它，不知道的人仍可欣賞故事因而增加的豐富質感。在《風雲人物》中，拯救喬治的天使叫克萊倫斯，這也是馬克‧吐溫《古國幻遊記》中主角盟友的名字。還有，克萊倫斯受召喚採取行動時，正在閱讀《湯姆歷險記》。當然，這個故事也是狄更斯《小氣財神》的美國版本，只是另外加入了濃濃的《塊肉餘生錄》的味道。

請留意：借鏡內容可以一直延伸到其他故事的設計原則，只是這麼做時，必須先充分改變設計原則，讓它變得獨特。觀眾會欣賞這種巧妙的轉換技藝，甚至他們自己也沒有察覺。《風雲人物》的內容，不是一個脾氣古怪的美國老先生在紐約體驗過去、現在和未來的耶誕節。它談論的是一個中產階級美國人，電影不但詳細刻劃他的一生，也讓他看到家鄉小鎮另一個他從未體驗過的版本。這是對《小氣財神》設計原則的巧妙改變。電影最初問世時，觀眾的反應顯得冷淡。儘管這是一部情感相當豐富的電影，對當時大多數觀眾來說，卻可能是太過灰暗的社會諷刺片。不過，隨著時間流逝，這部電影的出色表現，尤其是角色與故事世界的連結，早已贏得大眾的讚賞。

《日落大道》

（劇本：查爾斯‧布拉克特、比利‧懷德、D. M. 馬爾希曼；1950 年）

　　《日落大道》是一部犀利的諷刺片，內容描述一個現代王國，其中的皇室是電影明星。這些國王與皇后的誕生和殞落，靠的是出賣美貌。這部電影對於熟諳故事的人特別具有吸引力，除了因為主要角色是現代的故事講述者——劇本作家——外，也因為它的視覺世界滿載各式各樣的故事形式和典故。以下所談的只是這部傑出劇作其中幾項故事世界技巧：

　　整體世界是好萊塢，作者將它設定為一個王國，王國裡有皇家宮廷，以及一群辛苦工作的農民。故事運用一位作者當作旁白式的故事講述者，因而可以透過這作者將各種典故與故事世界連結在一起。

難題＝好萊塢公寓

　　劇作家喬‧吉利斯失業且破產，住在一間破舊的公寓。他是好萊塢工業的劇本生產者，「一星期製造出兩個故事」。當兩個男人來到他的公寓準備收回他的車子，他面臨的難題更棘手了。

弱點／需求和對手＝破落的宅第和游泳池

　　當喬首次見到諾瑪‧德斯蒙的破落宅第（恐怖的房子），以為這個隱祕的副線故事世界拯救了他。他可以把車子藏在那裡，重寫諾瑪那又臭又長的劇本，藉此賺到不少錢。事實上，他走進的是對手的副線故事世界，從此逃不出來。他身困其中，因為這裡滿足了他的重大弱點：他對金錢的渴求。

　　喬這位劇作家對那個世界的描述如下：

　　這是大白象似的無用之地。像瘋狂的一九二○年代人們打造的那種瘋狂電影。一幢遭到忽視的房子往往會因而面露不悅，這幢房子更是如此。它就像《孤星血淚》裡的那位老婦人——那位哈維森小姐，還有她那破損的婚紗禮服、撕破的面紗，她以此發洩對世界的不滿，因為她遭到怠慢。

　　當喬回頭走向客用小屋，就像《睡美人》（*Sleeping Beauty*）中的王子一樣，一路經過蔓生的藤蔓和荊棘。他透過窗子往外望，看到空蕩蕩的游泳池，池

裡老鼠橫行。在這個世界裡，處處可見死亡和沉睡的意象。

對手和看似落敗一刻＝房子重獲生機，喬深陷游泳池

這個童話故事般的世界裡有鬼屋、荊棘和睡美人，但它同時也是吸血鬼的世界。當喬深陷安逸生活的陷阱時，諾瑪和她的房子重獲生機。那個破舊、荒廢的游泳池重新注滿了水，當喬在池裡游完泳後，諾瑪就像飽吸新血的吸血鬼，用毛巾為她收買的這個年輕男子擦乾身體，彷彿他是她的嬰兒。

對決／死亡＝游泳池裡的槍擊

在短促、一面倒的對決裡，喬試圖離她而去，諾瑪對他開槍。他掉進游泳池，這次，吸血鬼只是讓他死去。

對手的奴役＝對手走下樓梯，逐漸進入瘋狂狀態

《日落大道》有這樣不平凡的凡人對手，因此沒有隨著主角的死亡而結束。這名對手確實漸漸進入瘋狂狀態。她失去分辨幻想與現實的能力；她既是她劇本裡的角色——「他們在下面等待公主」——又是在另一部好萊塢電影中演出的女星。隨著新聞影片的鏡頭轉動，她走下「皇宮」氣派不凡的階梯，陷入沉睡，不會有王子出現把她喚醒。

《尤利西斯》

（作者：喬伊斯；1922 年）

想從喬伊斯的《尤利西斯》學習出色故事的技巧，乍看之下恐怕讓人小心翼翼，原因在於很多人認為這是二十世紀最偉大的小說。說到底，它那難以置信的複雜性和精采內涵，似乎遠非一般執筆寫作的凡人所能掌握；而它那刻意隱晦的典故和寫作技巧，似乎完全不適合盼望為電影、小說、舞台劇和電視創作受歡迎的故事的人參考。

事實絕不是如此。喬伊斯或許擁有不凡的作家天賦，但他也是歷史上最訓練有素的故事作者之一。他運用這些鍛鍊而來的技巧寫出來的作品，或許複雜得令人避之唯恐不及，但無論如何，在各種媒介創作的出色故事中，普遍都看得到他所用的技巧。

《尤利西斯》是小說家的小說。它的第二主要角色史提芬發憤想成為一

名偉大作家。小說中採用的故事講述技巧涵蓋之廣、層次之高，勝過史上所有書籍〔可能的例外是喬伊斯的《芬尼根守靈記》（*Finnegan's Wake*），但沒有人真的從頭到尾讀完這本書，因此它不算數〕。從很多方面來看，喬伊斯彷彿向其他作家提出挑戰：你知道我在做什麼嗎？你自己能做到嗎？讓我們試試吧。

《尤利西斯》是《奧德賽》的現代版本，故事形式結合了神話、喜劇和戲劇。整體場域是都柏林市，但諷刺的是故事主要不是發生在某個家庭，而是在路上。和很多神話一樣，主要角色——布盧姆——踏上一個旅程，然後回到家裡。不過，由於這是一個喜劇式神話或「嘲諷式英雄故事」，主角空手而歸，沒有學到什麼。

《尤利西斯》也和其他很多高深的故事一樣，背景設定在上世紀具劃時代意義的時刻，也是小鎮轉變為城市的變化期間。都柏林擁有許多小鎮元素，但也有很多城市元素——甚至是先進的、具壓迫感的城市的元素。從故事開頭，我們就深陷某種以小鎮為背景的故事中十分普遍的罪咎感：史提芬的一名室友令他感覺他拒絕為臨終的母親禱告是一種罪過。

第一主角是布盧姆，這個主角的身分是城市裡的平凡人，也是先進的、具壓迫感的城市裡的無能的人。如果奧德修斯是飽受挫折的武士，布盧姆就是飽受挫折的小人物。他是卓別林片中的流浪漢、查爾斯·舒茲（Charles Shultz）筆下的查理布朗、《歡樂單身派對》（*Seinfeld*）影集裡的喬治·科斯坦薩。他也是個膽小、戴綠帽的人，明知妻子和她的愛人在做什麼，卻不做任何事加以制止。從很多方面來看，喬伊斯的故事世界不是來自一般常見的各種元素的結合。比方說，都柏林市的壓迫感不是來自日益興盛的科技（這是未來的奴役者），而是來自過往扼殺思想的權力——主要是英國的統治和天主教教會的勢力。

喬伊斯除了使用《奧德賽》中的神話和轉變中的社會來建構故事，還把故事結構建立在二十四小時的一天時光裡。這種循環式的時間與神話的循環式空間和喜劇形式搭配在一起，進一步界定了主角尋常的人物特質，對城市中偌大的角色網絡的種種行動，也發揮了凸顯和比較的作用。

喬伊斯還使用了二十四小時一天的技巧，設定第一主角和第二主角之間

的對立。故事的前三章跟著第二主角史提芬發展，發生在上午八點到中午左右。接著，喬伊斯回到上午八點，開始追蹤第一主角布盧姆的發展。這種時間上的比較，讓讀者不斷猜想，這兩個人在差不多同樣的時間裡在做什麼。此外，喬伊斯在他們之間建立一些平行關係，幫助讀者對這兩個人加以比較和對比。

喬伊斯構思了不少獨特技巧來描寫故事世界的次要角色。由於他的主題主要是關於世界對人的奴役，因此他讓許多次要角色也擁有自己的弱點和需求。其中較常見的是由以下各種原因衍生而來的變奏：與天主教教會過於緊密的連結、來自英國的統治，或者是對愛爾蘭昔日英雄過度信任；這麼做固然具撫慰效果，終究會因為流於刻板印象而削弱力道。

《尤利西斯》還擁有故事史上最詳細的角色網絡之一。除了主要的虛構人物外，還有生活在故事設定的一九〇四年都柏林的真實人物。與這些真實人物融合在一起的，是許多虛構的次要角色，他們也出現在喬伊斯其他故事中〔最明顯是在短篇小說集《都柏林人》（*The Dubliners*）〕。這一切都為故事世界賦予真實豐富的肌理，而且感覺非常真切，因為每個真實或虛構人物都有明確且細節清楚的性格和歷史，無論讀者是否熟悉這些人物。

喬伊斯是連結結構關鍵步驟與副線故事世界視覺的大師。以奧德賽式歷程為基礎，建立一趟走遍一個城市的現代旅程，其中一種好處，就是喬伊斯得以在一個散漫凌亂的城市中創造可供辨認的各種副線故事世界。喬伊斯也能在這個令人難以置信的複雜故事中，讓一、兩個主要結構步驟滲入每個副線故事世界。這種技巧成為讀者的依靠，不致於迷失在這個大型史詩故事的風暴與洪流中。這種技巧也凸顯了兩個主角的心理層面和道德層面的發展主線，無論周遭的一切如何複雜。

以下是《尤利西斯》主要故事結構步驟的簡要描述，以及每個步驟根據的是《奧德賽》哪一章的內容，還有這些步驟發生在都柏林的哪一個副線故事世界當中。

史提芬的弱點／需求、難題、對手、幽靈＝忒勒馬科斯＝馬提諾大廈

上午八點，在馬提諾大廈一間可眺望都柏林灣海灘的公寓。住在這裡的

史提芬是個飽受困擾的年輕人。他因為母親亡故，放下巴黎的寫作生涯回到這裡。他漫無目標，質疑自己。他也深感愧疚，因為他拒絕了母親垂死時的願望，沒有為她禱告。他就像奧德修斯的兒子忒勒馬科斯，想知道自己真正的父親是誰，又身在何方。他的室友穆利根看似他的朋友，其實是他的敵人，對他沒有為垂死的母親禱告而出言相激。

喬伊斯將這幢住宅大廈與哈姆雷特的城堡連結。對敏感的史提芬來說，它是一個囚牢，與他共用這個空間的，還有專橫的穆利根，以及目中無人的英格蘭人海恩斯。儘管租金是史提芬付的，他把公寓房間的鑰匙借給穆利根。

史提芬的弱點／需求、難題、對手、幽靈＝尼斯特＝迪西學校

雖然史提芬想成為作家，卻不得不在一所男校（迪西學校）教書，而且收入微薄。教室裡亂哄哄的，學生說謊作弊，令他沮喪不已，也令他想起青年時代的幽靈。對想成為藝術家的史提芬來說，這所學校是個牢籠。

史提芬的弱點／需求、難題、對手、幽靈＝普羅透斯＝沙山海灘

當史提芬漫步海灘，他看到出生和死亡的意象，還看到一艘三桅船，令他想起耶穌受難。什麼是真實，什麼是幻象，他想成為什麼樣的人，以及別人想要他成為什麼樣的人，這一切都變得混淆不清。他再次想知道真正的父親是誰。

布盧姆的弱點／需求、難題＝卡呂普索＝布盧姆的廚房，肉店

上午八點，布盧姆為仍未起床的妻子莫莉做早餐。奧德修斯被女神卡呂普索囚困了七年。布盧姆役於他的妻子，更重要的是，他受到奴役是咎由自取。布盧姆古怪而孤僻，無論性生活或感情都與莫莉貌合神離。他亟需被接受和被愛。

在廚房和在肉店裡，布盧姆顯露出對肉體之樂的嚮往，包括食物、女人和性愛。他和史提芬一樣，離家外出時沒有帶鑰匙。

布盧姆的弱點／需求、難題、欲望＝食蓮族＝前往郵局和藥房的街道

布盧姆也想避開他的煩惱，或像食蓮族那樣，把煩惱忘個一乾二淨。他和史提芬一樣，敏感又漫無目標。在故事發展過程中，他有一連串瑣屑的欲望，但全都不了了之。在郵局裡，他因為與名叫瑪薩的女人通信而有罪咎感，

但也不願超越語言溝通而與對方有肉體接觸。在擺滿藥物的藥房裡，他冀望的就是逃避和克服自己的孤獨。

對手、幽靈＝冥王＝乘馬車到墓園的旅程

布盧姆搭上一輛馬車，和幾個他認為是朋友的人去參加一個喪禮。不過這些人把他當成外人。途中，他們遇見波伊蘭。那天稍晚，布盧姆才知道這個男人與自己的妻子有染。布盧姆就像身在冥府的奧德修斯一樣，憶起父親的自殺，以及大約十年前喪生的小兒子盧迪。

欲望、對手＝風神＝報館

在奧德賽的某一趟旅程中，就在家園在望之際，他的手下打開風神埃歐羅斯原本封得緊緊的一袋疾風，將船吹離了航道。

現代旅者布盧姆在報館負責招攬廣告。這一天，他在辦公室耗費許多心力帶進一則廣告，最後卻因為老闆的問題而未能成交。他還聽一群輕視他的吹牛專家對昔日的愛爾蘭夸夸其談，描繪出一片光榮的假象。

故事世界、對手、幽靈＝巨人食人族＝都柏林街道，博爾頓飯店，戴維酒吧，國家博物館

這是縮影版的奧德賽旅程（《尤利西斯》中有很多縮影），布盧姆走過都柏林中央，對這個小天地中的人和瑣事有很詳細的描寫。

在博爾頓飯店，布盧姆對一些食相和豬一樣的顧客感到反胃，不得不離開。因為布盧姆在旅程中，加上他是不愛與人發生衝突的人，他的主要對手波伊蘭沒有經常出現構成衝突，但始終在布盧姆心中縈繞不去。在戴維酒吧，布盧姆看了看時鐘，知道再過兩小時左右就是莫莉與他的敵人約會的時間。

在這個段落的結尾，布盧姆在街上看見了波伊蘭。他溜進博物館，避免與他說話，但必須佯裝對希臘女神雕像的臀部很有興趣，以免被識破。

史提芬的對手、真實自我的揭露、布盧姆的對手＝女海妖和大漩渦＝國家圖書館

在圖書館這個寄託精神的地方，滿腦子理論和藝術的史提芬，對一些都柏林藝文菁英闡述他有關莎士比亞的理論。不過他也和布盧姆一樣是個外人，並未獲邀參加即將舉行的社交聚會。穆利根出現，又拿他開玩笑。史提芬得

到重要的真實揭露，體會到他與穆利根之間的歧異實在太大，決定不再把對方當成朋友。

在圖書館裡，布盧姆也像史提芬那樣遇上仇家。穆利根看見布盧姆溜進博物館，對他對女神的臀部深表興趣加以嘲諷。

故事世界＝游岩＝都柏林街道

〈游岩〉（The Wandering Rocks）一章是《尤利西斯》整個故事世界的縮影，出現在全書正中間。喬伊斯以悲喜交集的點點滴滴筆觸，為這個城市中許多次要角色提供足以在這天的歷程中界定他們的許多片刻。

布盧姆的弱點／需求、對手、看似落敗一刻＝海妖＝歐蒙德飯店酒吧

兩個酒吧女郎就像以歌聲誘使船員墜入死亡陷阱的海妖，在歐蒙德飯店的酒吧裡挑逗布盧姆。他在這裡聽到感傷的愛爾蘭歌曲，想起早逝的兒子和他與妻子的困境，不禁悲從中來。布盧姆知道，就在這一刻，波伊蘭走進他家中。這是布盧姆在故事中的最低點，也凸顯了他的孤獨和深沉的疏離感。

對手＝獨眼巨人＝巴爾尼酒吧

在巴爾尼酒吧，布盧姆無畏地面對愛爾蘭民族主義者「公民」——那是神話中獨眼巨人的現代版本。反諷的是，布盧姆知道，一直存在的對手波伊蘭此刻正與他的妻子交歡。即使在這個最英勇的時刻，布盧姆也無法隱藏自己的某些弱點。他又遇上「通天曉先生」，一個令人厭煩、老是在說教的吹牛專家。

布盧姆遇到最大對手之一——「公民」——的酒吧就像一個洞穴，在這個段落裡，這個地方逐漸變得更黑暗、更暴戾，充滿更多仇恨。

對手、驅動力＝瑙西卡公主＝沙山海灘

就在幾個小時前史提芬漫步的同一個海灘，布盧姆看見一個動人的女人，她的肉體魅力誘惑了布盧姆，引發他手淫。不過她只是另一個假盟友，此刻出現也是另一個假驅動力，令布盧姆分心，妨礙他與妻子修補關係。

布盧姆的驅動力和真實自我揭露、史提芬的對手＝太陽神的牛群＝國立婦幼醫院，柏克酒吧，都柏林街道

布盧姆到醫院了解普里福伊太太的情況。她已在醫院裡待了三天，但孩

子還沒生出來。

史提芬和幾個朋友喝酒。他在柏克酒吧喝自己負擔不起的酒，進一步把錢揮霍掉。他和穆利根打了起來，弄傷了對方的手，然後跑到一家妓院。

布盧姆開始擔心史提芬，決定陪著他，確保他沒事。在這之前，布盧姆一直是個敏感、漫無目的的人，有些瑣屑的欲望，但大多以挫折告終。不過現在他有了認真的驅動力，全心全意想找個兒子。史提芬是朋友的兒子，正是他要找的對象。

史提芬的對手、真實自我揭露、道德層面的抉擇、布盧姆的驅動力和道德層面的抉擇＝女巫＝妓院

在〈魔法女神〉（Circe）一章（在《奧德賽》的同名章節裡，人被變成了豬），喝醉的史提芬走進一家妓院。他的亡母在幻覺中出現，試圖增加史提芬的愧疚感，讓他回到教會。史提芬對這種生活方式說不，並用拐杖（他的劍）打破吊燈，終於擺脫長久以來一直羈絆他的昔日幽靈。

布盧姆懷著堅定決心跑到妓院找到了史提芬。他在妓院鴇母貝拉面前維護著史提芬。貝拉意圖奪取史提芬的錢，獅子大開口，要他賠償砸破吊燈的損失。反諷的是，布盧姆在這天最具道德感的行動中卻使用了脅迫伎倆：他威脅要公開揭露貝拉為了把兒子送到牛津念書而經營妓院。

二人有限度的真實自我揭露、史提芬第二次道德層面的抉擇、布盧姆第二次道德層面的抉擇＝忠實豬倌歐默魯斯＝費茲哈里斯咖啡館

二人跑到一家小咖啡館。史提芬在妓院裡面對真實自我揭露後，知道自己未來必須怎麼做。他借錢給一個男人，並告訴他不久之後就會在學校找到教師職位。

在咖啡館裡，布盧姆和史提芬滔滔不絕談了許多話題。他們經歷了相互交流的一刻，但二人的差異太大，終究無法讓友誼在這一晚之後仍繼續延續。對極端理論和追求藝術的史提芬來說，布盧姆太過實際、平庸。

這時，布盧姆的驅動力再度轉向。這一次，他在想，是否能在婚姻和家庭方面和莫莉和好。他畏懼莫莉的憤怒，決定帶著史提芬一起面對，並對他說：「倚賴我好了。」《尤利西斯》在心理層面和道德層面都比大部分故事複雜，

從這個地方就可以看得出來：布盧姆道德層面的抉擇不是絕對利他的。他認為史提芬或許能幫他撰寫一則廣告。他又相信這位年輕人能提供素材，讓他寫出自己想寫的故事，還有，他可以從史提芬較敏銳的感受力獲益。

主題揭露＝綺色佳＝布盧姆的廚房、臥室

這一對新的「父子」在布盧姆的廚房喝巧克力，又共度了相互交流的一刻，這也是前一天早上受奴役的布盧姆為莫莉做早餐的同一個地方。接著，史提芬回家，布盧姆上床睡覺。喬伊斯繼而使用一問一答的技巧講述故事，開始提升《尤利西斯》的層次，超越這幾個角色，改用宏觀的角度做出主題揭露，手法與他在短篇小說〈死者〉（The Dead）的結尾如出一轍。雖然這兩個人有短暫但真實的交流，但當史提芬離開時，布盧姆感覺到「星際漫漫長空的冰冷……」。

莫莉的弱點／需求、難題、局部真實自我揭露和道德層面的抉擇＝奧德修斯之妻潘妮洛普＝布盧姆和莫莉的床

莫莉在床上以她的觀點複述了《尤利西斯》的故事，但對個人的歷程隻字不提，深藏心中。她傳達了深刻的孤獨，以及未獲丈夫所愛的感受。她也很清楚丈夫的許多弱點和需求。在代表她與布盧姆的婚姻的這張床上，此刻布盧姆就躺在她身旁（儘管二人是頭對腳、腳對頭），她憶起當天稍早與波伊蘭的韻事。

然而，莫莉終究是個點頭說是的女人。布盧姆和莫莉的愛或許得以重生，可從她的想法中看出端倪：這天早上她要為先生做早餐，做雞蛋給他吃；她又憶起與布盧姆熱戀之際答應嫁他為妻，為他做芳香種子蛋糕。當這個大型循環式歷程最後回到家裡並在這裡結束，一種暗示呼之欲出：布盧姆和莫莉「再訂婚盟」也許可能發生。

寫作練習 5——創造故事世界

●故事世界概述：

利用故事的設計原則確定故事世界，用一句話把它描述出來。

●故事整體場域：

界定整體場域，並決定如何在整個故事中維持單一場域。請記住：有四種方法可完成這個步驟：

1. 創造一個大型綜合體系，然後在其中交錯和濃縮發展。

2. 讓主角經歷一段歷程，而且這段歷程大致發生在同一個地區，並循單一線性行進。

3. 讓主角經歷一個迂迴的旅程，而且大致發生在同一個地區。

4. 主角像離水之魚。

●價值取向的對立／視覺對立：

回到故事的角色網絡，區分角色之間價值取向的對立。接下來，分配視覺對立，以補強或傳達價值取向的對立。

●土地、人和科技：

說明由土地、人和科技以獨特組合方式構成的故事世界。例如，你的故事可能發生在一個草木叢生的荒野，裡面只有人數稀少、使用最簡單器具的游牧族群。或者它發生在一個現代城市，大自然在這裡幾乎消失殆盡，科技高度發展。

●體系：

如果主角在一個或更多體系中生活和工作，說明權力在這裡有什麼樣的規則和層級，並指出主角在權力階級中的位置。

如果一個較大體系正奴役主角，說明他為何無法察覺自己受到奴役。

●自然環境設定：

考慮在整體故事世界中能使用哪些主要自然環境，例如：海洋、外太空、森林、叢林、沙漠、冰天雪地、島嶼、高山、平原和河流。無論使用哪一種，務必是觀眾無法預測的，同時也要具有說服力。

●天氣：

天氣在哪些方面有助於為故事世界增添細節？使用特殊天氣狀況時，聚焦於故事的戲劇性時刻，例如事實揭露或發生衝突時。還有，要避免老套。

●人造空間：

角色在其中生活和工作的各種人造空間，如何幫助你呈現故事結構？

●縮影：

　　決定是否使用縮影技巧。如果要用，應該是什麼樣的縮影？確切來說，它又代表了什麼？

●變大或變小：

　　在故事過程中讓角色變大或變小是否適當？這種變化又如何揭露故事的特質或主題？

●通道：

　　如果某個角色由一個副線故事世界轉換到另一個迥然不同的副線故事世界，設法構思出一種獨特的轉換途徑。

●科技：

　　描述故事中具關鍵作用的科技，即使它只是最平凡或日常使用的工具。

●主角的轉變／故事世界的轉變：

　　再次審視主角的整體轉變。決定故事世界是否要有相對應的轉變，以及如何轉變。

●季節：

　　一個或更多季節對故事是否有重大意義？如果是，設法以獨特方式將季節與戲劇發展連結在一起。

●儀式或節日：

　　如果一種儀式或一個節日的價值體系對你的故事具有核心意義，你必須決定在哪些方面認同或不認同這套價值體系。然後，在故事發展過程中適合的地方連結那個儀式或節日。

●視覺七大步驟：

　　為故事主要結構步驟附加的視覺副線故事世界增添細節。尤其要留意以下這些結構步驟：

- 弱點／需求
- 欲望
- 對手
- 看似落敗／體驗死亡／暫獲自由

- 對決
- 自由或奴役

找出如何讓主要自然環境、人造空間與這些副線故事世界連結的方法。

●弱點的副線故事世界：

如果主角在故事開頭受到奴役，說明一開始的副線故事世界如何表現或凸顯主角的重大弱點。

●對手的副線故事世界：

描述對手的世界如何表現他的權力及攻擊主角重大弱點的能力。

●對決的副線故事世界：

試著找出整個故事中最狹窄的空間，當作對決地點。

接下來，讓我們以史上最受歡迎故事之一為例，練習拆解它的故事世界。

《哈利波特：神祕的魔法石》（*Harry Potter and the Sorcerer's Stone*）

〔小說：J. K. 羅琳（J. K. Rowling）；劇本：史蒂芬‧克洛夫斯（Steven Kloves）；2001 年〕

故事世界概述：

位於一個巨大魔法古堡的一所魔法學校。

整體場域：

哈利波特系列所有故事，都結合了神話、童話，以及學童長大成人的故事〔如《萬世師表》（*Goodbye, Mr. Chips*）、《湯姆求學記》（*Tom Brown's Schooldays*）和《春風化雨》（*Dead Poets' Society*）〕。因此，《哈利波特：神祕的魔法石》使用奇幻故事結構，開頭是在平凡世界，然後進入主要故事場域——奇幻世界。那個世界和場域就是霍格華茲學院，設定坐落於一個城堡當中，四周是草木茂密的自然環境。故事在一個學年中逐步開展，背景是一個大型卻封閉的空間，似乎蘊藏著無數副線故事世界。

價值取向的對立／視覺對立：

故事有幾個價值取向對立，視覺對立則以價值取向對立為基礎。

1. 哈利波特、霍格華茲的魔法師與麻瓜的對立：第一種對立在魔法師與麻瓜之間。麻瓜是平庸的、沒有魔法能力的人，看重財產、金錢、安逸、聲

色之娛，尤以自我為重。霍格華茲學院的魔法師看重的是忠誠、勇氣、自我犧牲和求知。

視覺方面，麻瓜住在一般的市郊房屋，坐落於一般市郊街道，一切都同質化了，看起來一模一樣。這裡沒有魔力，沒有群體感，大自然已馴化，幾乎消失無蹤。

霍格華茲的世界本身就是個魔幻王國，一座巨大的城堡，四周是原始的大自然。這所學校不只傳授魔法，也傳授它奠定基礎的價值觀。

2. 哈利波特與佛地魔的對立：主要的對立是善良的魔法師哈利波特，以及邪惡的魔法師佛地魔。哈利波特看重友誼、勇氣、成就和公平；佛地魔只信守權力，為此可以不擇手段，包括謀殺。哈利的視覺世界是「山丘上的閃亮城市」，是霍格華茲學院伙伴構成的群體。佛地魔的世界是圍繞著學校的禁忌森林，以及學校下方的黑暗地下世界，在這裡，他的權力是最強的。

3. 哈利波特與跩哥‧馬份的對立：第三項對立主要是在學生與學生之間。年輕的跩哥‧馬份一派貴族氣勢，鄙視窮人。他看重地位，為了名位不惜一切。

與跩哥形成視覺對立的包括哈利、榮恩和妙麗，他們身處對立的史萊哲林學院，這裡有自己的旗幟和代表顏色。

土地、人和科技：

故事設定在目前的時代，但實際上回到較早的階段，那時土地、人和科技的相互關係與觀眾期待的大不相同。這是一所現代的預備學校，但設定卻是中古時期的古堡、湖泊和森林。劇中的科技是另一種混合體：魔法帶著高科技的光芒，最新的飛天掃帚是「光輪2000」型號，而在傳授魔法技巧時，那種深度和嚴謹程度就像今天的大學。

體系：

哈利波特故事融合了兩種體系：預備學校和和魔法世界。這個混搭是故事意念的「黃金」（價值數十億元）。這就是為什麼作者羅琳費了很多心力描述這個混合體系的規則和運作方式細節。校長和主要魔法師是鄧不利多教授。麥米奈娃教授和石內卜教授等老師講授的課程包括：魔藥學、黑魔法防衛術和藥草學等。學生分配到四所學院：葛萊分多、史萊哲林、赫夫帕夫和雷文

克勞。魔法世界甚至有自己的體育活動魁地奇，它有一套明確的規則，與現實世界中的任何體育項目不遑多讓。

哈利這個年僅十一歲的一年級生，處於這個世界的權力階層最底層。然而，他的巨大潛力暗示他在講述七年學習歷程的七個故事中，將會升到頂層。不過在這個階段，他代表觀眾，觀眾和他一起學習這個魔法體系如何運作。

自然環境設定：

霍格華茲城堡建在山中的湖泊旁，四周是禁忌森林。

天氣：

天氣的運用產生了一定的戲劇效果，但用法一般而言沒有超乎意料。海格來到哈利養父母家庭藏身的小屋，當時下著大雨。巨怪在萬聖節襲擊學校時出現了閃電。耶誕節則下了雪。

人造空間：

羅琳全面使用了故事講述的人造空間技巧。她從平凡的世界開始，然後設定出魔法世界。在哈利生命的前十一年，他受到住所的囚困。那是平凡無奇的市郊房子，坐落在平凡無奇的市郊街道。當他知道自己是個魔法師後，他和海格到斜角巷購物，實際經歷了時間倒流，回到了狄更斯小說中十九世紀的街道。我們仍可辨識出這是英國的街道，但那些古怪的商店和紛亂的街區，使它成為有趣的中途點，通往霍格華茲學院這個魔幻的中古王國。這裡除了奧利凡德魔杖店，還有古靈閣銀行，裡面的妖精員工和洞穴狀保管庫，令人想起狄更斯式的山魔王宮殿。然後哈利乘坐十九世紀的火車「霍格華茲快車」，深入霍格華茲的童話世界。

霍格華茲學院的堡壘是極為溫暖的房子，有數不盡的角落和縫隙，擠滿學生和教師形成的群體。溫暖房子的中心是大食堂，那是個大教堂似的空間，懸掛的旗幟令人想起亞瑟王和騎士時代。這是整個群體聚會的地方，其中有人表現優秀時，可在這裡獲得所有人的讚賞。

在溫暖房子裡，蘊含著迷宮般的多元性。這裡的樓梯就像艾雪[33]作品中的

---

33 艾雪（M. C. Escher, 1898~1972），荷蘭版畫大師，經常將幾何、視覺心理學等融入畫作，引發觀賞者錯覺，因而又有「錯覺藝術大師」之稱。這裡指的是其作品《上下階梯》中的無限循環階梯。

階梯，不但會轉換位置，而且通往經常讓人無法預測的地方。學生必須使用暗語才能回到自己的房間。

這幢溫暖房子也有恐怖的地方。三樓的禁地滿布塵埃又空無一物，其中一個房間裝上地板門，由一隻三頭巨犬把守。這道地板門其實可通往學校那個有如地窖的地下世界。那裡有一個放著巨型棋子的房間，在這裡進行的精神對決是一場生死戰。

縮影：

體育運動魁地奇是這個魔法世界的縮影，也是哈利在這個世界所處地位的縮影。就像霍格華茲是寄宿學校和魔法世界的混合體一樣，魁地奇將橄欖球、板球、足球和飛天掃帚、魔法、古英格蘭騎士的騎馬比武結合在一起。透過魁地奇，葛來分多和史萊哲林這兩所對立的學院可以參加模擬魔法對決，並且展示自己技藝中較引人注目的動作。

哈利擁有魔法巨大潛能與他的聲譽相當，他贏得球隊中眾所渴望的搜捕手位置，成為一個世紀以來取得這個席位最年輕的球員。當然，搜捕手的概念包含了來自神話與哲學的較大含義，也描繪了哈利在《神祕的魔法石》及整個系列所有追求的目標。

變大或縮小：

這種技巧在《神祕的魔法石》中用得不多。不過，那三位朋友在洗手間必須與巨怪展開對決時，他們實際上就像縮小一般。那隻三頭巨犬是龐然大物，海格則是個溫文的巨人。

通道：

羅琳在故事中使用了三個通道。第一個出現在海格「打開」磚牆時：他像扭動魔術方塊般扭動磚塊。透過這個通道，哈利從他自小受麻瓜撫養的平凡世界，進入了斜角巷這條魔法街。第二個通道是火車站的九又四分之三月臺，哈利跟隨衛斯理兄弟走過磚牆拱道，登上霍格華茲快車。最後一個通道是進入霍格華茲地下世界的地板門，由一隻三頭巨犬把守。

科技：

在《神祕的魔法石》中，科技是最有創意的元素之一，哈利波特系列故

事能夠廣受歡迎，它發揮了很大的作用。它是魔法科技，將現代高科技的巨大力量，與動物、魔法的魅力結合在一起，構成雙重吸引力。比方說，貓頭鷹把郵件送到收件人手上。在特殊的魔杖店裡販售著魔法力量的終極工具——魔杖，每一款魔杖會挑選自己的主人。最受歡迎的個人交通工具是飛天掃帚，它的最新型號是「光輪2000」，產品規格和電腦一樣有一大堆數字。分類帽則能閱讀戴帽者的精神和內心，確定哪一所學院最適合他。

羅琳甚至創造了代表錯誤轉變方向和錯誤價值觀的工具。願望鏡子取材自故事講述的其中一種經典工具——它甚至是故事講述本身的象徵——向照鏡者顯示他最渴望變成什麼。照鏡者看到的是本身的複製影像，但它顯示的是錯誤的欲望，足以讓照鏡者為此虛耗一生。至於隱形斗篷這種來自古代哲學的工具，可以讓穿著者不需任何代價就能將最深層的欲望付諸行動，也讓他挑戰更大的風險，但一旦失敗就會面臨巨大的危險。魔法石可以把金屬變成黃金，並製造喝下後可以長生不死的藥。不過這都是錯誤的成長，這種轉變不是透過努力而獲取的。

主角的轉變／故事世界的轉變：

在故事結尾，哈利克服了父母雙亡的陰影，領略到愛的力量。矗立在草木茂密大自然世界的霍格華茲學院，卻永恆不變。

季節：

羅琳把學年的循環（包括一年四季）與霍格華茲學院濃厚的自然風貌連結。這也等於把學生的成熟（尤其是哈利的）與大自然的智慧和韻律加以連結。

儀式和節日：

《神祕的魔法石》把萬聖節和耶誕節當作學年韻律的暫停點，但她沒有對兩者背後的價值體系作任何評價。

視覺七大步驟：

1.哈利的難題、幽靈＝市郊房子，樓梯下的房間

和許多神話故事一樣，哈利最初出現時是個嬰兒，一個將由他人撫養的棄嬰（就像摩西、伊底帕斯和狄更斯）。那些魔法師暗示他面對著幽靈（縈繞不散的過往經歷），以及他將獲得的名譽。也因為這個緣故，他們把哈利放進一個他

們明知道可怕的麻瓜家庭。事實上，哈利人生的前十一年被塞進樓梯下一個像牢籠般的房間。他貪婪而自私的阿姨、姨丈和表兄弟在他身旁作威作福，不讓他知道他實際的身世。

2. 弱點／需求＝動物園中的蛇，霍格華茲學院的大食堂

哈利不知道自己的身世，也不知道他擁有魔法師的巨大潛能。當他在動物園看到園中的蛇，他和觀眾就都感受到有什麼事是他不知道的。在這裡，原始的大自然被完全馴化和幽禁。哈利因自己擁有與蛇溝通並將牠釋放的能力而震驚，他也把令人討厭的表兄關進蛇的籠子裡。

後來，在霍格華茲學院的大食堂，哈利的潛能和需求在全校師生面前凸顯了出來：分類帽指出，哈利具備勇氣、出眾的心智、才華，以及證實自己能力的強烈渴望。不過在第一堂課中，哈利顯然欠缺魔法師的訓練和隨心所欲的能力，讓他非常難以接受。

3. 欲望、幽靈＝小屋，大食堂，地板門

《神祕的魔法石》是七集系列的第一集，必須設定好幾條欲望敘事線。

(1) 系列故事的整體欲望：進入霍格華茲學院並學習成為出色的魔法師。

當海格抵達養父母把哈利藏起來的小屋，哈利便產生了第一個欲望。海格告訴哈利，他是個魔法師，他的魔法師雙親遭到謀殺，而他已獲得霍格華茲學院錄取。至於學習成為出色的魔術師，則需要完整的七集才能交代完畢。

(2)《神祕的魔法石》這一集的欲望敘事線：贏得學院冠軍杯。

當哈利和其他一年級生聚集在大食堂中學習學校的規矩，並接受分類帽分配到四個不同學院，這個目標就定了下來。請注意：這裡把神話中所有插曲匯聚在一起，在方向不清的一個學年中逐步展現，並為它們安排單一的、可度量的路徑。當所有學生共聚一堂，這個欲望敘事線就在食堂中展開，而它的結束也是在同一個食堂裡，眾人在此為哈利和他的朋友歡呼，因為他們為學院贏得了勝利。

(3) 故事後半聚焦的欲望敘事線：破解地板門下的魔法石奧祕。

贏得學院冠軍杯的欲望形塑了這一學年的進展。不過還有很多插曲需要交代，尤其在系列故事開頭的第一集。羅琳必須引介眾多角色，說明魔法規

則，並描繪故事世界的諸多細節——包括魁地奇比賽。因此，第二個焦點更清楚的欲望是必要的。

當哈利、榮恩和妙麗意外來到門禁森嚴的第三道門，並發現這道地板門由那隻三頭犬把守著，他們便升起了一個欲望，這個故事世界十分豐富充實的故事，也就像通過漏斗般微妙地匯聚在一起。《神祕的魔法石》變成一個推理故事——這是所有故事講述形式中骨幹最俐落且有力的。

4. 對手＝市郊房子，課堂，運動場，洗手間

哈利在自己家中碰上了第一群對手：姨丈威農、阿姨佩妮和表哥達力。哈利就像童話故事裡的灰姑娘，他必須做所有瑣碎家務，又被迫住在樓梯下的房間。在學生之中一直與哈利作對的對手則是跩哥‧馬份，他們兩人經常在課堂上競爭。哈利是葛萊分多學院成員，在運動場上也與跩哥所屬的史萊哲林學院展開魁地奇競賽。哈利還和朋友在女廁與巨怪搏鬥。

5. 對手、看似失敗一刻＝禁忌森林

佛地魔是長期在幕後與哈利作對的最強對手。羅琳在七集故事的第一集中面對了一個故事難題。她必須讓這個對立在前後七集中延續，加上哈利在第一集只有十一歲，因此她必須讓佛地魔最初出現時處於威力大減的狀態。在《神祕的魔法石》中，佛地魔只能勉強保住性命，還必須透過奎若教授的精神和軀體行使他的力量。

即使這樣，佛地魔和他的副線故事世界仍然是危險的。禁忌森林擠滿了致命的動植物，而哈利和其他學生很容易踏足於此。哈利在黑夜進入恐怖的禁忌森林，碰上像吸血鬼般的佛地魔正在喝著一頭獨角獸的血。佛地魔即使在力量減弱的狀態下，仍然有足夠威力殺人。幸好一頭半人半馬怪物在最後一刻插手，救了哈利一命。

6. 對手、對決＝霍格華茲的地下世界（地板門、魔鬼網、密閉房間）

哈利、榮恩和妙麗前往門禁森嚴的第三道門尋找魔法石。當他們闖過三頭犬那一關（就像神話中地獄三頭犬把守著陰間），從地板門往下掉進魔鬼網致命的根部之下，就進入了霍格華茲的地下世界，也就是佛地魔的另一個副線故事世界。在這裡，他們必須在抽象且致命的巫師棋比賽中贏得這場激烈的對決。

哈利和佛地魔的對決發生在一個密閉的房間──緊密的空間。這個房間位於漫長的多層樓梯之下，感覺就像一個漩渦的中心點。

　　哈利獨自在這裡面對佛地魔和奎若教授。當他試圖逃走，奎若用火包圍房間。佛地魔攻擊哈利的重大弱點──渴望回到從未謀面的父母身邊──他答應把哈利帶回父母身邊，條件是交出魔法石。

7. 真實自我的揭露＝著火的房間，醫務室

　　在佛地魔和奎若教授猛烈攻擊下，哈利決心永遠要當魔法師。當哈利在醫務室復元，鄧不利多教授告訴他，他的身體充滿了愛，也受到愛的保護。由於媽媽為他犧牲時留給他的愛，他的皮膚竟然將邪惡的奎若燒死了。

8. 新的平衡點＝火車站

　　學年結束，學生即將走過通道回到平凡的世界。不過哈利有了新的裝備：那是海格給他的一本繪本，裡面畫的是他在從未謀面的雙親愛的懷抱中。

07

象徵網絡

許多作者認為，象徵是文學課程中重要但令人厭煩的瑣屑之事。這可是大錯特錯。假如你別具見解，認為象徵是鑲在故事織錦上的珠寶，具有強大的情感效果，那麼你對這種故事技巧的威力就有點概念了。

象徵是一種以小見大的技巧。它以一個詞語或物件代表另一樣東西——人物、地點、行動或事物，並且在故事過程中重複出現多次。假如角色、主題和情節是大「謎題」，用來迷惑和取悅觀眾，那麼象徵就是小謎題，在表面下的深處展現它的魔力。象徵對於你是否能成為成功的故事講述者相當關鍵，因為它代表一種能影響觀眾感情的隱祕語言。

象徵如何運作

象徵是具特殊力量的意象，對觀眾來說別具價值。就像物質是能量的高度密集形式，象徵也是高度密集的意義。事實上，它是任何故事技巧中目標最明確的濃縮／擴展力量。若要提供如何運用象徵的簡單指南，那就是：指引與重現。它是這樣運作的：從一種感覺開始，創造一個能在觀眾心中引起同樣感覺的象徵；隨後把這個象徵稍加改變，並讓它重複出現。

感覺→象徵→觀眾的感覺
改變的象徵→觀眾更強的感覺

象徵在觀眾不知不覺中產生強大影響力。它每次出現，都會像池塘裡的漣漪般帶來某種共鳴。如果讓象徵重現，這漣漪就會在觀眾腦海中擴散和迴盪，而且觀眾往往沒有察覺。

象徵網絡

你也許還記得我說過，創造角色時最大的錯誤，就是把角色視為單獨的、獨一無二的個體。如果想讓角色都無法成為獨特個體，這鐵定是最快的途徑。同樣的道理，創造象徵的最大錯誤，就是把它視為單一物件。

關鍵重點：務必創造一個包含所有象徵的網絡，其中每個象徵都能互相界定。

讓我們稍微回頭，再次看看故事主體的各個子系統如何相互結合。角色網絡將人加以比較和對比，藉此呈現世界如何運作的更深層真相；情節將具強大驚人邏輯力量的行動組合成場景段落，藉此呈現世界如何運作的更深層真相；象徵網絡則將一些物件、人物和行動指引向其他物件、人物和行動，藉此呈現世界如何運作的更深層真相。當觀眾做出比較——即使只是局部的、片刻的比較——就會看到兩樣事物比較後的最深層本質。

例如，《尤利西斯》將布盧姆和哈姆雷特加以比較，強調他們的共同狀態：沒有行動、飽受挫折，並因結識一個不忠的女人（葛楚王后和莫莉）而受詛咒。《戰地春夢》用飛機比擬馬匹，簡潔扼要點出了重視機械化、非人力量的整體文化，即將取代以馬為中心、看重個人騎士精神、忠誠和榮譽的文化。

打造象徵網絡，必須將象徵與以下任一或所有元素產生關連：整個故事、故事結構、角色、主題、故事世界、行動、物件與對話。

故事象徵

在故事意念或故事前提的層次上，象徵傳達了重要的故事轉折、中心主題或整體故事結構，並將它們統一在一個意象之下。以下是一些例子：

《奧德賽》

《奧德賽》的中心故事象徵就包含在這個標題中。這是一個必須堅忍熬過的漫長旅程。

《頑童歷險記》

這裡的中心象徵有所不同。它不是哈克順密西西比河而下的旅程，而是那艘木筏。在這個脆弱、漂浮的「島嶼」上，一個白人男孩和一個黑奴可以共同生活，成為朋友，而且地位平等。

《黑暗之心》

標題黑暗之心的象徵是森林的最深處，它在生理層面、心理層面和道德層面都代表馬羅沿河而上的歷程的終點。

《蜘蛛人》、《蝙蝠俠》、《超人》（Superman）

這些標題描述擁有特殊力量的混種人。不過標題也暗示這些角色在本質上有明顯差異，和人類群體也有所區隔。

《櫻桃園》

櫻桃園暗示具永恆之美的地方，但也是不切實際的地方，因此在逐漸發展的真實世界中是可犧牲的。

《紅字》

那個紅色字母在故事開頭確實是個象徵符號：一個女人被迫以此昭示她的不道德戀愛行為。然而，它成為另一個象徵，代表一種建立於真愛的不同道德觀。

《青年藝術家的畫像》

故事從藝術家具象徵性的名字狄達羅斯（Dedalus）展開。狄達羅斯代表的是藝術家最好的名字，它源自於代達羅斯（Daedalus）。根據希臘神話，代達羅斯是建築師和發明家，也是迷宮的建造者。與這個名字相關的還有翅膀的象

徵，因為代達羅斯為他和兒子伊卡魯斯打造了翅膀，讓他們能逃出迷宮。許多評論家都指出，喬伊斯創作《青年藝術家的畫像》這個故事，結構上就像藝術家主角接二連三振翅欲飛，企圖逃離他的過往和他的國家。

《翡翠谷》

《翡翠谷》有兩個主要象徵：翠綠的山谷和黑色的礦場。翠綠山谷既是主角實際上的家園，也是整體故事發展過程與一趟情感之旅的起點。主角從這個蒼翠的大自然、從青春與天真、從他的家庭與家園開始踏上這個旅程，走進汙黑的、機械化的工廠世界，隨之而來的是破碎的家庭與流放的生活。

《飛越杜鵑窩》（*One Flew Over the Cuckoo's Nest*）

標題中的兩個象徵：瘋人院和振翅高飛的自由精神，也暗示了整體故事的進展過程。

《螢光幕後》

原文片名「Network」（電視網）指的是一家電視廣播公司，但也是把所有陷入網中的人囚困其中的網絡。

《異形》

異形是具象徵意味的外來者，從故事結構來看，則指由內而外令人害怕的異類。

《追憶似水年華》（*Remembrance of Things Past*）

主要的象徵是馬德蓮蛋糕，吃了這種蛋糕，讓故事講述者回憶起整部小說的內容。

《戰地春夢》

標題原來的意思「告別武器」（A Farewell to Arms），對主角來說就是成為逃兵，這是整個故事的核心行動。

《麥田捕手》

主角希望成為麥田捕手，這個象徵性的幻想角色，同時代表了主角的憐憫之心，以及他亟欲阻止轉變的不切實際欲望。

想打造出能交織整個故事的象徵網絡，首先要用一句話將網絡中的主要

象徵連結在一起。這個象徵概述句子必須源自先前下過的工夫，包括：故事設計原則、主題要旨，以及你已創造的故事世界。

為了進一步練習，讓我們再回到有關故事前提那章討論過的故事設計原則，這一次，我們要找的是象徵概述句子。

《摩西》

故事設計原則：一個不知道自己身分的男子，努力帶領族人追尋自由，並接受新的道德律令，這些律令也將重新定義他與他的族人的身分。

主題要旨：一個男人為自己族人扛起責任，他獲得的回報，是依神的指示生活帶來的願景。

故事世界：一個男人與族人跋涉走過荒野，直到他們的領袖看見來自上天的真理。

象徵概述：神的話變成實際可見，例如：著火的灌木叢、瘟疫，以及十誡的石板等。

《尤利西斯》

故事設計原則：一則現代奧德賽式的遊歷故事，發生於城市，發生在一天之內，這期間，一名男子找到了父親，另一名男子找到了兒子。

主題要旨：真正的英雄，能夠忍受日常生活的坎坷與不如意，並對另一個有需求的人心懷憐憫。

故事世界：一個城市在二十四小時內經歷的一切，它的每一個部分，都是神話中某種難關的現代版本。

象徵概述：現代版的尤利西斯（奧德修斯）、忒勒馬科斯和潘妮洛普。

《你是我今生的新娘》

故事設計原則：一群朋友在尋找結婚對象的過程中，經歷了四次烏托邦（婚禮）和一次地獄時刻（葬禮）。

主題要旨：當你找到真愛，就必須全心全意將自己交給對方。

故事世界：烏托邦世界和婚禮儀式。

象徵概述：婚禮與喪禮的對比。

《哈利波特》系列

故事設計原則：一個有魔法的王子到一所培養魔法師的寄宿學校上學，在接下來的七個學年中，學習怎樣成為男人和國王。

主題要旨：當你擁有出色的天分與能力，你必須成為領袖，並為他人的福祉而犧牲。

故事世界：位於一個巨大魔法古堡的一所魔法學校。

象徵概述：一個學校形式的魔法王國。

《刺激》

故事設計原則：用騙術來講述這個有關騙局的故事，騙倒了故事中的對手，也騙倒了觀眾。

主題要旨：如果能擊敗一個邪惡的人，用上一點點謊言和欺騙手段是沒有問題的。

故事世界：大蕭條時代，一個破落城市中一個偽裝成商業場所的地方。

象徵概述：令人受騙的詭計。

《長夜漫漫路迢迢》

故事設計原則：一個家庭從白天走進黑夜，面對往日的罪惡與幽靈。

主題要旨：你必須面對自己和他人真實的一面，並加以寬恕。

故事世界：一間幽暗的屋子，滿是裂縫，隱藏著這個家庭的黑暗祕密。

象徵概述：從夜晚逐漸變黑到黑夜中的亮光。

《相逢聖路易》

故事設計原則：一個家庭在一年當中的成長，透過四季裡發生的事件來呈現。

主題要旨：為家人犧牲，比為個人榮譽奮鬥更重要。

故事世界：一間大房子，隨著季節更迭及這家人的種種轉變而改變它的性質。

象徵概述：隨著季節轉變的房子。

《哥本哈根》

故事設計原則：使用物理學的「海森堡測不準原理」，探索這個原理發現者模稜兩可的道德觀。

主題要旨：想了解我們為什麼做某件事，以及這麼做是否正確，總是無法得到確切的答案。

故事世界：一間像法庭的房子。

象徵概述：測不準原理。

《小氣財神》

故事設計原則：描繪一個人在耶誕節前夕被迫檢視他的過去、現在與未來，從而重獲新生。

主題要旨：一個人若能為他人付出，生活會快樂得多。

故事世界：十九世紀倫敦的一間帳房，以及三棟房子──分別住著富人、中產階層和窮人──呈現的是過去、現在和未來的隱約樣貌。

象徵概述：過去、現在和未來的幽靈，導致一個人在耶誕節重獲新生。

《風雲人物》

故事設計原則：透過假設，呈現如果一個人從未存在，一個城市乃至一個國家會變成什麼模樣，藉此顯現個人的力量。

主題要旨：一個人是否富有，不是取決於他賺的錢，而是他為朋友與家人的付出。

故事世界：美國同一個小鎮兩種版本的描述。

象徵概述：美國小鎮在歷史中的面貌。

《大國民》

故事設計原則：透過多位故事講述者的敘述，呈現不可能全部知道的某人的一生。

主題要旨：一個人嘗試逼所有人愛他，最後孤獨無依。

故事世界：美國某巨擘的宅第和「獨立王國」。

象徵概述：一個人一生的實物呈現，像紙鎮、仙納都、新聞紀錄片和雪橇。

具象徵意義的角色

確定象徵概述後，為象徵網絡補充細節的下一步，就是聚焦於角色。角

色與象徵是故事主體的兩個子系統，但它們並不是完全分開的。在界定角色和推展故事整體目標時，使用象徵是非常好的工具。

想將某個象徵和某個角色連結在一起，必須選擇能代表角色重要原則的象徵，或它的反面，例如，《塊肉餘生錄》中的史迪佛是個一點也不正直的人。如此一來，觀眾才能很快就從這個角色的某個面向有所體會，並感到震驚。

此外，觀眾也能從中體驗到某種情感，並將這種感情與角色連結在一起。如果將這個象徵稍加改變，並讓它重複出現，就能更微妙界定這個角色，同時也讓角色的基本面貌和情感在觀眾心目中定型。使用這種技巧最好要能節制，因為讓愈多象徵與主角產生關連，象徵的衝擊力道就愈小。

你可能會問：如何選擇適當的象徵運用於角色身上？這時又必須回到角色網絡。沒有任何角色是孤立的島。每個角色都是透過與其他角色的關係而界定的。考慮把某個象徵運用於角色身上時，先考慮賦予不同人的多種象徵，而且先從主角和主要對手開始。這些象徵就像它們代表的角色一樣，也處於相互對立關係。

還有，也可考慮在同一個角色身上使用兩個象徵，也就是在一個角色內在創造一種象徵對立。這會帶來更複雜的角色，也帶來運用象徵的效益。

以下是在角色身上使用象徵的重點步驟：

1. 為個別角色創造象徵時，先看看整體角色網絡。

2. 從主角與主要對手的對立著手。

3. 找出你想在觀眾心中引發這個角色哪個面向的特質或哪一種情感。

4. 考慮在角色內在運用象徵對立。

5. 在故事發展過程中，重複出現與角色相關的象徵。

6. 每次重複這個象徵時，改變其中的某些細節。

連結象徵與角色有一個很好的捷徑：使用特定種類的角色，最常見的是神、動物和機器。這些種類的每一種角色都代表某一種基本的存在方式，或存在的層次。因此，讓角色連結其中某個種類，當下就賦予這個角色某種基本特質或層次，而且觀眾馬上就能辨識出來。這種技巧隨時都可運用，但最常出現在具高度隱喻性質的特定類型或故事形式，如神話、恐怖故事、奇幻

故事及科幻小說。

接下來讓我們看看一些使用象徵角色技巧的故事：

《青年藝術家的畫像》

（作者：喬伊斯；1914 年）

喬伊斯將主角史提芬‧狄達羅斯與發明家代達羅斯連結在一起，而代達羅斯打造了特殊翅膀，逃離囚困他的迷宮，這賦予史提芬一種超凡的特質，也暗示他在本質上是個致力爭取自由的藝術家。不過喬伊斯在角色內在創造象徵對立的技巧，為這種基本特質增添肌理。他將史提芬與代達羅斯之子伊卡魯斯和迷宮的對立象徵產生關連：伊卡魯斯因飛翔時太接近太陽（企圖心太強）而喪命，代達羅斯打造的迷宮則讓史提芬迷失其中。

《教父》

（原著小說：普佐；劇本：普佐、柯波拉；1972 年）

普佐將角色與神連結在一起，但他強調的神的面向與喬伊斯的大相逕庭。普佐的「神」，是一手掌控自己的世界並懲罰正義的教父。他也是復仇心重的神。這個化身為神的人所掌控的獨斷勢力，原本不應屬於凡人。普佐還在角色內在加上象徵對立，將他與魔鬼連結在一起。這種將神聖與褻瀆相提並論的標準對立，對這個角色和整個故事發揮了重要的作用。

《費城故事》

（舞台劇劇本：菲力普‧貝瑞；電影劇本：唐諾‧奧德登‧史都渥；1940 年）

作者貝瑞不只將主角翠西與貴族連結，更讓她與女神的概念連結在一起。除了她的姓氏羅德（Lord）具有貴族氣派（lordly），她的父親和前夫都把她與一個女神銅像相提並論。這些象徵連結，既抬高了她也貶低了她。故事的轉折完全以她為主：她究竟會屈從於女神最惡劣的面向——冷漠、高傲、缺乏人性、無情，或反過來展現女神最美好的一面：擁有高尚靈魂，因而能找到並成為最有人性、最寬容的自我。

像神一樣的主角，還可在以下故事裡看到：《駭客任務》〔尼歐（Neo）＝耶穌〕、《鐵窗喋血》（*Cool Hand Luke*）〔路克（Luke）＝耶穌〕，以及《雙城記》〔悉尼‧卡頓（Sydney Carton）＝耶穌〕。

《慾望街車》

（作者：田納西‧威廉斯；1947 年）

在《慾望街車》，作者田納西‧威廉斯將角色與動物相提並論，這麼做不只貶低了角色，更讓他們的行為建立於生物本能的衝動。史丹利被暗示為豬、公牛、猿、獵犬和狼，以凸顯貪婪、粗暴和男人至上的重要本質。白蘭琪則與蛾和鳥連結在一起，既脆弱又驚恐。威廉斯在故事進程中以不同形式來重複這些象徵。最後，狼把鳥吃掉了。

《蝙蝠俠》、《蜘蛛人》、《泰山》、《鱷魚先生》

連環漫畫故事是神話的現代版本，因此，它們在名稱上把角色和動物相提並論，完全不令人意外。這是最具隱喻和最過度誇張的象徵手法。蝙蝠俠、蜘蛛人，甚至猿人泰山，無論名字、體型和衣著，全都加強了角色與動物的連結。這些角色不只具備某些類似動物的特點，這些特點也微妙且有力地對他們造成影響（《慾望街車》中的史丹利也是一例）。他們是動物般的人，基本上是分裂的角色，半人半獸。由於人生中某種艱險或難解的「自然狀態」，他們被迫轉變成某種動物，從牠們獲取獨特的能力，並為正義奮戰。不過他們也付出了代價，必須承受內在無法控制的分裂，以及外在難以克服的疏離。

將角色與動物相提並論很受觀眾青睞，因為這是一種「變大」的技巧（但不致於變得太大，讓故事變得乏味）。能在樹木間飛躍搖擺（泰山）、在城市裡飛簷走壁（蜘蛛人），或在動物王國中具有支配力量（鱷魚先生），都是潛藏在人類內心深層的夢想。

其他將動物象徵用於主角身上的故事，包括：《與狼共舞》、《德古拉》、《狼嚎再起》和《沉默的羔羊》等。

將角色與機器連結，是創造象徵角色使用廣泛的另一條途徑。一個機械角色或機器人，通常是具備機械力量的人，因而也具有超人的力量，但同時也是個沒有感覺、沒有惻隱之心的人。這種技巧最常用於恐怖小說或科幻小說故事，過度誇張的象徵是這種故事形式的一部分，也因而使用於這樣的故事當中。傑出的作者在故事發展過程重複這些象徵時，不會像處理大部分象徵角色那樣為它增添細節，而是將角色逆轉。到了故事結尾，機械人證明他

是所有角色當中最具人性的，而人類角色的所作所為反而像動物或機器。

《科學怪人》 （*Frankenstein, or the Modern Prometheus*）

〔小說：瑪麗‧雪萊（Mary Shelley），1818年；舞台劇：佩姬‧威博靈（Peggy Webling）；電影劇本：約翰‧波德斯（John L. Balderston）、法蘭西斯‧法拉戈（Francis Edward Faragoh）、嘉瑞特‧弗特（Garrett Fort），1931年〕

這種將角色與機器加以連結的手法，最早是由小說《科學怪人》（原名弗蘭肯斯坦）的作者瑪麗‧雪萊發展出來的。故事開頭的人類角色是弗蘭肯斯坦醫生，這個能創造生命的人，不久被提升到神的地位。他創造了一個機器人，一個怪物——他由許多部位拼裝而成，因此不像人類那樣動作流暢。第三個角色是個駝子，他是介於兩者之間的象徵角色，是人類社會視為次等、避之唯恐不及的畸形人，但他為弗蘭肯斯坦醫生工作。請注意：這些象徵角色都透過簡單但明確的類型而彼此界定和形成對比。在故事發展程中，這個怪物被視為低等，被視為必須箝制、焚毀然後丟棄的機器，它因而反抗，並對它冷酷、缺乏人性、如神一般的父親復仇。

其他採用機器角色的故事：《銀翼殺手》（複製人）、《魔鬼終結者》（機器人終結者）、《2001太空漫遊》（人工智慧電腦），以及《綠野仙蹤》（錫樵夫）等。

《妾似朝陽又照君》 （*The Sun Also Rises*）

（作者：海明威；1926年）

《妾似朝陽又照君》是一個可當成教科書的例子，它讓我們知道如何創造象徵角色而不需使用神、動物或機器等隱喻角色。海明威在主角傑克‧巴恩斯身上設定一種象徵對立，讓他呈現一個堅強、自信的正人君子因戰爭傷害而變得頹喪。結合堅強與頹喪創造出來的角色，基本特質就是失去方向。因此，他是個抱持著濃濃嘲諷態度的人，度過一個又一個感官的時刻，但在人生基本層面完全無能為力。他是算不上人的人，但又是個完全現實的角色，他代表了一整個世代漂浮不定的人。

象徵技巧：具象徵意義的名字

把象徵與角色連結在一起的另一種技巧，就是透過某個名字傳達出角色

的基本特質。狄更斯是使用這種技巧的天才。他的角色包括：米可博先生（Mr. Micawber）、烏劣‧盧普（Uriah Heep）、史克奴契（Scrooge）、菲茨威格（Fezziwig）、小提姆（Tiny Tim）、比爾‧篩克斯（Bill Sikes）、費根（Fagin）、邦伯先生（Mr. Bumble）、盜竊妙手（The Artful Dodger）、普洛絲小姐（Miss Pross）、得伐石夫人（Madame DeFarge）、待得洛克爵士暨夫人（Lord and Lady Dedlock），以及皮普（Pip）。[34]

納博可夫指出，這種技巧在十九世紀之後的小說少見多了。原因或許是這種技巧本身吸引讀者太多注意力，主題也太過明顯。

儘管如此，如果運用恰當，具象徵意義的名字是可以發揮巧妙功能的工具，但最好在喜劇當中使用，因為喜劇較常出現類型化的角色。

以下看看《大亨小傳》主角蓋茲比派對中一些賓客的名字。請注意作者如何列出這些奇妙的名字，隨即呈現他們是什麼樣的人或變成什麼樣的人的殘酷現實。

> 東卵來的有貝克夫婦，李蛭夫婦，還有個姓彭森的，是我在耶魯大學的同窗，另外還有韋伯‧麝貓醫生，去年夏天在緬因州溺死了。接著是大雕夫婦，伏爾泰夫婦……從長島更遠處來的還有薛多夫婦，傳百代夫婦，喬治亞州的石牆‧傑克森‧亞伯拉罕夫婦，何港夫婦，臭酸夫婦。臭酸先生入獄前三天還到蓋府參加派對，喝得酩酊大醉，倒在碎石鋪的車道上，右手慘遭尤里西斯‧汗淋漓太太開車輾過。[35]

另一種使用具象徵意義角色名字的方式，是把「真實」人物和虛構人物混合在一起，如：《爵士年代》、《黑獅振雄風》（*The Wind and the Lion*）、《決戰異世界》（*Underworld*）、《卡特痛宰惡魔》（*Carter Beats the Devil*），以及《反美陰謀》（*The Plot Against America*）。這些歷史人物完全不是「真實」的。他們流芳百世，在讀者心目中成為偶像甚至是如上帝般的人物，因此他們不但不是歷

---

34 這些人名及下方《大亨小傳》人名的原文各有意涵，象徵角色的個性，例如：scrooge 意為守財奴；Heep 源自 hypocrisy（虛偽）……等。
35 此段譯文引自《大亨小傳》，張思婷譯，漫遊者文化，2015 年，第九十二至九十三頁。

史人物，反而成為國族的神話般神祇或英雄。他們的名字就像國旗一樣，其中預先蘊含了力量，作者可以選擇支持或對抗這種力量。

象徵技巧：連結角色轉變的象徵

處理角色較高層次的技巧之一，就是運用象徵來貼近角色的轉變。這種技巧就是透過一個象徵來代表主角經歷轉變後的特質。

使用這種技巧時，先把重點放在故事開頭和結尾足以決定故事結構的場景。創造主角的弱點和需求時，讓象徵與主角產生關連。在角色發生轉變的那一刻，讓象徵再次出現，但要與它第一次出現時稍有變化。

《教父》

這部電影把這個象徵技巧發揮得淋漓盡致。開頭場景是教父的典型經驗：一名男子來見教父維托‧柯里昂，請他主持公道。這個場景的本質是談判，最後男子與教父達成共識。在這個場景的最後一句對白，教父說：「有一天──這天或許永遠不會來到──我會請你有所回報。」這句話總結了這場談判，微妙地暗示：這是為利益而出賣靈魂給魔鬼的交易，教父就是魔鬼，而且雙方已達成協議。

作者在故事接近結尾再次使用了魔鬼的象徵：當新的教父麥可參加外甥的浸洗禮，他的手下同時也槍殺了紐約五個黑幫家族的大家長。在這個嬰兒浸洗禮進行到某個程序時，神父問麥可：「你會不會遠離魔鬼？」儘管麥可此時此刻採取的行動正使他變成魔鬼，他還是回答：「我會遠離魔鬼。」麥可正式成為這個孩子的教父，同時承諾會保護這個孩子，然而，身為黑幫教父的他，等到浸禮結束後，就會讓孩子的父親遭受謀害。

這個對決場景之後，通常接下來會進行的是自我揭露場景。不過，麥可已變成魔鬼，因此作者刻意沒有讓自我揭露發生在他身上，而發生在他的妻子凱伊身上。她在另一個房間，看見麥可的手下齊聚一堂祝賀他攀上新的「崇高」地位，接著，這扇通往這位地下世界新任國王的門就在凱伊面前關上。

請注意：在開頭決定故事結構的場景裡使用這個象徵，有其微妙之處。在第一個場景裡，沒有任何人說出「魔鬼」兩個字。作者透過這個場景的巧

妙結構，讓象徵與角色產生關連。「教父」一詞直到這個場景結尾才出現在最後一句對白之前，隱隱暗示這是一場浮士德式的魔鬼交易。這種運用象徵的微妙手法為觀眾帶來的戲劇張力不但沒有減弱，反而更因為它而加強了衝擊力道。

具象徵意義的主題

確定故事象徵和角色象徵之後，創造象徵網絡的下一步，是藉由象徵來涵括故事完整的道德議題。在所有象徵技巧中，它帶來最強烈的象徵意義。正因為這個緣故，具象徵意義的主題是風險極高的技巧。如果手法明顯而蹩腳，就會令人覺得故事在說教。

想用象徵方式傳達主題，必須找出某個意象或物件，用它來呈現一系列會對他人造成某種傷害的行動。更強而有力的方式，是找出一個意象或物件來呈現兩個系列行動——即兩個道德場景段落，而且這兩組行動彼此之間是有所衝突的。

《紅字》

（作者：霍桑；1850 年）

霍桑是使用具象徵意義主題的大師。紅色字母「A」乍看之下代表的是反對通姦（adultery）的簡單道德議題。這個原來顯而易見的象徵，隨著故事的進行，轉變為代表兩個對立的道德議題：一方面是公開嚴懲海絲特的那個斷然、僵化、偽善的論點，另一方面則是海絲特與愛人私下在生活中落實的、彈性更大的真正道德觀。

《萬世流芳》

〔小說：克里斯多夫・瑞恩（Christopher Wren）；劇本：羅勃・卡森・普爾斯佛（Robert Carson Percival）；1939 年〕

這個描述三兄弟參加法國外籍兵團的故事，顯示出具象徵意義主題的一個關鍵特點：它最好透過情節來發揮作用。在故事開頭，三兄弟還是孩子，他們在玩亞瑟王遊戲。大哥躲在盔甲裡，無意中聽到有人談到家族裡一顆名

為「藍之水」的藍寶石。多年後，已是成年人的大哥偷了這顆寶石，然後加入了法國外籍兵團。他這麼做，全是為了挽救叔父的聲譽與家族的名譽。武士盔甲成為騎士精神和自我犧牲的象徵，也就是作品原文標題「英挺之姿」（beau geste）與故事的中心主題。作者將象徵蘊藏在情節之中，讓象徵和主題的連結能在故事進程中演進、成長，而不是一下就告訴觀眾。

《大亨小傳》
（作者：費茲傑羅；1925 年）

《大亨小傳》展現作者連結象徵與主題的驚人能力。費茲傑羅運用三個主要象徵構成象徵網絡，具體呈現主題場景段落。這三個象徵是：綠燈、垃圾場前的壯觀看板，以及翁翁鬱鬱在海上盛開、隆起的新大陸。其象徵及主題場景段落是這樣運作的：

1. 綠燈＝此時的美國，但原來的美國夢已經變成追求物質財富，以及那個黃金般的女孩，而她之所以令人愛慕，只因為包裝漂亮。

2. 垃圾場前的壯觀看板＝物質外表下的美國，由徹底耗損的、物質化的美國所創造的機械廢棄物。機器吞噬了花園。

3. 翁翁鬱鬱在海上盛開、隆起的新大陸＝自然世界的美國，新發現的、充滿潛力的新的生活方式，重返伊甸樂園的機會。

請注意：象徵場景段落沒有依時間順序出現，但依循合適的結構順序。作者在最後一頁才引出翁翁鬱鬱在海上盛開、隆起的新大陸。這是高明的抉擇，因為在強烈對比之下，新大陸的蒼翠繁茂本質和巨大潛能，與它實際上受到的對待，如此真實，令人震撼。這個對比出現在故事結尾尼克的真實自我揭露之後，因此從結構上來說，這個象徵及它代表的一切在觀眾心中爆發，形成撼動人心的主題揭露。這是大師級的技巧，也是藝術創作的過程之一。

故事世界的象徵

上一章談到許多創造故事世界的技巧，其中有些技巧——譬如縮影——也屬於象徵技巧。事實上，象徵最重要的功能之一，就是透過可理解的單一

意象來涵括整個故事世界或一系列的力量。

　　島嶼、高山、森林和海洋等自然世界原本就有自己的象徵力量，但你可以為它們再附加其他象徵，以加強或改變觀眾對這些自然力量的象徵意義的聯想，其中一種方式就是賦予這些地方魔幻的力量。這種技巧在以下故事中都可以看到：《暴風雨》的普洛斯佩羅之島、《奧德賽》的克爾柯之島、《仲夏夜之夢》的森林、《皆大歡喜》的亞登森林、哈利波特系列故事中的禁忌森林，以及《魔戒》中的羅斯洛利安森林。嚴格來說，魔幻不是一種特定象徵，而是世界運作的一組不同的力量，但將某個地方變得魔幻，效果就和運用象徵一樣。它將象徵意義濃縮，讓世界在某種力場中獲得充沛能量，從而抓住觀眾的想像力。

　　你可以創造象徵來傳達這種超自然的眾多力量，以下就是一個非常好的例子：

《發暈》

〔作者：約翰・派翠克・史丹利（John Patrick Shanley）；1987 年〕

　　作者約翰・史丹利用月亮來具體傳達命運這個概念，這樣的手法在愛情故事尤其派得上用場，因為愛情故事裡至關重要的不是個別的角色，而是他們之間的愛。觀眾想要的感覺，是這個偉大的愛情如果無法成長和延續，那就是悲劇。想在觀眾心中製造這樣的感受，方法之一就是讓這份愛是必然的，但造化弄人，而且其背後的力量是兩個凡人無法抵抗的。作者史丹利一開始就設定羅麗塔是個愛情運不佳的人，並將羅麗塔和倫尼這兩個主要角色與月亮連結在一起，這就帶來有某種更大的力量在掌控一切的感覺。羅麗塔的爺爺對一群老人說，月亮把女人帶到男人身邊。吃晚飯時，羅麗塔的舅舅雷蒙德講述了羅麗塔的父親柯斯莫追求母親羅絲的故事：一天晚上，雷蒙德醒來，看見碩大的月亮，他往窗外看，看見柯斯莫站在樓下街道上，抬頭望著羅絲的臥室。

　　然後作者運用交叉剪接技巧，讓月亮的魔力籠罩整個家庭，並將它與愛連結在一起。鏡頭接二連三快速出現：羅絲往外凝望著巨大的滿月，羅麗塔和倫尼首次做愛後一起站在窗前看著月亮。雷蒙德醒來告訴妻子，那是柯斯

莫的月亮重現。這一對結縭多年的老夫妻受到感染,也雲雨一番。在場景段落的結尾,祖父帶著一群狗,狗兒朝著高掛城市上空的月亮吠叫。月亮成為衍生愛情的巨大力量,整個城市沉浸在月光和夢幻星塵中。

當故事世界從群體的某個階段演進到另一個階段——例如從鄉村演變為城市——這時,也可以考慮創造一個象徵。群體的力量相當複雜,想讓其中的力量顯得真實、一致和可以理解,一個單一象徵可能是很有價值的。

《黃巾騎兵團》

〔故事:詹姆士·華納·貝拉(James Warner Bellah);劇本:法蘭克·努金(Frank Nugent)、勞倫斯·史托靈(Laurence Stallings);1949 年〕

這個故事追溯美國騎兵團一名統帥退休前的日子,事情發生在一八七六年左右邊陲西部地區的前哨基地。與這位統帥職業生涯即將結束並行發生的,是邊陲區域(鄉村世界)的結束,以及其所蘊含的武士價值觀的隨之消逝。為了凸顯並協助觀眾聚焦於這樣的轉變,劇本作者努金以野牛當作象徵。一名身形碩大、性情狂暴的軍官在基地的酒吧喝酒歡慶。比統帥早一點退休的他,對著酒保說:「舊時光一去不返了……你有聽說野牛回來的消息嗎?一群群的野牛啊。」然而,觀眾知道野牛有一段漫長的時間不會再回來,而像這位統帥和軍官這樣的人也將一去不返。

《狂沙十萬里》

〔故事:達利歐·阿基恩多(Dario Argento)、貝納多·貝托魯奇(Bernardo Bertolucci)、瑟吉歐·李歐尼(Sergio Leone);劇本:瑟吉歐·李歐尼、瑟吉歐·多納蒂(Sergio Donati);1968 年〕

這部大型歌劇式西部電影的開頭,是一個男人和他的孩子在位於荒野的家中遭到謀殺。男子的郵購新娘抵達此地時,發覺自己成為寡婦,以及這個位於美國沙漠、看來沒什麼價值的房子的主人。她翻找亡夫的遺物,發現了一組玩具小鎮。這個玩具小鎮是未來的縮影和象徵,是死者生前對新的鐵路終於抵達此地時小鎮風貌的想像。

《新天堂樂園》

〔故事:吉瑟普·多納多爾(Giuseppe Tornatore);劇本:吉瑟普·多納多爾(Giuseppe Tornatore)、凡納·保利(Vanna Paoli);1989 年〕

原文標題中的電影院（天堂電影院）是整個故事的象徵，也是故事世界的象徵。在這個如蠶繭般的地方，社群裡的人聚在一起體驗電影的魔力，也在過程中建立了群體關係。然而，隨著小鎮演變為城市，這個電影院經歷轉讓、破敗，直到夷平改建為停車場。烏托邦消逝，群體四散、凋零。這個電影院顯示出象徵具備多大的力量，能濃縮意義，並且讓觀眾動容落淚。

《駭客任務》和《螢光幕後》

〔劇本：安迪・瓦喬斯基（Andy Wachowski）、賴瑞・瓦喬斯基（Larry Wachowski），1999 年。劇本：帕迪・柴耶夫斯基（Paddy Chayevsky），1976 年〕

如果把故事放進一個大型且複雜的群體或組織，同時又希望故事能吸引觀眾，象徵幾乎是不可或缺的工具。《駭客任務》和《螢光幕後》之所以成功，主要應歸功於使用象徵來展現故事及故事發生的群體世界。電影原標題中的「矩陣」（The Matrix）和「電視網」（Network），暗示一個單一的單位，也是以各種脈絡囚困人的組織網絡。這些象徵開門見山告訴觀眾，他們進入了一個多種力量角力的複雜世界，其中有些力量更是隱而不見。這不只提醒觀眾不要嘗試當下就把一切理清楚，更向他們保證，有趣的揭露即將出現。

具象徵意義的行動

單一的行動，通常是構成故事情節較大場景段落的行動。主角和對手為了達成目標而持續進行的競爭，就像長長的一列火車，其中的每一個行動，就是一截車廂。當你創造一個具象徵意義的行動，就是把它與另一個行動或物件連結在一起，賦予它可能引起激烈反應的意義。請注意：讓某個行動具有象徵意義，等於在情節場景段落中凸顯這個行動。它會將觀眾的注意力引向行動本身，就像在告訴他們：「這個行動特別重要，而且它以縮影方式呈現故事的主題或角色。」因此，請留意如何運用具象徵意義的行動。

《咆哮山莊》

（小說作者：艾蜜莉・勃朗特，1847 年；劇本作者：查爾斯・麥克阿瑟、班・赫契特，1939 年）

赫斯克里夫在屬於他倆的沼澤區「城堡」中自詡為凱西迎戰黑武士，呈

現的是一個虛幻的浪漫世界，以及凱西希望生活在富有的貴族世界的決心。赫斯克里夫也以縮影方式演繹出整個故事——他為了追求凱西而與出身優越的林頓對抗。

《證人》

（劇本：厄爾‧華勒斯、威廉‧凱利；故事：威廉‧凱利；1985 年）

約翰伸出友誼之手，協助其他人建造倉舍時，與瑞秋也有了眼神交流。這標誌著他願意離開警察的暴力世界，在一個和平的群體裡建立愛的連結。

《雙城記》

（作者：狄更斯；1859 年）

就像十字架上的耶穌，悉尼‧卡頓願意在斷頭臺上犧牲自己，以拯救其他人的性命。「這比我做過的所有事好太多了；這比我知道的所有安息之所好太多了。」

《古廟戰茄聲》（*Gunga Din*）

〔詩作：吉卜林；故事：班‧赫契特、查爾斯‧麥克阿瑟；劇本：喬艾爾‧塞爾（Joel Sayre）、弗烈德‧基歐爾（Fred Guiol）；1939 年〕

印度苦力龔格丁（Gunga Din）一心想像他仰慕的三位英國士兵一樣加入軍團。在最後一戰，他的同袍身受重傷且遭擄走，龔格丁吹起軍號，自己暴露在必死無疑的危險之中，卻拯救了整個軍團，使他們不致於落入陷阱。

具象徵意義的物件

具象徵意義的物件幾乎不會在故事中單獨存在，因為它們獨自存在時幾乎無法與其他事物產生關連。不過，由物件構成的網絡若具有某種具引導性的原則，就能形成某種深刻、複雜的意義模式，通常有助於傳達故事主題。

創造具象徵意義的物件網絡時，回到故事設計原則，從這裡著手。這是讓一組個別物件聚合在一起的黏著劑。這樣一來，每一個物件不只與另一個物件有關，同時也涉及並連結故事的其他具象徵意義的物件。

所有故事都能創造具象徵意義的物件網絡，不過在特定故事形式中最為

常見，尤其是神話、恐怖故事和西部故事。這些故事形態或類型不知已有多少人寫過，早已千錘百鍊，臻於完美。它們包含的物件十分常見，已成為一望即知的隱喻。它們是預先蘊藏的象徵，觀眾只要帶著某種程度的留意思索，立刻就能理解其中的意義。

接下來看看一些故事中具象徵意義的物件網絡，這些故事都屬於最具高度隱喻意義的類型。

神話象徵網絡

神話是最古老且迄今最受歡迎的故事形式。古希臘神話是西方思想的基石之一，具有寓言和隱喻性質，如果想把它們當成故事的基礎，就應該先了解它們是如何運作的。

這些故事總是呈現至少兩種層級的個體：諸神，以及人類。不要像許多人一樣，誤以為它們一定就是古希臘人對世界如何實際運作的看法。故事中的兩個層級，也不代表諸神統治人類的信念。或者應該這麼說，諸神是人類有能力獲得的美德或啟蒙智慧的那個面向。「諸神」是一種出色的心理模式，其中的一個角色網絡，代表你希望獲得或避開的人格特質與行為方式。

除了這一組深具象徵意義的角色，神話還使用一套規範明確的具象徵意義的物件。最初講述這些故事時，觀眾知道這些象徵總是代表其他某些東西，也確切知道那些象徵的意義。故事講述者將這些主要象徵一起放進故事發展過程，以達到他所期望的效果。

想理解這些具隱喻的象徵，最重要的就是了解它們也代表主角內在某些東西。以下是神話中的一些主要象徵，以及對古代觀眾而言，它們可能代表的含意。當然，即使是這些具高度隱喻的象徵也沒有固定意義；象徵就某種程度而言總是模稜兩可的。

旅程：生命歷程。

迷宮：在追尋啟蒙之路上遭遇的困惑。

花園：與自然法則融為一體，與自我和他人和諧共處。

樹木：生命。

馬、鳥、蛇等動物：通往啟蒙或通往地獄之路的模式。

梯子：獲得啟蒙的階段。

地下世界：未經探索的自我，亡者之地。

劍、弓、盾、袍子等法寶：正確的行動。

《奧德賽》

（作者：荷馬）

我相信《奧德賽》是故事史上最具藝術性和影響力的希臘神話。使用具象徵意義的物件，是它能夠有如此成就的原因之一。想了解它的象徵技巧，必須像前面一樣，從角色開始。

關於角色，首先要注意的是，荷馬的角色從對抗死亡的強悍武士（《伊里亞德》）轉為尋覓家園與理想生活的、足智多謀的武士。奧德修斯是個非常優秀的戰士，但他不只是一名探索者、思想家（謀略家）和情人。

這種角色的改變，必然也導致具象徵意義主題從母權制轉為父權制。和其他國王必死、皇后倖存的故事不同，奧德修斯返回家園，重登王位；和大部分出色故事一樣，奧德修斯經歷了角色轉變。當他返回家裡，他仍是奧德修斯，但已蛻變為更了不起的人。這一點可以從他最重大的道德抉擇看出來：他重返家園，等於放棄長生不死，選擇終有一死的凡人命運。

故事講述過程中，具象徵意義的角色的核心對立之一，就是男人和女人的對立。奧德修斯透過旅程領略了某些道理，潘妮洛普不同，她一直在同一個地方，並且透過作夢而明白某些道理。她也根據夢境來做抉擇。

荷馬在《奧德賽》中建立的具象徵意義的物件網絡，是以角色和主題為基礎的，因此，這個網絡都建立在男用物件上：斧頭、桅杆、短棍、槳、弓等。對角色來說，這些物件全都代表某種方向或正確的行動。與這些象徵形成對比的是一棵樹，它支撐著奧德修斯和潘妮洛普結為夫婦的那張床。這是生命之樹，也代表著另一個意念：他們的婚姻是有機的結合。它會成長或者凋零。當這個男人為了榮譽（終極的武士價值）而一直漂泊在太過遙遠的地方或漂泊太長的時間，這段婚姻和生命本身也會消逝。

恐怖故事象徵網絡

　　恐怖類型故事談論的是這樣的恐懼：人類以外的非我族類進入人類群體。它談論的是文明生活的界限的跨越：生與死、理性與非理性、道德與不道德的界限，以及隨之而來的毀滅帶來無可避免的結果。恐怖故事對最根本的問題提出疑問：什麼是人？什麼是非人？於是這種故事形式就建立了宗教思維模式。在美國和歐洲的恐怖故事中，這種思維模式來自基督教。因此，這些故事的角色網絡和象徵網絡幾乎完全取決於基督教的宇宙觀。

　　在人部分恐怖故事裡，主角都是被動反應的，而推動行動的主要對手，則是魔鬼或某種版本的魔鬼手下。魔鬼是邪惡的化身、作惡的天父，如果不加以制止，他會將人類引向永恆的沉淪。這些故事的道德議題總是構築於簡單的二元對立：善與惡的對決。

　　這種象徵網絡也從二元對立出發，而善惡對立具象徵意義的視覺表現，就是光明與黑暗。光明面的基本象徵當然就是十字架，它具備的能力甚至可以擊退魔鬼。黑暗的象徵往往是不同的動物。在基督教興起前的神話故事，馬、雄鹿、公牛、公羊和蛇等動物都是理想的象徵，能將人引向正確的行動或更高層次的自我；但在基督教的象徵體系裡，這些動物卻代表邪惡的行動。這就是為什麼魔鬼長了一對角。像狼、猿、蝙蝠和蛇等動物，代表約束力的移除，肉體和情慾占了上風，通往地獄之路敞開。這些象徵在黑暗中發揮最大威力。

《德古拉》

〔小說：布蘭姆・史托克（Bram Stoker）；舞台劇：漢彌爾頓・狄恩（Hamilton Deane）、約翰・波德斯頓（John L. Balderston）；電影劇本：嘉拉特・福特（Garratt Ford）；1931 年〕

　　吸血鬼德古拉是個「活死人」，是黑夜裡的終極生物。他藉由吸食人類的血維生，遭他吸血的人若不是死亡，就是因受感染而成為吸血鬼的奴隸。德古拉睡在棺材裡，如果暴露在陽光下就會焚燒而死。

　　吸血鬼極度耽溺於感官享樂。他們熱切地凝視受害人露出的頸部，在失控的肉慾驅動下，咬住脖子，吸取血液。在《德古拉》等吸血鬼故事中，性慾等於死亡，而生與死的界限變得模糊，導致一種比死亡更不堪的刑罰——

活在一個永無止境的煉獄，浪跡於黑夜世界。

德古拉具有變身蝙蝠或狼的異能，通常住在老鼠橫行的廢墟中。他是別具歐洲特質的角色：他是伯爵，貴族的一員。德古拉伯爵是逐漸老化、腐敗的貴族階層的一分子，是倚賴一般百姓維生的寄生蟲。

德古拉在晚上威力非凡，但如果有人知道他的祕密，就能制止他。他看見十字架時身體會收縮，聖水灑在他身上會令他燃燒。

其他沿用這類象徵設定而發揮的經典恐怖故事，包括：《大法師》（*The Exorcist*）和《天魔》（*The Omen*）。《魔女嘉莉》使用同一套象徵，但把意義倒轉過來。這個故事裡的基督教象徵與偏執、思想封閉有關連，嘉莉利用心靈傳動能力將一個十字架插入她母親的心臟，造成這個福音教徒死亡。

西部故事象徵網絡

西部故事是最後的大型神話創作，因為美國西部是地球最後一處可居住的邊陲之地。這個故事形式是美國的國族神話，一寫再寫，不下千百次，因此具有高度隱喻的象徵網絡。西部故事講述數百萬人朝西部進發，馴服大自然，建立家園。拓荒者由一個孤獨的武士英雄統領，他能擊敗蠻族，讓這些西進先鋒能安全建立村落。這個武士就像摩西，帶領族人前往應許之地，他自己卻未能踏足其上。他命中注定終生不婚，孑然一身，不停浪跡荒野，直到與荒野一起消逝。

西部故事最盛行的時期大約在一八八〇至一九六〇年間，因此這種故事形式總是在講述過去的時間與地點，即使在它興起之初也是如此。不過，應謹記的是：西部故事雖然仿似創造神話，卻總是在呈現未來的願景，是美國人集體決意踏出的國族發展步伐，即使背景設定在過去，但那其實是無法再創造出來的時光。

西部故事的願景是征服土地，消滅或感化「低人一等」的「野蠻」民族，傳播基督教和文明，將自然轉化為財富，並把美國這個國家建立起來。西部故事的設計原則，是讓完整的世界歷史發展過程在恍如白紙的原始美國荒野中重現，因此美國是世人重返伊甸園的最後機會。

任何國族故事若要成為宗教故事，決定因素是某些儀式和價值觀的定義，以及這個故事取信於人的強烈程度。也因此，這樣一個國族的、宗教的故事會產生一個高度隱喻的象徵網絡。

西部故事的象徵網絡從馬背上的騎士開始。他既是獵人，又是超級武士；他是武士文化的終極體現。他也帶有英國國族神話亞瑟王的某些特質。他是天生的騎士，是個普通人，卻因純良的品格而自成一個階級，奉行騎士的道德準則和正確行動（稱為西部法則）。

西部英雄不穿盔甲，他穿戴的是象徵網絡的第二大象徵——六發左輪手槍。六發左輪代表機械力量，是威力放大很多倍的正義之「劍」。因為他奉行的準則和武士文化的價值觀，西部牛仔永遠不會率先拔槍。他總是要在街頭的決戰中主持正義，讓人人可見。

西部故事就像恐怖故事，也總是表達「善與惡」等二元對立的價值取向，而且這會透過網絡中的第三種主要象徵標示出來——帽子。西部故事英雄戴的是白帽，壞蛋戴的是黑帽。

西部故事的第四種象徵是徽章，它透過另一個象徵的形狀——星形——來呈現。西部英雄總是伸張正義，但經常對自己有害無益，因為他的暴力行為往往讓他受到排擠。他可能以官員身分暫時成為群體一員——譬如執法者。他不但把律令施諸荒野之上，也用來對付每個人心中的狂野和激情。

西部故事的最後一種主要象徵是籬笆。它總是一道木籬笆，輕薄而脆弱，代表著新的文明對自然荒野和人類內心的野性所發揮的駕馭力只是表面的。

《原野奇俠》

〔小說：傑克‧薛佛（Jack Schaefer）；劇本：A. B. 小古特利（A. B. Guthrie Jr.）、傑克‧薛爾（Jack Sher）；1953 年〕

西部故事使用象徵網絡，在《英豪本色》（*The Virginian*）、《關山飛渡》（*Stagecoach*）、《俠骨柔情》等故事中有極出色的效果，而在最概念化、最具隱喻意義的西部故事《原野奇俠》中也同樣出色。《原野奇俠》的概念化演繹讓人很容易看到其中的西部故事象徵，但那些象徵吸引太多注意，令觀眾總是覺得「我在看一個經典西部故事」。這是使用高度隱喻象徵的重大風險。

《原野奇俠》把具神話意味的西部故事推衍到邏輯的極致。故事追隨一名神祕陌生人而發展，他首次出現時就已在旅途中。他騎馬從山上下來，停了一下，又回到山上去。這部電影採用了我稱為「漫遊天使故事」這種次類型——它不只見於西部故事，也出現在偵探故事（神探白羅系列故事）、喜劇（《鱷魚先生》、《艾蜜莉的異想世界》、《濃情巧克力》和《早安越南》），以及歌舞劇（《歡樂滿人間》和《歡樂音樂妙無窮》）。在漫遊天使故事裡，主角走進一個陷於困境的群體，幫助他們解決問題，然後又出發去協助另一個群體。在《原野奇俠》這個西部故事的版本中，原野奇俠是個漫遊武士天使，他與其他武士（牧牛者）交手，讓農夫和村民能建立家園，打造一個村落。

　　《原野奇俠》也有一個具高度象徵意義的角色網絡。其中天使般的英雄與魔鬼般的帶槍狂徒對立；以家庭為重的農夫（約瑟）與滿腹牢騷、殘暴的單身牧牛人對立；賢妻良母（瑪莉安）與她的孩子對立——這個男孩崇拜神槍手。故事中的這些抽象角色，幾乎沒有出現任何個人細節。例如，原野奇俠受往日幽靈纏擾，那與槍械使用有關，但故事從頭到尾沒有解釋。因此，故事的角色只是非常令人著迷的隱喻。

　　所有西部故事的標準象徵都以最純粹的形式呈現。手槍對任何西部故事都相當關鍵，但在《原野奇俠》，它被設定為主題的核心。電影提出一個問題，對故事中的每個人加以批判：你有勇氣用槍嗎？牧牛人憎恨農夫，因為他們築起籬笆。農夫起而對抗牧牛人，因為他們想建造一個真正的小鎮，有自己的律法，還有一間教堂。原野奇俠穿淺色鹿皮裝；邪惡的帶槍狂徒則穿黑衣。農夫在雜貨店購買生活用品，用來建構家園，但雜貨店有一道門通往一間酒吧，這是牧牛人喝酒、打鬥、殺人的地方。當原野奇俠置身雜貨店，他嘗試建立一種以家園和家庭為中心的新生活。然而，他無法控制地受酒吧吸引，回復以往的生活方式，是個槍法非凡的孤獨戰士。

　　這並不表示《原野奇俠》的故事說得糟糕。正由於它的象徵網絡如此簡潔、分明，它具備了某種特殊力量。這裡沒有湊篇幅的廢話。不過也因為同一個原因，它讓人覺得那是一個概略的故事，道德議題只著眼於道德價值體系的其中一面，幾乎所有宗教故事都有這樣的狀況。

故事技巧：逆轉象徵網絡

使用蘊含高度隱喻的象徵網絡，極大的缺點在於太過自覺、易於預測，因此對觀眾來說，故事成為一幅藍圖，而不是有生命的實體。不過這個重大的弱點也包含巨大的機會。你可以利用觀眾對這種故事形式及象徵網絡的認知來逆轉網絡。透過這種技巧，你使用網絡中所有象徵，但將它們的意義加以扭曲，讓它們變得與觀眾期待的截然不同，讓觀眾不得不對所有期待重新思考。任何具備眾人熟知象徵的故事都可以使用這種技巧。在創作神話、恐怖故事或西部故事等某種特定類型時運用這種技巧，這個過程就是所謂的「減弱類型特色」。

《雌雄賭徒》

〔小說：愛德蒙‧諾夫頓（Edmund Naughton）；劇本：羅伯‧奧特曼（Robert Altman）、布萊恩‧麥凱（Brian McKay）；1971 年〕

《雌雄賭徒》是一部劇本十分精采的出色電影，其成就很大部分來自於把經典西部故事的象徵加以逆轉。象徵的逆轉，也是傳統西部故事主題自然發展的結果。《雌雄賭徒》中不是角色把文明帶到荒野，而是一名創業者在荒野中建立一個小鎮，但卻遭大企業摧毀。

象徵體系的逆轉從主要角色開始。馬凱布先生是個賭徒和花花公子，他因開設妓院而發跡，利用性為資本，在西部荒野創造了一個群體。第二主要角色是馬凱布一生最愛，但這位女士是個鴉片癮君子。

視覺的副線故事世界也將經典象徵逆轉過來。這個小鎮不是在西南部平坦、乾旱的平原上以棋盤式格局蓋起匣形的房子。它位於西北部多雨、草木繁茂的森林裡，隨興地以木材和帳篷建構一個小鎮。它不是官員目光關注下朝氣勃發的社群；這個小鎮是分裂的、未建構的，鎮居無精打采、孤立無援，對所有陌生人投以懷疑的目光。

西部故事具象徵意義的關鍵行動是對決，這個也逆轉了。經典的對決發生在主街中間，整個小鎮都看得到。牛仔主角讓壞人先拔槍仍能擊倒對方，為這個發展中的群體重新確認了正確的行動、法律和秩序。在《雌雄賭徒》，主角偏偏不是執法者，在一場迷濛的暴風雪中，三名殺手走遍整個小鎮追殺

他。沒有人看到或關心馬凱布的正確行動，或這個小鎮領袖的生與死。鎮民只顧著搶救失火的教堂，但平日根本沒人上這間教堂。

《雌雄賭徒》也逆轉了經典西部故事具象徵意義的物件。法律並不存在。教堂沒人。在對決中，殺手之一躲在一幢建築物後面，用獵槍射殺馬凱布，看似身亡的馬凱布拔出一把藏起來的大口徑小手槍（在經典西部故事，這種手槍是女性用的），朝殺手眉心開火殺了他。馬凱布穿戴的不是牛仔皮褲和白色寬邊帽，而是東部人穿的西裝和圓頂禮帽。

《雌雄賭徒》和它採用的「減弱類型特色」策略，向我們展示了翻新陳舊隱喻象徵的最佳技巧。它是出色故事講述的教材，也是美國電影的一個里程碑。

象徵網絡運用實例

學習象徵網絡技巧的最好方法就是看看實際應用的例子。察看不同的故事就會發現，這些技巧在相當廣泛的故事形式中同樣都可運用自如。

《神劍》

〔小說《亞瑟王之死》（*Le Morte d'Arthur*）：湯瑪斯・馬洛瑞（Thomas Malory），1470；劇本：羅斯波・帕倫伯格（Rospo Pallenberg）、約翰・布爾曼（John Boorman），1981 年〕

如果西部故事是美國的國族神話，你可以說亞瑟王故事是英國的國族神話。它的影響和魅力強大，一個故事就對西方故事史中數以千計的故事產生了影響。光是這個原因，身為現代故事講述者就應該了解它的關鍵象徵是如何運作的。同樣的，我們還是從角色象徵開始看起。

亞瑟王不只是個男人，也不只是個國王，他是現代版的半人半馬怪物，是個硬漢騎士。從這個角度來看，他是第一個超人、鋼鐵人，是男性形象的極致。他是武士文化的終極體現，代表勇氣、力量、正確的行動，同時透過在眾人之前公開戰鬥來確立正義。具反諷意味的是他雖是男性特質的終極表現，但奉行騎士精神規範，賦予女性崇高地位，視之為純淨無瑕的典範。這將女性整體轉化為一個象徵，而女性的象徵又劃分為基督教的二元對立：聖母和蕩婦。

亞瑟王也象徵陷入衝突的現代領袖。他在卡美洛創造了一個完美的群體，以純真的人格為基礎，直到他的妻子與他最優秀、最純真的騎士墜入愛河，他的王國才走向失落。責任與愛之間的衝突，是故事講述過程中的重大道德對立之一，由亞瑟王具體呈現出來，沒有其他角色能出其右。

亞瑟王的盟友是梅林。梅林是最好的導師暨魔法師，這個角色回到基督教之前的世界觀，其魔法代表對大自然更深層力量的認知。他是自然與人性的終極工藝師暨藝術家，深知人性源自於大自然。他的魔咒和忠告，總是源自他對眼前某個獨特人物的需求與渴望的深刻了解。

亞瑟王的各個對手擁有的具象徵意義的特質，後世數以百計的作者仍廣泛借用。他的兒子魔痩德（Mordred）是個邪惡的孩子，名字本身就代表死亡。魔痩德的盟友是母親魔根娜（Morgana），又叫魔女魔根（Morgan Le Fay），是個邪惡的女巫。

故事中的騎士都是像亞瑟王般的超人。他們位居普通人之上，不只因為具備戰士本領，也因為性格的純真和偉大。他們必須奉行騎士規範，追尋聖杯，未來才得以進入天國。這些騎士在旅程中都是樂善好施的人，幫助所有有需求的人，透過正確的行動證明內心的純真。

《神劍》和其他版本的亞瑟王故事都充滿了具象徵意義的世界和物件。首要的象徵地點是卡美洛，這是個烏托邦群體，人人壓抑求取個人榮譽的人性欲望，共同追尋群體整體的安寧和快樂。這個具象徵意義的地點又進一步以圓桌為象徵。圓桌是偉大理想的共和國，在這裡，所有騎士與國王平起平坐，享有同等地位。

故事標題裡的神劍，是亞瑟王故事中另一個具象徵意義的主要物件。神劍是正確行動的男性象徵，只有懷抱著純真內心的正義之王，才能從石頭裡拔出它，揮劍打造一個理想群體。

亞瑟王的象徵融入了文化，在很多故事當中都能發現，例如：《星際大戰》、《魔戒》、《希望與榮耀》（Hope and Glory）、《古國幻遊記》、《奇幻城市》（The Fisher King），以及數以千計的美國西部故事。如果想使用亞瑟王的象徵，記得將它們的意義加以變化，讓它們在你的故事中成為獨創。

《刺激驚爆點》

〔劇本：克里斯托福・邁考利（Christopher McQuarrie）；1995 年〕

　　《刺激驚爆點》這個故事的獨特之處，在於主角在故事進展過程中採用我們討論過的技巧來創造本身具象徵意義的角色。主角名叫維爾博（Verbal，字義為與言辭有關的），非常貼切。他看來是個無關緊要的壞蛋和盟友，實際上卻同時是主角、犯罪能手（主要對手）和故事講述者。當他向海關調查員敘述事情發生過程時，他虛構了一個恐怖、殘暴的角色基撒・索茲。他讓這個角色與魔鬼的象徵產生關連，這個名字因而被賦予了神話般的能力，只要提到它就能引起人們的驚恐。直到故事結尾，觀眾才知道維爾博就是基撒・索茲，還有他是個犯罪高手，部分原因正因為他是個說故事的高手。《刺激驚爆點》的講述過程非常出色，打造象徵的手法也非常高明。

《星際大戰》

（作者：喬治・盧卡斯；1977 年）

　　《星際大戰》大受歡迎的主要原因之一，在於它奠基於運用具象徵意義主題的技巧。這個看似簡單的幻想歷險故事有一個強而有力的主題，並且聚焦於光劍的象徵。在這個科技先進的世界，人們以光速行進，主角與對手決鬥時使用劍。顯然這不是真實的，但在這個故事世界裡，它夠真實，且成為能夠承載主題力量的物件。光劍象徵武士道的訓練和行為規範；它可以用來行善，也可以用來作惡。這個象徵物件的重要性不容低估，因為它代表的主題讓《星際大戰》締創全球成功票房。

《阿甘正傳》

（小說：溫斯頓・葛倫；劇本：艾瑞克・羅斯；1994 年）

　　《阿甘正傳》用兩個物件來代表主題：羽毛，以及一盒巧克力；或許有人認為，作者這種讓象徵與主題產生關連的技巧不夠高明。在日常生活的世界裡，一根羽毛從天上飄下來，落在阿甘腳上。顯然這根羽毛代表阿甘的自由精神與開放、自在的生活方式。那盒巧克力更是一語中的。阿甘說：「我媽媽總是說：『生活就像一盒巧克力。你永遠不知道裡面是什麼。』」這個對於正確生活方式主題的直接陳述，與隱喻之間是相互連結的。

不過，這兩個與主題有關連的象徵運作用，在故事中比乍看之下好多了，而且其中的原因也讓我們受益良多。首先，《阿甘正傳》將神話故事形式與戲劇連結在一起，整個故事涵蓋大約四十年時間。因此，故事本身就像那根羽毛，飄蕩過廣大的空間和時間，除了一般歷史敘事線外，沒有明顯的方向。其次，主角是個憨直的人，他用易於記憶的老生常談來思考。如果一個「正常」的角色開門見山宣稱生活就像一盒巧克力，那就成了說教，但頭腦簡單的阿甘從摯愛的母親那裡學到這個迷人的體悟，並且非常高興自己有這樣的體悟，大部分觀眾也和他一樣。

《尤利西斯》

（作者：喬伊斯；1922 年）

　　喬伊斯讓故事講述者是魔法師、象徵創造者和謎底創造者的意念更上一層樓，超越其他作家。這麼做固然有好處，但也付出了代價，最明顯的就是將觀眾的情感感受推向強烈的智性反應。當你以數以千計花稍的方式來呈現數以千計微妙甚或晦澀的象徵，讀者也不得不成為故事科學家或文學偵探；他們堅定地盡可能保持距離，以便看出這個彷彿由神安排的謎語究竟是如何建構的。和《大國民》一樣（儘管原因不同），《尤利西斯》這個故事會讓人欣賞當中的技巧，但很難愛上它。接下來就讓我們一起看看它的象徵技巧吧。

　　故事象徵和具象徵意義的角色：

　　喬伊斯建立整個具象徵意義角色網絡的主要方法，是在他的故事裡裝滿來自《奧德賽》、基督的故事和《王子復仇記》的角色。他在這些主要角色網絡之上再增補一些真實人物和愛爾蘭往昔的偶像式人物。這種策略有好幾個優點。第一，它將角色與主題連結在一起：喬伊斯試著透過角色的行動來創造一種自然的或人文的宗教。他筆下那些尋常生活中的角色，如布盧姆、史提芬和莫莉，都被賦予英雄式甚至神般的特質，不只因為他們的所作所為，也因為他們總是與奧德修斯、基督和哈姆雷特等人物相提並論。

　　這種技巧也把《尤利西斯》的角色放進一個偉大的文化傳統裡，同時呈現他們試圖反抗並擺脫這個傳統，成為獨特的個體。這正是史提芬在故事發展過程中一再努力的角色發展主線。他因為天主教傳承與英國對愛爾蘭的統

治而備感壓抑，但不想摧毀所有心靈的依歸，不斷尋找能實現自我並成為真正藝術家的方式。

將他的角色與其他故事的角色相提並論的另一個優點，就是喬伊斯得以在整本書的篇幅裡建立起角色網絡的路標。這麼做，對於寫作這樣複雜的長篇故事是很有助益的。角色路標除了可成為設計原則，也讓喬伊斯得以將這些象徵性角色以不同方式與奧德修斯、基督和哈姆雷特連結，藉此評估如何在故事講述過程中發展主要的角色轉變。

具象徵意義的行動和物件：

喬伊斯將具象徵意義角色的同樣技巧應用於故事的行動和物件上。他不斷把布盧姆、史提芬和莫莉的行動與奧德修斯、忒勒馬科斯和潘妮洛普的行動加以比較，對讀者來說，這麼做具有英雄感，也具嘲諷意味。布盧姆擊敗他的獨眼巨人對手，從酒吧的黑暗洞穴逃出來。史提芬因亡母飽受困擾，就像奧德修斯在地府遇上母親，或哈姆雷特碰上遭謀殺的父親的鬼魂。莫莉和潘妮洛普一樣待在家裡，但她與忠貞的潘妮洛普有所不同；她的不貞成為她最為人所知的特質。

《尤利西斯》中具象徵意義的物件，在喬伊斯自然、日常的「宗教」中成為一個由「聖物」形成的龐大網絡。史提芬和布盧姆離家外出都不帶鑰匙。史提芬前一天才弄破了眼鏡。儘管他實際的視覺變差了，卻有機會在這一天的歷程中看到願景，獲得藝術方面的體悟。普勒姆罐頭肉的一則廣告提到「沒有它就家不成家」，暗示布盧姆和他的妻子缺乏神聖的性愛，他們的家也因而受到傷害。史提芬在妓院中如舞劍般舞動拐杖，砸破了吊燈，也因而得以掙脫一直囚困他的往事。布盧姆認為天主教的領聖餐禮不過是哄騙信徒的棒棒糖，但他和史提芬卻宛如領聖禮般實現了真正的交流：二人邊喝咖啡邊交談，其後在布盧姆家中喝巧克力也是一樣的道理。

寫作練習 6——創造象徵

● 故事象徵：

有沒有一個單一象徵能夠表達故事的前提、關鍵轉折、中心主題或整體

結構？再看看故事前提要旨、主題要旨，以及描述故事世界的概述，然後用一句話描述故事的主要象徵。

●**具象徵意義的角色：**

確定主角和其他角色的象徵。可依以下步驟來進行：

1. 為個別角色創造象徵時，先看看整體角色網絡。

2. 從主角與主要對手的對立著手。

3. 找出你想在觀眾心中引發這個角色哪個面向的特質或哪一種情感。

4. 考慮在角色內在運用象徵對立。

5. 在故事發展過程中，重複出現與角色相關的象徵。

6. 每次重複這個象徵時，改變其中的某些細節。

考慮把一個或更多角色納入角色類型中，特別是神、動物、機器等。

●**具象徵意義的角色的轉變：**

主角的角色轉變能不能與一個象徵產生連結？如果可以，看看故事開頭呈現主角弱點／需求的場景，以及結尾呈現真實自我揭露的場景。

●**具象徵意義的主題：**

找出能涵蓋故事主題的象徵。傳達主題的象徵，必須能代表一系列具有道德層面影響的行動。更高層次的主題象徵，則能代表兩個相互對立的系列道德行動。

●**具象徵意義的世界：**

決定運用什麼樣的象徵與故事世界的各個元素產生關連，包括自然環境、人造空間、科技與時間。

●**具象徵意義的行動：**

是否有特定的行動值得加入具象徵意義的劇本大綱？找出一個能與行動或物件產生關連的象徵，並加以凸顯。

●**具象徵意義的物件：**

從重新檢視故事設計原則著手，創造一個具象徵意義的物件網絡。務必讓你創造的每個具象徵意義的物件都適合故事設計原則。接下來，挑出你希望額外賦予意義的物件。

●象徵的發展：

詳細規劃你使用的每一個象徵如何在故事發展過程中發生轉變。

接下來讓我們以《魔戒》為例，看看其中一些象徵技巧的實際應用：

《魔戒》

（作者：托爾金；1954-55 年）

《魔戒》可說是一套現代的宇宙觀，同時也是英國的神話。它把多種故事形式融為一爐，包括神話、傳說、高雅傳奇、與希臘和北歐神話有關的故事和象徵、基督教故事、童話故事、亞瑟王故事及其他騎士遊歷故事等。《魔戒》還具有寓言性質，因為它就像托爾金所說的，很能「應用於」現今的世界和時代。所謂寓言，其中一方面來說，是指故事裡的角色、世界、行動和物件必然都具高度隱喻。這不表示它們沒有獨特性，或不是由作者創造的，而是它們能與過去的象徵產生共鳴，而且這通常發生在觀眾內心深處。

故事象徵：

故事的象徵當然就在標題中。魔戒是具有無限力量的物件，所有人都渴望得到。只要能擁有它，就能成為霸主，具有如神一般的能力。不過也因為這樣，這個霸主也必然具有毀滅力量。魔戒代表一種巨大的誘惑，能讓人遠離道德的、快樂的生活。它的魔力永遠不減。

具象徵意義的角色：

這個故事擁有令人難以置信的肌理，力量強大，主要歸功於內容豐富、具象徵意義的角色網絡。它不只是簡單的人與人、人與動物、人與機器的對比。界定和區別這些角色的元素，包括善與惡的對比，還有不同層次的力量──神、巫師、人、哈比人，以及不同族類──人、精靈、矮人、半獸人（小妖精）、樹人和幽靈。神話是透過角色類型來運作的，這也就是為什麼《魔戒》具有史詩規模，卻缺乏微妙的人物描寫的原因之一。托爾金建立了一個如此複雜且肌理豐富的角色類型網絡，一下子滿足了他與觀眾對角色的要求。對所有運用具象徵意義角色的作者來說，這都是重要的一課，創作以神話為基礎的故事作者尤應特別留意。

在托爾金的角色對立中，良善的象徵就是願意犧牲的人——如甘道夫和山姆，還有能醫治人也能殺害人的武士之王亞拉岡，以及與大自然融為一體的人、能掌控自己而不是掌控別人的人——如凱蘭崔爾和湯姆·龐巴迪。托爾金的英雄不是出色的武士，而是小個子的「人」——哈比人佛羅多·巴金斯，他心胸之偉大，讓他成為最具英雄色彩的角色。佛羅多就像《尤利西斯》的布盧姆，他是新形態的神話英雄，他的定位不是來自他的臂力，而是他的人性深度。

對手角色也擁有了不起的象徵力量。魔苟斯（Morgoth）是原始的邪惡角色，他的存在早於故事提到的年代，他也是托爾金為《魔戒》創造的歷史的一部分。魔苟斯就像亞瑟王故事中的魔痒德、《納尼亞傳奇》中的魔格倫（Morgren）和《哈利波特》中的佛地魔（三人名字原文中都有「魔」（mor），英語作家就愛給壞人取這樣的名字），在觀眾腦海中勾起的第一個聯想就是神之敵人——撒旦。他的名字和行動都與死亡有關連。索倫是《魔戒》中的主要對立角色；他之所以邪惡，有兩種原因：他追求絕對的權力，打算利用這種權力徹底摧毀中土。薩魯曼是後來才變邪惡的角色，他原本是奉派對抗索倫的巫師，但嘗到絕對權力的滋味後就像中了毒一樣。其他對立角色包括咕嚕、戒靈、半獸人、蜘蛛屍羅，以及炎魔等，分別代表嫉妒、仇恨、暴虐和毀滅等不同象徵。

具象徵意義的主題：

就像所有好故事（尤其是寓言故事）一樣，《魔戒》的所有元素都奠基於主題要旨以及各種對立。對托爾金來說，那就是強調善惡對比的基督教主題結構。邪惡被界定為對權力的貪戀和行使。善良來自對一切生命的關愛，而至善則在於為他人犧牲——尤其是犧牲自己的性命。

具象徵意義的世界：

魔戒的視覺副線故事世界與角色網絡一樣肌理豐富且充滿象徵意義。這些世界十分自然，同時也是超自然的。即使人造空間也是由自然環境延伸混融而成。這些具象徵意義的副線故事世界都設定為對立，一如角色的相互對立。在森林世界中，有美麗和諧的羅斯洛利安森林，以及樹人的森林，它們與邪惡的幽暗密林對立。美好的森林世界也與邪惡力量藏身的高山世界對立。

索倫從魔多（Mordor）的山中巢穴發施號令，藏匿於巨大的魔欄農之門（Morannon gate，又稱黑門。又是「魔、魔、魔」）後面。迷霧山脈是摩瑞亞巨大地下洞穴所在地，也是英雄們到訪的「地府」。佛羅多走過死亡沼澤，是陣亡戰士的墓地。

「人類」群體也呈現同樣的自然象徵。羅斯洛利安森林就是一個圍繞著樹木建立的烏托邦；深之裂谷是圍繞著水與植物建立的烏托邦。哈比人的家園夏爾是融入已馴化的農業世界的村落。這些群體與魔多、艾辛格和聖盔谷等山中堡壘形成對立，那些堡壘建立於天然的力量之上。

象徵性的物件：

《魔戒》的故事基礎，是對於具象徵意義的物件的追求與占有。這些物件大多自地下挖出或經過火的鍛鍊。其中最重要的，當然就是索倫用末日火山之火鍛造而成的至尊魔戒。它象徵對錯誤價值觀和絕對權力的渴求，無論誰擁有它，勢必變得邪惡和腐敗。另一個圓形的邪惡象徵是索倫之眼，它從黑塔頂端將萬物盡收眼底，幫助索倫追尋魔戒。

就像亞瑟王的神劍，《魔戒》的聖劍（Anduril）──意為「西方之焰」──是正確行動之劍，只供王位合法繼承人使用。神劍固著在石頭上，聖劍則是斷的，必須重新鍛造，亞拉岡才能擊敗邪惡力量，重登王位。亞拉岡是個獨特的武士之王，懂得運用能治病的植物阿夕拉斯。他也和阿基里斯一樣，是個卓越的戰士，但他也與自然融為一體，是生命的媒介。

當然，以上這些只是托爾金在《魔戒》這部史詩裡所用的其中幾項象徵而已。請進一步細讀這部著作，掌握其中許多象徵創作技巧吧。

08
情節

　　情節是故事講述的所有技巧中最受低估的。大部分作者都知道角色和對白很重要，儘管未必知道怎樣才能處理好。至於情節，他們認為到了適當時機就能水到渠成。當然這永遠不會發生。

　　情節與故事整體發展過程中的角色與行動交織，因此它的本質複雜。它必須照顧到最小的細節，但也要將一切整合成一個完整的整體。只要單一情節的事件處理不當，整個架構就會崩塌。這種情況經常可見。

　　可想而知，運用「三幕式結構」等無法兼顧故事整體和情節脈絡細節的情節技巧，結果一定慘不忍睹。使用這種老式「三幕式」結構技巧的作者，總會抱怨在第二幕遇到難題。其實這是因為他們用來創造情節的技巧徹底錯誤。三幕式結構機械化及過分簡化的技巧，無法提供精確的地圖，引導你通過難度極高的故事中段考驗，編織出出色的情節。

　　人們低估情節的原因之一，在於他們對情節是什麼有很多誤解。他們往往認為情節就是故事。或者，情節只要跟著主角追求目標的行動發展即可。或者，情節就是說故事的方式。

　　故事的範圍遠大於情節。故事是故事主體所有子系統共同運作的結果，

包括故事前提、角色、道德議題、故事世界、象徵、情節、場景和對白。故事是「形式和意義的多面綜合體，其中的敘事線（情節）只是眾多面向之一……」[36]

　　情節在故事表象之下將不同的行動敘事線和事件設定交織在一起，從開頭、中段到結尾持續建構故事。尤其重要的，是情節在主角與所有對手競逐同一目標時，緊緊追隨他們之間複雜的舞步。情節是究竟發生什麼事件、事件如何在觀眾眼前展現的結合。

> 關鍵重點：情節取決於你如何保留或提供資訊。情節的設計，需要「嫻熟掌控懸疑和神祕，巧妙引領讀者穿越一個精緻複雜的……空間，這個空間中總是充滿可供解讀的符號，但也總要面對受誤導的威脅，直到故事最終結尾為止。」[37]

有機的情節

　　情節是對一個事件場景段落的所有描述：這發生了，然後這發生了，然後這又發生了。不過，一個簡單的事件場景段落算不上好的情節。它缺乏目的，也沒有故事設計原則告訴你哪些事件應該說出來，又該依什麼樣的順序來講述。好的情節向來是有機的，而所謂有機，包含許多意義：

　　1. 有機的情節呈現造成主角角色轉變的行動，或為什麼那樣的轉變不可能發生。

　　2. 所有事件之間都有因果關係。

　　3. 每個事件都是絕對必要的。

　　4. 每個行動都有比例合適的長度與步調。

　　5. 情節設計的整體效果，似乎由主要角色自然帶動，而不是由作者勉強加在角色身上的。勉強加入的情節，感覺上是機械化的，故事機器的輪子和

---

36 彼得‧布魯克斯，《空的空間》，雅典娜神廟出版社，一九七八年，第九十一頁。
37 彼得‧布魯克斯，《閱讀情節》（*Reading for the Plot*），哈佛大學出版社，一九九二年，第一六八頁。

齒輪太過明顯。這種「情節錯綜複雜」的做法，確實會讓角色失去完整性和人性，讓他們完全變成傀儡或任人擺布的棋子。由主角自然帶動的情節，不是只靠主角編造出來的，必須與角色的欲望、能力配合得恰到好處。

6. 事件場景段落具整體性與完整效果。就像愛倫坡所說的，情節「……沒有一部分可以被取代而且還不對整體造成傷害」。

情節的型態

掌握有機情節與創造有機情節的難度不相上下，部分原因在於情節設計總是會面對矛盾。所謂的情節，是經由設計，從無到有編造出行動和事件，並依照某種順序連結在一起。不過，情節的事件必須看起來像是自主發展且不可或缺的階段。

大體來說，情節的發展歷史，從強調採取行動演變為獲取資訊，這兩者是每個故事賴以前進的兩條「腿」。早期的情節採用神話故事形式，呈現一個主要角色採取一系列英雄式的行動，讓觀眾受到啟迪，起而效法。後來的情節採用範圍較廣的偵探推理故事形式，呈現主角和觀眾對正在發生的事渾然不覺或感到混淆，他們的任務就是確定故事中的事件與角色的真相。

接下來讓我們看看一些主要情節型態，以了解故事講述者如何以不同方式設計事件場景段落，並創造有機的情節。

旅程式情節

情節的第一種主要策略，源自神話故事講述者，主要技巧就是那一趟旅途的過程。在這種情節形式中，主角踏上一個旅程，遇到一個又一個對手。他一一擊敗對手，然後重返家園。這趟旅程應該是有機的：第一，因為一個人創造出一條單一路線；第二，因為這個旅程為主角的角色轉變提供實質體現的機會。主角每次擊敗一個對手，都可能經歷一次小規模的角色轉變。當他回到家裡，則會經歷最大的轉變（他的真實自我揭露），發現早已深藏在內心的事物；他發現了他最深層的能力。

旅程式情節的問題在於，它常常無法發揮有機的可能性。首先，主角在擊敗每個對手時，幾乎連最微不足道的角色轉變也不會發生。他只是擊敗對手，然後繼續前進。因此，每次與陌生對手的交手，都像在重複同一種情節節拍，令觀眾感覺它們是不連貫的，而不是有機的。

旅程式情節很少能成為有機情節的第二個原因，在於主角的旅程所涵蓋的空間和時間範圍太廣。在這樣一種蔓生的、迂迴式的故事裡，故事講述者很難在自然、令人信服的情況下，讓主角在故事前段遇見的人重新出現。

多年來，作者察覺了旅程式情節本身的問題，也為此所苦。他們嘗試各種解決問題的技巧，例如在採用喜劇性旅程的《湯姆瓊斯》中，作者菲爾汀靠兩種主要的結構修補手法來處理。首先，他在故事開頭隱藏主角和一些角色的真正身分。這讓他得以在故事發展過程中回頭處理一些熟悉的角色，並且更進一步觀察他們。菲爾汀運用揭露式技巧來處理旅程式情節。

其次，他讓湯姆早期旅程中出現的角色踏上他們自己的旅程，而且目的地全和湯姆一樣，藉此將他們重新帶回故事。這創造了一種漏斗效應，讓湯姆在故事進程中不斷遇到一個角色或另一個角色。

使用旅程來創造有機情節的難處，在馬克‧吐溫的《頑童歷險記》可清楚看到。馬克‧吐溫構思出木筏這個了不起的意念——一個漂浮島嶼的縮影，在木筏上安排了哈克和另一個持續出現的角色——吉姆。不過這個交通工具太小，因此哈克和吉姆沒有持續出現的對手，但在「旅途」中接連遇見一些陌生人。此外，由於主要角色沿密西西比河而下，馬克‧吐溫不知如何讓情節來到自然的終點，因此隨意讓旅程停止，用「天神解圍法」[38]來解套。原本沒有理由讓湯姆在這裡重新出現，但也只能返回情節原本的喜劇根源，添上一點耀眼光彩，然後來到「劇終」。即使是馬克‧吐溫也很難有更好對策。

三一律式情節

創造有機情節的第二種主要策略，是艾斯奇勒斯（Aeschylus）、沙弗克里

---

38 天神解圍法 (Deus ex machina) 來自拉丁文，源自希臘與羅馬的古典劇場，意指「用舞台機關送來的神」，後來引申為突然出現、逆轉結局的人或事。

斯（Sophocles）和歐里庇得斯（Euripides）等古希臘戲劇家提出的。他們的核心技巧就是亞里斯多德提到的時間、地點和行動的統一律。使用這種技巧時，故事必須發生在二十四小時之內，必須發生在一個地點，而且只能有一個行動或故事敘事線。這麼做故事就是有機的，因為主角在很短的發展時間當中採取了所有行動。請注意：這種技巧解決旅程式情節的重大問題，是因為對手都是主角認識的，而且他們在故事發展過程中持續出現。

這種三一律式情節的問題在於：儘管情節是有機的，卻有所不足。把故事限定在這麼短的時間內，嚴重侷限了故事中的揭露次數和力量。事實的揭露是情節中讓人有所收穫的部分（相對於採取行動而言），它們是情節複雜程度的關鍵。這類故事中的時間如此短暫，表示主角對對手的認知太多，可能在故事開展前就已先醞釀出情節，但這麼一來，當故事開展時，還能隱藏的有待揭露的內容恐怕也就不多了。

因此，採用三一律情節時，最典型的手法是為一個重大揭露而巧妙運用時間、對手和行動的複雜度等技巧。例如，伊底帕斯（在這個世界上第一個推理故事中）獲悉他殺死父親，而且與母親亂倫。這無疑是一個非常重大的揭露，但如果想要有許多情節，就必須在整個故事發展過程中安排各種揭露。

揭露式情節

第三種主要的情節型態，可稱為揭露式情節。在這種技巧下，主角通常處於同一個地點。不過那不是「地點統一律」要求的那麼狹小的空間，例如，故事可以發生在某個城市或某個小鎮。還有，揭露式情節涵蓋的時間也幾乎總是比「時間統一律」容許的來得長，甚至可長達幾年時間。（如果故事延續數十年，那麼你寫的應算是長篇英雄故事，而這種故事形式較常採用旅程式情節。）

揭露式情節的關鍵技巧，是主角熟悉每個對手，但這些對手還有很多事是主角和觀眾不知道的。此外，這些對手善於利用密謀或詭計來得到他們想要的。這樣的組合產生的情節，對主角和觀眾來說都充滿揭露或驚奇。

請注意旅程式情節和揭露式情節之間的基本差異：在旅程式情節中，驚奇是有限的，因為主角很快就解決眾多對手。揭露式情節則只有幾名對手，

而且盡量將關於他們的事隱藏起來。事實揭露能放大情節，因為它觸及表象之下的事物。

如果處理得當，揭露式情節可以是有機的，因為對手就是最有能力對主角弱點發動攻擊的角色，而主角和觀眾獲悉這些攻擊是怎樣發生的時刻，也就是事實揭露的時刻。接下來，主角必須克服自己的弱點，有所改變，否則就會遭到毀滅。

揭露式情節非常受觀眾歡迎，因為它提供最多的驚奇，這是故事令觀眾愉悅的元素。揭露式情節的另一個名稱是「大情節」（big plot），除了它具有許多驚奇外，也因為這些驚奇往往令人震驚。揭露式情節至今仍相當受歡迎——尤其在偵探故事和驚悚故事中——但它的全盛期是十九世紀，在當時的狄更斯和大仲馬（《基督山恩仇記》、《三劍客》作者）等作家的作品中經常可見，而其顛峰之作包括了《一位女士的畫像》這樣的故事也就不令人意外了，因為這個故事裡有強而有力的惡棍，透過負向情節出奇制勝。

狄更斯是揭露式情節的大師，在故事史上或許無人能出其右。不過，狄更斯之所以擁有自古至今最出色故事講述者之一的美譽，部分原因在於他經常擴展揭露式情節，將它與旅程式情節結合在一起。這當然需要非比尋常的情節設計能力，因為這兩種情節在很多方面都背道而馳。在旅程式情節中，主角接觸社會上的各色人等，但很快就離開每個角色。在揭露式情節中，主角遇到的人不多，但對他們相當熟悉。

反情節

如果十九世紀的故事講述以「超級情節」（super-plot）為代表，那麼二十世紀的故事講述——至少以「嚴肅」小說來說——則以「反情節」（anti-plot）為代表。《尤利西斯》、《去年在馬倫巴》、《情事》（L'Avventura）、《等待果陀》（Waiting for Godot）、《櫻桃園》和《麥田捕手》等故事的差異極大，但都可看到對情節幾乎帶著輕視的態度，彷彿在觀眾面前上演的是一幕魔術般的戲劇，只需專注於更重要的角色塑造即可。就像諾思洛普·傅萊（Northrup Frye）所說的：「我們持續觀看一本小說或一齣戲劇時，可能就是『想看到結

果會是如何」。一旦知道結果，那種令人著迷的力量就失去了魔力，我們往往也就忘了連續性，而這正是讓我們能投入戲劇或小說的元素。」[39]

如果想概述以下幾個故事的情節，可能會是這樣：《麥田捕手》講的是一個十來歲少年在紐約市街頭流連幾天的經過。在《櫻桃園》，一個家庭回到老莊園，等待它在拍賣中出售，然後離開。在《情事》這個偵探故事裡可能沒有罪案，而且也沒有什麼案情會被破解。

我猜想，許多二十世紀的作者反抗的並不是情節本身，而是「大情節」；那些譁眾取寵的揭露令讀者震驚，也破壞了閱讀過程中的一切。因此，這裡我所說的「反情節」，實際上是故事講述者想出的一些使用範圍廣泛的技巧，用來表現角色的細微差別，進而打造出有機的情節。視點、敘事者的轉換、分支式故事結構，以及打破時間順序等，都是透過不同說故事方式翻新情節的技巧，它的深層目的，是對角色性格呈現更複雜的觀點。

這些技巧可能讓故事感覺起來支離破碎，卻未必不是有機的。多重視點可能呈現出拼貼式、蒙太奇和角色錯位等效果，但同時也帶來具生命力的感覺，以及感覺的氾濫。如果這些經驗有助於角色發展或讓觀眾看清楚角色是什麼樣的人，它們就是有機的，且最後能讓人得到滿足感。

反情節故事常見的情節離題，是同步進行的行動的一種形式，有時也出現反向的行動。它們也可以是有機的，前提是必須源自於角色。例如，《項狄傳》是反情節小說的極致，人們經常批評它的情節總是不斷離題。不過這些批評者沒有察覺，《項狄傳》這個故事不是先有主要情節敘事線，然後才被這一連串的離題的情節打斷。相反的，它是由離題的情節組成的故事，而打斷這些情節的，是似是而非的主要情節敘事線。主要角色項狄本質上就是個節外生枝的人，因此故事的講述方式，就是傳達主角究竟是什麼樣的人的完美有機表現方式。

反情節的另一種版本是反向講述故事，故事中的場景就時序而言是逆向呈現的，哈洛‧品特（Harold Pinter）的《背叛》（*Betrayal*）就是其中一例。這種

---

39 諾思洛普‧傅萊，《突破之路》（*The Road of Excess*），引自《神話與象徵》（*Myth and Symbol*），第二三四頁。

反向說故事的方式，事實上是透過凸顯場景間的因果脈絡來凸顯有機的故事開展方式。這個脈絡通常隱藏在表象之下；一個場景看似隨著另一場景而來，但透過反向操作，觀眾被迫察覺到場景之間的脈絡關係。他們可以看到，剛發生的事件必須從之前的事件演進而來，而之前的事件又必須來自更之前的事件。

類型情節

當「嚴肅」故事講述者致力讓情節變小的同時，講述大眾故事——特別是電影和小說——的作者卻透過類型來打造較大的情節。類型是故事的型態，它們有預先設定的角色、主題、故事世界、象徵和情節。類型情節通常很大，強調令人震驚的事實揭露，有時甚至把故事翻轉過來。當然，因為這些大情節是預先設定的，它們的力量也會預先減弱。所有類型故事的觀眾一般都知道故事將會發生什麼，因此，會令他們感到驚奇的是特定的情節。

每一種類型情節看似與主角具備有機的連結，那只是因為這類情節已經寫過不知多少遍了，不需要湊篇幅的廢話。當然，這些類型情節也欠缺有機情節的一大條件：它們與特定主要角色的連結並不獨特。它們其實是普遍的，也就是機械化的。在鬧劇或偷搶犯罪故事（搶劫竊盜故事）等某些特定類型中，這種機械化的特質被推到極致，以致情節的複雜度和時間布局就像個瑞士手錶似的，完全沒有角色可言。

多線式情節

最新的情節策略是多線式情節（multi-strand plot），最早是由小說家和劇作家構思出來的，但真正發展成熟則是在情節式電視影集，率先使用這個策略的則是影響深遠的《山街藍調》（*Hill Street Blues*）。使用這種策略時，每個故事或每週的一集影集都包含三至五條情節線，每條情節線由某個單一群體裡的一個獨立角色來帶動，通常發生在一個機構裡，例如警察管轄區、醫院或律師事務所。故事講述者交錯敘述這些情節線。這種情節策略如果使用不當，這些情節線彼此會無法產生關連，故事講述者的交錯敘述只能猛然激發觀眾

的注意力，並加快節奏。不過若使用得當，每條情節線就像主題的一個變奏，當敘述者從一條情節線跳到另一條情節線，兩個場景緊接著出現時，那種似曾相識的感覺令人驚奇不已。

多線式情節顯然是更具同步進行形式的故事講述方式，它強調的是一組人——或微型社會——及角色間的相互比較。不過這並不表示這種策略永遠無法創造出有機的情節。多線式手法只是將情節發展的單位由單一主角改為一組人。當多條情節線都成為同一個主題的變奏，觀眾就更容易體驗到生而為人的我們究竟是誰，這與看著單一人物的成長同樣可以得到體悟與感動。

現在你已裝備齊全，擁有一些主要的情節策略知識，接下來那個大問題就出現了：如何為特定的角色創造有機的情節？以下是寫作有機情節的順序：

1. 再次看看你的故事設計原則。這是有機故事的胚芽。情節最後必須是這個設計原則添上細節後的發展結果。

2. 回頭重溫主題要旨。這是你想處理的道德議題，用簡單的一句話表達出來。情節必須是這個主題要旨添上細節後的體現。

3. 如果你已為整個故事創造了關於象徵的概述，那麼情節應該要大致以這個概述為中心來開展。找出一種方式，透過主角和對手的行動（情節）依序展開這些象徵。

4. 決定是否要安排一個故事講述者。這對於如何向觀眾交代發生的事具有重大影響，因此也會對情節的設計造成影響。

5. 運用出色故事都會使用的二十二種結構步驟（我們接著就會討論這些步驟），找出用來豐富結構的細節。這麼做，能為你的故事提供大部分的情節節拍（主要行動和事件），也能在任何技巧所及的範圍內確保你的情節是有機的。

6. 決定故事是否使用一種或多種類型。如果是，必須在適當的地方增添那些類型獨有的情節節拍，並加以變化，讓情節是無法預測的。

雖然在使用二十二種建構情節的組件之前應先決定是否安排一個故事講述者，但我接下來會先說明這些強而有力的高明工具，而且依時間順序倒過來講解，因為這是最容易了解它們的方式。

故事結構的二十二個步驟

　　每個出色故事裡的這二十二種結構組件，是有機情節開展過程的關鍵結構事件或階段。我們談過了故事結構的七大關鍵步驟（第三章）。這七大步驟的位置靠近故事的開頭或結尾，另外的十五個步驟則主要在故事中段，也是大部分故事作者失手的地方。

　　這二十二個步驟是所有故事講述技巧中最有用的，因為它們涵蓋廣泛，又能照顧細節。無論你的故事有多長或屬於什麼類型，它們都能告訴你如何打造有機的情節。它們也是重寫故事的一套主要工具。這二十二個步驟如此強而有力的原因之一，在於它們永遠不會告訴你寫什麼，這是公式或類型才會要求你做的事。它們讓你知道，向觀眾說故事最具戲劇張力的方式。它們為你的整個劇情提供極為精確的地圖，讓你能從頭到尾穩紮穩打把故事建構起來，避開許多作者遇上的煩惱：故事中段變得零碎、死氣沉沉。以下就是這二十二個步驟：

1. 真實自我的揭露、需求和欲望
2. 幽靈與故事世界
3. 弱點／需求
4. 觸發事件（Inciting Event）
5. 欲望
6. 盟友（一個或多個）
7. 對手／謎題
8. 對手／假盟友
9. 第一次揭露和抉擇：改變的欲望和動機
10. 計畫
11. 對手的計畫和主要反擊
12. 驅動力
13. 盟友的攻擊
14. 看似落敗

15. 第二次揭露和抉擇：執迷不悟的驅動力、改變的欲望和動機

16. 對觀眾的揭露

17. 第三次揭露和抉擇

18. 閘門、嚴酷考驗、體驗死亡

19. 對決

20. 真實自我的揭露

21. 道德層面的抉擇

22. 新的平衡點

乍看之下，使用這二十二個步驟似乎會讓你無法發揮創造力，會為你帶來機械化的非有機故事。這是許多擔心過度規劃的作者心中較深層恐懼的一部分。不過，如果他們嘗試一邊寫一邊構思，最後的結果卻是一團糟。使用這二十二個步驟可以避免這兩種極端，實際上還可提升創造力。這二十二個步驟不是寫作的公式。它們只是在你確實準備展現創造力時提供你需要的鷹架，你也會明白，它們會隨著你的故事有機開展而發揮作用。

同樣的，不要因為「二十二」這個數字焦慮。一個故事的步驟可能多於或少於二十二，這由它的類型與長度而定。試著把故事想像為一部手風琴。它唯一的限制就是能收縮到什麼程度。它不能少於七大步驟，因為這是一個有機故事至少應具備的步驟。即使一個三十秒鐘的廣告，如果是好的廣告，也會具備這七個關鍵步驟。

當一個故事變得更長，它的結構步驟也會隨之增加。比方說，一個短篇故事或情境喜劇在故事開展的有限時間裡只能符合七個主要步驟。一部電影、一部短篇小說或一齣一小時的電視劇，通常至少有二十二個步驟（除非戲劇採用多線式情節，每條情節線都符合七大步驟）。一部較長的小說，裡面增添許多轉折與驚奇，會有遠多於二十二個結構步驟。例如，《塊肉餘生錄》就有超過六十個揭露。

如果深入研究這二十二個步驟，就會察覺它們其實是故事本體當中許多系統的結合，且共同交織成單一的情節線。它們將角色網絡、道德議題、故事世界和構成情節的所有實際故事事件系列結合在一起。這二十二個步驟代

表主角與對手交手的舞步編排細節，主角在這其中嘗試達成某個目標，並解決一個更為深層的人生難題。事實上，這二十二個步驟確保情節由主要角色來推動。

　　以下表格將這二十二個步驟劃分為四個主要支線或故事系統。每一個步驟分別代表不同的子系統。請記住：每一個步驟可以表達一個以上的子系統。例如，「驅動力」是主角為達成目標而採取的系列行動，基本上是一個情節步驟，但它也可以代表主角為求勝利而往往會採取的不道德行為，這就屬於道德議題的一部分了。

	角色	情節	故事世界	道德議題
1	真實自我的揭露、需求和欲望			
2	幽靈		故事世界	
3	弱點／需求			
4		觸發事件		
5	欲望			
6	盟友（一個或多個）			
7	對手	謎題		
8	對手／假盟友			
9	改變的欲望和動機	第一次揭露和抉擇		
10		計畫		
11		對手的計畫和主要反擊		
12		驅動力		
13				盟友的攻擊
14		看似落敗		
15	執迷不悟的驅動力、改變的欲望和動機	第二次揭露和抉擇		
16		對觀眾的揭露		
17		第三次揭露和抉擇		
18		閘門、嚴酷考驗、體驗死亡		
19		對決		
20	真實自我的揭露			
21				道德層面的抉擇
22	新的平衡點			

　　以下關於二十二個步驟的描述，能讓你了解如何運用它們來構思情節。

說明每個步驟之後，會再透過兩個例子加以解釋。這兩個例子是《北非諜影》和《窈窕淑男》這兩部電影，它們代表兩種不同的類型：愛情故事和喜劇，它們寫作的年代也相差了四十年。儘管如此，兩部電影從頭到尾持續建構有機情節時，都使用了這二十二個步驟。

請留意：這二十二個步驟是寫作強而有力的工具，但不是不能變通的，因此使用時要保持彈性。每個好故事依循這二十二個步驟運作時，步驟順序都稍有不同。你必須找出對你的獨特情節和角色最恰當的順序。

1. 真實自我的揭露、需求、欲望

真實自我的揭露、需求和欲望，代表主角在故事中整體轉變的幅度。這是第二十、第三和第五步驟的結合，這個框架決定主角即將踏上的「旅程」的結構。你會想起在談論角色的第四章，我們從主角發展的終點著手，先構思他的真實自我揭露，然後回到故事開頭，決定他有什麼弱點／需求和欲望。在決定情節時，我們也必須採取同樣的程序。

從故事的這個框架——從真實自我揭露到弱點和欲望——著手，我們首先確立情節的終點。接下來採取的每一個步驟，都會直接引領我們前往我們想去的地方。

檢查情節框架建構步驟時，問自己以下的問題，而且答案必須非常明確：
(1) 主角在故事結尾會學習到什麼？
(2) 他在故事開頭知道些什麼？沒有角色在故事開頭是一片空白的。他會有特定的信念。
(3) 主角在開頭有些什麼謬誤？除非主角在故事開頭有些謬誤，否則在結尾不可能學到什麼。

《北非諜影》

真實自我的揭露：瑞克體會到，不能只因愛情受挫就放棄為自由而奮戰。

心理層面的需求：克服對伊爾莎的怨恨，重新找到活下去的理由，並重拾對於心中理想的信心。

道德層面的需求：不再損人利己。

欲望：讓伊爾莎回到自己身邊。

對自己的錯誤想法：瑞克認為自己是個活死人，只是行屍走肉。世上的事情都和自己無關。

《窈窕淑男》

真實自我的揭露：麥可體會到他只把女人當成性愛目標，因為這樣，他算不上真正男子漢。

心理層面的需求：克服對女性的傲慢態度，並學習真誠付出與接受愛。

道德層面的需求：不再說謊，不再利用女性達到自己的目的。

欲望：他想贏得在同劇中演出的女演員茱莉的芳心。

對自己的錯誤想法：麥可認為他對待女性的態度得體，對女性撒謊也沒有關係。

2. 幽靈與故事世界

第一個步驟建立故事的框架。從第二步驟開始，我們將依循各個結構步驟在故事中出現的順序來加以運用。

幽靈

大部分作者都熟識「背景故事」（back story）這個術語。背景故事是在故事第一頁之前發生在主角身上的一切。我很少使用這個術語，因為它涵蓋範圍太廣，作用不大。觀眾並不是對所有發生在主角身上的事都感興趣，他們只對基本要素有興趣，因此採用「幽靈」一詞會好得多。

故事中有兩種幽靈。第一種且最常見的，就是以往發生但至今仍縈繞著主角的事件。這個幽靈是暴露在外的傷口，往往是主角心理層面與道德層面弱點的來源。請注意幽靈如何將主角的有機發展延伸到過去的時間，延伸到故事開頭之前。因此，幽靈是故事基礎重要的一環。

你也可以把第一種幽靈想像為主角內在的對手。這是一種巨大的恐懼，讓主角無法投入行動。從結構上來說，幽靈的作用就像與欲望抗衡的力量。

主角的欲望推動他向前，幽靈卻把他往後拉。易卜生的戲劇十分著重幽靈，他將這個結構步驟描述為「運載貨物的航程中帶著一具屍體」。

《王子復仇記》

（作者：莎士比亞；約 1601 年）

莎士比亞是深知幽靈價值的作家。在故事第一頁之前，哈姆雷特的叔叔已殺死原來的國王，也就是哈姆雷特的父親，娶了原來的王后。彷彿幽靈還不夠多似的，莎士比亞在故事最初幾頁還讓國王真正的幽靈現身，要求哈姆雷特為他報仇。哈姆雷特說：「世界顛倒混亂，可惡可怨，我生下來就是要扭轉乾坤！」

《風雲人物》

（短篇小說原名《最佳禮物》，作者：菲立普‧史特恩；劇本作者：法蘭西斯‧古德里奇、亞伯特‧哈克特、法蘭克‧卡帕；1946 年）

喬治‧貝利的欲望是去看看外面的世界，闖出一點名堂。不過他害怕自己一旦離開，儼如暴君的波特不知會如何對待他的朋友和家庭，這是羈絆著他的幽靈。

第二種幽靈並不常見，但在這類故事中，幽靈不可能存在，因為主角活在宛如天堂的世界。一般故事的主角一開始就處於受奴役狀態（部分原因是由於幽靈縈繞），而在這樣的故事裡，主角一開始是個自由的人，但在受到攻擊後，一切就變了。《相逢聖路易》和《越戰獵鹿人》就是這樣的例子。

請留意：開場的說明不要太多。很多作者嘗試在第一頁就告訴觀眾主角的一切，包括他為什麼及如何為幽靈所苦。這一大堆資訊其實會將觀眾推離故事。你應該反過來，試著先保留關於主角的許多資訊，包括他的幽靈的種種細節。觀眾會猜測你隱藏的某些事情，因而真正走入你的故事。他們會想：「這裡發生了一些事，我要找出那是什麼。」

幽靈事件有時發生在最初的幾個場景，不過比較常見的是在故事前三分之一，另一個角色會在某個時間點說明主角的幽靈是什麼。（在極少數例子裡，幽靈在接近故事結尾的真實自我揭露中才顯露出來。不過這通常不是個好主意，因為這樣一來，

幽靈——亦即往日的力量——就會主導故事發展，不斷把所有事情往回拉。）

故事世界

故事世界和幽靈一樣，在故事一開始就存在了。它是主角所處的世界，包含整個場域、自然環境設定、天氣、人造空間、科技和時間。故事世界是你界定主角與其他角色的主要方式之一。這些角色和他們的價值取向，又反過來界定這個世界（詳見討論故事世界的第六章）。

關鍵重點 1：故事世界應該是表現主角的一種方式。它呈現主角的弱點、需求、欲望與困境。

關鍵重點 2：如果主角在故事開頭受到某種奴役，故事世界應該也是對人造成奴役的，而且應該讓主角的重大弱點更加凸顯或惡化。

在第一頁就把主角放進故事世界，但請記住，二十二個步驟當中很多本身就具有它們的副線故事世界。

請留意：傳統的劇本創作觀點告訴我們，除非在寫奇幻或科幻故事，否則應盡快把故事世界勾勒出來，這樣才能及時處理主角的欲望。這實在是大錯特錯。無論創作什麼故事，都必須打造一個獨特且充滿細節的世界。觀眾樂於沉浸於特殊的故事世界。如果能提供這樣的世界，他們會流連忘返，一再回到這個世界。

《北非諜影》

幽靈：瑞克在西班牙對抗法西斯主義分子，又提供槍械給抵禦義大利人的衣索比亞人。至於他為什麼離開美國則是個謎。伊爾莎在巴黎離他而去的記憶一直縈繞在瑞克心中。

故事世界：《北非諜影》在故事開頭花了很多時間鉅細靡遺描繪一個非常複雜的故事世界。藉由旁白和一幅地圖（一個縮影），故事講述者顯示成群難民從納粹占領的歐洲湧入遙遠的北非沙漠軍事基地卡薩布蘭卡。電影並未

急著說出主要角色的期望，反而呈現許多難民全都希望取得簽證，以便離開卡薩布蘭卡，前往可獲得自由的葡萄牙和美國。這是一個世界公民群體，所有人都像被圈養的動物。

作者繼續透過一個場景詳細描寫故事世界：納粹少校斯特拉瑟在機場與法國警察局長雷諾碰面。卡薩布蘭卡是錯綜複雜的政治角力場，是處於夾縫中的世界：名義上由法國維琪政府統治，真正權力卻在納粹占領者手中。

卡薩布蘭卡的故事場域中，瑞克在他的瑞克美式咖啡館這個大型酒吧暨賭場中建立一個孤島般的權力小王國，他則被描繪為宮廷中的帝王。所有次要角色在這個世界中的定位都很明確。事實上，觀眾從電影獲得的樂趣，一部分來自於所有角色在這個層級架構中都是如此適切。具反諷意味的是，這是一部關於自由戰士的電影，但從這個角度來看，卻非常反民主。

這個酒吧也是個腐敗的地方，是瑞克的憤世嫉俗與自私心態的完美寫照。

《窈窕淑男》

幽靈：沒有明顯可見的往事糾纏麥可，但從他往日的表現可見他是個難相處的人，因此他再也找不到演員的工作。

故事世界：從故事開頭的紀錄可以看出，麥可在紐約的表演和娛樂世界裡待了很久。這是個看重外表、名譽和金錢的世界。這個系統的層級極度分明，位於頂端的少數明星演員得到所有工作，底層一大群努力掙扎的無名演員無法找到演出機會，只能到餐廳當服務生賺錢付房租。麥可的生活就是傳授演戲技巧、不停試鏡，以及和導演爭論角色應該如何表現。

當麥可成功爭取到在肥皂劇中演出桃樂絲的角色，故事世界就轉移到日間電視節目。這種戲劇完全受商業支配，演員必須以匆忙的步調在愚蠢、煽情的場景中演出，再迅速轉換到另一個場景。這也是極度男性沙文主義的世界，由高傲的男導演支配一切，他對拍攝現場每個女演員擺出臨幸姿態。

麥可世界裡的人造空間，就是辛苦掙扎的演員所居住的狹小公寓，以及拍攝那部肥皂劇的電視攝影棚。攝影棚是一個虛假的、角色扮演的場所，為一個喬裝為女性的男人提供了完美的空間。這個世界中的工具，就是表演這門技藝的工具：聲音、身體、髮型、化妝和服裝。作者打造了一種巧妙的平

行狀態：麥可演出戲劇時的化妝，以及他在臺前幕後喬裝女性時的化妝。

這個虛假的、男性沙文主義的肥皂劇世界，呈現並放大了麥可的弱點：他是沙文主義者，不惜為了獲得演出機會而說謊，背叛他人對他的信任。

3. 弱點／需求

弱點：主角有一個或多個嚴重人格缺陷，而且它們足以摧毀他的人生。弱點有兩種：心理層面的，以及道德層面的。它們並不是毫不相關的；一個角色可以同時擁有這兩種弱點。

所有弱點都屬於心理層面。人的內心總會在某種情況下受傷。如果這個弱點也會導致其他人受到傷害，它同時也是道德層面的弱點。擁有道德層面弱點的角色，總會對其他人造成直接的負面影響。

> 關鍵重點：許多作者只賦予主角一個心理層面的弱點，誤以為他賦予主角的是道德層面的弱點。測試什麼是道德層面弱點的關鍵，就是主角是否在故事開頭就已對至少一個人造成明顯的傷害。

需求：需求是主角為了更好的生活而必須完成的事。由於這個緣故，主角幾乎總要在故事結尾才會克服他的弱點。

難題：難題是主角在故事開頭面對的困境或危機。主角覺察到危機的存在，卻不知如何解決。難題通常從主角的弱點衍生而來，作用是迅速向觀眾展現主角的弱點。

《北非諜影》

瑞克似乎不冀望或不需要任何東西，事實上，他只是隱藏了自己的需求。他看起來比其他人堅強，獨立自主，儘管憤世嫉俗的態度透露出他深陷困境，但他仍是自己的世界的主宰。他像個慈善的獨裁者般經營酒吧。他也是個想掌控女性的男人。他還是個極端矛盾的人：雖然此時的他憤世嫉俗、充滿怨恨，而且經常做出不道德的事，但不久之前，他卻是一個為了各種理想而奮鬥的自由鬥士。

這個故事的獨特之處在於：雖然主角掌控了許多事，他在故事開頭卻是個旁觀者和反動者。瑞克是個擁有極大權勢的人，也有自己的過去，但他選擇退出他原本擁有一席之地的世界，來到位於卡薩布蘭卡這個失落世界一隅的酒吧，回到自己的內心世界。瑞克是困於他自己打造的囚籠裡的獅子。

弱點：憤世嫉俗、幻想破滅、反動、自私。

心理層面的需求：克服對伊爾莎的怨恨，重新找到活下去的理由，並重拾對於心中理想的信心。

道德層面的需求：不再損人利己。

難題：瑞克困在卡薩布蘭卡，也困在自己充滿怨氣的世界裡。

《窈窕淑男》

弱點：麥可自私、傲慢、謊話連篇。

心理層面的需求：克服對女性的傲慢態度，學習真誠付出與接受愛。

道德層面的需求：不再說謊，不再利用女性達到自己的目的。

難題：麥可情急拚命尋找演員工作機會。

開場方式

幽靈、故事世界、弱點、需求和難題，構成至為重要的故事開頭。在故事講述過程中，必須先確立這些元素的結構性開場方式有以下三種。

聚焦於群體的開場方式：主角生活在一個人間天堂，這裡的土地、人和科技構成完美的平衡。因此，主角沒有幽靈。他很快樂，即使有困擾，也只是小問題。不過，他也處於遭受攻擊的危機。攻擊很快就出現，不管是來自外界還是來自內心。《相逢聖路易》和《越戰獵鹿人》中就可以看見這種溫暖、洋溢群體感的開頭。

步調快速的開場方式：這是經典開場方式，用意是在開頭的前十頁就抓住讀者注意力；這種方式其實包含好幾種結構元素。主角面對強大的幽靈。他活在奴役之下，有不少嚴重的弱點，有心理層面與道德層面的需求，還要克服一個或多個難題。大部分出色的故事都採用這種開場方式。

緩慢的開場方式：作者選擇這種開場方式，不是因為無法像步調快速的

開場方式那樣涵蓋所有結構步驟。事實上，緩慢的開場方式包含一個漫無目標的主角。

漫無目標的人當然存在，但描述這樣的人的故事難免極端遲滯。由於主角的真實自我揭露就是獲知自己真實的欲望（並因而找到目標），因此，如果故事前四分之三的篇幅都沒有目標，也就沒有敘事動力。能克服這種結構巨大缺陷的，只有像《岸上風雲》（*On the Waterfront*）和《養子不教誰之過》等極少數的故事。

4. 觸發事件

這是來自外界的事件，它導致主角找到目標，並採取行動。

觸發事件是一個小步驟，但有一點非常重要：它連結了需求和欲望。在故事開頭——弱點／需求階段——主角照例因為某種原因遲滯不前，你需要一些事件激發他脫離麻木不仁的現狀，迫使他採取行動。

> **關鍵重要原則**：想找到故事最好的觸發事件，要時時記住這句話：「從煎鍋跳進火中。」

換句話說，最好的觸發事件，是讓主角以為他已克服從故事開頭一直困擾他的危機，但其實這個觸發事件反而讓他陷入生命中最慘的困境。

例如，在《日落大道》中，喬是個失業的劇作家，有兩個人到他家準備收回他的車子，他因此開車逃跑。突然間，輪胎爆破（觸發事件）。喬開進諾瑪家的車道，以為自己成功脫身。事實上，他剛掉進一個陷阱，再也無法逃脫。

《北非諜影》

伊爾莎和拉茲洛走進瑞克的酒吧。他們是即將喚醒瑞克的局外人，讓瑞克走出安定、掌控大局卻不快樂的處境。

《窈窕淑男》

麥可的經理人喬治告訴他，由於他的個性精透了，沒有人願意用他。這迫使麥可穿上女裝，嘗試在肥皂劇中演出。

5. 欲望

欲望是主角的特定目標。它為故事提供骨幹，讓整個劇情可以它為中心而建構。在討論結構的七大關鍵步驟時（第三章），我曾提到，一個好的故事通常有一個目標，它具體而明確，且在故事大部分發展過程中延展。除此以外，我還要在這些元素之上再添加另一個條件：目標必須從低層次起步。

打造故事的方式之一，就是隨著故事的進展逐步打造欲望的重要性。如果欲望的起點太高，那就無法逐步打造欲望，劇情也就會平淡無味，一再重複。讓欲望從低處起步，才有前進的空間。

請記得：在故事進展過程中打造欲望時，不要創造出另一個全新的欲望，而應該根據原來構思的欲望敘事線進行，只是逐漸增加欲望強度，以及隨之而來的風險。

《北非諜影》

瑞克想讓伊爾莎回到身邊。

不過這是一個愛情故事，這個欲望因為伊爾莎也是瑞克的首要對手而減弱。他對伊爾莎在巴黎棄他而去滿懷怨恨，因此起先只想傷害她。

瑞克對伊爾莎的欲望受挫後，故事焦點轉到另一人的欲望：拉茲洛希望為自己和妻子取得離境簽證。由於作者早已清楚表達瑞克的欲望，因此在描述拉茲洛的行動時，觀眾不致於感到不耐，因為他們知道瑞克的欲望很快會再出現。這樣的等待讓這個欲望像煮咖啡一樣，經過濾煮之後終於燃至沸點。

接近故事結尾時，瑞克心裡出現了第二個欲望，而且這個欲望充滿衝突：幫助伊爾莎和拉茲洛逃亡。如果這個矛盾的欲望早一點出現，故事就會有兩個骨幹，但這個矛盾的欲望在接近結尾才出現，而且一直隱藏到最後一刻才真相大白，於是它成為事實的揭露，同時也是瑞克真實自我揭露的一部分。

《窈窕淑男》

麥可起初想獲得一份演員的工作，但他早在故事相當早的階段就達成了這個願望。因此，真正成為電影骨幹的目標，是麥可對電視劇女演員茱莉的欲望。

情節技巧：欲望的層次

　　你的故事能否成功，部分因素在於你賦予主角的欲望屬於什麼層次。一個欲望如果在整個故事中維持在低層次，就會讓主角變弱，也幾乎無法帶來任何複雜情節。例如，最低層次的欲望就是只求生存；主角遭到攻擊，盼能逃跑。請注意：這樣就等於將主角退回動物的層次。逃亡故事的情節只是重複逃跑的戲劇節拍。

　　以下是一些典型欲望敘事線的層次，從最低到最高排列：

生存（逃亡）

復仇

贏得對決

野心

探索世界

逮捕罪犯

找出真相

得到愛

帶來公義與自由

拯救共和國

拯救世界

6. 一個或多個盟友

　　主角被賦予欲望之後，通常就會獲得一個或多個盟友的協助，以便擊敗對手，達成目標。盟友不是主角觀點的傳聲筒（雖然那也是有價值的，尤其在舞台劇、電影和電視中）。盟友是角色網絡的關鍵人物，也是界定主角的主要方式之一。

　　關鍵重點 1：考慮也賦予盟友一個屬於他自己的欲望。能界定這個角色的時間相對來說不多，想讓觀眾覺得他們眼前的這個角色是個完整的人，最快的方式就是賦予他一個目標。例如，《綠野仙蹤》中的稻草人希望能有一個腦袋。

重點 2：千萬不要讓盟友成為比主角更有趣的角色。記住第二章故事前提裡的規則：故事一定要以最有趣的角色為主。如果盟友比主角更有趣，重新設計故事，把盟友變成主角。

《北非諜影》

瑞克的盟友就是酒吧裡的各種角色：由教授變成服務生的卡爾、俄羅斯酒保薩沙、管理賭場的艾米爾、保鑣阿布度，以及瑞克的伙伴琴師山姆。

《窈窕淑男》

麥可的室友傑夫在寫一齣戲，名為《回到愛的運河》；麥可想安排公演，讓自己擔任主角。

情節技巧：情節副線

你應該還記得，在討論角色的第四章我們曾談過，情節副線在故事當中的定義與功能十分明確：用來比較主角和另一個角色面對大致相同處境時，他們各自如何應對。

記住以下關於情節副線的兩條重要規則。

關鍵規則 1：情節副線必須對主角的主要情節產生影響，否則完全不應存在。如果情節副線對主要情節沒有作用，你寫的只是兩個同步進行的故事，可能各自都會引發觀眾興趣，但這會讓主要情節看來太長。想連結情節副線和主要情節，務必讓兩者能夠無縫接軌，通常發生在靠近故事結尾時。例如，雷爾提是《王子復仇記》的情節副線角色，他與哈姆雷特的主要對手克勞迪成為盟友，和哈姆雷特在戰爭場景中對決。

關鍵規則 2：情節副線的角色通常不是盟友。情節副線角色和盟友在故事中有不同的功能。盟友在主要情節中幫助主角，情節副線角色推

動一個不同但相關的情節，而且這個情節與主要情節形成比較。

現在大部分好萊塢電影都有多重類型，但很少片子裡有真正的情節副線。情節副線能延伸發展故事，但大多數好萊塢電影太在意速度，難以忍受這樣的安排。我們最常看到真正情節副線的就是愛情故事，這種形式的故事往往主要情節單薄。《發暈》就是其中一例，它有兩個情節副線，主要情節和兩個情節副線都與婚姻的忠貞問題有關。

情節副線不屬於二十二個結構步驟，因為它不常出現，也因為它實際上就是一個情節，也有自己的結構。不過它是一種了不起的技巧，能改善角色、主題及故事的肌理。此外，它也能減慢欲望敘事線——也就是敘事動力——的速度。因此你必須有所取捨，決定什麼對你來說是最重要的。

如果打算採用情節副線，那麼你只有足夠的時間運用七大關鍵步驟。不過絕不能採用少於七個步驟，否則故事就會不完整，看起來也會顯得牽強。由於時間有限，最好在自然且合適的情況下，盡早在故事裡引出情節副線。

7. 主要對手／謎題

對手是希望阻止主角達成目標的角色。這個角色與主角的關係是故事裡最重要的關係。如果能適當設定對手，情節就會以應有的方式展開，否則再怎麼改寫也是徒勞。

最好的對手是一個必須存在的對手：他最有能力對主角的重大弱點展開攻擊，主角因而不得不克服弱點而成長，或者被毀滅。再回到關於角色的第四章，看看一個了不起的對手必須包含的所有元素。

將謎題與對手連結在一起，有兩個主要原因：

(1) 謎樣的對手較難擊敗。

在一般故事裡，主角的唯一任務就是擊敗對手。在好的故事裡，主角的任務分為兩部分：找出對手，並且擊敗他。這讓主角的任務難度變成兩倍，如果他能成功，成就也就遠遠大得多。

例如，哈姆雷特不知道國王是否真的殺了自己父親，因為他是聽鬼魂說

的。奧賽羅不知道伊阿古希望擊垮他。李爾王不知道哪個女兒真的愛他。

(2) 在偵探和驚悚等特定種類的故事中必須要有謎題，以取代不見蹤影的對手。

因為偵探故事刻意把對手隱藏到故事結尾，觀眾需要某些東西來取代主角與對手之間持續發生的衝突。在這類故事中，通常會在引出主要對手的時候也引出一個謎題。

在引出主要對手之前，問自己以下的問題：

誰想阻止主角獲得他想要的東西，又為了什麼？

對手想要的是什麼？請記住：他應該與主角競逐同一個目標。

對手的價值取向是什麼，與主角的又有何不同？大部分作者不會問這個問題，但這是個重大錯誤。只有角色的衝突而沒有價值取向的衝突，根本無法打造故事。

《北非諜影》

因為《北非諜影》本質是個愛情故事，瑞克的首要對手就是他的愛人伊爾莎。

瑞克的第二個對手是與他競爭伊爾莎的追求者拉茲洛，他是令半個世界留下深刻印象的了不起人物。雖然瑞克和拉茲洛同樣痛恨納粹，兩人卻代表偉大人物的兩種迥異版本。拉茲洛在政治和社會層面非常出色，瑞克的出色之處則在個人層面。

斯特拉瑟少校與納粹提供了來自外界的對立力量，也帶來危險，把這個愛情故事的風險遠遠提升，讓它成為史詩式的愛情故事。

《窈窕淑男》

這是個帶有鬧劇元素的浪漫喜劇，有許多對手攻擊麥可的主要弱點。

(1) 茱莉迫使麥可面對他如何不當對待並傷害女性。

(2) 傲慢的導演羅恩不想讓桃樂絲（麥可）擔任劇中角色，也一直對「她」懷有敵意。

(3) 茱莉的父親雷斯深受桃樂絲吸引，他在不知情狀況下讓麥可明白自己的不誠實帶來的後果。

(4) 另一位同劇演員約翰向桃樂絲大獻殷勤，但那不是她想要的。

情節技巧：冰山式的對手

不管你創作的是什麼樣的故事，讓對手神祕莫測是很重要的。把對手想像為一座冰山。冰山的一部分露出水面，但大部分隱藏在水面下，而那才是最危險的部分。想盡可能在故事中打造出最危險的對手，應該這麼做：

(1) 創造出對手的**層級結構**，以及一些盟友。所有對手都互有關連；他們攜手合作，想擊敗主角。主要對手位於金字塔頂端，其他對手的力量都在他之下（詳見第四章的四角對立關係。本章最後另有這種技巧的例子——《教父》）。

(2) 在主角和觀眾面前隱藏這個層級結構，同時也隱藏每個對手的真正目的（他們真正的欲望敘事線）。

(3) 在故事發展過程中，以愈來愈快的步調分批揭露這些訊息的片段。這表示在接近故事結尾時會有更多揭露。請記住：如何分階段呈現事實揭露，是情節成敗的關鍵。

(4) 考慮讓主角在故事前段與一個顯而易見的對手對抗。隨著這個衝突逐漸增強，讓主角發現有些攻擊來自另一個更強的隱藏對手，或來自原來對手隱藏的部分。

8. 對手／假盟友

對手／假盟友這個角色看起來是主角的盟友，實際上卻是他的對手，或是為主要對手效勞。

情節來自於事實的揭露，揭露則來自於主角採取什麼步驟來揭露對手的真正力量。每次主角發現有關對手的新資訊，這就是一個揭露，情節因而有所轉變，觀眾也隨之振奮。對手／假盟友增強了對手的力量，因為有關對手的事實總是隱而未現。想迫使主角和觀眾從冰山頂端往下挖掘，發現真正與主角對抗的是什麼，對手／假盟友是方法之一。

對手／假盟友的另一個價值，在於他的本質是複雜的。這個角色往往在故事進展中發生令人驚歎的轉變。在佯裝為主角盟友時，對手／假盟友開始

感覺自己像個盟友，因此陷入兩難困境：他為對手效勞，卻希望主角獲勝。

通常在主要對手出現後才會讓對手／假盟友登場，不過不一定都要這麼做。如果對手早在故事開始前就已在籌劃擊敗主角的計畫，那就可以讓對手／假盟友先出場。

《北非諜影》

雖然警察局長雷諾總是深具魅力且對瑞克相當友善，但他為了自保而為納粹效勞。與大多數在背後搞鬼的對手／假盟友相較之下，雷諾的對立行為更加明顯，但在故事最後，雷諾反過來成為瑞克真正的盟友。這是故事最令人感到刺激的點之一，也是個絕佳的例子，讓我們看到故事講述的動人力量來自於把某個角色從盟友變成對手，或從對手變成盟友。

《窈窕淑男》

珊蒂不是普通的對手／假盟友，她從頭到尾都讓主角和觀眾蒙在鼓裡。她起先是麥可的一位演員朋友。當麥可喬裝成女性，試著在肥皂劇中飾演一個角色，珊蒂就成為他的對手／假盟友，因為她本身也想飾演這個角色。當麥可試穿珊蒂的服裝被她抓個正著，麥可只能進一步施展矇騙伎倆，假裝愛上了珊蒂。

9. 第一次揭露和抉擇：改變的欲望和動機

在故事的這個轉折點，主角面對了揭露，也就面對令人驚訝的新資訊的揭露。這項資訊迫使主角做出抉擇，往一個新方向前進。這也讓主角因而調整他的欲望和動機。動機是主角想達成目標的原因。揭露、抉擇、改變的欲望和改變的動機，這些相關事件都應該在主角面對揭露時發生。

揭露是情節的關鍵，在平庸的故事裡往往付之闕如。在很多方面，情節的品質取決於揭露的品質。請記住以下這些技巧：

(1)最好的揭露，就是主角獲得有關對手的新資訊。這樣的資訊加強衝突，對情節的發展產生最大的效果。

(2) 改變的欲望必須是原有欲望的轉折，而不是全然無關的。你可以把這種轉折想像為河流改道。這個時刻不該賦予主角全新的欲望，否則就要從頭

講述另一個故事。你要做的是加強原來的欲望敘事線，並打造得更複雜。

(3) 每一回的揭露都必須具爆炸性，而且比前一個揭露的強度更高。新的資訊應該具有重要性，否則無法撐起整個故事。每一個揭露也應該建立在上一個揭露基礎之上。所謂的情節「濃度變高」，其實就是這麼一回事。你可以把揭露想像為車子的排檔。隨著每一次的揭露，車子（故事）的速度隨之加快，等到最後的揭露出現，車子已在飛馳了。觀眾對於最後置身如此高速前進狀態可能說不出所以然，但肯定過足了癮頭。

請留意：如果你打造揭露時沒有逐步增加強度，情節就會停滯，甚或倒退。這是致命傷，必須不惜一切加以避免。

以下是一些關於寫作電影劇本實際的題外話。好萊塢近年愈來愈察覺到情節的重要性，因此許多劇本作者對「三幕式結構」的倚賴程度變得更加危險。「三幕式結構」主張故事應該有二至三個情節轉折點（揭露）。這樣的忠告不只大錯特錯，還會為你帶來糟糕的情節，讓你在專業劇本寫作的現實世界中毫無競爭機會。好萊塢一般賣座電影通常有七至十個重要揭露。偵探和驚悚故事等某些種類的故事，甚至有更多的揭露。愈早甩掉「三幕式結構」，愈早學習高明的情節設計技巧，就愈會漸入佳境。

《北非諜影》

揭露：伊爾莎那晚稍後出現在瑞克的酒吧。

抉擇：瑞克決定盡可能深深傷害她。

改變的欲望：在伊爾莎來到卡薩布蘭卡之前，瑞克只想經營酒吧，賺錢，獨來獨往。這時他想要的是讓伊爾莎和他感受到同樣的痛苦。

改變的動機：伊爾莎在巴黎讓他心碎，理當受到這樣的對待。

《窈窕淑男》

揭露：當「桃樂絲」在肥皂劇試鏡中表現得像個潑婦，並向導演羅恩大表不滿，麥可體會到他擁有真正的權力。

抉擇：表現得像個務實、強勢的女人。

改變的欲望：沒有改變。麥可仍然想獲得那份工件。

改變的動機：這時他體會到如何根據自己的條件獲取工作。

二十二步驟技巧：額外的揭露

揭露愈多，情節就愈豐富、愈複雜。每當主角和觀眾獲得新資訊的時刻，那就是揭露。

關鍵重點：揭露應有足夠的重要性，主角才能做出抉擇，並改變行動的方向。

《窈窕淑男》

揭露：麥可體會到自己受同劇女演員茱莉吸引。

抉擇：麥可決定和茱莉成為朋友。

改變的欲望：麥可想贏得茱莉芳心。

改變的動機：他愛上了茱莉。

10. 計畫

計畫是主角的導引與策略，用來擊敗對手，達成目標。

關鍵重點：當心不要讓主角只是依計畫行事。這樣會讓你的情節變得可以預測，主角變得膚淺。在好的故事裡，主角最初的計畫幾乎總是失敗。對手在故事的這一刻總是太強。主角必須深入發掘才能找到更好的策略，同時將對手可利用的力量和武器一併考慮在內。

《北非諜影》

瑞克最初想奪回伊爾莎芳心的計畫是傲慢且被動的：他知道對方會來找他，他也告訴對方他想這麼做。

他的主要計畫在故事相對較後面才形成：他打算利用烏加特的通行證，幫助伊爾莎和拉茲洛逃離納粹魔掌。

計畫這麼晚才出現的好處，是接近故事結尾的情節轉折（揭露）發展迅速且令人興奮。

《窈窕淑男》

麥可的計畫是繼續喬裝女人，同時說服茱莉擺脫男友羅恩。他還必須抵擋向他獻殷勤的雷斯和約翰，而且不讓他們察覺自己是個男人。還有，關於他佯裝有意以及他在肥皂劇中扮演的角色，他也必須繼續矇騙珊蒂。

情節技巧：訓練

在故事裡，大部分主角對於為求勝而必須採取的行動都已相當熟練。他們在故事前段的失敗，原因是沒有察看自己內心，面對自己的弱點。

儘管如此，訓練對某些特定類型來說是很重要的；在這些故事中，它往往還是情節中最受歡迎的部分。訓練最常出現在運動、戰爭等類型故事，包括自殺式任務（如《決死突擊隊》），以及偷搶犯罪故事（通常涉及劫案，如《瞞天過海》）。如果故事裡包含了訓練，最好讓它緊接著計畫之後出現，以及在主要行動和衝突敘事線發生之前。

11. 對手的計畫和主要反擊

對手和主角一樣也有一個計畫，並採取行動以求勝利。對手定出一個可達成目標的策略，開始對主角展開一連串攻擊。我一再強調這個步驟的重要性，但大部分作者都沒意識到這一點。

就像前面曾說的，情節主要來自於揭露。為了有所揭露，必須隱藏對手攻擊主角的方式，也因此必須為對手設計一個周詳的計畫，其中盡可能隱藏愈多的攻擊。這些突然對主角展開的隱藏式的攻擊，每一個都是一項揭露。

關鍵重點：對手的計畫愈縝密、隱藏得愈好，情節就愈精采。

《北非諜影》

對手的計畫：

伊爾莎嘗試讓瑞克相信，她當初把他獨自留在車站有不得已的原因。還有，拉茲洛必須逃離卡薩布蘭卡。

斯特拉瑟少校的計畫是向警察局長雷諾施壓，將拉茲洛困在卡薩布蘭卡，並威嚇任何可能協助他逃亡的人，包括瑞克。

主要反擊：

瑞克拒絕拉茲洛購買通行證的要求，伊爾莎回去找瑞克，並持槍威脅他。

斯特拉瑟的主要攻擊，出現在拉茲洛鼓動酒吧裡的法國人要求樂隊高奏法國國歌《馬賽曲》之後。斯特拉瑟下令關閉酒吧，並警告伊爾莎，她和拉茲洛必須回到納粹占領下的法國，否則拉茲洛會遭監禁或處死。當晚稍後，他就指使警察局長雷諾逮捕拉茲洛。

《窈窕淑男》

這是一齣浪漫喜劇兼鬧劇，麥可／桃樂絲的每個對手都有一個計畫，而且都以他們對他／她的看法為基礎。

情節的構思非常巧妙，主要透過各個對手一連串逐步增強的攻擊來展開：桃樂絲必須與茱莉共用一個房間和一張床；桃樂絲必須照顧茱莉吵鬧不休的嬰孩；茱莉誤以為桃樂絲是同性戀；雷斯向桃樂絲求婚；約翰強迫桃樂絲接受他；珊蒂對麥可欺騙自己怒不可遏。

這種旋風式效果是鬧劇形式的樂趣之一，而《窈窕淑男》賦予它強烈的情感衝擊，這是大部分鬧劇缺乏的。在這個故事裡，麥可轉換性別、耍弄人們對愛的感覺，並且以愈來愈快、愈來愈複雜的節奏把一切搞得一團亂。這是傑出的作品。

12. 驅動力

驅動力是主角採取的一系列行動，目的在擊敗對手，獲得勝利。這通常占據情節最大部分的篇幅，其中的行動從主角的計畫開始（第 11 步驟），一直延續到他看似落敗（第 14 步驟）。

在驅動過程中，通常對手仍太強，主角敗下陣來。因此，他變得孤注一擲，往往為了勝利而開始採取不道德行動。（這些不道德的行動是故事道德議題的一部分，詳見第五章。）

關鍵重點：在驅動過程中，應該讓情節發展，而不是只讓它重複。換句話說，讓主角的行動發生根本的改變。不要一再重複情節節拍（行動與事件）。

比方說，在愛情故事中，兩個墜入愛河的角色可以先到海灘，然後去看電影，再到公園散步，然後外出共進晚餐。這裡雖說有四個不同的行動，但都是相同的情節節拍。這就是重複，不是發展。

想讓情節發展，必須讓主角針對有關對手的新資訊（仍與揭露有關）做出反應，隨之調整策略，改變行動的方向。

《北非諜影》

瑞克的驅動力的獨特之處在於它延後發生。這並不表示這是拙劣的寫作。它之所以延後，原因來自瑞克的性格、弱點和欲望。瑞克因怨恨而麻木不仁，相信世間一切都不再有價值。他想要的是伊爾莎，但她卻是他的對手，而且與另一個男人在一起。因此，在故事前段和中段，瑞克雖然與伊爾莎交談，但沒有主動嘗試爭取。事實上，他一開始反而把她趕走。

這種把欲望延後的做法，雖然來自於瑞克的性格，但需付出代價，結果就是帶來一定的遲滯片段，讓觀眾的興趣減弱，例如：拉茲洛向費拉利尋求通行證；拉茲洛在警察局；拉茲洛向瑞克尋求通行證；拉茲洛與伊爾莎在一起；拉茲洛從地下會議逃走，這些全都偏離了主角驅動力的敘事線。

不過，把驅動力延後也有兩大好處。首先，作者利用拉茲洛的行動打造故事的政治面向，建立史詩格局。儘管這些行動與主角的驅動力無關，它們在這個故事中卻是必要的，因為瑞克最後的揭露和抉擇賦予影響全世界的重要性。

其次，等待那麼久才讓瑞克展開他的追求行動，電影從中獲得的好處就是高潮與揭露很快接連出現。

當伊爾莎來到瑞克房間表明愛意，瑞克終於採取行動，這時故事就像著火似的一發不可收拾。當然，瑞克突然投入行動的最大反諷，就是他採取的行動鐵定會讓他失去伊爾莎。主角的動機和目標的改變——從想讓伊爾莎回

頭到協助她和拉茲洛雙雙逃亡——就發生在瑞克向伊爾莎展開追求之後。事實上，這部電影最後四分之一的眾多刺激都來自一種不確定性：瑞克追求的究竟是兩個目標中的哪一個。

> **關鍵重點**：這種兩個目標之間的不確定性之所以能發揮效果，正因為它發生在短時間內，而且是最後對決的重大揭露的一部分。

《北非諜影》驅動力的步驟：

瑞克回想他與伊爾莎在巴黎的時光。

伊爾莎回到酒吧，瑞克斥責她是蕩婦。

瑞克在市集裡嘗試與伊爾莎重修舊好，但遭到拒絕。

瑞克拒絕把通行證交給雷諾。

與伊爾莎碰面後，瑞克幫助那對保加利亞夫婦贏得足夠的錢償付雷諾。

瑞克拒絕把通行證賣給拉茲洛，並告訴他去找伊爾莎問原因何在。

伊爾莎向瑞克請求通行證但遭拒絕，她承認對瑞克仍有愛意。

瑞克告訴伊爾莎，他會協助拉茲洛逃亡，但只有拉茲洛一個人能離開。

瑞克與拉茲洛交談時，讓卡爾帶伊爾莎逃離酒吧，其後拉茲洛被捕。

《窈窕淑男》驅動力的步驟：

麥可購買女性服裝，並告訴傑夫當女人多麼辛苦。

他對於新的收入對珊蒂說謊。

他設法自己搞定化妝和髮型。

他即興創作，避免和男人接吻。

他對茱莉友善。

他對珊蒂謊稱自己生病。

他再次約珊蒂。

他幫助艾普莉排演。

他幫茱莉練習台詞，並問她怎麼能忍受羅恩。

他因為約會遲到而向珊蒂說謊。

他即興發揮新的台詞，讓桃樂絲成為更難應付的女人。

他和茱莉即興創作台詞。

他請喬治幫他爭取更有深度的角色，因為他化身女人後受益良多。

麥可以男兒身向茱莉示愛，遭到拒絕。

他以桃樂絲的身分告訴羅恩，不要再叫他「杜絲」（Tootsie）。

他對珊蒂說謊，避開她，以便與茱蒂出遊。

他在農場與茱莉墜入愛河。

導演告訴麥可，他們想與桃樂絲續約。

13. 盟友的攻擊

在驅動力階段，主角因受對手擊敗而孤注一擲。當他為求勝利開始採取不道德行動時，盟友出面勸阻。

在這一刻，盟友化身主角的良知，似乎在說：「我試著幫你達成目標，但你這麼做是不對的。」主角通常會嘗試為自己的行動辯解，不願接受盟友的批評。（有關撰寫道德議題的對白，詳見第十章場景建構與交響樂式的對白。）

盟友的攻擊為故事提供第二個層次的衝突（第一個層次是主角與對手的衝突）。盟友的攻擊也加重了主角面對的壓力，迫使他開始質疑自己的價值取向和處世方式。

《北非諜影》

盟友的批判：瑞克遭受的批評不是來自其中一個盟友，而是來自他的主要對手伊爾莎。在市集裡，伊爾莎斥責瑞克已不是她過去在巴黎認識的那個人了。當瑞克粗暴地誘引她時，她告訴瑞克，在遇見他之前她已經與拉茲洛結婚了。

主角的合理化辯解：瑞克沒有提出辯解，只說他前一晚喝醉了。

《窈窕淑男》

盟友的批判：當麥可佯裝生病甩開珊蒂，以便與茱莉出遊，傑夫問他，他打算繼續說謊多久。

主角的合理化辯解：麥可表示，對女人說謊，比說真話傷害她來得好。

14. 看似落敗

在驅動力階段，主角遭對手擊敗。在故事進行到三分之二或四分之三左右，主角陷入看似落敗的景況。他相信自己落敗，對手贏得了目標。這是他在故事中的最低點。

看似落敗的一刻，為所有故事的整體結構提供重要的標點作用，因為主角在這一刻跌入人生的谷底。這也提升了戲劇張力，因為主角被迫從失敗中反撲，贏得最終的勝利。這就像在體育競賽中，如果主隊反敗為勝，總會帶來較大的刺激，同樣的，在一個故事裡，觀眾喜愛的主角從看似必敗的情勢中逆轉得勝，也有同樣的效果。

關鍵重點 1：看似落敗不是小事或暫時的頓挫。對主角來說，它應該是猛烈的、具毀滅性的一刻。要讓觀眾真的感受到主角這回完蛋了。

關鍵重點 2：看似落敗應該只能發生一次。儘管主角可以也應該遭受更多挫折，但其中只能有一次是顯然面對窮途末路，否則故事會失去形貌，缺乏戲劇衝擊力道。若想體會其中的差別，可以想像一輛車從山坡上高速往下行進，一種情況是三番兩次左碰右撞，另一種情況則是猛然撞上一面磚牆。

《北非諜影》

瑞克看似落敗的一刻，發生在驅動力較早的階段，也就是伊爾莎在晚上酒吧打烊後去看他。他醉醺醺的，回想起兩人在巴黎的浪漫時光，以及伊爾莎沒有依約在火車站現身的可怕結局。伊爾莎嘗試解釋，但他尖刻地攻擊她，並把她趕走。

《窈窕淑男》

喬治告訴麥可，麥可想撕毀肥皂劇合約是絕不可能的事。他喬裝女人的噩夢必須繼續下去。

在主角最後陷入更大奴役或以死亡告終的故事中，看似落敗會變成看似勝利。主角達到畢生成就或權力的最高點，但之後一切開始走下坡。這時，主角往往也進入暫獲自由的副線故事世界（詳見第六章故事世界）。包含看似勝利一刻的故事之一是《四海好傢伙》，劇中角色搶劫德國漢莎航空公司得手。他們以為這是畢生的最大收穫，事實上，緊接著這次成功之後，就是所有人都以死亡與毀滅告終的過程。

15. 第二次揭露和抉擇：執迷不悟的驅動力、改變的欲望和動機

緊接在看似落敗之後發生的，幾乎總是主角的另一次主要揭露。如果沒有這次的揭露，看似落敗就是真的落敗，故事也就此結束。因此，主角在這一刻獲得新的資訊，知道仍可能獲取勝利。於是他決定重返這場搏鬥遊戲，重新對目標展開追尋。

這次主要的揭露對主角帶來激勵作用。之前他是追求目標（欲望和驅動力），這時他是執迷於達成目標。主角為了勝利，不惜一切。

簡單來說，在情節的這個轉折點，主角在追求勝利之際變得專橫。值得注意的是，當他因為新的資訊而增強力道，他在驅動力階段出現的道德沉淪卻繼續發生。（這是故事的道德議題的另一個步驟。）

這個第二次揭露也導致主角改變他的欲望和動機。故事再次轉向一個新的方向。務必讓以下五個相關元素——揭露、抉擇、執迷不悟的驅動力、改變的欲望和改變的動機——全部一起發生，否則這個時刻就會像洩了氣的皮球，情節也會變弱。

《北非諜影》

揭露：伊爾莎告訴瑞克，她遇見他之前就已和拉茲洛結婚，這是她在巴黎離開瑞克的原因。

抉擇：瑞克看來沒有做任何明顯的決定，但他告訴雷諾，如果有誰會使用那些通行證，那個人就是他。

改變的欲望：瑞克不再想傷害伊爾莎。

執迷不悟的驅動力：瑞克第一波執迷不悟的驅動力，是伊爾莎在酒吧現

身時，他孤注一擲地想傷害她，報復她為自己帶來的傷痛。這是《北非諜影》另一個獨特的元素。瑞克最初的情感與執著程度比大部分故事主角高得多。在此同時，這種高度的欲望卻還有發展的空間：因為瑞克在故事結尾決定投身拯救世界。

另外也請注意：隨著故事發展，瑞克只是看似變得更不道德。事實上，他已決定幫助伊爾莎和拉茲洛雙雙逃亡，並決意實現這項決定。

改變的動機：瑞克原諒了伊爾莎。

《窈窕淑男》

揭露：肥皂劇製作人告訴桃樂絲，他們想和「她」再簽一年合約。

抉擇：麥可決定請喬治幫忙終止合約。

改變的欲望：麥可想逃離這個喬裝鬧劇的麻煩，更接近茱莉。

執迷不悟的驅動力：麥可決意從桃樂絲身分脫身。

改變的動機：由於受茱莉和雷斯正直的對待，麥可的罪惡感益發加重。

額外的揭露

揭露：雷斯向桃樂絲求婚。

抉擇：桃樂絲把雷斯留在酒吧裡，自己離開。

改變的欲望：不再讓雷斯受到誤導。

改變的動機：沒有改變。麥可繼續因自己的作為而滿心愧疚。

請注意：儘管麥可心懷愧疚，嘗試逃出困境，但他的道德沉淪在這裡有增無減。他多一天偽裝，對身邊的人的傷害就更多。

16. 對觀眾的揭露

對觀眾揭露的那一刻，就是當觀眾——而不是主角——察覺到一項重要的新資訊。這往往是觀眾察覺到對手／假盟友真正身分的時候；這個角色以為自己是主角的盟友，實際上卻是敵人。

無論觀眾此時察覺到什麼，由於以下各種原因，這個揭露時刻非常重要：

(1) 它在情節通常進行較緩慢的時候提供突如其來的刺激。

(2) 它向觀眾顯示對手真正的力量。

(3) 它讓觀眾看到一些隱藏的情節元素出現，充滿戲劇張力與視覺效果。

請注意：對觀眾揭露事實，代表主角與觀眾的關係發生重要的轉變。

在大部分故事裡，在這一刻之前（鬧劇是明顯例外），觀眾與主角一起察覺到各種資訊。這在主角和觀眾之間產生一種一對一的連結——也就是認同。

不過，隨著對觀眾的揭露，觀眾首次比主角更早察覺某些事。這就造成一種距離，讓觀眾處於超越主角的地位。這麼做有其重要性，原因不只一個，但最重要的是它讓觀眾得以退後一步，看見主角整體的轉變（在自我揭露時達到高潮）。

《北非諜影》

瑞克持槍威脅雷諾，要他打電話給機場管制塔台，但觀眾看到，這位警察局長其實是打給斯特拉瑟少校。

《窈窕淑男》

《窈窕淑男》中沒有這個步驟，主因是麥可在欺騙其他角色。因為他在玩弄他們，他處於操控的地位，因此觀眾與他同時察覺新資訊。

17. 第三次揭露和抉擇

在這次揭露中，主角踏出另一步，體會到他還必須知道些什麼，才能將對手擊倒。

如果故事中有一個對手／假盟友，主角往往就是在此刻察覺這個角色的真正身分（在第16個步驟「對觀眾的揭露」中，觀眾已先一步有所察覺）。

隨著主角對於對手真正力量的認識愈來愈多，你可能會以為他即將從衝突抽身而出。不過正好相反，這些新資訊讓主角感覺到自己更強大，因而更加決意取勝，因為這時所有對立力量都逃不過他的雙眼了。

《北非諜影》

揭露：伊爾莎來找瑞克請求通行證，並承認她對瑞克仍有愛意。

抉擇：瑞克決定把通行證給伊爾莎和拉茲洛，但他在伊爾莎和觀眾面前隱藏這個決定。

改變的欲望：拯救拉茲洛和伊爾莎脫離納粹魔掌。

改變的動機：瑞克體會到伊爾莎必須陪伴拉茲洛，協助他達成理想。

《窈窕淑男》

揭露：當麥可把雷斯送給桃樂絲的巧克力轉送給珊蒂，珊蒂斥責他是騙子、冒牌貨。

抉擇：麥可決定去找喬治，想出方法終止合約。

改變的欲望：沒有改變。麥可想從肥皂劇脫身。

改變的動機：沒有改變。麥可不可能一直瞞騙所有人。

額外的揭露

揭露：當桃樂絲給茱莉一份禮物，茱莉告訴桃樂絲，她不能再跟「她」見面，因為這樣只是繼續誤導「她」。

抉擇：麥可決定說出真相，揭穿自己的偽裝。

改變的欲望：沒有改變。麥可想贏得茱莉芳心。

改變的動機：麥可愛茱莉，知道若繼續偽裝桃樂絲，無法贏取茱莉芳心。

18. 閘門、嚴酷考驗、體驗死亡

接近故事結尾，主角和對手之間的衝突逐漸加強，以致於主角幾乎無法承受他面臨的壓力。他的選項愈來愈少，要穿越的空間實際上也變得愈來愈狹窄。最後，他必須走過一道狹隘的窄門，或是面臨一段嚴酷考驗歷程（這期間，他將四面受敵）。

這也是主角體驗死亡的一刻。在神話故事裡，主角來到地府，在亡者之地預見了自己的未來。

在現代故事裡，體驗死亡發生在心理層面。主角突然察覺自己終究要面對自己的死亡；生命是有限的，而且可能很快就結束。或許你會以為這方面的體會會讓他遠離衝突，因為那可能導致他的死亡。實際上，這反而刺激他奮戰。主角是這樣想的：「如果要為我的生命賦予意義，我必須起而捍衛我的信念。我要在此時此地這麼做。」因此，體驗死亡是一個測試點，往往由

此激發最終的對決。

闖門、嚴酷考驗和體驗死亡，是二十二個步驟中變動最大的，往往也出現在情節其他部分。比方說，主角可能在看似落敗的一刻體驗死亡。他在最後的對決中可能面臨嚴酷考驗，就像《星際大戰》中的塹壕戰，或《迷魂記》的高樓。他也可以在對決後穿越這個險境，就像《岸上風雲》中泰瑞·墨洛伊在故事結尾的遭遇。

《北非諜影》

這個步驟指的是瑞克帶著伊爾莎、拉茲洛和雷諾奮力趕赴機場，斯特拉瑟少校從後追趕。

《窈窕淑男》

麥可必須面對以下種種情況，這嚴酷的考驗就像不斷擴大的噩夢：

(1) 幫茱莉照顧她那吵鬧不休的嬰孩愛咪。

(2) 處理茱莉拒絕他的親吻。

(3) 與愛上桃樂絲的雷斯共舞。

(4) 甩開約翰——這個肥皂劇演員也向桃樂絲展開追求。

(5) 把雷斯送給他的糖果轉送珊蒂而遭責罵時，加以反駁。

19. 對決

對決是最終的衝突。如果有人會達成目標，最後獲勝的人是由對決來決定的。儘管大規模的暴力衝突很常見，但這是最無趣的對決形式。暴力對決有很多火花，但沒有太多意義。對決應該最清楚地傳達給觀眾：雙方究竟在競逐什麼。重點不在於哪一方力量較強，而在於哪一個意念、哪一種價值取向應占上風。

對決是故事中出現漏斗效應的時刻。所有事情匯聚於此。它讓所有角色、所有行動敘事線在此會合。它應該發生在極盡狹小的空間裡，凸顯衝突感以及難以承受的壓力。

在對決中，主角通常滿足了他的需求和欲望（但未必總是如此）。這也是他與主要對手最相像的一刻。只不過，這種相似卻讓兩人之間的關鍵差異更加

明顯。

最後，對決也是主題第一次在觀眾內心引爆的時刻。在價值取向的衝突中，觀眾第一次看清楚哪一方的行動和處世之道是最好的。

《北非諜影》

在機場，瑞克持槍威脅雷諾，並告訴伊爾莎她必須和拉茲洛一起離開。瑞克又告訴拉茲洛，伊爾莎一直忠於他。拉茲洛和伊爾莎上了飛機。斯特拉瑟少校抵達，嘗試阻止飛機起飛，但瑞克射殺了他。

《窈窕淑男》

在肥皂劇的一次實況播出中，麥可即興演出一段複雜的情節，解釋他這個角色實際上是個男人，然後卸下偽裝。這同時讓觀眾和劇中其他人都大為震驚。當他演完這一幕，茱莉用力打他一拳後離開。

麥可和茱莉的最後衝突相當溫和（茱莉饗以拳頭）。這個重大的衝突被一個重大揭露取代：麥可在所有演員、攝製團隊和全國觀眾面前解除了偽裝。

這個劇本其中一處神來之筆，就是麥可為他那個角色即興演出的複雜情節，依循的正好也是他扮演女人所經歷的女性解放過程。

20. 真實自我的揭露

通過了對決的嚴峻考驗後，主角通常也經歷了轉變。他首次體會到自己真正是個什麼樣的人。他推倒了以往擋在他眼前與生活之前的屏障，震驚地看見真正的自我。面對真實自我的事實，如果沒有毀滅他——例如《伊底帕斯王》、《迷魂記》和《對話》——就是讓他變得更堅強。

如果真實自我的揭露同時是道德層面和心理層面的，主角也會體會到正確的待人處世之道。一個重大的真實自我揭露應該是這樣的：

(1) 突如其來，營造更佳戲劇效果。

(2) 不管這個真實自我的揭露是正向還是負向的，對主角而言都是極為震撼的經歷。

(3) 帶來新的資訊：這必須是主角在此之前對自己欠缺認知的一面。

故事的品質有很大程度取決於真實自我揭露的品質。所有事情最後都導

向這個點。你必須讓它發揮效用。

請留意：

(1) 務必讓主角對自己有所體會的那一點確實深具意義，而不只是關於人生的高調或陳腔濫調。這又引出以下的提醒。

(2) 不要讓主角在對白中直接告訴觀眾他體會到什麼。這代表寫作技巧拙劣。請參考關於場景建構與交響樂式對白的第十章，看看如何透過對白來傳達真實自我的揭露，但又不流於說教。

情節技巧：雙重逆轉

在真實自我揭露中，你可以運用雙重逆轉的技巧。透過這種技巧，可以同時賦予主角和對手真實自我揭露。他們兩人各自從對方身上有所體會，觀眾從他們身上看到的也是兩種待人處世的體悟，而不只是一種。

想創造雙重逆轉，可以這麼做：

(1) 讓主角和對手都有一個弱點和一種需求。

(2) 讓對手擁有人性。這表示他必須有能力學習和改變。

(3) 在對決期間或對決結束時，同時賦予對手和主角真實自我的揭露。

(4) 將兩人的真實自我揭露連結在一起。主角和對手都應該各自從對方身上有所學習。

(5) 你的（作者的）道德願景，就是兩個角色學習的精華。

《北非諜影》

心理層面的真實自我揭露：瑞克重新擁抱理想主義，也清楚體會到自己真正是什麼樣的人。

道德層面的真實自我揭露：瑞克體會到自己必須犧牲，才能拯救伊爾莎和拉茲洛，同時他也必須重新為自由而戰。

除了瑞克的真實自我揭露，請注意這裡還有另一個揭露和雙重逆轉：雷諾表明他也想成為愛國戰士，將與瑞克一起踏上新的旅程。

《窈窕淑男》

心理層面的真實自我揭露：麥可體會到他過去從未真正愛過，因為他只

看重女性的生理特點。

　　道德層面的真實自我揭露：麥可體會到，他的傲慢和對女性的蔑視，其實傷害了自己及他認識的女人。他告訴茉莉，當他化身為女性學習到的如何成為男人的道理，比他身為男人時學得更多。

21. 道德層面的抉擇

　　一旦主角在真實自我揭露中學到正確的待人處世之道，他必須做出一項決定。道德層面的抉擇，就是他必須在兩種行動中選擇其一，而每一個選項都代表會對他人造成影響的一套價值取向或處世之道。

　　道德層面的抉擇可證明主角在真實自我揭露中學到了什麼。主角採取他選擇的行動，就是向觀眾顯示他成為什麼樣的人。

《北非諜影》

　　瑞克把通行證交給拉茲洛，讓伊爾莎和拉茲洛一起離開，並告訴拉茲洛，伊爾莎愛著他。之後瑞克踏上征途，冒著生命危險成為自由鬥士。

《窈窕淑男》

　　麥可犧牲了他的工作，為自己說謊向茉莉和雷斯道歉。

情節技巧：主題的揭露

　　在談論道德議題的第五章，我曾提到，所謂主題的揭露，就是對觀眾而非對主角的揭露。觀眾看見人們一般如何待人處世。這會讓故事超越個別角色的範圍，對活在不同環境的觀眾產生影響。

　　許多作者怯於採用這種高明技巧，以免在最後一刻讓觀眾感覺像在說教。其實只要能適當傳達，主題的揭露依然能令人驚歎。

　　關鍵重點：訣竅在於從角色真實和具體的一面，汲取抽象但普遍存在的道理。試著找出能為觀眾帶來象徵性衝擊的某種特定姿態或行動。

《心田深處》（*Places in the Heart*）

〔劇本：羅伯‧班頓（Robert Benton）；1984年〕

在《心田深處》的結尾，可以看到主題揭露的出色例子。這是關於一個女人的故事，由莎莉‧菲爾德（Sally Field）主演，背景是一九三〇年代美國中西部，女主角的警長丈夫遭一名酒醉的黑人男孩意外殺死。三K黨以私刑處決了男孩，還趕走幫女主角耕作的黑人男子。在一個情節副線裡，一個男人與太太最要好的朋友有了婚外情。

電影最後一個場景發生在教堂。當牧師談到愛的力量，有婚外情的男人的妻子握住丈夫的手，這是婚外情曝光且幾乎摧毀他們婚姻以來，夫妻兩人首次手牽著手，他感受到令人無可抗拒的寬恕的力量。裝著聖餐的盤子沿著一排排座位往後傳，當所有人啜飲聖餐葡萄酒時，男人脫口說出：「上帝的一部分。」觀眾在電影中看見的每一個人也都喝了這口葡萄酒。一個令人驚歎的主題揭露慢慢在觀眾眼前呈現。原是主角對手之一的銀行家喝了；遭驅逐後就從故事消失的那位黑人喝了；女主角也喝了；坐在女主角身邊的是她已過世的丈夫，他也喝了；在他身旁，是那名殺了他而被殺的黑人男孩，他同樣也喝了。「上帝的一部分。」

場景從對故事裡的角色的寫實描繪，逐漸轉化為所有人相互寬恕的一刻，而且觀眾也共同參與其中。它帶來的衝擊力道是深沉的。不要因為擔心這種不凡技巧可能搞砸或聽起來矯飾而避開它。冒一次險，把它做對，寫出一個出色的故事。

22. 新的平衡點

在欲望和需求都獲得滿足後（或可悲地無法獲得滿足），一切回復正常。不過還是有一個很大的不同點。由於真實自我的揭露，主角如今與之前相較之下，處於較高或較低的層次。

《北非諜影》

瑞克重新擁抱理想主義，為他人自由及更崇高的理想犧牲對伊爾莎的愛。

《竊窕淑男》

麥可體會到，應誠實面對自己和事業，不該那麼自私。他說出真相後，

就能與茱莉和解，展開真正的戀情。

　　以上這二十二個步驟形成一套強而有力的工具，為你帶來幾乎無可限量的能力，足以打造出細節豐富的有機情節。放手使用吧。不過也要了解，它是必須不斷練習才能運用自如的工具。因此，把它應用於你書寫與閱讀的所有故事裡。當你應用時，請注意以下兩點。

　　關鍵重點 1：保持彈性。這二十二個步驟沒有固定不變的順序。它們不是公式，讓你創作故事時生硬地墨守成規。這是人們試著解決人生難題的大致順序，但每個難題和每個故事都不同。把這二十二個步驟當作一個架構，以有機的方式，讓你筆下那些致力解決具體問題的獨特角色各自發光。

　　關鍵重點 2：提防打破順序。這與第一點恰好相反，但道理相同，它奠基於人們解決人生難題的步驟。二十二個步驟代表一種有機的順序，是一個單一單位的發展。因此，如果為了原創性和驚奇效果而過度大幅度改動順序，你面對的風險就是故事可能變得虛假或造作。

揭露的場景段落

　　優秀的作者知道，揭露是情節的關鍵。這也是為什麼以下做法非常重要：花點時間，將揭露與情節其他部分加以區隔，把它視為一個單位來加以審視。追蹤揭露的場景段落發展，是最有用的故事講述技巧之一。

　　揭露的場景段落的關鍵在於你是否恰當打造這些揭露。這表示：

　　(1) 場景段落合乎邏輯。它們出現的順序是主角最可能依序體會到的。

　　(2) 它們一個比一個更強烈。理想情況是每個揭露應該都比前一個更強而有力。這未必總是做得到，特別是長篇故事（這是違背邏輯的特例），但大致的結構應該是不斷加強戲劇張力。

(3) 揭露出現的步調愈來愈快。這也增加了戲劇性，因為觀眾的驚奇濃度愈來愈高。

最強而有力的揭露就是所謂的逆轉。這樣的揭露，將觀眾對故事原來的所有理解全部倒轉過來。情節的每個元素突然以一種新的觀點呈現出來，所有現實瞬間改變了。

由此可知，逆轉式揭露最常出現在偵探故事和驚悚故事。《靈異第六感》中，在逆轉式揭露出現的那一刻，觀眾發現布魯斯‧威利（Bruce Willis）飾演的角色原來在電影中的大部分時間已經死亡。在《刺激驚爆點》，逆轉式揭露來臨時，觀眾發現懦弱的維爾博捏造了整個故事，他就是那個恐怖的對手基撒‧索茲。

注意在這兩部電影中，重大的逆轉式揭露都發生在故事結尾。這種做法的好處，是讓觀眾踏出電影院時仍回味劇情最後重重的一擊。這些電影如此賣座，這是最大的原因。

請留意：使用這種技巧務必小心。它會讓故事變成情節的載體，只有極少數故事才能撐得起這種支配一切的情節。歐亨利（O. Henry）因在他的短篇小說中使用逆轉式揭露而聲名大噪〔如《最珍貴的禮物》（*The Gift of the Magi*）〕，但也有人批評它們牽強、噱頭十足或機械化。

接下來，讓我們看看《北非諜影》和《窈窕淑男》以外的其他故事的揭露場景段落。

《異形》

〔故事：丹‧歐巴農（Dan O'Bannon）、羅蘭‧舒瑟特（Ronald Shusett）；劇本：丹‧歐巴農〕

揭露 1：太空船團隊察覺異形利用通風井在太空船中移動。

抉擇：將異形引向一個空氣閘門，把它扔出太空。

改變的欲望：蕾普莉和其他人想殺死異形。

改變的動機：他們必須殺死異形，否則性命不保。

揭露 2：蕾普莉從稱為「母親」的電腦得知，太空船團隊可以為了科學研究的名義而犧牲。

抉擇：蕾普莉決定挑戰艾許的行動。

改變的欲望：她想知道為什麼艾許的行動保持隱密，未讓團隊知道。

改變的動機：她懷疑艾許沒有和團隊站在同一陣線。

揭露3：蕾普莉發現艾許是個機器人，必要時會為了保護異形不惜殺死蕾普莉。

抉擇：蕾普莉在帕克協助下攻擊並摧毀了艾許。

改變的欲望：她想制止團隊中的叛徒，逃離太空船。

執迷不悟的驅動力：她會對抗與摧毀協助異形的任何事和任何人。

改變的動機：她的動機仍然出於自保。

揭露4：艾許告訴蕾普莉，異形是完美的生物，是不辨是非的殺人機器。

抉擇：蕾普莉命令帕克和蘭珀特準備即時撤離並摧毀太空船。

改變的欲望：蕾普莉仍想殺死異形，但如今這表示也必須摧毀太空船。

改變的動機：沒有改變。

對觀眾的揭露：異形始終是一種不可知的恐怖力量。因此，觀眾在同一時間對一切的認知大體與蕾普莉等人相同。

揭露5：蕾普莉發現異形擋住前往太空梭的去路。

抉擇：她趕回太空船，並解除自我毀滅裝置。

改變的欲望：蕾普莉不想和太空船一起炸毀。

改變的動機：沒有改變。

揭露6：蕾普莉發現異形躲在太空梭裡。

抉擇：她穿上太空服，打開匣門，讓艙內一切被吸進太空的真空中。

改變的欲望：蕾普莉仍想殺死異形。

改變的動機：沒有改變。

請注意最後的揭露是恐怖片的經典手法：你逃進的空間，實際上是最致命的地方。

《第六感追緝令》

（作者：喬伊・斯特哈茲；1992年）

揭露1：尼克發現，凱瑟琳在柏克萊念書時，有一名教授遭到謀殺。

抉擇：跟蹤凱瑟琳。

改變的欲望：尼克想破解偵查中的謀殺案，並把凱瑟琳拉下寶座。

改變的動機：尼克和警方以為凱瑟琳的嫌疑已解除，但這時改變主意。

揭露 2：尼克發現凱瑟琳的朋友黑瑟爾是殺人犯，凱瑟琳也認識遇害的那位教授。

抉擇：他決定繼續跟蹤凱瑟琳。

改變的欲望：沒有改變。

改變的動機：沒有改變。

揭露 3：尼克發現凱瑟琳的父母死於一次爆炸。

抉擇：他斷定凱瑟琳是凶手，把她視為追緝對象。

改變的欲望：沒有改變。

執迷的驅動力：他決心擊倒這個了不起的凶手，即使這成為他這輩子最後所做的事（很可能如此）。

改變的動機：沒有改變。

揭露 4：尼克的警察同事葛斯告訴他，一個名叫尼爾森的內勤警員死亡後，被發現銀行帳戶內有大額存款，似乎有人給他一筆錢當作報酬。

抉擇：尼克沒有因此做出明顯決定，但決定追查那筆錢的來源。

改變的欲望：查出為什麼尼爾森有這麼一大筆錢。

改變的動機：沒有改變。

揭露 5：尼克發現前女友貝絲改了名字，尼爾森手上有她的檔案，而貝絲的丈夫遭人射殺，凶手開車行凶且事後逃逸。

抉擇：尼克決定試著證實貝絲是真凶。

改變的欲望：他想知道貝絲是否犯下這些謀殺案，然後把嫌疑推到凱瑟琳身上。

改變的動機：他仍然想偵破謀殺案。

揭露 6：葛斯告訴尼克，貝絲是凱瑟琳大學時的室友和戀人。

抉擇：尼克決定與葛斯一起面對貝絲，尋求真相。

改變的欲望：尼克仍想偵破謀殺案，但這時他肯定貝絲是凶手。

改變的動機：沒有改變。

請注意：這個偵探驚悚故事的揭露愈來愈大，且一步步朝事實逼近。

《叛徒和英雄的主題》（*Theme of the Traitor and the Hero*）

（作者：波赫士；1956年）

波赫士是少數能把揭露寫得非常出色的作家，甚至在很短的故事中也不例外，而且這些揭露並未支配整個故事，因而沒有掩蓋角色、象徵、故事世界或主題。波赫士身為作家，秉持的哲學就是強調學習和探索，藉此走出個人乃至宇宙的迷宮。因此，他筆下的揭露具有很強的主題力量。

波赫士的《叛徒和英雄的主題》，是一部幾乎全由揭露構成的短篇小說。故事中一位未具名的講述者說明，他正在構思一個故事，但故事的細節尚未對他揭露。對他講述故事的萊恩，是愛爾蘭最偉大英雄之一克伯屈的曾孫，克伯屈在終獲成功的起義前夕在劇院中遭人謀殺。

揭露1：在撰寫克伯屈的傳記時，萊恩發現警方的調查中有些細節令人不安，譬如克伯屈收到的一封信警告他不要前去劇院，這與凱撒大帝收到信警告他將遭謀殺十分相似。

揭露2：萊恩意識到一種隱密的時間形式，其中的事件和對話內容在歷史中不斷重複。

揭露3：萊恩得知，一名乞丐對克伯屈說的話與莎士比亞《馬克白》中的一樣。

揭露4：萊恩發現，克伯屈最要好的朋友諾蘭曾把莎士比亞的劇作譯為蓋爾語。

揭露5：萊恩發現克伯屈在遇害前幾天下令處決一名身分不明的叛徒，但這個命令不符合克伯屈寬大為懷的本性。

揭露6：克伯屈曾派遣朋友諾蘭去查探他們之間的叛徒是誰，諾蘭發現，那就是克伯屈本人。

揭露7：諾蘭策劃一項陰謀，讓克伯屈的遇害方式具戲劇性，克伯屈因成為殉道英雄而引發起義。克伯屈同意扮演這個角色。

揭露8：由於只有很少時間構思這個計畫，諾蘭只好從莎士比亞的劇作中剽竊一些元素，才能完整打造計謀，並讓它有足夠的戲劇性以說服群眾。

揭露 9：因為莎士比亞的元素是計畫中最不戲劇性的部分，萊恩知道諾蘭採用它們，是為了讓計畫的真相及克伯屈的身分終有一天會被識破。萊恩這個敘事者，也是諾蘭計謀的一部分。

對觀眾的揭露：萊恩把他最後的發現保留為祕密，反而出版了一本書歌頌克伯屈。

故事講述者

是否運用故事講述者，是個不易取捨的難題[40]。這也是寫作過程中必須做出的最重要決定之一。我在關於情節的這一章談論這個問題，是因為故事講述者可以徹底改變情節安排的順序。如果你寫的是有機的故事，故事講述者對角色的描述也有同樣重要的影響。

這也是困難之處（讓我們把《王子復仇記》的隱喻再加以延伸）。故事講述者是最常遭誤用的技巧之一，因為大部分作者不了解故事講述者隱含的意義，或真正的價值。

大部分電影、小說和戲劇中的通俗故事不使用可辨識的故事講述者。它們是極度線式故事，由一個全知觀點的講述者述說。有人把故事說出來，但觀眾不知道他是誰，也不關心他是誰。這些故事幾乎總是步調很快，有強而有力的單一欲望敘事線及大情節。

故事講述者所做的是詳述角色的行動，可能是第一人稱——敘述自己的行動，也可能是第三人稱——敘述他人的行動。使用可辨識的故事講述者能提升故事的複雜度和細微程度。簡單的說，故事講述者讓你在敘述主角的行動時，還能附加其他人對行動的評論。

一旦讓故事講述者的身分曝光，觀眾馬上會問：「為什麼故事由這個人來講述？為什麼這個故事需要說故事的人？為什麼他要在這個時候當面向我

---

40 To use a storyteller or not, that is the question. 此句原文作者仿擬莎士比亞作品《王子復仇記》中的名句：To be, or not to be: that is the question. 下一段的「這也是困難之處」（Here's the rub.），亦仿自《王子復仇記》的 There's the rub.

講述？」請注意：故事講述者會將注意力引向他本身──至少一開始是這樣；他會讓觀眾與故事保持距離。這就讓身為作者的你處於超脫的有利地位。

故事講述者也會讓觀眾聽見正在敘述的那個角色的心聲。人們對於「心聲」一詞總是爭論不休，彷彿它是打開出色故事講述之門的金鑰匙。當我們說讓觀眾聽到角色的心聲，實際上指的就是在角色說話的這一刻讓觀眾進入角色的內心。這是以最確切、最獨特的方式來傳達內心，也就是傳達角色想說的，以及他選擇用什麼方式來述說。所謂進入角色的內心，隱含的意思就是那是個真實人物，有他的偏見、盲點甚至謊言，即使他自己也沒有察覺到。這個角色可能對觀眾講真話，也可能不是，但無論那是多麼真實的話，也是非常主觀的。那不是上帝的話，也不是全知敘述者的話。把這推衍到邏輯的極端，故事講述者模糊甚至破壞了現實與假象之間的界限。

故事講述者另一個重要的隱含意義，就是他詳述的是過去發生的事，這隨即帶進記憶的元素。當觀眾聽到這個故事存在記憶之中，就會產生一種失落、惆悵、往事如斯的感覺。他們也會感覺到，這個故事是完整的，那位直到故事結束時只帶著透視觀點的故事講述者，他所述說的也許別具智慧。

這種「某人以個人觀點從記憶中對觀眾說故事」的方式，有些作者會利用它來引導觀眾，讓他們相信自己聽到的不是不夠真實，而是更貼近事實。故事講述者就像在說：「我當時在現場。我要告訴你實際上發生了什麼。相信我。」這不啻暗示觀眾不要相信，隨著故事的開展自行探索故事的真假。

故事講述者除了凸顯真假問題，還為作者帶來一些效果宏大的獨特好處。它有助於在角色與觀眾之間建立一種緊密的連結。它也讓角色塑造更加精細微妙，有助於將一個角色與另一個角色加以區隔。此外，運用故事講述者，往往也標示著故事的講述從採取行動的主角（通常是戰士），轉移到以創造力見稱的主角（藝術家）。因此，此時故事講述這種行為本身就成了主要焦點；而通往「不朽」之路，也從主角採取光榮行動轉移到敘述這種行動的講述者。

對情節建構來說，故事講述者帶來很大的自由。因為情節所有行動的背景架構存在於某人記憶當中，你可以把時間順序放下不管，根據以結構來說最有意義的方式將行動組織起來。故事講述者也有助於將長時間發生在廣大

空間的行動和事件串連在一起，譬如讓主角踏上一個旅程。前面討論過，這種情節往往會顯得零碎，但若由故事講述者的記憶提供背景架構，這些行動和事件頓時就有了更大的整體性，故事事件間巨大的落差似乎也消失了。

在討論運用故事講述者的最佳技巧之前，先讓我們看看應該避免的事。不要把故事講述者當成簡單的背景架構。透過故事講述者來展開故事時，不要讓他只是說：「我想告訴你一個故事。」接著依照時間順序說出劇情中的事件，最後說：「這就是所有發生的事了。這是個奇妙的故事。」

這種框架式手法相當普遍，但它比毫無用處更糟。它不但毫無來由地將注意力引向故事講述者，也未能善用故事講述者技巧能帶來的所有隱含意義和影響。它存在的唯一原因，看起來就是要告訴觀眾他們應該欣賞這個故事，因為它以「藝術化」的方式來表達。

儘管如此，有不少技巧可以讓你全面善用故事講述者的好處。這些技巧非常強而有力，因為它們在結構上原本就有一個必須說出故事的人，以及一個必須說出來的故事。千萬不要以為你必須同時使用以下這些技巧。每個故事都是獨一無二的，挑選合適的技巧就好。

1. 了解你的故事講述者可能就是真正的主要角色。

無論你用第一人稱還是第三人稱來敘述，九成的故事講述者就是你真正的主要角色。原因與結構有關。講述故事的行動，相當於採取真實自我揭露的步驟，並且將這個步驟一分為二。在故事開頭，故事講述者回首過去，嘗試理解他的行動或他人的行動對他造成什麼衝擊。在敘述他本身或他人先前的行動時，故事講述者看到行動的外在模式，獲得深刻的個人體悟，因而改變當下的人生。

2. 在具戲劇性的情境下引入故事講述者。

比方說，一場搏鬥剛發生，或有一項重要抉擇必須確定。這就將故事講述者納入故事之中，同時產生關於故事講述者的懸疑性，為他要講的故事賦予一觸即發的開頭。以下是幾個例子：

《日落大道》：故事講述者──已喪命的喬──剛遭情人諾瑪射殺。

《靈與肉》（*Body and Soul*）：故事講述者即將走上拳擊比賽擂台，接下來

他會在擂台上故意輸掉這場錦標賽。

《刺激驚爆點》：故事講述者可能是集體凶殺案的唯一生還者，正接受警方盤問。

3. 找出好的引爆點，讓他說出故事。

不要讓故事講述者說「我想告訴你一個故事」，而是讓此刻故事中的一個難題觸動他講故事的個人動機。還有，這個難題及個人動機與他為什麼要在此刻講這個故事有直接關係。

《靈與肉》：說故事的主角是個墮落的拳手。他打算刻意輸掉這場錦標賽，因此需要在拳賽開始前了解他為什麼淪落到這個地步。

《刺激驚爆點》：問話的警察恐嚇維爾博，除非他開口說話，否則要他簽訂協議。

《翡翠谷》：主角因被逐出他深愛的山谷而受挫。他在離去之前，必須知道為什麼這會發生在自己身上。

4. 故事講述者在故事開頭不應具有全知能力。

一個全知的故事講述者在那當下不會帶來戲劇性趣味。他已知道發生的一切，因而變成沒有生命力的背景架構。

相反的，故事講述者應該要有一個重大弱點，而且只有透過故事的講述才可化解，但回想往昔並說出故事，對他來說應該是一種掙扎。這樣的講述者在當下這一刻就具有戲劇張力，在個人層面會引發觀眾興趣，講述故事的行動本身則帶有英雄色彩。以下是幾個例子：

《新天堂樂園》：主角薩爾瓦多有名且富有，卻揮不去哀愁與失望。他和許多女人交往，但從來沒有真心愛上任何一人。他已三十年沒回西西里老家了。當他得知老朋友艾費多過世，令他回想起那個往日成長的地方——那個他發誓永不回去的地方。

《刺激1995》：因謀殺被判終身監禁的瑞德‧瑞丁申請假釋再次遭拒。他是個毫無希望的人，並相信自己只能生活在監獄的牆壁之間。有一天，安迪被送進監獄，他像所有初到的新犯人一樣，必須經歷其他犯人夾道奚落的挑戰。瑞德斷定安迪會是當晚第一個哭的囚犯，但安迪一聲不發。

《黑暗之心》：這終究是個偵探故事，其中的「罪案」——庫爾茲可能做過或說過的「那可怖的事」——永遠不會有人知道真相或破案。馬羅一講再講這個故事的真正動機，也是謎題的一部分。其中一項線索，可能是他最後對庫爾茲的「未婚妻」所說的話。當時她問他，庫爾茲過世前最後說了什麼，馬羅沒有說實話——「那可怖的事！那可怖的事！」——而是說了謊：「他最後說的話就是……你的名字。」馬羅的過失是對她說謊，告訴她一個只會帶來簡單答案和虛假感情的故事，對他來說，這應該受到譴責。他難以掙脫這種感覺，不得不一講再講，直到說出正確的故事，儘管庫爾茲的經歷及所謂「黑暗之心」本身仍是無法得知的。

5. 試著在簡單的時間順序外，找出一個獨一無二的結構，把故事說出來。

說故事的方式（透過故事講述者）應不落俗套，否則只會變成多餘的背景架構。獨特的說故事方式證明故事講述者存在之必要，讓我們了解：這個故事如此獨特，只有特別的講述者才能恰如其分對待它。例如：

《風雲人物》：兩個天使告訴另一個天使，一個男人一生的經歷把他引上自殺之路。第三位天使於是向這個男子展示當下另一種可能：如果沒有他，世界會變成什麼樣。

《刺激驚爆點》：一些人在一艘停泊的船上遭到謀殺。一個名叫維爾博的跛腿男子在海關密探庫健訊問時指稱，事件可追溯到六個星期前，當時警察因一起劫案盤問了五個人。故事就在庫健的審問和維爾博敘述的事件之間一來一回發展。當庫健讓維爾博離開後，看了審訊室的布告牌一眼，看見維爾博作口供時提到的所有名字。維爾博當時捏造了所有「過去」的事件。他是凶手，也是故事講述者。

6. 故事講述者奮力找出並說出真相時，應試著採用不同的講述方式。

再次提醒，故事不是一成不變的，也不是一開始就讓所有人知道一切。它是作者與觀眾之間的戲劇性論辯。故事講述的行動，以及觀眾聆聽並默默質疑的行動，在一定程度上決定了故事的後續發展。

故事講述者之所以能創造出這種有來有往的互動，是透過他在致力說出故事的過程中留下一些空白，讓觀眾自行填補。藉由這樣的努力，他得以了

解故事事件更深刻的意義，並引導觀眾進入，讓他們一起參與，也觸動他們生命故事中的深層意義。以下是幾個例子：

《黑暗之心》：這是反故事講述者式的故事。它使用了三個故事講述者，他們讓我們明白，從結構上來看，故事根本是曖昧不清的，永遠不可能說出「真實」的故事。

一名水手提到一個故事講述者。這個名叫馬羅的人向同船水手講了一個故事，而這個故事來自另一個名叫庫爾茲的男子。庫爾茲臨終前所說的「那可怖的事」，卻從來沒人加以解釋。因此我們確實碰上了一個包藏在另一個難解之謎當中的謎題，一種從意義層面來說的無限倒退，它與「那可怖之事」一樣晦澀難解。

此外，馬羅述說這個故事許多次，彷彿每講一次就向真相逼近一點，但總是以失敗告終。他解釋他沿河而上是為了找出有關庫爾茲的真相，但他離庫爾茲愈近，事情就變得更加含糊不清。

《項狄傳》：這部小說比它的時代先進了三百年。它使用的故事講述技巧和喜劇一樣。例如，第一人稱敘事者講述的是一個時而往前時而後退的故事。他直接對讀者說話，又責備讀者閱讀方式不正確。當他想解釋他聲稱應該稍後再說的話時，又會向讀者抱怨一番。

7. 故事講述的背景架構應在故事來到四分之三時結束，不要持續到結尾。

如果你讓故事講述的背景架構直到故事結尾才退場，回憶並講述故事的行動就無法對當下造成戲劇性或結構性的衝擊。你必須在故事中留下一點空間，讓敘述行動為故事講述者本身帶來改變。例如：

《風雲人物》：天使克萊倫斯聆聽喬治講述他一生的故事，直到他準備自殺的那一刻。對往事的細述在故事來到三分之二左右告一段落，剩下的三分之一篇幅，克萊倫斯向喬治顯示當下另一種可能，幫助他有所改變。

《新天堂樂園》：主角薩爾瓦多得知老友艾費多過世。他回想童年大部分時光都在天堂樂園電影院裡度過，艾費多正是那裡的放映師。回憶來到薩爾瓦多青年時期，在他離開老家前往羅馬發展時結束。接著故事回到當下，薩爾瓦多返回老家參加艾費多的喪禮，看見天堂樂園電影院變成斷垣殘壁。

然而，艾費多留給他一份禮物，那是剪接過的一捲膠卷，裡面全是童年時期神父要求剪掉的所有接吻精采鏡頭。

8. 講述故事的行動應該引領故事講述者到真實自我的揭露。

故事講述者透過回憶，獲得有關他自己當下的重大體悟。同樣的，整個故事講述過程在結構上也為講述者引出真實自我揭露的重大步驟。因此，講述故事的行動，是講述者滿足自身需求的方式。以下是幾個例子：

《大亨小傳》：尼克在結尾說：「這就是我對家鄉的回憶……我的個性有點嚴肅，因為我的故鄉冬日漫漫……蓋茲比過世後，我眼中的東部就像這樣，完全走了樣，怎麼也調整不回來。於是，當燃燒枯葉的青煙在空氣中瀰漫，晒衣繩上的衣物在西風中橫豎，就是我回家的時候。」[41]

《刺激 1995》：瑞德受朋友安迪啟迪，學會了懷抱希望並活在自由中。

《四海好傢伙》：這是一部黑色喜劇，它使用第一人稱敘事者來凸顯主角最後沒有得到真實自我揭露的事實，這帶著反諷意味，因為他原本顯然應該得到。

9. 考慮讓故事講述者去探索這個問題：故事講述這樣的行動，對講述者本身或其他人是否可能造成不道德甚或具毀滅性的後果？ 這讓故事講述本身變成一個道德難題，在當下帶來戲劇性趣味。例如：

《哥本哈根》：它實際上是故事講述者之間的競賽：三個角色在二戰期間曾碰面討論建造核子彈，但對於這件事，三個人有不同版本的敘述。這三個故事各自代表一種不同的道德觀，而每個角色也藉由本身的敘述來攻擊他人的道德立場。

10. 故事講述行動應引發最後的戲劇性事件，那往往是主角的道德抉擇。

故事講述應該有其效果，而最具戲劇張力的效果，就是迫使說故事的主角依據他的真實自我揭露做出新的道德層面的抉擇。以下是幾個例子：

《大亨小傳》：尼克決定離開道德淪喪的紐約，回到中西部。

《風雲人物》：喬治打消自殺念頭，重新投入家庭，勇敢面對現實。

---

41 此段譯文引自《大亨小傳》，張思婷譯，漫遊者文化，2015 年，第二五一至二五三頁。

《靈與肉》：講述故事的主角回首往事，決定不要故意輸掉拳賽。

《刺激1995》：瑞德決定不要像朋友布魯克斯那樣，放棄擺脫監獄生涯。他決定活下去，並到墨西哥去找展開新生活的安迪。

11. 不要助長這種錯誤的觀念：角色死亡，因而能說出完整的真實故事。

這是故事講述的常見誘因。由於角色死亡，故事講述者指出，此時總算可以說出關於這個角色的事實了。他的臥病在床及臨終遺言，成為終於可讓真相大白的最後關鍵。

使用這種技巧是不智的。實際上死亡無法讓人能夠了解這一生，因為你無法看到完整的一生。倒是人終會死亡的預期，促使你在當下做出決定，因而為你的行動賦予意義。尋索意義是人生永不休止的過程。

類似的做法是：故事講述者或許可以利用角色之死（他本人或其他人的死亡）帶出一種表象：此時可以說出並理解整個故事了。意義實際上來自於故事講述這個舉動，來自於一次又一次的回顧，而且每一次的「真實」故事都是不一樣的。就像海森堡的測不準原理一樣，故事講述者可能知道任何特定時刻的某個意義，卻永遠無法知道所有的意義。例如：

《大國民》：凱恩臨終前說的「玫瑰花苞」不是為了概括他的一生，而是因為它無法概括他的一生。

《黑暗之心》：庫爾茲臨終說的——「那可怖的事！那可怖的事！」——完全無助於解開他一生的謎。它只是所有人生命中關於「黑暗之心」這個更大謎題中的最終謎題，而故事講述者馬羅也面對他的人生之謎，因此他一遍又一遍述說故事，想找出真相但終究是徒勞。

12. 更深刻的主題應該與創造力的真善美有關，但與英雄式行動無關。

把所有行動納入故事講述的背景架構，並凸顯故事講述者敘述這些行動的重要性和努力，就是讓故事講述本身成為主要的行動，以及了不起的成就。以下是幾個例子：

《刺激驚爆點》：維爾博是犯罪能手，擊敗或殺死了所有嘗試制止他的人。不過他最了不起的成就，以及他之所以成為成功罪犯的主要原因，卻是他即興發揮的故事讓所有人認為他是個軟弱可憐的人。

《吉爾伽美什》：吉爾伽美什是出色的戰士，但在朋友兼戰士伙伴死亡之後，他尋求長生不死的努力終究徒勞無功。真正能永恆不死的，是隨著他說出來的故事而留下來的。

　　《刺激1995》：安迪給朋友瑞德（故事講述者）與其他囚犯的珍貴禮物，就是讓他們明白，如何懷抱著希望、個人風格與自由生活，即使在監獄中也能這麼做。

　　請留意：不要有太多故事講述者。

　　故事講述者的效力儘管強大，相對也要付出代價。最大的代價就是：它在故事與觀眾之間放入一個背景架構，這通常會讓故事流失部分情感。故事講述者愈多，觀眾與故事疏遠的風險就愈大，觀眾甚至可能會以冷峻的眼光來看待故事。

　　運用故事講述者的故事例子包括：《日落大道》、《同流者》、《美國心玫瑰情》、《刺激驚爆點》、《四海好傢伙》、《刺激1995》、《阿甘正傳》、《無罪的罪人》（Presumed Innocent）、《安柏森家族》、《黑暗之心》、《項狄傳》、《哥本哈根》、《包法利夫人》、《大國民》、《翡翠谷》、《新天堂樂園》、《吉爾伽美什》、《大亨小傳》、《風雲人物》和《靈與肉》。

類型

　　另一個對情節造成影響的主要結構元素就是類型。類型是故事的形式，是故事採用的特定類種。

　　大部分電影、小說甚至戲劇中的故事，至少建立於一種類型，但通常是兩、三種類型的結合。因此，如果你寫的是類型故事，知道它是哪一種故事形式是很重要的事。每一種類型都有一些不可或缺的既定情節節拍，否則會令觀眾大失所望。

　　類型實際上是另一種形式的故事子系統。每一種類型故事都採用了故事結構常用步驟——七大關鍵步驟或二十二個步驟，並以不同方式加以落實。你可以講述了不起的故事而且沒有套用任何類型，但如果採用了某一種類型，

就必須精準掌握能在形式上落實那些結構步驟的過程，並學習每種類型如何處理角色、主題、故事世界與象徵。

接下來，儘管你的故事和採用同樣形式的其他故事在很多方面是類似的，但仍必須以獨創的方式來創作這些元素，讓它們有所不同。觀眾對於類型故事的要求是魚與熊掌兼得：他們喜歡看到這些形式的相似骨幹，但也想看到能帶來新鮮感的不一樣的樣貌。

這本書的範圍能涵蓋的各種類型的細節有限，我在其他地方也廣泛談過相關問題。你必須知道的是，類型非常複雜，你必須專注在其中一、兩種，才有可能精準掌握。幸好，這方面的本領還是可以透過練習學會。

寫作練習 7——創造你的情節

●故事設計原則與情節：

重新看看故事設計原則和主題要旨，確保情節能夠依循它們發展。

●情節象徵：

如果採用了故事象徵，務必要讓情節傳達出象徵。

●故事講述者：

確認是否運用故事講述者。如果是，又是哪一種講述者？牢記那些能讓你從故事講述者獲得最大效益的結構技巧。

●二十二個步驟：

詳細描述你的故事裡的二十二個步驟。務必要從第一個步驟——情節的框架——開始，這樣其他步驟自然就能依序發展。

●揭露的場景段落：

專注處理揭露的場景段落。列出安排在二十二個步驟其他步驟裡出現的各項揭露，然後逐一考慮以下各個元素，讓揭露能具有最大的戲劇張力：

(1) 務必讓場景段落合乎邏輯。

(2) 嘗試讓每一次的揭露都比前一次更強烈。

(3) 務必讓每一回的揭露都會導致主角原來的欲望發生轉變。

(4) 隨著故事逐漸朝結尾發展，務必加快揭露的步調。

接下來，讓我們看看這二十二個步驟如何在《教父》中落實。如此一來你就會知道，這二十二個步驟如何在已確定的七大關鍵步驟之外，再為情節加上關鍵細節。

《教父》

（原著小說：普佐；劇本：普佐、柯波拉；1972 年）

主角：麥可‧柯里昂尼。

1. 真實自我的揭露、需求、欲望：

自我揭露：麥可沒有獲得自我揭露。他成為無情的劊子手，只有他的妻子凱伊看到他在道德層面的沉淪。

需求：避免成為無情的劊子手。

欲望：向射殺父親的人復仇。

對自己的錯誤看法：麥可認為自己與家族裡的人不同，且與他們的犯罪活動保持距離。

2. 幽靈與故事世界：

麥可的幽靈不是往昔的單一事件，而是他鄙視的家族留下的犯罪與殺戮。

故事世界是麥可家族所屬的黑手黨體系。它的層級極為清楚，像軍隊一般嚴格運作。教父是專制統治者，以他個人認為適合的方式履行正義，家族更透過謀殺來達成目的。這個世界的運作模式在麥可姊姊的婚禮中可見一斑，故事中所有角色都受邀出席這場婚禮，包括隱藏的對手巴茲尼。

家族勢力如何延伸到國家層面，則可從一名好萊塢製片人的遭遇窺見：這個製片人未能應教父的要求辦事，第二天醒來，就看到身旁他最愛那匹馬被割下來的頭。

3. 弱點：麥可年輕、生嫩、未經過歷練、過於自信。

心理層面的需求：克服他的優越感、自視清高的心態。

道德層面的需求：保護他的家族，但避免像其他黑手黨領袖那麼殘暴。

難題：敵對幫派成員射殺麥可的父親，也就是他家族的領袖。

4. 觸發事件：

當麥可聽聞父親遭槍擊，他與家族的疏離頓時消失。

5. 欲望：

向槍擊父親的人報復，從而保護他的家族。

6. 一個或更多的盟友：

麥可在家族中有眾多盟友，包括父親柯里昂尼先生、哥哥桑尼和弗雷多、湯姆、克雷門薩，以及妻子凱伊。

7. 對手／謎題：

麥可的首要對手是索羅佐，但他的真正對手是更強大的巴茲尼，他是隱藏在索羅佐背後的勢力，發誓要讓整個柯里昂尼家族垮掉。麥可和巴茲尼為了柯里昂尼家族的存亡而戰，也為了誰主宰紐約的罪惡世界而戰。

8. 對手／假盟友：

麥可面對的對手／假盟友數量超乎尋常，這也增加了大量的情節。他們包括：(1) 他父親遭槍擊時開車的司機；(2) 負責在西西里保護他的保鑣法布里茲歐。法布里茲歐企圖謀殺麥可，卻失手炸死他的妻子；(3) 他的姊夫卡羅。卡羅誘使桑尼步入死亡陷阱。(4) 特西歐，他改投敵對的巴茲尼陣營。

9. 第一次揭露和抉擇：改變的欲望和動機：

揭露：他父親在醫院臥床康復期間，院內沒有保鑣，而且幾乎沒人陪在他身旁。麥可知道有人會來殺害父親。

抉擇：他決定保護父親，把病床上的父親推到其他病房，自己守在門外。

改變的欲望：麥可不再與家族疏離。他矢志保護父親，拯救家族。

改變的動機：他深愛自己的家族，而他個人的鬥志和追求成功的驅動力，讓他無法撒手不管。

10. 計畫：

麥可第一個計畫是殺死索羅佐和保護他的警官。他的第二個計畫是一舉消滅其他家族的領袖。

11. 對手的計畫和主要反擊：

麥可的主要對手是巴茲尼。巴茲尼的計畫是利用索羅佐出面策劃殺害麥可父親柯里昂尼先生。當柯里昂尼先生失去行為能力，他收買卡羅，引誘桑尼陷入死亡陷阱，再收買麥可在西西里的保鑣，打算消滅他。

12. 驅動力：

克雷門薩教麥可如何消滅索羅佐和麥克魯斯基。麥可在餐廳射殺他們。

剪報文章的蒙太奇畫面。

桑尼和湯姆發生爭執，因為桑尼打算殺死塔塔格里亞家族大老。

麥可在西西里路上碰見一個漂亮女孩，並告訴女孩父親他想與她見面。

麥可與阿波羅妮亞見面。

桑尼發覺柯妮一隻眼睛腫黑。他在街上打了柯妮的丈夫卡羅。

麥可和阿波羅妮亞的婚禮。

湯姆不收凱伊給麥可的信。

麥可教阿波羅妮亞開車；得知桑尼遇害。

額外的揭露：

揭露：麥可在西西里時，在路上遇見一個漂亮的義大利女孩。

抉擇：他決定和她見面。

改變的欲望：他要贏取女孩芳心。

改變的動機：他墜入愛河。

13. 盟友的攻擊：

盟友的批判：麥可從西西里回來，凱伊不滿他為他父親效力。她告訴麥可，他不該像是這樣的人。

主角的合理化：麥可向凱伊承諾，他們家族會在五年內改邪歸正。

14. 看似落敗：

麥可的看似落敗是個雙重打擊。他發現哥哥桑尼遭謀殺，不久後又目睹妻子遭原本是為了對付他的炸彈炸死。

15. 第二次揭露和抉擇：執迷不悟的驅動力、改變的欲望和動機。

揭露：麥可知道他車上被裝了炸彈，而他的妻子正要發動引擎。

抉擇：他嘗試制止妻子，但為時已晚。

改變的欲望：麥可想回家與家族團聚。

執迷不悟的驅動力：他決意對殺害妻子和哥哥的人報復。

改變的動機：他們殺死自己所愛的人，必須付出代價。

16. 對觀眾的揭露：

觀眾看到路卡・布拉西在與塔塔格里亞和索羅佐見面時遭到謀殺。路卡是老教父柯里昂尼先生最危險的盟友。

17. 第三次揭露和抉擇：

揭露：麥可知道特西歐改投敵營，還有巴茲尼正計畫殺害他。

抉擇：他決定先發制人。

改變的欲望：他想一舉消滅所有敵人。

改變的動機：他想一勞永逸贏得勝仗。

18. 閘門、嚴酷考驗、體驗死亡：

麥可是非常不平凡的鬥士，甚至也騙過了觀眾。他在最後對決之前，沒有通過閘門，也沒有經過嚴酷考驗。他的妻子遭原本目標是他的炸彈誤炸身亡，對他來說就是體驗死亡。

19. 對決：

在最後對決中，兩種情景交錯出現：麥可參加外甥的浸洗禮，同時間，五個黑手黨家族的領袖遇害。麥可在浸洗禮上表示自己信奉上帝。鏡頭一轉，克雷門薩朝著走出電梯的人群開槍射擊，莫格林眼睛中槍。麥可跟著浸洗禮儀式後宣告脫離魔鬼。另一名槍手在旋轉門擊斃另一個黑手黨家族領袖。巴茲尼遭射殺。湯姆將特西歐送入謀殺布局。麥可將卡羅處死。

20. 心理層面的真實自我揭露：沒有。麥可仍然相信自己的優越感及自視清高是合情合理的。

道德層面的真實自我揭露：沒有。麥可成為殘暴不仁的劊子手。作者採用高層次的故事結構技巧，把道德層面的真實自我揭露交給主角的妻子凱伊：當門在她面前關上的那一刻，她明白麥可變成了什麼樣的人。

21. 道德層面的抉擇：

麥可的重大道德抉擇出現在即將展開對決之前。他決定消滅所有敵人，並在成為外甥的教父之後殺死他的姊夫，也就是這個孩子的父親。

22. 新的平衡點：

麥可消滅所有敵人後，「登上」教父的位置，但在道德層面卻沉淪為「魔

鬼」。這個一度決心不與家族暴力和罪惡沾上邊的人，此時成為家族領袖，不惜將所有出賣或阻擋自己的人置之死地。

09

場景編排

　　為什麼珍・奧斯汀和狄更斯是那麼出色的故事講述者，即使在如今高科技、高速行進的世界中，他們仍能讓讀者感到欣喜？其中一個原因是他們都是古往今來最擅長場景編排的作家。

　　一個場景，一般來說就是在一個時間、一個地點發生的一種行動。它是觀眾在故事中體驗到此刻實際正在發生什麼事的基本單位。場景編排則是這些單位的序列。想成為出色的故事講述者，你創造的場景必須像一幅優美的織錦，時而讓一根絲線露出表面，讓另一根潛藏於表面之下，然後在故事往下進行的某一刻，又讓它重新露出表面。

　　場景編排更普遍的名稱包括：場景清單、分場大綱，或分場綱要。它是撰寫完整故事或劇本之前的最後一步。它也是一份清單，其中包含你認為最後會寫出來的故事裡的所有場景，以及你為所有代表結構步驟的場景附加的辨識標籤。

　　場景編排是寫作過程中極為重要的步驟。它和故事結構的七大關鍵步驟、角色網絡和揭露場景段落一樣，都是觀察故事如何在表象之下組合在一起的方式。

場景編排其實是情節的一種延伸；它是情節的小細節。場景編排的重點，是在實際動筆寫作之前，對故事整體架構進行最後的觀察。因此，在這個階段不要陷入太多細節當中，以免隱藏了結構。試著用一句話來描述每個場景。比方說，對《教父》中的四個場景的描述可能是這樣的：

──麥可在醫院中救了老教父，讓他免遭暗殺。

──麥可指控警官麥克魯斯基為索羅佐效力；麥克魯斯基以拳頭相向。

──麥可表示要消滅麥克魯斯基和索羅佐。

──克雷門薩教麥可如何消滅麥克魯斯基和索羅佐。

請注意：每個場景只列出單一的、必要的行動。如果能只用一、兩句話寫出場景描述，應該就能在幾頁之內列出所有場景編排。接下來，在場景描述旁列出與它相關的所有結構步驟（如欲望、計畫或看似落敗）。有些場景可能會附上這樣的辨識標籤，但很多場景沒有這麼做。

關鍵重點：開始撰寫個別場景時，隨時準備調整場景編排。

實際撰寫某個場景時，你可能會發現其中的基本行動和你原來設想的不同；這是只有「走進」場景當中開始動筆才會知道的，因此要保持彈性。在寫作過程的這個時刻，最重要的是：綜觀你認為每個場景理當存在的單一主要行動。

請記住：每部好萊塢電影裡平均有四十至七十個場景。一本小說的場景至少是這個數目的兩倍，主要以小說的長度和類型（如史詩）而定，有些可能還更多。

你的故事可以有情節副線或劇情小節，當它們交織在一起，就創造出完整的劇情。如果故事裡有一個以上的情節副線或劇情小節，要為這個場景附上所屬敘事線的編號。

完成整體場景編排後，接下來看看是否需要進行以下的修改：

(1) 重新安排場景順序。首先，將重點放在為故事安排適當的整體進行序列。接著，再看看個別場景之間的並列編排是否恰當。

(2) 合併場景。有時作者創造新的場景只是為了安排一句好的對白。盡可能把場景合併在一起，讓每個場景都顯得充實，但務必讓每個場景基本上只完成一個行動。

(3) 檢查是否需要刪減或增加場景。贅肉愈少愈好。請記住：故事的步調，不只和場景的長短有關，也和場景本身是否應該存在有關。一旦減去所有贅肉，你可能會發現場景編排當中有些斷層，必須填上全新的場景。如果真的發生了，請加在清單合適的地方。

關鍵重點 1：依據結構來編排場景，而不是按照時間順序。

大部分作者選擇下一個場景時，主要由時間軸的下一個行動（場景）是什麼來決定。這樣一來，就會寫出一個堆砌而成的故事，其中包含許多無用的場景。為避免這種情況，選擇場景時，應考慮它如何形成主角的進一步發展。如果一個場景無法帶來進一步的發展，或對促成發展不具關鍵作用，那麼就刪掉它。

這個技巧能確保故事中的每個場景都是必要的，並且依循正確順序進行。通常故事結束的場景段落是依時間順序來安排場景的，但這不是必然的。

關鍵重點 2：特別注意清單當中場景的並列關係。

尤其在電影和電視中，場景或敘事線的轉變發生在頃刻之間，兩個場景的並列關係可能比個別場景中發生了什麼事更重要。在這些並列關係中，首先應看看內容的對比。如果下一個場景對前一個場景具說明作用，它是以什麼方式發揮這樣的作用？

接著，再觀察比例與步調的對比。下一個場景或段落和前一個場景或段落相較之下，重要性和長度是否恰當？

好的經驗法則就是找出敘事線，跟著它前進。

有一些場景——例如情節副線場景——的設定只是為了營造敘事動力。

那麼不妨一試，把它們納進來，但絕對不要偏離敘事線太久，否則故事就會真的崩垮。

有很多方法可以創造強而有力的並列關係，其中最好的方法之一——特別是在電影和電視裡——就是讓視覺與聲音也並列。透過這種技巧，你將這兩種溝通路徑分開，創造出第三種意義。

《M》

〔作者：娣婭・馮・哈布（Thea von Harbou）、佛列茲・朗（Fritz Lang）；1931 年〕

這種技巧的一個經典例子是《M》。在這部出色的德國電影中，一個殺害小孩的凶手買了一個氣球給一名小女孩。在下一個場景，一個女人在做晚飯，然後呼喚女孩的名字艾爾絲。她持續叫喚小女孩的名字，這時，視覺影像和聲音分道揚鑣，觀眾看見一個空蕩蕩的階梯，然後是一幢幢公寓、艾爾絲不見人影的椅子、餐桌上她的餐盤和湯匙。在此同時，只聽見她的媽媽愈來愈絕望地喊著艾爾絲這個名字。視覺敘事線的最後一個鏡頭，是一個氣球碰到空中的電線後飄遠。這個聲音敘事線和視覺敘事線之間的對比，營造出電影史上最令人心碎的一刻。

表現場景編排並列關係最常見的技巧，或許就是交叉剪接。透過交叉剪接，你能在兩條或更多行動敘事線之間來回跳躍。這種技巧的運用有兩個主要效果：

(1) 它創造懸疑，尤其前後交叉的速度愈來愈快時。例如有人飛奔拯救另一個處於危險狀態的受害人。

(2) 它對那兩條行動敘事線或兩個內容片段做出比較，並將它們相提並論。這樣一來也就擴充了主題模式。每次在兩條行動敘事線之間前後交叉進行時，就等於讓你的故事從簡單的線性發展（通常是單一角色）呈現出存在於整個群體的較深層模式。

交叉剪接內容的例子，也可在《M》當中的一個場景段落看到。在這個場景段落中，故事的開展在一群警察與一群罪犯之間來回往復。兩邊都在設法找出殺害孩子的凶手，因此，交叉剪接的效果就是向觀眾顯示，通常被視為對立的這兩群人其實在很多方面是一樣的。

《教父》

（原著小說：普佐；劇本：普佐、柯波拉；1972 年）

交叉剪接內容更好的例子是《教父》的對決場景。這裡的挑戰是創造出能傳達麥可性格的決鬥場景，讓人看見他已蛻變為新的教父。在交叉剪接中，穿插著麥可手下如何刺殺五大犯罪家族領袖，作者不只營造出一系列緊密發生的衝擊效果，同時也表現出麥可的地位有如犯罪企業的老闆。他不是因犯罪衝動而親手殺害這些人，而是從他的公司裡派出專業殺手來執行。

此外，作者又加上另一系列的交叉剪接，穿插其間的除了殺戮行動，還有麥可宣稱會遠離魔鬼，並成為一個孩子的教父，但他同時也準備殺害孩子的父親。透過這系列的交叉剪接，觀眾看到麥可登上權力巔峰成為教父，同時也成了魔鬼。

以下是《教父》稍早草稿中的場景編排與最後定稿的比較。透過這個比較可以發現，適當的場景並列（在這個例子中則涉及整個段落）能為故事最後的品質帶來巨大差異。這兩個場景編排版本的主要不同之處，出現在麥可在餐廳射殺索羅佐和麥克魯斯基之後。

請注意：在較早的草稿裡，作者列出了與桑尼之死有關的所有場景、與家族爭鬥有關的場景（以**黑體字**表示）。他們也列出麥可在西西里的所有場景，最後結束於他的妻子遇害（以*楷體字*表示）。

● 《教父》較早的草稿：

—— 他們在餐廳裡交談；麥可拿出槍，射殺他們。

—— 剪報文章的蒙太奇畫面。

—— **桑尼與一個女孩做愛後，去妹妹柯妮家。**

—— **桑尼發現柯妮一隻眼睛腫黑。**

—— **桑尼在街上打了柯妮的丈夫卡羅。**

—— 湯姆不收凱伊給麥可的信。

—— 柯里昂尼先生從醫院被送回家裡。

—— 湯姆告訴柯里昂尼先生發生了什麼事；柯里昂尼先生感到憂傷。

—— **桑尼和湯姆發生爭執，因為桑尼打算殺死塔塔格里亞家族大老。**

──柯妮和卡羅打起來；柯妮打電話回家；桑尼氣瘋了。

──桑尼在道路收費亭遇害。

──湯姆告訴柯里昂尼先生桑尼已喪命；柯里昂尼先生說讓爭鬥止息。

──柯里昂尼先生和湯姆把桑尼的屍體交給殯葬人員波納塞拉。

──柯里昂尼先生與其他家族的領袖談和。

──柯里昂尼先生知道巴茲尼是主導者。

──麥可在西西里遇見一個漂亮女孩，並告訴女孩父親他想與她見面。

──麥可與阿波羅妮亞見面。

──麥可和阿波羅妮亞的婚禮。

──婚禮之夜。

──麥可教阿波羅妮亞開車；得知桑尼遇害。

──阿波羅妮亞開動麥可的車子時，車子爆炸。

　　這個場景序列有不少問題。它把桑尼遇害和有關巴茲尼的揭露放在前面，但這是情節較豐富且較具戲劇張力的場景。因此，當場景轉到西西里時，觀眾會大失所望。還有，麥可在西西里的遭遇，是漫長且相對緩慢的場景段落，因此整個故事猛然陷入停頓，作者想在這個段落結束之後重新恢復動力，會有極大困難。把與阿波羅妮亞有關的所有場景放在一起，也凸顯了麥可與一個西西里農家女孩結婚的突兀本質及令人難以置信。儘管對白嘗試淡化這個問題，說麥可有恍如觸電的感覺，但當觀眾一下看見所有這些場景，這樣的解釋欠缺說服力。

● 《教父》的最後定稿：

　　在最後定稿中，作者克服了場景編排隱含的致命失誤。他們透過交叉剪接來處理桑尼的敘事線和麥可的敘事線。

──麥可與索羅佐和麥克魯斯基在餐廳交談；麥可拿出槍，射殺兩人。

──剪報文章的蒙太奇畫面。

──柯里昂尼先生從醫院被送回家裡。

──湯姆告訴柯里昂尼先生發生了什麼事；柯里昂尼先生感到憂傷。

──桑尼和湯姆發生爭執，因為桑尼打算殺死塔塔格里亞家族大老。

——麥可在西西里遇見一個漂亮女孩，並告訴女孩父親他想與她見面。

——麥可與阿波羅妮亞見面。

——桑尼與一個女孩做愛後，去妹妹柯妮家。

——桑尼發現柯妮一隻眼睛腫黑。

——桑尼在街上打了柯妮的丈夫卡羅。

——麥可和阿波羅妮亞的婚禮。

——婚禮之夜。

——湯姆不收凱伊給麥可的信。

——柯妮和卡羅打起來；柯妮打電話回家；桑尼氣瘋了。

——桑尼在道路收費亭遇害。

——湯姆告訴柯里昂尼先生桑尼已喪命；柯里昂尼先生說讓爭鬥止息。

——柯里昂尼先生和湯姆把桑尼的屍體交給殯葬人員波納塞拉。

——麥可教阿波羅妮亞開車；得知桑尼遇害。

——阿波羅妮亞開動麥可的車子時，車子爆炸。

——柯里昂尼先生與其他家族的領袖談和。

——柯里昂尼先生知道巴茲尼是主導者。

將這兩條故事敘事線交叉剪接，較緩慢的西西里敘事線就不會在銀幕上停留太久，以致於破壞故事的敘事動力。還有，兩條敘事線都會合在同一個點，也就是主角的「看似落敗」。這是麥可在故事裡的最低點（詳見第八章情節討論的二十二個步驟）；在這裡，桑尼遇害後，阿波羅妮亞喪命幾乎緊接而來。這個雙重打擊之後，更出現情節的王牌——關於巴茲尼一直是幕後黑手的事實揭露。有關巴茲尼（真正對手）的這項揭露，衝擊了情節的其他部分，將它引向令人震驚的結局。

在我們討論的所有技巧當中，場景編排是最適合透過實例來理解的技巧。讓我們先從一個簡單的例子開始——《急診室的春天》（*ER*），因為電視劇最不可或缺的，就是將多條敘事線並列，交織成富麗的織錦。

多線式情節的場景編排

《急診室的春天：踏著閃爍的舞步》（*ER-- The Dance We Do*）

〔作者：傑克・歐曼（Jack Orman）；2000 年〕

這部電視劇的多線式情節中，交叉剪接出現在三至五個主要敘事線，而且每條敘事線都有自己的主角。要在四十五分鐘內（六十分鐘減去廣告時間）講述那麼多故事，表示沒有敘事線能在任何一集裡有太多深度。作者希望在整季甚至在持續播出的多季過程中，能對這一點加以彌補。

關鍵重點 1：在多線式編排中，故事整體的品質取決於情節線的並列。比較幾個人在一個微型社會中同時面對的問題，觀眾在壓縮的形式裡，會看到重要角色如何使用不同辦法嘗試解決大致相同的問題。

關鍵重點 2：處理三至五個情節時，不可能讓任何一條敘事線全都用上二十二個步驟，但每條敘事線都必須涵蓋七大關鍵步驟。只要少於七大步驟，就表示這條敘事線不是完整的故事，觀眾會覺得它沒有必要存在且令人厭惡。

關鍵重點 3：面對多重主要角色和那麼多敘事線，想塑造故事整體樣貌並維持敘事動力，可以讓某條敘事線的主角在另一條敘事線中成為對手。這可以讓故事不斷向外擴大，比方說，五個主角，五個對手，加上眾多次要角色，諸如此類。

《急診室的春天》和其他電視劇使用多線式交叉剪接的原因之一，是為了替每一集增加戲劇密度。這些故事沒有靜止的一刻。觀眾只看到每一條情節敘事線充滿具戲劇張力的衝擊場景。《急診室的春天》的創作者麥可・克萊頓是好萊塢最出色的故事前提寫作者（見第二章故事前提），他找出方法，在一部影集中結合醫療戲劇和動作片類型的優點。在這個組合中，克萊頓更加入了涵蓋各種階層、種族、族裔背景、國籍和性別的角色網絡。這是一個非

常強而有力且受歡迎的組合。

我們要討論的這一集當中有五條情節敘事線，每一條都可回溯到前面的集數，並以它們為基礎而建構：

情節1：艾比的母親瑪姬來訪。她罹患躁鬱症，且有不服藥的前科，有時因發病而長時間失蹤。

情節2：伊莉莎白・柯戴醫師挨告，必須出庭作證。對方律師指她手術失誤導致病人癱瘓。

情節3：在前一集中，街頭幫派分子殺害彼得・本頓醫師的姪兒。那個男孩的女朋友凱茵莎在醫院現身，臉部遭毒打。

情節4：馬克・葛林醫師對女友伊莉莎白（柯戴醫師）和其他醫師隱瞞一個祕密。這一天，他得知他的腦腫瘤足以致命。

情節5：由於前一回的藥物問題，卡特醫師如果要繼續在醫院中工作，必須定期接受測試。

關於這一集，首先我們會注意到，各情節敘事線在深層部分具有整體性。它們都是同一個難題的變奏，因此並列時就能產生預期效果。從表面看起來，大多數情節的角色都面對藥物方面的難題。更重要的是，五個情節全都呈現說謊及說真話的不同結果。

《踏著閃爍的舞步》的場景編排力量，來自故事講述的兩項原則：

(1) 每個情節都是真相和謊言的變奏。

(2) 五個情節全都透過漏斗效應會合在某個事實揭露或真實自我的揭露，而且都是重要角色或情節能達到的最強而有力揭露。

《急診室的春天：踏著閃爍的舞步》場景編排

情節預告：	如果審視這裡的場景編排，你會看到各條情節線都使用了七大步驟，因此每個故事本身都是強而有力的。

1. 艾比的媽媽瑪姬罹患躁鬱症；她發現艾比在點算她的藥丸。艾比想讓媽媽驗血，確定她有服藥。 **情節 1：難題／需求、對手** 廣告 第 1 幕 2. 葛林醫師要女友伊莉莎白·柯戴醫師放心，認為她沒有疏失，她出庭作證不會有問題。她告訴他慢跑時不要再撞上路標。 **情節 2：難題／需求** **情節 4：難題／需求** 3. 在醫院裡，瑪姬請求艾比不要做這次驗血，因為這只會令他們都不好受。艾比勉為其難同意了。 **情節 1：欲望、對手** 4. 名叫史提芬妮的女人來找馬魯奇醫師。瑪姬衝進來說，一個女孩從車上給拋了出來。 **情節 3：難題／需求** 5. 克里歐·芬奇醫師、艾比和瑪姬幫助受傷的女孩凱茵莎。艾比請媽媽離開。 **情節 3：難題／需求**	在這樣的基礎之上，作者在運用這些不同情節敘事線的個別場景時，就能有多一點發揮的空間。以下將配合場景舉例說明。

6. 伊莉莎白作證期間，對方律師布魯斯‧雷斯尼克遇見她時，表現得極度友善。 情節 2：對手	
7. 克里歐告訴彼得‧本頓醫師，他不應接收這個病人，因為她是他已故姪兒的女友。他自己接收了病人。 情節 3：幽靈／欲望	
8. 葛林從他的醫師那裡得知他有一個手術無法切除的腫瘤。 情節 4：揭露	
廣告	
第 2 幕	
9. 卡特糾正了葛林的錯誤診斷。葛林提醒卡特，他們必須為他驗血和驗尿，因為卡特有藥物問題。 情節 5：難題／需求、對手 情節 4：欲望	
10. 彼得、克里歐和艾比查驗凱茵莎是否遭強暴。她堅稱剛才被幾個女孩揍了一頓。 情節 3：對手	場景 10（情節 3）與場景 11（情節 2）的對比：在場景 10（情節 3），凱茵莎抵達醫院時似乎挨了打，且可能遭到強暴。她是本頓醫師不久前過世的姪兒的女友。

11. 伊莉莎白作證時說，她先替前男友彼得（本頓醫師）的姪兒動手術；在替對方律師的客戶進行手術時，因男孩的死亡而心煩意亂。 情節 2：驅動力、對手 12. 卡特在艾比替他抽血時開玩笑。葛林不悅。艾比得知媽媽在一家服裝店門外出了問題。 情節 5：對手 情節 1：揭露 13. 凱茵莎不肯告訴彼得誰打了她。彼得告訴凱茵莎，姪兒遭射殺是因為去找她。她則表示他遇害是因為嘗試救她脫離幫派。 情節 3：揭露 14. 艾比想幫助媽媽避免遭控在商店行竊。 情節 1：對手 15. 葛林指卡特未依合約規定服藥。卡特說他受夠了。葛林倒下抽搐。 情節 4＋5：透過不同醫生間的對立，把個人故事結合在一起。 廣告	在下一個場景（場景 11 情節 2），律師問柯戴醫師，她為病人手術時，是否因為男孩過世而心煩意亂。因此，場景 10（情節 3）與場景 11（情節 2）是同一情節敘事線，而且它是場景 11（情節 2）的後續發展。

第 3 幕	
16. 葛林醒來，拒絕卡特要求，不肯做頭部電腦斷層掃描。 **情節 4：驅動力**	場景 16（情節 4）、場景 17（情節 2）、場景 18（情節 1）的對比：每一集裡都有一個角色 —— 葛林、伊莉莎白和瑪姬 —— 向他人撒謊，甚至對自己否認問題有多大。
17. 對方律師雷斯尼克指出，伊莉莎白為他的客戶進行的手術很快就結束，因為她要趕赴私人約會。 **情節 2：對手**	
18. 瑪姬堅稱她沒事。艾比告訴媽媽，她必須縫合傷口。 **情節 1：對手**	
19. 警察表示，他們必須從凱茵莎那裡聽到誰射殺了彼得的姪兒，否則不能逮捕任何人。凱茵莎不願和警察說話。 **情節 3：對手**	
20. 葛林告訴卡特，他有一個腦瘤，恐怕今天起不能再工作。 **情節 5：揭露**	場景 20（情節 5）與場景 21（情節 2）的對比：在場景 20（情節 5），葛林最後告訴別人自己的真相。
21. 伊莉莎白的律師告訴她把答案限定在是或否，限制提供的資訊。她認為那是隱瞞事實。 **情節 2：對手**	隨後緊接著場景 21（情節 2），律師勸導葛林的女友伊莉莎白隱瞞事實。
22. 瑪姬在艾比男友柯瓦克替她縫合傷口時和他調情。她情緒高昂。艾比道歉。她媽媽攻擊她，然後跑掉。	在第 3 幕最後一個場景出現戲劇性的漏斗效應（場景 22 情節 1），呈現說謊或「踏著閃爍舞步」的可怕結果。

瑪姬懇求艾比別這樣做時，柯瓦克把大喊的她帶到桌旁。 情節 1：對手	當母親做出貶低自己之舉，艾比在工作場合當眾受到最大的羞辱。
廣告	
第 4 幕	
23. 伊莉莎白進行最後一次作證，看見她的前病人坐在輪椅上。她的律師說不要讓他令自己不安。 情節 2：揭露、驅動力	在場景 23（情節 2）——最後一幕——開頭，當控告她的病人坐著輪椅在作證中現身，伊莉莎白不得不面對她草率行事的後果。
24. 醫院的心理醫師告訴艾比，如果她願意，他可以讓她媽媽住院，但艾比漠不關心，轉身走開。 情節 1：驅動力	在故事較晚的這一刻，對決與真實自我的揭露來得又快又猛，這是多線技巧為故事帶來的重大好處之一。
25. 彼得讓凱茵莎搭上計程車，最後向她說明護理傷口的提醒。她向他做出不雅手勢。 情節 3：對手	
26. 對方律師指出，麻醉師曾告訴伊莉莎白可能有脊髓液洩漏狀況。她說謊，堅稱做過全面檢查。 情節 2：對決、對觀眾的揭露	在情節 2 的對決中，伊莉莎白在作證時做出重大道德抉擇；她說了謊。
27. 卡特告訴艾比她媽媽離開了。艾比說她曾失蹤四個月又回來；大家都「踏著閃爍的舞步」。	隨後，情節 1 敘事線的艾比向卡特解釋。在情節 5 敘事線，卡特也一直隱瞞自己的用藥問題。艾比說，

情節 5 ＋ 1：當一個有藥物問題的人得知另一人有同樣問題，個人故事就結合在一起。 **情節 1：真實自我的揭露** 28. 凱茵莎告訴彼得，警察來她家，現在幫派分子要殺死她。彼得讓她坐進自己的車。 **情節 3：對手**	她和母親都永不休止地因藥物問題而「踏著閃爍的舞步」，互相欺騙並造成彼此傷害。
29. 伊莉莎白告訴葛林情況很糟。她說了謊。她匆匆做手術。葛林說，上帝對我們也有虧欠。他告訴她，他頭痛不是因為打冰球碰傷。他們互相擁抱。 **情節 2：真實自我的揭露＋揭露**	在這一集的倒數第二個情節，葛林和伊莉莎白互相幫助對方面對負面真相。
30. 艾比從與柯瓦克同睡的床上起來，打開浴室水龍頭，哭了起來。 **情節 1：原來的平衡點**	最後場景是情節敘事線 1 出色的戲劇性轉折。作者以情節 1 的場景來開始及結束故事，賦予這整集一個框架，有助於將故事各情節敘事線整合在一起。艾比半夜起床，走進浴室打開水龍頭，這樣就能在浴室大哭而不驚動男友。對這些人來說，他們踏著閃爍的舞步，事情就維持不變。這是原來的平衡，不是新的平衡。對艾比來說，她對自己和媽媽的這種體認，是個悲劇。觀眾突然理解到，現實生活不是一個結尾總有改變、總會帶來成長的故事，令人傷痛。這是漂亮的場景編排。

寫作練習 8——場景編排：

●**場景清單**：列出故事中每個場景。嘗試用一句話把場景描述出來。

●**為二十二個步驟附上辨識標籤**：把所有包含二十二個步驟其中任何步驟的場景附上辨識標籤。如果你的故事有多個情節敘事線或劇情小節，為每個場景附注它所屬的情節敘事線。

●**安排場景順序**：研究場景順序。務必依據結構來編排場景順序，而不是依照時間順序。

(1) 確認是否能刪減場景。

(2) 看看有沒有辦法把兩個場景合而為一。

(3) 在故事發展出現斷層之處加入新的場景。

由於了解場景編排最好的方法是透過練習，我打算改變每章用一個例子總結的習慣做法，多看幾個故事的場景編排。當然，場景編排對故事本身及故事的需求都是完全獨特的。當你瀏覽每個例子時，請注意不同類型對場景編排會帶來什麼樣的獨特挑戰，作者又必須如何解決。

偵探犯罪故事場景編排

《鐵面特警隊》

（小說：詹姆士‧艾洛伊；劇本：布萊恩‧赫吉蘭、柯提斯‧韓森；1997 年）

《鐵面特警隊》是近年來擁有最好、最高明場景編排的電影之一。作者將它形塑為巨型漏斗，以洛杉磯警察腐敗世界裡三名警察主角為起點，在故事進程中，把三條明顯不同故事敘事線交織在一起並合而為一。這三名主角一路追尋，彼此成為對手，直到他們在漏斗的終點全都找到殺人凶手為止。作者透過這個過程，保持敘事動力不斷前進。

由於這樣的布局，作者得以透過交叉剪接來比較三名主角，以及他們在破案和主持正義的不同方式。當漏斗效應讓故事內容會合在一起（這是我們談過的旋風式效果），作者也就能創造出密集的揭露。

《鐵面特警隊》的場景編排

在以下的場景編排裡，「主角1」表示布德・懷特的敘事線，傑克・文森尼的是「主角2」，艾德・艾克斯利是「主角3」，而對手達德利・史密斯探長以楷體字來表示。

1. 悉德・赫金斯是八卦雜誌《噓噓報》撰稿人，他透過圖文將洛杉磯描述為人間天堂，但又指出那只是表象。在表象之下，策動有組織犯罪活動的犯罪集團分子米基・柯肯遭逮捕後，勢必有人要填補這個犯罪世界的真空。 **故事世界**	在開頭的場景，一段旁白將故事世界確定下來——一九五〇年代的洛杉磯，同時也奠定了這個故事主要主題對立的基礎——一個貌似烏托邦但內部腐敗的世界。
2. 警員布德・懷特將毆打妻子的違規保釋者逮捕歸案。 **主角1**	接下來幾個場景帶出了三位主角，以及扮演對手／假盟友的探長： 布德是個硬漢警察，挺身保護婦女（場景2、5、6）。在他出現的一個前段場景（場景6），作者悄悄引入第二個主要對手皮亞斯・派徹特，但他這時還沒成為對手。 傑克是狡猾、腐化的警察。他擔任警察節目的技術顧問，還為了賺外快採取緝捕行動（場景3、7、8）。 艾德是年輕、初露頭角的明星警察，堅持在法律和道德層面潔身自愛（場景4）。
3. 警官傑克・文森尼擔任電視節目「榮譽徽章」的技術顧問，悉德同意付酬勞請他逮捕一名私藏大麻的演員，以便悉德能拍到照片。 **主角2：需要、對手／假盟友**	
4. 警官艾德・艾克斯利回答一位記者關於身為初露頭角警員的問題。達利・史密斯探長暗示艾德不具備當警探的性向，因為艾德不願以違法行動逮捕罪犯。艾德堅持從事警探副官的工作。 **主角3：欲望、主要對手／假盟友**	

5. 布德為警局的耶誕派對買酒，遇見貌似女星薇洛妮卡·蕾克（Veronica Lake）的琳茵·布拉肯。	
角色1：欲望	
6. 布德與利蘭德·米克斯在店外大打出手。米克斯曾是警察，如今是派徹特的司機。一名纏著繃帶、貌似女星麗泰·海華絲（Rita Hayworth）的女子向布德表示她沒事。布德的伙伴狄克·史丹斯蘭德說他認得米克斯，但不認識他。	
角色1：對手、故事世界、盟友	
7. 傑克逮捕演員麥特·雷諾斯和一名女子；悉德為《噓噓報》拍了他們的照片。	
8. 傑克在麥特的公寓搜查私藏大麻證據時，發現了一張「百合花俱樂部」的卡片。悉德寫了報導，並付酬勞給傑克。	
角色2：揭露	
9. 史丹斯蘭德告訴警局裡的同僚，他們回來遲了，是因為布德協助一位需要幫忙的女子。	這些早段場景引出具分水嶺意義的一個事件，進而界定三名主角，以及腐敗的警察世界。
10. 傑克將被捕的麥特和女子帶進警局，遞給艾德一張十元鈔票，當作他擔任值班指揮官的報酬。艾德拒絕接受。	除了艾德以外，所有警察都有動手毆打那些墨西哥囚犯（場景9至11）。在這個及接下來的幾個場景中，艾德成為布德和傑克兩人的對手（場景

角色 2 與 3 對比：對手	10 至 15）。
11. 一些警察帶進當晚稍早曾毆打兩位警員的幾名墨西哥人。酒醉的警察在史丹斯蘭德帶領下，從艾德身旁推擠過去毆打墨西哥人。布德和傑克都參與了。 **角色 1、2：對手**	
12. 布德拒絕在毆打事件中指證其他同僚，被暫停職務。	
13. 艾德同意作證，並暗示警察局長盯緊史丹斯蘭德和布德。局長擢升艾德為巡官。艾德告訴他們如何迫使傑克提供佐證。 **角色 3：驅動力、故事世界**	
14. 局長迫令傑克作證，否則不讓他擔任電視警察節目顧問。傑克同意。	
15. 傑克作證前問艾德，他出面指證獲得什麼報酬。他並警告艾德提防其他同事，特別是布德。 **角色 2 與 3 對比：對手**	
16. 探長把警徽和手槍還給布德，並邀請他加入一項特別任務 —— 在凶殺案偵查中扮演舉足輕重的角色。 **角色 1：欲望**	從場景 16 至 23，敘事線分為三條交叉行進：布德獲派新職，擔任探長的左右手；隱藏的對手殺了好幾名幫派分子；傑克發現一項線索，最後會引向兩個主要對手其中一人。
17. 柯肯兩名手下在車上遭暗殺。 **對手的計畫**	

18. 柯肯手下的毒販在家中遭槍殺。 **對手的計畫** 19. 布德在偏僻的勝利汽車旅館毆打一名歹徒；探長對這名男子說，現在是離開本市的時候了。 **角色1：驅動力** 20. 傑克在他新承辦的案子發現，活躍全城的賣淫活動都有百合花俱樂部的標誌。 **角色2：揭露** 21. 傑克嘗試找出百合花俱樂部這個組織，但一無所獲。悉德對它也一無所知。 **角色2：驅動力** 22. 史丹斯蘭德交回警徽和手槍，向同事說再見。他走出去時撞到艾德，把他手上一個盒子撞落在地。 23. 史丹斯蘭德告訴布德，他當晚有一個祕密約會，但這個星期會再約布德喝酒聊天。 **角色3：對手**	
24. 艾德獨自在車站時接獲報案：貓頭鷹咖啡店發生凶殺案。 **角色3：觸發事件**	此時觸發事件出現。好幾個人在貓頭鷹咖啡店遇害，包括布德昔日伙伴（場景24至26）。這是漏斗效應開始的起點，三條敘事線終於合而為一。每個主角都在追查疑凶，但這些人卻都只是次要人物。

25. 艾德在犯罪現場偵查，在男廁發現一堆屍體。 **角色 3：欲望**	
26. 探長接手查案，任命艾德擔任第二指揮。其中一名遇害者是史丹斯蘭德。 **角色 3：揭露**	
27. 布德在太平間看見史丹斯蘭德的遺體。艾德告訴他看起來發生了什麼事。	
28. 一個女人認屍時碰上困難，無法認出女兒，因為很多特徵都變了。布德認出她是蘇珊・雷費茲，就是在車上貌似麗泰・海華絲的女子。 **角色 1：揭露**	
29. 探長告訴手下，有人看到三個年輕黑人男子開著一部褐紅色的車，在案發現場附近開槍掃射。探長指示手下採取任何必要方法緝凶。 對手／假盟友的計畫 **角色 1、2、3：驅動力**	接下來幾個場景出現假驅動力：三名主角在對手／假盟友（探長）引導下，對錯誤對象展開追查（場景 29、30、34 至 38）。同樣的，執法者的作為呈現腐敗的一面。
30. 布德自行前去偵辦。艾德同意協助傑克根據他的直覺進行偵查。 **角色 1：驅動力** **角色 2 和 3：驅動力**	
31. 布德向酒品專賣店老闆查問蘇珊的住址。 **角色 1：驅動力**	

32. 派徹特告訴布德，那名遇害女子看起來像受傷，是因為剛動整形手術，讓她看起來像麗泰・海華絲。蘇珊是他旗下以明星臉為號召的工作人員之一。 **角色 1：揭露**	
33. 布德要琳茵的議員客戶離開。琳茵解釋她與派徹特的交易。布德要求再與她見面，後來又打消主意。 **角色 1：欲望**	
34. 一名黑人拳手的兄弟在坐牢。他告訴傑克和艾德哪裡可找到駕駛褐紅色汽車的男子。 **角色 2 和 3：揭露**	
35. 傑克和艾德發現，有兩名偵探已先抵達那輛褐紅色汽車所在地。當他們向前展開逮捕行動時，艾德阻止其他兩名警察向三個黑人開槍。	
36. 探長告訴艾德，那輛褐紅色汽車後面發現的霰彈槍彈殼，與案發現場發現的彈殼一樣。調查進行期間，艾德利用通話系統將訊息來回傳遞給三名嫌犯，逼他們開口說話。 **角色 3：揭露**	
37. 其中一人向艾德承認曾傷害一個女孩；布德介入，威脅那人說出地址，否則就殺死他。 **角色 1 和 3：揭露**	傑克和艾德抓到疑凶，艾德進行盤問時表現出色，但他的同事對手布德干預，並濫用私刑，以正義之名殺死主嫌。（場景 37、38）

38. 布德首先抵達一幢房子，發現一名女子被縛在床上。他開槍射中一個黑人男子胸部，然後把槍放在他手上，讓現場看起來像是對方先開槍襲擊自己。 **角色 1：驅動力**	
39. 艾德告訴布德，他不相信那個裸體男子有槍。布德回答，那人罪有應得，且出手想打艾德。他們得知貓頭鷹咖啡店的嫌犯逃跑了。 **角色 1 和 3 的對立**	劇本中的這個段落，作者為避免敘事線變得零碎，聚焦於主角布德和艾德之間的對立（場景 39）。
40. 艾德查看供詞，想了解那三個黑人從哪裡取得毒品，並請探長的一個部屬幫忙。 **角色 3：揭露**	艾德追蹤到逃逸的嫌犯。在槍戰中，除了他以外，所有人都遭擊斃。（場景 40、41）
41. 槍戰中，除了艾德以外，所有人都遭擊斃。 **角色 3：驅動力**	
42. 探長與其他同事祝賀艾德表現出色，並稱他神槍手艾德。	在故事這個主要段落的結局中，驅動力看似取得成果。（場景 42 至 44）
43. 艾德因執勤英勇表現獲頒獎章。	
44. 傑克重返「榮譽徽章」節目時，獲得熱烈歡迎。	
45. 琳茵看見布德在他車上監視她。	
46. 那位議員告訴一名男子，他不會投票贊成派徹特的企劃案。那男子向議員展示他與琳茵的床照。	此時作者讓派徹特這個對手浮出表面，有好幾個場景顯示他在城中呼風喚雨。（場景 46 至 49）

對手的計畫	
47. 議員宣布他會投票贊成企劃案。	
48. 派徹特在新的聖塔莫尼卡高速路動土典禮現身。	
49. 琳茵在派對與一個客戶打情罵俏，派徹特報以微笑。	
50. 探長在勝利汽車旅館毆打另一名歹徒，令布德感到厭惡。探長看著布德開車離去。	故事回到同步進行的行動敘事線，也就是在三名主角間進行交叉剪接。三條敘事線之間具整體感的元素，就是每個角色在面對自己的正常欲望時希望幻滅：
51. 布德到琳茵的住所敲門，琳茵讓他進去。他們在床上擁吻。 **角色 1：驅動力**（第二次）	布德對擔任探長的左右手感到厭惡，他與琳茵墜入愛河，而這個妓女與他的對手派徹特有關連。（場景 50、51、53、57）
52. 悉德支付傑克五十元，要他當晚破獲年輕演員麥特·雷諾斯與一名地方檢察官的密會。麥特問傑克，兩人是否在百合花俱樂部的派對見面。悉德向麥特承諾，如果他願意供出與該地方檢察官有性關係，會讓他在電視節目中亮相。 **角色 2：驅動力**	傑克幫悉德踢爆一個演員和一個地方檢察官間的性愛約會關係，導致年輕演員遇害。（場景 52、54、55）
53. 布德和琳茵一起看電影。	
54. 傑克對自己感到厭惡，把悉德給他的五十元鈔票留在酒吧。 **角色 2：真實自我的揭露、道德層面的抉擇**	
55. 傑克發現麥特在汽車旅館喪命。 **角色 2：揭露**	

56. 性侵受害人告訴艾德，關於那三個黑人男子當晚什麼時間離開，她說的是謊話。 **角色 3：揭露**	艾德發覺他在貓頭鷹咖啡店凶案中殺錯了人。（場景 56、60）
57. 琳茵在床上告訴布德，她打算幾年後回老家開一家服裝店。布德則告訴她，他的疤痕是嘗試救媽媽一命時留下的，但還是無法讓她免於被父親打死。布德打算放棄以暴易暴，致力偵查凶殺案。他懷疑貓頭鷹咖啡店一案有些地方不妥。琳茵說他相當機警。 **角色 1：幽靈、欲望**（新的）	
58. 布德查看貓頭鷹咖啡店案件證據的照片。他想起史丹斯蘭德和蘇珊都是在那裡遇害的。 **角色 1：揭露**	從這裡開始，主角對案件的真凶展開追查，故事焦點更集中，敘事動力也更強。一開始，每個主角憑著自己的技巧並為了自己的救贖而分頭偵查。（場景 58 至 62）
59. 蘇珊的媽媽認出史丹斯蘭德是女兒的男友。布德追查異味的來源，發現米克斯的屍體在房子下面。 **角色 1：揭露**	
60. 艾德為貓頭鷹咖啡店案件煩惱，發現布德當天早上曾問及這起凶案。 **角色 3：揭露**	
61. 艾德從蘇珊媽媽那裡得知布德已檢查過房子下方。 **角色 3：揭露**	

62. 艾德將屍體送到太平間，並告訴那裡的人，除了他以外，不能對其他人說。	
63. 艾德要求傑克跟蹤布德，因為他在凶案偵查中不能信任其他探員。他說，他用「羅洛‧托馬西」這個名字稱呼殺害他的警察父親且逃過法網的人。這是艾德決志當警察的原因，但他卻看不到正義的蹤影。傑克表示，他已記不起自己為什麼要當警察。他同意幫助艾德偵查貓頭鷹咖啡店凶殺案，條件是艾德幫他偵辦麥特的謀殺案。 **角色 2：幽靈** **角色 3：幽靈** **角色 2 和 3：欲望** **角色 2 和 3：真實自我的揭露和道德層面的抉擇**	當艾德和傑克攜手合作，漏斗效應就加快了步調（場景 63）。這個段落包括艾德與布德女友琳茵發生關係的時刻（場景 72）。艾德和布德之間的對立更加嚴重。
64. 歹徒強尼‧史當派納托告訴布德，米克斯應能取得大量海洛因，但卻退出。傑克在監視他們。 **角色 1：揭露**	
65. 傑克和艾德看見布德在琳茵的公寓裡親吻她。 **角色 2 和 3：揭露**	
66. 傑克告訴艾德所有事件都與百合花俱樂部有關連。	

<table>
<tr>
<td>

67. 艾德試圖向史當派納托問話。他把拉娜‧透納（Lana Turner）本人誤認為樣貌與她近似的妓女。

角色 2 和 3：驅動力

68. 傑克和艾德質問派徹特關於麥特的事，又問他為什麼布德會與琳茵見面，但派徹特守口如瓶。

69. 艾德和傑克離去後，派徹特打電話給悉德。

對手的計畫

70. 法醫告訴傑克，死者是米克斯。

角色 2：揭露

71. 傑克要求翻閱米克斯當臥底時的逮捕檔案。

72. 琳茵告訴艾德，她喜歡布德的原因也正是她不喜歡艾德的原因。她認為艾德是政治動物，為了向上爬而委屈自己。艾德開始親吻她。她移動身體，讓悉德能清楚拍到他們做愛的照片。

角色 3：欲望（第二次）

73. 傑克前往探長家。他注意到，好幾年前在探長監督下，史丹斯蘭德和米克斯曾聯手調查派徹特。探長射殺傑克。傑克臨終前喊出「羅洛‧托馬西」。

對手／假盟友的攻擊

角色 2：揭露

</td>
<td>

作者在開頭精心建立故事世界，並創造三條看似截然不同的敘事線，此時因而能以一連串揭露帶給觀眾意外。艾德和傑克間的合作，隨著最大的揭露的出現而結束，這個揭露同時也讓觀眾大為震驚：探長殺死了傑克（場景73）。

</td>
</tr>
</table>

74. 探長吩咐部屬，不惜一切找出殺死傑克的凶手。探長向艾德詢問與傑克有關連的羅洛・托馬西。

對手／假盟友的計畫

角色 3：揭露

75. 探長要求布德跟他到勝利汽車旅館，協助偵查可能殺害傑克的凶手。

76. 法醫向艾德透露，他曾告訴傑克死者是曾當警察的米克斯。

角色 3：揭露

77. 當探長向悉德問起傑克和派徹特，布德揮拳打他。悉德說他拍了琳茵與一名警察做愛的照片，布德抓狂，抓起照片就跑。

對手／假盟友的攻擊

角色 1：揭示

78. 探長動了殺機，悉德求饒說，他跟派徹特和探長是同路人。

向觀眾的揭露

79. 艾德向書記索閱日誌，裡面載有米克斯當臥底時曾逮捕的人的資料。

80. 琳茵告訴布德，她認為她跟艾德上床是幫他一把。布德揮拳打她。

角色 1：對手

81. 艾德在日誌上看到米克斯和史丹斯蘭德是在探長監督下行事。布德動手打艾德。艾德拔出槍對布德說，

布德和艾德分頭蒐證的行動又持續了一段時間，直到他們發生一次小規模的對決。之後，他們便同意攜手合作（場景 81）。這對伙伴成為故事接下來的驅動力。

探長殺死了傑克，又想藉布德之手殺他。布德表示，他相信史丹斯蘭德因為海洛因的問題殺死米克斯。艾德解釋，一定是探長手下布局陷害那三個黑人，而這一切都與派徹特有某種關係。

角色 3：揭露

角色 1 和 3：（角色 1 的）**對手**

82. 艾德要地方檢察官對探長和派徹特展開調查。檢察官拒絕，布德把他的頭往馬桶裡塞，又把他吊出窗外。檢察官供認探長和派徹特接手經營柯肯的非法勾當，但他不能檢控他們，因為他們握有足以讓他入罪的照片。

對手

角色 1 和 3：揭露

83. 艾德和布德發現派徹特身亡，身旁有偽造的聲稱自殺字條。

角色 1 和 3：揭露

84. 艾德指示區內警察將琳茵以化名身分帶進警局，以免她遭探長殺害。

85. 琳茵告訴艾德，她對探長的事一無所知。

86. 布德發現悉德陳屍辦公室。他接獲艾德通知，要他前去勝利汽車旅館會合。

角色 1：揭露

87. 布德抵達旅館時，他和艾德知道
落入了圈套。在一輪槍戰中，布德
和艾德殺了探長手下數人。布德躲
進地板下的隱密空間。艾德中槍。
兩個人走向前，準備取他性命，布
德從地板下爬出來殺死他們。探長
兩度向布德開槍。艾德說探長就是
羅洛‧托馬西，那個逃過法網的凶
手。布德刺傷探長一條腿。探長再
次向他開槍，但艾德舉起霰彈槍對
著他。探長承諾，如果只逮捕他而
不殺他，就會讓艾德當上偵緝隊隊
長。此時警車汽笛聲趨近，艾德從
探長背後射殺了他。

角色 1 和 3：揭露

角色 1 和 3：對決

**角色 3：真實自我的揭露與道德層面
的抉擇**

更多的揭露帶來的漏斗效應，讓兩
個主角與探長及他的手下展開對決，
最後艾德從背後射殺了探長（場景
87）。

88. 在訊問中，艾德解釋，探長就是
殺害蘇珊、派徹特、悉德和傑克的
幕後黑手，並接手洛杉磯諸多犯罪
活動。在訊問室外，地方檢察官告
訴警察局長，他們可以讓探長變身
為英雄，以挽救警局的聲譽。但艾
德卻說，他們需要一個以上的英雄
才行得通。

故事世界

89. 警察局長頒給艾德另一個獎章，
琳茵在背後觀看。

艾德就像政客，把他的殺人行為變
成獲頒另一獎章的行動（場景 89）。
他向布德說再見；這個與他極端對
立的伙伴是個單純的漢子，打算和
琳茵一起到小鎮生活（場景 90）。

| 90. 艾德對纏滿繃帶、坐在琳茵車後座的布德表示感謝，並對琳茵說再見。她開車離去，返回老家。
新的平衡點
角色 1 至 3 關係融洽 | |

交叉剪接場景編排

《星際大戰（五）：帝國大反擊》（*The Empire Strikes Back*）

〔故事：喬治・盧卡斯；劇本：雷伊・布雷克特（Leigh Brackett）、勞倫斯・卡斯丹（Lawrence Kasdan）；1980 年〕

這是交叉剪接場景編排可列入教科書的例子。想了解為什麼作者要在那麼大篇幅的情節中（場景 25 至 58）採用這種手法，讓我們先看看故事的結構需求。首先，《星際大戰（五）：帝國大反擊》是三部曲的中間那一集，因此它缺少第一集介紹主要角色的開場焦點，也沒有第三集將一切匯聚於最終對決的結尾焦點。交叉剪接策略讓作者能透過這個中段故事，把三部曲的涵蓋範疇擴展到最大，具體來說在這部片中就是指整個宇宙。與此同時，作者還必須保持敘事動力。另外還有一點更棘手：這是三部曲的中間一集，無論如何必須孤軍奮戰。

交叉剪接最大的潛力，就是將多個角色或行動敘事線並列，藉此對內容做出比較。這種情況在這個例子中沒有出現。不過這部電影還是善用交叉剪接在情節方面的功能：增加懸疑、創造千鈞一髮的處境，以及在一部電影有限的時間裡塞進更多行動。

作者使用交叉剪接場景編排的最重要原因，與主角的發展有關，這也是應有的做法。在《星際大戰（五）：帝國大反擊》中，路克必須依隨「原力」進行廣泛的訓練才能成為絕地武士，擊敗邪惡帝國。作者因而面對一個大難題。訓練只是一個結構步驟，它甚至不是關鍵的二十二個步驟之一。如果漫長的訓練場景段落採用線性場景編排—只依循路克的發展—就會導致情節在進行過程中停頓。若透過交叉剪接，將路克的訓練（以下用楷體字標示）穿插於

其他重大行動的場景中─包括韓索羅、莉亞公主和丘巴卡逃離維德陣營（以下用圓體字標示），作者就有充分時間處理路克的訓練和這個角色的發展，同時又不會讓情節陷於停頓。

《帝國大反擊》場景編排

1. 路克和韓索羅在冰天雪地的霍斯星球巡邏。一頭雪地怪獸把騎在嗡嗡獸背的路克撞了下來，並把他拖走。（難題）

2. 韓索羅回到叛軍基地。丘巴卡修理千年鷹號飛船。（盟友）

3. 韓索羅要求離隊，因為他必須向赫特人賈霸償還一筆巨債。韓索羅向莉亞公主說再見。（盟友）

4. 莉亞和韓索羅爭辯，究竟他們幻想中和實際上對對方的感受如何。

5. 機器人 C-3PO 和 R2-D2 報告路克仍失蹤。韓索羅要求飛船艙面官提供一份報告。（盟友）

6. 儘管艙面官警告冰寒程度足以致命，韓索羅仍發誓要找回路克。

7. 路克逃出雪地怪獸的窩。

8. 機器人 C-3PO 和 R2-D2 在叛軍基地裡為路克擔憂。

9. 路克在冰寒中掙扎求存。韓索羅繼續搜尋他。（體驗死亡）

10. 莉亞勉強同意將設有時間鎖的基地大門關上。丘巴卡和機器人擔心韓索羅和路克的安危。

11. 歐比王‧肯諾比指示路克接受尤達訓練。韓索羅抵達，救了路克。（觸發事件）

12. 叛軍小型戰鬥機搜尋路克和韓索羅，終於找到他們。

13. 路克感謝韓索羅救他一命。韓索羅和莉亞繼續甜蜜的拌嘴。

14. 將軍報告，在霍斯星球進行新探測時有怪訊號。韓索羅決定去調查。

15. 韓索羅和丘巴卡摧毀了帝國的探測機器人。將軍決定從星球疏散。（揭露）

16. 維德看過有關霍斯星球的報告後，下令發動進攻。（對手）

17. 韓索羅和丘巴卡修理千年鷹號飛船。路克對他們說再見。

18. 叛軍將軍得知帝國軍逼近，架起能量護罩抵禦。

19. 維德處決了猶豫不決的司令，下令對霍斯星球展開地面進攻。（對手的計畫與攻擊）

20. 帝國軍襲擊叛軍基地。路克與他的飛行戰士隊反擊。（對決）

21. 韓索羅和丘巴卡修理飛船時發生爭執。R2-D2 機器人決定追隨路克，C-3PO 與它道別。

22. 路克的戰鬥機撞毀。他在步行機械戰士摧毀他飛機前逃出。（對決）

23. 韓索羅命令莉亞登上最後一艘離開的運輸飛船。帝國軍進入基地。

24. 路克炸毀一個步行機械戰士，這時另一個機械戰士摧毀主要發電機。

25. 韓索羅、莉亞和 C-3PO 登上運輸飛船的路遭截斷。他們跑向千年鷹號飛船。

26. 維德和帝國軍進入叛軍基地。千年鷹號逃離。

27. 路克和 R2-D2 逃離霍斯星球。路克告知 R2-D2，他們會前往達哥巴星球。（欲望）

28. 在鈦戰機追擊下，韓索羅無法啟動超光速推進系統。他讓千年鷹號飛船轉向飛往一個小行星群。

29. 路克降落在達哥巴星球一個荒蕪、杳無人煙的沼澤。（計畫）

30. 維德命令帝國艦隊緊追千年鷹號進入小行星群。

31. C-3PO 嘗試修復超光速推進系統。韓索羅和莉亞繼續甜蜜拌嘴。

32. 尤達發現路克，但隱藏自己身分。他答應帶路克到尤達那裡。（盟友）

33. C-3PO 找出超光速推進系統哪裡失靈。韓索羅和莉亞終於互相親吻。

34. 帝國國王宣布路克天行者是他們新的敵人。維德矢言要把路克轉到原力的黑暗面。（對手的計畫）

35. 尤達向路克揭露自己就是絕地大師。他擔心路克可能缺乏耐心和承諾。（揭露）

36. 鈦戰機在小行星群尋找千年鷹號。

37. 韓索羅、莉亞和丘巴卡在千年鷹號外尋找是否有生物。韓索羅將千年鷹號遠離巨蛇。（揭露與對手）

38. 路克在沼澤接受尤達訓練。路克離開，自行面對來自原力的奇異挑戰。（需求、驅動力）

39. 路克進入一個山洞，與維德手下一個鬼怪展開搏鬥。路克割下鬼怪的頭，看見自己的臉孔。（需求、揭露）

40. 維德指示賞金獵人去尋找千年鷹號飛船。司令宣布找到了。

41. 鈦戰機追擊千年鷹號飛船，把它趕出小行星群。韓索羅把飛船直接飛向星際巡洋艦。

42. 司令看著飛船直往星際巡洋艦飛去。雷達控制員發覺螢幕上再也看不見飛船蹤影。

43. 路克繼續接受訓練。他無法讓 X 戰機從沼澤中升起。尤達輕易做到。（看似落敗）

44. 維德處決另一個犯錯的司令，擢升另一人。

45. 千年鷹號躲在星際巡洋艦的垃圾槽中。韓索羅決定在藍道・卡瑞森的採礦殖民地中修理飛船。

46. 路克預見韓索羅和莉亞在雲端某個城市中受苦。路克想前去營救他們。（揭露）

47. 韓索羅降落在藍道的殖民地時遇上困難。莉亞對韓索羅及藍道過去的不和感到憂慮。

48. 藍道迎接韓索羅等人。他們討論彼此之間往日的風風雨雨。一個隱藏的衝鋒隊員把 C-3PO 炸碎。（對手／假盟友）

49. 尤達和肯諾比懇求路克不要停止訓練。路克承諾拯救朋友之後就會回來。（盟友的攻擊）

50. 千年鷹號快修復好。莉亞對失蹤的 C-3PO 很擔心。

51. 丘巴卡發現 C-3PO 在垃圾堆裡。藍道與莉亞調情。

52. 藍道向韓索羅和莉亞解釋他的工作。他把不知情的兩人帶到維德處。

53. 路克靠近採礦殖民地。（驅動力）

54. 丘巴卡在一個牢房裡修理 C-3PO。

55. 維德答應把韓索羅的軀體交給賞金獵人。藍道解釋他們這場交易有什

麼改變。（對手的計畫和攻擊）

56. 藍道向韓索羅和莉亞解釋他的安排。韓索羅動手打他。藍道辯稱他只是做他能做的。

57. 維德檢查一個準備用來對付路克的碳凍機電室。他聲言會先在韓索羅身上試用。（對手的計畫）

58. 路克逼近殖民地。

59. 維達準備碳凍韓索羅。莉亞對韓索羅表達愛意。韓索羅並未在碳凍過程中喪命。（對手的攻擊）

60. 路克與衝鋒隊員戰鬥。莉亞提醒路克有陷阱。路克探索一條通道。

61. 路克發現維德在碳凍室。他們用光劍格鬥。（對決）

62. 藍道的手下放走莉亞、丘巴卡和 C-3PO。藍道嘗試解釋他的尷尬處境。他們趕去營救韓索羅。

63. 賞金獵人把韓索羅軀體放進太空船後離開。叛軍與帝國軍展開戰鬥。

64. 路克和維德繼續搏鬥。路克逃出碳凍室。壓縮空氣把他吸進氣槽裡。（對決）

65. 藍道等人衝往千年鷹號飛船。藍道命令撤離這個城市。他們乘坐千年鷹號逃走。

66. 路克在氣槽走道上與維德搏鬥。達斯維德表露身分。路克拒絕改投原力的黑暗面後墜下。（對決與真實自我的揭露）

67. 莉亞聽到路克求救聲。丘巴卡把千年鷹號駛回殖民地營救路克。鈦戰機逼近。

68. 司令確認他解除了千年鷹號超光速推進系統的作用。維德準備截擊千年鷹號。

69. 路克不明白為什麼丘巴卡從來不對他談及他父親。R2-D2 修理超光速推進系統。千年鷹號逃脫。

70. 維德看著千年鷹號從眼前消失。

71. 藍道和丘巴卡承諾要從赫特人賈霸手上拯救韓索羅。路克、莉亞和機器人看著他們離開。（新的平衡點）

愛情故事場景編排

《傲慢與偏見》

〔小說：珍·奧斯汀；劇本：奧多斯·赫胥黎（Aldous Huxley）、珍·墨爾萍（Jane Murphin）；1940 年〕

《傲慢與偏見》場景編排

1. 銀幕文字：「這發生在昔日英國的麥里頓村。」 **故事世界** 2. 母親和女兒伊莉莎白與珍購物時，發現有人剛到鎮上來了：富有的賓利先生和他妹妹，以及更富有的達西先生。 **觸發事件、欲望、主要對手** 3. 母親告訴女兒，她們必須馬上趕回家，讓父親到賓利家拜訪，要比其他人的父親早一步。 4. 母親接著帶著其他女兒出現：書呆子瑪麗，還有莉蒂亞和吉蒂 —— 她們和兩位官員在一起，其中一人是韋康先生。 **盟友、情節副線 2、3、4** 5. 馬車載著母親和那些女孩，駛過盧卡斯太太馬車旁，兩輛車上的兩位太太，都趕著要讓人知道家中有待嫁女兒。 **次要對手**	在片名之後的第一個場景，作者開門見山用一句話點出欲望：找個丈夫。作者因而可以以這句話為基礎，把故事世界描述出來（場景 3 至 6）。

6. 母親堅持父親本內特先生立刻拜訪賓利先生，讓他與女兒會面。父親提醒母親，他們的財產必須傳給男性繼承人表親柯林斯先生。他還指出，上週就見過賓利先生，並已邀請他參加即將舉行的舞會。

故事世界

7. 舞會上，韋康與伊莉莎白調情。

對手／假盟友

8. 達西和賓利兄妹抵達，伊莉莎白指達西表現傲慢。跳舞時，賓利對珍的溫婉留下印象。

情節副線 1：欲望

9. 當莉蒂亞和吉蒂與韋康等達官貴人喝酒時，賓利小姐告訴珍，她害怕獨自一人被丟在荒野。

第二對手

10. 伊莉莎白和最好的朋友夏洛特無意中聽到，達西談到本地女孩層次很低，還有賓利抓住了唯一的漂亮女孩。達西對他眼中伊莉莎白那種褊狹的智慧不敢領教，也不想應付她那令人無法忍受的母親。

揭露、情節副線 5

接著在舞會中（場景 7 至 11），作者回頭設定這個愛情故事的主要骨幹，主角是伊莉莎白與達西。這家人有五個女兒，因而能將五個情節副線交織在一起（四姊妹和夏洛特），從而比較女性找尋丈夫的不同取向。類似技巧也出現在《費城故事》（一位女性必須從三位追求者當中挑選一人）。五個情節副線帶來難得一見的情節密度與肌理，又不失娛樂性。

事實上，這些情節副線是電影令觀眾愉快的主因。它們就像為每個次要角色保留片刻故事時光，從中可發現他們與主要角色面對同樣問題。這樣的場景編排還有一大好處：設定故事世界、主角敘事線及五個情節副線，隨後就可讓揭露頻繁發生。揭露次數之多，在通常缺乏情節的愛情故事中相當罕見，且頗受歡迎。

最理想的（對觀眾來說）是引入五位女兒及她們的情節副線，讓這個喜劇愛情故事不只以一椿婚事作結，而是好幾椿，包括不好的一椿。在故事前段設定故事世界時，作者解釋了這個系統的邏輯建立基礎：財產必須傳給男性繼承人，因此女性必須嫁人，而且要嫁個好對象。這種邏輯塑造了每一條情節敘事線，作者因而設定多個角色供互相比較。透過賓利小姐和夏洛特（主角的對手和盟友），作者將這些女性加以比較。也透過韋康和柯林斯先生比較了追求者。請注意：這些比較在第一次派對中就展開了（場景 7 至 11）。

11. 伊莉莎白拒絕達西邀舞，卻與韋康跳起舞來。韋康與達西合不來。
對手

12. 珍將與賓利在他尼瑟菲德鄉間宅第共進午餐，大家都為她感到興奮。母親對她提出行為舉止的忠告。

13. 母親要珍換上衣服騎馬赴約，這樣一來，如果下起雨，她就必須在那裡過夜。
情節副線 1 的驅動力

14. 珍在大雨中騎馬。

在這個派對中，作者也在最後終成眷屬的伊莉莎白和達西間引入第一次強烈對立（場景 8、10、11），隨後卻沒有接續發揮，反而發展情節副線 1 珍與賓利的情節（場景 12 至 15）。由於這個情節副線，伊莉莎白有更多時間了解達西，且仍維持與他的對立（場景 17）。

15. 當醫生說珍著涼，必須留在賓利家裡一個星期，珍和賓利雀躍不已。賓利小姐發覺伊莉莎白獨自步行到他們家震驚不已，達西卻不以為意。	
16. 母親練習歌唱時，莉蒂亞和吉蒂想到村裡去；父親開玩笑說，把所有女兒送到賓利家好了。	
17. 達西和賓利小姐認為大部分女性沒有什麼才能，伊莉莎白不以為然。賓利小姐提議帶伊莉莎白在屋子裡走走，達西風趣地表示不予奉陪。 **對手**	
18. 愚魯的柯林斯先生向本內特家母親表示，他的資助人凱瑟琳・德波夫人勸他該結婚了。當他提議娶珍為妻，母親說珍算是已訂婚了，柯林斯因而把目標轉向伊莉莎白。 **第三對手、第二追求者**	接著出現第二個追求者柯林斯先生的敘事線。因為他即將繼承他們的財產，因此也是整個家庭的對手（場景 18）。他是個刻板的傻子，這也凸顯了伊莉莎白和故事世界中其他女性面對的中心衝突：要嫁入豪門（即使對方駑鈍），還是為愛下嫁。
19. 賓利邀請大家到他鄉間宅第的花園參加派對。	
20. 在派對中，柯林斯對伊莉莎白緊追不捨。在伊莉莎白懇求下，達西讓他跑錯方向。 **第三對手**	第二次派對（場景 20 至 23），讓作者可以將多條敘事線收攏，打成一個結：達西和競爭對手韋康及柯林斯；伊莉莎白和達西間的道德爭議；珍

21. 達西幫伊莉莎白上箭術課，卻發現她的箭藝遠勝自己。談到韋康時，伊莉莎白問達西，對一個富有、英俊的男子拒絕別人向他介紹一個窮漢，他有什麼看法。達西表示，一位紳士不需對自己的行為解釋。 **對手**	和賓利的情節副線 1；女性對手賓利小姐；以及伊莉莎白的姊妹在情節副線中成為她的對手，因為她們令她在達西面前尷尬。這是一個極為重要的會合場景，整個群體和所有角色都在此時出現。
22. 回到宅第主屋，伊莉莎白發覺在眾人面前唱歌的瑪麗唱得很糟。賓利小姐語帶諷刺地在伊莉莎白面前稱讚她一家。 **揭露、第二對手**	
23. 達西發現伊莉莎白在走廊哭泣，對她一直忠於韋康起了仰慕之心。然而，當她與達西無意間聽到母親說珍勢必下嫁賓利時，達西轉身離開，伊莉莎白認為他過於高傲，第一次測試他對自己的忠誠失敗。 **對手、揭露**	
24. 柯林斯向伊莉莎白求婚。她拒絕了，對方卻以為她答應了。 **揭露**	
25. 母親希望父親說服伊莉莎白，但他不想讓她下嫁柯林斯。	

26. 母親打開賓利給珍的信，得悉賓利和達西去了倫敦，大受打擊。珍哭了起來。 **揭露** 27. 韋康告訴伊莉莎白，他原想獻身教會，但達西不理會父親的遺囑，讓韋康拿不到年金。 **假揭露** 28. 伊莉莎白發現珍哭泣，因為賓利小姐在信上說賓利先生會與另一個女人見面。 **揭露** 29. 盧卡斯太太和夏洛特捎來消息，說夏洛特會與柯林斯結婚，本內特家母親怒不可遏，因為夏洛特將會成為他們家的女主人。 **揭露、情節副線 5** 30. 伊莉莎白懇求夏洛特延後婚事，對方拒絕。 31. 夏洛特和柯林斯結婚後，伊莉莎白去探望他們。凱瑟琳‧德波夫人來到。 **盟友／假對手** 32. 德波夫人向柯林斯下命令。她非常嚴厲，夏洛特很害怕。 33. 達西與他們共進晚餐。德波夫人	情節副線 1 讓賓利與珍分開（場景26、28），接著伊莉莎白又面對另一看似落敗事件（場景 29）：她最要好的朋友（盟友）夏洛特，要下嫁駑愚的柯林斯先生——也就是她的第二個追求者（情節副線 5）。

對伊莉莎白和她的姊妹所接受的教養表示震驚。

34. 伊莉莎白彈鋼琴時，德波夫人向達西暗示，命中注定她女兒安妮會與達西成為伴侶。

35. 伊莉莎白氣沖沖告訴夏洛特，賓利離開珍，是因為達西聲稱要拯救他，以免他陷入無法維繫的婚姻。

36. 達西向伊莉莎白求婚，儘管他認為她的家庭並不匹配。伊莉莎白拒絕了，因為他態度傲慢，對待韋康惡劣，還摧毀珍的幸福。
揭露、分手

37. 伊莉莎白回到家裡，從珍那裡得知莉蒂亞和韋康私奔，且未結婚。父親到敦倫找他們。達西來到。
揭露、情節副線 2

38. 達西告訴伊莉莎白韋康對他妹妹的所作所為。他表示願意幫忙，但伊莉莎白說要做的都已做了，他於是離開。伊莉莎白告訴珍，此時她知道自己愛上了達西。
揭露、部分真實自我揭露

39. 賓利小姐開心閱讀一封信，信中提到還沒找到莉蒂亞，本內特先生已放棄。賓利先生因這消息而沮喪。

接下來的揭露令人驚訝：達西對伊莉莎白示愛並求婚（場景 36），隨之而來卻是分手（儘管還沒建立關係），因為兩個角色仍受心理及道德層面的弱點所苦——他們的傲慢與偏見。場景編排以一系列密集揭露作結：首先對觀眾揭露，韋康原來是對手（場景 37），達西是好人（場景 38）；主角揭露她愛上了達西（場景 38）；情節副線 2 的韋康和莉蒂亞結為夫婦（場景 41）；情節副線 1 的珍和賓利締結良緣（場景 45）；主角與達西也締結姻盟（場景 45）；情節副線 3 和 4 的女兒也嫁杏有期（場景 47）。這就是我在談到《窈窕淑男》情節時曾提及的旋風式系列揭露。這種情節密度在愛情故事中是罕見的，對觀眾來說是一大正面吸引力。

40. 本內特一家準備搬家。父親接獲 消息，據稱叔父找到了莉蒂亞，而 韋康向他們要求的金錢意外的少。 **揭露** 41. 莉蒂亞和韋康回來，宣布他們已 經結婚。韋康表示，他新獲的財富 來自他已過世的叔父。 **揭露** 42. 伊莉莎白拒絕答應德波夫人她不 會和達西結婚，對於德波夫人可能 不讓達西繼承遺產，她也不在乎。 德波夫人向伊莉莎白透露達西曾為 她的姊妹做過什麼。 **揭露** 43. 德波夫人在屋外把伊莉莎白的話 告訴達西，並認同她是達西的合適 對象，因為達西需要有人站在他那 一邊。達西喜不自勝。 **對觀眾的揭露** 44. 達西走進本內特家大宅，捎來有 關賓利的消息。 45. 達西和伊莉莎白在花園裡看見賓 利親吻珍的手。伊莉莎白知道她對 達西判斷錯誤，但達西說他才是該 為自己的傲慢慚愧的人。他再次向 伊莉莎白求婚，兩人繼而接吻。 **情節副線 1 的真實自我揭露**	

真實自我的揭露 **雙重逆轉** 46. 母親在窗邊告訴父親，伊莉莎白和達西接吻。她想像伊莉莎白每年家裡收入將有一萬鎊，但可憐的珍只有五千鎊。 47. 在另一個房間，吉蒂與一個男子打情罵俏，瑪麗在唱歌，一個男子吹長笛為她伴奏。母親興奮不已，因為三個女兒已經出嫁，另外兩人也嫁杏有期了。 **情節副線 3 和 4：婚姻**	

社會奇幻故事場景編排

《風雲人物》

（短篇小說原名《最佳禮物》，作者：菲立普·史特恩；劇本作者：法蘭西斯·古德里奇、亞伯特·哈克特、法蘭克·卡帕；1946 年）

《風雲人物》場景編排

1. 整個小鎮在禱告。兩個天使喚來階級較低的天使克萊倫斯，要他幫助喬治。如果成功的話，克萊倫斯就可以有一對翅膀。 **幽靈、故事世界、難題／需求** 2. 一九一九年，喬治還是個孩子，他跳進冰水裡救了弟弟哈利一命。 **故事世界**	故事開頭，作者讓敘事者（天使）在天上談論主角此刻的危機（場景1），因而能呈現故事的完整場域──這個小鎮。這樣的開頭也帶來緊湊的戲劇張力，並能讓作者回到往昔解釋主角的過去，觀眾也會知道好戲在後頭（自殺）。最重要的是，這為故事結尾的幻想預做鋪陳：喬治在

3. 小喬治在高爾先生的藥房工作。維歐莉特和瑪麗也在那裡。喬治看電報得知高爾的兒子過世。高爾吩咐喬治送藥，但喬治發覺那是毒藥。

故事世界

4. 喬治想詢問父親意見，但他忙著請波特給貸款者更多時間償還房貸。喬治和波特發生爭論。

主要對手

5. 高爾賞了喬治一巴掌，但喬治向高爾解釋他的失誤。

6. 一九二八年，已是成人的喬治準備踏上旅程，高爾送他一個行李箱。

欲望

7. 喬治在街上向貝特、計程車司機艾爾尼和維歐莉特打招呼。

盟友

8. 喬治和哈利在晚餐前找了一些有趣的事做。喬治告訴父親，他不想在家族的儲蓄貸款公司工作。

幽靈、故事世界

9. 在哈利的畢業舞會上，喬治遇見山姆，也與長大成人、非常漂亮的瑪麗重逢。他們一起跳舞，卻失足掉進游泳池。

欲望（第二個）

幻想中看見如果他從來不曾存在，世界會變成什麼樣。

在這個具綜合體系的開頭（包含整個小鎮）之後出現的，是主角兒時一系列場景（場景 2 至 5）。

它們界定了主角的基本性格，以及小鎮主要人物的性格。兒時場景也鋪陳了角色與行動的複雜連結網絡，作者會讓這些鋪陳的回饋結果在故事結尾出現。

場景編排接著跳到成年的主角，清楚表達他想離開小鎮、闖蕩世界的欲望（場景 6）。很多次要角色也以成人身分出現（場景 7 至 9），觀眾看見這些人和他們童年時大致如一。

接下來是一個場景段落，這些場景大致是以下列模式開展的：(1) 主角表明往外闖的欲望；(2) 挫折讓他留下；(3) 另一個欲望更讓他與小鎮緊緊束縛在一起。

例如：喬治想離開小鎮，但父親過世，迫使他接手管理儲蓄貸款公司（場景 10 至 11）。

10. 喬治和瑪麗一邊步行回家，一邊唱著歌，又把石塊丟向悉卡莫街上一幢老房子。瑪麗遺失了洋裝，赤身躲進灌木叢裡，喬治趨前想吻她。喬治得知父親中風。 **欲望 1 和欲望 2、計畫** 11. 在董事會議上，波特想關閉儲蓄貸款公司。喬治挺身捍衛家族企業。喬治得知，如果由他來營運，這家公司就可以保留下來。 **對手、揭露、欲望和脫軌的計畫 1**	
12. 喬治和叔父比利到火車站接哈利回家。哈利帶著新婚妻子出現，還有一份等著他上任的工作。 **揭露**	他即將離開，但弟弟哈利婚後回家，告知他在另一個鎮裡找到很好的工作（場景 12 至 13）。
13. 喬治和叔父比利坐在門廊。母親提議他去找瑪麗。	
14. 喬治在街上碰上維歐莉特，但她不想往樹林裡走。	
15. 喬治勉強來到瑪麗家。兩人爭吵起來。山姆來訪。喬治建議他把工廠設在貝德福瀑布鎮。喬治吻瑪麗。 **揭露**	喬治愛上瑪麗、幫助鎮民熬過大蕭條、與波特對抗、建立了貝利莊園，家裡也有了孩子。（場景 15 至 25）
16. 喬治和瑪麗結婚。	
17. 他們搭計程車準備展開蜜月之旅時，看見銀行發生擠兌。在儲蓄貸	

款公司，叔父比利說銀行要他們馬上還款。波特向喬治的客戶提出以五十分錢兌付他們的一塊錢。喬治懇求客戶不要接納波特的出價，但每個客戶從喬治的私人資金裡拿了一些錢應急。

揭露、驅動力

18. 喬治和其他人一起慶祝當天他們口袋裡尚餘兩塊錢。喬治接獲瑪麗電話，約他在悉卡莫街見面。

19. 貝特和艾爾尼在老房子貼裝飾海報。瑪麗把這裡弄得井井有條。

揭露

20. 喬治幫助馬提尼一家從波特園貧民窟遷往貝利莊園一幢新房子。

計畫 2

21. 稅務員告訴波特，他的業務流向喬治那裡去了。

22. 喬治和瑪麗和富有的山姆夫婦打招呼。

23. 波特向喬治提供一份年薪二萬元的工作。喬治最初感到興奮，後來拒絕了。

揭露

24. 喬治想到波特提供的工作機會和自己的夢想，瑪麗說她懷孕了。 **揭露**	
25. 蒙太奇畫面：家裡有了更多孩子、整修房子、喬治受挫、戰爭、人們鬥毆、哈利拯救一艘船成為英雄、喬治擔任空襲監守員。 **驅動力**（失落）	
26. 這天早上，報紙報導哈利獲頒榮譽獎章，喬治散發報紙。他與身在華府的哈利通電話。銀行稽查員前來查帳。	此時場景編排出現獨特手法：前面的場景段落幾乎橫跨了三十年，這時的場景段落卻發生在一天之內（場景 26 至 33）。就是這些事件造成故事開頭的危機——喬治的自殺。這些場景即將告一段落時，天使的聲音再次出現，作者在開頭就引發預期的情節也隨之出現（場景 33）。
27. 叔父比利在銀行準備存進八千元時，招惹了波特。他的錢意外落入波特手中。 **對觀眾的揭露**	
28. 在儲蓄貸款銀行，喬治出錢幫助維歐莉特。叔父比利說他失去了那八千元。 **揭露、對手／假盟友**	
28. 喬治和比利在街上找遺失的錢。	
29. 他們在比利家，喬治陷於絕望。他說，他們當中有人要去坐牢，而那不會是他。	

30. 回到家裡，喬治拿孩子們出氣。他獲悉女兒蘇蘇病倒了，看望了她一下，打電話斥責她的教師，又斥責教師的丈夫。他亂摔東西，然後跑到外面去。瑪麗打電話給比利。 **盟友的攻擊**	
31. 喬治向波特求助。波特卻暗示他應該找他的朋友。喬治沒有抵押品，唯一想到的是他的人壽保險。 **驅動力**	
32. 在馬提尼家裡，喬治向教師的丈夫求助，卻遭粗暴對待。	
33. 喬治的車撞向一棵樹。他走到一座橋上。準備自殺時，一個男子從橋上跳下。喬治潛下去把他救起來。 **看似落敗、揭露**	
34. 在通行費收費員家裡，克萊倫斯透露，他是救了喬治的天使。他可以因幫助喬治而獲得一對翅膀。他知道他可以向喬治顯示，如果喬治沒有出生，世界會變成什麼樣。喬治注意到他的嘴唇沒再流血，受傷的耳朵好了，衣服也乾了。 **揭露**	接下來是故事的關鍵場景段落：克萊倫斯將向喬治顯示，如果他不曾存在，會是另一種狀況，小鎮也會是另一種樣貌（場景 34 至 41）。這是以時間建立起來的故事世界——連結喬治與鎮民的世界——最終帶來的回饋結果。
35. 喬治找不到撞上樹的車子。 **嚴酷考驗和揭露**	

36. 馬提尼在尼克的酒吧。尼克正要把喬治和克萊倫斯趕出去。喬治看見一個乞丐。那是高爾先生，他因為毒死一個孩子被監禁二十年。尼克把他們趕到外面的雪地裡。 **嚴酷考驗和揭露**	作者猛然推出一系列揭露，喬治看見所有次要角色都處於負面狀態（場景36、38、39、41）。喬治和觀眾也看到他所建立的關係網絡，這是個相當了不起的網絡。
37. 到了外面，喬治把克萊倫斯斥為怪物。他跑去見瑪麗。	
38. 喬治走過醜陋的波特鎮。維歐莉特變成妓女，艾爾尼是個滿腹牢騷的計程車司機。喬治在悉卡莫街上的房子變成一幢鬼屋。喬治和警員貝特大打出手後跑掉了。 **嚴酷考驗和揭露**	
39. 喬治的母親年紀老邁，對他心存疑慮。她說叔父比利瘋了。 **嚴酷考驗和揭露**	
40. 喬治去看貝利莊園，那裡如今是個墳場。他看見哈利的墳墓。 **體驗死亡**	
41. 喬治在圖書館嘗試和瑪麗交談，她還沒結婚，因嚇壞了而逃走。貝特開槍，喬治逃命。 **對決**	
42. 喬治回到橋上，請求讓他繼續活	故事隨著喬治回到現實而終結。儘

下去。貝特也來到橋上，認出他是喬治。喬治欣喜若狂。他還拿著蘇蘇送他的花。

真實自我的揭露

43. 喬治愉快走過貝德福瀑布鎮。

揭露

44. 回到家裡，治安官正在等他。喬治跟瑪麗和孩子們擁抱。朋友帶著一堆錢來拜訪。哈利也到了。鐘聲響起，喬治祝賀克萊倫斯贏得他的翅膀。

新的平衡點與新的群體

管喬治依然失去了那一大筆錢，但這時他滿心歡喜。喬治的關係網絡的回饋再次出現——鎮民齊來伸出援手（場景 42 至 44）。

這個故事的場景編排，將社會上的重大對比發揮得淋漓盡致，而這正是社會奇幻故事的基礎。整個場景段落是緊密的，而且場景的並列也十分出色。

10
場景建構
與交響樂式的對白

　　場景是行動發生的地方。確實如此。透過描述和對白，你將故事前提、結構、角色、道德議題、故事世界、象徵、情節和場景編排等所有元素打造成觀眾能實際體驗的故事。這就是為故事賦予生命的地方。

　　場景的定義是：一個時間和一個地點所發生的一項行動。不過，場景是由什麼構成的？又如何運作？

　　場景是一個微型故事。這表示一個好的場景都包含結構的七大關鍵步驟，但不包含真實自我的揭露，因為它必須留待故事結尾才發生在主角身上。在一個場景中，真實自我揭露這個步驟通常以某些轉折、驚奇或揭露來取代。

場景的建構

　　在建構場景時，必須達成以下兩個目標：

1. 確定這個場景如何才能配合或促進主角的整體發展。

2. 場景本身應該成為一個好的微型故事。

　　這兩項要求決定一切，而主角所有發展的轉變弧線，向來是最重要的。

關鍵重點：把場景想像為一個倒三角形。

場景的開頭，應該為整個場景確立背景架構。然後這個場景應該像漏斗般匯聚在一點，讓最重要的字詞或對白在場景結尾出現。

開頭：場景的大致背景架構

結尾：關鍵字詞或對白

讓我們看看打造出色的場景應該依循哪些理想步驟。問自己以下問題：

1. 這個場景如何配合主角的發展（也稱為主角的轉變弧線）？它又怎樣促成那樣的發展？

2. 這個場景必須解決什麼難題，或必須達成什麼目標？

3. 可以採用什麼策略來解決那些難題？

4. 欲望：角色的什麼欲望會成為這個場景的驅動力？（這個角色可以是主角或其他角色。）這個角色想得到什麼？這個欲望為場景提供骨幹。

5. 結尾：角色的欲望如何獲得滿足？預先知道結尾是什麼，就可以讓整個場景朝著這一點聚焦。

欲望的終點也正好是倒三角形的頂點，最重要的字詞或對白應該出現在

這裡。欲望的終點與關鍵字詞或對白如此結合，就會創造出令人印象深刻的衝擊，將觀眾推向下一個場景。

6. 對手的欲望和衝突點：找出誰對這個欲望造成阻力。還有，兩個（或更多）對立角色為了什麼而競逐。

7. 計畫：抱持這個欲望的角色構思了一個可達成目標的計畫。一個角色在一個場景中可以採用的計畫有兩種：直接的和間接的。

在直接的計畫中，懷抱目標的角色直接表明他想要的是什麼。在間接的計畫中，角色佯裝想獲得什麼，實際上卻另有所圖。對立的角色則會有其中一種反應。他或許看破偽裝而敷衍對方，或許受矇騙而讓對方獲得實際想要的結果。

有一個簡單的基本原則可以幫助你決定角色應該採用哪種計畫：直接計畫會增加衝突，促使對立雙方分裂。間接計畫起初會減少衝突，使對立雙方走近彼此，但真相大白後就會釀成更大衝突。

請記住：所謂計畫，是指角色如何在一個場景之內（而不是在整個故事中）嘗試達成目標。

8. 打造衝突：讓衝突逐步增強，最後達到一個引爆點，或找到解決方式。

9. 轉折或揭露：有時，角色及／或觀眾會對場景中發生的事感到驚訝。或者，一個角色會向另一個角色說出他對對方的觀感。這是場景中真實自我揭露的一刻，但它不是最終的真實自我揭露，而且它可能是錯誤的。

請留意：很多作者為了加強「真實性」，早早就讓場景展開，並慢慢打造主要衝突。這不會讓場景變得更真實，只會令它更沉悶。

關鍵重點：場景愈晚展開愈好，但不能失去任何關鍵結構元素。

複雜場景或潛文本場景

潛文本場景的經典定義，就是在這種場景中，角色不會說出他想要的是什麼。這個定義可能是正確的，但它沒有告訴你如何寫作這種場景。

關於潛文本場景，首先要了解的是有關它的傳統智慧是錯誤的：它並非

總是場景寫作的最好方式。潛文本的角色，通常因為害怕、傷痛，或單純因為不好意思，沒有說出他實際所想或想要的是什麼。如果你希望一個場景具備最大的衝突，那就不要採用潛文本。另一方面，如果它對某些特定角色以及對角色所處場景是適合的，那就放手使用。

潛文本場景以兩種結構元素為基礎：欲望和計畫。想達到潛文本的最大效果，可以這麼做：

1. 賦予那個場景當中的眾多角色各有一個隱藏的欲望。這些欲望應該彼此構成直接衝突。比方說，甲暗戀乙，乙卻暗戀丙。

2. 讓所有抱持著隱藏欲望的角色採用某種間接計畫去追求想要的結果。他們口裡說想要這個，實際上想要的卻是其他的。他們可能嘗試矇騙他人，也可能使用藉口；儘管他們知道那明顯是個藉口，卻希望這種偽裝具有足夠的魔力，讓他們如願以償。

對白

一旦構思好場景，接著透過描述和對白把它表現出來。描述的技巧並非這本有關故事的書所能涵蓋，但對白卻在本書範圍內。

對白是引起最多誤解的寫作工具之一。其中一種誤解，與對白在故事中的作用有關：大部分作者讓對白肩負重任，但那其實應是故事結構的任務。結果就是對白讓人聽起來不自然、牽強或虛假。

不過，關於對白的誤解，其中最危險的正好是要求它肩負太重任務的反面：人們誤以為，好的對白就是真實的對話。

關鍵重點 1：對白不是真實對話；它是精心挑選的話語，但聽起來卻可能是真實的。

關鍵重點 2：好的對白總是比現實生活中的對話更聰穎、更機敏、更具隱喻意味，且更具說服力。

即使最不聰穎、教育程度最低的角色，也在對白中說出他能說出的最高水準的話。即使某個角色是錯的，他也錯得比現實生活中更振振有詞。

對白就和象徵一樣，是能發揮大功用的小技巧。當它層層分布在故事結構、角色、主題、故事世界、象徵、情節和場景編排之上，它是故事講述者最靈巧的工具。不過，它也具備強大衝擊力。

對白最容易被理解為某種音樂形式。它就像音樂，是透過節奏和音調來交流的。它也和音樂一樣，融合「多軌」的對白是最美的。大部分作者的問題在於他們寫的對白是單軌的，只有「旋律」。這種對白只是解釋故事正在發生什麼。單軌式對白是平庸寫作的標記。

出色的對白不只是旋律，而是一首交響曲，在三條主要軌道上同步進行。這三條軌道是：故事對白、道德對白，以及關鍵字詞或語句。

第一軌道：故事對白／旋律

故事對白就像音樂中的旋律，透過對白來表達故事。它談的是角色在做什麼。我們通常認為對白與行動是對立的；我們會說：「行動比言語更響亮。」但交談也是行動的一種形式。當角色談及主要行動敘事線時，我們就採用故事對白。對白甚至可以帶動故事前進，至少在短時間內可以做到。

寫作故事對白的方式和建構場景一樣：

角色1是某個場景的主要角色（不一定是故事的主角），他把欲望說出來。身為作者，你應該知道這個欲望的終點，有了終點，這個場景的對白（骨幹）就有所依恃。

角色2對這個欲望不以為然。

角色1的反應就是在對白中表明，他要採用一個直接或間接的計畫達成他想要的結果。

隨著場景進行，兩人之間的對話愈來愈熾烈，最後以一些憤怒或堅決的字詞結束。

高明的對白技巧，就是場景發展過程從關於行動的對白，演變為關於當

下實際情況的對白。或者用另一種方式來說，就是從有關角色在做什麼的對白，演變為關於角色實際上是什麼樣的人的對白。當場景來到最強烈的一刻，其中一個角色就會說「你是……」一類的話，然後具體說出他認為對方是怎樣的人，譬如：「你是個騙子」或「你是個一無是處、齷齪的……」，又或者「你是個勝利者……」。

請注意：這種轉變立刻為場景增加深度，因為角色突然談到他們的行動怎樣界定他們基本上是什麼樣的人。指稱對方「你是……」的角色不一定是正確的，但這樣的簡單陳述，讓觀眾到此刻為止對這些角色的觀感做了總結。這種技巧是場景內的一種真實自我揭露，通常包含有關價值取向的討論（見第二軌道道德對白）。這種由行動轉為事實狀況的轉變，在大部分場景裡並不常見，但通常會在關鍵場景中出現。讓我們以《大審判》其中一個場景為例。

《大審判》

（小說：貝瑞·里德；劇本：大衛·馬密；1982 年）

在這個場景中，受害人的姊夫多納基先生上前與辯護律師法蘭克·蓋爾文說話。蓋爾文沒有先諮詢他便拒絕對方的和解，他覺得不滿。以下對話在場景中大約進行到一半：

內景：法院大樓走廊—白天

多納基：「……這些年來……我太太因為他們……
他們把她妹妹弄成這樣子，總是哭著入睡。」

蓋爾文：「我發誓，我相信我會贏得這起官司，
不然我不會拒絕他們提出的方案……」

多納基：「你相信⁉你相信……我是個工人，我
設法帶我太太離開小鎮，我們雇用你，我們付錢
給你，我從對方那裡知道，他們提出二十……」

蓋爾文：「我會打贏這起官司。……多……多納基先生……我很有把握面對陪審團，一位知名醫師會擔任專家證人，我會贏得八十萬元。」

多納基：「你們這些傢伙，你們這些傢伙，都是同樣貨色。醫院裡的醫生，你們……什麼『我會為你這樣處理』；但你們搞砸了，什麼『我們已盡了全力。我非常抱歉……』。而像我這樣的人，接下來一輩子就在你們的錯誤之下活下去。」

第二軌道：道德對白／和聲

道德對白談的是正確與錯誤的行動、價值取向，或有價值的人生應是什麼樣子。它相當於音樂中的和聲，因為它為旋律帶來深度、質感和視野。換句話說，道德對白與故事事件無關，而與角色對那些事件的態度有關。

在道德對白中：

角色 1 提出或採取一種行動。

角色 2 反對這種行動，理由是它會傷害別人。

隨著場景行進，雙方繼續一攻一守，各自提出支持自己立場的理由。

在道德對白中，角色必定會表達他們的價值觀與好惡。請記住：角色的價值觀實際上是處世之道的深層看法的表述。以最高層次來說，道德對白讓你能透過論辯來比較兩種或更多種行動，更比較兩種或更多種處世之道。

第三軌道：關鍵字詞、語句、特色短句，及聲音／重奏、變奏、主導旋律

對白的第三軌道，就是關鍵字詞、語句、特色短句，以及聲音。這些字詞都有潛力透過象徵或主題傳達特別的意義，就像交響樂中使用三角鐵等特定樂器不時製造出強調的效果。想建立這樣的特別意義，訣竅就是讓角色比

平常多說幾次這些字詞。這種重複——尤其是多重語境當中——會對觀眾產生積累式的強化效果。

特色短句是在故事發展過程中多次重複的單一對白句子。每次使用，它都會添上新的意義，直到成為故事的某種標誌式的短句。特色短句基本上是表達主題的一種技巧，經典的例子包括：《北非諜影》的「找些慣犯來充數吧」、「我不會為任何人冒險」以及「為看著你而乾杯」；《鐵窗喋血》的「我們這裡能讓你找到的就是溝通的失敗」；《星際大戰》的「願原力與你同在」；《夢幻成真》的「把它建造起來，他就會來」；還有《教父》使用的兩個特色短句：「我會給他一個無法拒絕的開價」、「與個人無關，這完全是商業決定」。

《虎豹小霸王》的特色短句也是可以收入教科書中的例子，它為我們示範了特色短句的運用方式。這個短句首次出現時並沒有特殊意義。然而，在打劫一列火車後，布奇和日舞小子無法擺脫追捕的搜捕隊，布奇回頭看了看還在老遠的人說：「那些是什麼人？」不久之後，搜捕隊逼近，日舞小子重複這句話，帶著情急拚命的語調。隨著故事進行，愈來愈能看出布奇和日舞小子當前要務就是找出「那些人」的身分；那些人不是普通的搜捕隊，不是主角可以輕易擺脫的。他們代表社會未來的發展階段。他們是來自美國西部各地的全明星執法者，而且由東部的企業老闆所雇用——布奇、日舞小子和觀眾根本從來沒見過他們，但如果布奇和日舞小子不能及時找出「那些人」是誰，他們將性命不保。

場景

接下來讓我們看看，特定種類的場景如何落實或改進場景建構與交響樂式對白的基本原則。

開頭

開頭的場景是故事中每個角色和每項行動的基礎，因此，它也可能是最

難寫得好的場景。如果整個故事像個倒三角形，第一個場景建立的架構，必須能涵蓋故事最寬廣的那一邊。第一個場景告訴觀眾，故事大體上與什麼有關。不過這個場景本身也必須是一個獨立完整的微型故事，其中包含具戲劇說服力的角色與行動，在起跑線上就為故事帶來衝擊力。

把第一個場景想像為一個小的倒三角形，而且它就放在代表整個故事的較大的三角形裡，這對創作第一個場景很有幫助。

故事的第一個場景

故事結尾

開頭場景提供整個故事的大致框架，同時對主題模式也有提示作用；這些與主題對等或對立有關的模式，作者會在故事進行過程中交織在一起。不過，這些模式關係重大，必須體現在特定角色身上，這樣場景才不會讓觀眾感覺像理論或說教。

掌握開場場景原則最好的辦法，就是觀察它的實際運用。以下讓我們試著分解《虎豹小霸王》的前兩個場景。

《虎豹小霸王》

（作者：威廉‧戈德曼；1969 年）

《虎豹小霸王》開頭的兩個場景，是電影史上最出色的開場場景之一。作者戈德曼的場景建構和對白撰寫，不但馬上抓住觀眾的心，讓他們看得興

致盎然，也勾勒出奠定整個故事發展的模式與對立。

●開場場景：布奇在銀行

在第一個場景，一名男子（觀眾還不知道他的身分）趁銀行晚間未營業之際前去探察。

角色轉變弧線的定位：這是故事開頭的場景，也是第一次看到主要角色布奇。這也是主角發展過程的第一步：美國老西部世界最後終將喪命的搶匪。

難題：

1. 引出故事世界，特別是即將走進歷史的美國西部的亡命之徒。

2. 引出主要角色，他是兩個難兄難弟的其中之一。

3. 暗示這些主角就像美國西部一樣，年歲漸長且即將消逝。

策略：

1. 創造布奇和日舞小子的經驗的最初原型，引導出關鍵主題模式。

2. 在一個場景中預示整個故事的基本發展過程——一切終將消逝。

3. 讓它看來輕鬆有趣，同時暗示較悲觀的弱點和未來。

4. 呈現一個準備打劫銀行的人，但他發現如今比以往更難得手。

5. 對觀眾賣關子，沒有馬上告訴他們這個人是誰，觀眾不得不自己發現這是一個銀行劫匪在探察銀行。這樣一來，作者最後開的玩笑會更為有趣，更重要的是，這也將主角界定為一個自信的騙徒，也是很會說話的人。

欲望：布奇想一探一家銀行虛實，準備打劫。

終點：他發覺這家銀行比想像中更加保護周全，還有，它晚間不營業。

對手：警衛，以及銀行本身。

計畫：布奇使詐，假裝對銀行外貌感興趣。

打造衝突：銀行像一個生物般朝布奇逼近。

轉折或揭露：這個欣賞銀行的男人，實際上是為了打劫而察看。

道德議題及／或價值取向：美學與實用的對立。當然，笑點就在將美學觀點加諸銀行之上，而且這樣做的人是個想打劫銀行的人。

這個對立不只是結尾令人發笑，更道出了故事中基本價值取向的迥異。故事裡的這個世界逐漸變得更講求實用目的，但布奇和日舞小子終究是獨具

風格的人，他們嚮往的生活方式正迅速消逝。

關鍵字詞或影像：酒吧關閉、時代終結、燈光熄滅、空間逼近。

場景中的對白朝向一個畫龍點睛之句而結束，關鍵詞和語句出現在場景的結尾：「這是為美付出的一點代價。」但這個場景的巧妙在於，這句特色短句出現的一刻，也正好是主角身分揭露的一刻：這是一個騙徒（銀行劫匪），又是一個很會說話的人。這句話有兩方面對立的意義。一方面，這個人根本不關心銀行的美醜，他只想打劫銀行。另一方面，這句話實際上界定了這個人；他是個風格獨具的人，而這最後導致他喪命。

《虎豹小霸王》

淡入，鏡頭定住

整個銀幕籠罩在暗沉的陰影裡。只有右上角是白色的，近乎刺眼的白。（電影的開場場景段落都以黑白粗粒子呈現，有另外說明的地方除外。色彩稍後才出現。）

鏡頭不動

雖然最後可以看出這片陰影是一幢建築物的其中一面，以及建築物落在地面的影子，白色則是午間的陽光，只是這時我們還不大清楚自己看見的是什麼，但無妨。一個男子的影子開始填進白色的一角。隨著影子逐漸變長……

畫面切換

一名男子在那幢建築四周悠悠地走來走去。他是布奇·卡西迪，一個難以描繪的人。三十五歲，聰穎機靈，棕髮，但大多數人若必須描述他時，只憑記憶都會說是金髮。他口才好，說話速度快，一直以來扮演領袖角色，但若是問他，而且他要是能說出原因那就真該死了。

畫面切換

布奇，在一個窗子前停下，瞧了一下。

畫面切換

窗子。厚實，慎重其事的裝了防盜鐵柵。

畫面切換

布奇繃著臉在酒吧待了一會兒。他又走近那個窗子往內望。他這麼做的時候，一系列**快速剪接**開始了。（說明一下，布奇是在察看銀行虛實，而他往內窺看時東張西望，就是想找出這個地方的弱點。但若此刻我們不大知道發生了什麼事也無妨。）

畫面切換

一道門。很厚，用堅實金屬打造，很堅固。

畫面切換

紙鈔，靈巧的十個指頭在點算。

畫面切換

放在皮套中的手槍，主人是一個穿著警衛制服的男人。

畫面切換

高牆上的窗。如果這扇窗和剛才那個有什麼不一樣的地方，那就是它更厚實、更慎重其事的裝了防盜鐵柵。

畫面切換

銀行保險箱的門。前面有閃亮的鐵杆，很安全，有附時間鎖而且⋯⋯

畫面切換

布奇，雙眼熟練地東張西望。然後又開始繞著銀行四周踱步，一臉不悅。

畫面切換

一個銀行警衛。現在是打烊時間，他正猛力把金屬板固定關上，聲音很響亮、很刺耳，就像最後用力一擊。

鏡頭往後拉，露出
布奇，看著警衛工作。

> 布奇：「從前我們鎮裡那家老銀行怎麼了？它滿漂亮的。」

> 警衛（繼續猛力把金屬板關上）：「老是有人來搶劫。」

畫面切換
布奇，開始走到街道對面，朝一幢穀倉模樣的房子走去，屋外的招牌寫著「梅肯酒吧」。走到一半，他回頭望著銀行。它是一幢新建築，低矮而醜陋，功能至上，像一部坦克車。

畫面切換
布奇，特寫。

> 布奇（向警衛喊道）：「這是為美付出的一點代價。」

從布奇這個特寫淡出。
溶接切換至 [42]

●場景 2：日舞小子與撲克牌遊戲

在這個場景中，名叫梅肯的男子在玩撲克牌遊戲時指另一人是騙子。他要那人把錢放下，滾出去。那人就是惡名遠播的日舞小子，梅肯險些喪命。

角色轉變弧線的定位：日舞小子是最後會喪命的強盜，這個場景是他的

---

42 威廉‧戈德曼，《四部電影劇本》（*Four Screenplays*），Applause Books 出版，一九九七年，第十至十二頁。

搶匪角色轉變弧線的開端，也為開場出現的角色布奇增添了細節。

難題：

1. 引出這對難兄難弟的第二主角，並呈現他與布奇不同之處。

2. 透過行動顯示兩人是朋友；尤其必須讓他們看起來就是一伙的。

策略：

戈德曼創造了第二個布奇和日舞小子的最初原型場景。這個場景對情節沒有作用，它的唯一目的，就是以速寫方式清楚界定這兩個人。

1. 這個最初原型場景與第一個場景形成對比，它透過衝突和危機來界定兩個角色，因為危機能在當下更清楚展現基本特質。

2. 這個第二個場景主要是界定日舞小子，但也同時界定了布奇，因為它呈現出布奇的行事方式與日舞小子極端不同。

3. 它也讓我們看出兩人的關係；他們就像出色的音樂家一樣合作無間。日舞小子引起衝突，布奇嘗試化解；日舞小子木訥寡言，布奇口若懸河，是典型騙徒。

4. 戈德曼為了創造危機場景，從西部電影故事的經典情節節拍開始，那就是撲克牌遊戲。這種活動本身就帶有觀眾的期待，作者卻把這種期待翻轉過來。它的結果不是平常的攤牌，而是一個人被指為騙子時嘗試捍衛自己尊嚴的一種愚蠢做法。接著戈德曼再度翻轉這個經典場景，創造出一個更了不起的西部英雄：最後讓我們看到這個愚蠢的傢伙原來是那麼厲害。

5. 戈德曼在這個場景的關鍵策略：對於日舞小子到底是誰，作者對觀眾留了一手，在此同時，日舞小子也在對手面前留了一手。這點稍後還會談到。

欲望：梅肯想拿走日舞小子所有的錢，然後把他扔出酒吧，讓他夾著尾巴逃走。

終點：梅肯遭到羞辱，但後來日舞小子展現出了不起的槍法時，他知道自己做了正確的決定。

對手：日舞小子，然後是布奇。

計畫：梅肯沒有採用任何詭計。他直接叫日舞小子離開，否則要他的命。

打造衝突：當梅肯和日舞小子因撲克牌遊戲準備交手時，衝突擴大至雙

方準備槍戰，其中勢必有一個人會喪命。隨後布奇嘗試透過談判化解衝突，但沒有成功。

轉折或揭露：整個場景的關鍵，是戈德曼以揭露為中心建構場景的方式。請注意他如何保留資訊，從而顛覆了觀眾的預期，同時也顛覆了梅肯的預期。日舞小子首次出場時看似處於弱勢，當他像孩子般堅稱沒有行騙時，這種弱勢就更明顯了。當布奇提醒他，他已年華漸老，可能已開始走下坡時，他在觀眾眼中就愈顯得弱勢。

因此，當雙方的優劣之勢突然逆轉，日舞小子就對觀眾造成巨大衝擊。當他在場景結尾拿出槍來，觀眾確實都把他視為動作片英雄，但真正顯出他了不起之處的，卻是他騙過觀眾的能力，以及他甘於讓自己看似會輸的姿態。他就是那麼厲害。

道德議題及／或價值取向：這個處境是武士文化的極端例子：在公眾場合一決勝負，展開體力與勇氣的競賽，展現名字與聲名的力量。布奇永遠不會走進這樣的困境；他比日舞小子來自發展階段更慢的社會。他只希望任何人保住性命，彼此共存。

關鍵字詞：年華漸老、時間在他們身上走到終點——但這一刻還未來到。

一決勝負時的對白十分精簡，每個角色往往只有一句話，這加強了雙方在語言上拳來拳往的感覺。更重要的是那種語言極具風格，且富幽默感，帶著單人喜劇慣見的精準節奏和時間掌控。即使以行動見稱的日舞小子，也是精簡用語的高手。當梅肯問他：「你致勝的祕密是什麼？」他只答：「禱告。」他在整部電影的第一句話只有一個詞，那種別具風格、信心滿滿的傲慢，完美界定了他。

請注意：這個場景的第二個段落轉移到日舞小子和布奇之間的衝突。這對難兄難弟是那麼密不可分，即使其中一人面臨生死關頭，還是會爭論。布奇的對白同樣精簡、別具風格，但它呈現出布奇這個調解人的獨有價值觀，且吻合故事的重大主題：年華漸老，青春不再。

這個場景的中心主旨，就是布奇和日舞小子為那看似致命的困境想出解決辦法，因而盡顯其荒謬。即使似乎處於弱勢，日舞小子仍說：「如果他請

我們留下，我們就走。」令人難以置信的是，布奇明白告訴梅肯這個提議，但試著減輕羞辱意味，改成：「你有沒有想過，如果叫我們留下來會怎麼樣？」以及「你未必是這個意思或其他意思」。他們把耳熟能詳的西部故事處境別具風格調地加以翻轉，讓觀眾看出他們的不凡功力，同時也呈現了他們的伙伴關係有多麼了不起，而且還是以喜劇伙伴關係達到這樣的境界。

　　經過這段長長的鋪陳，布奇隨後突然說出那句具衝擊力的台詞：「我幫不了你，日舞。」請注意，戈德曼在這裡再次把句子的關鍵詞「日舞」放在最後。突然間，力量的強弱翻轉過來，令人恐懼的梅肯現在陷於恐懼，布奇和日舞這對喜劇伙伴很快來到終點。梅肯說：「留下吧，你們何不……」總是親切體貼的布奇回答：「謝謝，但我們得起程了。」

　　這個場景的結尾帶著一個明顯的鋪陳：當梅肯問日舞他有多厲害，日舞展示驚人的體能當作回應，以行動確認了觀眾從日舞言詞中已猜想到的事。但請注意，在這裡，故事的關鍵主題要旨同樣也放在最後，成為這個開場場景倒三角形的最後一個頂點，也暗示了整部電影的最後一個點。布奇說：「就像我一直告訴你的，青春不再。」由於日舞剛完成體能展示，布奇和日舞先前的花言巧語同時騙倒了梅肯和觀眾，這個明顯帶著諷刺的評語顯然是錯的。只有在電影最後再回過頭來看，觀眾才能看出這兩個人真的青春不再，但他們並不知道，且因而喪命。這是非常了不起的場景寫作。

《虎豹小霸王》

一個蓄小鬍子的男人：特寫。

鏡頭往後拉，露出

梅肯酒吧

這是個像穀倉的地方，沒有多少裝飾，也沒什麼人，讓人感覺更寬敞。幾乎沒有人在動，只有一桌人在玩二十一點撲克牌遊戲，負責發牌的是那個蓄小鬍子的男人。（還有其他桌子也擺好陣仗，整齊放著籌碼和紙牌，但這時是下午，陽光斜斜從窗子射進來，其他桌子都空著。）

畫面切換

二十一點遊戲。那名蓄小鬍子的男人發牌給其中一個玩家。

> 玩家：「再來。」
>
> （蓄小鬍子的男人彈了一張牌過去。）
>
> 「爆了。」
>
> （他手撐在桌上，把身體往後推。猶豫片刻。然後……）
>
> 「賒帳行嗎，梅肯先生？」

畫面切換

約翰・梅肯。他是個魁梧結實但衣著講究、樣子好看的男人。不到三十歲，卻給人成熟且權力在握的強烈印象——他在一個艱困的世界裡走了老遠的路，也走得很快。他這樣的人總是知道什麼時候開口說話。

> 梅肯（搖頭說不）：「湯姆，你曉得我的規矩。」
>
> （他轉過頭去，看著蓄小鬍子的男人。）
>
> 「老兄，你幾乎打遍所有人。自從……換你發牌後，我看你沒輸過。」

畫面切換

蓄小鬍子的男人。沉默不語。

畫面切換

梅肯。

> 梅肯：「你致勝的祕密是什麼？」

畫面切換

蓄小鬍子的男人。

> 日舞：「禱告。」

畫面切換

梅肯。他沒有露出笑容。

　　　　　　梅肯：「就你和我單獨玩。」

畫面切換

梅肯和蓄小鬍子的男人。蓄小鬍子的男人發牌速度很快，沒有太多動作。很快的下注和發牌。

　　　　　　梅肯：「再來。」

　　　　　　（他拿到另一張牌。）

　　　　　　「再來。」

　　　　　　（很快再拿到一張牌。）

　　　　　　「爆了……」

蓄小鬍子的男人開始拿錢時……

畫面切換

梅肯。這時他面露笑容了。

　　　　　　梅肯：「老兄，你這就太過分了。你是個糟透的
　　　　　　紙牌玩家，我知道，因為我也是個糟透的玩家。
　　　　　　我甚至看得出你怎樣耍老千。」

畫面切換

蓄小鬍子的男人，努力佯裝對對方剛說的話充耳不聞，繼續小心翼翼把贏得的錢整齊疊在一起。

畫面切換

梅肯，站起來。他配戴著槍，粗大的雙手往槍湊近，樣子輕鬆，但已做好準備。

　　　　　　梅肯（指著桌上的錢）：「那留下來──你滾出去。」

畫面切換

蓄小鬍子的男人。他坐著，幾乎看得出愁容滿面，沉重地癱在椅子上。他低著頭。這時⋯⋯

畫面切換

布奇往牌桌衝過去，一邊說話⋯⋯

　　　　　　布奇：「⋯⋯看來這裡少了點兄弟情⋯⋯」

畫面切換

梅肯站在那裡，雙手在手槍旁。

　　　　　　梅肯：「你和他，都給我滾出去⋯⋯」

畫面切換

布奇和蓄小鬍子的男人。布奇拉著蓄小鬍子的男人，他卻動也不動。布奇一邊拉一邊對梅肯說話。

　　　　　　布奇：「好的，謝謝您，我們正要上路⋯⋯」
　　　　　（焦急地對完全不動的蓄小鬍子的男人說）
　　　　　　「你跟我來好嗎？」

畫面切換

布奇蹲在蓄小鬍子的男人身旁。接著急促耳語。

　　　　　　蓄小鬍子的男人：「我沒有耍老千⋯⋯」

　　　　　　布奇（嘗試讓另一人動起來）：「⋯⋯走⋯⋯」

　　　　　　蓄小鬍子的男人：「我沒有耍老千。」

畫面切換

梅肯這時有點不耐煩了。

> 梅肯：「你大可死──沒有人可以逃過⋯⋯你們
> 都去死吧。」

畫面切換

布奇和蓄小鬍子的男人。身子放得更低，說得更快：

> 布奇：「⋯⋯聽到了嗎？⋯⋯現在你讓他也對我
> 發火了⋯⋯」

> 蓄小鬍子的男人：「⋯⋯如果他請我們留下，那
> 我們就走⋯⋯」

> 布奇：「⋯⋯我們反正本來就要走的⋯⋯」

> 蓄小鬍子的男人：「⋯⋯他會請我們留下⋯⋯」

畫面切換

蓄小鬍子的男人：特寫。這裡會有一系列**快速剪接**，視線在蓄小鬍子的男人身邊的一切來回。這與布奇察看銀行時的表現手法相近。畫面開始切換，以下的對白繼續在布奇和蓄小鬍子的男人之間低聲說出來，而且相互交疊。畫面包括以下情景：(1) 梅肯雙手；(2) 一扇窗，陽光透過它射進來，沒有射向任何人眼睛；(3) 蓄小鬍子的男人與鏡頭之間的區域，以及那裡是不是有任何危險人物；(4) 梅肯雙眼；(5) 蓄小鬍子的男人身旁的區域，以及那裡是不是有可移動的空間。同樣的：當這些快速剪接進行時（如果我們不知道這麼做有什麼目的，也是無妨），鏡頭經常回到蓄小鬍子的男人的**特寫**，布奇在他身旁，有時近有時遠，兩人說話都很快。

布奇：「……他會用槍瞄準你……他準備好了，你不曉得他有多快。」

　　蓄小鬍子的男人：「……這正是我想聽的……」

　　布奇：「……面對現實吧……他看起來不像會輸……」

　　蓄小鬍子的男人：「……你還真的幫我建立信心了……」

　　布奇：「……好吧，我已經青春不再了……這也會發生在你身上……你過一天就老一天……這是自然法則……」

但蓄小鬍子的男人顯然不願離開，布奇也知道這點。

畫面切換

布奇站起來，朝梅肯走去。

　　布奇：「你有沒有想過，如果叫我們留下來會怎麼樣？」

　　梅肯：「什麼？」

　　布奇：「……你未必是這個意思或其他意思……但如果你就好心的請我們留下來，我答應你我們就會離開，而且……」

梅肯突然揮手要布奇讓開，不要擋在中間……

畫面切換
布奇。他猶豫片刻，低頭看了一眼仍癱在椅子上的蓄小鬍子的男人，搖搖頭，然後走開，沒再擋在中間。

     布奇（輕聲地）：「我幫不了你，日舞。」

鏡頭拉近至
梅肯。最後一個詞迴盪著。這是赫赫有名的那個詞，這時梅肯拚命想隱瞞一個祕密：他恐懼不已。

畫面切換
那個日舞小子，這就是蓄小鬍子的男人的名字。他繼續癱在椅子上好一會兒，頭低低的。然後他慢慢抬起頭，雙眼閃亮，死盯住梅肯雙眼。他站了起來，仍盯住對方不放。他也配戴著槍。

畫面切換
梅肯。一個勇敢的男人，努力撐住。他站著不動，視線也沒有移開。

畫面切換
日舞。沉默不語。

畫面切換
梅肯，這時他的恐懼慢慢開始顯露出來。

     梅肯：「我說你耍老千時，不知道你是誰。」

畫面切換
日舞。沉默不語。這時眼睛盯住梅肯雙手。

畫面切換

梅肯雙手。仍然靠近他的手槍。

畫面切換

日舞。沉默不語。只是等待著，盯著。

畫面切換

梅肯。

>   梅肯（這些字脫口而出）：「如果我用槍瞄準你，你
>   會殺死我。」

畫面切換

日舞。

>   日舞：「有這種可能。」

畫面切換

布奇朝梅肯走去。

>   布奇：「不，先生，你等於是自殺。」
>   （試著力勸）
>   「那就請我們留下吧，好嗎？」

畫面切換

梅肯。張口準備說話，又停下來，然後

畫面切換

布奇。

>   布奇：「……你做得到的……不難……來吧，說

吧……」

畫面切換

日舞。他沒有任何不必要的動作。還是站著，沉默不語，盯著，眼睛閃亮，做好準備。

畫面切換

梅肯。

> 梅肯（很吃力才把話吐出來）：「……留下吧，你們
> 何不……」

畫面切換

布奇和日舞。

> 布奇：「謝謝，但我們得起程了。」

當他們穿過賭桌之間，朝大門走去時……

畫面切換

梅肯看著他們走過去。

> 梅肯：「日舞？」
>
> （這時大聲了一點）
>
> 「嘿，你有多厲害？」

畫面切換

布奇，走在日舞和梅肯之間，但就在梅肯那個問題脫口而出的當下，布奇就像見鬼般閃開，快得不得了……

畫面切換

日舞身子往左一沉，槍已在手上砰砰響起，隨著槍聲爆發……

畫面切換

梅肯。只見日舞把他掛槍的皮帶射了下來，掉到地上⋯⋯

畫面切換

日舞繼續開火⋯⋯

畫面切換

那條皮帶，因為日舞的子彈不斷打在上面，像蛇一樣在地上翻滾。然後槍聲停了下來⋯⋯

畫面切換

梅肯大大吐了一口氣，這時⋯⋯

畫面切換

日舞站了起來，槍聲停了下來。

畫面切換

布奇和日舞。布奇瞥了一下梅肯掛槍的皮帶，然後搖了搖頭。

　　　　　布奇（他們朝著門走過去時，他對日舞說）：「就像我
　　　　一直告訴你的，青春不再。」

接著他們就離開了。[43]

場景寫作技巧：第一個句子

　　故事開場的句子，就是將開場場景原則濃縮為一個句子。第一個句子是

---

43 威廉・戈德曼，《四部電影劇本》，第十二至十九頁。

故事涵蓋範圍最廣的描述，也為故事究竟會發生什麼設定了範圍。此外，它還必須具有戲劇力量，具備某種衝擊力道。以下我們一起看看三個經典的開場句，同時我也列出開場句子後面的那幾句，這樣就能看出故事開場句如何搭配作者關於場景和故事整體的策略。

《傲慢與偏見》

（作者：珍・奧斯汀；1813 年）

角色轉變弧線的定位：在引出主角之前，率先登場的是故事世界，特別是女性忙著找尋丈夫的世界。

難題：

1. 珍・奧斯汀必須讓讀者知道這是個喜劇故事。

2. 她必須提供關於故事世界及其運作規則的一些暗示。

3. 她必須讓讀者知道，故事是由一個女性的觀點講述的。

策略：以一個佯裝嚴肅的句子開頭，看似陳述一項普遍事實及一種利他行為，實際上卻是對一種充滿自私考量的行動表達某種意見。第一句的內容告訴讀者，故事所講的是關於婚姻，關於對男性展開追逐的女性及其家庭，以及在這個世界中婚姻和金錢的基本聯結。

以喜劇手法在第一句中呈現故事場域的一般情況後，作者進一步提到某個特定的家庭。這家人在故事發展過程中將故事開場提到的原則加以實踐。請注意：這些開場句子沒有半點贅字。

《傲慢與偏見》

有條人人信以為真的真理：凡是有錢的單身漢，總覺得自己缺個太太。

至於這單身漢怎麼想、心裡是什麼感覺，大家也不去管，只要方圓百里內出現這麼一號人物，這條真理立刻在附近人家心裡活動，理直氣壯把對方當成自家女兒的財產。

「本內特先生，」這天太座開口了：「你聽說沒有，尼德斐莊園終於租出去了。」

本內特先生回說沒有。

「但真的租出去了，」她又說：「隆格太太剛才來家裡坐，一五一十告訴我了。」

本內特先生沒搭理她。

「你不想知道是誰租的嗎？」太座不耐煩了。

「你想告訴我，我也不反對。」

這就算是歡迎她說下去了。[44]

《塊肉餘生錄》

（作者：狄更斯；1849~1850年）

角色轉變弧線的定位：由於作者運用了一位故事講述者，他創造的主角已來到角色轉變弧線的終點，只不過他講述的卻是他的起點。因此，主角在開頭儘管十分年輕，卻具備相當的智慧。

難題：

1. 講述一個人一生的故事，究竟人生從哪裡開始，又到哪裡結束？

2. 如何告訴觀眾，你要對他們講述的是哪一種故事？

策略：

使用第一人稱敘事者。讓他在第一章標題說：「我生下來了」。寥寥數字，卻具有極大的衝擊力。這個標題實際上就是全書的開場句。敘事者為他一生樹起旗幟，不啻在說：「我是重要的，這會是個了不起的故事。」他同時表明，他講的是一個神話形式的轉變為成人的故事，從主角出生開始講述。這是一個雄心勃勃的故事。

在這個簡短且具衝擊力的句子之後，狄更斯接著寫道：「我最終是否會成為自己這一生的主角……」他立刻就告訴讀者，他的主角從故事方面設想自己的景況（他其實是個作家），對於他人生的潛質是否能實現表示關切。然後他回到出生一刻。這是十分自大的做法，但他之所以這麼做，是因為其中包

---

44 此段譯文參考《傲慢與偏見》，張思婷譯，漫遊者文化，2015年，第二十頁。

含著一個戲劇性元素：當這個嬰兒呱呱墜地，午夜鐘聲也正好響起。

　　請注意這種開場策略的另一種效果：觀眾在故事中舒服地安頓下來。作者在說：「我要帶你經歷一段漫長卻令人著迷的旅程。好好坐下來，放輕鬆，讓我帶你進入這個世界。你不會感到遺憾。」

《塊肉餘生錄》

　　我生下來了。

　　我最終是否會成為自己這一生的主角，抑或這個位子會由其他人占去，必須在接下來的篇幅中呈現。我從出生的一刻講述我的一生，我記下來了，我生於一個星期五，午夜十二時（這是我被告知且信以為真的）。人們說，當時鐘開始敲響，我也開始哭了起來，同時發生。

　　由於我出生的日子和時辰，她們說，首先，我命中注定一生不幸；第二，我擁有能看見鬼怪和幽靈的異能。說這些話的是那位護士以及鄰舍一些睿智婦人——她們那幾個月對我興致勃勃，儘管當時她們還沒有機會結識我本人。她們相信，我的這些秉賦與星期五午夜時分出生的所有不幸男女嬰兒必然脫不了關係。

《麥田捕手》

〔作者：沙林傑（J. D. Salinger）；1951 年〕

　　角色轉變弧線的定位： 荷頓‧柯爾菲在療養院裡憶起去年發生在他身上的事。因此他已接近他的發展過程結尾，但還沒有獲得最終的體悟，這要等到他回顧並講出自己的故事後才會出現。

　　難題：

　　1. 從哪裡開始講自己的故事？內容應包含什麼？

　　2. 除了講述的內容外，他想藉由講述自身故事的那種方式，讓讀者知道他實際上是什麼樣的人。

　　3. 傳達將會引導故事及角色進行的基本主題和價值觀。

　　策略：

1. 使用第一人稱敘述，讓讀者投入主角內心，並告訴讀者，這是個轉變為成人的故事。不過因為主角在療養院中憶述故事，加上那種「壞孩子」用語，觀眾因而會知道，這是一般轉變為成人故事的反面版本。

2. 讓敘事者對讀者懷有敵意，因而讓讀者感覺驚訝。一開始就警告讀者，這不是常見那種輕軟的、虛假的成長故事，而他（荷頓）不會「奉承」讀者以博取同情。這隱含的意義就是敘事者不想廢話。也就是說，他要講出真相，因為他認為這是他道德上的責任。

3. 把句子寫得又長又散漫，讓句子的形式呈現出主角是什麼樣的人，以及情節是什麼模樣。

4. 一開始就以不屑的態度提到《塊肉餘生錄》，那是十九世紀的轉變為成人故事終極版。這麼一來讀者就知道，敘事者講述的每件事都與《塊肉餘生錄》對立。故事採用的不是大情節和大歷程，反而採用小情節（甚至是反情節）、小歷程。它也讓人瞥見其中的企圖心：作者暗示他要寫的是二十世紀的成長故事，比起十九世紀最好的成長故事毫不遜色。

最重要的是讀者因而會了解，主角心中具指引作用的價值觀及講故事的方式沒半點虛假。接下來，準備面對真實的角色、真實的情感和真實的改變——如果改變有發生的話。

這就是《麥田捕手》的開頭：

如果你真的想聽的話，首先你可能想知道的是我在哪裡出生、我的童年怎樣糟糕，我的父母在有了這個孩子前，怎樣只管忙這忙那還有像《塊肉餘生錄》般胡扯的垃圾；但要是你想知道真相，我就無意鑽進這些話題了。首先，這些東西令我厭煩；第二，如果我談到我父母任何頗個人的事，他們恐怕會氣得一再爆血管。他們對於所有這樣的事都很敏感，尤其我爸。他們都很好相處，什麼都好——我不是要說什麼——但他們也敏感得像見鬼。此外，我也不打算給你講我的什麼屁自傳或任何屁事。我只告訴你去年耶誕節期間發生在我身上的瘋人瘋事，事後我很沮喪，要到這裡來，放鬆一下。

採用直接計畫

想增加場景中的衝突，基本技巧就是讓懷抱著欲望的角色採用直接計畫達成目標。直接計畫裡沒有什麼詭計。想要什麼就說什麼，甚至就要求得到什麼。通常這個場景裡的對手拒絕讓主角如願，衝突就從這裡打造出來。

讓我們看看《大審判》中一個可納入教科書的直接計畫例子。

《大審判》

在這個場景中，律師法蘭克・蓋爾文需要一位護士出庭作證，她是事發當時在手術室內的護士，手術進行過程中，法蘭克的客戶由於醫生的疏失變成植物人。

角色轉變弧線的定位：法蘭克的整體需求是重獲自尊，並學習如何依正義行事。直到故事這一刻，法蘭克在這起官司中的所有努力都以失敗告終，他自我救贖的最後希望面臨幻滅危機。

難題：解釋官司到此為止的情況，並暗示有些事情正在表象之下醞釀。

策略：讓法蘭克質問一個不願意與他合作的證人，那名證人也不願為另一方作證。

欲望：法蘭克希望護士瑪麗・魯尼為他出庭作證，或解釋為何不願作證。

終點：護士斥責法蘭克是賤人，在他面前用力把門關上。

對手：護士魯尼。

計畫：法蘭克直接請她出庭作證，若她拒絕，就加以威脅。

打造衝突：法蘭克不停問問題，護士愈來愈害怕會洩露祕密，衝突也因而持續升溫。

轉折或揭露：護士魯尼是在掩飾其他人。

道德議題及／或價值取向：法蘭克辯稱，護士應挺身作證，因為醫生毀了他客戶的一生。護士回他，法蘭克已有另一位醫生的證供，而她與發生在法蘭克客戶身上的事毫無關係。

關鍵字詞：關心、忠誠、賤人、金錢。

這個場景是個經典例子，可看出對白從行動的衝突轉移到事實現狀的衝

突，也就是衝突從角色的所作所為轉移到角色是怎樣的人。這種轉移的徵象，就是其中一個角色說「你是……」一類的話。在這個例子裡，護士魯尼在場景結尾說：「你知道你們這些傢伙都是同樣貨色。」她試圖透過一種價值取向的對立來界定法蘭克，因而說：「你們不關心誰受了傷害。你們都是一群賤人。你們會為了錢做任何事。你們沒有忠誠……什麼都沒有……你們是一群賤人。」

　　這個場景結尾的轉移，是與法蘭克有關的微型自我揭露。不過請注意反諷對白的技巧；護士的指控對以往的法蘭克來說是對的，但此刻就不對了。

《大審判》

內景：瑪麗‧魯尼的家──白天

瑪麗‧魯尼，穿著白色護士服、外貌剛強的女子，把門打開。

蓋爾文走進客廳。

　　　　蓋爾文：「我是法蘭克‧蓋爾文。我代表黛博拉‧安‧凱伊及聖女加大利納‧拉布萊教會訴訟。」

　　　　瑪麗‧魯尼：「我告訴過那個人，我不想談……」

　　　　蓋爾文：「我只要一分鐘。黛博拉‧安‧凱伊。你知道我說的是什麼。這起官司要開庭審訊了。我們的主要證人是大衛‧古魯伯醫生，你知道他是誰嗎？」

　　　　瑪麗‧魯尼：「不。」

　　　　蓋爾文：「他是麻州聯邦醫院麻醉科副主任醫師。他說，你們的醫生陶勒和馬克斯，讓我代表的女病人必須終身住院。我們可以證明這點。我們不

知道的是為什麼會這樣。裡面發生了什麼？手術室裡。這是我們想知道的。有些事弄錯了。你知道那是什麼。他們弄錯了麻醉劑？發生了什麼事？或是電話響……有人分心……還是什麼？」

瑪麗・魯尼：「……你有醫生的證供了，為什麼還要找我？」

蓋爾文：「我要當時在手術室裡的人。我們會打贏官司，毫無疑問。問題只是多大的……」

瑪麗・魯尼：「我跟你沒什麼好說的。」

蓋爾文：「你知道發生了什麼。」

瑪麗・魯尼：「什麼都沒發生。」

蓋爾文：「那為什麼你不為另一方作證？」

她想把門關上。他制止她。

蓋爾文：「你要知道，我可以傳喚你出庭。我可以讓你站到證人台上。」

瑪麗・魯尼：「問我什麼？」

蓋爾文：「誰把我的客戶變成他媽的植物人？」

瑪麗・魯尼：「不是我，先生。」

蓋爾文：「那麼，你在替誰掩飾？」

瑪麗・魯尼：「誰說我在替什麼人掩飾？」

蓋爾文：「我說的。誰做的？那些醫生。你欠他們什麼？」

瑪麗・魯尼：「我什麼鬼也沒欠他們。」

蓋爾文：「那你為什麼不作證？」

瑪麗・魯尼（停頓片刻）：「你要知道，你逼人太甚，你這傢伙……」

蓋爾文：「你以為我這樣就逼人太甚嗎？等我讓你站在證人台上再說吧……」

瑪麗・魯尼：「好，那麼，你最好就這樣做。」

瑪麗・魯尼（準備把門關上；停下來）：「你知道你們這些傢伙都是同樣貨色。你們不關心誰受了傷害。你們都是一群賤人。你們會為了錢做任何事。你們沒有忠誠……什麼都沒有……你們是一群賤人。」

價值取向的衝突

　　出色的戲劇，不是兩個人正面搏鬥的結果；它是不同的人在價值取向及觀念相互牴觸的結果。價值取向的衝突和道德議題都是道德對白（第二軌道）的形式。價值取向的衝突涉及人們在信念上的抗衡；對白中的道德議題所爭辯的，則是行動的對錯。

　　大部分時候，價值取向的衝突都發生在故事對白（第一軌道）背後，這樣才能避免對話成為太明顯的主題陳述。不過當故事提升到更高層次，涉及兩種處世之道的衝突，那麼就無法避免在對話中出現價值取向的肉搏戰了。

　　價值取向肉搏戰的關鍵，是把衝突體現在一項具體行動上，讓不同角色由此展開爭鬥。不過，與其把焦點放在個別行動的對錯（道德議題），反而應讓不同角色的拚搏基本上聚焦在一個更宏觀的議題：怎樣才是好的或有價值的處世之道？

《風雲人物》

（短篇小說原名《最佳禮物》，作者：菲立普・史特恩；劇本作者：法蘭西斯・古德里奇、亞伯特・哈克特、法蘭克・卡帕；1946 年）

　　《風雲人物》異常傑出，不只因為它以令人讚歎的細緻方法呈現一個小鎮肌理的能力，也因為它也呈現出兩種處世之道的價值取向。喬治和波特有關儲蓄貸款公司存亡的爭辯，是這部電影最重要的論辯。作者為了讓波特成為更強的對手，因而詳細傳達出他待人處世的價值觀甚或邏輯系統。這些價值觀與喬治的處於直接對立。

　　這是一個社會奇幻故事，內容不只是兩個人在個人層面的爭論，同時也與整個社會的處世之道有關，因此它的對白也帶有政治色彩，但那不是具體的政治立場，因為那很快就不合時宜。這個故事談的是人與人之間的政治，人們如何在領袖的引領下生活。它真正出色之處，在於作者在表述這種宏觀論點時，深具感情力量及個人元素。他們聚焦於一項單一行動——儲蓄貸款公司的關閉，並藉由主角父親的過世加入個人元素。

　　請注意：除了中間一段簡短對話，這個場景實際上是兩方的獨白。兩段

獨白都相當長，並未囿於好萊塢傳統智慧而把對白限於你來我往的簡短語句。這是因為這兩個角色都需要時間為整體處世之道立論。如果作者筆下這場論辯不是出現在兩個互相鄙視的人的個人層面之爭，那麼它就只是紙上談兵、枯燥乏味的政治哲學論述。

角色轉變弧線的定位：隨著父親過世，喬治經歷了人生欲望的首次挫折（無法到外地闖蕩，成為建築師）；他為家庭和朋友做出首次自我犧牲。此刻他正準備離家上大學，追尋夢想。

難題：為了這個小鎮乃至美國應建立於什麼樣的價值觀而爭論，卻不流於說教。

策略：

1. 讓主角和主要對手為了一個機構的存亡展開爭辯，這家儲蓄貸款銀行幾乎為鎮內所有事提供資金。論爭也觸及這個機構的已故創辦人。

2. 主角獨白的最後一句，將整個哲學論辯聚焦於一個詞——「富有」。

欲望：波特想讓儲蓄貸款銀行關閉。

終點：因為喬治制止而未能成功。

對手：喬治。

計畫：波特直接要求把儲蓄貸款銀行關閉，喬治也直接反對這麼做。

打造衝突：當波特的言論從這個機構轉到喬治父親，衝突隨之加強。

轉折或揭露：年輕的喬治敢於和這個欺壓所有鎮民的人正面對抗。

道德議題及／或價值觀：

兩人之間的一來一往值得審視，因為這是價值取向衝突的經典例子。請注意兩人的獨白在順序的安排上有多麼出色。他們提出非常具體的論點，代表了兩種對立的政治及哲學體系。

波特的論點和價值取向：

1. 商人與抱持崇高理想的人，這兩種身分有很大的不同。

2. 徒有崇高理想而缺乏常識，會毀掉整個小鎮。

觀眾由此可知，小鎮本身就是雙方的戰場，而電影的核心問題就是：什麼樣的處世之道，會令這個戰場或這個世界成為更理想的眾人生息之地？

3. 波特提出一個具體例子——計程車司機艾爾尼·比索普，觀眾對這個友善的人有所認識，也喜歡他，而且早就從他的表現知道他不是愛冒險的人。不過波特指稱，艾爾尼取得資金建造房子，只是憑他與喬治的個人交情。

4. 波特聲稱，這種商業行為只會帶來一群貪得無厭的、懶散的烏合之眾，無法形成節儉勤奮的勞動階級。波特這個價值體系背後的邪惡含意就是：美國是個階級社會，由他這樣的人來統治下層階級是合理的。就這一點而言，對白可能過了頭：特波不只是傳統家長式統治者，還是個邪惡的資本家。

5. 波特最後攻擊喬治代表的特質：天真的夢想家，想體現個人與群體融為一體的處世之道，讓整個小鎮成為更理想的眾人生息之地。

喬治的論點和價值取向：

關鍵重點：作者在設定喬治的論點時，先在幾個場景之前讓他父親向他提出同樣的立論，當時喬治卻抱持對立觀點。這使得喬治的善辯表現更可信也更尖銳。

1. 喬治出色踏出論辯第一步，先讓了波特一步：他父親不是商人，而他自己對於小鼻子小眼睛的儲蓄貸款公司沒有什麼興趣。

2. 他繼而讓論辯轉向，主要都與他父親有關。他父親是無私的人，儘管他的無私導致喬治和弟弟哈利都無法上大學。

3. 他攻擊波特的立足點，也就是商業。他說他父親幫助他人脫離波特的貧民窟，也讓他們成為更好的公民、更好的顧客，能增進整個群體的財富和福祉。

4. 他把論辯推往更高層次，表揚小人物的英雄特質。波特的所謂「懶散的烏合之眾」，正是群體裡最賣力、付出最多、最甘於在生死之間奔波的人。簡單的說，他們是群體的力量，代表群體的內心與靈魂。如果這個群體想成為所有人能過著充實生活的地方，就不應有人被視為低下階層。

5. 喬治以最基本的論辯作結，那就是：人人皆擁有不可剝奪的權利。他父親將每個人當作人來看待，尊重個人本身的價值；波特則把人當作牲畜、

沒有思想的動物，隨一己之欲而加以操控。換句話說，波特把他人當作達成他個人目標的工具，以賺錢為目標。

關鍵重點：在此同時，作者提出涵蓋最廣的論辯──普通人的權利。作者同時也聚焦於個人層面，將關鍵句和關鍵詞放在最後。

喬治表示，波特做出這一切，是因為他是個「乖戾的、飽受挫折的老人」。這句話在整部電影中具關鍵作用，不只因為它如何描述波特，更重要的是：飽受挫折這個元素，是波特最明顯的個人特質。

接著而來是最後的一句，也就是這個場景的終點：「好吧，銘記在我心中的，是他〔我父親〕過世的那一刻，比你這輩子任何一刻都富有！」「富有」一詞具有兩種不同的價值取向。較明顯的一種是指一個人賺到多少錢，這適用於界定波特；但較深刻的另一種，則表示個人對他人的貢獻，以及從他人獲得的回報，這適用於界定喬治。

關鍵詞：富有。

《風雲人物》

內景：儲蓄貸款公司辦公室──白天

> 波特：「彼得・貝利不是商人。這是他的致命弱點。他是所謂懷抱崇高理想的人，但徒有理想而沒有常識，只會毀了這個小鎮。
>
> （從桌子上拿起一些文件）
>
> 「現在你把這筆錢借給艾爾尼・比索普……你知道，那傢伙一天到晚就沒頭沒腦坐在他的計程車上。你知道嗎……我知道銀行拒絕貸款給他，但他跑到這裡來，我們就讓他蓋一幢值五千元的房子。為什麼？」

喬治在辦公室門口，拿著大衣和文件，準備離開。

> 喬治：「好吧，那是我處理的，波特先生。你那邊有所有的文件。他的薪水、保險。我個人可以對他的人格做擔保。」

> 波特（語帶諷刺）：「你的朋友？」

> 喬治：「是的。」

> 波特：「你看看，只要跟這裡的雇員打打撞球，就可以來借錢。這給我們帶來什麼？一群貪得無厭的、懶散的烏合之眾，無法形成節儉勤奮的勞動階級。全因為幾個像彼得‧貝利這樣的天真夢想家激發了他們，往他們腦袋塞進很多無法實現的觀念。現在我說……」

喬治放下大衣，走到桌子旁。波特這樣談論他父親把他激怒了。

> 喬治：「等一下，等一下。請停下來，波特先生。你說得對，我父親不是個商人。我知道。他創辦了這家小鼻子小眼睛的儲蓄貸款公司，而且我永遠不知道是為了什麼。但你和任何人都不能對我父親的人格說任何負面的話，因為他畢生……因為在他和比利叔叔創辦了這銀行二十五年來，他從來沒想到自己。對嗎，比利叔叔？他沒有儲蓄足夠的錢讓哈利上大學，我就更不用說了。但波特先生，他確實幫助好些人脫離你的貧民窟。這

有什麼不對……在這裡你們全都是商人。那就能
讓他們成為更好的公民嗎？那就能讓他成為更
好的顧客嗎？

「你……你說……你剛才說了什麼？……他們要
等存夠錢才能想到找個體面的房子？等！等什
麼？等到孩子都長大了，離開了？等到他們老
了，挺不住了，他們……你知道一個勞工階級要
多久才能有五千元積蓄嗎？

「波特先生，請你記住，你所謂的烏合之眾……
正是群體裡最賣力、付出最多、最甘於在生死之
間奔波的人。好吧，讓他們賣力、付出，在生死
之間奔波之際，住進一幢有幾個體面房間、有浴
室的房子，那太過分了嗎？不管怎樣，我父親不
這麼認為。對他來說，別人也是人；但對你這個
乖戾的、飽受挫折的老人來說，他們是牲畜。好
吧，銘記在我心中的，是他過世的那一刻，比你
這輩子任何一刻都富有！」

對手的道德合理化辯解

出色故事講述的標記之一，就是在其中至少一個場景裡，讓對手透過對
白為自己的行動提出道德的合理化辯解。想讓對手看來像個真實的人，最大
的單一因素可能就在這裡，而不是什麼邪惡力量或魔鬼現形。

這種場景是道德對白（第二軌道）的版本之一。想寫得精采，訣竅就在於
盡可能讓對手提出最強的論辯，但至少要包含一個重大謬誤，讓整個論辯站
不住腳。此外，對手的道德合理化論辯，應該是主角核心道德問題的一個變
奏。讓我們看看對手道德合理化辯解的兩個例子。

《大審判》

在這個場景中，對方的律師康卡農私下向另一人解釋，為什麼他們兩人必須不惜採用任何手段擊敗主角法蘭克，贏得官司。這是一個精采的場景，部分原因在於作者大衛・馬密賦予對手一個很強卻有謬誤的論點，但更重要的是，他把對白中這個道德議題與一個令人震驚的情節節拍連結在一起。在這個場景的結尾，觀眾發現，康卡農交談的對象是法蘭克的女友羅拉。這是二十二個步驟的第十六個步驟：對觀眾的揭露，讓觀眾得知法蘭克的對手／假盟友。道德議題與情節的這種結合，讓這一刻為這個場景乃至整個故事帶來極大的情感衝擊。

角色轉變弧線的定位：這是對手的場景，康卡農在主角的角色轉變弧線談不上什麼定位，但讓這個場景如此出色的因素之一，就在於馬密寫作這個部分時，是以對手／假盟友在她的角色轉變弧線中的定位為基礎。羅拉的轉變弧線是法蘭克的轉變弧線的變奏。她是個道德沉淪的律師，而在這一刻，當她的雇主對為了贏得官司必須採取如此卑劣行動提出合理化辯解時，她也面對了自己墮落的真實自我揭露。

難題：

1. 如何傳達對手的道德議題，且不像在說教。

2. 盡可能賦予對手一個強而有力的論點，同時仍能顯示其謬誤。

策略：

1. 隱藏康卡農的談話對象。讓揭露這個角色的那一刻出現在對手獨白的高潮。

2. 這個隱藏的角色就是羅拉，是法蘭克最親密的人。此外，賦予她一段與法蘭克類似的過去，讓對手的論辯也具個人層面的力量。

3. 忽略他們打算對法蘭克採取的卑劣行動，只談打贏官司的好處。

欲望：康卡農想在盟友面前為自己的行動辯解。

終點：他付酬勞給羅拉，並在辯解的結尾提到了她。

對手：雖然羅拉沒說什麼，但她可能是對手，因此康卡農必須提出他的論點。

計畫：康卡農採用直接計畫，直接提出他的理由。

打造衝突：這個場景中沒有衝突，但藉由將康卡農的談話對象隱藏起來，自然就產生一種張力。

轉折或揭露：康卡農不只為自己的行動辯解，他也為法蘭克女友的行動——他付酬勞給她，要她向法蘭克刺探消息——提供合理辯解。

道德議題及／或價值取向：康卡農辯稱，任何能獲致勝利的行動都是合理的，因為勝利會帶來物質報酬。他在論辯開頭先確立關鍵價值取向，那就是勝利；接著再確立第二價值取向，那就是金錢。然後他列舉這些基本價值取向為他們帶來的其他價值。

請注意：馬密始終沒有讓對手為他和羅拉採取的卑劣行動辯解。他只是列出取得勝利後的所有利益。這神來之筆就是康卡農論辯中的謬誤，這可從他的話中得到暗示：「……我們為善慈機構和窮人提供免費專業服務，資金就來自這裡。」那些慈善服務，讓康卡農這樣的人說服自己，他們在道德上無可訾議。

關鍵詞：勝利、歡迎回來。

閱讀這段獨白時，請注意一切如何引導至倒三角形的頂點。觀眾聽到一系列道德合理化辯解後獲得了揭露：康卡農的談話對象是羅拉，而在此之前，觀眾一直以為羅拉是法蘭克最親密的盟友。這時，獨白立刻轉到個人層面，因為康卡農的話對羅拉往日的幽靈和道德墮落有所暗示：「你結束了婚姻。你想回來從事法律工作。」康卡農以如此有力的話作結：「你想回到這個世界。歡迎回來。」這就等於在羅拉的鼻子上沾上道德穢物，觀眾忍不住覺得汙穢不堪。

《大審判》

內景：康卡農的辦公室——夜晚

燈光柔和、暗淡。康卡農坐在沙發上，手裡拿著一份紅色檔案夾。看不見他的談話對象。

康卡農：「我知道你的感受。我知道你不相信我

說的，但我相信。我要告訴你我在你這年紀時學會的一件事。我打了一場官司，懷特先生問我：『幹得怎麼樣？』

（停頓片刻）

「我說：『我已盡力而為。』他說：『他們付酬勞給你，不是只要你盡力而為。他們是要你贏得官司。』

（停頓片刻）

「我們辦事處從客戶獲得酬勞也是一樣。

（停頓片刻）

而我們為善慈機構和窮人提供免費專業服務，資金就來自這裡。

「你也就是要從事這樣的法律工作。你買衣服、買威士忌的錢也是這樣來的，我們有閒坐下來談哲學，也是拜它所賜。

（停頓片刻）

「就像我們今晚所做的。

（停頓片刻）

「我們獲得報酬，就是要打贏官司。」

羅拉坐在他對面，木然不動。

　　康卡農：「你結束了婚姻。你想回來從事法律工作。你想回到這個世界。歡迎回來。」

《辣手摧花》

〔故事：戈登・麥多內爾（Gordon McDonell）；劇本：索爾頓・懷爾德、莎莉・本森（Sally Benson）、艾瑪・霍維爾（Alma Reville）；1943 年〕

《辣手摧花》可能是史上最佳驚悚片劇本。故事的內容是俊朗的查理叔叔住進他姊姊在美國某個小鎮的家裡，贏得外甥女查莉的仰慕。然而，查莉後來相信，這位舅舅可能就是被稱為「快樂寡婦凶手」的連續殺人犯。

這個劇本是一個範例，它結合了戲劇技巧與驚悚類型，打造出一部卓越的驚悚片。這種取向可從其中一個著名場景看出，而且在這個場景裡，查理叔叔暗示謀殺行為也有道德合理化原因。不夠出色的作者，可能就無法讓人將殺手看得那麼通透，只會把他描述為邪惡的怪物，不需要任何合理化原因，因為他本質就是古怪可怖的，但這樣會讓故事淪為殺人機器的描述。

劇本作者懷爾德反其道而行，賦予殺手詳細且可理解的道德合理化辯解，因而讓這個人變得更可怖。查理叔叔攻擊美國式生活的黑暗面——只知緊握金錢，大部分人永遠無法實現美國夢，我們也都把這種夢想置諸腦後。

角色轉變弧線的定位：對手在故事中沒有他本身的角色轉變弧線，但這個場景發生在主角發展的關鍵一刻。查莉對她一度仰慕的舅舅已變成深度懷疑，不過她這時仍然在往日的仰慕與此時的抗拒之間搖擺不定。她拚命想知道為什麼會這樣。

難題：如何讓對手不坦承殺人但又暗示其殺人動機？

策略：讓所有家人圍坐餐桌，那麼合理化辯解就會發生在家庭之內，發生在正常美國人日常生活的一部分。查理叔叔的姊姊紐頓太太告訴查理，他將獲邀在婦女俱樂部演講，因此查理自然有理由對年紀較大的婦女表明看法。然後就讓可怖之事在這種平凡的狀況下透露出來。

欲望：查理叔叔想向外甥女解釋他為什麼嫌惡女性，尤其是較年長的女性，同時也想把她嚇跑。

終點：他發現他過了頭。

對手：他的外甥女查莉。

計畫：查理叔叔使用間接計畫，對生活在城市中的婦女進行一般哲學論辯，這樣一方面能繼續掩飾事實，一方面也可對坐在一起的其中一人透露一點他認為對方能理解的訊息。

打造衝突：儘管查莉只反擊一次，查理叔叔對女性所表達的益顯嫌惡的

觀點，讓衝突持續形成。

轉折或揭露：俊朗的查理叔叔認為，大部分年紀較大的女性沒有比該殺死的動物好到哪裡。

道德議題及／或價值取向：查理叔叔的道德議題精準得可怕。他首先表示年紀較大的女性是無用的，然後把她們還原為只知吞噬金錢、耽於肉體享樂的野獸。他最後的論點：讓這種又胖又老的動物從這種可憐的景況中解脫，實際上是合乎道德的。這裡的價值取向對立，一邊是有用的、具人性的，另一邊是金錢、肉體享樂、無用的、獸性的。

關鍵詞：金錢、妻子、無用、貪婪、動物。

這段對白令人心寒，因為它在平凡中隱含著殺氣。它從日常生活中的夫妻談起，然後轉向把女性視為動物的觀點。請注意：最關鍵的最後一句話是問句。查理叔叔並不是直陳這些女性該被屠殺。他問外甥女該怎麼做，而他那種可怕的邏輯，讓她無法有其他結論。

如此精采的場景建構和對白寫作，即使在懷爾德最後添加的喜劇片段也可見一斑。查理叔叔的姊姊紐頓太太絲毫沒有察覺弟弟實際想表達的內容，她也因此把場景帶回話題的起點——讓查理叔叔到婦女俱樂部演講。觀眾知道這無異引狼入室，而查理這位慈母般的姊姊還為弟弟挑了一位好寡婦。

《辣手摧花》

內景：家裡餐廳──夜晚

查理叔叔倒酒。他一邊小心翼翼倒酒，一邊閒聊：

> 查理叔叔：「聽眾是什麼樣的人？」
>
> 紐頓太太：「啊，就像我這樣的女人。為家裡的事忙得要緊，我們大多是這樣。」
>
> 紐頓先生：「婦女俱樂部！」
>
> 羅傑：「有段時間它迷占星術。」
>
> 安妮：「如果我要成立另一個俱樂部，那會是讀書會。由我負責財務，還有採購所有的書。」

查理叔叔把酒一杯杯傳過去。

特寫──查莉

接過她的酒。猛喝了半杯。視線回到查理叔叔身上。

查理叔叔看來有片刻陷入沉思；然後內心滿懷憎恨的說：

> 查理叔叔：「小鎮裡的婦女就這樣忙著。城市裡
> 情況不一樣。那些女人擠滿城市……中年的……
> 寡婦……他們丈夫死後……那些丈夫花了一輩
> 子，賺了成千上萬……不停工作……工作……
> 工作……然後過世了，錢留給妻子……那些愚昧
> 的妻子。這些妻子怎麼做？這些沒用的女人？你
> 看到她們……在飯店裡，最好的飯店，每天，數
> 以千計……把錢吃掉、把錢喝掉、玩紙牌遊戲把
> 錢輸掉……一天到晚玩個不停……一身銅臭……
> 為她們的珠寶感到驕傲……沒有其他值得驕傲的
> 事……可怕、年老色衰、肥胖而貪婪的女人……」

查莉的聲音突然從前景切入。

> 查莉的聲音（從她那邊擠了出來）：「但她們仍活著！
> 她們也是人！」

他往她那邊望去，彷彿醒了過來。

> 查理叔叔：「她們是嗎？是這樣嗎，查莉？她們
> 是人，還是肥胖的、喘著氣的動物？當動物太胖
> 太老時會怎樣？

（他突然平靜下來）

（笑了起來）

「我看起來像在這裡演講了。」

查莉

趕忙拿起叉子。垂下雙眼。我們聽到紐頓太太說：

紐頓太太：「拜託，查理，在我的俱樂部不要這
樣談女人。你會被剝皮拆骨！什麼想法！

（逗弄他說）

「和藹可親的波特太太也會去聽演講。她還問起
你了呢。」

獨白

獨白是故事作者的寶貴技巧。對白讓作者能在兩個或更多角色的對立中
找出真相和情感，獨白則讓你在一個人的內心掙扎中找出真相和情感。

獨白是角色內心的一個微型故事。它是另一種形式的縮影，是對角色的
一種總結：他是什麼樣的人？主要的掙扎是什麼？在故事發展過程中有什麼
樣的經歷？你可以透過它，深刻而細緻地向觀眾呈現角色的內心。你也可以
透過它來呈現角色所遭受的痛苦有多麼強烈。

想寫作出色的獨白，首先必須把故事完整說出來，這也就表示，要完全
運用那七大結構步驟，並把關鍵詞或關鍵句放在最後。

《大審判》

作者大衛・馬密使用獨白來總結《大審判》的對決場景，因為那是主角
法蘭克・蓋爾文對陪審員所做的辯護總結的一部分，馬密不需因為在美國主
流電影這種「寫實」媒介安排這樣一段獨白而為自己辯解。這段獨白是一段
漂亮的文字，首先是因為它講述了一個完整的故事，其次是因為它講了兩個
故事：他代為辯護的那個女人的經歷，以及他自己的人生經歷。

角色轉變弧線的定位：法蘭克已獲得他的真實自我揭露，但這是他的角色轉變弧線的最後一步：他藉由打贏官司來證實他獲得的自我揭露。

難題：如何對訴訟做出總結，讓它具備最大的戲劇力量？

策略：將自己的人格發展當作暗示來立論，並呼籲陪審團採取道德行動。

欲望：法蘭克想說服陪審團為正義挺身而出。

終點：他感受到每位陪審員都是人，也都想做正確的事。

對手：那些有權力、有財力的人每天都在壓迫我們，讓我們陷於軟弱無力的狀況。

計畫：說出內心的話，讓正義得以實現。

打造衝突：這段獨白顯示一個人奮力想得知並實踐正確的處世之道，同時他也請求陪審員這麼做。

轉折或揭露：觀眾了解法蘭克說的不只是這起訴訟，也是他自己。

道德議題及／或價值取向：法蘭克關於正義的道德議題，是一個包含七大結構步驟的故事。他先提到有人陷於失落，感受到身為受害人的無力感（弱點）。人們追求正義（欲望），儘管有錢有權的人在壓迫他們（對手）。如果體會到本身的力量，相信自己（自我揭露），就能讓正義得以實現（道德抉擇）。

關鍵詞：正義、相信。

《大審判》

內景：法庭——白天

蓋爾文在坐滿陪審員的陪審席前。停頓片刻。

蓋爾文：「你們知道，很多時候我們陷於失落。我們說：『上帝，請告訴我們什麼是正確的。請告訴我們真相。我們看不見正義。富人獲勝，窮人困頓無力……』我們聽到人們在說謊，感覺厭倦不已。一段時間後，我們不再有感覺。我們開始想像自己是受害人。

（暫停）

「我們就變成了受害人。

（暫停）

「我們變得軟弱……懷疑自己，懷疑自己的處境……懷疑自己的信念。我們懷疑法律。

（停頓片刻）

「但今天你們就是法律。你們就是法律……那不是什麼典籍，不是律師，也不是大理石雕像以及法庭的外在裝飾……所有這些不過是象徵。

（停頓片刻）

「我們對正義的冀望……

（停頓片刻）

「這一切，實際上，就是一場禱告……

（停頓片刻）

「……熱切而惶恐的禱告。

（停頓片刻）

「在我們的宗教裡，我們說『像懷抱著信心那樣行動，你就會獲得信心』。

（停頓片刻）

「假如。假如我們對正義有信心，我們就只需要相信自己。

（停頓片刻）

「依正義行事。

（停頓片刻）

「而我相信，正義就在我們心中。」

結局

契訶夫說過，最後九十秒是任何戲劇最重要的部分。那是因為最後的場

景是故事最終的會合點。有時最後一個場景包含一個或更多的情節衝擊點，而且以揭露形式呈現。不過這時通常情節內容都已處理完畢了。最終的場景就像開頭場景一樣，成為整個故事的縮影。作者再次凸顯主題模式，讓觀眾體會到角色的這種表現形式也是較大的世界的運作方式。簡而言之，觀眾獲得了主題揭露。

想寫作出色的結尾場景，必須了解：

(1) 它是整個故事那個倒三角形的頂點；

(2) 這個場景本身也是個倒三角形，這個場景及整個故事的關鍵詞或關鍵句要在最後出現。

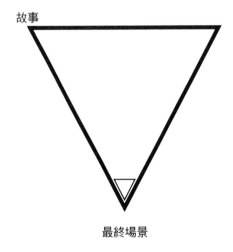

如果處理得好，最終場景能帶來最大的漏斗效應：最後出現的關鍵詞或關鍵句，在觀眾心中和腦海中引爆巨大爆發力，在故事結束後仍久久迴盪。

讓我們看看一些出色的最終場景，以了解場景建構和對白在故事這個關鍵時刻如何運作。

《妾似朝陽又照君》

（作者：海明威；1926 年）

這個故事追尋一群朋友浪遊歐洲的足跡，特別聚焦於其中一個男人，他因為戰爭創傷而無法與所愛的女人在一起。這是無法實現的偉大愛情，因此這些角色的曲折旅程來到會合點時，人生只是一場空，徒留能捕捉的一連串感覺。他們是漫無目的的人，知道自己陷入困境，卻無法找到出路。

這個結局場景是《妾似朝陽又照君》的最初原型場景。吃過晚餐後，傑克和布蕾特・艾許利夫人再度啟程。計程車送他們離去。隨著場景在漏斗效應之下走向終點，布蕾特說出了她在這個故事當中的最後一句話：「啊，傑克，我們或許能在一起度過絕妙的美好時光。」這句平凡甚至可說輕輕帶過的台詞，就是整個故事的象徵。那本來或可發生的偉大浪漫悲劇，就這樣簡化為一段好時光。

壓過這句話的，是傑克最後的台詞：「對，這樣想不是很棒嗎？」傑克所受的折磨不只來自他的創傷，也來自於讓他擁有錯覺且看透這個錯覺的意識。傑克命中注定存活在永恆中。

《妾似朝陽又照君》

到了樓下，我們從第一道門那個餐廳走到街上。一名服務生叫了一輛計程車。街上又熱又亮。街道另一頭是個小廣場，有樹有草，有些計程車停在那裡。一輛計程車沿著街道駛過來，服務生在路旁等著。我給服務生小費，告訴司機去哪裡，然後上車坐在布蕾特旁。司機往街上駛去。我往後靠坐在椅子上。布蕾特向我靠近一點。我們緊緊坐在一起。我用手臂摟著她，她舒服地依偎著我。街上非常熱非常亮，房子看起來是明亮的白色。我們轉進了格蘭大道。

「啊，傑克，」布蕾特說：「啊，傑克，我們或許能在一起度過絕妙的美好時光。」

前面一名穿卡其制服、騎在馬上的警察在指揮交通。他舉起警棍。車子突然慢下來，布蕾特往我這邊靠過來。

「對，」我說：「這樣想不是很棒嗎？」

《七武士》

（作者：黑澤明、橋本忍、小國英雄；1954 年）

在《七武士》裡，故事講述技巧提升到最高層次藝術的精純境界。這是最出色的劇本之一，本書談到的每一項技巧它幾乎都發揮得淋漓盡致。結局的場景令觀眾極為震驚，但也帶來了奇妙的啟發：原來人生可能會有這麼多的體悟。

在這個故事中，七個武士基於利他觀念及對武士技藝的熱愛，聯合起來保護一個村莊免受伺機搶劫的土匪危害。其中一名年輕武士勝四郎當時不過是個學徒，與農家女志乃墜入愛河。此時，戰鬥結束，武士和農民戰勝，其中四個出色的武士戰死沙場，長眠山丘墓地，志乃也背棄了年輕武士勝四郎，與其他農民一起種植下一季的作物。

另一個倖存武士——武士領袖勘兵衛——也只能看著勝四郎心碎，看著農民建立新生活，而四個伙伴長眠山上。他還有最後一項體悟。儘管他們戰勝了，他卻體會到其實武士們輸了，他們的整個生活方式已經結束。人與人之間的深刻差異只是暫時消除，如今又再回來，而四個戰死武士的英雄表現，也隨風而逝。

在這種時間壓縮的形式下，這一刻看來可能像赤裸表述的真實自我揭露，但由於許多原因，它沒有呈現這樣的感覺。首先，它出現在一場史詩式的戰鬥之後，七名武士擊敗了四十個土匪，但他們拯救的只是幾名素不相識的農民，因此，這是一種極為震撼的情緒轉折。其次，這是一個重大揭露，而且出現在故事結尾，與《靈異第六感》和《刺激驚爆點》結尾那種令人震驚的逆轉式揭露十分相似。最後，這也是一個主題揭露：主角明白，一個從許多方面看起來很美好的社會所形成的世界已然消逝。

《七武士》

外景：村莊——白天

勘兵衛低下頭，看著地上。他朝鏡頭方向往前走了幾步，然後停下來，回頭望著稻田。接著轉過身，往回走，又站在勝四郎身旁。

勘兵衛：「我們又輸了。」

勝四郎訝異不已，滿眼疑惑看著勘兵衛。

勘兵衛：「不，農民才是贏家，我們不是。」

勘兵衛轉身背對鏡頭走開，抬頭望著；勝四郎也一樣；鏡頭斜斜往山丘墓地所在的那一側上升，兩名武士的身影消失，只見天空之下四個武士墳塚的輪廓。塵埃在墳塚間隨風揚起，武士音樂出現，蓋過了農民耕作的音樂。

《大亨小傳》

（作者：費茲傑羅；1925 年）

　　《大亨小傳》的結尾那麼有名有其道理。蓋茲比死了。尼克體會到他跑到大城市追求功利的虛幻，決定回到中西部。在最後一頁，尼克看了東岸這個富人割據一方的小天地最後一眼。

　　費茲傑羅筆下的最後場景段落值得細讀。他借尼克之口說，隨著這一季的結束，大宅也關上大門。這是故事的具體事實，也象徵富人派對所代表的虛假烏托邦隨著蓋茲比之死而消逝。作者隨後快速回溯時間，同時放大視野：尼克想像美國開國之初，這個小島是渾然天成的伊甸樂園，一切都是可能的：「新大陸翁翁鬱鬱，在海上盛開、隆起……」，「滿足世人最後的美夢……」。這與眼前的小島形成強烈對比；像蓋茲比、黛西和湯姆等現實人物的欲望，將島上的茂林變成了大宅、妄想和虛無派對等虛幻崇拜。

　　在這個宏觀的比較之後，費茲傑羅重新聚焦於蓋茲比這個人，他的欲望像雷射光似的指向黛西碼頭另一端的綠燈。蓋茲比和古典神話英雄一樣是個虛幻的夢想者，他並不知道他在中西部踏上這條人生路時，一切就已潛藏在這個國度「暗黑一面」之後。

　　故事即將來到故事及場景結尾那個倒三角形的頂點時，費茲傑羅提到了象徵虛假欲望的那盞綠燈。許多故事在結尾讓主角滿足了欲望，一切圓滿結

束，但費茲傑羅捨棄了這種虛假的結局。他讓小說結尾出現永不止息的欲望，隨著我們的人生目標的遠離，我們進而付出更多追求的力道。小說的最後一句是一個主題揭露，正足以代表整個故事：「於是顛撲向前，逆水行舟，一次又一次，退回到過往。」

《大亨小傳》

　　沿海一帶的夏季別墅大多關閉了，四周幾乎沒有光源，只有渡輪的燈火在海灣上時隱時現。月亮爬得更高了，地上的別墅愈來愈渺小，一座古老的島嶼逐漸浮現，正是當年荷蘭水手眼中的新大陸，蓊蓊鬱鬱，在海上盛開、隆起。這片樹林讓地給蓋茲比這棟別墅，過往也曾經在風中呢喃，滿足世人最後的美夢；就在那電光石火的瞬間，在這片新大陸的面前，他屏息，落入詩意的冥想，雖然他不了解，也不想了解；那是最後一次，人面對面看見了最極致的驚奇美景。

　　我坐在沙灘上遙想那古老陌生的世界，想一想，蓋茲比發現黛西家碼頭那盞綠燈時，心情一定也像發現新大陸那麼驚奇。他歷經千辛萬苦才踏上這片藍色的草皮，夢想離他好近好近，彷彿伸手就能觸及。他不知道美夢趕不上他的腳程，被遠遠拋在紐約以西那片遭人遺忘的袤廣中，那兒的黑色原野是人民的穀倉，在夜空的覆蓋下起伏綿延。

　　蓋茲比相信那盞綠燈，相信那就是他未來的高潮，而年復一年，高潮在我們眼前消退，我們撲了空，沒關係──明天再跑快一點，手再伸長一點，總有一天，我們總有一天──

　　於是顛撲向前，逆水行舟，一次又一次，退回到過往。[45]

《虎豹小霸王》

　　《虎豹小霸王》是電影史上擁有最出色開場的電影之一，也是擁有最出色結尾的電影之一。從很多方面來看，它的最終場景是開頭兩個場景的鏡像。

---

45 此段譯文引自《大亨小傳》，張思婷譯，漫遊者文化，2015 年，第二五七至二五八頁。

角色轉變弧線的定位：這些討人喜歡的人，他們的悲劇在於無法改變——他們無法學習。新世界很快來臨，他們難以承受，只能以死告終。

難題：怎樣創造一個結尾，既能表現主角的基本特質，又能呈現他們無法學習的後果？

策略：就像在第一個場景那樣，戈德曼讓兩個角色置身一個狹窄的房間，一切很快朝他們圍攏而來。就像在第二個場景那樣，他讓角色陷入一個危機，也由此界定了他們。首先界定他們的是兩人面對死亡都極具信心，他們無疑認為可逃過一死，而且布奇已在計畫下一個落腳地點。第二，這個危機顯示出他們的差異：布奇仍能想出一些主意，然而在總是隨之而來的困境中，讓兩人得以逃脫的卻是日舞小子。

戈德曼再次呈現兩人如何完美合作：布奇跑去找彈藥時，日舞小子就負責掩護他。如果日舞將梅肯的槍射落在地的舉動令人印象深刻，那麼他飛快轉身射殺他視線裡的所有警察，更是令人歎為觀止。不過令觀眾真心喜歡這對伙伴的原因，是他們攜手合作過程的喜劇性。他們喜劇式的爭吵始終沒停過，布奇是激動的那一方，日舞則是冷酷的懷疑論者；這一再向觀眾顯示這對難兄難弟真是天作之合。

然而，戈德曼在這個場景當中還加入了另一項對比，帶出了主要主題，也呈現出角色並無轉變：他們兩人都看不見即將來臨的新世界。布奇又提出一個新點子——去澳洲——讓他們繼續逃避未來。於是兩人又發生喜劇式鬥嘴。在此同時，戈德曼透過交叉剪接讓我們看見：幾乎全員出動的玻利維亞軍隊已經抵達。角色所知的與觀眾所知的愈來愈趨於兩極，這種對比凸顯了始終存在的情況：布奇和日舞對個人世界以外的事視而不見。他們討人喜愛，卻不夠機靈。

透過這種對比，迎來了對觀眾的最終揭露：即使超人也終歸一死。當他們真的就這麼死了，不是很令人悲痛？

同樣的，場景最後一句台詞是這個場景及整個故事的關鍵句。當布奇問日舞，他有沒有看到他們的死對頭拉佛斯，日舞說沒有，布奇回答：「太好了。有那麼一下子，我還以為我們要遭殃了。」

接著我們就來到另一個場景，這是在布奇跑去找彈藥而日舞掩護他之後。此時兩人身上都彈痕纍纍，並肩坐著裝填子彈。外面，一大隊玻利維亞軍隊與包圍著小鎮廣場的警察會合。數以百計持槍的人沿街或在屋頂瞄準布奇和日舞受困其中的小房間。

《虎豹小霸王》

另一堵牆外有成列的軍隊。

指揮官走近，**隊伍**劈哩啪啦拍打刺刀，再次發出尖銳金屬聲。指揮官繼續有效率地調動人馬……

　　　　布奇：「我們接下來該去哪裡，我有個很不錯的
　　　　想法。」

　　　　日舞：「算了吧，我不要聽。」

　　　　布奇：「我說出來，你就會改變主意……」

　　　　日舞：「閉嘴。」

　　　　布奇：「好吧，好。」

　　　　日舞：「我們跑到這裡來也就是你的好主意。」

　　　　布奇：「別再提了。」

　　　　日舞：「我永遠不想再聽到你的另一個主意了，
　　　　好嗎？」

　　　　布奇：「沒問題。」

日舞：「很好。」

布奇：「澳洲。」

畫面切換
日舞。他望著布奇。

畫面切換
布奇。

布奇：「我猜你想知道，所以告訴你——澳洲。」

畫面切換
布奇和日舞。

日舞：「這就是你那個很棒的主意？」

布奇：「一長串主意裡最新的那一個。」

日舞（他剩下的東西全被炸毀）：
「澳洲也不比這裡好！」

布奇：「你只知道這些。」

日舞：「還有什麼？告訴我。」

布奇：「澳洲他們講英語。」

日舞：「講英語？」

布奇：「沒錯，好小子。那樣我們就不會是老外。他們騎馬。還有，土地萬里好躲藏──還有好天氣、漂亮海灘，你可以學游泳……」

日舞：「游泳不重要，銀行怎樣？」

布奇：「容易得手，時機成熟，豐收在望。」

日舞：「銀行還是女人？」

布奇：「一樣到手，另一樣就跟著來。」

日舞：「不過那是很遠的一段路，不是嗎？」

布奇（高聲喊道）：「你什麼都要求完美！」

日舞：「我不想跑到那裡才發現它令人作嘔，就這樣。」

畫面切換
布奇。

布奇：「起碼想想看，好嗎？」

畫面切換
日舞。稍加思索。

日舞：「好吧，我想想。」

畫面切換

布奇和日舞：特寫。

　　　　　布奇：「我們在這之後……

　　　（突然停下。）

　　　「等一下……」

　　　　　日舞：「什麼？」

　　　　　布奇：「你沒看到拉佛斯在外邊嗎？」

　　　　　日舞：「拉佛斯？沒有。」

　　　　　布奇：「太好了。有那麼一下子，我還以為我們
　　　要遭殃了。」

畫面切換

太陽落下。

鏡頭往後拉，呈現

士兵處於繃緊狀態，做好準備……

畫面切換

指揮官在四周快速走動，指揮士兵前進，在此同時……

畫面切換

一組人躍過那堵牆，然後……

畫面切換

另一組人躍過那堵牆，手上的步槍已準備好。

畫面切換

布奇和日舞站起來。慢慢往門移動，這時我們看見……

畫面切換

愈來愈多士兵躍過那堵牆。

畫面切換

布奇和日舞走進落日餘暉，接著，步槍開火的巨響爆發，而隨著這陣大爆發的聲音……

鏡頭定格在布奇和日舞。

另一陣可怕的砲火聲。更大聲。布奇和日舞定住不動。步槍砲彈聲愈來愈響。布奇和日舞仍定住不動。然後聲音開始愈來愈弱。

隨著聲音漸弱，色彩也漸漸變淡，慢慢的，布奇和日舞的臉開始有了變化。紐約場景段落的歌聲響起。布奇和日舞的臉繼續轉變，從彩色變成粗粒子黑白影像，就像故事開頭那樣。此時步槍響聲變得像爆玉米花般輕柔，二人也在槍聲中回到歷史。

最後淡出。[46]

　　最後，我希望透過《北非諜影》和《教父》兩部出色的電影，再仔細研究場景建構和對白撰寫的技巧。這兩部電影都是故事講述的傑作，它們的場景建構與對白都十分精采。是否能在主角發展轉變弧線的適切位置建構場景，對場景寫作的成敗影響甚大，因此我打算探索的場景，來自這兩部電影的開頭、中段和結尾。

---

46 威廉・戈德曼，《四部電影劇本》，第一三六至一四〇頁。

《北非諜影》

（原名《人人都來到瑞克的咖啡館》；舞台劇作者：墨瑞‧巴內特、瓊‧愛莉森；電影劇本作者：朱利斯‧艾普斯坦、菲力普‧艾普斯坦、霍華‧寇奇；1942 年）

瑞克的開場場景

在詳細介紹過故事世界後，電影裡的行動便移進瑞克美式咖啡館內，這是卡薩布蘭卡各色人等聚集的地方。觀眾在這裡首次見到了瑞克。

角色轉變弧線的定位：瑞克處於角色開始發展的狀態，從憤世嫉俗、自私的機會主義者，最後演變成不惜犧牲小我而追求理想的戰士。

難題：

1. 如何向觀眾介紹瑞克，一方面展現他的帝王架勢，一方面也顯示出他極度的痛苦和苦澀？

2. 暗示他面對很強的昔日幽靈。

3. 引出與出境通行證有關的故事世界細節。

4. 讓通行證落在瑞克手上，而他又不需為德國信差遇害負責。

策略：

1. 從瑞克獨自一人開始。他和自己下棋，這位帝王在他的藏身之所。

2. 烏加特像弄臣般卑躬屈膝的與瑞克這位帝王談話，他是權勢較弱、地位較低的人。

3. 瑞克最初感到憤怒，暗示他深受幽靈困擾，但對此沒有加以解釋。

4. 烏加特解釋出境通行證的事，並把通行證暫時交由瑞克保管。

欲望：烏加特想請瑞克替他保管通行證，直到他完成交易。他也想贏取瑞克的尊重。

終點：瑞克同意保管通行證，對烏加特多了一分尊重。

對手：瑞克。

計畫：烏加特嘗試與瑞克成為朋友，並承認他的優越地位。

打造衝突：烏加特想避免與瑞克衝突，因此每當瑞克展開口頭攻擊，他

都俯首示弱。

　　轉折或揭露：巴結逢迎的烏加特謀殺了兩個德國信差，取得兩張很有價值的通行證。

　　道德議題及／或價值取向：這個場景的道德議題十分獨特，因為兩人都沒有採取任何道德立場，倒是在不道德方面一較高下。烏加特是個寄生蟲，吸取可憐難民的血。瑞克唯一瞧不起的是烏加特是割價求售的寄生蟲。當瑞克發現烏加特殺了兩人而取得通行證，他對這個討人厭的可憐蟲反倒多了一分尊重。

　　請注意這種道德議題策略達成兩個目標：它向觀眾顯示瑞克有嚴重道德缺陷，同時仍讓他看來有權勢而冷峻。瑞克不是典型令人喜愛的主角。他是個痛苦、自私的人，毫不在意別人怎樣看他。

　　儘管如此，這個場景的道德議題不只為了呈現瑞克的道德弱點和需求。作者必須克服瑞克人格中一種深刻的矛盾：他是個憤世嫉俗的機會主義者，但內心深處隱含著真正的善良和正直。所有出色的角色都有巨大潛能，而這就是瑞克的潛能。

　　作者透過徹頭徹尾令人鄙視的烏加特來呈現出瑞克的這種潛能。當烏加特託瑞克保管極具價值的通行證，他說：「……正因為你鄙視我，你是我唯一信任的人。」在故事這麼早的時間點，烏加特的信任或許不過是盜賊之間的道義。但這是個必要的基礎，它讓瑞克在故事結局出現的可貴情操看起來具說服力。

　　關鍵詞：代價。

　　這個場景的對白頗為精簡，每個角色大致每次只說了一句話，這讓對話聽起來像在開玩笑。它也相當具有風格，而且幽默。瑞克表現得敏銳聰穎，在自然的言談中令人覺得有趣，而他並不在意是否有趣。

《北非諜影》
內景：瑞克美式咖啡館──夜晚

　　烏加特：「你知道嗎，瑞克，剛才看著你處理德

意志銀行的事，別人還以為你一輩子都在做這樣的事。」

瑞克：「那麼，什麼讓你認為我不是這樣？」

烏加特：「啊，沒有。嗯，可是，當你最初來到卡薩布蘭卡，我以為……」

瑞克：「你以為什麼？」

烏加特：「我有什麼資格以為什麼？」

瑞克坐回棋盤旁，繼續獨自下棋。

烏加特：「可以嗎？」

烏加特在對面坐下。

烏加特：「那兩個德國信差太可憐了，對嗎？」

瑞克：「他們交上了好運。昨天他們才不過是兩個德國辦事員，今天卻成為了光榮殉職者。」

烏加特：「瑞克，你真是個憤世嫉俗的人，如果你不介意我這樣說。」

瑞克：「我不介意。」

烏加特：「嗯，謝謝。跟我喝杯酒好嗎？」

瑞克：「不！」

烏加特：「啊，我忘了，你從來不跟……喝酒……不過，我還是再要一杯，麻煩你。」

服務生：「好的，先生。」

烏加特：「你鄙視我，對嗎？」

瑞克：「嗯，如果要我說對你有什麼看法，也許可以這麼說。」

烏加特：「可是為什麼？嗯，你對我的生意不以為然，對嗎？可是，想想所有那些可憐的難民，如果我不幫他們一把，他們就會待在這裡腐朽了。這不是那麼差勁，對吧。透過我的途徑，我為他們提供出境簽證。」

瑞克：「那要付出代價，烏加特，要付出代價。」

烏加特：「但想想所有那些可憐的傢伙，他們付不起雷諾要求的那種代價，而我就用半價為他們拿到手。這真的是寄生蟲的行徑嗎？」

瑞克：「我不介意什麼寄生蟲，只是對割價求售的寄生蟲不以為然。」

烏加特：「好吧，瑞克，今晚之後我就要跟這一切生意說再見了，我終於可以離開了，離開這個卡薩布蘭卡。」

瑞克：「你拿簽證要賄賂誰？雷諾還是你自己？」

烏加特：「我自己。我覺得自己合理得多。看，瑞克。知道這是什麼嗎？這東西連你這樣的人也從來沒見過。戴高樂將軍簽發的通行證。不能撤銷，甚至不容質疑。今晚我就把它們出售，要價更高，我從來不曾夢想那麼高。然後，再會了，卡薩布蘭卡！你知道嗎，瑞克，我在卡薩布蘭卡有很多朋友，但正因為你鄙視我，你是我唯一信任的人。你可以幫我保管它們嗎？」

瑞克：「多久？」

烏加特：「嗯，也許一個鐘頭，也許長一點。」

瑞克：「我不想它們在這裡放過夜。」

烏加特：「啊，不用擔心。替我保管吧。謝謝。我知道可以信任你。嗨，服務生！我等著見一些人。如果，嗯，有任何人找我，我會到這裡來。」

服務生：「好的，先生。」

烏加特：「瑞克，我希望你現在對我的看法有所改觀了。如果你不介意，我要到你的輪盤那裡分享一下我的運氣。」

瑞克：「且慢。我聽到傳聞，那兩個德國信差當時帶著通行證。」

烏加特：「嗯？啊，我也聽過這個傳聞。可憐的傢伙。」

瑞克：「對，你說得對，烏加特。我現在對你的看法有點改觀了。」

瑞克和雷諾的第一個場景

在這個仍屬故事較早階段的場景中，瑞克和警察局長路易·雷諾相談甚歡，然後斯特拉瑟少校抵達，逮捕了烏加特。

角色轉變弧線的定位：這是瑞克和雷諾的關係發展的第一刻，兩人在故事最後的場景中終於雙雙獲得救贖，並結為同伙。

這個場景是個完美例子，說明在開始建構一個場景時，應該總是要先確定它在角色整體進程中的位置。這不是電影的第一個場景，因此它看來只是故事流動過程的其中一步。只有從瑞克的發展終點回頭來看——他最終成為自由戰士並與雷諾結為同伙——才能看出這是這方面發展的關鍵起步點。

難題：

1. 向觀眾展現雷諾和瑞克一樣幽默，是最終與瑞克結為難兄難弟的恰當人選。

2. 顯示雷諾和瑞克在道德上有同樣大的需求。

3. 讓觀眾知道更多有關瑞克面對的幽靈，特別是呈現這個憤世嫉俗、難以相處的人不但曾是個好人，更是個英雄。

策略：

1. 讓雷諾向瑞克問話，引出有關瑞克過去的資訊，但表面上看來，這次問話是雷諾想制止拉茲洛的任務的一部分。這是對主要角色引入說明的極佳辦法，不會令人覺得乏味或鑿痕太深。在此同時，瑞克堅稱他所做的事有很好的報酬，這就不會讓他看來太感情用事或理想化。

2. 讓瑞克和雷諾打賭拉茲洛到底能不能逃脫。這樣兩人有各自的欲望，同時又顯示出他們都有憤世嫉俗和自私的心態；兩人都把一位自由戰士奮力抗擊納粹之舉轉化為自身的金錢競賽。

3. 引入有關拉茲洛和伊爾莎的資訊；他們兩人之後在這個場景現身時，好名聲也如影隨形。

4. 提供更多資訊，進一步說明雷諾這個法國的警察局長，以及為納粹效力的斯特拉瑟少校之間的權力關係多麼複雜，令人摸不清。

欲望：雷諾想知道更多瑞克的過去。隨後，他警告瑞克不要幫助拉茲洛逃亡。

終點：瑞克不願把一切向他和盤托出，並聲稱若不是為了賭博的輸贏，他不關心拉茲洛是否能成功脫逃。

對手：瑞克。

計畫：雷諾直接詢問瑞克他的過去，並明確警告他不要插手拉茲洛的事。

打造衝突：瑞克和雷諾對於拉茲洛能否逃脫各持己見，但瑞克設法化解真正的衝突：他把意見的對立轉化為一場賭博。

轉折或揭露：尚未露面的拉茲洛是個了不起的自由戰士，與他同行的還有一名引人注目的女子，而憤世嫉俗的硬漢瑞克幾年前也是個自由戰士。

道德議題及／或價值取向：同樣的，兩人這次的接觸，也展露出不依循道德行事的態度。兩人為拉茲洛能否成功逃亡打賭，並不關心他是否應該逃亡。事實上，瑞克堅稱不會幫助拉茲洛，而他在衣索比亞和西班牙的戰爭中為「正確」的一方出力，也不是出於道德原因。瑞克並聲稱拉茲洛會為自己找到出境簽證，但把伙伴留在卡薩布蘭卡。

這個場景中的價值取向對立再清晰不過：一方面是金錢和私利，另一方

面是忠於愛情並為正義無私奮戰。

關鍵詞：浪漫、感情用事的人。

兩個角色在這個場景中的對白也風格獨具且幽默。雷諾並未直接問起瑞克過往的幽靈。他只是問：「你挾帶教會資金潛逃嗎？你和參議員的妻子私奔嗎？我又會想，你是否殺了什麼人？這是我浪漫的一面。」瑞克並未要他少管閒事，只說：「……我來卡薩布蘭卡，是因為這裡的水。」當雷諾提醒他卡薩布蘭卡是在沙漠中，瑞克回答：「我得到錯誤資訊。」

《北非諜影》

外景：瑞克美式咖啡館 —— 夜晚

瑞克和雷諾在酒吧外坐下來。遠處一架飛機在機場起飛。

雷諾：「這是去里斯本的飛機。想坐上去嗎？」

瑞克：「為什麼？里斯本有什麼？」

雷諾：「前往美國的捷徑。我常猜想，為什麼你不回美國。你挾帶教會資金潛逃嗎？你和參議員的妻子私奔嗎？我又會想，你是否殺了什麼人？這是我浪漫的一面。」

瑞克：「三種情況都有。」

雷諾：「那麼天大地大為什麼來到卡薩布蘭卡？」

瑞克：「我的健康。我來卡薩布蘭卡，是因為這裡的水。」

雷諾：「什麼水？我們在沙漠裡。」

瑞克：「我得到錯誤資訊。」

雷諾：「嗯？」

賭場管理員打斷了他們的交談。他們到瑞克樓上的辦公室繼續談。

雷諾：「瑞克，拉茲洛無論如何不能到美國去。
他要留在卡薩布蘭卡。」

瑞克：「我很有興趣知道他如何做得到。」

雷諾：「做得到什麼？」

瑞克：「逃亡。」

雷諾：「啊，可是我剛才告訴你……」

瑞克：「截住去路。他從集中營逃出來，納粹翻
遍整個歐洲追捕他。」

雷諾：「這是追捕的終點。」

瑞克：「我押兩萬法郎說不是。」

雷諾：「這是認真的出價嗎？」

瑞克：「我剛賠了兩萬，要把它拿回來。」

雷諾：「一萬好了。我只是個收賄的窮官員。」

瑞克：「好吧。」

雷諾：「一言為定。不管他多聰明，他還是要有一張出境簽證。應該說，兩張。」

瑞克：「為什麼兩張？」

雷諾：「他跟一位女士同行。」

瑞克：「嗯，他會拿到一張簽證。」

雷諾：「我看不是。我見過那位女士。如果他沒有在馬賽或歐蘭把她丟下，在卡薩布蘭卡肯定也不會。」

瑞克：「嗯，也許他沒有你那麼浪漫。」

雷諾：「這不要緊。他不會有出境簽證。」

瑞克：「路易，什麼原因讓你認為我可能有興趣幫助他逃亡？」

雷諾：「因為，瑞克老兄，我懷疑在那個憤世嫉俗的外表之下，你內心其實是個感情用事的人。

啊，要笑就笑吧，但我熟知你的紀錄。就讓我指出兩項吧。一九三五年，你運送槍械到衣索比亞。一九三六年，你在西班牙為保皇陣營作戰。」

瑞克：「兩次我都獲得很好的報酬。」

雷諾：「勝利的一方會給你更多的報酬。」

瑞克：「也許這樣。嗯，看來你決意要讓拉茲洛留在這裡。」

雷諾：「我要服從命令。」

瑞克：「啊，我知道了。蓋世太保出手了。」

雷諾：「瑞克老兄，你高估蓋世太保的影響力了。我不管他們的事，他們也不管我的事。在卡薩布蘭卡，我掌握自己的命運。我是警察局長……」

副官：「局長，斯特拉瑟少校來了。」

瑞克：「對，就像你所說的。」

瑞克：「失陪了。」

瑞克和伊爾莎的第一個場景

這是電影中瑞克和伊爾莎第一次兩人單獨見面，也是自從伊爾莎在巴黎棄瑞克而去之後，兩人首次交談。伊爾莎回到酒吧，喝過酒的瑞克，剛才仍

在回憶兩人在巴黎共度的時光。

角色轉變弧線的定位：這是瑞克和伊爾莎關係發展的起步階段：瑞克從自私和苦澀，進展到最後為了更大的理想而犧牲他們的愛情。

難題：作者想呈現瑞克的痛苦有多麼強烈，同時也想呈現伊爾莎的愛，還有她需要解釋的機會。只不過作者在這一刻還不讓伊爾莎解釋，以免破壞那個重大的揭露。這就是打造情節的關鍵訣竅之一：重要的不只是如何向觀眾提供資訊，也包括如何保留資訊，暫不透露。

策略：

1. 同時賦予兩個角色強烈的欲望，讓他們彼此競爭，看誰能帶動場景的敘事動力。

2. 讓瑞克攻擊伊爾莎，但未提出直接指控（這樣的指控既不光彩也很乏味）。

3. 瑞克的攻擊極有風格，但傷害伊爾莎更深，也顯示出瑞克的本領。

4. 讓他們談論的事轉化為故事，而且各有一個完整的故事。

欲望：伊爾莎想告訴瑞克事情始末。瑞克想讓她受到傷害。

終點：伊爾莎還來不及解釋為什麼她放棄他們的感情，瑞克就把她趕了出去。

對手：兩人彼此對立。

計畫：伊爾莎嘗試直接與瑞克對話。當他打斷她，她改用說故事的方式來解釋。

打造衝突：隨著瑞克的痛苦的積累，他對伊爾莎的攻擊也變本加厲。

轉折或揭露：伊爾莎仔細說明她與拉茲洛的關係，以及對他的難捨難棄。瑞克期望伊爾莎揭露她對拉茲洛沒有愛意，但沒有實現。

道德議題及／或價值取向：兩個角色在這個場景中都提出了很強的道德議題，但對方聽而不聞。伊爾莎談到她忠於的那個人打開了她的視野，而對方肩負的重大任務，又令她仰慕不已。瑞克因為過於痛苦，無法聽進去，並指稱伊爾莎像個蕩婦。

請注意：原本想與一切道德撇清關係的那個冷峻、憤世嫉俗的角色，此時卻熱切地為愛情的道德論辯。這樣的矛盾，正是瑞克對觀眾產生吸引力的

關鍵。他是冷傲之王，但他比電影史上任何明星級主角愛得更深。

關鍵詞：故事。

這個場景中的對話依然很有風格。即使在情感上瀕於崩潰，瑞克仍在意遣詞用字，攻擊之中深具機智。瑞克和伊爾莎的對話開始時像戲謔，很快的你來我往。隨後瑞克把他們發生的事變成故事說了出來，他說話的句子也隨之增加了。「嗯，我有〔數算那些日子〕，每天都算進去。大多數時候我記得的是最後那一天。令人大為震驚的結局。一個男人冒雨站在火車站月台，表情古怪，因為他的心被掏了出來。」

伊爾莎試著為瑞克講述一個具啟發性的故事，那會在對白中占去很大篇幅，但瑞克針鋒相對地說起一個庸俗的性愛故事，最後把伊爾莎趕了出去。

這個場景的倒三角形的最後頂點是什麼？瑞克說出了最不堪的侮辱話語：「告訴我，你離我而去是為了誰？拉茲洛嗎，還是中間還有其他人？你不就是能說明這一切的人嗎。」

《北非諜影》

內景：瑞克美式咖啡館──夜晚

瑞克在喝酒。伊爾莎走進酒吧。

　　　伊爾莎：「瑞克，我有話對你說。」

　　　瑞克：「啊，我留下了想和你喝的第一杯酒。來。」

　　　伊爾莎：「不。不，瑞克，今晚不喝酒。」

　　　瑞克：「今晚特別要喝。」

　　　伊爾莎：「請不要這樣。」

　　　瑞克：「你為什麼要來卡薩布蘭卡？其他地方多

的是。」

伊爾莎：「如果我知道你在這裡，就不會來。相信我，瑞克，真的，我不知道。」

瑞克：「有趣，你的聲音一點都沒變。我還能聽見你說：『親愛的瑞克，你去哪裡我就去哪裡。我們搭同一班火車，永遠不要停下來。』」

伊爾莎：「請不要這樣。不要這麼做，瑞克！我能夠理解你的感受。」

瑞克：「你理解我的感受。我們在一起多久了，親愛的？」

伊爾莎：「我沒有數算那些日子。」

瑞克：「嗯，我有。每天都算進去。大多數時候我記得的是最後那一天。令人大為震驚的結局。一個男人冒雨站在火車站月台，表情古怪，因為他的心被掏了出來。」

伊爾莎：「我說個故事給你聽好嗎，瑞克？」

瑞克：「它有令人震驚的結局嗎？」

伊爾莎：「我還不知道結局如何。」

瑞克：「嗯，那就說吧。也許往下說，結局就出來了。」

伊爾莎：「有一個女孩，她從奧斯陸老家來到巴黎。她在朋友家裡遇見一個男人，她這輩子一直聽到關於他的事。一個很了不起、很有勇氣的人。他為她開啟了一整個美好的世界，到處是知識、思想和理想。她所認知的一切，或她成為什麼樣的人，全都因為他。她仰慕他，崇拜他，懷抱著她以為是愛的一種感覺。」

瑞克：「嗯，很迷人。有一次我聽到一個故事。事實上，我那個時代聽到很多故事。伴隨它們的是鋼琴的尖細聲音，就像樓下大廳演奏的。『先生，我還是個孩子時遇見一個男人。』它們總是這樣開頭。嗯，我猜想我們的這些故事都不怎麼有趣。告訴我，你離我而去是為了誰？拉茲洛嗎？還是中間還有其他人？你不就是能說明這一切的人嗎？」

伊爾莎走了出去。

瑞克和雷諾的結局場景

　　《北非諜影》的最後場景是電影史上最有名的場景之一。瑞克犧牲了他對伊爾莎的愛，讓她伴隨丈夫拉茲洛離去並扶助他。此時他面對的是曾是對手、風格相當的雷諾。

　　角色轉變弧線的定位：

1.這是瑞克投身成為自由戰士和愛國者的終點。

2. 從結構而言，這個場景包含一個雙重逆轉，雷諾和瑞克兩個角色都發生了轉變。

3. 這是瑞克與雷諾關係發展的終點；兩人結合為難兄難弟。

難題：

1. 如何賦予最後場景最戲劇性的衝擊？

2. 如何以可信而不乏味的方式呈現出兩個角色的重大轉變？

策略：

1. 雷諾的轉變，以及新的難兄難弟伙伴的誕生，都直到最後才揭露。

2. 採用雙重逆轉，讓瑞克與實力相當的角色同樣獲得啟發，但仍保持講求實際的機會主義。這個場景尤為無懈可擊的是，他們重提先前的打賭。這就讓兩人在做出重大道德轉向的同時仍能維持硬漢個性，以免流於濫情。

欲望：雷諾想和瑞克並肩作戰，展開一段看起來很了不起的友情。

終點：瑞克歡迎他踏上旅程。

對手：瑞克和雷諾看來仍是對手，因為瑞克想逃走，他們也還在打賭，但雷諾巧妙化解了問題。

計畫：雷諾隱藏他的真正意圖，看起來像仍會因為出境簽證或他們的打賭而找瑞克麻煩。

打造衝突：兩人針對瑞克逃走及雷諾欠他賭款的問題談判，但雷諾想出一個很漂亮的解決辦法，讓兩人的友誼得以建立。

轉折或揭露：雷諾不打算逮捕瑞克，反而準備與他並肩作戰，但他欠瑞克的一萬法郎就一筆勾銷了。

道德議題及／或價值取向：兩人都認定，此時是決志成為愛國者的時候了。不過他們也沒有完全把金錢置諸腦後。

關鍵詞：愛國者、友誼。

最後的場景隨漏斗效應會合在這個場景及故事的終點：友誼。瑞克在愛情上失落，但他得到一個了不起的、實力相當的朋友。場景建構引出重大揭露——雷諾在新的道德行動中，漂亮地向瑞克伸出友誼之手。兩人之間的對白一如以往那樣風趣、老於世故。事實上，讓一切看起來更厲害的，是他們

完全不是刻意想做得更好。

　　這段對白最後還有值得注意的一點。它非常風趣，內容十分充實。作者把重大逆轉擠進短短幾句話裡，對觀眾產生極大衝擊。瑞克踏出了高尚的一步。兩人在對話中禮尚往來，雷諾也踏出了高尚的一步，把維琪礦泉水丟進垃圾桶。他提出讓瑞克得以逃命的交易。就短短三句。瑞克把它引回打賭的事。也是短短三句。雷諾把逃命和打賭合併看待。只有一句，瑞克就知道是怎麼一回事了。最後一句代表永恆的友誼。這一連串對話出現在電影最後場景的結尾，讓人留下深刻的印象。顯然，劇本作者深諳如何在故事最後九十秒鐘將契訶夫的原則付諸實踐。

《北非諜影》

外景：機場——夜晚

　　　　雷諾：「嗯，瑞克，你不只是個感情用事的人，還成為了愛國者。」

　　　　瑞克：「也許吧，但這是開始的好時機。」

　　　　雷諾：「我想你或許是對的。」

雷諾把一瓶維琪礦泉水丟進垃圾桶。瑞克和雷諾看著飛機起飛，消失在霧中。他們並肩而行。

　　　　雷諾：「你從卡薩布蘭卡消失一陣子也許是個好主意。自由法國在剛果布拉薩市有個駐防點，我可以設法安排你過去。」

　　　　瑞克：「我的通行證？我可以用來安排一段旅程，但我們的打賭不會因此有什麼不一樣。你還是欠

我一萬法郎。」

雷諾：「那一萬法郎應該當作我們的旅費。」

瑞克：「我們的旅費？」

雷諾：「嗯，沒錯。」

瑞克：「路易，我相信這是美好友誼的開端。」

《教父》

（原著小說：普佐；劇本：普佐、柯波拉；1972 年）

想了解《教父》的作者如何為這部出色的電影建構場景和撰寫對白，我們要從宏觀的視野出發——那就是整個的故事。作者如何勾勒整部電影進程中的故事策略或發展過程？以下是其中一些方式的說明：

1. 權力從一個帝王轉移到另一個帝王。

2. 三個特質各不相同的兒子，都想爭取登上王位。

3. 一個面臨攻擊的家族，為了生存和勝利必須還擊。

讓我們看看作者在故事進程中依循的一些重大主題模式。首先與身分認同有關。通常我們認為這些故事元素各不相同，但作者想呈現它們在較深層次其實是相同的。其中最重要的三點是：

1. 商業組織般的黑手黨家族。

2. 軍事組織般的黑手黨家族。

3. 褻瀆就是神聖，神聖就是褻瀆：「上帝」就是魔鬼。

接下來，我們要聚焦於對立的模式，這是作者想形成對比或置於衝突中的關鍵元素。對立的主要模式包括：

1. 家族相對於法律。

2. 家族及個人公義相對於美國法律公義。

3. 移民構成的美國相對於主流及菁英構成的美國。

在場景寫作過程中，我們要採取的最後一步，就是釐清故事進程中會形成衝突的價值取向和象徵——它們可說也是關鍵詞。對整個故事加以觀察，才能看到哪些物件或圖像對故事來說是核心或有機的。如此一來，就可以將它們耙梳出來，並透過重複加以凸顯（第三軌道對白）。在《教父》中，這些價值取向和象徵可視為以下兩大類的對比：

榮譽、家族、商業、外表、犯罪

自由、國家、道德、法律行動

開場場景

一般作者會讓《教父》從情節場景開始，讓這個大型、暴力的故事能贏在起跑點。他們會嚴格局限於以故事對白（第一軌道）來寫作這個場景，把情節往前推。不過普佐和柯波拉這兩位不是一般作者。他們依循同時適用於故事和情節的倒三角形原則，為開場創造了教父的最初原型經驗，設定了整個故事的框架，並在場景結尾聚焦於單一頂點。

故事的第一個場景

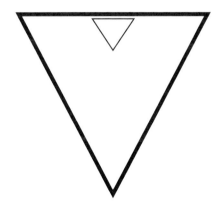

角色轉變弧線的定位：這個故事的發展脈絡是一個帝王的隕落和另一個帝王的興起，因此開場場景不是新帝王（麥可）的起始點。它從此時仍在位的

帝王（老教父柯里昂尼）開始，並展現他和他的繼位人實際上的工作是什麼。

難題：

故事和一個民主國度裡的「帝王」有關，開場場景要達成的任務很多：

1. 引出老教父，呈現教父的工作是什麼。

2. 開始呈現他那獨特的黑手黨體系如何運作，包括角色的層級地位，以及組織和行動依據什麼樣的規則。

3. 向觀眾展現故事的史詩式規模，讓他們很快就體會到其中一個主題要點：這個家族的世界不是一個可棄之不顧的少數族裔聚居區；它足以代表整個國家。

4. 引出有關身分和對立的主題模式；作者希望將它們交織在故事進程中。

策略：

1. 從教父的最初原型經驗開始：教父扮演法官的角色，在他獨特的轄境內行使權力。

2. 把這個基本的教父場景放進一個較大的、較複雜的故事世界——一場婚禮。屬於這個體系的所有角色在婚禮上齊聚一堂，這個家族的核心元素也在此凸顯出來。

欲望：波納塞拉希望老教父能殺死毆打他女兒的那些男孩。他在這個世界中是極不重要的角色，對黑手黨系統也沒有什麼認識。因此他是個觀眾。作者利用他當作這個場景的驅動力，讓觀眾像他一樣能了解這個系統，同時能感覺到進入這個世界並與它產生連結是怎麼一回事。順便一提，波納塞拉的全名意思是「美國‧晚安」。

終點：波納塞拉受制於老教父。

對手：老教父柯里昂尼。

計畫：波納塞拉採用一個直接計畫，請求老教父殺死那兩個男孩，並問他想要多少報酬。這個直接做法換來對方說不。

為了把另一個人捲入他的網絡，老教父採用一個間接計畫，令波納塞拉為他以往對待老教父的態度感到愧疚。

打造衝突：老教父認為波納塞拉向來對他不敬，怒氣難消，因此拒絕他

的請求。不過這個場景中能建構的衝突有限，因為老教父大權在握，波納塞拉也不是笨蛋。

轉折或揭露：老教父和波納塞拉達成協議，但觀眾知道波納塞拉在與魔鬼立下協定。

道德議題及／或價值取向：波納塞拉請求老教父殺死毆打他女兒的兩個男孩。老教父說這不合乎公義。然後他聰明地把這個道德議題反過來用在波納塞拉身上，指稱波納塞拉對他怠慢，有所不敬。

關鍵詞：尊敬、朋友、公義、教父。

《教父》的開場場景清楚顯示，為什麼出色的對白不只是旋律，還包含交響元素。如果這個場景只包含故事對白（第一軌道），它的篇幅就只有一半，品質更只有十分之一。但作者卻在對白中把三條軌道交織在一起，令場景成為傑作。

在場景的終點，波納塞拉陷入魔鬼交易的那一刻，正好喊出「教父」一詞，成為場景開頭及整個故事構築框架的一句話，就是「我相信美國」。這是一種價值觀，它告訴觀眾兩件事：他們即將看到的是一部史詩，故事內容則是成功之道。

場景開頭是一段獨白，但幾乎沒有表明地點。波納塞拉的獨白不只說出女兒的可悲故事（第一軌道），也充滿價值觀和關鍵詞，如：自由、榮譽和公義等（第二和第三軌道）。老教父的回應是輕輕在道德上施以攻擊，使波納塞拉陷於自衛。隨後老教父扮演教父式法官，做出他的裁決。

他們以道德議題為中心而爭辯的對話，快速的一來一往，特別是談到什麼是公義的時候。之後，處於觀眾地位的波納塞拉犯了一個錯，因為他不知道這個體系的規則——他不知道這裡是如何付出報酬的。

在這一刻，場景翻轉，老教父成為驅動力。他提出一個道德議題，其中包含的價值觀包括尊重、友誼和忠誠，這是要讓波納塞拉成為他的奴隸。雖然老教父說他只想獲得對方的友誼，波納塞拉看穿了老教父這個間接計畫的目標。他低頭鞠躬，說出了這個場景的關鍵詞——「教父」。接下來，是這個場景最後也是最重要的一句話，老教父說：「有一天——這一天或許永遠

不會來到──我會請你有所回報。」

這句話在形式上等於是魔鬼與浮士德的協定。教父和魔鬼合為一體。「神聖」等同褻瀆。場景就這樣猛然結束。

接下來就讓我們看看這個精采的開場場景。為了顯示交響樂式的對白如何運作，對話中的字詞分別用三種字體來標示：故事對白（第一軌道）保持原來字體，道德對白（第二軌道）以楷體字來表示，關鍵詞（第三軌道）以黑體字來表示。請注意：如果創作者是一般作者，而且只使用第一軌道的話，這個場景會短得多。

《教父》

內景──白天：老教父的辦公室（一九四五年夏天）

派拉蒙電影公司的標誌在黑色背景中樸素呈現出來。稍微停頓之後，出現簡潔的白色的字：

THE GODFATHER（教父）

在這個標題仍顯示的時候，我們聽到：「我相信美國。」（「美國」一詞也可能是關鍵詞。但這只是第一句話，我們還不能確定。）突然間，我們近距離看到阿美利哥‧波納塞拉，一個六十歲的漢子，穿著黑色西裝，看來情感正要爆發。

波納塞拉：「美國讓我發了財。」

他一邊說，鏡頭前的**景物**不知不覺間開始逐漸不成形。

波納塞拉：「我以**美國**的一套教養我的女兒；我給她**自由**，但囑咐她絕不能**有辱**家門。她交了個男友，不是義大利人。她跟他看電影，很晚才回家。兩個月前他帶她去兜風，有另一個男孩同行。兩人灌她喝威士忌，然後想占她便宜。她抵抗，保住了**名節**。他們就把她當成動物毒打一頓。我去醫院看她，她鼻樑斷了，下巴碎了，要用鋼絲

固定，她痛得連哭都沒辦法哭。」

他幾乎說不出話來；啜泣。

> 波納塞拉：「我去報警，就像一個好的美國人該
> 做的那樣。那兩個男孩被捕，接受審判。他們被
> 法官判處三年監禁，但獲得緩刑。緩刑！他們當
> 天就獲釋。我站在法庭上像個傻瓜，那兩個狗娘
> 養的就朝著我笑。於是我對太太說，為了**公義**，
> 我們一定要去找**教父**。」

這時出現了**全景**，我們看見老教父柯里昂尼家中的辦公室。百葉窗關上了，
房間內很暗，影子像圖案一般。我們越過老教父柯里昂尼的肩膀望去，看見
波納塞拉就在另一頭。**湯姆・赫根**坐在小桌子旁看文件，**桑尼・柯里昂尼**不
耐煩地站在父親身旁一個窗子邊啜著酒。我們聽到音樂，以及很多人在外面
的笑聲和說話聲。

> 老教父柯里昂尼：「波納塞拉，我們相識多年了，
> 你還是第一次來找我幫忙。我已想不起上次你請
> 我到你家喝咖啡是什麼時候了……儘管我們的太
> 太是朋友。」

> 波納塞拉：「你要我怎麼做？儘管吩咐好了，但
> 你要幫我這個忙！」

> 老教父柯里昂尼：「什麼忙，波納塞拉？」

波納塞拉在**老教父**耳邊低聲私語。

老教父柯里昂尼：「不。你的要求太過分了。」

波納塞拉：「我要求的是公義。」

老教父柯里昂尼：「法庭已經給你公義了。」

波納塞拉：「以眼還眼！」

老教父柯里昂尼：「可是你女兒還活著。」

波納塞拉：「那就讓他們像我女兒那樣受折磨。我要給你多少報酬？」

赫根和桑尼有所反應，蠢蠢欲動。

老教父柯里昂尼：「你從來不會想到倚靠真正的朋友保護自己。你認為做個美國人就可以了。好吧，警察保護你，還有法庭，你不需要我這樣的朋友了。但你現在到我這裡來說，柯里昂尼先生，你一定要還我公義。你提出請求，不是出於尊敬或友誼。你也沒想到稱呼我教父；你卻在我女兒結婚的這天到我家裡來，要我為了錢……幹謀殺的勾當……」

波納塞拉：「美國待我不薄……」

老教父柯里昂尼：「那麼法官的公義你照單全收

好了，苦的甜的一起來吧，波納塞拉。可是如果
你帶著**友誼**和**忠誠**來找我，你的仇敵就是我的仇
敵，相信我，那他們就畏你三分了……」

慢慢的，波納塞拉低下頭，喃喃說話。

波納塞拉：「當我的朋友吧。」

老教父柯里昂尼：「好極了。你可以從我這裡獲
得公義。」

波納塞拉：「**教父**。」

老教父柯里昂尼：「有一天——這一天或許永遠
不會來到——我會請你有所回報。」

麥可提出計畫準備消滅索羅佐和警官

這個場景發生在麥可救父之後。他憑著機智和膽量，在醫院裡讓父親避
過謀殺危機。在救父場景中，麥可踏出成為新教父的第一步：他回到家族懷抱，
並在危機中展示能力。

角色轉變弧線的定位：這是麥可成為冷酷無情的教父的下一步：他策劃
了一個計畫，準備擊敗家族的仇家。

難題：當時麥可在所有人當中的位階很低，甚至連開口說話的資格都沒
有，因此，如何讓他出現在一個商討策略的會議中，並且開始表現得像個令
人信服的教父？

策略：

1. 讓桑尼這個代理教父提出錯誤的計畫，麥可提出正確的計畫。

2. 讓扮演教父角色的兩種對立取向——分別由桑尼和湯姆為代表——在

競爭中打成平手，並呈現兩者都不正確。

場景的進程如下：麥可最初被稱為「小麥」。他讓兩個資格較老的「大哥」打成平手。然後他提出正確答案。

欲望：桑尼想知道如何將對付索羅佐的建議付諸實行。在場景後半，麥可希望說服大家，他有一個更好的計畫。

終點：麥可扮演教父角色，提出了正確的計畫，並聲稱他殺死索羅佐和警官是商業決定。

對手：湯姆。

計畫：桑尼和湯姆都採用直接計畫。麥可就像馬基維利筆下的君主，他採用間接計畫，讓另外兩人先提出看法，聽聽他們的論辯有什麼謬誤，再透過直接計畫提出自己的主張。他採用的論辯極具邏輯，也是好的商業行動，而且完全沒有道德可言。

打造衝突：桑尼和湯姆間的衝突增強，因為桑尼策動戰鬥的努力受挫。

轉折或揭露：麥可提出計畫，準備除去索羅佐和警官。

道德議題及／或價值取向：這個場景了不起之處，就在於沒有道德議題。它關心的只是策略。這裡的衝突是機智的較量，不涉及是非。

不過價值取向確實是對立的。對立的兩方分別是：

桑尼＝武力、復仇、殺戮、戰爭

湯姆＝商業、談判、妥協、金錢

關鍵詞：商業；特色短句是：「與個人無關，這完全是商業決定。」

這個場景中的對白表明了麥可所說的關鍵句：「與個人無關，桑尼，這完全是商業決定。」這是故事其中一個特色短句，也代表教父世界的核心價值和正當理由。具反諷意味的是，這也是桑尼不適合成為教父的原因。

這個場景包含的就是互相競爭的計畫。因此前段是桑尼和湯姆言語上快速來回的較量。湯姆有一大段對白，提出詳細論點。桑尼覺得論辯具說服力，決定「等一下」。但這是個錯誤的決定。

場景其餘部分的驅動力來自麥可，他提出了更好的計畫。請注意：他也有一大段對白來闡述他的論點。一個不夠出色的作者，會讓麥可在論辯的第

一句就說「我要殺死他們」，然後說出執行的細節。但這兩位劇本作者理解倒三角形的力量，把關鍵句和關鍵詞放在最後，放在整段獨白、整個場景乃至故事的最後。事實上，麥可這最後一句話——「那我就兩個都殺掉」——戲劇衝擊力道如此巨大，以致於那些硬冷血殺手都笑了起來。

請注意：緊接在麥可提出這項令人震驚的建議（這也是有關麥可的揭露）之後，桑尼用一句話概括了麥可到這刻為止的角色轉變：「你？你，這個高級大學生小伙子。你從來不願意跟家族生意混在一起。現在你卻因為讓別人摑了一記耳光，就要槍殺一個警官。」接著他說出特色短句：「他把這當成個人的事，那不過是商業，他卻把它當成個人的事。」桑尼就是用這種辦法，把麥可壓在自己之下，排拒於家族生意之外。

麥可提出他的論點，當作這個場景的總結。場景中每件事都引向終點，使用的是同一個特色短句。但這次特色短句由麥可說出來，顯示他相信這句話，擁抱它，尤甚於在場任何一個人。

《教父》
內景——白天：老教父的辦公室（一九四五年冬天）
桑尼在老教父的辦公室；他興奮而意氣風發。

> 桑尼：「嘿，街上每天二十四小時都有上百個受雇的殺手。索羅佐如果一下子就激動起來，那就沒命了。」

他看見麥可，伸手觸摸他纏上繃帶的臉，打趣地說。

> 桑尼：「小麥，這很漂亮！」

> 麥可：「別提了。」

桑尼：「那個土耳其混蛋想要交涉！那狗娘養的無恥之徒。他昨天晚上臨陣退縮了，現在又想來交涉。」

赫根：「有什麼明確的提議嗎？」

桑尼：「他要我們派麥可去聽他的提議。他承諾，這項交易好得我們無法拒絕。」

赫根：「那麼有關布魯諾·塔塔格里亞的事，他們打算怎麼辦？」

桑尼：「那是交易的一部分：布魯諾和他們對我們老爸所幹的事互相抵銷。」

赫根：「桑尼，我們該聽聽他們有什麼想說的。」

桑尼：「不，不行，參謀老兄。這次不行。不要再有會面，不要再有討論，不要再有索羅佐的詭計。給他們一個訊息：我要的是索羅佐。要是不行，就全面開戰——展開家族大戰。」

赫根：「如果全面開戰的話，其他家族不會袖手旁觀。」

桑尼：「那麼他們就把索羅佐交給我吧。」

赫根：「你老爸不會想聽你這麼說的：這不是個

人的事，這是商業決定。」

桑尼：「他們向我老爸開槍，商業個屁。」

赫根：「就是向你老爸開槍也是商業決定，不是個人的事。」

桑尼：「商業就是損人利己。湯姆，不要再教我怎樣修修補補了。就幫我打贏這場仗，明白嗎？」

赫根低下頭，深感憂慮。

赫根：「打碎麥可下巴那個麥克魯斯基警官，我查到他是什麼貨色了。他肯定有接受索羅佐的打賞，那是巨款。麥克魯斯基同意當那個土耳其混蛋的保鑣。你要明白，桑尼，索羅佐在這樣的保護下，沒有人能傷害得了他。沒有人槍殺過紐約警官。從來沒有。那後果太嚴重了。所有的五大家族都會找你算帳；到時柯里昂尼家族就完蛋了，甚至老教父的政治庇護也要退避三舍。所以……這都要考慮在內。」

桑尼：「那我們就等一下。」

麥可：「我們不能等。不管索羅佐把這個交易當成什麼，他就是打算殺死老爸。你現在就要抓住索羅佐。」

克雷門薩：「麥可說得對。」

桑尼：「那麥克魯斯基又怎麼辦？這個警察怎麼處理？」

麥可打手勢制止他開口。

麥可：「他們要我去跟索羅佐交涉，那就安排一次會面。桑尼，叫我們的情報人員找出他們要在哪裡會面。堅持要在公眾地方，酒吧或餐廳，讓我有安全感。我去跟他們見面時，那個警察和索羅佐會搜身，因此我不能攜帶武器。不過，如果克雷門薩能設法先在那裡放置一件武器讓我使用的話……
（暫停）
「那我就兩個都殺掉。」

房間內每個人都大驚不已，全望著麥可。

一片沉寂。桑尼突然大笑。他指著麥可，試著說話。

桑尼：「你？你，這個高級大學生小伙子。你從來不願意跟家族生意混在一起。現在你卻因為讓別人摑了一記耳光，就要槍殺一個警官。
（對著赫根，興高采烈地說）
「他把這當成個人的事，那不過是商業，他卻把它當成個人的事。」

克雷門薩和特西歐都面露笑容，只有赫根面色凝重。

> 麥可（冷冷地說）：「哪本書上說不能殺警察的？
> （停頓）
> ──一個不誠實的警察。一個不正派的警官，在
> 非法勾當中打滾，就像所有壞蛋那樣到處搜刮，
> 來者不拒。我們不是有一些人在報社裡工作嗎？
> 湯姆？」

赫根點頭。

> 麥可（像老教父似的微笑）：「他們甚至會喜愛那樣
> 的故事的。」

> 赫根（表示同意，有點心寒）：「可能會。他們可能
> 會。」

沒有人說話。沒有人發笑。全都望著麥可。

> 麥可：「這與個人無關，桑尼，完全是商業決定。」

結局場景

　　結局場景是整個故事那個大的倒三角形的終點，也是柯妮控訴麥可謀殺的「審訊」，同時也是麥可的加冕。這個最後的場景與開頭場景相互呼應。開頭的那種典型教父經歷，以與魔鬼訂立協定結束，此時則是新的魔鬼加冕成為帝王。

故事

最後場景

角色轉變弧線的定位：麥可被姊姊指為殺人凶手，同時他終於登上教父之位。麥可和凱伊的婚姻也來到了某個終點，因為麥可對它的摧殘已到了無可挽救的地步。

難題：如何將道德議題加在麥可身上，而他又拒不接受。

策略：

1. 讓道德議題出自柯妮之口，但眾人不予理會，因為她情緒異常激動，而且她是女人。

2. 讓面對真實自我揭露的不是麥可，而是凱伊。此外，揭露不是來自柯妮所說的話，而是凱伊在丈夫身上看到的一切。

欲望：柯妮想控訴麥可謀殺卡羅。

終點：一道門在凱伊面前關上。

對手：麥可、凱伊。

計畫：柯妮採用直接計畫，在所有人面前指控麥可謀殺她丈夫。

打造衝突：衝突強烈展開，然後在結尾消失於無形。

轉折或揭露：麥可向凱伊撒謊，但凱伊看見麥可成為什麼樣的人。

道德議題及／或價值取向：柯妮稱麥可是冷血凶手，對她毫不在意。麥

可沒有對她說什麼，卻暗示她因生病或情緒過於激動而必須看醫生，從而否定了她的指控。隨後，他在凱伊面前否認柯妮的指控。

　　關鍵詞：教父、皇帝、凶手。

《教父》

內景──白天：老教父家的客廳（一九五五年）

在柯里昂尼宅第裡。一些大箱子裝得滿滿的；家具也等著運送。

　　　　　柯妮：「麥可！」

她匆匆走進客廳，在裡面碰上了**麥可**和**凱伊**。

　　　　　凱伊（安慰她）：「柯妮……」

但柯妮避開她，直接朝**麥可**走過去。**內利**在一旁看著。

　　　　　柯妮：「你這卑鄙的混蛋；你殺了我丈夫。」

　　　　　凱伊：「柯妮……」

　　　　　柯妮：「你等到我們老爸死了，沒有人能制止你
　　　　　了，你就殺了他，你殺了他！你因為桑尼的事責
　　　　　怪他，你總是這樣，每個人都這樣。但你從來沒
　　　　　想到我，從來都不理會我。
　　　　　（哭泣）
　　　　　「我現在怎麼辦，我怎麼辦？」

麥可的兩個保鑣走近，聽候命令，但麥可站在那裡等著姊姊說完。

凱伊：「柯妮，你怎能說這樣的話？」

柯妮：「你想想他為什麼讓卡羅留在購物中心裡？一直以來他很清楚他想殺死我丈夫。但老爸在世時他不敢這樣做。然後他還當了我們的孩子的教父。那冷血的混蛋。

（對凱伊說）

「你知道他跟卡羅殺了多少人嗎？看看報紙吧。那就是你的丈夫。」

她試著向麥可的臉吐口水；但因為情緒極度激動，沒有口水。

麥可：「帶她到樓上，請醫生過來。」

兩個保鑣馬上拉著她手臂帶她離開，動作輕柔但堅定。

凱伊嚇呆了，眼神詫異地一直盯住麥可。他感覺到她的神情。

麥可：「她太激動了。」

但凱伊不讓他避開自己的眼神。

凱伊：「麥可，真的嗎？請告訴我。」

麥可：「不要問我。」

凱伊：「告訴我！」

麥可：「好，就這一次讓你問我的事，最後一次。」

凱伊：「那是真的嗎？」

她直接望著他的眼睛，他也同樣望著她，眼神的接觸那麼直接，我們知道他會說真話。

　　麥可（暫停好一陣子後）：「不。」

凱伊鬆了一口氣；她展開雙臂攏向麥可，擁抱著他，然後吻他。

　　凱伊（流著淚）：「也許我們都要喝點東西。」

內景——白天：老教父家的廚房（一九五五年）

　　她回到廚房，開始調製飲料。她帶著笑容調製飲料，從她那個角度望出去，正好看見**克雷門薩、內利和洛可·蘭波尼**與他們的保鑣走進屋子。

　　她好奇地看著，只見**麥可**站著迎接他們。他高傲而自在，身體重心放在一條腿上，另一條腿稍稍在前，一隻手放在臀部附近，像個羅馬皇帝。這群人當中的司令站在麥可前面。

克雷門薩拉起麥可的手，輕輕一吻。

　　克雷門薩：「柯里昂尼先生……」

凱伊看見丈夫變成了什麼樣的人，笑容從臉上消失。

寫作練習 9——場景寫作

● **角色轉變**：寫作任何場景前，先用一句話描述主角的角色轉變。

● **場景建構**：建構每個場景時，問自己以下的問題：

1. 這個場景在主角的角色發展進程中處於什麼位置？又如何把主角帶向發展進程的下一步？

2. 這個場景必須解決什麼難題？又必須達成什麼目標？

3. 可以採用什麼策略來解決難題並達成目標？

4. 誰的欲望會成為場景的驅動力？請記住，這個角色未必是故事的主角。

5. 在這個場景中，角色目標的終點是什麼？

6. 誰會反對這個角色的這個目標？

7. 在這個場景中，主角為了達成目標，會採取什麼直接或間接計畫？

8. 場景會在衝突的顛峰中結束，還是會出現某種解決方法？

9. 場景中有沒有轉折、驚奇或揭露？

10. 在場景結尾，是否會有一個角色對另一角色是什麼樣的人提出較深刻的評語？

●沒有對白的場景：

首先，嘗試在撰寫場景時不用對白。讓故事透過角色的行動表現出來。這是故事的雛型，可以在接下來每次修改草稿時再加以塑造和雕琢。

●寫作對白：

1. 故事對白：重寫每個場景，只採用故事對白（第一軌道）。請記住，這是關於角色在情節中做了什麼的對白。

2. 道德對白：重寫每個場景，這次增添道德對白（第二軌道）。這是有關某些行動是對是錯的論辯，或對角色的信念（價值觀）提出評語。

3. 關鍵詞：重寫每個場景，凸顯關鍵的字詞、語句、特色短句和聲音（第三軌道）。這是對故事主題具有核心作用的物件、圖像、價值觀或意念。

把撰寫對白這三條軌道的過程想像是在為人繪製肖像。首先，勾勒出臉部的大致輪廓（故事對白），然後加上主要的明暗比對，為這張臉賦予深度（道德對白）。接下來，為它加上那些最細微的線條和細節，讓這張臉呈現出一個獨特的人（關鍵詞）。

●獨特的說話風格：務必讓每個角色的說話風格都是獨一無二的。

11
永不完結的故事

　　出色的故事長久流傳。這不是陳腔濫調或廢話，一個出色的故事在觀眾面前講完一遍後，仍持續對觀眾產生長久影響。它確實反覆不停講述。是什麼讓出色的故事維持永恆的生命？

　　寫作這樣一個永不完結的故事，並不是指創作出好得令人無法忘記的故事。只有在故事結構上應用特殊的技巧，才能打造出永不完結的故事。在談論其中一些技巧前，讓我們先看看永不完結故事的反面，也就是故事具備虛假的結局，因而折損了故事的生命和力量。虛假的結局主要有三種：過早結束的、任意結束的，以及封閉式的。

　　形成過早結束的結局有很多種原因，其中一種是真實自我的揭露過早出現。一旦主角獲得了重大的體悟，他在故事中的發展就會停止，其他一切也就會成為反高潮。另一個原因是主角太快追求到他的欲望，但如果你因而又創造另一個新的欲望，那等於又創造出另一個故事。結局過早出現的第三種原因，是主角的行動令人難以置信。換句話說，這種行動不是這個獨特的人的有機部分。一旦讓你的角色——特別是主角——採取令人難以置信的行動，情節就會顯得機械化，你也就會在那當下就把觀眾從故事中踢出去，因為觀

眾察覺到角色之所以這麼做，是因為你需要他這麼做（機械化），而不是因為他必須這麼做（有機的）。

　　所謂任意結束的結局，就是讓故事說結束就結束。這種情況之所以發生，幾乎都是因為情節缺乏有機特性而造成的。這樣的情節依循的不是某個個體的發展——無論那是一個主要角色，還是社會上的一個單位。如果沒有任何人事物在發展，觀眾就不會意識到有些事情取得了成果，或實現了潛能。《頑童歷險記》的結局就是一個經典例子。馬克・吐溫以哈克為中心來發展故事，但由於他採用了旅程式情節，確實將哈克帶進了一個角落地區——美國南方腹地——也因此，他不得不使用「天神解圍法」來結束故事，只是這個做法瞞不過讀者。

　　最常見的虛假結局是封閉式結局。主角達成了目標，獲得了簡單的真實自我揭露，處於新的平衡狀態，一切平靜無事。這三種結構元素，都令觀眾覺得故事已經完成，整個故事體系也已結束。不過這不夠真實。欲望永不止息，平衡是暫時性的。真實自我揭露絕不是這麼簡單，也無法保證主角從這天開始會一直過著愜意的生活。因為一個出色的故事總是有生命的，它的結局和故事其他部分一樣，未必是必然且不會變動的。

　　如何在讀完故事的最後一句或看過故事的最後圖像後，仍讓故事保持呼吸、脈搏與生生不息的感覺？想要這麼做，就必須回到出發點，也就是故事的基本特質——處於時間之中的結構。這是一個會發展的有機單位，即使觀眾已不再看這個故事，它還是必須持續發展。

　　故事一直是一個整體，它有機的結局可以在故事開頭就找到痕跡：一個出色的故事總會在結尾向觀眾傳遞這樣的訊息：他們必須回到開頭，重新體會這個故事。故事是一個永不終止的循環——就像莫比烏斯帶一樣——每一次的循環都是不一樣的，因為觀眾總會在當下的循環裡重新思考已經發生過的事。

　　想創造永不完結的故事，最簡單的方式就是透過情節：讓故事以一項揭露來結束。使用這種技巧時，你先創造一個顯而易見的平衡，隨即再以另一個揭露來打破這個平衡。這項揭露就是逆轉，它讓觀眾重新思考帶領他們來

到這一刻的所有角色和行動。如同偵探解讀相同的跡象時能看出不同的事實一樣，觀眾在他們的思考中重新回到故事開頭，將同一疊紙牌重新洗牌，形成新的組合。

我們可以在《靈異第六感》中看到這種技巧的絕佳運用：觀眾發現布魯斯·威利飾演的角色原來早在故事開頭就已死亡。在《刺激驚爆點》中，這種技巧帶來更具震撼力的效果：懦弱的敘事者走出警察局，在我們眼前變成那個他捏造出來的可怕對手基撒·索茲。

這種逆轉式揭露儘管令人震驚，但它創造出來的永不完結的故事卻也是局限性最高的。它只能為觀眾帶來一次循環。情節不是觀眾最初想像的，但一旦他們知道了，也就不會有更多驚奇。使用這種技巧時，與其說你得到的是一個永不完結的故事，不如說是一個再次講述的故事。

有些作者或許會認為，如果情節太強，對故事其他元素的支配性太強，那麼就不可能創造出永不完結的故事。即使一個情節以重大逆轉結束，還是會讓觀眾覺得房子的所有門都關上了，鑰匙轉動鎖上了，謎題也破解了，一切到此為止。

想寫出讓人一看再看且永遠會帶來不同感受的故事，不必扼殺情節，但必須善用故事本體的每一個系統。如果你寫出來的故事像一幅複雜的織錦，角色、情節、主題、象徵、場景和對白都錯綜交織在一起，觀眾重新講述故事再多次也無所謂。他們要重新思考那麼多的故事元素以及變化無窮的組成方式，故事也就因而生生不息。以下只是其中幾項元素，只要加以善用，就能創造出無窮盡的故事織錦：

● 主角未能滿足欲望，其他角色在故事結尾產生了新的欲望。這可以避免故事變成封閉式，並且讓觀眾明白欲望——即使是愚蠢或渺茫的欲望——是永遠不會止息的（「我有欲望，故我存在」）。

● 賦予對手或某個次要角色一個令人驚奇的角色轉變。這種技巧能引領觀眾將這個角色當成真正主角，再重看一次故事。

● 在故事世界的背景中安排大量的細節，回頭再重看故事時，背景變成了前景。

●在角色、道德議題、象徵、情節和故事世界增添肌理元素，這樣一來，當觀眾看過情節的驚奇和角色的轉變之後，會讓故事變得更有趣。

●在故事講述者和其他角色之間創造一種特殊關係，當觀眾第一次看過情節之後，這種關係就會變得不一樣。例如，運用一個不可靠的故事講述者，就是創造這種關係的方式之一。

●讓道德議題顯得模稜兩可，並且／或是在主角面對最終的道德抉擇時不讓觀眾知道他的決定。一旦超越簡單的善惡對立道德議題，觀眾就不得不對主角、對手和所有次要角色重新加以評價，以確定什麼才是正確的行動。將最終的抉擇加以保留，就會迫使觀眾重新質疑主角的行動，並且在自己的生活中思索那個抉擇。

※　※　※

我在本書中所面對的主要**難題**，就是如何勾勒出故事的實用「詩學」，也就是所有故事形式的故事講述技藝。它能讓讀者了解，如何創造一個複雜、有生命的故事，而且這個故事會在觀眾心中繼續成長，生生不息。這也表示創作時必須克服一個看似無法解決的矛盾：講述一個具普遍吸引力但又完全獨特的故事。

我的**解決之道**，就是呈現故事世界的隱密運作方式。希望你能在故事世界的華麗與複雜之中發現戲劇訊息符碼——也就是人類一生成長與轉變的方式。一個而強有力且獨特的故事，蘊含了許多用來傳達戲劇訊息符碼的技巧，在這本書裡，你可以找到這些技巧，而聰明如你，也會不斷探索並演練這些技巧。

儘管如此，只是熟稔技巧是不夠的。讓我以一個最後的**揭露**來結束這本書：你就是那個永不完結的故事。如果想講述出色的故事——那個永不完結的故事——就必須像你的主角一樣，面對你自己的七大關鍵步驟，而且每次寫新的故事時都必須這樣做。我已經提供了**計畫**：那些能幫助你達成目標、滿足**需求**、獲得無數**真實自我揭露**的策略、手法和技巧。想成為說故事大師

是一個難度極高的工作，但如果能學習這些技巧，同時也讓自己的人生成為一個出色的故事，那麼，你就能講述令人難以置信的出色故事，而且你也會為自己說出這樣的故事而感到驚訝。

如果你是個好讀者——我相信你是——現在，你和開始閱讀本書時的你已經不是同一個人了。既然你已經讀過本書一遍了，且讓我建議……嗯，我想你知道接下來該怎麼做。

索引

1. 與故事寫作相關譯名

2. 書中舉例之作品

《2001 太空漫遊》　　　*2001: A Space Odyssey*
《Lost 檔案》　　　*Lost*
《M》　　　*M*
《MIB 星際戰警》　　　*Men in Black*
《NG 一籮筐》　　　*Waiting for Guffman*

一～五劃

《一位女士的畫像》　　　*The Portrait of a Lady*
《一家之鼠》　　　*Stuart Little*
《一路到底：脫線舞男》　　　*The Full Monty*
《七武士》　　　*Seven Samurai*
《二十二支隊》（小說譯名《二十二條軍規》）　　　*Catch-22*
《二十世紀特急快車》　　　*Twentieth Century*
《十的次方》　　　*The Powers of Ten*
《三姊妹》　　　*Three Sisters*
《下班後》　　　*After Hours*
《乞丐王子》　　　*The Prince and the Pauper*
《乞丐皇帝》　　　*Down and Out in Beverly Hills*
《大白鯊》　　　*Jaws*
《大地英豪》　　　*Last of the Mohicans*
《大亨小傳》　　　*The Great Gatsby*
《大河戀》　　　*A River Runs Through It*
《大法師》　　　*The Exorcist*
《大國民》　　　*Citizen Kane*
《大審判》　　　*The Verdict*
《女人香》　　　*Scent of a Woman*
《小巨人》　　　*Little Big Man*
《小美人魚》　　　*The Little Mermaid*
《小氣財神》　　　*A Christmas Carol*
《小迷糊當大兵》　　　*Private Benjamin*
《小鬼當家》　　　*Home Alone*
《山街藍調》　　　*Hill Street Blues*
《不可兒戲》　　　*The Importance of Being Earnest*
《今天暫時停止》　　　*Groundhog Day*
《六壯士》　　　*The Guns of Navarone*
《厄夜叢林》　　　*The Blair Witch Project*
《反美陰謀》　　　*The Plot Against America*

《生之慾》　　　　　*Ikuru*

《白宮風暴》　　　　*Nixon*

《白鯨記》　　　　　*Moby Dick*

六～十劃

《仲夏夜之夢》　　　　*A Midsummer Night's Dream*

《伊凡‧傑尼索維奇的一天》　　　*One Day in the Life of Ivan Denisovich*

《伊里亞德》　　　　*Iliad*

《伊底帕斯王》　　　　*Oedipus, the King*

《伊莉莎白》　　　　*Elizabeth*

《冰血暴》　　　*Fargo*

《危機總動員》　　　　*Outbreak*

《吉爾伽美什》　　　　*Gilgamesh*

《同流者》　　　*The Conformist*

《地下室手記》　　　　*Notes from the Underground*

《安柏森家族》　　　　*The Magnificent Ambersons*

《成名在望》　　　*Almost Famous*

《收播新聞》　　　*Broadcast News*

《早安越南》　　　*Good Morning, Vietnam*

《此情可問天》　　　　*Howard's End*

《江湖浪子》　　　*The Hustler*

《艾瑪》　　　*Emma*

《艾蜜莉的異想世界》　　　　*Amelie*

《血迷宮》　　　*Blood Simple*

《伴父生涯》　　　*Life With Father*

《你是我今生的新娘》　　　　*Four Weddings and a Funeral*

《你整我，我整你》　　　　*Trading Places*

《克拉瑪對克拉瑪》　　　　*Kramer vs. Kramer*

《冷血》　　　*In Cold Blood*

《吸血鬼》　　　*Dracula*

《坎特伯雷故事集》　　　　*The Canterbury Tales*

《希望與榮耀》　　　*Hope and Glory*

《快閃殺手》　　　*The Ladykillers*

《我們相信上帝，閒雜人等一概現金交易》　　　　*In God We Trust, All Others Pay Cash*

《李爾王》　　　*King Lear*

《決死突擊隊》　　　*The Dirty Dozen*

《決戰異世界》　　　*Underworld*

《青年藝術家的畫像》　　　*A Portrait of the Artist as a Young Man*

《非洲皇后》　　*The African Queen*

《俠骨柔情》　　*My Darling Clementine*

《前進高棉》　　*Platoon*

《叛徒和英雄的主題》　　*Theme of the Traitor and the Hero*

《叛艦喋血記》　　*Mutiny on the Bounty*

《哈利波特》　　*Harry Potter*

《城市英雄》　　*Falling Down*

《城市鄉巴佬》　　*City Slickers*

《怒海爭鋒》　　*Master and Commander*

《急診室的春天：踏著閃爍的舞步》　　*ER - The Dance We Do*

《挑逗、性、遊戲》　　*Flirting With Disaster*

《星際大戰（五）：帝國大反擊》　　*The Empire Strikes Back*

《星際大戰（六）：絕地大反攻》　　*Return of the Jedi*

《星際大戰》　　*Star Wars*

《星際爭霸戰》　　*Star Trek*

《春光乍洩》　　*Blow-Up*

《春風化雨》　　*Dead Poets' Society*

《毒木聖經》　　*The Poisonwood Bible*

《毒藥與老婦》　　*Arsenic and Old Lace*

《洗髮精》　　*Shampoo*

《玻璃動物園》　　*The Glass Menagerie*

《皆大歡喜》　　*As You Like It*

《相逢聖路易》　　*Meet Me in St. Louis*

《科學怪人：現代普羅米修斯》　　*Frankenstein, or the Modern Prometheus*

《紅字》　　*The Scarlet Letter*

《紅河谷》　　*Red River*

《紅磨坊》　　*Moulin Rouge*

《美國心玫瑰情》　　*American Beauty*

《美國風情畫》　　*American Graffiti*

《背叛》　　*Betrayal*

《英倫情人》　　*The English Patient*

《英豪本色》　　*The Virginian*

《要塞風雲》　　*Fort Apache*

《軍官與魔鬼》　　*A Few Good Men*

《風雲人物》　　*It's a Wonderful Life*

《飛越杜鵑窩》　　*One Flew Over the Cuckoo's Nest*

《迷魂記》　　　*Vertigo*

《追憶似水年華》　　　*Remembrance of Things Past*

《閃舞》　　　*Flashdance*

《馬克白》　　　*Macbeth*

《鬼店》　　　*The Shining*

《鬼哭神號》　　　*Poltergeist*

十一～十五劃

《假鳳虛凰》　　　*La Cage Aux Folle*

《啦啦隊長謀殺案》　　　*The Positively True Adventures of the Alleged Texas Cheerleader-Murdering Mom*

《基督山恩仇記》　　　*Le Comte de Monte-Cristo*

《婚禮終結者》　　　*Wedding Crasher*

《情事》　　　*L'Avventura*

《推銷員之死》　　　*Death of a Salesman*

《教父》　　　*The Godfather*

《望鄉》　　　*Pepe Le Moko*

《梅爾吉勃遜之英雄本色》　　　*Braveheart*

《梟巢喋血戰》　　　*The Maltese Falcon*

《械劫裝甲車》（又譯為《橫財過眼》）　　　*The Lavender Hill Mob*

《淘金記》　　　*The Gold Rush*

《現代啟示錄》　　　*Apocalypse Now*

《現代教父》　　　*Prizzi's Honor*

《畢業生》　　　*The Graduate*

《異形》　　　*Aliens*

《第三類接觸》　　　*Close Encounters of the Third Kind*

《第六感追緝令》　　　*Basic Instinct*

《終極警探》　　　*Die Hard*

《野性的呼喚》　　　*The Call of the Wild*

《陰宅》　　　*The Amityville Horror*

《陰陽魔界》　　　*Twilight Zone*

《陸上行舟）　　　*Fitzcarraldo*

《雪山盟》　　　*Snows of Kilimanjaro*

《麥田捕手》　　　*The Catcher in the Rye*

《麻雀變鳳凰》　　　*Pretty Woman*

《創：光速戰記》　　　*Tron*

《惡魔附身的小孩》　　　*The Innocents*

《最珍貴的禮物》　　　*The Gift of the Magi*

| 《攔截人魔島》 | The Island of Dr. Moreau |
| 《蘇菲的選擇》 | Sophie's Choice |

二十一劃以上

《櫻桃園》	The Cherry Orchard
《鐵面特警隊》	L. A. Confidential
《鐵窗喋血》	Cool Hand Luke
《鐵達尼號》	Titanic
《霹靂上校》	The Great Santini
《魔女嘉莉》	Carrie
《魔山》	The Magic Mountain
《魔戒》	The Lord of the Rings
《魔鬼剋星》	Ghostbusters
《魔鬼終結者》	The Terminator
《魔鏡夢遊》	Through the Looking Glass
《歡樂谷》	Pleasantville
《歡樂音樂妙無窮》	The Music Man
《歡樂酒店》	Cheers
《歡樂單身派對》	Seinfeld
《歡樂滿人間》	Mary Poppins
《歡樂糖果屋》	Willy Wonka and the Chocolate Factory
《變腦》	Being John Malkovich
《變蠅人》	The Fly
《驚魂記》	Psycho
《靈異第六感》	The Sixth Sense
《靈與肉》	Body and Soul
《靈慾春宵》	Who's Afraid of Virginia Woolf
《鱷魚先生》	Crocodile Dundee

故事寫作大師班
好萊塢知名「劇本醫生」教你 STEP BY STEP
寫出絕不跟別人撞哏、兼具情感厚度與立體結構的最強故事
THE ANATOMY OF STORY: 22 Steps to Becoming a Master Storyteller

作　　　者	約翰‧特魯比（John Truby）
譯　　　者	江先聲
封 面 設 計	Javick工作室
特 約 編 輯	周宜靜
文 字 校 對	謝惠鈴
內 頁 排 版	高巧怡
行 銷 企 劃	陳慧敏、蕭浩仰
行 銷 統 籌	駱漢琦
業 務 發 行	邱紹溢
營 運 顧 問	郭其彬
責 任 編 輯	林淑雅
總 編 輯	李亞南
出　　　版	漫遊者文化事業股份有限公司
地　　　址	台北市松山區復興北路331號4樓
電　　　話	(02) 2715-2022
傳　　　真	(02) 2715-2021
服 務 信 箱	service@azothbooks.com
網 路 書 店	www.azothbooks.com
臉　　　書	www.facebook.com/azothbooks.read
營 運 統 籌	大雁文化事業股份有限公司
地　　　址	台北市松山區復興北路333號11樓之4
劃 撥 帳 號	50022001
戶　　　名	漫遊者文化事業股份有限公司
二 版 一 刷	2023年3月
定　　　價	台幣620元

THE ANATOMY OF STORY: 22 Steps to Becoming a Master Storyteller
by John Truby
Copyright © 2014 by John Truby
Complex Chinese Translation copyright © 2023by Azoth Books Co., Ltd.
Published by arrangement with Lukeman Literary Management Ltd.

ALL RIGHTS RESERVED

國家圖書館出版品預行編目 (CIP) 資料

故事寫作大師班：好萊塢知名「劇本醫生」教你STEP
BY STEP 寫出絕不跟別人撞哏、兼具情感厚度與立體
結構的最強故事/ 約翰. 特魯比(John Truby) 著；江先
聲譯. -- 二版. -- 臺北市：漫遊者文化事業股份有限公
司, 2023.03
488 面；17x23 公分
譯自：The anatomy of story : 22 steps to becoming
a master storyteller
ISBN 978-986-489-760-5(平裝)
1.CST: 劇本 2.CST: 寫作法
812.31　　　　　　　　　　　　　112001111

ISBN　978-986-489-760-5

漫遊，一種新的路上觀察學
www.azothbooks.com
漫遊者文化

大人的素養課，通往自由學習之路
www.ontheroad.today
遍路文化‧線上課程
遍路文化
on
the road